Hanjo Lehmann

I killed
Norma Jeane

Roman

Rütten & Loening
Berlin

ISBN 3-352-00570-2

1. Auflage 2001
© Rütten & Loening Berlin GmbH, 2001
Umschlaggestaltung Henkel/Lemme
Druck und Binden GGP Media, Pößneck
Printed in Germany

www.ruetten-und-loening.de

Who killed Norma Jeane?
I, said the City,
As a civic duty,
I killed Norma Jeane.

Norman Rosten/Pete Seeger

I was completely faithful to my overseas hus-
band, but that wasn't because I loved him or
even because I had moral ideas. My fidelity
was due to my lack of interest in sex.

Marilyn Monroe

Mit 20 war ich nichts. Heute bin ich nichts als
eine banale Frau. Zwischendurch war ich Schauspielerin. Und mehr gibt es nicht über mich zu
sagen.

Marlene Dietrich

Inhalt

Buch III: Unter Bettlern

Prolog
Film, Held und Irrtum

Betrachten wir diesen Film mit seinem ganz normalen Helden: einer wie du und ich. Ein bißchen liebenswert, ein bißchen schwierig, ein bißchen schlampig, ein bißchen ehrlich, mit seiner Freundin will er schlafen, aber mit deren Freundin auch. Mal läßt er sich hängen, mal rafft er sich zusammen, einen Job hat er, aber ein anderer wäre ihm lieber, alles in allem fühlt er sich eher mies, was er aber, versteht sich, eher auf die miesen Verhältnisse zurückführt.

Seit Monaten diskutiert er mit seiner Freundin; das heißt, sie wohnen zwar noch zusammen, aber im Grunde sind sie keine Freunde mehr, und eigentlich diskutieren sie auch nicht mehr, sondern sie streiten sich. Er sagt, ich scheiße auf diese Umweltverbrecher, Mafia-Minister, Industrieschweine, was laberst du mir die Ohren voll, sagt sie, das weiß ich doch alles selber, aber mir stinkt noch was ganz anderes, nämlich, daß ich für dich nichts anderes bin als ein Abfalleimer zum Belabern und Befummeln, und den Dreck in der Küche könntest du auch mal wegräumen. Red doch kein Blech, sagt er, was du Dreck nennst ist meine Kaffeetasse von heute früh, aber ich brauch nun mal kein frischpoliertes Geschirr dreimal am Tag. Wenn du es blitzend haben willst, mußt du putzen, ist doch klar.

So geht das eine Weile, dann halten sie es nicht mehr aus, vielmehr, die Frau hält es nicht mehr aus, sie geht weg, er dreht durch, raucht Kette, säuft, hängt schließlich an der Nadel, ist am Ende. Mit einem Wort, ein richtig stinknormales Elend, das wir da im Kino oder in der Glotze vorgeführt kriegen, realistisch bis zur verschimmelten Brotkruste, sogar reden tun die beiden wie im richtigen Leben, also ohne

Sätze wie »Meine Frau Mutter lebte seinerzeit in Chicago« oder »Inspektor Hammer sagt, der Verbrecher habe gestanden«. Grund genug, das Ganze einmal in Ruhe zu überdenken, denn, so viel ist klar: irgend etwas ist falsch an dem Elend. Etwas stimmt hier nicht – aber was?

Ja, was eigentlich? Haben wir nicht gerade festgestellt, daß alles so läuft wie im richtigen Leben? Was willste eigentlich? Da is mal 'n guter Film, und dann isses dir auch wieder nicht recht. Red doch mal Klartext, oder halt's Maul. Danke. Bitte. Keine Ursache.

Bevor du, verehrter Kinogänger, dich aber in Tränen der Wut oder der Ergriffenheit auflöst, nur so viel in Kürze: was falsch ist an der Situation, bist du. Du selber, wie du im Sessel sitzt und mit unserem Helden lebst und leidest, du, der du wie ein kleiner Herrgott jeden Satz und jeden Schritt unseres Helden registrierst, genau du bist der Fehler unserer Geschichte. Alles andere stimmt: die Charaktere, die Wohnungseinrichtung, die Schallplattensammlung, sogar (wir sagten es schon) die Sprache. Das einzige, was in der Realität unseres Helden fehlt, bist du. In Wahrheit – und das ist sein wirkliches Elend –, in Wahrheit gibt es niemand, der seine Geschichte verfolgt, sich in ihn hineinversetzt, mit ihm leidet; keiner ist da, der sich für seine Schallplatten interessiert, für seine Reise vom vorigen Jahr. Egal was er macht, unser Held, immer ist er gleichzeitig sein eigener Regisseur, Darsteller und Zuschauer, und mehr als Bruchstücke seiner Geschichte bekommt von all seinen zeitweiligen Mitspielern keiner mit, selbst wenn eine Geliebte darunter wäre, bis daß der Tod euch scheidet.

Zuschauer der Zeiten, du bist ein seltsames Geschöpf. Seitdem die Götter abgetreten sind, bist du die Sehnsucht und der Richter der menschlichen Kultur. Ergriffen läßt du dir Schicksale und Gefühle vorführen, kennst die Seele von Hamlet, Faust oder unserem Helden besser als die deines eigenen Bruders, träumst am Ende davon, auch dich in einen deiner ergreifenden Helden zu verwandeln, denen du

selber erst Leben eingehaucht hast. Die Trinker Dostojewskis rühren dich zu Tränen, aber der ewig besoffene Idiot in
der Wohnung unter dir widert dich an. Und du als fest an-
gestellter Spießer bist ihm genauso zuwider: schließlich ist
auch er ein Zuschauer in diesem komischen Theater, und
wartet darauf, daß einer der Helden des Stückes im eigenen
Kopf ihn erlöst.

Einer neben dem andern, ein nie versiegendes Heer,
stehst du, Zuschauer, erregt im Spiegelkabinett der Mensch-
heitskultur und starrst blinzelnd auf die erregenden Gestal-
ten, die dich mit blinzelnden Augen anstarren. Schuldlos,
dumm und hilflos bist du verliebt in deine selbstgeschaffe-
nen Figuren, wie der mythische Narziß in sein Spiegelbild,
und wenn dich das, was du siehst, nur recht von Herzen erschüttert, hältst du dich selber für gut. In Wahrheit gilt
deine Liebe nur der Spur der eigenen Gedanken, und bis
in die Wirklichkeit kommt nur noch der Abfall deiner
Gefühle.

Buch I
Norma Jeane

1
Van Nuys High School

Ob Baseball, Basketball oder in der Schwimmstaffel, bei Wettkämpfen hatte ich immer meinen Stammplatz: als Ersatzmann.

Wenn einer sich den Fuß verknackste oder einen Krampf bekam, wurde ich auf den Platz geschickt. Ich war unumstritten die beste zweite Wahl, was mir eine gewisse Anerkennung verschaffte: ich gehörte dazu, aber keiner mußte sich von mir in seinem Ehrgeiz bedroht fühlen. Mir selber gefiel es, den Dingen erst einmal zuzusehen. Wenn man mich wollte, war ich bereit; das reichte mir in der Regel.

Im Sommer 1941 zog meine Tante Monnie in einen Bungalow im Norden von Los Angeles, und ich mit ihr. Die nächstgelegene Schule war die Van Nuys High School, also besuchte ich mit meinen fünfzehn Jahren dort ab September die zehnte Klasse. Und als die Basketballmannschaft ihr nächstes Turnier spielte, sagte der Trainer zu mir: »Timothy Haskins, du bleibst erst mal auf der Bank. Aber halte dich bereit, kann sein, ich brauche dich!« Das war der erste Hinweis, daß ich meinen Platz in der Klasse gefunden hatte.

Der zweite war, daß ich mich verliebte, und zwar in zwei Mädchen gleichzeitig.

Die eine, zu der ich immer wieder hinübersah, war Pauline. Warum, hätte ich kaum sagen können, denn sie hatte nichts, was auf den ersten Blick ins Auge gefallen wäre. Es war wohl vor allem ihre Art, dazusitzen und gleichzeitig anwesend und abwesend zu sein. Der Ausdruck, mit dem sie dem Unterricht folgte, schien zu sagen: das ist doch alles Kinderkram. Gelegentlich äußerte sie das auch sehr direkt, etwa wenn eine Diskussion über Liebe und Ehe sie zu sehr nervte. Bei politisch korrekten Klassenkameraden machte sie sich damit wenig Freunde, aber ich bewunderte sie.

Die zweite, die mir auffiel (eigentlich war sie die erste), war Norma Jeane. Anders als bei Pauline war es nicht schwer, den Grund dafür anzugeben: neben ihren langen rötlichen Haaren vor allem ihre Figur – genauer gesagt, die Art, sie zur Geltung zu bringen. So wie sie saß keine auf ihrem Stuhl; keine beherrschte wie sie die Kunst, mit weichen, katzenartigen Bewegungen die Blicke auf sich zu ziehen. Und bei keiner traten die Konturen von Hüfte und Brüsten so deutlich hervor wie bei ihr. Zwar war den meisten ihrer Kleidungsstücke anzusehen, daß sie schon jemand vor ihr getragen hatte. Aber sie kombinierte sie auf atemberaubende Weise, am liebsten Hosen, die eine Nummer zu klein waren, mit hautengen Blusen oder Pullis, die zu sagen schienen: Sieh her! Ich weiß, du tust es – und es gefällt mir!

Darin schien ein Versprechen zu liegen, das zu ihrem sonstigen Verhalten einen seltsamen Kontrast bildete. Ob Mathematik, Literatur oder Naturwissenschaften – die Art, wie sie über den Lehrbüchern saß und zu anderen hinsah, schien auszudrücken: mein Gott, gibt es wirklich jemand auf der großen weiten Welt, der *das hier* verstehen kann? Wenn man es ihr dann erklärte, schien sie zutiefst dankbar, als hätte man ihr gerade das Leben gerettet. Aber oft genug sah man sie wenig später im Gespräch mit Ted oder Jonathan, und da ließ sie sich genau dasselbe noch einmal erklären – wieder mit dem Ausdruck unendlicher Dankbarkeit im Gesicht.

Im Unterricht sagte sie fast nie etwas, außer wenn sie direkt gefragt wurde. Dann antwortete sie leise und abgehackt, mit dünner, piepsiger Stimme, und wenn sie aufgeregt war, stotterte sie. Nicht selten brach sie mitten im Satz ab, als erwarte sie, jeden Moment unterbrochen zu werden. In solchen Augenblicken erschien sie unendlich hilflos, manchmal geradezu verzweifelt. Und wenn sie allein auf dem Schulhof stand oder die Flure entlangging, wirkte sie so einsam und verloren, daß man das Gefühl hatte, sie trösten und beschützen zu müssen.

Offenbar empfanden das auch andere so. Meistens dauerte es nicht lange, bis einige aus der Klasse um sie herumschwirrten, und dann war es, als wachte sie plötzlich auf. Sie lächelte, strahlte, nahm huldvoll Komplimente entgegen, reagierte schlagfertig auf Scherze und Anzüglichkeiten, wie sie beispielsweise Benny – einer ihrer hartnäckigsten Verehrer – gern von sich gab. Dann verstand man, warum sie aus ihrer vorigen Schule das Prädikat »The Mmmm-Girl« mitgebracht hatte. – Ich selber hatte zu diesen Gesprächen nur wenig beizutragen; der Anblick ihrer Brust raubte mir allen Esprit.

Es waren übrigens fast nur Jungs, die ihre Nähe suchten. Bei Pauline, die auch dann, wenn sie allein war, selbstbewußt und in sich ruhend wirkte, war das anders. Genau wie Norma Jeane hatte sie meistens einen kleinen Hofstaat um sich herum, aber es waren genauso viele Mädchen darunter wie Jungen. Auch hier kam ich in den Pausengesprächen selten zu Wort, denn während ich noch überlegte, was ich auf eine Bemerkung Paulines vor zwei Minuten hätte sagen können, hatte man längst das Thema gewechselt. Aber wenigstens konnte ich mich mit anderen Mädchen trösten, die um Pauline herumstanden. Zum Beispiel mit Laura.

Letztere hätte eigentlich mehr Aufmerksamkeit verdient gehabt, und das nicht nur als Klassenbeste. Wenn alle bei einer Frage passen mußten, hob sie die Hand und antwortete in wohlgeformten, bemerkenswert vernünftigen Sätzen. Sah man dann, beeindruckt von ihren Worten, auf ihren Mund, stellte man fest, daß sie im Grunde ganz hübsch war. Nur die Mundwinkel, die es immer ein wenig nach unten zog, schienen auf verborgenen Groll oder Traurigkeit hinzudeuten. Aber im Gespräch war sie munter, gelegentlich fast hektisch. Und wenn man genauer hinsah, merkte man, daß ihre Figur sich vor der Norma Jeanes nicht zu verstecken brauchte – und vor der von Pauline schon gar nicht.

Diejenigen in der Klasse, mit denen ich öfter zusammen war, wußten bald, daß mir ziemlich früh erst der Vater, dann die Mutter abhanden gekommen war, und daß ich im Haus meiner Tante lebte. Einmal nach Schulschluß, als ich neben Norma Jeane die Treppe hinunterging, sprach sie mich darauf an.

»Timmy«, sagte sie, »ich habe gehört, du hast keine Eltern mehr. Stimmt's?«

»Stimmt«, antwortete ich. »Wer hat es dir gesagt?«

»Benny. Aber ich wußte es schon vorher.«

»Und von wem?«

»Von keinem. Weißt du, ich spüre so was. Wenn einer keinen Vater oder keine Mutter hat, meine ich. Mir geht es so ähnlich, mußt du wissen, ich lebe auch bei Verwandten. Ich finde, solche wie wir müssen zusammenhalten. Nicht wahr?«

»Klar. Wir sind Partner, das versteht sich.«

Partner, das hatte ich gesagt. Dabei war mir immer noch nicht ganz klar, bei wem und in welchen Umständen sie eigentlich lebte, denn mal sagte sie, bei Verwandten, dann wieder, bei Freunden ihrer kranken Mutter. Und die Wahrheit ist: ich fühlte mich gar nicht als Waisenkind – was wohl ein Zeichen ist, daß ich es besser hatte als Norma Jeane. Zwar hatte auch ich meinen Vater nicht kennengelernt. Aber ich hatte wenigstens ein Bild von ihm, und ich kannte seinen Namen: Jorge Timothy Diaz Haskins. Ein Schauspieler, der meist in kleinen, aber gefährlichen Rollen eingesetzt wurde – eine Art früher Stuntman, Sohn eines Mexikaners und einer deutschstämmigen Texanerin, deren Hinterlassenschaft aus einem alten Foto und einem zerfledderten Buch mit dem Titel »Deutsch in 24 Stunden« bestand.

Nach den Berichten meiner Tanten muß Diaz ein feuriger Mann gewesen sein, und zwar in mehrfacher Hinsicht. Zwei Wochen vor meiner Geburt zog er es nämlich vor, in die ewigen Jagdgründe einzugehen. Nach einer wilden Motorradfahrt entlang des Pazifischen Ozeans (der für ihn wirklich zum »Meer des Friedens« wurde) vereinigte er den Whiskey in seinem Bauch mit dem Benzin im Tank seiner Harley zur explosivsten aller Feuermischungen – als nämlich im Moment des Aufpralls auf einen die Straße versperrenden Felsbrocken das Gesetz von der Erhaltung der Energie eine Umwandlung von Kinetik in Thermik dergestalt herbeiführte, daß meinem feurigen Erzeuger sein Ende und seine Feuerbestattung im selben Moment und am selben Ort zuteil wurden. – Er, dem ich meine Existenz verdanke, ruhe sanft.

Was meine Mutter und mich betraf, so hatte man mich per Kaiserschnitt aus ihrem Bauch herausholen müssen. Und ob aus Kummer über den letzten Ritt meines Erzeugers oder durch Schlamperei der Ärzte – zwei Tage nach meiner Geburt hatte sie nachts eine innere Blutung, und am Morgen war sie weiß im Gesicht und nicht mehr zu wecken. Leider gab es in solchen Fällen noch nicht so großzügige Entschädigungen und raffinierte Anwälte wie heute, und wenn es sie gegeben hätte, dann hätten meine beiden Tanten, die mich plötzlich als Pflegekind auf dem Hals hatten, sie mit Sicherheit nicht gekannt. So nahmen sie mich als »Geschenk Gottes« – eine fromme Umschreibung für eine vom Himmel gefallene, unerwartete Last, die man aus familiärer Anhänglichkeit nicht abschieben konnte oder wollte.

Meine Großeltern mütterlicherseits (die ich leider nicht mehr kennengelernt habe) waren allem Anschein nach biedere und etwas ängstliche Leute gewesen. Ihr größtes Abenteuer war eine Reise nach Paris, die sie in einem Preisausschreiben gewonnen hatten. Soweit ich aus den Berichten meiner Tanten heraushören konnte, hatten sie sich dort todunglücklich gefühlt; aber zurück in Los Angeles, beschlossen sie, in dieser Reise das tiefste Erlebnis ihres Lebens zu sehen. Es war auch Anlaß, ihren Töchtern französische Namen zu geben: der ältesten (meiner Mutter) Françoise, der zweiten Veronique, der jüngsten Monique.

In den ersten Jahren war es vor allem Tante Veronique (»Nicki«), die sich um mich kümmerte. Ihr verdanke ich auch meinen Namen. Sie trug nämlich – »aus Versehen«, wie sie sagte – die Nachnamen Diaz und Haskins in falscher Reihenfolge ein, und dann wählte sie von den Vornamen meines Vaters den ihrer Meinung nach wohlklingenderen, also Timothy. Tante Monique (»Monnie«) half bei meiner Betreuung gelegentlich mit, ließ aber, wenn sie mit mir ins Kino oder ins Eiscafé ging, stets durchblicken, daß sie sich derlei Zeitvertreib nicht mehr lange würde leisten können. Der Grund dafür war immer ein sehr bedeutender Mann, den sie gerade kennengelernt hatte und demnächst heiraten würde.

Eine dieser bevorstehenden Eheschließungen ließ sie eines Tages ankündigen, daß sie sich um meine Erziehung nicht weiter werde kümmern können. Ihr künftiger Ehemann werde in Kürze eine wichtige Position in einem der großen Filmstudios übernehmen, und die umfangreichen Verpflichtungen, die auf sie zukämen, würden ihr keine Zeit mehr lassen, mich weiterhin ins Kino oder zum Eis auszuführen. Diesmal schien es ernst zu werden, denn sie stellte ihren Auserwählten sogar offiziell der Familie vor. Aber obwohl die beiden kurz darauf tatsächlich heirateten, kam alles ganz anders.

Gerade diese Ehe nämlich – genauer gesagt: ihr Scheitern – sollte dazu führen, daß sich Tante Monnie endgültig von ihren »sozialen Verpflichtungen« ab- und meiner Erziehung zuwandte. So daß ich zwar zu dem Zeitpunkt, als ich auf die Van Nuys High School kam, in der Tat ein Waisenkind war, im Unterschied zu Norma Jeane, deren Mutter immerhin noch lebte. Aber ich hatte in Monnie eine erklärte Ersatzmutter, während man Norma Jeane immer wieder zwischen

ihrer kranken Mutter, deren Freundin und diversen Pflegefamilien hin- und hergeschoben hatte, bis hin zu Aufent-
halten im Waisenhaus.

Ich mochte die Schule und das Lernen, vor allem die Naturwissenschaften. Alles Technische faszinierte mich, am
meisten das Radio mit seinen glimmenden Röhren, seinem
Piepsen und Rauschen, das plötzlich, wenn man den Sen-
derknopf vorsichtig drehte, in die schönste Musik oder die
Ansage »Hier ist San Francisco« überging. Oft saß ich bis
in die Nacht über den Versuchsanordnungen zweier Bau-
kästen, die mir meine Tanten geschenkt hatten – »Physika-
lische Experimente, die gelingen« von Nicki und »Chemi-
sche Experimente, die gelingen« von Monnie. Ich war ein
Meister im Reparieren defekter Geräte, und nachdem sich
das herumgesprochen hatte, verschaffte es mir in der Nachbarschaft manchen schönen Dollar.

Meine besten Kunden waren eine Zeitlang Max und Lore
Muller, die ein paar Blocks weiter in einem alten Bungalow
lebten. Obwohl 1933 aus Deutschland emigriert, waren
deutsche Literatur, Kunst und Musik ihr Ein und Alles;
auch der Krieg, den ihr Land vom Zaun gebrochen hatte,
konnte sie davon nicht abbringen. Wie es sich für Kultur-
menschen gehört, war in ihrem Haus immer etwas kaputt,
so daß ich gut zu tun hatte und gut verdiente – bis ich mich
von Lore zu einem Deal überreden ließ: ich hielt ihre Haus-
und Gartengeräte in Ordnung, dafür erteilte sie mir einmal
in der Woche Sprachunterricht mit besagtem »Deutsch in
24 Stunden«. Ich willigte ein in der absurden Annahme,
dem Geist meiner unbekannten Vorfahren dadurch näher-
zukommen.

Lore kombinierte den Unterricht mit selbstgebackener
Schokoladentorte – eine wenig bekömmliche Mischung, wie
ich bald feststellte. Wer das Deutsche kennt, weiß, was ich
meine. Schon die Großschreibung ist eine Provokation –
was ist das für ein Denken, wo Dinge wichtiger sind als

21

Handlungen? Dann die zungenbrecherische Konsonanten-flut à la »Holzpfropf« oder »Strickstrumpf« ... trennbare Verben stehen wie zerstrittene Eheleute an den entfernte-sten Stellen des Satzes herum ... zwanzig Pluralformen, dazu eine Adjektivdeklination, die weder guten Mutes noch mit gutem Mut zu bewältigen ist ... im Grunde müßte man diese Sprache als Ausdruck linguistischer Fremdenfeindlich-keit völkerrechtlich verbieten.

Nach zwei der »24 Stunden« wollte ich aufgeben, aber Lore Muller fand ein Mittel, meine Beharrlichkeit zu stär-ken. Von der dritten Lektion an nahm nämlich außer mir noch ein Mädchen aus der Nachbarschaft an den Deutsch-stunden teil. Sie hieß Shirley und ging wie ich auf die Van Nuys High School, aber eine Klasse unter mir. Im Grunde war sie noch ein Kind; aber mit ihr zusammen war es ganz lustig. Also machte ich weiter – eine Marotte, die mir in der Klasse den Spitznamen »der Deutsche« eintrug.

Pauline war die einzige, die mich mit der Bemerkung »Fremdsprachen sind immer gut« ermutigte. Bei Norma Jeane verschafften mir weder meine Sprachstudien noch mein technisches Talent besonderes Ansehen. Zwar grüß-ten wir uns regelmäßig, nachdem wir uns gegenseitig als halbe Waisen erkannt hatten. Aber von meiner Verliebtheit bemerkte sie nichts.

Irgendwann stellte sich heraus, daß ich – geboren am 31. Mai 1926 – genau einen Tag älter war als sie. Seitdem nannte sie mich, wenn ich ihr bei einer Aufgabe helfen sollte, »guter alter Timmy«, gelegentlich auch »älterer Bru-der«. Das hätte mich freuen können, tat es aber nicht. Denn ich spürte, daß es nicht nur eine gewisse Vertraulichkeit aus-drückte, sondern auch, daß tiefergehende Aspekte in dieser geschwisterlichen Beziehung nichts zu suchen hatten.

Doch auch mit der Vertraulichkeit war es nicht weit her. Oft begrüßte sie mich nach dem Wochenende, als hätte sie mich Jahre nicht gesehen; nichts schien sie so sehr zu inter-essieren, als was ich am Sonntag gemacht hatte. Aber wenn ich anfing, es ihr zu erzählen, wanderte ihr Blick nach wenigen Worten umher, und mitten im Satz winkte sie einem anderen zu, als hätte sie auch ihn jahrelang vermißt. Das schmerzte, tat aber meiner Verliebtheit keinen Abbruch.

Sie selber schien sich ganz wohl dabei zu fühlen, was sich daran zeigte, daß sie sich mir gegenüber viel ungezwungener gab als bei anderen. Zum Beispiel stotterte sie nie, wenn sie mit mir zusammen war – was ihr ansonsten nicht nur bei den Lehrern passierte, sondern auch bei bestimmten Schülern. Manchmal ließ sie sich in meiner Gegenwart regelrecht gehen, rülpste laut oder bohrte in der Nase, wenn sonst niemand dabei war. Im Unterricht tat sie das nie, auch nicht im Gespräch mit solchen Mitschülern, die aus ihrer Sicht zählten: etwa Jonathan, dessen Vater Senator war. Erst recht nicht, wenn Ted in der Nähe war.

Teds Vater hatte eine Konservenfabrik, die noch vor zwei Jahren vor dem Ruin gestanden hatte. Dann ging in Europa der Krieg los, und die Fabrik bekam einen Regierungsauftrag, der sie rettete. Jetzt wurde Ted jeden Morgen von einem Chauffeur im schwarzen Cadillac zur Schule gebracht und nach Schulschluß abgeholt. Er war ein mittelmäßiger Schüler, aber ein großer Sportsmann, außerdem ein Snob von Gottes Gnaden: jeden Tag erschien er in einem anderen Anzug und mit anderen Schuhen. Einmal machte sich Benny die Mühe, zu zählen, wieviel Zeit verstrich, bis Ted wieder dasselbe Paar Schuhe trug: es war mehr als ein Monat. Trotzdem war er beliebt; einige Mädchen himmelten ihn an. Aber er vermied Situationen, wo er mit einer von ihnen allein gewesen wäre, und wenn er welche ins Kino oder auf eine Party einlud, dann fast immer noch einige Jungs dazu.

Er war großzügig und meistens gutgelaunt, und von dem, was er nach der Schule machte, konnte er hübsche Stories erzählen. In den Pausen versammelte sich oft eine Traube von Schülern um ihn herum, darunter auch Norma Jeane. Wenn Ted sie ansah, strahlte sie und nickte begeistert, den

Mund leicht geöffnet, als wäre sie von seinen Worten geradezu überwältigt – vor Eifersucht hätte ich Ted am liebsten in den Bauch getreten. Unbegreiflicherweise reagierte er kaum auf ihre Signale. Dann verschwand das Strahlen aus ihrem Gesicht; auch ihre Lippen legten sich wieder aufeinander, und wenn ich in der Nähe stand, wandte sie sich mir zu.

Natürlich freute mich das, obwohl ich spürte, daß sie mich nur als Ersatz für Ted nahm – so wie ich Laura als Ersatz für sie und Pauline.

2
Ein Amerikaner in Berlin

Im Herbst 1944 tat ich das, was sich für einen achtzehn-
jährigen männlichen US-Bürger gehörte: ich saß auf einem
Truppentransporter nach Europa und hatte Angst vor meinem ersten Gefecht. Auch die meisten Klassenkameraden
waren im Einsatz, jedenfalls die, mit denen ich engeren
Kontakt hatte. Benny und Ted durften sich im Pazifik mit
den Japanern herumschlagen; ich kam als Funker zu einem
Regiment in der Nähe von Lüttich.

Sehr schnell merkte ich eines: von sämtlichen Möglichkeiten, mitten in der Schlacht zu liegen und trotzdem kein
Held zu werden, hatte ich vermutlich die beste erwischt.
Der Funker war nämlich schon damals, was er selber noch
gar nicht wußte: Vorbote des heraufziehenden Kommuni-
kationszeitalters. Ohne ihn tat sich gar nichts, jedenfalls
vorne an der Front, wo noch nicht wie in der Etappe das
ganze Gelände mit Feldtelefonen verkabelt war. Alles, was
schnell gehen mußte, lief über ihn, folglich war er nie
weit vom Kommandierenden entfernt, und das hieß: gute
Deckung, gute Fahrzeuge, gute Verpflegung. Wenn irgend-
ein GI an einem Baum lehnte und in den Himmel blinzelte,
sah jeder Sergeant, daß er faul herumhing, und konnte ihn
anpfeifen. Beim Funker dagegen, der seinen ungeheuer
amtlichen Kopfhörer übergestülpt hatte, war das anders:
gespannt lauschte er auf die schlachtentscheidenden Signale, und wenn er dabei die Augen geschlossen hielt, dann
nicht etwa, weil er an seine erste Liebesnacht mit Wilma
dachte (und sich wunderte, daß sogar diese Erinnerung zu
verblassen begann), sondern um seine Konzentration im
Dienst des Vaterlandes weiter zu vertiefen.

Ein ständiges Problem war das Abhören des feindlichen Funkverkehrs. Zwar waren die Funkcodes der Deutschen längst entschlüsselt, aber diese Teufel wandten immer häufiger ein heimtückisches Mittel an: sie benutzten gar keine Verschlüsselung, sondern plauderten offen durch den Äther. So viel, wie da gequasselt wurde, konnte man weder aufnehmen noch aufschreiben; es hätte Monate gedauert, auch nur die Meldungen von einem Tag zu analysieren. Folglich mußte in jeder Funkzentrale einer sitzen, der solche Gespräche wenigstens dem Sinn nach verstehen konnte. Und zur Strafe dafür, daß ich mich einmal damit eingelassen hatte, wurde ich dazu verdonnert, meine Deutschkenntnisse aufzufrischen.

Es war eine Qual, aber je näher die Front an die deutsche Grenze heranrückte, desto interessanter wurde es. Und als ich zum erstenmal mitbekam, wie eine vor uns liegende Batterie funkte: »Verdammt, wann kommt ihr, haben nur noch dreißig Schuß«, und gleich darauf die Antwort kam: »Geht nicht, haben keinen Sprit mehr«, da war der Knoten geplatzt: wir schoben eine Attrappe ins Schußfeld und zählten die Schüsse, dann fuhren zwei Panzer vor, und die ganze Mannschaft kam mit erhobenen Händen aus ihrem Bunker spaziert. Wie gesagt: ohne Funker läuft gar nichts.

Anfang 1945 kam ich nach Aachen, das wir als erste deutsche Großstadt eingenommen hatten. Man brauchte Leute mit Deutschkenntnissen, selbst wenn sie so mangelhaft waren wie meine – womit im Grunde meine Soldatenlaufbahn beendet war, bevor sie richtig angefangen hatte. Anderen ging es schlechter: Teddy flog Einsätze gegen Tokio, und Benny ließ zwei Liter Blut auf Iwo Jima, was ihn fast das irdische Dasein kostete, aber dafür einen Heimaturlaub einbrachte.

Im Vergleich dazu war ich im Paradies, wenn auch mit reichlich Trümmern. Zu meinem Erstaunen konnte man in der amerikanischen Uniform nicht nur gefahrlos durch die Straßen gehen, sondern sah kaum einmal einen feindseligen

Blick. Die Leute waren mager, was aber viele Frauen eher hübscher zu machen schien. Nur eines war weit und breit nicht zu sehen: Nazis. Kein Wunder, dachte ich: die werden das Weite gesucht haben, bevor wir gekommen sind. Aber wir kriegen euch – dachte ich.

Großadmiral Dönitz, vom Führer zum Nachfolger ernannt, kapitulierte. Den deutschen Nordwesten besetzten die Briten, und ich wurde in den amerikanischen Sektor Berlins versetzt. Dort sollte ich für »Sonderaufgaben« zur Verfügung stehen, wurde aber eine Zeitlang mehr oder weniger vergessen. Also sah ich meine Pflicht darin, mich weiter in die Mysterien der deutschen Grammatik zu vertiefen. Fürs erste hielt man sich an das Verbot, mit den Deutschen zu »fraternisieren«, wie die privaten Kontakte genannt wurden. Daher beschränkte ich mich auf Bücher, fuhr im Jeep durch die zerstörte Stadt und fragte mich: wo war der Feind? Wo waren die Nazis?

Inzwischen kämpfte Benny auf Okinawa. Teddy erhielt bei einem Aufklärungsflug einen Treffer; beim Landeanflug versagte die Steuerung, und die Maschine stürzte neben dem Träger ins Meer. Im letzten Moment fischten sie ihn auf.

Dann fielen im Namen von Freiheit und Demokratie die Bomben auf Hiroshima und Nagasaki, und Japan kapitulierte. Benny und Ted konnten aufatmen; sie hatten wie ich die Schlacht überlebt. Der Krieg hatte die Waffen gestreckt – glaubten wir.

Aber plötzlich ging es weiter, oder vielmehr, es fing schon wieder an. Kaum eine Woche, nachdem Japan kapituliert hatte, verlegte man Teds Einheit nach Korea: als Gegengewicht zu russischen Truppen, die in den Norden des Landes einmarschiert waren.

Derweil lernte ich Deutsch und fragte mich zunehmend verwirrt: wo waren die Nazis? Waren die paar Leute, die in Nürnberg vor dem internationalen Gericht standen, wirklich die einzigen Verantwortlichen? Plötzlich gab es nur noch Getäuschte, Mißbrauchte, immer schon dagegen Gewesene. Soviel Juden lebten in ganz Europa nicht mehr, wie diese Leute auf einmal gewarnt, unterstützt und versteckt haben wollten. Niemand hatte bespitzelt und denunziert, schon gar nicht mißhandelt oder gemordet. Im Gegenteil: jeder war irgendwann bedroht worden, war Opfer bösartiger Verleumdung und im Visier der Gestapo gewesen. Das deutsche Volk stellte sich als Gemeinschaft unterdrückter und betrogener Bürger heraus, die nie etwas Böses getan hatten und selbst nur knapp dem KZ entronnen waren. Waren das alles Lügner und Betrüger? Richter, Politiker, Schriftsteller, Journalisten suchten die Antwort darauf und fanden sie nicht – und ich mit meinen achtzehn Jahren schon gar nicht.

Heute sage ich mir: auch wenn sich kaum ein Deutscher schuldig bekannte – hätten nicht, falls sich eine nennenswerte Zahl von Leuten schuldig *gefühlt* hätte, wenn schon nicht die Gefängnisse, so wenigstens die psychiatrischen Kliniken voll sein müssen von all den Schuldbeladenen? Aber das waren sie zu keinem Zeitpunkt. Offenbar litten unter dem Geschehenen wirklich nur die überlebenden Opfer und deren Nachkommen, und im Haus der beamteten Täter lediglich deren sensible Kinder.

Und als ein paar Jahrzehnte später wieder ein deutscher Überwachungsstaat zusammenbrach, war es dasselbe Bild: Volkspolizisten und Bürokraten, hohe und niedere Parteibonzen, »informelle Mitarbeiter«, aber auch die Stasileute selber – sie alle hatten sich, wenn man ihren Angaben Glauben schenken wollte, nicht als Unterdrücker, Denunzianten, Erpresser gefühlt, sondern entweder als Gutwillige oder selber als Unterdrückte. Waren das auch sämtlich notorische Lügner? Oder litten sie unter krankhaftem Realitätsverlust?

Die Erklärung für dieses seltsame Phänomen ging mir vor einiger Zeit auf – und zwar, harmlos genug, als ich im Garten meinen Kater mit einer Maus spielen sah. Darum möchte ich es das »Gesetz von Katz und Maus« nennen. Was lief da ab?

Der Kater tat, was er oft tut: er hatte eine Maus gefangen und trug sie in der Schnauze zu mir – mit äußerster Vorsicht, denn er wollte nur spielen. Dann ließ er sie fallen und wartete darauf, daß sie sich als guter Spielkamerad zeigte; als sie loslief, sprang er hinterher und packte sie erneut, ließ sie los und jagte sie wieder. Schließlich hatte er genug und kam mit hochaufgerichtetem Schwanz zu mir, in der Erwartung meines Lobes. Als er sich wieder der Maus zuwandte, war diese auf und davon. Er schnüffelte ihr ein Weilchen hinterher, fand sie aber nicht mehr ... und kümmerte sich nicht weiter darum.

Ich aber fragte mich: wie waren bei dieser kleinen Jagd wohl Rollen und Gefühle verteilt?

Für den Kater war es ein Spiel, das er schon oft gespielt hatte – für die Maus dagegen ein Kampf auf Leben und Tod, wo jede falsche Entscheidung ihr Ende bedeuten konnte. Ein und dasselbe Geschehen, aber für die Beteiligten so unterschiedlich wie Tag und Nacht. Dasselbe gilt aber auch für einen behördlichen Vorgang: für den Zuständigen ist alles Routine. Ein Aktenvermerk, eine Stellungnahme, eine Unterschrift – kaum erledigt, schon vergessen, Wiedervorlage bei Termin. Auf der anderen Seite der Mensch, der ins Räderwerk der Maßnahmen gerät: er fühlt sich bedroht, ist es bald auch wirklich, lebt in ständiger Angst vor dem nächsten Schritt, der ihn Arbeitsplatz, Vermögen, Freiheit, vielleicht sogar das Leben kosten kann.

Zwangsläufig gerät aber auch ein Amtsinhaber gelegentlich in die Mühle amtlicher Vorgänge. Man kritisiert ihn wegen eines Fehlers, jemand denunziert ihn wegen einer unbedachten Bemerkung, oder er wird zum Objekt eines Routinevorganges, in dem er sich ungeschickt verhält oder etwas zu verbergen hat ... vielleicht nur ein einziges Mal. Aber dieses eine Mal, wo er sich fürchten muß, brennt sich tiefer ins Gedächtnis des Bürokraten als tausend Vorgänge, die er selber als Amtsträger veranlaßt hat. Eben das Gesetz von Katze und Maus – dieses merkwürdige Prinzip, das in einem unterdrückten Land jeden sich als Opfer fühlen läßt.

Und darum war das Böse des Dritten Reiches nicht nur, wie Hannah Arendt anläßlich des Eichmann-Prozesses schrieb, banal – es wurde auch, wie sonstige Banalitäten, vergessen. In der Tat: es wurde nicht einmal, wie man gerne behauptet, verdrängt, in irgendeinen Winkel, von dem aus es untergründig gequält hätte, und von wo aus es eines Tages doch noch die Sonne an den Tag bringen würde. Die Wirklichkeit war anders. Das staatlich organisierte Verbrechen wurde – außer von den Opfern und den nachtragenden Medien – wirklich und wahrhaftig vergessen.

Daß die staatlich beauftragten Mordgehilfen bis zuletzt *nicht* an Gewissensqualen litten, daß ihr letzter Schlaf *nicht* gestört war von Alpträumen: das zu wissen, ist mir immer als das eigentlich Schlimme erschienen.

Irgendwann im Januar 1946 wurde ich zum Regimentskommandeur gerufen. Im Zimmer des Colonel saßen zwei Herren der Douglas-Flugzeugwerke. Sie waren nach Deutschland gekommen, um sich über den Zustand der Flughäfen zu informieren; ich erhielt den Auftrag, mir einen Jeep zu nehmen und die beiden erst zum Flughafen Tempelhof und dann nach Belieben durch die Stadt zu chauffieren. »Zu Befehl, Colonel«, verkündete ich und salutierte. Ich wollte mich umdrehen und hinausgehen, als mein Blick auf eine Zeitschrift fiel, die auf dem Schreibtisch lag. Es war ein Exemplar der »Douglas Airview«.

Das Titelbild zeigte das luxuriöse Innere eines Flugzeuges – offenbar eine Zivilmaschine, denn der Platz, auf dem sich hier zwei Paare gegenübersaßen, hätte beim Militär für ein Dutzend GIs gereicht. Das Interessante aber war die junge Frau auf dem Fenstersitz. Sie trug ein hochgeschlossenes grünes Kleid, und ihr Lächeln zeigte alle ihre weißen

Zähne. Kastanienbraunes Haar, darauf ein flottes rotes Hütchen. Ich erkannte sie sofort: es war Norma Jeane.

»Was ist?« fragte der Oberst.

»Ach, nichts. Es ist nur – wissen Sie, das Mädchen hier auf dem Titelbild kenne ich.«

»Wirklich? Wer ist es denn? Etwa eine Berühmtheit, von der ich noch nichts gehört habe?«

»Nicht daß ich wüßte. Nein, sie ist bloß eine frühere Klassenkameradin von mir.«

»Hübsches Ding!« sagte der Kommandeur. »Bißchen kindlich, aber gute Figur. Hier, nehmen Sie – und wenn Sie ihr schreiben, grüßen Sie von mir.«

3
Davor und danach

Was weiß man schon während der Schulzeit von seinen Mitschülern? Fast nichts. Das liegt nicht nur an den unterschiedlichen Interessen, sondern auch daran, daß man in der Schule fast nie mit jemand allein ist. Und wehe, wenn sich ein Junge und ein Mädchen einmal abseits der anderen unterhalten: gleich gibt es spöttische Blicke, Getuschel und Gekicher – ihr seid jetzt wohl ein Liebespaar, oder?

Selbst wenn ich mich darum nicht gekümmert hätte – damals auf der Van Nuys High School war ich fünfzehn, und sowie ich allein vor einer Frau stand, wurde ich rot. Was ich von den Mädchen aus der Klasse wußte, hatte ich meistens von Benny, sogar einiges von dem, was ich über Norma Jeane zu wissen glaubte. Zum Beispiel, daß ihre Mutter angeblich wegen einer Herzkrankheit in einem Sanatorium lebte. Daß sie in gewisser Hinsicht einiges erzählen könnte: von älteren Männern ... von Vergewaltigungen ...

Von anderem hatte ich keine Ahnung: etwa, daß ihre Mutter nicht herzkrank, sondern nervenkrank war ... daß sie ihre Tochter schon wenige Tage nach der Geburt weggegeben hatte ... daß Norma Jeane nicht wußte, wer ihr Vater war ... daß man sie einmal ins Waisenhaus brachte, wo sie verzweifelt gerufen hatte: »Ich bin kein Waisenkind! Meine Mutter lebt noch!«

Aber auch anderen ging es nicht gerade rosig. Zum Beispiel Laura, deren Vater sich aufgeknüpft hatte, als er seinen Job als Vertreter verlor, und deren Mutter jeden Nachmittag das Schulhaus putzte. Oder Benny: sein Vater hatte seit einem Unfall ein steifes Bein; jetzt hing er zu Hause rum und verfluchte Gott und die Welt, und sowie er ein paar

Dollar in die Finger kriegte, besoff er sich und verprügelte jeden, der ihm in den Weg lief – Frau, Schwiegermutter, Kinder.

Allerdings war es in der Klasse nicht üblich, sich viel um Familiendinge der Mitschüler zu kümmern. Im Grunde dasselbe wie auf meinen früheren Schulen: wer gern mit andern zusammen war, mit dem war man gern zusammen, und wer mit sich nichts anzufangen wußte, mit dem konnten auch die andern nichts anfangen. Natürlich gab es welche, die sich für was Besseres hielten, weil sie mehr Taschengeld hatten oder in den teuren Vierteln wohnten. Aber diejenigen, die wirklich etwas Besonderes darstellten – wie Teddy oder Pauline – protzten nie mit dem, was sie hatten.

Inzwischen hatte ich mich auf der Van Nuys High School eingelebt, aber noch immer konnte ich mich nicht entscheiden, in wen ich mehr verliebt war: Pauline oder Norma Jeane. Fest stand für mich nur eines: daß es in meinem Alter nichts Wichtigeres gab, als endlich eine Freundin zu finden.

Wenn ich die Augen schloß und nur den Stimmen zuhörte, konnte keine neben Pauline bestehen: ihr helles, manchmal spöttisches Lachen, ihre originellen Bemerkungen, ihr guter Geschmack ... ich hätte ihr ewig zuhören können. Dann öffnete ich die Augen und sah hinüber zu Norma Jeane, wie sie sich auf ihrem Stuhl ausstreckte und mit den Händen langsam über ihre Bluse fuhr, um eine imaginäre Falte glattzustreichen, und fühlte mich auf beinahe schmerzhafte Weise zu ihr hingezogen ... in solchen Augenblicken wagte ich es kaum, ihr in die Augen zu sehen. Manchmal, wenn sie die Hände hinter dem Kopf verschränkte und ihren Oberkörper vorstreckte, hatte ich das Gefühl, mein Lebensglück zu verfehlen, wenn ich diese Brust nicht irgendwann streicheln könnte. Stand ich dann neben ihr, stotterte ich, wie umwerfend sie wieder aussähe.

Das quittierte sie mit einem freundlichen Lächeln, aber ich merkte ihr an, daß sie solche Sätze für belanglos hielt.

Andere waren mutiger. Einmal glaubte Benny, mit ihr allein zu sein, und fragte sie: »Willst du wissen, was mir am besten an dir gefällt?« Als sie nickte, legte er mit einem Grinsen seine Hand auf ihre Brust – und fing sich eine kräftige Ohrfeige ein, begleitet von einem »Fick dich ins Knie, du Arschloch!«

Das mußte man ihr lassen: zudringliche Verehrer hielt sie wirkungsvoll auf Distanz. Wenn es nötig war, hatte sie ein Repertoire von Flüchen und Schimpfworten parat, das einem Seemann zur Ehre gereicht hätte. In solchen Augenblicken hatte sie nichts mehr von der Hilflosigkeit, die sie im Unterricht an den Tag legte. Daraus zog ich den Schluß, daß sie über das Verhältnis von Männern und Frauen gründlich Bescheid wußte. Wo sie das gelernt hatte? Darüber machte ich mir damals keine Gedanken.

Ich kann nicht sagen, daß mir ihre Ausbrüche von Vulgarität gefielen. Auch andere Dinge irritierten mich, zum Beispiel, wie schnell sich ihre Einstellung zu anderen Leuten änderte. Sie war imstande, jemanden heute als »guten Freund, auf den man sich wirklich verlassen kann« zu bezeichnen, und morgen schon als »Egoisten durch und durch, der nur an seinen eigenen Vorteil denkt«. Meistens hatten solche Veränderungen eine klare Richtung: erst »Freund«, dann »Egoist«, »unzuverlässig« oder »eingebildet«. Dieser Abstieg in ihren Gefühlen erfolgte sehr schnell, hingegen der Aufstieg sehr langsam, mit dem Ergebnis, daß sie nicht viele als ihre Freunde bezeichnete.

Sogar Ted, dessen einziges Vergehen darin bestand, sich nicht um sie zu bemühen, verdarb es sich mit ihr – wahrscheinlich ohne daß er es merkte. Einmal sah ich sie mit strahlendem Lächeln neben ihm stehen, als er sich plötzlich Pauline zuwandte und mit dieser ein Gespräch anfing. Daraufhin kam Norma Jeane zu mir und fragte: »Wie geht's deiner Tante Monnie?«

»Nanu«, sagte ich, »hast du mit Ted über meine Tante gesprochen?«

»Quatsch«, antwortete sie mit ihrer Piepsstimme. »Wie kommst du denn darauf? Nebenbei gesagt: Ted interessiert mich *nicht im geringsten*! Ich glaube, er spielt sich bloß auf, meinst du nicht?«

»Nein, meine ich nicht. Er trägt seltsame Klamotten, aber sonst ist er ganz in Ordnung.«

»Findest du? Na ja, vielleicht hast du recht. Bloß, er hat so eine Art, weißt du … als wenn er sich für einen interessieren würde. Aber ich glaube, er tut nur so.«

Ich sah beim besten Willen nichts, was ich Ted hätte vorwerfen können, stimmte aber, um ihr einen Gefallen zu tun, trotzdem zu – wie meistens, wenn sie sich bei mir über andere Mitschüler beklagte. Oft lagen dem nur Mißverständnisse zugrunde: jemand hatte vielleicht etwas vorgeschlagen, aber ihre Reaktion nicht als feste Zustimmung verstanden. Anderes war nur im Scherz gesagt oder ironisch gemeint; aber sie nahm es ernst.

Das war auffällig: sie verstand keine Ironie. Immer wieder nahm sie Dinge wörtlich, antwortete ganz naiv auf Fragen, die als Feststellung oder witzig gemeint waren. Einmal klebte Benny dem strebsamen Aaron Kaugummi auf den Stuhl, und Jonathan, der es beobachtet hatte, verpetzte ihn bei der Lehrerin Miss Graves.

»Jonathan ist wirklich ein echter Freund!« stellte Ted in der Pause fest.

»Wirklich?« fragte Norma Jeane ungläubig. »Meinst du, es war richtig, daß er zu Miss Graves gegangen ist?«

Ted seufzte und warf Benny und mir einen verzweifelten Blick zu. »Natürlich!« sagte er – fuhr dann aber, als er Norma Jeanes verwirrtes Gesicht sah, kopfschüttelnd fort: »Natürlich nicht. Es war ein Scherz, verstehst du?«

»Ach, ein Scherz«, sagte sie erleichtert. »Und ich dachte schon, du hättest es ernst gemeint.«

Noch etwas war seltsam: sie konnte nicht spielen – womit

ich nicht das Vorspielen einer Rolle meine. Egal ob Brettspiele, Karten oder Spiele im Freien: kaum einmal nahm sie von sich aus daran teil, und daß sie selber ein Spiel vorschlug, kam nie vor. Sie wartete darauf, daß man sie einlud, aber wenn man es tat, beschränkte sich das Vergnügen auf ihren Anblick. Das Spiel selber machte mit ihr wenig Spaß; andauernd fragte sie, ob sie es auch richtig machte, und wenn man es ihr bestätigte, kicherte sie und legte einen hektischen Enthusiasmus an den Tag. Gewinnen tat sie selten. Wenn es vorkam, entschuldigte sie sich und versuchte zu beweisen, daß im Grunde ein anderer hätte gewinnen müssen, falls er nicht diesen oder jenen Fehler gemacht hätte. Man hatte den Eindruck, sie wollte nicht das Spiel gewinnen, sondern gelobt werden.

Ironie und Spiel, so scheint mir, gehören auf gewisse Weise zusammen. Wie jedes Spiel beruht auch Ironie darauf, daß man ihre Regeln akzeptiert, zum mindesten kennt – das Gesagte ist nicht das Gemeinte, aber auch das verbal Gemeinte ist nicht immer die wirkliche Aussage. Wie jedes Spiel sucht auch Ironie zuallererst das Spiel selber, wenn auch mit der Hoffnung, inmitten gespielter Mißverständnisse eine tiefere Übereinstimmung zu finden. Das ist dann der Punkt, wo die Wirklichkeit des Spiels aufhört und eine andere anfängt. Problem mancher Ironiker ist es, diesen Punkt nicht mehr zu kennen – aber mit jemandem, der Ironie nicht versteht, kommt man nicht einmal bis zu diesem Punkt, geschweige denn über ihn hinaus.

So ging es auch mit Norma Jeane. Trotzdem – und obwohl sie dazu neigte, alles im Blick auf sich selber zu betrachten – war sie kein schlechter Kamerad. Zwar wirkte sie ängstlich und hilflos, war aber alles andere als feige: sie erregte sich über jede Ungerechtigkeit, ganz gleich, wen sie betraf. Dann war sie sogar imstande, aufzustehen und dem Lehrer zu widersprechen, was sie sonst nie getan hätte. Die Gewißheit, im Recht zu sein, gab ihr in solchen Augenblicken einen Mut, der mich beeindruckte.

Sie hatte noch eine andere Eigenschaft, die mir mißfiel – das Schminken. Es schien für sie eine regelrechte Sucht zu sein: in den Pausen verschwand sie regelmäßig und blieb bis zum Klingeln unsichtbar. Dann wußten alle, was los war: wieder einmal war sie bis zum letzten Augenblick auf der Toilette gewesen. Laura erzählte mit einer Mischung aus Verachtung und Bewunderung, wie Norma Jeane dort konzentriert, geradezu selbstvergessen vor dem Spiegel stand. Wie sie cremte und puderte, Rouge und Lippenstift auflegte, die Augenbrauen nachzog, als ob ihr Leben davon abhinge. Das Ergebnis war oft haarscharf an der Grenze dessen, wovon anzunehmen war, daß die Lehrer es als übertrieben und vulgär kritisieren würden. Was mich betraf, so fand ich es abstoßend und faszinierend zugleich: wie sie es schaffte, ein spektakuläres Make-up hinzukriegen, ohne daß eine einzelne Stelle besonders aufgefallen wäre. Immer wieder kam es vor, daß eine Lehrerin die Klasse betrat und beim Anblick Norma Jeanes erst einmal tief Luft holte, als wollte sie zu einer Standpauke ansetzen. Dann merkte sie, daß sie außer dem Gesamteindruck gar nichts Konkretes hätte sagen können; also blickte sie nur mißbilligend, schüttelte den Kopf und begann mit dem Unterricht. Für Norma Jeane, die solche Reaktionen natürlich mitbekam, schien das jedesmal wie ein kleiner Sieg zu sein.

Waren schon ihre Figur und ihre Kleidung dazu angetan, bei den männlichen Mitschülern erotische Gefühle auszulösen, so erst recht ihre rot geschminkten Lippen. Seltsamerweise kam ich nie auf die Idee, sie zu fragen, ob das ihre Absicht war, oder auch nur, ob sie sich darüber im klaren war. Ich setzte das (bei ihr wie bei allen Frauen, die ihre Weiblichkeit nicht verstecken) mit Selbstverständlichkeit voraus – ein folgenschwerer Irrtum, wie ich später lernen mußte.

Habe ich gesagt, daß sie nicht viele in der Klasse als ihre Freunde betrachtete? Das muß ich korrigieren: vielleicht sah sie in niemandem einen wirklichen Verbündeten, nicht einmal in mir. Allerdings glaubte ich damals, daß sie absichtlich keine Freunde suchte. Das führte ich auf eine Veränderung ihrer Lebensumstände zurück, die gegen Ende des Jahres eintrat: von nun an wurde sie nach der Schule regelmäßig von einem flotten schnurrbärtigen Burschen in einem blauen Ford-Coupé abgeholt.

Hatte ich mir schon vorher kaum Hoffnungen gemacht, so jetzt erst recht nicht mehr. Ich glaubte nämlich, was das Verhältnis zwischen Männern und Frauen anging, fest an einige Dinge – beispielsweise daran, daß Frauen in der Wahl ihrer männlichen Partner unendlich viel klüger waren als umgekehrt, und daß »mit einem Jungen gehen« im Grunde schon etwas für die Ewigkeit war. Weiterhin war ich überzeugt, daß Körper und Seele einer Frau für alle Zeit demjenigen Mann verfallen wären, mit dem sie das erste Mal schlief. Und schließlich war ich mir sicher, daß alle anderen Männer im Umgang mit Frauen geschickter waren als ich, erst recht, wenn sie älter waren, einen Schnurrbart hatten und ein blaues Ford-Coupé fuhren. Also stand für mich außer Zweifel, daß Norma Jeane mit diesem Kerl ein Verhältnis haben mußte.

Hätte ich genauer hingesehen, dann wäre mir wahrscheinlich aufgefallen, daß zwischen den beiden zu diesem Zeitpunkt noch gar nichts lief. Dafür sprach zum einen die kameradschaftliche Art ihrer Begrüßung, zum anderen die Tatsache, daß neben Norma Jeane fast immer ein zweites Mädchen aus der Klasse unter uns in den Wagen stieg. Auch Benny sah das so, als ich einmal mit Bedauern feststellte, daß Norma Jeane jetzt leider einen festen Freund hätte. »Ach, der«, sagte er und winkte ab. »Du meinst den mit dem Schnurrbart und dem blauen Ford? Der ist doch harmlos. Brauchst nur mal zusehen, wie er sie begrüßt – ganz wie ihr Großonkel, wenn sie einen hätte. Doggerty oder Dougherty heißt der Knabe, sie hat's mir selber gesagt, und uralt ist er: an die zwanzig oder noch älter. Nein, die beiden haben nichts miteinander, das sieht doch ein Blinder.«

Aber in meiner Hoffnung, endlich eine Freundin zu finden, empfand ich jeden Jungen, der einem Mädchen lachend zuwinkte, als überlegenen Konkurrenten, und jeder Klaps auf die Schulter schien mir der Beweis für eine intime Beziehung. Jedenfalls sah ich das bei allen anderen so – nur nicht bei mir.

Kurz nachdem Dougherty sich als ständiger Begleiter von Norma Jeane etabliert hatte, wurde unübersehbar, daß sich Ted ernsthaft um Pauline bemühte. Das hätte mich in Verzweiflung stürzen müssen, tat es aber nicht. Denn am Morgen des 7. Dezember 1941 trat etwas ein, das unser Leben von Grund auf veränderte: der Überfall auf Pearl Harbor.

Das war an einem Sonntag. Am Tag danach begann die Schule mit einer Versammlung in der Turnhalle. Der Direktor hielt eine flammende Rede: grundlos und ohne Kriegserklärung habe Japan uns angegriffen; nun sei es heilige Pflicht, das Vaterland zu verteidigen und seine Ehre wiederherzustellen. Aufgrund der geographischen Lage sei der Staat Kalifornien am meisten bedroht, vor allem die großen Städte Los Angeles, San Diego und San Francisco. Die rückhaltlose Beteiligung jedes einzelnen sei erforderlich, zumal Deutschland und Italien auf der Seite Japans kämpfen würden.

Jeder einzelne, das hieß konkret: die Schüler im wehrfähigen Alter. Von diesen, so der Direktor, erwarte man eine freiwillige Meldung zu den Streitkräften; die Schulleitung werde alles tun, um eine vorzeitige Abschlußprüfung zu ermöglichen. Er beglückwünsche einen jeden, der in dieser Situation das Privileg habe, mit der Waffe in der Hand dienen zu dürfen – alle anderen seien aufgefordert, sich an den weiteren Verteidigungsmaßnahmen zu beteiligen und sich für die Zeit vorzubereiten, wo sie ebenfalls den Ehrendienst aufnehmen dürften.

Pearl Harbor markierte den Einschnitt, der die gesamte Schulzeit einteilte in ein »Davor« und ein »Danach«. Das

»Davor« erschien uns rückblickend wie ein Idyll: eine ver-schlafene Zeit, geruhsam dahintröpfelnd, belanglos – im Grunde die letzten Monate unserer Kindheit. Erst jetzt hatte der Krieg unwiderruflich das eigene Land erreicht. Von nun an herrschte Krieg in allen Köpfen.

Die unglaubliche Geringschätzung, die Regierung und Öffentlichkeit lange Zeit Japan gegenüber an den Tag ge-legt hatten, wich innerhalb weniger Wochen einer ebenso krassen Überschätzung, ja geradezu Dämonisierung. Plötz-lich erschien Japan als teuflisches, zu allem fähiges Land, dessen Bürger sämtlich darauf versessen waren, sich für den Tenno und seine Generäle zu opfern. Bürger japanischer Abstammung galten prinzipiell als Spione, selbst wenn sie wie ich in L.A. geboren waren und kein Wort japanisch sprachen. Von Nelly, einer der hübschesten Schülerinnen der Schule, wußten alle, daß sie eine japanische Großmutter hatte; jetzt wurde sie auf einmal gemieden, als hätte sie eine ansteckende Krankheit. Nach ein paar Tagen kam sie nicht mehr zur Schule; was aus ihr wurde, erfuhr niemand.

Nach Pearl Harbor erklärten auch Deutschland und Ita-lien uns den Krieg, und damit war der Deutschkurs bei Lore Muller im Prinzip beendet. Aber sie schien sich an mich und die kindliche Shirley gewöhnt zu haben; also schlug sie vor, uns statt des Deutschen Klavierunterricht zu erteilen. Shirley freute sich, und ich ließ mich überreden – obwohl die Musik bei Lore jedesmal solche Heimatgefühle weckte, daß sie den Unterricht auf deutsch führte.

4
Romantik I: Amerikanische Liebe

Der Sommer hielt Einzug in Berlin; am Wannsee planschten die Kinder. Man schrieb das Jahr 1946, ich war zwanzig und hatte zwei Briefe aus L. A. in meinem Postfach: einen kurzen von Monnie, einen langen von Laura. Und im Leseraum der Kaserne lag die neueste Ausgabe des Magazins »Laff«.

Auf dem Titelbild eine junge Frau im Bikini, mit strahlendem Lächeln auf einer Balustrade sitzend. Im Hintergrund eine felsige Steilküste, davor Sand und blaues Meer. Unten der Name der Schönen: »Norma Jean Dougherty« – Jean ohne »e« am Ende.

Daß sie ihren flotten Chauffeur geheiratet hatte, wußte ich. Beide hatte ich einmal am Strand getroffen, als ich mit Laura einen Ausflug machte. Da trug Norma Jeane einen hinreißenden Bikini, wirkte aber immer noch wie eine mädchenhafte, eher schüchterne Hausfrau. Ich hatte angefangen, mich etwas mehr für Laura zu interessieren, und weil in meinem damaligen Weltbild Verheiratete ohnehin auf einem anderen Planeten hausten – füreinander lebend, einander ganz verfallen –, kam ich gar nicht auf die Idee, mich bei Norma Jeane als Alternative zu ihrem Ehemann in Erinnerung zu bringen. Sie gehörte Dougherty – fertig.

Aber ein Foto hat eine merkwürdige Kraft. Die Frau auf dem »Laff«-Cover wischte meine Erinnerung beiseite, als hätte sie nie existiert. Hier präsentierte sich nicht nur eine Schönheit mit atemberaubender Figur, sondern auch ein ganz anderes Wesen, mit soviel Selbstbewußtsein und Heiterkeit, daß ich mich prompt aufs neue in sie verliebte. Inzwischen – ich rechnete nach – waren bald drei Jahre vergangen. Sie wird sich verändert haben, sagte ich mir.

Und ich machte mir meine Gedanken.

Das erste Foto auf dem Cover eines Magazins konnte Zufall sein – das zweite wohl kaum. War sie jetzt ein professionelles Fotomodell? Seltsam. Ihr Mann, dieser Dougherty ... wieso ließ er es zu, daß sich jeder in sie vergaffen konnte? Das roch ganz danach, daß die beiden nicht mehr zusammen waren.

Und hier muß ich ein Geständnis ablegen. Ich habe immer versucht, ein guter Freund und Kamerad zu sein, und dazu gehörte, nicht mit den Frauen von Freunden zu flirten. Gelegentlich verliebte ich mich in Paare, als wären sie ein siamesischer Zwilling; dann litt ich darunter, wenn sich bei mir einer über den anderen beklagte. Und wenn sich solch ein Doppelwesen trennte, kam es mir wie ein Verrat vor, die entstandenen Hälften einzeln zu besuchen.

Aber wenn ich wirklich vernarrt war in eine Frau – was dann? Machte Verliebtheit einen besseren Menschen aus mir?

Eher im Gegenteil. Was nämlich die Frau meiner Sehnsucht betraf, so wünschte ich mir keineswegs, daß ihre Beziehung zu einem anderen Mann glücklich war. Klammheimlich hoffte ich auf Krach und Tränen, am besten bis zur Trennung. Wie hätte ich sonst meiner Angebeteten zeigen können, daß ich sie mehr liebte als der Kerl, auf den sie hereingefallen war?

Da haben wir sie: die Kehrseite romantischer Überhöhung. Wir in Amerika nennen das Liebe, und es ist nur die logische Fortführung des scheinbar liebevollsten aller Sätze: *»Du allein kannst mich glücklich machen.«* Denn wer sein Lebensglück verpaßt, wenn er nicht die Zuneigung der einzigen glückverheißenden Frau gewinnt, muß zwangsläufig hoffen, daß ihre sonstigen Beziehungen in die Brüche gehen – zumal ihm die Heftigkeit seiner Gefühle zu beweisen scheint, daß umgekehrt auch er selber für sie der Richtige ist.

Bei religiösen Leuten sollte das anders sein, und von denen gibt es bekanntlich in Gottes eigenem Land besonders viele. Sie laufen mit verklärtem Blick durch die Landschaft und schwören, das ganze Universum zu lieben, bis hin zur letzten Schmeißfliege. Darum müßte man annehmen, daß sie im Blick auf ihre Partner besonders großzügig sind, denn ihre Seele gehört Gott, und wer alles liebt, sollte mit allem glücklich sein. Komischerweise ist das Gegenteil der Fall, und bei diesen Zeitgenossen ist die Sehnsucht nach dem alleinseligmachenden Partner besonders groß. Allerdings kümmert sich Gott nicht im geringsten darum, und seinen lautstärksten Anhängern beschert er gern die häßlichsten Bettgenossinnen. Statt sich zu freuen, daß Gott sie solch schwerer Prüfung für würdig erachtet, hadern dann gerade die Frommen am meisten mit ihrem Schicksal.

Ich hatte Norma Jeane, seit sie verheiratet war, für unerreichbar gehalten; das schien sich geändert zu haben. Sofort kehrte mein Interesse an ihr zurück, und damit auch dieser Egoismus der Gefühle: weil ich die Frau auf diesem Foto selber haben wollte, störte mich der Gedanke an Dougherty. Deshalb war ich über die Schlußfolgerung, daß es zwischen beiden wahrscheinlich aus war, ganz froh.

So ist sie nun mal, unsere amerikanische Liebe: das Gute, das sie zu wünschen vorgibt, meint nur das Glück, das sie selber schenkt; für den Rest (also für das meiste) wünscht sie dem Geliebten eher Unglück. Darum sind unsere Scheidungen so abstoßend: da endet die romantische Liebe in Gefeilsche und Verwünschungen, und mehr war sie von Anfang an nicht wert.

Heute schäme ich mich dafür, daß ich die Beziehung zwischen Norma Jeane und Dougherty nicht anders betrachtete als ein Aasgeier: in der Hoffnung auf ihr Ende. Damals kam mir das nicht nur selbstverständlich vor, sondern sogar gut. Was ich nicht sah, war die Dummheit dieser Denkweise. Denn wer immer nur Unglück erlebt, baut vielleicht in der Phantasie immer höhere Luftschlösser. Aber im Alltag verliert er das Zutrauen in das Glück – selbst dann, wenn es ihm einmal in den Schoß fällt.

Ich starrte die Frau auf dem Titelbild an, als hätte ich sie noch nie wirklich gesehen. Je länger ich das Bild anschaute, desto mehr hatte ich das Gefühl, daß ich damals in der Schule ein Idiot war. Warum hatte ich mich nicht intensiver um sie bemüht? Warum hatte ich nie in klaren Worten gesagt, daß sie mir nicht gleichgültig war? Jetzt hockte ich in Europa und hatte nicht einmal ihre Adresse.

Ich blätterte in dem Heft (»LAFF – The Humorous Picture Magazine«) – und klappte es ein ums andere Mal zu, als hätte ich vom Inhalt die Nase voll. In Wirklichkeit tat ich es bloß, um das Titelbild immer wieder anzusehen.

Und je mehr ich mich in das Bild verliebte, desto stärker spürte ich etwas anderes: Eifersucht. Schon der Gedanke an die Kameraden ärgerte mich, obwohl ja keiner von ihnen mit dem Namen auf dem Titelblatt etwas anfangen konnte. Erst recht der Fotograf: er hatte Norma Jeane nicht nur gesehen und fotografiert, sondern wahrscheinlich auch in seinem Auto zu dieser Stelle gefahren. Sie hatten sich unterhalten … er wußte, daß es zwischen ihr und Dougherty aus war … er hatte ihr gesagt, was sie anziehen und wie sie sich hinsetzen sollte … sicher hatte er zugesehen, wie sie sich umzog …

Für einen Moment haßte ich diesen Halunken, der ihre Schutzlosigkeit ausgenutzt hatte; dann meldete sich die Vernunft zurück. Egal was er mit ihr gemacht hatte – ohne ihn hätte ich sie wahrscheinlich nie wieder zu Gesicht bekommen, vielleicht nicht einmal an sie gedacht. Daß allerdings die Kameraden das Foto der Frau sahen, für die ich jetzt aufs neue meine Gefühle entdeckt hatte, war nicht unbedingt nötig. Ich blickte mich im Lesesaal um, und als ich merkte, daß keiner mich beobachtete, verschwand das Heft unter meinem Hemd.

In China gibt es die Geschichte von einem Bauern, der unter einem Baum sitzt und döst. Plötzlich kommt aus dem nahen Wald ein Hase angesprungen, der vor einem Jäger flieht. Er dreht sich nach dem Verfolger um, achtet nicht auf den Weg und prallt gegen den Baum, wobei er sich das Genick bricht. Der glückliche Bauer packt ihn, eilt nach Hause und brät ihn – und wartet den Rest seines Lebens unter diesem Baum auf den nächsten Hasen.

So ähnlich ging es mir mit dem Magazin »Laff«. Nachdem ich Norma Jeane einmal auf dem Titel gesehen hatte, war ich gespannt auf die nächste Ausgabe. Zwar sagte ich mir, daß keine Illustrierte zweimal hintereinander dieselbe Frau auf dem Cover bringt, aber um sicherzugehen, wollte ich wenigstens nachsehen. Dann versäumte ich ausgerechnet den Tag, als die Juli-Ausgabe kam – prompt ließ sie jemand mitgehen, noch bevor ich sie gesehen hatte. Ich fühlte mich persönlich beraubt und war erst beruhigt, als ich mich im Offizierskasino anhand eines zweiten Exemplars überzeugen konnte, daß mir kein weiteres Titelbild mit Norma Jeane entgangen war.

In den nächsten Wochen bemühte ich mich um Haltung und Vernunft und machte es mir zur Gewohnheit, nur noch nebenbei einen Blick auf die Illustrierten-Cover zu werfen. Dagegen studierte ich täglich eine der Berliner Tageszeitungen. Von denen gab es schon wieder ein halbes Dutzend, darunter den »Tagesspiegel« und die »Berliner Zeitung«. Außerdem die »Tägliche Rundschau« der Russen – manchmal faszinierend, doch meistens ungenießbar.

Inzwischen, mehr als ein Jahr nach Kriegsende, waren in Berlin die meisten Straßen wieder befahrbar; auch die wichtigsten U- und S-Bahn-Linien verkehrten, außer wenn der Strom ausfiel. Die Wasserversorgung funktionierte halbwegs, und Elektrizität gab es nicht nur stundenweise. Aber immer noch sahen die meisten Viertel aus wie Mondlandschaften, oder sagen wir, wie Los Angeles nach einem Erdbeben. Bei uns hätte man den Schutt mit den größten Bulldozern zusammengefahren und irgendwo außerhalb der Stadt abgekippt, aber in Berlin ging das nicht. Es gab weder Geld noch Maschinen, und außer Baumaterialien fehlten auch die Herren der Schöpfung: die saßen zu Hunderttausenden in den Kriegsgefangenenlagern – falls sie nicht als Engel von Hitlers Gnaden den Himmel über Berlin bevölkerten.

Folglich, wer mußte es richten? Die Berliner Trümmerfrauen. Tag für Tag schleppten sie den Schutt auf Leiterwagen und Handkarren zu Sammelplätzen und packten alles beiseite, was brauchbar war: Baustahl, Kabel, Holz, wunderbarerweise sogar die eine oder andere Glasscheibe. Vor allem aber Steine, Steine, Steine, von denen Putz und Mörtel abgeklopft werden mußten, um sie wieder verwenden zu können.

Napoleon hat einmal gesagt: »Neun Monate Winter und drei Monate keinen Sommer, das nennen die Deutschen Vaterland!« Es gab aber in diesen Wochen eine Reihe von heißen Tagen, an denen sogar Napoleon warm geworden wäre, erst recht den Trümmerfrauen, die von früh bis spät schleppten und hämmerten. Zuerst legten sie die Jacken ab, dann, obwohl aus Sicherheitsgründen verboten, sogar die Blusen. Uns GIs, die wir im Jeep vorbeifuhren und die Frauen in ihren durchlöcherten Unterhemden schuften und schwitzen sahen, fielen fast die Augen aus dem Kopf.

»Wat kiekst'n so?« rief mir eine Frau zu, als ich unwillkürlich langsamer fuhr. »Rück ma 'ne Lulle rüber, denn kannste mir ruhig von nah bekucken!«

Ich sah zu Ervin, meinem Kumpel und Zimmergenossen, der neben mir im Jeep saß: ein gewitzter kleiner Farmer aus Illinois, der über seine Frau sagte: »Die Ehe mit Jenny war das beste Kriegstraining, aber solange ich weg bin, haben wir Waffenstillstand.« Er nickte, also hielten wir an und stiegen aus. Nicht, um zu fraternisieren, versteht sich, sondern um ein vorher nicht zugängliches Bauobjekt zu inspizieren, wozu wir die Arbeiterinnen – vielleicht acht oder neun – natürlich verhören mußten.

»Pause!« rief eine der Frauen. Sie war offenbar die Vorarbeiterin des kleinen Trupps: etwas älter als die anderen, eine Nickelbrille auf der Nase, mit müdem, mißmutigem Gesicht. Die anderen lachten, legten Hammer und Schaufel aus den Händen und nahmen auf einem Steinstapel Platz. Ervin ließ eine Packung »Camel« herumgehen; die Frauen griffen zögernd, beinahe feierlich zu und ließen sich Feuer geben. Nur die Frau neben mir stand auf und holte eine Tasche, umwickelte ihre Zigarette mit Papier und steckte sie weg.

»Sie rauchen nicht?« fragte ich sie.

»Doch«, antwortete sie, »sogar gerne. Aber ich habe zwei Kinder.«

Ich reichte ihr noch ein Zigarette. »Hier, nehmen Sie. Aber nur, wenn Sie die wirklich rauchen.«

»Danke«, sagte sie und lächelte. Ich beobachtete sie. Eine brennende Zigarette ist fast wie das Leben selber: je hastiger man genießt, desto schneller hat der Spaß ein Ende. Was tun, wenn man nur eine hat? Man kann die Lebensdauer der Zigarette verdoppeln, indem man gar nicht daran zieht, was allerdings widersinnig wäre. Also muß man einen Mittelweg finden: ein ruhiger, eher leichter Zug – den Rauch kurz im Mund halten, um ihn zu schmecken wie einen guten Wein –, dann tief inhalieren, schließlich ganz ruhig ausatmen. Wer etwas Ahnung von Physik hat, hält die glühende Spitze nach oben, dann verglimmt sie langsamer.

Leuten dabei zuzusehen, wie sie ihre einzige Zigarette rauchen, ist eine Charakterstudie. Ich sah, wie die Frau die »Camel« zum Mund führte, und ich war hingerissen von der Art, wie sie *nicht* sofort daran zog, sondern erst einen Augenblick nachzudenken schien. Dann nahm sie langsam einen Zug, atmete mit geschlossenen Augen ein, hob dabei den Kopf und hielt schließlich für einen Moment die Luft an, bevor sie die Augen aufmachte und dem Rauch hinterhersah, den sie, den Kopf zurückgeneigt, nach oben blies. Ja, ich beneidete sie geradezu um die Bedürftigkeit ihrer Lebensumstände, die sie eine Kleinigkeit so intensiv genießen ließ.

»Wie heißen Sie?« fragte ich die Frau.

»Edna. Und du?«

Ervin stieß mich mit dem Ellenbogen in die Seite und deutete mit dem Kopf nach vorn: da stoppte hundert Meter entfernt ein Wagen der Militärpolizei, um einen Lastwagen zu kontrollieren. Beide hielten wir es für besser, die Inspektion abzubrechen; also erhoben wir uns und salutierten, dann sprangen wir auf den Jeep. Vorher steckte ich die angebrochene Zigarettenpackung unauffällig in Ednas Jackentasche – nach den aktuellen Schwarzmarktpreisen war der Inhalt noch mindestens ein Brot wert.

5
Die Haare der Jean Harlow

Daß ich bei Tante Monnie – die ich gelegentlich auch »Mon« oder »Mom« nannte –, im Hause einer hin und wieder zum Keifen neigenden, aber wenigstens klar denkenden und regelmäßig lebenden kalifornischen Bürgersfrau, aufwuchs, ergab sich so:

Wie jedes Mädchen in Los Angeles, das nicht mit einem amtlichen Häßlichkeitszertifikat in der Tasche herumläuft, hatte auch Monnie sich berufen gefühlt, dem amerikanischen Film entscheidende Impulse zu geben. Daß Hollywood sie reich und berühmt machen würde, hielt sie für ausgemacht, seit ihr auf dem College zwei der attraktivsten Burschen ihres Jahrganges Heiratsanträge gemacht hatten. Natürlich fühlte sie sich geschmeichelt, lehnte aber, zu Höherem auserwählt, ab. Stattdessen besuchte sie eine Schauspielschule, die von einer verflossenen Stummfilmdiva geleitet wurde. Bei einer Probeaufführung hatte ich Gelegenheit, die Dame in Augenschein zu nehmen: ein Faltengrab, hochdramatisch mit den Armen wedelnd. Sie lispelte entsetzlich, aber weit davon entfernt, es zu verbergen, zelebrierte sie ihre Zischlaute, als wären sie der Gipfel gehobener Sprechkunst. Das paßte zu ihrem Credo, wonach die darstellende Kunst durch das Wort nur verfälscht würde und folglich der Tonfilm den Sündenfall der Filmgeschichte darstellte. Entsprechend das Spiel der Eleven: von Emotionen durchschüttelt, wankten sie von Pose zu Pose, zwischendurch leiderfüllte Deklamationen in Richtung Publikum abgebend. Zum Totlachen – aber irgendwie auch bewundernswert.

Solcherart vorbereitet, frequentierte Monnie die Bars

und Cafés, von denen es hieß, daß dort die Verantwortlichen der großen Filmstudios verkehren würden. Tatsächlich lernte sie einige Leute kennen, die auf irgendeine Weise mit dem Film zu tun hatten. Ob das in der Realität der Fall war oder nur in der Phantasie dieser Personen, ließ sich erstaunlicherweise schwerer feststellen, als man denken sollte. Wie alles in der Welt besteht nämlich auch das Filmemachen aus Fertigem, Aktuellem und Geplantem, also dem Anschein nach nicht anders als beispielsweise beim Theater. Doch ist, wenn einer vom Theater erzählt, leicht festzustellen, ob er wirklich dort arbeitet oder nur davon träumt: wenn sein Stück läuft, kann man ihn jeden Abend auf der Bühne sehen, und wenn es einstudiert wird, findet sich immer ein Weg, gelegentlich in die Proben hineinzuschnuppern. Beim Film dagegen ist alles, was in den Kinos läuft, vom Aspekt der Produktion her schon Vergangenheit, während andererseits die Arbeit an einem realen Projekt zum großen Teil in Planung, Vorbereitung und Organisation besteht. Erzählt also einer, daß er gerade an einem Drehbuch für MGM arbeitet, dann muß man schon Regisseur oder Produzent kennen, um das zu überprüfen. Kann sein, er ist wirklich der kommende Mann. Kann aber auch sein, es hat bloß mal jemand zu ihm gesagt: Schreiben Sie's in Gottes Namen auf, ich werd's mir bei Gelegenheit ansehen – falls er sich nicht das Ganze aus den Fingern gesaugt hat, um Eindruck zu schinden.

Selbst Leuten, die sich im Filmgeschäft auskennen, fällt es oft schwer, zwischen Genies und Spinnern zu unterscheiden. In dieser Branche ist beides oft nur um Haaresbreite voneinander entfernt: ein Geldgeber geht pleite, und der beste Plan löst sich in Luft auf. Oder ein Verrückter trifft einen anderen Verrückten, der gerade ein paar Millionen flüssig hat, und aus einer Spinnerei wird plötzlich ein ernsthaftes Projekt und daraus vielleicht ein Welterfolg.

Noch etwas anderes macht die Sache schwierig. Gerade in Hollywood laufen haufenweise Leute herum, die wirklich bei interessanten Produktionen mitgemacht haben, und zwar keineswegs nur als Statisten. Trotzdem – Gott allein weiß warum – kann es sein, daß sie von einem Tag auf den andern keiner mehr will. Ein Gesicht, das man einmal zu oft gesehen hat, ein Kameramann, dessen Eigenarten nicht mehr gefragt sind – solche Leute sitzen in den Bars und reden viel, aber in Wirklichkeit sind sie schon tote Hunde. Nur sie selber wissen es noch nicht, oder sie wollen es nicht wahrhaben.

Will sagen: ich mache Monnie wegen ihrer falschen Einschätzung gar keine Vorwürfe. Die Verehrer vom College waren längst anderweitig verheiratet, und die Männer, die sie in besagten Cafés kennenlernte, machten ihr wohlklingende Angebote. Unterm Strich lief es meist auf dasselbe hinaus: schummrige Gartenparties oder intime Dinners. Gelegentlich fand sich Monnie vor einer Kamera, vorzugsweise im Badeanzug, aber das einzige daraus resultierende Angebot bestand darin, auch letzteren abzulegen.

Ihr Stolz bröckelte. Allmählich war sie soweit, daß sie sich damit begnügt hätte, kleine Nebenrollen an der Seite der großen Stars zu spielen. Als sie bei einem Talentwettbewerb in Charlies Musik-Café mit einer Jean-Harlow-Imitation den dritten Platz belegte, sprach sie ein schnurrbärtiger Jüngling namens Herb Delaware an und stellte sich als Nachwuchsregisseur vor. Die beiden flirteten ein bißchen herum, bis sie merkten, daß jeder vom andern aufs höchste beeindruckt war. Und in der Überzeugung, daß einer für den andern Vorbote kommender Glückseligkeit wäre, schleppten sie einander vor den Traualtar.

Also ein banales Mißverständnis, das zu nichts gut war als dazu, eine brave Frau zu einem bürgerlichen Leben zu bekehren und nebenbei auch mir zu halbwegs geregelten Umständen zu verhelfen. Denn ein Mißverständnis war diese Ehe auf beiden Seiten. Herb Delaware war nicht ganz der künftige Starregisseur, für den Monnie ihn gehalten hatte. Fakt war: er hatte mit ein paar Typen eine Laienspielgruppe zusammengebracht, und er hatte einen debilen Großvater überredet, ihm das Geld zum Kauf einer uralten Filmkamera vorzuschießen. Was Herb vorschwebte, war das Einstudieren eines bedeutenden Musicals, das anschließend verfilmt und ein Welterfolg werden sollte. Doch gab es einige Schwierigkeiten: die Story war noch nicht fertig, der Hauptdarsteller konnte sich keine zwei Sätze merken, und zur dritten Probe kam außer Herbie und seiner frisch Angetrauten keiner mehr. Richtig so, sagte Monnie später dazu: Dummheit muß bestraft werden.

Aber auch Herb Delaware war enttäuscht. Irgendwann in der ersten Ehewoche betrat er das Badezimmer, wo Monnie gerade dabei war, eine Flasche mit scharf riechendem Inhalt ins Waschbecken zu schütten. Auf die Frage, was sie da mache, antwortete sie ganz naiv: »Ich färbe meine Haare. Siehst du das nicht?«

Er sagte nichts, aber es muß ihm einen tiefen Stich versetzt haben. Selber schuld, sagte Monnie dazu; und ich kann ihr nicht einmal unrecht geben. Herb war dem üblichen Trugschluß aufgesessen, daß Schönheit zwangsläufig mit tiefer innerer Wahrhaftigkeit einhergehen müsse. Dieser Schluß ist nicht ganz so dumm, wie er zu sein scheint, wenn man sich über ihn lustig macht. Denn wahre Schönheit – so die Grundlage dieses Schlusses – ist die Eigenschaft, überall geliebt zu werden, und die Schönheit, die man sieht, ist nichts anderes als der äußere Anschein dieser schönen Eigenschaft. Hinzu kam auch bei Herb die seltsame Gewißheit, mit der jeder Mensch davon ausgeht, daß seine eigenen Gefühle von der gesamten Menschheit geteilt würden, zumindest von ihrem sensiblen Teil. Einen Menschen liebenswert finden ist deshalb identisch mit der Gewißheit, daß die Welt diesen Menschen liebenswert findet.

Ein Mensch aber, der von aller Welt geliebt wird, braucht weder Täuschung noch Lüge, die doch nur Ausfluß der Angst sind, dem Täuschenden könnte andernfalls etwas entgehen. Wer aber überall geliebt wird, dem kann nie etwas fehlen: keine Wohnung (denn er ist überall willkommen), kein Geld (denn jeder würde alles mit ihm teilen) und schon gar kein Job – niemand würde sich die Gelegenheit entgehen lassen, unter all seinen faulen und widerspenstigen Angestellten einen Engel wandeln zu lassen.

Jemand bei einer Täuschung zu erwischen muß natürlich dieses Bild nachhaltig beschädigen. Offenbar gibt es doch Dinge im Leben des Täuschenden, die ihn denken lassen, andere Menschen könnten nach einer kleinen Fälschung vorteilhafter auf ihn reagieren. Allerdings, was heißt hier Fälschung? Man kann das natürlich ganz anders sehen: warum soll nicht auch der schöne Mensch sich schön anziehen und frisieren dürfen? Warum nicht auch diesen herrlichen kirschroten Lippenstift auftragen? Soll denn der Engel nur grau in grau herumlaufen? Soll er nicht zeigen, wie schön Welt und Leben für ihn sind? So daß er, voll Lebenslust und Übermut, ruhig auch in alle möglichen Rollen und Verkleidungen schlüpfen darf, unterschiedliche Haarfarben eingeschlossen: heute schwarz, morgen blond?

Na klar, der Engel darf alles. Bloß, wie es einer aufnimmt, ist seine Sache, und wer sich getäuscht fühlt, ist getäuscht. Vielleicht fühlt er sich auch nur abgestoßen – wie beispielsweise ich selber von auffälligem Make-up.

Was nun Herb Delawares Bild von Jean Harlow anging, so war deren blondes Haar offenbar ein entscheidendes Merkmal. Und die Feststellung, daß Monnies Haare gefärbt waren, muß ihn aus mehreren Gründen in Panik versetzt haben.

Zum einen mußte er sich vorwerfen, übereilt und naiv gewesen zu sein: in seinem Bemühen, Tante Monnie einen strahlenden Helden vorzuspielen, hatte er sich nicht einmal nach den selbstverständlichsten Dingen erkundigt. Darum weigerte sich Tante Monnie auch stets, zuzugeben, daß sie ihn getäuscht hatte – sie hatte nie behauptet, daß ihre blonden Haare echt waren. »Wenn einer«, sagte sie, »nicht einmal echte von falschen Haarfarben unterscheiden kann, dann ist ihm nicht zu helfen. Warum hat er mich nicht gefragt? Es ist doch nicht so, daß ich ihn beschwindelt hätte. Sowieso muß einer, für den die Liebe an der Haarfarbe hängt, nicht ganz bei Trost sein. Schwamm drüber – jetzt iß deine Suppe auf und laß mich mit deiner blöden Fragerei in Ruhe! Verstanden?«

So also die Stellungnahme von Tante Monnie. Aber auch wenn ich diesem Sachverhalt geregelte Lebensumstände zu verdanken hatte – ich finde, daß sie es sich zu leicht machte, wenn sie Delaware nur wegen einer Flasche Haarkosmetik aus ihrer Erinnerung streichen wollte. Es muß andere Gründe gegeben haben, die sein Bild von Monnie so schnell und tiefgreifend veränderten; vermutlich waren die gefärbten Haare nur das Symbol, in dem er seine ganze Enttäuschung ausgedrückt fand. Worum es in Wahrheit ging, das war Jean Harlow – und die hatte außer der Haarfarbe wohl noch andere Qualitäten.

Und welche, bitte?

Eines Tages, als Monnie in halbwegs aufgeräumter Stimmung zu sein schien, fragte ich sie:

»Sag mal, was war eigentlich Besonderes an dieser – wie hieß sie doch noch – an dieser Jane Harlow?«

»Jean«, verbesserte sie mich, »Jean Harlow. Na, an der war schon was Besonderes. Sie war schön, und sie war selbstbewußt. Und sie wußte, wie man die Männer um den Finger wickelt.«

»Was heißt das?« fragte ich. »Wie macht man das, die Männer um den Finger wickeln?«

»Junge, du stellst Fragen«, antwortete sie. »Na, sie wußte eben, was die Männer wollen. Und weil sie das wußte, waren die Kerls verrückt nach ihr, so einfach ist das.«

»Und? Was wollen die Kerls? Ich nehme an, du weißt es auch, aber warum ist keiner verrückt nach dir?«

Es war irgendwann Ende der dreißiger Jahre, als ich Monnie diese Frage stellte. Der Krieg in Europa hatte noch nicht angefangen; ich muß etwa zwölf Jahre alt gewesen sein. Und ich erinnere mich deshalb daran, weil mich die Reaktion von Tante Monnie damals so erschreckt hatte. Sie wurde rot, dann ließ sie sich aufs Sofa fallen und fing an zu weinen – erst mit stillen Tränen, dann laut schluchzend.

»Monnie«, sagte ich, »entschuldige. War eine blöde Frage – ist mir halt so rausgerutscht.«

Das brachte sie zur Besinnung. »Ist schon gut, Timmy«, widersprach sie, immer noch schluchzend. »War auch gar keine blöde Frage. Nein, wirklich nicht – es ist bloß – muß eben immer noch manchmal an Herb denken, weißt du …«

Mit diesen Worten ging sie in die Küche, das Abendessen kochen.

Ein paar Wochen danach kam ich früher als sonst aus der Schule. Tante Nicki war zu Besuch; ich sah es am Auto vor dem Haus. Die beiden waren im Wohnzimmer, und ich wollte gerade hineingehen, als ich Monnie schluchzen hörte. Also blieb ich vor der Tür und lauschte.

»Ich versteh es bis heute nicht«, stieß sie hervor, »glaub mir, ich kann's mir nicht erklären. Weißt du, in der ersten Woche, als er mich wirklich noch geliebt hat, da hat er mich einmal an sich gepreßt und mir ins Ohr geflüstert: ›Du bist böse, ja, ein böses Weib bist du. Oh, du willst mich quälen, aber hüte dich, denn ich werde mich rächen!‹«

»Und du?« fragte Nicki. »Was hast du geantwortet?«

»Na was schon«, schluchzte Monnie. »Du kennst mich doch. Nein, hab ich gesagt, Herb, wie kannst du so was sagen. Ich bin überhaupt nicht böse, glaub mir – oder jedenfalls so ungefähr.«

»Und dann? Was hat er dann gesagt?«

»›Doch‹, hat er gesagt, ›böse bist du, ein verruchtes sündiges Weib!‹ Und dann hat er mich noch wilder an sich gepreßt. ›Aber Herb, hab ich gesagt, hör doch auf damit, ich bin nicht böse, sondern ich liebe dich, das weißt du doch. Nicht wahr, du weißt es, Herb?‹ So war es, Nicki – findest du, ich hab was falsch gemacht?«

»Wieso«, fragte Nicki, »war das alles?«

»Ja«, sagte Monnie, »das war alles. In dem Moment kam es ihm, weißt du, und gleich danach hat er sich weggedreht und zur Wand gesehen. Nicki, es war schrecklich, wirklich schrecklich. Er hat kein Wort gesagt, hat nur zur Wand geschaut, dann ist er aufgestanden und hat sich eine Zigarette angezündet. Ich hatte so ein Gefühl, weißt du, so eine Stimme in mir, die sagte: das hier ist ganz und gar falsch, das geht nicht gut, Monnie. Ich war so verzweifelt, ich wollte doch nur, daß er mit mir glücklich wird. Plötzlich hab ich angefangen zu heulen, hab einfach nur noch in mich reingeheult, wie ein Schulmädchen, und Herb, der ging im Zimmer umher und rauchte eine Zigarette nach der andern. Dann hat er sich angezogen und ist weggegangen. ›Muß 'nen Spaziergang machen‹, hat er gesagt. Kam dann nach 'ner Stunde oder so zurück und legte sich neben mich ohne ein Wort. Ohne ein Wort, Nicki! Und ich – mir ging immer bloß ein einziger Gedanke im Kopf herum: was war denn falsch? Bin doch eine ganz normale Frau, kein Vamp und keine Hure, auch nicht pervers oder so. Ich wollte ihn glücklich machen, also warum war er unglücklich mit mir? Sag's mir, Nicki: was hab ich falsch gemacht?«

Dann hörte ich nur noch Schluchzen, und zwar von beiden. Als ich die Tür einen Spalt aufmachte, sah ich, wie Monnie ihren Kopf an Nickis Schulter gelegt hatte, und diese wischte abwechselnd ihrer Schwester und sich selber die Tränen aus den Augen. Sie selber war nicht viel besser dran. Bald darauf ging auch ihre Ehe in die Brüche, und wenn sich beide später über Männer unterhielten, dann wurden ihre Gespräche immer bitterer.

Ich aber hatte das Gefühl, in der belauschten Unterhaltung etwas Wichtiges erfahren zu haben. Die Worte »böse«, »verrucht« und »sündig« gruben sich ebenso wie »pervers«, »Vamp« und »Hure« in meine Gedanken. Immer wieder sprach ich sie im stillen vor mich hin, ohne damit mehr verbinden zu können als die Ahnung von etwas, das gleichzeitig drohend und verlockend war.

Ich sage »Ahnung« – aber ahnen kann man nur etwas, das wirklich existiert. Ob darin vielleicht der tiefere Grund für das Mißverständnis zwischen Herb und Monnie lag? Daß sich das, was er für eine Ahnung gehalten hatte – also für ein Versprechen –, auf einmal als Illusion herausstellte?

Jedenfalls begriff ich, daß die Mädchen und Frauen genau wie wir jungen Burschen mit dem anderen Geschlecht ihre Probleme hatten. Aber erst viel später begann ich, Monnies Worte wirklich zu verstehen. Da erkannte ich ihre Verzweiflung in den Reaktionen meiner eigenen Partnerin – und was wir verspürten, war offenbar dieselbe Hilflosigkeit, in der sich Herb und Monnie befunden hatten. Da erst, lange Jahre nach seiner Flucht, kam mir Herb Delaware in seiner stummen Enttäuschung wie ein Seelenbruder und Kamerad vor.

6
Männerphantasien

»Kommst du mit, die Stadt erforschen?« fragte Ervin nach dem Mittagessen. »Du weißt schon, die Trümmerfrauen.«

Ich schüttelte den Kopf. Eine Delegation hatte sich angesagt, und man bestand auf meinen schlechten, aber billigen Dolmetscherdiensten. Ervin nahm grinsend Zigaretten und Schokolade aus dem Spind und verschwand. Die Sorgfalt, mit der er die Sachen einpackte, kam mir bekannt vor: genauso verstaute man vor dem Einsatz seine Munition. Ich beneidete ihn, aber was sollte ich machen? Dienst ist Dienst, und Schnaps ist Schnaps.

Am späten Nachmittag ging ich in den Leseraum, nahm mir den »Tagesspiegel« und war stolz darauf, nicht als erstes einen Blick auf die ausliegenden Illustrierten geworfen zu haben. Nachdem ich mir bestätigt hatte, daß der Bauer nicht mehr auf den nächsten Hasen wartete, schielte ich dann doch hinüber zu den Magazinen.

Und da lag, ganz so, als hätte sie auf mich gewartet, die August-Ausgabe von »Laff«. Das Titelbild? Natürlich eine Frau – im Bikini, mit angezogenen Beinen vor rotem Hintergrund sitzend. Daneben in kleinen Buchstaben der Name »Jean Norman«. Aber ich sah auf den ersten Blick: es war wieder Norma Jeane.

Im Leseraum war es voll, also griff ich mir das Magazin zusammen mit einem daneben liegenden und setzte mich in die entfernteste Ecke. Ich schlug das Heft auf und klappte das Titelblatt unter das hintere Deckblatt. Während ich so tat, als ob ich las, löste ich vorsichtig das Umschlagblatt vom Innenteil, faltete es unter dem Tisch zusammen und schob es in die Hosentasche; den Rest steckte ich in das andere Magazin, in dem ich, um die Form zu wahren, eine Weile herumblätterte. Schließlich stand ich auf und legte das doppelt dicke Heft zurück an seinen Platz, dann verließ ich den Lesesaal und ging in mein Quartier. Keiner der Zimmerkameraden war anwesend; so konnte ich mir das »Laff«-Titelblatt in aller Ruhe ansehen.

Also ein professionelles Fotomodell … »Jean Norman«, das hätte ein Künstlername sein können. Oder hatte man ihn gewählt, weil sie zum zweiten Mal innerhalb von drei Monaten auf dem »Laff«-Titel erschien? Aber das Foto war in der Tat etwas Besonderes. Ihre Lippen leuchteten tiefrot, und die Zähne strahlten wie für eine Zahnpastawerbung. Genauso strahlend das Lächeln – fast schon ein bißchen übertrieben. Erst recht der Bikini, der einen weiten Ausschnitt frei ließ – noch nie, so schien es mir, hatte ich solch eine schöne Brust gesehen. Dazu das Lächeln, das zu sagen schien: ich freue mich, dich zu sehen, und ich freue mich, daß du mich ansiehst …

Wieder das Schwanken zwischen Verliebtheit und Eifersucht: Was, wenn der Fotograf bei ihrem Anblick dasselbe gedacht hatte wie ich jetzt?

Auf dem Flur: Schritte. Ich faltete das Bild zusammen und steckte es in einen Briefumschlag. Die Tür ging auf, und Ervin kam herein. Er warf sich aufs Bett und verkündete:

»Timmy, glaub mir, von den Weibern hier könnten sich unsere 'ne Scheibe abschneiden. Eine ist neu dabei – unglaublich … übrigens, deine Edna läßt dich grüßen. Das nächste Mal gehen wir wieder zusammen los, okay? Nimm bloß genug Schokolade mit!«

Ich verstand, was er meinte, aber meine Gedanken waren bei Norma Jeane.

Ein paar Tage später wurde unsere Kaserne von einigen Journalisten heimgesucht; ich bekam den Auftrag, das Team – zwei Männer und eine Frau – in der Stadt herumzufahren. Winston, der Fotograf, knipste ein paar Ruinen, aber davon hatte er schnell genug. Ich beschloß, das Nützliche mit dem Angenehmen zu verbinden und unseren Trümmerfrauen einen Besuch abzustatten.

Als sie uns kommen sahen, hörten sie auf zu arbeiten. Schon von weitem fiel mir eine Frau auf, die ich noch nicht kannte – offenbar die, von der Ervin geschwärmt hatte. Sie war so groß wie ich, trug enge Hosen und hatte zusammengerolltes und aufgestecktes blondes Haar.

Ich stellte meine Begleiter vor. Daß jemand Fotos machen wollte, beeindruckte die Frauen wenig; sie schienen enttäuscht, daß Ervin nicht dabei war.

Winston baute sein Stativ auf. »Genau das Richtige«, lobte er. »Sag ihnen, sie können weiterarbeiten. Die Blonde soll sich nach vorn stellen.«

»Geht nicht«, log ich.

»Und warum nicht?«

»Jetzt haben sie eine halbe Stunde Pause. Ist 'ne tierisch schwere Arbeit, da brauchen sie das.«

»Bist du verrückt? Soll ich den deutschen Wiederaufbau mit Frauen fotografieren, die ihre Frühstücksbrote kauen?«

»Mußt du doch gar nicht. Rück ein bißchen Schokolade raus, und extra für dich klopfen sie wieder Steine.«

»Na schön, wenn's sein muß.«

Er holte zwei Tafeln aus seiner Tasche, brach sie in Stücke und ließ sie herumgehen, während ich den Frauen erklärte, was er wollte. Sie bedienten sich und griffen zu Hammer und Schaufel, aber nicht so begeistert, wie ich es mir gewünscht hätte. Sollte Ervin schon die Preise verdorben haben?

Nach ein paar Fotos hatte Winston eine Idee. »Die Blonde und die mit der Brille sollen mal herkommen.«

Ich merkte, worauf er hinauswollte: er nahm die Vorarbeiterin mit den strengen Zügen und der Nickelbrille als Symbol für das alte Nazi-Deutschland. Zuerst fotografierte er sie à la Riefenstahl schräg von unten vor den Ruinen, wie eine Feldherrin nach verlorener Schlacht. Dann drückte er der Blonden eine Schaufel in die Hand und plazierte sie ein

Stück dahinter, so daß sie im Bild von der Alten überragt wurde und wie deren Magd wirkte. Anschließend kehrte er die Positionen um: nun wurde die Blonde zur heroischen Aufräumerin, zum Symbol einer kommenden Zeit. Auf einem der Fotos mußte es so aussehen, als schaufelte sie mit einer Ladung Schutt auch eine daneben stehende Nazi-Funktionärin aus dem Bild.

Schließlich schickte Winston die Vorarbeiterin weg. Ich dachte, er wäre fertig, aber jetzt kam er erst richtig in Fahrt. Er ließ die Blonde posieren: erst lässig, die Hand in der Hüfte, dann auf die Schaufel gestützt, den Blick in die Ferne gerichtet … dann im Halbprofil, einen Trümmerstein in der Hand, als verkörperte dieser eine zerbrochene Liebe oder die Frage nach dem Sinn des Lebens … auf einmal waren die Ruinen und die arbeitenden Frauen nur noch Staffage – was Winston jetzt wollte, war die Blonde. Er redete und gestikulierte, und obwohl sie mit Sicherheit kein Wort verstand, war klar, was er meinte. Halb fasziniert, halb irritiert machte sie mit, aber als er wollte, daß sie ihr Haar löste, fragte sie mich:

»Ich denke, er will den Berliner Aufbau dokumentieren?«

»Sie soll sich nicht so haben«, brummte Winston. »Hier, gib ihr 'ne Schachtel Zigaretten.«

»Willst du?« fragte ich sie, und fügte hinzu: »Sag nein – du kannst viel mehr kriegen.«

Sie schien zu schwanken. »Ein Spatz in der Hand …«

»Verlaß dich auf mich! Wenn er nein sagt, kriegst du die Packung von mir!«

Und ich übersetzte: »Sie sagt, es geht nicht. Ihr Mann ist gewalttätig, er schlägt sie tot, wenn er sie in der Zeitung sieht.«

»Himmelherrgott, der kriegt das doch nie zu sehen! Sag ihr, es springt 'ne Stange Zigaretten raus, und die Fotos kommen garantiert in kein deutsches Blatt!«

Sie sah den Fotografen an, dann mich, blickte hinüber zu den Kolleginnen, warf schließlich den Kopf zurück und sah in den blauen Himmel über den Ruinen – als wollte sie sich von ihrer Unschuld verabschieden, die man ihr in Kürze rauben würde. Schließlich nickte sie und zog die Haarnadeln heraus. Die Mähne reichte ihr fast bis zur Hüfte.

Jetzt war Winston in seinem Element. Schaufel und Spitzhacke, Hammer und Meißel verwandelten sich, an ihren Körper geschmiegt und von ihren Haaren umflossen, zu erotischen Spielzeugen. Er ließ sie die Bluse aufknöpfen, dann unter der Brust verknoten – sie sah hinreißend aus. Einer der Reporter rief mich zu sich, um ein paar Fragen an die übrigen Frauen zu übersetzen; ich hätte ihn ohrfeigen können, so sehr ärgerte es mich, die Schöne mit dem Fotografen allein zu lassen.

Schließlich hatte Winston genug und packte Kamera und Stativ zusammen. Ich wartete am Jeep, bis er und die Blonde kamen.

»So, und jetzt her mit den Zigaretten«, verlangte ich.

Er lachte. »Meinst du, ich schleppe das Zeug stangenweise mit mir rum? Sag ihr, du bringst es ihr morgen.«

Um so besser, dachte ich und erklärte es ihr. Zuerst war sie enttäuscht, aber als ich eine Packung dalief und versprach, am nächsten Tag vorbeizukommen, wenn ihre Kolleginnen nach Hause gingen, war sie einverstanden.

»Wie heißt du?« fragte ich.

»Angelika.«

»Ich hab dich beobachtet«, sagte ich im Jeep zu Winston. »Richtig bei der Sache warst du erst, als du sie für dich allein hattest.«

»Na und?« antwortete er. »Eine tolle Frau in tollen Posen, so was wollt ihr Soldaten doch sehen. Was heißt Soldaten – welcher normale Mann will das nicht?«

»Sei ehrlich: noch lieber hättest du sie im Bikini fotografiert, mitten in den Trümmern. Stimmt's?«

»Wenn sie einen gehabt hätte – warum nicht? Da kann sie am besten zeigen, was sie hat.«

»Oh, wenn es darum geht – das könnte sie doch noch besser, wenn sie gar nichts anhätte.«

»Im Prinzip schon, aber da gibt's ein paar Schwierigkeiten. Einmal, weil sich die Mädchen zieren, im Freien sowieso. Dann die Zensur, und außerdem …«

»Außerdem was?«

»Erotisch ist nicht das Bild, sondern was du dir dabei denkst. Ohne Verhüllung keine Phantasie.«

»Und wonach suchst du dir aus, wen du fotografierst? Vielleicht die Frauen, mit denen du eigentlich schlafen möchtest?«

»Manchmal schon – aber ein Bild ist doch nicht bloß dazu da, um dich aufzugeilen. Die ganze Kunstgeschichte lebt davon, daß es nichts Schöneres gibt als eine gutgewachsene Frau. Tizian, Rubens, Gauguin, Modigliani, Picasso – Frauen, Frauen, Frauen. Für mich ist das erotische Bild eine Liebeserklärung.«

»Verstehe. Und an wen?«

»An die Frauen natürlich!«

»Auch an die häßlichen?«

»Junge, du stellst Fragen. Irgendwas Schönes hat jede Frau, wenn nicht, ist sie selber schuld. Eines muß man sagen: wir Männer haben die Frauen nie getäuscht. Kunst und Literatur zeigen seit Tausenden Jahren, wie wir sie uns wünschen – und ich zeige das mit meinen Fotos.«

»Dann möchte ich eines wissen: warum freuen sich so wenige Frauen über deine scharfen Fotos?«

»Das kann ich dir sagen: die meisten wollen den Mann nicht als Freund, sondern als Ernährer. Die sind wie Spinnen: sie lieben dich, solange sie dich aussaugen können!«

»Schöne Liebeserklärung: die Frauen an sich sind Engel, aber real sind sie Spinnen.«

»Ich hab's mir nicht ausgesucht. Wenigstens kann mir keine sagen, ich würde ihr was vormachen. Ich zeige, wie ich mir eine Frau vorstelle, und wem das nicht gefällt, der muß sich meine Fotos ja nicht ansehen!«

»Und wie, bitte sehr, wünschst du dir deine Traumfrau?«

»Na wie wohl – als freie erotische Partnerin.«

»Ich nehme an, du hast eine gefunden, oder? Bei so vielen ehrlichen Fotos?«

»Schön wär's. In Detroit wartet meine Alte mit zwei Kindern auf meine Schecks, und weißt du was? Mein Geld nimmt sie gerne, aber wenn sie meine Fotos sieht, sagt sie: Lauter Brüste und dicke Hintern – warum mußte ich mich ausgerechnet mit einem Neurotiker einlassen!«

»Na, Glückwunsch. Wenigstens gibst du nicht auf!«

Zurück in der Kaserne, erwartete mich eine Überraschung. Die Männer stiegen aus, während die Frau – sie hieß Charlotte – neben mir sitzen blieb und in makellosem Deutsch sagte:

»So, Junge – jetzt sieh mal zu, wo du die Stange Zigaretten herkriegst.«

Ich wurde rot. »Verdammt«, sagte ich. »Warum hast du mich armen Hund übersetzen lassen, wenn du es zehnmal besser kannst?«

»Weil ich«, sagte sie, jetzt wieder auf englisch, »mir geschworen habe, diese Sprache nie wieder zu sprechen, jedenfalls nicht zu den Nazis und ihrer Brut. Außerdem hat mir gefallen, wie du das mit dem Mädchen gemacht hast. Trotzdem – zahlen mußt du für deinen Flirt schon selber!«

Sagte sie. Aber am nächsten Tag brachte man mir ein Päckchen, in dem sich eine Stange »Lucky Strike« samt einigen Visitenkarten fanden. Außerdem: mehrere spektakuläre Probeabzüge der blonden Angelika.

7
The Movie Gang

Was ist ein Einheimischer? Ein Mensch, der überzeugt ist, an seinem Ort zu Hause zu sein. Daß dieses Gefühl bloß ein Gemisch aus Gewohnheit und Desinteresse ist, merkt er spätestens dann, wenn ein Auswärtiger ihn besucht. Der nämlich blättert im Reiseführer und fragt nach Dingen, von denen der Einheimische nicht einmal wußte, daß sie existieren, geschweige denn, wo man sie findet. In der Tageszeitung, die der Ansässige seit Menschengedenken abonniert hat, entdeckt der Tourist an einem Tag mehr Informationen über die Stadt als der Abonnent in fünf Jahren. Er stellt verrückte Fragen, zum Beispiel, wo man sich am Abend am besten amüsieren kann – du lieber Himmel, wie lange ist das her, daß der Einheimische das letzte Mal so richtig ausgegangen ist? Vielleicht am fünfzehnten Hochzeitstag – oder war es der zehnte?

Auch das Gefühl, im Leben zu Hause zu sein, macht träge. Das merkt man erst, wenn es sich ändert, und so ging es damals uns Schülern der Van Nuys High School. Seit Pearl Harbor stand die erste aller Selbstverständlichkeiten in Frage – am Leben zu sein.

In feierlichen Versammlungen wurden die wehrfähigen Schüler der oberen Klassen verabschiedet. Mit einer Mischung aus Furcht und Bewunderung sahen wir zu, wie der Direktor jedem die Hand schüttelte und das vorzeitig ausgestellte Abschlußzeugnis überreichte. In seinen Reden beschwor er Freiheit, Vaterland, Gott und die Verfassung; er garantierte Schutz und Versorgung von Alten, Witwen und Waisen, und das mit einer Inbrunst, als wollte er den Zurückgelassenen, falls ihr Nachkomme auf dem Felde der

Ehre fiele, für den Rest des Lebens persönlich Milch und Brot ins Haus bringen. Alles war so dramatisch, daß ich dachte: wer nach solch einem Abschied lebend zurückkehrt, wird sich geradezu entschuldigen müssen.

In diesen Tagen war Los Angeles so voll von Abschieden, Hochzeiten, letzten Geschenken und ersten Geständnissen wie nie zuvor und niemals danach in seiner Geschichte. Eine Welle patriotischer Opferbereitschaft ergriff die Stadt. Kein Mädchen, das es jetzt gewagt hätte, die Bitte um ein Rendezvous abzulehnen oder den Heiratsantrag eines Todgeweihten geradeheraus abzuschlagen. Allerdings macht nicht einmal der Krieg die menschlichen Gefühle gerecht, und so waren es wieder die Hübschen und Beliebten, die mit Bekundungen männlicher Zuneigung überschüttet wurden. Einige verlobten sich aus Gutherzigkeit nacheinander mit drei oder vier Soldaten, fest überzeugt, daß ohnehin keiner davon zurückkehren würde. Mädchen, denen selbst jetzt kein Antrag gemacht wurde, fühlten sich ungeliebt, verachtet, ausgestoßen. Andere interpretierten es als vaterländische Pflicht, sich den ausrückenden Soldaten anzubieten; manch eine hoffnungsvolle Hurenkarriere nahm hier ihren Anfang.

Es sollten in der Tat viel zu viele sein, die aus diesem Krieg nicht zurückkehrten – mehr, als sich irgend jemand hätte träumen lassen. Aber für die Bürger von L.A. war es im Grunde eine Überraschung, daß der Tod so langsam kam. Die Sonne ging unter und wieder auf, und die Soldaten lebten immer noch alle, außer einem Sergeanten, der im Suff von seinem Barhocker gefallen war.

Zaghaft stellte sich wieder eine gewisse Normalität ein; die Leute hörten auf, in jedem Flugzeug einen japanischen Bomber zu vermuten. Die meisten Rekruten blieben in der Stadt oder in der Umgebung, wo sie in überfüllten Lagern eine hastige Grundausbildung erhielten. Am Wochenende kamen sie zurück zu Freunden und Familien, die sie anfangs empfingen, als hätten sie das Vaterland schon gerettet. In den Wochen danach stumpften die Gefühle merklich ab; eine Reihe von Verlöbnissen ging schon jetzt in die Brüche. Die ersten Schwangerschaften wurden bekannt und führten zu Hochzeiten und Tragödien, aber auch zur Rückbesinnung auf traditionelle – also unpatriotische – Moralvorstellungen: viele Mädchen weigerten sich, die Liebe, die sie zum Lohn für kommende Heldentaten versprochen hatten, als Kredit vorzustrecken. Es war wie auf dem Bahnhof: man hat sich wort- und tränenreich verabschiedet, jeder hält ein Taschentuch zum Winken in der Hand, aber der Zug fährt und fährt nicht ab.

Auch in der Schule kamen Mathematik, Biologie und sogar Literatur wieder zu ihrem Recht. In unserer Klasse stand zwar fest, daß auch die älteren Schüler frühestens in zwei oder drei Jahren zur Armee einrücken würden, und mit so langer Zeit für den Krieg rechnete eigentlich niemand. Aber immerhin, es waren nun einmal die Männer, die den Krieg führten, und als solche durften wir alle uns als Vertreter einer bedrohten Art fühlen. Freundschaften erhielten von nun an eine ganz andere Bedeutung; in der Klasse bildeten sich Gruppen und Cliquen, die zum Teil Jahrzehnte hielten.

Auch wenn der Alltag zur Normalität zurückfand – der Gedanke an den Tod wurde Teil unseres Lebensgefühls und gab allem eine ungekannte Intensität. Das war wohl einer der Gründe, weshalb ich damals anfing, kleinere literarische Texte zu schreiben. Die Idee zu meinem ersten Projekt kam mir, als Monnie mir ein Heft schenkte, dessen Umschlag mit Paragraphenzeichen bedruckt war. Auf den Einband schrieb ich den Titel: *Das Gesetzbuch der Liebe*. Und als erste Einträge notierte ich:

Artikel 1: Liebe ist gut.

Artikel 2: Jeder hat das Recht, jeden Menschen zu lieben oder nicht.

Manche in der Klasse, die schon früher für ihren religiösen Eifer bekannt waren, fingen an, sich wie Missionare aufzuführen. Um Amerika zu retten, verlangten Jonathan und Aaron von jedermann eine »innere Erneuerung«, aber gleichzeitig eine Rückkehr zu den »alten Werten«. Daß mir einmal Nietzsches »Zarathustra« aus der Schultasche fiel, trug mir den Vorwurf Jonathans ein, ich sei »unmoralisch und unpatriotisch«. Daraus hätte eine Affäre werden können, wenn die Sache nicht von einem anderen Fall verdrängt worden wäre.

Aaron fischte nämlich unter Bennys Schulbank ein Heft hervor, in dem einige nackte Brüste zu sehen waren. Die religiöse Fraktion war empört, die Lehrerin Miss Graves desgleichen. Sie legte das Corpus delicti mit der Rückseite nach oben vor sich aufs Pult; die Stunde wurde zum Tribunal. Für den guten Benny sah es schlecht aus; Jonathan verlangte ein »Signal«, und die meisten Mädchen stimmten ihm zu. Pauline schüttelte entgeistert den Kopf, sagte aber nichts, nur Norma Jeane stellte sich auf Bennys Seite: So schlimm sei es nun auch wieder nicht; Frauen hätten nun einmal Brüste, und ob man sich deshalb schämen sollte? Ein paar von den Jungs pfiffen und johlten, Aaron sprang erregt auf, Miss Graves klopfte drohend aufs Pult und rief: »Ruhe! Das geht zu weit! So nicht!« Da erhob sich Ted und schob mit demonstrativer Langsamkeit seinen Stuhl zur Seite.

»Ich finde«, erklärte er, »Benny soll sich schämen. Er hat mit diesem Heft andere in Verlegenheit gebracht und empört: das beweist einen Mangel an sozialer Sensitivität. Er hat Dinge in die Schule mitgebracht, die hier wirklich nicht hingehören – das ist, weil wir auch in dieser schweren Zeit vor allem lernen müssen, unpatriotisch. Zwar weiß ich, Benny, daß du das Heft für deinen Bruder besorgt hast, der nächste Woche mit seinem Schiff ausläuft. Gerade darum hättest du mehr Verantwortung zeigen müssen: auch wenn wir unseren Soldaten gegenüber die Pflicht zur Großzügigkeit haben, dürfen wir sie nicht bloßstellen! Zufällig wird mein Vater in den nächsten Tagen die Proviantkammern der auslaufenden Schiffe inspizieren. Also schlage ich vor, ihm das Heft mitzugeben, er kann es dann diskret dem Empfänger zukommen lassen. Vorausgesetzt, Benny versichert uns, daß so etwas nicht noch einmal vorkommt!«

Miss Graves warf Benny einen verächtlichen Blick zu, nickte dann aber und überreichte das Heft mit spitzen Fingern Ted, der es sogleich in seiner Tasche verschwinden ließ. Alle waren es zufrieden, bis auf Benny. Denn nach der Schule weigerte sich Ted, ihm das Heft zurückzugeben.

»Benny«, mahnte ich, »sei doch froh, daß er die Sache für dich abgebogen hat! Oder wärst du lieber von der Schule geflogen?«

»Warum nicht? Hier lernt man sowieso nichts Vernünftiges. Aber Teddy ist ein Schuft: das Heft war nicht *für* meinen Bruder, sondern *von* ihm, und er hat es gewußt!«

»Tja, mein Lieber«, erklärte Ted, »so ist das nun mal. Kriegsbeute! Was bist du auch so blöd und läßt das Ding offen herumliegen. So viel Dummheit muß bestraft werden!«

Am nächsten Tag gab er Benny das Heft zurück. »Absolut harmlos!« stellte er fest. »War den Aufstand wirklich nicht wert. Ich hoffe, in Zukunft hast du interessantere Sachen!«

Es gab in der Klasse einige Leseratten, zum Beispiel Laura, die, wo sie ging und stand, ein Buch in der Hand hatte. Auch Pauline und ich lasen viel. Bei Ted sah es anders aus.

»Ehrlich, ich mag Bücher«, sagte er, »es ist bloß … das Lesen von so einem Buch geht mir zu langsam. Schließlich haben wir Krieg, und wer weiß, wie lange ich noch lebe.«

Seine Leidenschaft war der Film. Begeisterte Kinogänger waren wir alle, aber mit ihm konnten wir nicht mithalten. Schlug beispielsweise jemand einen Filmbesuch vor und ein anderer sagte »Hab ich schon gesehen«, dann wollte er damit sagen: einmal sehen ist genug. Teddy hingegen war der Meinung, beim ersten Mal würde man so auf die Handlung des Films achten, daß man vom wirklich Interessanten nichts mitbekäme.

»Das erinnert mich«, spottete Pauline, »an gewisse Feinschmecker. Die meinen auch, man dürfte nicht wirklich hungrig sein, um ein gutes Essen genießen zu können. Wahrscheinlich sind wir alle nur arme hungrige Filmfresser, und du allein bist ein Genießer.«

»Unsinn!« widersprach Teddy. »Mit Filmen ist es wie mit Menschen: wenn du einen Blödmann triffst, ist schon das erste Mal einmal zu viel. Aber einen wirklich guten Freund kannst du gar nicht oft genug sehen. Oder?«

Dabei sah er sie an, Pauline blickte zurück, eine Sekunde, zwei, drei – bis Ted sich abwandte. Als er sich wieder umdrehte, war er rot. Da merkte ich, daß es nicht nur darum ging, wie man sich einen guten Film ansehen sollte. Offenbar war die Beziehung zwischen beiden nicht so, wie Ted sich das gewünscht hätte. Aber wie hätte er es sich gewünscht?

Fest stand nur: er hätte sie gerne bei seinen Kinobesuchen dabeigehabt. Denn er kannte nicht nur jedes Kino der Stadt, sondern auch einige private Filmklubs, die jetzt, um die Moral der Truppe zu heben, Veranstaltungen für Armeeangehörige durchführten. Das Ganze nannte sich »Soldaten-Bildungsprogramm«, und da sein Vater zu den wichtigsten Sponsoren gehörte, hatte auch Ted zu den Veranstaltungen freien Zutritt. Ein paarmal hatte Pauline ihn begleitet, aber dann war etwas vorgefallen, und sie wollte nicht mehr, jedenfalls nicht mit ihm allein. Also hatte er es sich zur Angewohnheit gemacht, immer einige von uns mit einzuladen, in der Hoffnung, Pauline käme dann auch wieder mit.

Sie tat es, aber nur gelegentlich, während Benny und ich neben Ted den harten Kern bildeten. Teds schwarzer Cadillac, in dem wir vorfuhren, war überall bekannt. Bevor wir ausstiegen, setzte sich jeder von uns eine Armeemütze auf und klemmte sich eine Aktentasche unter den Arm. Die

Türsteher winkten uns salutierend und augenzwinkernd durch – ohne sich daran zu stören, daß die Moral der Truppe mit anderen Moralformen nicht unbedingt identisch war.

Zum Beispiel mit der Moral Amerikas. Um diese zu retten (und um staatlichen Maßnahmen zuvorzukommen), hatte Hollywood 1921 eine strenge Selbstkontrolle beschlossen. Man hatte eine Prüfstelle eingerichtet und den früheren Postminister Will Hays mit ihrer Leitung betraut – einen Mann, der laut seiner 1952 geschiedenen Frau den Nabel für das weibliche Geschlechtsorgan hielt. Folgerichtig sorgte der berüchtigte »Hays-Code« dafür, daß in den nächsten Jahrzehnten kein Bauchnabel mehr auf einer amerikanischen Leinwand erscheinen durfte, ausgenommen der von Jesus in seiner Krippe.

Den keuschen Katholiken jedoch erschien selbst das Hays-Office zu nachlässig. Um der wachsenden Unmoral in Büchern und Filmen Einhalt zu gebieten, hatten sie 1933 die »Liga für Anstand und Sitte« gegründet. Deren Mittel waren rabiat, aber wirkungsvoll. Zeigte ein Kino einen Film, der als »C = Condemned« eingestuft war, ließ man vor dem Eingang Kinder mit Plakaten Stellung beziehen: »Wer eine Eintrittskarte für diesen Film kauft, erwirbt ein Ticket für die Hölle.«

Der Eifer für das Seelenheil der Kinobesucher stützte sich auf eine Entscheidung des Obersten Gerichtshofes von 1915: demnach fiel das Zeigen von Filmen nicht unter die Verfassungszusätze zum Schutz der freien Meinungsäußerung. Die Kriterien des cineastischen Ku-Klux-Klan waren damals wie heute klar und logisch: ein Penis auf der Leinwand war pervers, eine Pistole normal; die Darstellung von Lust war verboten, die von Mordlust erlaubt. Daran hat sich bis zur Gegenwart nicht viel verändert – außer daß es den Anschein größerer Freizügigkeit erweckt, wenn heute Sex und Crime am liebsten gemeinsam auftauchen. In Wahrheit liegt in dieser zwanghaften Vermischung bloß eine subtilere Form von Prüderie: weil so getan wird, als gäbe es erfüllte Sexualität nur in Grenzsituationen wie einem gerade überstandenen Mordanschlag – sei also auf jeden Fall etwas Ungewöhnliches, wenn nicht Sensationelles.

In den Veranstaltungen des »Soldaten-Bildungsprogrammes« ließen sich die Kreuzritter der Liga nicht blicken. Entweder sie wagten sich nicht hinein, oder aber, was wahrscheinlicher ist, sie wußten über das improvisierte Programm nicht Bescheid. Die Titel klangen auch harmlos genug. Eine der Reihen hieß »Erinnerungen an die Stummfilmzeit«, und hier sahen wir nicht nur berühmte Streifen wie Griffith' *Birth Of A Nation* oder Chaplins *Gold Rush*, sondern auch den ersten Filmkuß von John C. Rice und May Irwin in *The Kiss*. Wir durften die nackte Schulter von Fanny Ward in *Forfaiture* bewundern, ebenso die verrückte Theda Bara als ersten Vamp in *Cleopatra* und *A Fool There Was*. Vieles war eher komisch als aufregend – aber als ich die nackte Hedy Lamarr in *Ekstase* sah, hielt ich doch den Atem an.

Bald hatten wir unseren Spitznamen weg: »The Movie Gang«. Meistens schlossen sich noch andere aus der Klasse an, erst recht, nachdem sich herumgesprochen hatte, daß wir gelegentlich auch Filme der C-Kategorie zu Gesicht bekamen. Manchmal kam Laura mit. Ich spürte, daß es ihr ebenso wie mir mißfiel, Pauline neben Ted sitzen zu sehen. Die Gründe waren unterschiedlich, aber es schien uns zu verbinden. Als Ted bei einer dramatischen Filmszene Paulines Hand ergriff, probierte ich dasselbe mit Erfolg bei Laura. Bei Pauline hätte ich das nicht gewagt.

Und bei Norma Jeane auch nicht – zumal sich deren Verhältnis zu Dougherty seit dem Jahreswechsel verändert zu haben schien. Offenbar gingen die beiden jetzt regelmäßig miteinander aus. Einmal sahen Benny und ich, wie Dougherty sie in seinem blauen Coupé abholte: sie begrüßten sich zurückhaltend, fast verlegen. Bennys spontane Diagnose war: »*Jetzt* haben sie was miteinander.« Wahrscheinlich kam Norma Jeane deshalb kaum einmal mit – obwohl sie großes Interesse an unseren Filmausflügen zeigte und immer wieder nach Titeln und Schauspielern fragte.

Ich erinnere mich nur an zwei Gelegenheiten, wo sie dabei war. Das erste Mal blieb mir deshalb im Gedächtnis, weil es einen Zwischenfall gab. Norma Jeane saß zwischen Benny und mir, und mitten im Film – ich weiß nicht mehr, welcher es war – hörte ich sie plötzlich zischen: »Take this fucking hand off my knee!« Ich zuckte zusammen und drehte mich zu ihr; gerade noch sah ich, wie Benny seine Hand von ihrem Knie wegzog.

Beim zweitenmal sahen wir *Hold Your Man*. Für mich war es der erste Film mit Jean Harlow, und mein Eindruck war zwiespältig. Vielleicht hatte ich einfach zu viel erwartet, oder jedenfalls – immer noch die Geschichte von Herb Delaware, Tante Monnie und ihrer Harlow-Imitation im Kopf – etwas, das meinen Vorstellungen von »Vamp« und »Verworfenheit« nähergekommen wäre.

Nach der Vorstellung lud uns Ted in ein Café ein, und weil wir ihn nicht mit seinen Gedanken allein lassen wollten, nahmen wir großzügig an.

»Also«, fragte Teddy. »Wie fandet ihr's?«

»Toll!« sagte Norma Jeane. Und wenn ich mich nicht täuschte, hatte sie sogar Tränen in den Augen.

»Was meinst du?« wollte Ted wissen. »Die Story, die Schauspieler oder die Regie?«

Die Frage war typisch für ihn. Gerade die technischen Fragen interessierten ihn am meisten: Bildaufbau und Brennweite, Perspektive und Beleuchtung, Kameraführung, Schnitt und Rhythmus – Kategorien, die ihn bei manchem berühmten Film verächtlich abwinken und bei anderen, die kein Mensch kannte, in Begeisterung verfallen ließen. In dieser Hinsicht war er mir weit voraus. Wenn mich ein Film langweilte, war mir die Technik gleichgültig, und wenn er mir gefiel, ließ ich mich von der Handlung so sehr mitreißen, daß ich von allem anderen nichts mitbekam.

Norma Jeane schien es genauso zu gehen. »Ich fand den ganzen Film toll«, antwortete sie auf Teds Frage. »Die Harlow ist einmalig, und Clark Gable ist der Größte. Dann, wie sie das schafft – ganz auf sich allein gestellt, aber trotzdem, das Geld ist ihr egal, sie will bloß den einen, den sie liebt … oder in der Anstalt: wieder ganz allein und dann noch das Kind im Bauch, aber sie hält zu dem Mann, obwohl sie nichts von ihm hört … und als er erfährt, daß sie ein Kind von ihm kriegt, ist ihm auch alles egal – geht ins Gefängnis, nur damit das Kind nicht unehelich zur Welt kommt …«

Wieder hatte sie Tränen in den Augen. Damals dachte ich: Na, jetzt übertreibt sie es aber ein bißchen – so rührend ist die Geschichte nun auch wieder nicht, eher ein bißchen kitschig. Was ich nicht wußte: daß es nicht nur der Edelmut von Clark Gable war, den sie beweinte. Sondern daß es auch Tränen über ihr eigenes Leben waren und über ihren eigenen Vater: der feige Hund hatte sich auf und davon gemacht und Mutter und Kind im Stich gelassen. Story, Regie oder Darsteller, was spielte das für eine Rolle – wo es doch ihr eigenes Leben war, um das es hier ging …

8
Romantik II: Schöne Bilder

Sich in ein Foto zu verlieben ist das Leichteste von der Welt. Verglichen mit der Wirklichkeit hat es durchaus Vorzüge: es quasselt keinen Blödsinn, hört geduldig zu und macht keine Vorwürfe.

Wenn die Phantasie stark genug ist, bietet es sogar einen gewissen Schutz vor Einsamkeit. Denn letztere besteht vor allem in dem *Gefühl*, einsam zu sein, und wer sich der Person auf einem Bild wirklich nah fühlt, empfindet nun einmal Nähe und nicht Verlassenheit. Darum hatte jeder Soldat seine Bilder: Pin-ups an der Wand und im Spind, Fotos in der Brusttasche. Sie machten ihm, wenn er in guter Stimmung war, Hoffnung auf all das Wundervolle, das ihm bevorstand. War die Stimmung schlecht, zeigten sie lediglich, daß er auf dem falschen Platz festhing, während sich das wirkliche Leben (in dem man die Schönen nicht auf Bildern, sondern küssend im Bett hatte) woanders abspielte.

Bei Kafka heißt es einmal: »Geschriebene Küsse kommen nicht an«, und wir, die wir nicht mehr schreiben, sondern nur noch anrufen, können hinzufügen: ein Kuß geht nicht einmal durchs Telefon. Erst recht erreicht nichts von dem, was wir beim Anblick eines Bildes verspüren, dessen Gegenstand, egal ob es die Jungfrau Maria ist oder ein hungernder Afrikaner oder eben Norma Jeane im Bikini. Die Bilder wecken unsere Gefühle, aber sie sind auch ihr Grab. Die Welt, verglichen mit ihrem Abbild, ist schmutzig, stinkend und laut, und je mehr uns die Bilder ergreifen, desto mehr enttäuscht uns die Wirklichkeit.

Ein unbestreitbarer Vorteil der Bilderverehrung ist allerdings der juristische Aspekt. Zwar werden Liebesschwüre auch dann protokolliert, wenn man sie einem Foto gegenüber ablegt, aber nicht vom Standesbeamten, sondern vom Buchhalter der eigenen Seele. Dieser, so sollte man annehmen, führt ein riesiges Journal, wo sich jede Spur des Daseins penibel eingraviert findet. In Wahrheit besteht das Journal der Seele nur aus einer einzigen Seite, auf der gerade das aktuelle Lebensgefühl Platz hat, und daneben gibt es lediglich ein kleines Kalendarium mit ein paar wichtigen Daten. Der Rest ist ein großer Papierkorb mit abgerissenen Zetteln, von denen der Buchhalter gelegentlich einen herausfischt und aufs Journalblatt klebt. Irgendwo ganz unten liegen auch abgelegte Liebesschwüre, aber der Buchhalter fühlt sich nur den Fakten verpflichtet, nicht jedoch den Empfindungen. Diese lassen sich zwar durch Ereignisse oder Gerüche reproduzieren, nicht aber auf Wunsch erinnern, und so reicht unser Gedächtnis für Gefühle nicht einmal vom Nachmittag bis zum Abend.

Darum hatte ich auch keinerlei schlechtes Gewissen, als ich das »Laff«-Titelblatt mit Norma Jeane aus meiner Jackentasche nahm und ein Foto der blonden Angelika hineintat. Sie hatte sich mit einem Kuß bedankt, als ich ihr die Zigaretten vorbeibrachte. Leider war auch Ervin dabei, und der tat so, also wären sie von ihm. Er nahm Angelika zur Seite und flüsterte ihr etwas ins Ohr, das sie rot werden ließ.

»Verdammt, was hast du ihr gesagt?« wollte ich wissen, als wir zur Kaserne zurückfuhren.

»Was geht dich das an?« antwortete er. Etwas anderes brachte ich nicht aus ihm heraus.

In den folgenden Monaten gab es immer mehr Illustrierte, die Norma Jeane auf der Frontseite brachten; allein bei »Laff« sah ich sie in diesem Jahr viermal. Meistens posierte sie im Badeanzug, mal im Freien, mal im Studio. Auf manchen Fotos wirkte sie noch etwas kindlich, aber ihre exquisite Figur war nie zu übersehen. Jedes Mal freute ich mich, aber die Freude war nicht ungetrübt: wieder sahen

Tausende ihr Bild, und während ich in der Kaserne herumsaß, traf sie zu Hause die interessantesten Männer. Wann würde sie einen finden, mit dem sie für immer zusammenblieb?

Winston und sein Team waren wieder in den Staaten, aber ihre Kollegin Charlotte war in Berlin geblieben; sie recherchierte über die Beteiligung deutscher Unternehmen an Kriegsverbrechen. Ich sah sie gelegentlich auf dem Kasernengelände. Eines Abends setzte sie sich in der Bar an meinen Tisch, und wir kamen ins Gespräch. Ich merkte, daß sie im Grunde noch einsamer war als ich: eine österreichische Jüdin, deren Familie teils umgekommen, teils überallhin verstreut war. Sie selber lebte in New York, ohne sich dort heimisch zu fühlen. Als sie hörte, daß auch ich gelegentlich schrieb, wollte sie meine Texte kennenlernen, und am nächsten Tag besuchte ich sie.

Offenbar mochte sie mich. Auch ich fühlte mich zu ihr hingezogen, wenn auch auf zwiespältige Weise – vielleicht mehr zu ihrem Schicksal als zu ihrer Person. Ihr sarkastischer, gelegentlich zynischer Witz war manchmal schwer zu ertragen. Und obwohl alle sie als »gutaussehend« bezeichneten, fand ich selber sie ganz unerotisch. Vielleicht machte gerade das mir Mut, sie zu fragen, ob wir die Nacht zusammen verbringen wollten. So kam es, daß wir ganz zwanglos, beinahe leidenschaftslos miteinander schliefen, und zwar mit einiger Regelmäßigkeit in den zwei Monaten, während derer sie in Berlin war.

Allerdings machte ich die Erfahrung, daß mein Körper gegen den ihren eine regelrechte Aversion entwickelte. Das lag sicher nicht daran, daß sie vierzig war und ich zwanzig, schon eher am Geruch ihrer Haut, den ich nicht mochte. Und ihr dunkler, fast schwarzer Haartyp brachte es mit sich, daß behaarte Stellen besonders deutlich hervortraten. Ihre Augenbrauen, die in der Mitte zusammengewachsen waren, gaben dem Gesicht ein markantes, beinahe drohendes

Aussehen. Die feinen Härchen auf ihren Wangen, die bei einer Blonden kaum aufgefallen wären, wirkten so dicht, daß ein Mann sie abrasiert hätte, und das erfüllte mich mit einem kaum bezwingbaren Widerwillen. Ich fand, daß sie ein guter und feinfühliger Mensch war; darum ärgerte ich mich über meinen Körper, der ihr nicht die Zärtlichkeit geben wollte, die sie verdiente.

Damals war ich halt ein Romantiker, also in meiner Erwartung fixiert auf die heilige Dreieinigkeit von Liebe, Lust und harmonischem Zusammenleben. Später fand ich, daß auch das offenbar eine Konstellation ist, wo man immer nur zwei Dinge gleichzeitig haben kann. Allerdings krankt das Modell daran, daß sich schlechte Gefühle viel leichter ausbreiten als gute, so daß die drei guten Dinge zwar kaum einmal zusammentreffen, aber ohne weiteres allesamt fehlen können. Beispielsweise gilt für die Teilnehmer der amerikanischen Durchschnittsehe: nicht mehr miteinander schlafen, sich pausenlos streiten und sich hassen.

Spaß beiseite: heute denke ich in der Tat, daß es ein Fehler ist, die Sexualität enger an die Liebe zu binden als an die Freundschaft. Ich mißtraue der Liebe, am meisten meiner eigenen: sie ist mir zu sehr ergriffen und zu wenig nachdenklich, mehr benebelt als neugierig, mehr ängstlich als klug. Wenn man fragt, was wäre dir lieber: daß ein Mensch immer bei dir ist, oder daß er immer an dich denkt? – dann würde die Liebe sagen: am besten beides, aber im Zweifelsfall, daß er immer bei mir ist. Die Freundschaft sagt: ihn immer bei mir haben will ich nicht, und daß er immer an mich denkt, brauche ich nicht. Also willst du, sagt die Liebe, im Grunde gar nichts, und woher weißt du, ob du überhaupt zu etwas gut bist? Das kann die Freundschaft natürlich nicht widerlegen, denn Gefühle, die nicht im Alltag geprüft werden, verkümmern leicht zu seelischen Strohblumen: außen leuchtend, innen tot. Trotzdem scheint mir, als wäre eine erotisch fundierte Freundschaft zwischen Mann und Frau immer noch das Schönste und Haltbarste, was sich im Wirrwarr der Sehnsüchte und Gefühle heutzutage wünschen läßt.

Damals allerdings, mit meinen zwanzig Jahren, sehnte ich mich nach Liebe, ewiger Liebe, und die Lage im hungrigen Berlin machte mir die Erfüllung gleichzeitig leicht und schwer. Denn die Vorstufe der Liebe heißt Aufmerksamkeit, und davon gab es für uns Amerikaner genug. Ich glaube, man mochte uns wirklich – schon deshalb, weil da, wo wir waren, die Russen *nicht* hinkamen.

Ervin hatte, während ich mit Charlotte zusammen war, bei Angelika offenbar wenig Fortschritte gemacht; jedenfalls wurde er einsilbig, wenn ich nach ihr fragte. Da jedoch das Fraternisierungsverbot kaum noch beachtet wurde, nutzte er die Zeit zu anderweitiger »Stadterforschung«, und als Charlotte nach New York zurückgefahren war, ließ ich mich überreden, ihn auf einem seiner Streifzüge zu begleiten. Da spürte ich, daß die Aufmerksamkeit für uns auch ein Reflex der herrschenden Not war. In den Gesichtern der Frauen sah ich eine Art zu blicken und zu lächeln, die nicht uns meinte, sondern das, was wir zu vergeben hatten.

Ervin war das recht, weil er in diesen Blicken eine sichere Geschäftsgrundlage sah. Für etwas Schokolade oder ein Paar Nylonstrümpfe kriegte er eine Frau herum und fühlte sich gut dabei. Ich dagegen hatte ein schlechtes Gewissen, wenn ich mich auf so einen Handel einließ.

Mein Irrtum lag darin, daß ich wie die meisten Amerikaner die Bedeutung sexueller Bereitschaft maßlos überschätzte, hingegen den Wert meiner eigenen Hilfsbereitschaft zu gering veranschlagte. Statt zu geben, was ich hatte, und zu nehmen, was man mir bot, fühlte ich mich wie ein Schuft und machte mir und anderen das Leben schwer. Dabei übersah ich, daß Zärtlichkeit zwar keine Gründe braucht, aber gelegentlich Vorwände, und daß der Tausch einer Umarmung gegen ein Paar Nylonstrümpfe unter freundlichen Menschen nicht unbedingt schlechter ist, als höflich aneinander vorbeizugehen.

In Wirklichkeit war ich um nichts besser als Ervin, nur verklemmter. Schließlich wollte auch ich, daß so eine Schöne mit mir schlief, aber nicht als Bezahlung für ein paar Zigaretten, sondern aus Liebe – geweckt von der Freundlichkeit, mit der ich ihr Zigaretten schenkte. Das wurde mir verweigert, und natürlich zu Recht. Im Grunde gab ich dasselbe wie Ervin, aber ich verlangte viel mehr: ihm reichte es, wenn eine Frau sich hinlegte und die Beine breit machte.

Ich hatte Post: einen langen Brief von Laura. Sie wolle, schrieb sie, Lehrerin werden; außerdem sei es Zeit für sie, einige wichtige Entscheidungen zu treffen. Ob ich ihr zustimmen würde? Beigelegt war ein Foto von ihr in einem wunderschönen blauen Badeanzug. Ich nahm das Bild von Angelika aus der Jackentasche und tat das von Laura hinein. Wie gesagt: sich in ein Foto zu verlieben ist das Leichteste von der Welt. Zumal das Gesetzbuch der Liebe feststellt: *Liebe ist kein Dialog.*

9
Vampologie

James (vor Stella auf die Knie fallend): *Geliebte, ich flehe dich an, bleib bei mir – ohne dich kann ich nicht mehr leben ...*

Stella (tritt einen Schritt zurück; die Szene scheint ihr peinlich): *James – ich bitte dich ...*

James (verzweifelt ihre Knie umfassend): *Mein Haus, mein Geld, meine Firma – all das bedeutet mir nichts, es gehört dir ...*

Stella (wendet sich ab, sieht schweigend aus dem Fenster, wo ein großer Vogel auf einem Baum sitzt.)

James (steht auf, scheint einen Entschluß zu fassen): *Stella, ich gehöre dir – Geliebte, hörst du – mein Leben* (ergreift ihre Hände) *... liegt in deiner Hand ... wenn du es nicht willst – dann ... tötest du mich ...* (küßt wie besessen ihre Hände) *Stella – so antworte doch ...*

Stella (macht sich los und sieht ihn mitleidig an): *Nein, James. Zum letzten Mal: ich will nicht!* (Geht mit festem Schritt zur Tür.)

James (wankt zum Schreibtisch und öffnet die Schublade, ergreift die darin liegende Pistole): *Stella, hab Erbarmen ... Liebe mich, oder ich ...*

Stella (wirft ihm einen verachtungsvollen Blick zu): *Lebe wohl, James!* (**Schnitt:** Sie geht in den Salon zu den Gästen, ergreift ein Glas und trinkt; da ertönt ein Schuß. Für einen Augenblick hält sie inne und sieht aus dem Fenster. **Schnitt:** Der Vogel flattert von seinem Baum auf und fliegt davon. **Schnitt:** Stella sieht dem Vogel nach; dann trinkt sie das Glas leer.)

Lord Eldridge: *Meine Gnädigste – darf ich fragen, ob Sie nächsten Sonntag noch frei sind? Oder wird Sie Sir James wieder –*

Stella: *James? Wohl kaum. Bestimmt nicht am nächsten Sonntag.*

Lord Eldridge: *Nun dann – ob Sie mir wohl die Ehre erweisen würden, mit mir im Ritz zu speisen?*

Stella (zögert): *Ach wissen Sie … mir scheint, ich fühle mich in diesen Tagen ein wenig erschöpft …*

Lord Eldridge: *Gewiß, meine Gnädigste – eine Dame mit Ihren Verpflichtungen … aber vielleicht finden Sie ja bis dahin Gelegenheit, ein wenig auszuruhen … Bitte, wenn ich am Freitag noch einmal nachfragen dürfte? Ich sende meinen Butler – dann weiß ich, ob ich leiden oder der glücklichste Mann sein werde.*

Stella: *Mein Guter, Ihre Hartnäckigkeit rührt mich. Also gut, ich werde es mir überlegen. Aber eines sage ich Ihnen: machen Sie sich nicht zu viele Hoffnungen …*

Die »Movie Gang« saß da, wo sie hingehörte – im Kino. Mittendrin, zwischen Benny und Laura, ich.

Da also war sie: die Verführerin, die Femme fatale, der Vamp – selbstbewußt, lockend, gefährlich. Es schien, als würden sich die Begriffe, die mir seit dem belauschten Gespräch meiner Tanten im Kopf herumgeisterten, allmählich mit Leben füllen. Die Unternehmungen der Movie Gang ließen einen bunten Filmreigen vor unseren Augen vorbeiziehen, und das Interessanteste war natürlich die Erotik. Ging es im Leben genauso zu? Was wünschten, fürchteten, erwarteten Männer und Frauen voneinander? Was machte das »Verworfene« und »Verruchte« – also das, was Monnie *nicht* gehabt hatte – so anziehend?

Zuerst saß ich nur mit roten Ohren da und fühlte mich ebenso beeindruckt wie verwirrt. Ohne zu wissen warum, hatte ich ein schlechtes Gewissen, und zwar nicht nur Monnie gegenüber (der ich immer nur die Reihentitel des »Bildungsprogramms« nannte). Nein, ich empfand auch Scham dabei, zwei Leute in einer intimen Situation zu beobachten, erst recht, wenn Laura oder Pauline neben mir saßen. Immer wieder mußte ich mich daran erinnern, daß diese Szenen ja gedreht worden waren, damit andere sie sahen – also auch ich.

Es dauerte eine Weile, bis sich in all den vorbeirauschenden Bildern so etwas wie Konturen, Konventionen und Strukturen abzeichnete. Warum beispielsweise die Frauen in den Filmen immer attraktiv waren, ließ sich leicht beantworten: der Held liebt stellvertretend für den Zuschauer, und wer will schon eine häßliche Geliebte?

Sehr schnell wurde mir eines klar: die Vorstellungen, die sich um »Vamp« und »Verworfenheit« drehten, waren alles andere als eindeutig. Daß eine Darstellerin pikante Details ausplauderte oder gar vulgär wurde, paßte vielleicht ins Bild der »gefallenen Frau«, aber nicht in das des Vamps – zu diesem gehörte nicht das Anzügliche, sondern das Unergründliche. Die Frage war: was verbarg sich dahinter?

In meiner Naivität schlug ich in einigen Lexika nach. Da hieß es beispielsweise: »*Mondäne Frau, die ihre Reize verführerisch, aber berechnend einsetzt*«. Oder man beschrieb den Vamp als »*Filmtyp der erotisch attraktiven Frau, die ihre Reize ausnutzt, um von Männern Geld zu bekommen*«. Anderswo hieß es schlicht: »*Frau, die Männer zugrunde richtet*«.

Letzteres klang nach Karikatur, weil es ebenso für Millionen normaler Ehefrauen zutraf, aber wahrscheinlich sollte es bloß das Bild des tödlichen Vampir-Kusses auf das Zwischenmenschliche übertragen. Nur, war nicht auch das »berechnende Einsetzen der Reize« angesichts der uralten Verknüpfung »erst Heirat, dann miteinander schlafen« das Normale? Und das »Ausnutzen von Reizen, um von Männern Geld zu bekommen« beschrieb nicht nur die Arbeit der Hure, sondern auch die Relation zwischen Hausfrau und Haushaltsgeld.

Ansonsten waren die Definitionen der Lexika in wichtigen Punkten schlicht falsch. Wäre die Vampfrau tatsächlich »berechnend« gewesen, mit dem einzigen Ziel, »von Männern Geld zu bekommen«, dann hätte sie sich aus einem Kreis von Männern den reichsten geangelt, und fertig. Aber was sie kennzeichnete, war gerade das Gegenteil: daß sie sogar dem Reichsten und Mächtigsten nie ganz gehörte. Wenn einer kam, der sie wirklich liebte – oder vielleicht nur stolz und mutig war –, dann warf sie dem Krösus sein Geld vor die Füße und ließ ihn stehen.

Wie komplex das Ganze war, zeigte schon das angebliche Urbild der Vampfrauen: Salome, deren Tanz Herodes so betörte, daß er ihr als Belohnung jeden Wunsch erfüllen wollte, und zwar »bis zur Hälfte seines Königreiches«. In der Bibel ließ sie sich den Kopf Johannes des Täufers bloß deshalb servieren, weil ihre Mutter es wollte, aber die späteren Fassungen veränderten das Motiv. Da wollte Salome den Kopf des Johannes, weil er ihre Liebe abgewiesen hatte – und sie bezahlte dafür mit dem eigenen Leben. Was war daran »berechnend«? Im Gegenteil: wenn die Gefühle danach waren, opferte gerade der Vamp aus Leidenschaft oder Eifersucht alles.

Blieb also, daß diese Frau die Männer »zugrunde richtete«. Aber dazu mußte man erst einmal Macht über jemanden haben, und wo kam die her? Offenbar aus den Köpfen der Männer, denn diese verfielen dem Vamp aus freien Stücken. Und sie selber waren es, die sich – sei es, um die Vampfrau zu gewinnen, sei es aus Verzweiflung, weil es ihnen nicht gelang – zugrunde richteten.

Das war der Hauptfehler der Lexika: sie ließen die Rolle des Mannes außer acht. Aber warum verfiel ein Mann im Vollbesitz seiner geistigen und körperlichen Kräfte dem Vamp? Gab es so etwas überhaupt in der Wirklichkeit? Oder war das Ganze nur eine Erfindung der Literaten und Filmemacher?

Nun, daß Männer sich und ihre Familie, daß Monarchen sogar ihr Land wegen einer Frau zugrunde richteten, war alles andere als ein Phantasieprodukt. Damals, als ich verzweifelt über das Wesen des Vamps nachdachte, hätte ich auf ein Wort von Pauline oder Norma Jeane hin Schule, Zukunft, Karriere hingeworfen und wäre mit ihnen durchgebrannt. Und auch später glaubte ich noch einige Male, mein Lebensglück zu verlieren: da hätte ich jedesmal versucht, alles zu erfüllen, was die Geliebten von mir verlangt hätten. Sie verlangten aber nichts, sondern wollten nur ihren eigenen Weg gehen. Und ich hatte – zu meinem Unglück oder zum Glück – auch gar nichts, was ich ihnen außer meinen Gefühlen hätte zu Füßen legen können.

Ich sage: sie verlangten nichts … aber das stimmt ja gar nicht. Oh, sie verlangten sehr wohl etwas, und zwar mehr, als ich geben konnte: Heiterkeit, Großzügigkeit, Lebensfreude. Dinge, von denen ich ein bißchen hatte, als ich sie kennenlernte, von denen ich geradezu überfloß, als aus Freundschaft Liebe wurde – und die mich ganz verließen, als die Gefühle der Geliebten abkühlten und meine sich in Angst verwandelten. Da versuchte ich sehr wohl, meine Eifersucht hinter Geschenken und meine Angst hinter Ewigkeitsversprechen zu verbergen. Es ehrte meine damaligen Angebeteten, daß sie beides nicht wollten. Aber was wäre gewesen, wenn sie ihre Empfindungen weniger klar gezeigt hätten? Dann wäre auch ich weiter um sie herumgeflattert wie die »Motten um das Licht«, von denen Marlene Dietrich sang.

Schon meine Gefühle gegenüber Pauline und Norma Jeane zeigten mir, worin das Geheimnis der Vampfrau bestand: gewiß *auch* in ihrer Persönlichkeit. Aber das Entscheidende lag woanders: im Zustand ihrer Verehrer. Auf diesen konnte die Frau ganz unterschiedlich reagieren. Wenn sie den Mann unmißverständlich abwies, ergab sich gar nichts. Verzichtete sie für ihn auf ihre Eigenständigkeit, wurde aus der Romanze eine Familie. Und wenn sie es ablehnte, sich zu »entscheiden«, also zu binden?

Dann war im Grunde alles möglich. Beispielsweise hätte sich daraus ein prächtiges Verhältnis entwickeln können, in dem beide ihre Freiheit, aber auch ihre Zuneigung genossen. So etwas kam in den Filmen allerdings kaum vor. Liebe ohne Bindung mußte schiefgehen; das verlangte nicht nur die Moral, sondern auch die Dramaturgie, die damals wie heute nach »Entscheidungen« drängte und die Dinge ungern in der Schwebe ließ. Eher verfing sich die Frau selber in dem Netz und kam ihrerseits von dem Mann nicht mehr los. Oder aber – und nur das machte sie zum Vamp – der Mann ertrug das Schwebende der Beziehung nicht. Und in dem Bestreben, sie für sich allein zu gewinnen, ruinierte er sich und seine bürgerliche Existenz.

Demnach war das Vamp-Verhältnis gar nichts Exotisches, sondern eine mögliche Fortsetzung *jeder* Beziehung. Im übrigen gab es keinen vernünftigen Grund, warum man die Bezeichnung »Vamp« nur für Frauen verwenden sollte: daß ein Mann eine Frau ausnutzte oder sie sich für ihn aufopferte, war eher häufiger als umgekehrt. Nur weil Studiobosse, Drehbuchschreiber und Regisseure fast ausschließlich Männer waren, hielten sie offenbar die Selbstaufgabe der Frau für normal und die des Mannes für bewegender.

Ehrlich gesagt: ich war mächtig stolz, den Gegenstand meiner vampologischen Studien als quasi-existentiellen Archetypus entdeckt zu haben. Ja, der Vamp verklärte sich geradezu, erschien auf einmal selber als Opfer, und zwar der Verrücktheit und Eigensucht menschlicher Verliebtheit. Dem Vamp zu verfallen war das genaue Gegenteil der Definition, wie sie Kant für die Aufklärung gegeben hatte: das freiwillige Eintreten des Verliebten in einen Zustand selbstverschuldeter Unmündigkeit.

Allerdings war mir mit dieser Erklärung ein Aspekt entglitten, den ich doch ursprünglich als Einheit mit dem Vamp gesehen und gesucht hatte – nämlich der des »Verworfenen«.

Die Diskussionen mit den anderen Mitgliedern der Movie Gang – einmal war auch Norma Jeane dabei – brachten mich wieder auf den Boden der Tatsachen zurück, will sagen, auf den Grund des Unklaren und Verschwommenen. Als ich nämlich meine Theorie vortrug, fragte Laura:

»Findest du es denn richtig, daß so eine Frau gleichzeitig mit mehreren Männern schläft?«

Norma Jeane widersprach. »Wieso«, sagte sie, »es steht doch gar nicht fest, daß sie gleichzeitig mehr als einen hat. Jedenfalls ist es nicht immer so. Manchmal schläft sie ja auch mit gar keinem, sondern hält die Männer nur hin. Ist sie dann ein Vamp oder nicht?«

Und Teddy trug gelassen das Argument vor, das meine schöne Hypothese zum Einsturz brachte. Seiner Art entsprechend, formulierte er es als Frage. »Sag mal – wovon lebt sie eigentlich, deine Vampfrau? Läßt sie sich nun von Männern aushalten oder nicht?«

Ach ja, die verdammte Ökonomie ... woran man sieht, daß ich damals weder Marx noch Brecht kannte.

Und aus heutiger Sicht muß ich hinzufügen: wenn wirklich das Vamp-Verhältnis im Grunde etwas völlig Normales ist – warum in aller Welt ist dann der Vamp heute ausgestorben?

10
Ednas Salon

In Nürnberg wurden die Urteile verkündet: für zwölf der zweiundzwanzig Angeklagten der Tod. Göring versuchte, unbeeindruckt zu wirken, aber seine Hände zitterten. Ribbentrop war fassungslos: »Jetzt kann ich meine schönen Erinnerungen nicht mehr schreiben«, sagte er; aber es war mehr ein Krächzen.

Den Abend vor der Hinrichtung verbrachten die Todeskandidaten briefeschreibend und lesend. Ribbentrop blätterte in einem Band von Gustav Freytag, Jodl las Hamsuns *Wanderer*, Seyss-Inquart Eckermanns *Gespräche mit Goethe*. Populärster Autor war aber ein gewisser Jelusich, dessen Bücher sich zwei der Verurteilten ausgebeten hatten: Frick den *Hannibal*, Streicher den Roman *Der Soldat*. Göring hielt Zwiesprache mit Fontanes *Effie Briest*, dann biß er die Zyankali-Kapsel auf, die ihm ein Unbekannter zugesteckt hatte.

Manche Vorstellungen halten sich nur deshalb so hartnäckig, weil keiner überlebt, der sie korrigieren könnte. Dazu gehört der Glaube, sich ausgerechnet mit Zyankali einen schnellen und schmerzlosen Tod verschaffen zu können. In Filmen sieht das sehr elegant aus: der Verbrecher schiebt sich eine winzige Ampulle in den Mund, verdreht die Augen, und weg ist er – hat sich »seinen irdischen Richtern entzogen«. In Wirklichkeit ist dieser Tod nicht einmal schnell; das wäre er nur, wenn freie Blausäure in hoher Konzentration eingeatmet würde. Sie wird aber meist als Salz verschluckt, und erst im Magen wird daraus Blausäure, die über den Kreislauf ins Blut kommt. Dann treten die ersten Symptome frühestens nach Minuten auf. Das Cyanid blockiert in der Körperzelle die Aufnahme von Sauerstoff, und die erste Reaktion ist eine beschleunigte Atmung. Diese ist aber nutzlos, denn das Blut ist mit Sauerstoff übersättigt, die Zelle bekommt ihn nur nicht von dort heraus. In der toxikologischen Beschreibung hört sich das eher schlicht an, und das Entsetzen, das uns bei der Vorstellung eines tödlichen Giftes befallen sollte, klingt nirgends durch. Aber »die Zelle« ist ja nichts anderes als der Mensch, der hier mit keuchender Atmung innerlich erstickt, während Organe und Körpergewebe in höchster Not den drohenden Untergang signalisieren. Die empfindlichen Nervenzellen durchlaufen zunächst eine Phase von Übererregbarkeit, was zu schmerzhaften Krämpfen der gesamten Muskulatur führt; erst dann tritt Bewußtlosigkeit ein, und der Todgeweihte verendet unter heftigen Zuckungen. Es ist kein Trost, aber doch ein winziges Stück Gerechtigkeit, daß sich neben Göring wohl auch Hitler, Goebbels und Himmler auf dieselbe qualvolle Weise ums Leben brachten, mit der sie zuvor Millionen ihrer Opfer in den Gaskammern ermordet hatten.

Ein harter Winter legte sich über das Land, dessen Bewohner mit tausend Kilokalorien pro Tag auskommen mußten – die Hälfte von dem, was ein Erwachsener braucht, und kaum mehr als ein Drittel von dem, was ein Texaner heute zu sich nimmt. In Berlin brach die Stromversorgung schon im November zusammen; statt gelegentlicher Stromausfälle gab es täglich nur noch zwei oder drei »Lichtstunden«. Immer noch waren viele Fenster ohne Glas; die vorgehängten Dekken (oft genug auch nur Lagen von Zeitungspapier) ließen zwar keine Sonne in die Wohnung, konnten den Frost aber kaum abhalten.

Bei uns zu Hause lief die Care-Aktion an, und Ervin erwies sich als Mann der Tat. Die Weltpolitik war ihm egal, aber seit er sich ernsthaft um Angelika bemühte, fühlte er sich nicht nur für sie, sondern für die ganze Kolonne verantwortlich. Zumindest wollte er alle gut durch den Winter bringen, und dafür warb er in Briefen nach Illinois an die

Farmer seiner Nachbarschaft. Er schaffte es, daß wenigstens die Familien mit Kindern regelmäßig Pakete aus Übersee erhielten. Und für Angelika sorgte er selber.

Nur eine Frau stand nicht auf seiner Liste: Edna.

»Hat die nicht auch Kinder?« fragte ich ihn.

»Klar hat sie welche.«

»Und warum kriegt sie nichts?«

»Erstens gehört sie gar nicht zu der Kolonne – sie macht nur mit, weil sie die Grundstückseigentümer kennt, ansonsten hat sie eine Stelle bei einem Verlag, der noch auf seine Lizenz wartet. Zweitens wird es mir zuviel – wenigstens um eine kannst du dich kümmern.«

»Interessant. Willst du mich mit ihr verkuppeln, oder bist du selber scharf auf sie?«

»Beides, Timmy, beides. Ich sag dir, die könnte mir gefallen, aber bei der kann ich nicht landen, und wenn ich ihr eine Wagenladung Zigaretten vor die Tür schütte. Die steht auf Intellektuelle, das hab ich gleich gemerkt.«

»Und du meinst, ich bin einer.«

»Klar bist du einer. Du schreibst hohe Literatur, schläfst mit Reporterinnen –«

»Übertreib mal nicht. Charlotte war meine einzige.«

»Egal – für Edna bist du zuständig. Oder meinst du, du schaffst es nicht?«

Das konnte ich nicht auf mir sitzenlassen. Zwar hatte ich weder eine Farm noch Freunde im kalifornischen Farmerverband. Aber auch ich kannte ein paar Leute, die ich zu paketförmiger Wohltätigkeit animieren konnte, zumal in der Vorweihnachtszeit.

Monnie allerdings war besorgt. »Eine Frau mit Kindern und ohne Mann ist wie ein Garten ohne Zaun«, schrieb sie. »Ich hoffe, Timmy, du machst keine Dummheiten. Du bist allein, sie ist allein, und das zu Weihnachten – du verstehst sicher, was ich meine. Ich finde deine Hilfsbereitschaft gut, aber ich hoffe, du wirst nicht sentimental.«

Solcherart mit guten Ratschlägen versehen, brachte ich

das erste Paket zu Ednas Wohnung. Es war der Abend des vierten Advent, aber Monnie konnte beruhigt sein: in der kleinen Wohnung – hinten das Kinderzimmer, vorn Ednas Schlaf- und Wohnzimmer – drängte sich ein gutes Dutzend Freunde und Bekannte. Das Paket nahm Edna als Tribut für den Abend, mit Anerkennung, aber ohne Dankbarkeitsbezeugungen. Alle standen um sie herum, als sie es öffnete: je eine große Dose Milchpulver, Butter und Käse, dazu ein Säckchen Reis. Edna stellte Milchpulver, Reis und die Hälfte der salzigen Butter in den Schrank – »für die Kinder«. Der Rest kam auf den Tisch, zu dem, was die anderen mitgebracht hatten: Brot und Schmalz, Wurst, Malzkaffee, einige Gläser mit eingemachtem Obst, ein paar Flaschen Bier. In kleine Stücke geschnitten, mit oder ohne Brot, fand der scharfe Käse aus der Dose großen Zuspruch. Von Edna verteilt, schmeckte er sogar mir.

Später trug eine Sängerin Schubert-Lieder vor, einige Gäste lasen aus Büchern, ein junger Autor einen selbstverfaßten Text. Ich ließ zwei Packungen »Lucky Strike« herumgehen; das wurde großmütig als kultureller Beitrag akzeptiert.

Ednas Mann war seit Stalingrad vermißt. Mehr erzählte sie nicht, und ich fragte nicht danach. Auch nicht nach dem Vater der dreijährigen Karoline, die zusammen mit dem fünfjährigen Lorenz tagsüber von einer Nachbarin betreut wurde.

Daß ich sie abends mit ihren Kindern allein antraf, war selten. Fast immer waren noch andere Leute da, in denen ich zuerst enge Freunde vermutete. Doch dann merkte ich, daß sie wie ich selber hierherkamen, weil sie von irgend etwas, das Edna ausstrahlte, angezogen wurden.

Was machte sie so attraktiv? Gewiß, sie war hübsch, wenn auch auf eine Art, die einen auf der Straße nie dazu gebracht hätte, sich nach ihr umzudrehen. Sie war elegant, aber nicht durch das, was sie trug, sondern durch die Art, wie sie es tat. In ein abgetragenes Kleid konnte sie mit einer Brosche eine Falte zaubern, die es wirken ließ wie ein Pariser

Modell. Den zerrissenen Kragen einer Bluse ersetzte sie durch ein buntes, seitlich geknotetes Halstuch, so daß sie aussah wie die Kapitänsfrau auf einem Piratenschiff.

Doch ihr wirklicher Zauber ging von ihrem scharfen Verstand aus, ihrer Offenheit, ihrer Großzügigkeit. Sie schien, falls es so etwas gibt, ein geradezu körperliches Bedürfnis nach geistiger Auseinandersetzung zu haben. Zu ihr kamen aufgeweckte Handwerker, Verkäuferinnen, Leute, die schrieben, malten, Musik machten. Freunde brachten neue Freunde mit: Künstler, Fabrikarbeiter, Studenten (die fast alle nebenher arbeiteten, falls nicht, was in diesen Monaten häufig war, der Betrieb aus Mangel an Strom und Brennstoffen die Leute nach Hause schicken mußte). Ein Bienenkorb von Gedanken, Interessen und Plänen.

Es dauerte nicht lange, da hatte mich die Atmosphäre dieses Kreises so gefangengenommen, daß auch ich ständiger Gast in Ednas kleiner Wohnung war. Um selber etwas beitragen zu können, übersetzte ich zuerst einiges von Hemingway; später wurde ich mutiger und trug gelegentlich aus meinen eigenen Texten vor. Ednas Kommentar zu meinem ersten Versuch war ein schlichtes: »Schön!« Das war eine größere Ermutigung als später einmal ein seitenlanges Lob in einer Literaturzeitschrift.

Was war das Geheimnis dieses Kreises? Woher kam seine offene, solidarische Atmosphäre? Was läßt mich noch heute seufzend an diese Abende, an die Diskussionen bei Kälte und Kerzenlicht denken? An die Schmalzbrote, von Edna persönlich geschmiert und mit königlichem Lächeln überreicht, so daß ich mich wahrhaft geadelt fühlte, in dieser Runde sitzen zu dürfen? Und woran lag es, daß ich eine solche Atmosphäre später nie wieder gefunden habe – weder in Deutschland zur Wirtschaftswunderzeit, noch in Boston oder zu Hause in L.A.?

Vielleicht war der Motor, der Ednas Genius und unser aller Fähigkeit zur Improvisation alles abverlangte, im Grunde etwas sehr Schlichtes: Mangel.

Und zwar an allem. Zuerst natürlich an Lebensmitteln, Kohlen, Kleidung, Seife, an allem, was man täglich brauchte – lauter Dinge, die es nötig machten, daß man sich gegenseitig aushalf. Aber kaum, daß der Magen nicht mehr knurrte, zeigte sich ein solcher Hunger nach Gedanken, nach Kunst und Literatur, nach alter und neuer Musik, Philosophie und Wissenschaft, wie ich ihn später nie wieder erlebt habe. Ednas Wohnung war ein Ort von gegenseitiger Hilfe, aber ebenso von freiem Denken und offener Diskussion – und natürlich auch zentrale Nachrichtenstelle. Wo gab es Bücher, wo lief welcher Film? Wer konnte Karten dafür organisieren?

Sie hatte ein Talent, auch solchen Leuten zuzuhören, die ich für Aufschneider oder Dummköpfe hielt. Ednas Aufgeschlossenheit, ihr unersättliches Interesse an Dingen und Personen förderte selbst bei diesen Besuchern Gedanken zutage, die ich ihnen nie zugetraut hätte. Eine treffende Bemerkung, ein Wortspiel, oder auch nur Ehrlichkeit dort, wo die Konvention vielsagendes Stillschweigen nahelegte – das waren die wichtigsten Gastgeschenke, die Edna von ihren Besuchern erwartete. Das feine Lachen, mit dem sie eine Formulierung, eine Hypothese, einen versteckten Witz quittierte, war dafür die schönste Belohnung.

Der Mensch lebt nicht vom Brot allein, aber auch nicht nur von Ironie und tieferer Bedeutung. Es verstand sich von selbst, daß jeder, der etwas hatte, auch etwas mitbrachte: etwas Brot, eine Tüte Kaffee-Ersatz, ein paar Kohlen oder Kerzen. War der Besucher Amerikaner, dann hatte er Zigaretten, Süßigkeiten und ein paar Flaschen Bier dabei. Aber auch englische Bücher waren willkommen. Als erste las sie Edna selber, die ein passables Englisch sprach. Danach machten sie die Runde – und kamen meistens auch wirklich zu Edna zurück, die bei Büchern energisch auf ihren Besitzrechten beharrte.

Immer wieder beeindruckte mich die Selbstverständlichkeit, mit der sie einerseits teilte, was sie hatte, andererseits ohne großes Getue annahm, was man ihr gab. Manchmal legte sie etwas beiseite und sagte: »Oh, das hebe ich auf für die Kinder.« Aber wenn sie etwas mit der Bemerkung »nur für dich« erhielt, überhörte sie es. Es verstand sich von selbst, zu teilen, und anders wäre es kleinlich gewesen.

Eines Tages traf ich sie auf der Straße mit zwei Monstern an ihren Füßen: Strohschuhe. Das konnte ich nicht mitansehen und kaufte für teures Geld ein Paar richtige Lederschuhe. Aber sie versicherte mir, noch nie so warme Füße gehabt zu haben wie in den Strohdingern, und gab die Lederschuhe an ihre Freundin Lena weiter.

Ich war irritiert. »Was hast du dafür gekriegt?« fragte ich.

»Gar nichts. Ich habe sie ihr geschenkt.«

Jetzt ärgerte ich mich. »Geschenkt – einfach so? Weißt du nicht, was du für ein neues Paar Schuhe hättest kriegen können?«

Sie schüttelte den Kopf. »Timmy, weißt du, wie es ihr geht? Viel schlechter als mir. Sie hat eine Sehnenscheidenentzündung und kann nicht arbeiten, und sie hat nicht einmal einen Amerikaner, der ihr hilft.«

»Möchtest du, daß *ich* ihr helfe?«

»Würdest du das tun? Du, das wäre wirklich lieb von dir!«

Ich hatte im Scherz gefragt. Lena war hübsch, beinahe eine Schönheit, und ich hätte mir von Edna wenigstens ein kleines bißchen Eifersucht gewünscht. Aber der Gedanke, selber vielleicht weniger zu bekommen, wenn anderen geholfen wurde, kam ihr überhaupt nicht.

Ich konnte gar nicht anders, als zu versuchen, mich diesem schmeichelhaften Bild von mir anzunähern. Natürlich war ich in Edna verliebt, aber nicht nur in sie, sondern in den ganzen Kreis. Und es tat mir immer wieder weh, wenn ich die Runde mitten in einer Diskussion verlassen mußte, um pünktlich zum Zapfenstreich in der Kaserne zu sein.

11
American Fuck

Die großen Töne des Direktors waren verklungen; der Unterricht an der Van Nuys High School verlief äußerlich gesehen normal. Aber der Krieg machte Fortschritte, sichtbare und unsichtbare.

Das Jahr 1942 begann mit schnellen Erfolgen der Japaner: Hongkong besetzt, Siam, Singapur, Manila, Java – nichts schien den Vormarsch aufhalten zu können. Schon gar nicht angesichts der Verluste von Pearl Harbor: mehr als die Hälfte unserer Schlachtschiffe ausgeschaltet, zweihundert Flugzeuge zerstört, fast dreitausend Soldaten gefallen … der Schock saß tief.

Militärisch betrachtet, waren die Verluste von Pearl Harbor viel weniger dramatisch, als es schien. Nicht die Schlachtschiffe, sondern die Flugzeugträger sollten sich in der Folgezeit als entscheidende Waffe herausstellen. Von denen lag während des Überfalls nur ein einziger in Pearl Harbor, und gerade der konnte nicht außer Gefecht gesetzt werden. Aber für das Verteidigungsministerium hatte die allgemeine Erbitterung ihre Vorteile: die Schicksalsfrage, ob wir in den Krieg eintreten sollten, hatte sich von selbst erledigt. Und der Kongreß, der sonst über ein paar Millionen hitzig debattierte, bewilligte jetzt bereitwillig die nötigen Milliarden.

Nachdem unsere Truppen den Kampf aufgenommen hatten, drängten sich die Kriegsereignisse zunehmend in den Mittelpunkt. Jede Familie hatte Angehörige oder Freunde bei der Armee, und jede Meldung von der Front war auch die Meldung von Gefallenen, Vermißten, Verwundeten. Die Wirklichkeit ist das, was man erfährt, und wir glaubten alles zu erfahren, denn der Krieg kam ins Haus: zuerst mit den Nachrichten im Radio, tags darauf in den Zeitungen, eine Woche später mit den Bildern der Wochenschau.

Nur wenigen fiel auf, daß Norma Jeane in den letzten Wochen des Halbjahres häufig fehlte. Sie entschuldigte sich mit Krankheit oder Unwohlsein, was bei den Mädchen oft die Umschreibung für ihre Menstruation war. Von Norma Jeane war bekannt, daß sie besonders darunter litt – war das der Grund, daß sie sich immer öfter aggressiv zeigte?

Einmal war sie nach mehrtägiger Abwesenheit das erste Mal wieder im Unterricht. Sie saß mit gesenktem Kopf auf ihrem Stuhl, als Benny von hinten an sie herantrat, ihr die Hand auf die Schulter legte und sagte: »Hallo, Norma Jeane, schön daß du –«

Sie schreckte hoch und drehte sich halb zu ihm hin. »Fuck off!« zischte sie und schob seine Hand von ihrer Schulter.

»Mensch, hab dich nicht so!« murrte Benny und zog sich zurück – verlegen, aber auch beleidigt. Mit Recht, fand ich.

Ihre Neigung, gelegentlich mit heftigen Flüchen zu reagieren, war allgemein bekannt, aber in diesen Wochen häufte sich das. Es war gar nicht selten, daß sie jemanden auf eine anzügliche Bemerkung hin als »Motherfucker!« titulierte oder ihm ein »Fuck yourself!« zuzischte. Manchmal hatte ich den Eindruck, als bereiteten ihr solche Beschimpfungen geradezu Vergnügen. Als ich sie einmal danach fragte, sah sie mich beinahe mitleidig an und sagte: »Timmy, du bist zwar ein Waisenkind, aber man merkt, daß du nie im Waisenhaus warst. Wenn du da überhaupt was lernst, dann zwei Dinge: erstens Geschirr spülen, zweitens Fluchen!«

Vulgärsprache, so lehren die Psychologen, wird zwar von Frauen mitbenutzt, aber von Männern geprägt. Das macht die sexuellen Flüche rätselhaft. Man sollte annehmen, sie beziehen sich auf lustvoll Begehrtes, erst recht in Gottes eigenen USA, wo der Optimismus Verfassungsrang hat. Was also macht einen »fucking idiot« schlimmer als einen einfachen Idioten? Worin liegt das Vergnügen, die Brüste einer Frau als Titten, ihre Scheide als Möse zu bezeichnen? Warum herabsetzen, was man begehrt?

Wohl kaum aus Liebe. Schon eher aus Haß oder Selbsthaß: für all das erfolglose Werben eines Männerlebens. Für die Jahrzehnte von Ehekrieg, die man sich in der Hoffnung auf ein bißchen Wärme eingehandelt hat. Dafür, daß man sich zum Narren gemacht, Gezänk und Kindergeplärre ertragen hat, nur damit einem die Blagen vor die Füße spucken und ihrer Wege gehen. Dafür, daß Männer und Frauen nicht Freunde sind, sondern bestenfalls einander anziehen und umkreisen wie Erde und Mond: mal zugewandt, mal abgewandt, scheinbar sich näher kommend, dann wieder unendlich weit entfernt.

Wir Amerikaner sind stolz auf Disney und Coca-Cola, aber verglichen mit dem Siegeszug unserer Flüche ist das gar nichts. Von Labrador bis Feuerland, vom Nordkap bis Johannesburg verwünscht man auf amerikanisch, und selbst im tiefsten Berliner Kreuzberg, wo jedermann Coke und Mickey Mouse verachtet, finden sich die Wände tapeziert mit Sprüchen wie »FUCK THE NAZIS«.

Natürlich könnte man einwenden, daß diese Art zu reden gleichfalls etwas nazihaft ist; aber das müssen die Deutschen mit sich selber ausmachen. Mich als Patrioten ärgert etwas anderes: daß man uns Amerikaner nicht nur in Korea, am Golf und im Kosovo die Dreckarbeit machen läßt, sondern sogar in den Niederungen der Vulgärlinguistik. Wahrlich wackere Kämpfer, diese europäischen Helden, die nicht einmal ihre nationalen Schurken auf Landessprache zu ficken imstande sind, und sich stattdessen der Vorarbeit amerikanischer Motherfucker bedienen.

Ich mag klare Worte, und deshalb mißfällt mir das Wort »Ficken«, ganz gleich in welcher Sprache. Es reduziert den Akt zweier Gleichberechtigter auf die Bewegung des

Mannes und macht die Frau zum Opfer. »Sie hat sich von ihm ficken lassen« bleibt auch dann ein Satz der Verachtung, wenn ein Unterton von Neid (gegenüber dem Jäger) und Mitleid (gegenüber der Beute) mitschwingt. Inzwischen gibt es in scheinbarer Gleichberechtigung auch die Form »She fucked him« – Witzbolde sagen gelegentlich sogar »She screwed him«. Das beweist nicht nur, daß wir Amerikaner sprachliche Idioten sind – viel trauriger ist, daß der gemeinsame Sprachgebrauch im »Ficken« nicht das Angenehme bezeichnet, sondern das Verächtliche. »Fuck the Nazis« ist keine unbegreifliche Umdeutung des Fickens, sondern seine sprachliche Enthüllung. Hier tritt in den Vordergrund, was sonst unterschwellig daherkommt – im Grunde der Wunsch nach Auslöschung. Den auszudrücken fällt offenbar leichter, wenn sich das feige Denken einer fremden Sprache bedient, und daß über alle Sprachgrenzen hinweg ausgerechnet unser »Fuck« dafür herhalten muß, tut mir als gutem Amerikaner natürlich weh.

Ich weiß: die Leute in Hollywood nehmen es als Beweis von Unbefangenheit, wenn sie ihre kernigen Helden möglichst oft vom Ficken sprechen lassen. In einem dieser Filme, die heute berühmt und morgen vergessen sind, hörte ich den Helden sich und seine Partnerin rühmen, daß er den »Fick des Jahrhunderts« mit ihr gehabt hätte. Aber es hilft nichts – die Verwendung als internationales Schimpfwort zeigt, was das Unterbewußte davon hält.

Ach ja: da sind nun diverse sexuelle Revolutionen übers Land gegangen; Pillen werden geschluckt, Kondome verteilt, in tausend Talkshows das Unterste nach oben gekehrt – aber die Sprache, die unser Intimstes ausdrücken soll, humpelt noch immer fickend von Titte zu Fotze. It's just fucking stupid, I think.

Wie zum Ende eines jeden Schulhalbjahres üblich, gingen einige Schüler ab, darunter auch Norma Jeane Mortenson Baker. Die Familie, bei der sie gelebt hatte, verließ Los Angeles, sie selber kam zu einer älteren Dame in einem entfernten Stadtteil, also wechselte sie die Schule – so hieß es jedenfalls. Die meisten nahmen es eher gleichgültig zur Kenntnis; die Nachricht, daß Bennys Bruder Patrick im Einsatz verwundet war, wog schwerer.

Mir sagte sie es zwischen Tür und Angel – vielmehr am Schultor, unter Doughertys Blicken, der in seinem blauen Ford auf sie wartete.

»Timmy, du hast es bestimmt schon gehört, oder?«

»Daß du die Schule verläßt? Ja, hab's gehört.«

»Tut mir wirklich leid. War eigentlich ganz schön hier.«

»Finde ich auch. Weißt du, ich hätte mir gewünscht –«

»Ja? Was denn?«

»Ach, ist im Grunde egal. Ich erzähl's dir später – falls wir uns mal wiedersehen.«

»Klar sehen wir uns! Unbedingt! Mach's gut!«

Ich sah ihnen hinterher, wie sie losfuhren. Dougherty hatte seinen Arm um ihre Schulter gelegt, und mir war zum Heulen – vielleicht hätte ich es wirklich getan, wenn nicht gerade Pauline vorbeigekommen wäre.

»Timmy, was ist los? Bist du okay?«

»Doch, sicher – was soll sein?«

»Na, weiß nicht – kam mir gerade so vor.«

»Nein, ist wirklich nichts. Ehrlich!«

»Um so besser. Also dann – schöne Ferien!«

Im April 1942 wurde Ted sechzehn, und von jetzt an ließ er sich nicht mehr im Cadillac chauffieren, sondern fuhr selber in einem älteren dunkelroten Buick vor. Gleichzeitig legte er bei allem, was mit der Schule zusammenhing, ein zunehmendes Desinteresse an den Tag. Auch die Ausflüge der Movie Gang schliefen ein. Wenn Laura ihn nicht unter ihre Fittiche genommen und auf die anstehenden Tests vorbereitet hätte, wäre er wohl nicht einmal versetzt worden.

Jeder konnte sehen, daß sie mehr für ihn empfand als Kameradschaft, nur er selber bemerkte es nicht, denn er litt unter der Gleichgültigkeit von Pauline. Diese trug seit einiger Zeit einen schlichten, aber unübersehbaren Rubinring – das Geschenk eines Goldschmiedes, der sich in sie verliebt hatte und mit dem sie regelmäßig das Wochenende verbrachte. Nachdem mir schon die erste meiner Angebeteten abhanden gekommen war, brachte das auch mich an den Rand der Verzweiflung. Es tröstete mich nur wenig, daß sogar Teddy, der allseits Bewunderte, bei Pauline nicht zum Zuge kam.

Was mich etwas aufheiterte, war der Klavierunterricht bei Lore Muller – mit der kleinen Shirley ließ sich herrlich herumblödeln. Ansonsten suchte ich Ablenkung im Kino, manchmal mit anderen, meistens allein. Fast mein ganzes Taschengeld ging für Filme drauf. Aber es brachte mich auf andere Gedanken.

Einmal traf ich nach einer Vorstellung Norma Jeane. Sie war in Begleitung von Bebe – dem Mädchen aus der Klasse unter uns, das immer zu ihr und Dougherty in den Wagen gestiegen war. Mein Herz klopfte, als ich zu ihnen hinüberging.

»Hallo, Norma Jeane – wie geht's in der neuen Schule?«

»Gar nicht«, sagte sie. Es klang verlegen, aber auch ein bißchen stolz.

»Nanu – hat man dich rausgeworfen?«

»Das meinst du im Spaß, nicht wahr? Nein, man hat mich nicht rausgeworfen. Jimmy und ich werden heiraten!«

Das nun hielt ich für einen Witz, obwohl ich wußte, daß sie selten welche machte, schon gar nicht über so ernsthafte Dinge. Oder wollte ich es nur nicht glauben?

»Hör mal«, rechnete ich ihr vor, »du bist einen Tag jünger als ich. Also bist du immer noch fünfzehn, da kannst du gar nicht heiraten!«

»Stimmt. Aber im Juni bin ich sechzehn, dann heiraten wir.«

»Und was sagt deine Tante dazu?«

»Tante Grace? Na ja, sie ist nicht meine richtige Tante. Aber die ist einverstanden. Eigentlich war es ihre Idee.«

Ich erinnerte mich an einen Klassenaufsatz, den wir irgendwann zum Thema »Was ich einmal werden möchte« geschrieben hatten. Die meisten Mädchen wollten eine Familie gründen und Kinder haben. Norma Jeane dagegen schrieb, sie wolle »etwas machen, wo man sie brauchen und akzeptieren würde«. Von Familie kein Wort.

»Und Dougherty?« fragte ich. »Du liebst ihn sehr, nicht wahr?«

»Natürlich. Ehrlich, kannst du mir glauben. Alle sagen, Jimmy könnte jedes Mädchen haben, wenn er wollte, und jetzt will er nur mich. Stell dir vor! Ich glaube, da habe ich wirklich Glück gehabt.«

Ihre Antwort fand ich seltsam. Daß Mädchen schon mit sechzehn heiraten duften, war sowieso unfair, aber warum Dougherty? Weil er »jede andere hätte haben können«! Logisch war das nicht; wenn zehn Dummköpfe etwas wollen, muß es noch lange nicht gut sein. Andererseits: von diesem Trugschluß mit Namen »Image« leben ganze Industriezweige. Und letzten Endes war es egal, wie Norma Jeane ihre Ehepläne begründete – daß sie heiraten würde, war das einzige, was zählte.

Wie gesagt: damals war ich überzeugt, daß eine Frau für immer demjenigen Mann verfiel, mit dem sie das erste Mal schlief. Erst recht, wenn er sich, wie man Dougherty nachsagte, »mit Frauen auskannte«. Hoffnung für mich gab es also keine – und doch wanderten meine Gedanken immer wieder zu meiner alten Klassenkameradin.

12
Hier werden Hemden gewaschen

Berlin atmete auf: der Schreckenswinter 1946/47 war überstanden. Das erste Grün wagte sich hervor, und die Stadt leckte ihre Wunden – mehr als tausend Menschen waren in diesen Monaten erfroren oder verhungert. Das jedenfalls sagte die Statistik, aber wahrscheinlich waren es viel mehr. Wer wollte bei einem alten Mann, der morgens kalt in seinem Bett lag, schon feststellen, ob er an Herzschlag oder an der Kälte gestorben war?

Immerhin: »Unsere Frauen«, so stellte Ervin stolz fest, hatten wir gut durchgebracht. Trotzdem zeigte er jetzt, zum Frühlingsanfang, eine auffällige Unruhe. Sonntags verschwand er immer gleich nach dem Frühstück; anders als früher lud er mich nicht ein, ihn zu begleiten. Meine Stimmung war auch nicht danach. Nach wie vor war ich Stammgast in Ednas Salon – um nicht zu sagen: seine Atmosphäre machte mich süchtig. Gelegentlich vergaß ich, daß es nicht meine Muttersprache war, in der ich mich dort unterhielt. Aber obwohl ich stets willkommen war, spürte ich doch, daß ich andere Sorgen hatte als die Freunde. Und es machte mich unglücklich, für Edna immer nur einer unter vielen zu sein.

Eines Abends fing sie damit an, den Kindern vor dem Einschlafen aus *Alice im Wunderland* vorzulesen. Sie las sehr schön, das sprach sich herum, und bald fanden sich nach dem Abendessen immer mehr Leute ein. Abend für Abend saßen zwei Dutzend Erwachsene dichtgedrängt auf dem Fußboden des Kinderzimmers und hingen an Ednas Mund. Auch ich ließ mich vom Klang ihrer Stimme forttragen, aber meine Gedanken drehten sich weniger um

Alice und ihre Abenteuer als um die Vorleserin. Ich war fasziniert, bewunderte, liebte sie, aber ich hatte keine Vorstellung, wie das weitergehen sollte – oder was ich mir wünschte und erhoffte.

Als das Buch zu Ende war, erklärte Edna die Veranstaltungsreihe für beendet. »Die Kinder brauchen nicht nur ihren Schlaf«, sagte sie, »sondern auch gute Luft. Los, raus mit euch aus dem Kinderzimmer! Na, wird's bald?«

Aber Lorenz und Karoline bestanden darauf, weiterhin vor dem Schlafen eine Geschichte zu hören. Wenn Besuch da war, übertrug Edna diese Aufgabe gern einem der Gäste. Ich war immer dazu bereit, und da die Kinder meinen Akzent mochten, wurde für eine Zeitlang eine Gewohnheit daraus.

Edna arbeitete jetzt bei dem Verlag, der seine Lizenz inzwischen erhalten hatte. Manchmal hatte sie abends länger zu tun, dann durfte ich bei den Kindern Babysitter spielen. Dafür war ich geradezu dankbar. Ich brachte die Kinder ins Bett und bildete mir ein, ich wäre ein kinderliebender Mensch, vielleicht sogar ein guter Vater. Mag sein, ich war das wirklich, aber ich streichelte ich die Kleinen auch stellvertretend für ihre Mutter.

Einmal griff ich, um etwas vorzulesen, zu einem Buch, das im Regal ganz vorne stand. Es waren die Märchen von Hans Christian Andersen, und das erste, was ich aufschlug, war *Das häßliche Entlein*. Noch bevor ich fertig war, kam Edna zurück. »Lies ruhig weiter«, rief sie durch die offenstehende Tür und ging in die Küche, wo ich ein halbes Pfund Kaffee und ein Päckchen Zucker deponiert hatte. Ich hörte sie Wasser aufsetzen und mit Töpfen und Geschirr hantieren. Als sie mit zwei Tassen ins Wohnzimmer kam und sich in einen Sessel fallen ließ, war ich gerade beim Schluß des Märchens:

»Alle riefen: ›Der neue Schwan ist der schönste! So jung und so prächtig!‹ Und die alten Schwäne neigten sich vor ihm. Da fühlte er sich beschämt und steckte den Kopf unter die Flügel,

er wußte selbst nicht, warum, denn er war überglücklich. Er dachte daran, wie man ihn verfolgt und verhöhnt hatte, und hörte nun sagen, daß er der schönste aller schönen Vögel sei. Da rauschten seine Federn, der schlanke Hals hob sich, und aus vollem Herzen jubelte er: ›So viel Glück hätte ich nicht zu träumen gewagt, als ich noch das häßliche Entlein war.‹«

Ich gab den Kindern einen Gutenachtkuß, ging ins Wohnzimmer und schloß hinter mir die Tür, in dem Bewußtsein, eine gute Tat getan zu haben. Mir kam der Gedanke an Norma Jeane, aus der jetzt eine bewunderte Schönheit geworden war. Edna rührte mit einem Löffel in ihrer Tasse und sagte:

»Von allen Andersen-Märchen ist das wirklich das blödeste! Schon der Anfang: wie kommt ein Schwanenei ins Entennest? Dann dieser Bauer: er holt die kleine Ente aus dem Eis und trägt sie nach Hause, aber nicht als Braten, sondern zum Spielen für seine Kinder. Wer soll das glauben! Erst recht die Schwäne: das sind gierige und brutale Viecher; die hacken sogar nach den winzigen Entenküken, wenn sie in ihre Nähe kommen. Ausgerechnet die sollen sich vor dem Neuen verneigen? Lächerlich! Und das Dümmste: was macht den jungen Schwan am Schluß glücklich? Daß die Leute am Teich sagen, er ist der Schönste! Dieser Andersen muß im Kopf wirklich nicht ganz klar gewesen sein. – Du, der Kaffee ist herrlich. Bist ein Schatz, Timmy.«

Ich ärgerte mich, obwohl ich Edna, was das Märchen betraf, recht geben mußte. Aber mit dem Vorlesen hatte ich es gut gemeint, und ich war es nicht gewesen, der den Andersen-Band ins Regal gestellt hatte. Um ehrlich zu sein: ich war gekränkt.

An der Tür klopfte es, und herein kam – in den Lederschuhen, die ich Edna geschenkt hatte – Lena. Sie lobte Edna für den Kaffee und erzählte von ihrem Plan, Psychologie zu studieren. Keiner merkte, daß ich nichts sagte und nichts trank; allerdings hatte Edna inzwischen die Tassen verwechselt und auch meine leergetrunken.

Ich stand auf und erklärte, ich hätte noch in der Kaserne zu tun. Keiner wunderte sich, man wünschte mir einen guten Abend und war schon wieder bei den Fragen der internationalen Psychologie, bevor ich auch nur die Tür hinter mir geschlossen hatte.

Zum ersten Mal seit langer Zeit hatte ich das Gefühl, in der Kaserne ein bißchen zu Hause zu sein. Im Zimmer war außer mir niemand. Ich warf mich aufs Bett, fühlte mich ungerecht behandelt und vernachlässigt.

Auf dem Tisch lag ein Brief an mich: von Benny. Offenbar langweilte er sich auf Okinawa – was sonst hätte mir die Ehre eines langen Briefes von ihm verschaffen können? Oder wer weiß, vielleicht gingen ihm ähnliche Gedanken wie mir durch den Kopf: Frauen, Frauen … ein Thema, das er allerdings nicht direkt anschnitt. Sondern so: ob ich schon gehört hätte, daß Teddy in Korea Offizier geworden sei und jetzt im Rahmen der Truppenbetreuung das Kulturprogramm organisierte? Ob ich schon wüßte, daß Pauline sich erstens von ihrem Goldschmied getrennt habe, zweitens eine Galerie aufmachen wolle, drittens Ted erneut einen Korb gegeben habe, weshalb dieser sich jetzt von Laura trösten lasse? Und was ich von Norma Jeane hielte, die zur Traumfrau aller Soldatenmagazine avanciert sei?

Nein, von Pauline, Teddy und ihren Liebschaften hatte ich nichts gewußt, auch nicht, daß Ted länger bei der Army bleiben wollte. Ich selber wollte etwas anderes: so bald wie möglich bei der Armee aussteigen und studieren. Im Osten Berlins hatte die Humboldt-Universität ihre Vorlesungen aufgenommen, im Westen die Technische Universität. Allerdings hatte ich, was das Studium anging, zuerst an Los Angeles gedacht – natürlich auch an Laura, Pauline und Norma Jeane. Aber jetzt, unter diesen Voraussetzungen?

Anfang des Jahres hatte ich dem Colonel mitgeteilt, daß ich mit dem Ende meiner regulären Dienstzeit die Uniform an den Nagel hängen wolle. Nun überlegte ich, ob ich nicht doch wie Teddy noch eine Weile bei der Army bleiben und

Offizier werden sollte, oder wenigstens für zwei Jahre verlängern und etwas Geld verdienen. Ein Krieg, so sagte ich mir in meinem jugendlichen Leichtsinn, war in absehbarer Zeit wohl nicht zu erwarten. Armee – Universität – Berlin – Los Angeles – Edna – Angelika – Laura – Norma Jeane – Pauline ... in meinem Kopf drehte es sich. Ich kam zu keinem Entschluß, nicht einmal zu klaren Gedanken.

Einige Tage ließ ich mich nicht bei Edna blicken, dann hielt ich es nicht mehr aus. Sie empfing mich ungnädig.

»Was war los – hättest du nicht wenigstens Bescheid geben können? Die Kinder haben jeden Tag nach dir gefragt; jetzt liest ihnen Lena vor. Aber du kannst sie ja wenigstens begrüßen.«

»Weißt du, wenn ich ehrlich sein soll –«

»Mußt du ankündigen, wenn du ehrlich bist? Ist das vielleicht eine Ausnahme bei dir?«

»Nein, natürlich nicht. Also, ich hab mich geärgert. Ich lese den Kindern vor, und du machst dich darüber lustig.«

»Wie bitte? Könntest du dich erklären?«

»Ach, du weißt schon – das mit dem Märchen, das häßliche Entlein ...«

»Wieso, was ist damit? Ein blödes Märchen, und du hast es vorgelesen. Was ärgert dich daran?«

»Hab ich doch gesagt: daß du dich über mich lustig gemacht hast.«

»Ha – ich glaub's nicht. Ist das dein Ernst? Soll ich ein blödes Märchen gut finden, nur weil der Herr geruht hat, es vorzulesen? Sag bloß, es gefällt dir!«

»Das nicht. Ich hatte nur das Gefühl –«

»Hast du das Gefühl immer noch?«

»Na ja, wenn ich es überlege –«

»Schön, dann wäre das geklärt. Nun geh schon zu Lena und den Kindern, bevor die eingeschlafen sind!«

So war sie. Erbarmungslos spießte sie Floskeln und Dahingesagtes auf, duldete weder Selbstmitleid noch Selbstzufriedenheit. Nie hätte sie einen Text oder ein Bild gelobt, nur weil sie von einem Freund stammten. Allerdings kritisierte sie normalerweise feinfühliger.

Lena war nicht allein gekommen. Sie hatte einen Studenten namens Robert mitgebracht, offenbar ihren neuen Freund, außerdem ihre Schwester. Als sie mit dem Vorlesen fertig war, schlug sie vor, ins Kino zu gehen. Die Schwester war bereit, auf die Kinder aufzupassen, und so gingen wir in ein kleines Kellerkino in der Nähe und sahen den *Blauen Engel*. Lenas Begleiter legte seinen Arm um sie, ich durfte meinen um Edna legen, während die Dietrich vorne auf der Leinwand sang: *»Ich kann halt lieben nur, und sonst gar nichts!«*

Hinterher saßen wir bei Kerzenlicht und schlechtem Wein in einem Café, und Edna stellte die Frage: »Kann mir mal jemand erklären, wieso alle Welt behauptet, die Dietrich als Lola würde Jannings an die Wand spielen?«

»Wie siehst du es denn?« fragte Robert.

»Ich finde, ihre Rolle hat keine Entwicklung. Sie ist halb skeptisch, halb frivol, das macht sie gut, will ich gar nicht leugnen, aber es ist von Anfang bis Ende dasselbe. Die große Rolle hat der Jannings, ich frage mich, wie man das bestreiten kann.«

»Leicht zu erklären«, meinte Robert. »Wer sind denn die maßgeblichen Kritiker? Alles Männer. Und ein Mann sieht eine Frau im Film genauso wie im normalen Leben, nämlich zuerst als mögliche Partnerin. Da ist die Dietrich umwerfend: sie ist schön, sie hat Köpfchen, sie ist warmherzig.«

»Und sie macht etwas, was Männer sich wünschen, aber selten finden«, fügte ich hinzu. »Sie bekennt sich nicht nur zu ihrer Erotik, sondern verspricht auch noch besondere Qualitäten. Da kann der Jannings die Rolle seines Lebens spielen – er hat keine Chance.«

»Besondere Qualitäten?« fragte Lena. »Was meinst du damit?«

»Ich meine das Lied«, antwortete ich. »Lola singt ›Ich

kann halt lieben nur‹. Ich finde, das wird meistens falsch verstanden, mit Betonung auf dem *nur.* Aber sie sagt ja auch ›Ich *kann* das‹, nämlich das Lieben, und damit meint sie bestimmt nicht die Gefühle, sondern das Liebesspiel. Das ist für sie also kein bloßes Hinlegen, sondern eine Kunst, die man entweder beherrscht oder nicht. Und die Dietrich verspricht dem Mann: ›Auch wenn ich sonst von nichts Ahnung habe – im Bett kann ich dir mehr geben als jede andere.‹«

Edna sah mich mißtrauisch an. »Denkst du dabei an die Lola oder an die Dietrich? Falls du beide meinst, kann dir Lena einiges erzählen. Ihr Mutter kennt die Dietrich persönlich. Stimmt's?«

»Besser gesagt, sie kannte sie. Vor Jahren haben sie zusammen in einer Revue gespielt; da war meine Mutter Statistin.«

»Und?« fragte ich. »Ist sie als Person auch so erotisch?«

»Meine Mutter war einmal dabei, als jemand der Dietrich dieselbe Frage stellte. Ein Reporter wollte von ihr wissen, ob sie im Leben genauso wäre wie im Film. Da hat sie eine Parabel von Kierkegaard zitiert. Hab ich bestimmt schon mal erzählt – mit dem Schild im Schaufenster, ihr kennt das.«

»Ich nicht«, sagte ich, »erzähl's noch einmal!«

»Na schön, ist auch ganz kurz. Kierkegaards Parabel, sagt die Dietrich dem Reporter, geht so: Ein Mann kommt an einem Laden vorbei und sieht im Schaufenster ein Schild mit der Aufschrift ›Hier werden Hemden gewaschen‹. Er denkt, das ist genau, was ich suche; holt also seine schmutzigen Hemden und bringt sie in den Laden. Hinter der Theke steht eine junge Frau, die schüttelt den Kopf und sagt: ›Mein Herr, das ist leider ein Mißverständnis. Wir sind keine Wäscherei, wir sind ein Schildergeschäft; wir verkaufen nur Schilder mit der Aufschrift: Hier werden Hemden gewaschen.‹ Verstehen Sie? fragt die Dietrich. Nein, sagt der Reporter, nicht ganz. Dann will ich's Ihnen erklären, sagt die Dietrich: der größte Schilderladen, den es gibt, ist der Film. Schauspieler sind Briefträger, und ihr Job ist es, Schilder herumzutragen. Bei dem einem steht auf dem Schild vielleicht ›Unwiderstehliche Männlichkeit‹, bei einem anderen ›Üb immer Treu und Redlichkeit‹, und ich trage als Lola eben ein Schild, wo draufsteht ›Verführung und blondes Gift‹. Das Schild können Sie kaufen, das kriegen Sie billig, Sie brauchen nur Ihre Eintrittskarte. Aber Ihre Hemden müssen Sie selber waschen – wenn Sie verstehen, was ich meine!«

13
In der Welt des Als Ob (I): Die Stadt der Engel

Die Schule und der Krieg gingen weiter, und die Erinnerung an Norma Jeane verblaßte. Die Schlacht bei den Midway-Inseln im Juni 1942 labte die patriotischen Gemüter: Admiral Yamamoto verlor vier seiner Flugzeugträger, unsere Flotte nur einen. Das war die Wende.

Sie war es vor allem deshalb, weil das wichtigste Gefecht nicht im Pazifik gewonnen wurde, sondern woanders: in den Docks der Werften, den Hallen der Flugzeughersteller, an den Werkbänken, in den Entwicklungslabors. Der Produktionskraft unserer Industrie hatten Japan und Deutschland nichts entgegenzusetzen.

Auch ich leistete meinen Beitrag dazu. In den Sommerferien arbeitete ich in einer Fabrik, die Achsen und Wälzlager für Militärfahrzeuge herstellte. Die Schulleitung hatte uns zu dieser Art von Feriendienst aufgefordert, aber ich hätte mir sowieso einen Job gesucht: erstens als Patriot, zweitens fürs Kino, drittens, weil ich das Geld für ein gebrauchtes Motorrad zusammenbekommen wollte.

Die Maschinen liefen rund um die Uhr, sieben Tage in der Woche. Jeder Arbeiter hatte pro Woche einen freien Tag, aber der Sonntag war Leuten mit Kindern vorbehalten. Zwar gab es Vorschriften, uns Schüler von Nachtschichten und Sonntagsarbeit auszunehmen; aber darauf zu bestehen, wäre mir gegen die Ehre gegangen. Im Gegenteil, ich war stolz darauf, mit den übrigen Arbeitern auch nachts und sonntags an der Maschine zu stehen. Natürlich auch mit den Arbeite*rinnen* – die sogar in der Überzahl waren. Es dauerte allerdings eine Weile, bis ich mich an die Anspielungen und Witze gewöhnt hatte, die hier an der Tagesordnung waren.

»*Fragt der Priester in der Beichte: Meine Tochter, plagen dich unkeusche Gedanken? Antwort: Nein, sie machen mir großes Vergnügen.*«

Hank war es, der den Witz in der Pause erzählte. Einige, darunter er selber, grölten vor Lachen, andere kicherten, sogar Jack, der Vorarbeiter, schmunzelte.

Was machte den Witz witzig? Oberflächlich gesehen das Mißverständnis. Und mit ihrem Lachen zeigten die Zuhörer, daß sie das Mißverständnis erkannt hatten.

War das alles? Nicht ganz, denn der Witzerzähler sprach auch von sich selbst. Dafür war die Beichtsituation doppelt nützlich: zum Klischee des Priesters gehörten Prüderie und Verklemmtheit, und wer sich darüber lustig machte, zeigte, daß er sich selber für unverklemmt hielt. Das Wort »unkeusch« verdoppelte diesen Vorgang: wieder wurde die Scheu, das Sexuelle unverhüllt zu benennen, dem Priester zugeschoben, während die Lachenden so tun konnten, als ob sie frei davon wären. Und widerlegte nicht die Antwort des Mädchens und das Lachen darüber die alte Angst des Mannes: daß nur er selber ständig von sexuellen Gedanken besessen sei, nicht aber die Frau?

Das Ganze hatte bloß einen Haken: es stimmte nicht.

Zum Beispiel Hank: dauernd erzählte er Witze, stritt sich mit den Kollegen, welche von den Arbeiterinnen die schönsten Brüste hatte (vielmehr, die tollsten Titten), ließ keine Frau an seiner Werkbank vorübergehen, ohne ihr ein »He, Mandy, wohin so schnell?« oder »Was denn, Wilma, wieder kein Blick für den alten Hank?« zuzurufen – und das mit solcher Lautstärke, daß es die ganze Belegschaft mitkriegte. Er schien zu flirten, begnügte sich aber damit, daß alle dachten, er täte es.

Doch sah man ihn nie mit einer Arbeiterin allein reden, schon gar nicht nach Dienstschluß sich mit einer treffen. Ein paarmal beobachtete ich ihn morgens vor dem Werkstor: begegnete er einer Arbeiterin in Gegenwart von Kollegen, dann begrüßte er sie laut und stürmisch. War er allein, fiel die Begrüßung dezent, beinahe verlegen aus. Offenbar dachte er, die Frauen könnten denken, er hätte Hintergedanken, womit ja beide Seiten recht gehabt hätten. Nur, wieso dann der Witz über den Priester? War nicht das Lachen nach dem Witz ein Beweis, daß die Lachenden anders als der Geistliche keine Probleme mit »unkeuschen Gedanken« hatten?

Eben nicht. Wenn das der Fall gewesen wäre – warum war es dann so schwer, diese Gedanken in die Wirklichkeit umzusetzen? Im Grunde war ja nichts dabei, eine Frau zu fragen, ob sie mit einem ins Bett gehen würde. Gewiß, ich mit meinen sechzehn Jahren wagte es nicht. Aber Hank? Er war doppelt so alt wie ich, aber genauso feige. Auch bei den anderen, die den ganzen Tag Anspielungen und Zweideutigkeiten von sich gaben, lief in der Realität fast gar nichts. Demnach war die Sicht des Priesters in dem Witz nicht lächerlich, sondern realistisch. Und die Pointe überwand zwar die schmerzliche Realität – aber leider nur im Witz.

Das ganze Ritual des erotischen Witzes – vom »Kennt ihr den?« über die Pointe bis zum gemeinsamen Gelächter – hatte etwas Tragisches. Lachend konnte man die Fiktion genießen, auf der Seite der Pointe zu stehen, aber dieses Lachen war nicht befreiend, sondern zementierte nur den Selbstbetrug. Das Ergebnis war das Gegenteil von dem, was das Ziel hätte sein müssen: indem man so tat, *als ob* das erfüllte Liebesleben schon Wirklichkeit wäre, bestritt man sich gegenseitig die Notwendigkeit, danach zu suchen.

Es sind Gefangene, die im erotischen Witz über ihre Ketten lachen – aber weil sie nur lachen, bleiben sie in Ketten.

Um den Kollegen in »Mellers Kugellagerfabrik« nicht unrecht zu tun: die Scherze in der Werkshalle zeigten natürlich auch, daß die Atmosphäre im allgemeinen ganz freundlich war. Allerdings zog die Hierarchie deutliche Grenzen. Der Vorarbeiter war die oberste Instanz, mit der man noch von gleich zu gleich verkehrte. Er konnte beliebt, respektiert oder verhaßt sein, aber er war ein Arbeiter wie alle anderen. Bei einem Abteilungsleiter oder Leuten von der Direktion bestand von Anfang an eine Barriere. Begab sich einer dieser Herren zu einer Maschine und begann ein Gespräch mit dem Bedienungspersonal, hielt man das entweder für soziales Getue, oder man nahm an, daß er es auf eine Frau abgesehen hatte. Es kam aber nur selten vor. Wenn die Herren wirklich etwas über Einzelheiten der Produktion wissen wollten, ließen sie es sich lieber vom Hallenmeister erklären.

Eines wissen die Arbeiter genau, auch wenn sie keine Begriffe dafür haben: in der Wirtschaft steht die Gleichheit aller Bürger nicht einmal auf dem Papier. Im Gegenteil – das Ganze ist ein gigantisches System, in dem permanent der Wert eines Menschen gegenüber dem eines anderen abgewogen und berechnet wird. Ein Tag deines Lebens, Vorarbeiter Jack Smith, ist mir einige Dollar wert, hingegen das Leben der Arbeiterin Wilma an der Maschine da drüben bloß die Hälfte. Ich, der Boß, erlaube mir, den Wert meines Lebens auf tausend Dollar pro Tag anzusetzen. Oder meint jemand, ich wäre weniger wert als einige Dutzend Wilmas?

Aber wenn der verantwortungsgeplagte Boß dann mit seinen Domestiken einen Hallenrundgang macht, dabei zu Wilma tritt und wohlwollend auf ihren Kittel und ihre ölverschmierten Finger blickt – dann möchte auch er plötzlich »nur noch Mensch sein«. Und wenn er auf dem nächsten Betriebsfest sein gepflegtes Patschhändchen auf ihre warme Brust legen dürfte, dann wäre doch die verlorengegangene Gleichheit wiederhergestellt, nicht wahr? Wilma, nur du und ich, mein Patschhändchen und deine Brust, was Demokratischeres gibt's nun wirklich nicht – was meinst du?

Sagen tut er natürlich bloß: Sie kommen doch auch zum Betriebsfest, Miss … wie war doch noch Ihr Name? Jordan, sagt Wilma verlegen und nimmt das fertige Teil aus der Maschine, Wilma Jordan. Knapp über zwanzig ist sie und sonst kein bißchen auf den Mund gefallen, aber mit dem Boß zu reden, ist sie nicht gewöhnt. In ihrer Verwirrung hält sie das gerade gefräste Teil noch immer in der Hand, statt es vor sich in den Korb zu legen; kein Wunder, daß ein Tropfen Öl auf den blitzblank geputzten Schuh von Mister Meller fällt. Oh, das tut mir leid, sagt Wilma, bitte vielmals um Entschuldigung, Mister Meller. Legt das Teil aus der Hand, nimmt einen Lappen und bückt sich, um den Ölfleck wegzuwischen. Da faßt sie der Herr Direktor unterm Kinn und zieht sie hoch: Das macht doch nichts, Miss Jordan. Und nimmt die Hand langsam von ihrem Kinn, überaus vorsichtig, so daß die Finger vor lauter Vorsicht noch die halbe Wange entlanggleiten. Zieht sodann ein seidenes Tüchlein aus der Anzugtasche, lächelt Wilma, die fast in den öligen Hallenboden versinkt, mit freundlich-fürsorglichem Arbeitgeberblick zu und geht vor ihr in die Knie, jawohl. Wischt sich doch tatsächlich selber den Fleck auf dem Schuh ab, wer hätte gedacht, daß er so was kann bei seinem Gewicht, und dann noch mit eigener Kraft zurück in den Stand, kein Wunder, daß er ganz schön ins Keuchen kommt. Also, bis zum Betriebsfest, Miss Jordan. Vielen Dank, Mister Meller.

Dann rauschten sie davon – Boss Meller vorneweg, Betriebsleiter, kaufmännischer Direktor und Hallenleiter hinterdrein.

Arme Wilma – das Getuschel und Gekicher unter den Kollegen wollte kein Ende nehmen. Erst recht, als wir in der Pause am Tisch saßen und unser Essen auspackten. »Guten Appetit, Miss Jordan – das macht doch nichts!« – »Sie kommen doch zum Betriebsfest, Miss … wie war noch einmal Ihr Name? Jordan?« – »Warum denn Jordan? Meller klingt viel besser, findet ihr nicht? He, Leute, was meint ihr, vielleicht wird unsere Wilma ja bald Mrs. Meller!« – Lautes Grölen der Kollegen. – »Mrs. Meller, das ist gut! Das ist herrlich! Mrs. Wilma Meller – ich lach mich krank!« – »Liebste Wilma, will sagen Mrs. Meller – Sie werden mich doch nicht entlassen, oder?« – »Sie soll eine Rede halten! Ruhe, Leute! Es spricht zu euch: Mrs. Wilma Meller!«

»Leckt mich am Arsch!« sagte Wilma, den Tränen nahe.

»He, hört ihr das? Aber Mrs. Meller, wer wird so ordinär sein, noch dazu vor Kindern – eh, Kleiner, was meinst du dazu?«

Das war Hank. Er war einen halben Kopf kleiner als ich, aber er meinte wohl das Alter.

»Ich denke, ihr sollt sie in Ruhe lassen«, sagte ich. »Ist doch nicht ihre Schuld, wenn Meller sie hübsch findet.«

»Habt ihr gehört? Hübsch, sagt er, der Kleine findet sie hübsch. Gefällt sie dir? Bist wohl eifersüchtig auf den Boß, wie?«

»Hank, du quatschst dummes Zeug. Alle mögen Wilma – du etwa nicht?«

Es hätte noch lange so weitergehen können, aber Jack machte dem Lärm ein Ende. »Schluß jetzt!« rief er. »Wollt ihr bis heute abend rumsitzen und euch das Maul zerreißen? Los, an die Arbeit! Und wer noch einmal ›Mrs. Meller‹ sagt, kann seine Sachen packen und verdammt noch mal nach Hause gehen – hol euch der Teufel!«

Los Angeles heißt »Die Engel«. Aber es war natürlich der Teufel, dem die Stadt ihr Dasein verdankt, und das kam so:

Irgendwann am Nachmittag des siebenten Schöpfungstages flog Gott über Gottes eigenes Land und sah, was er angestellt hatte. Gleich hinter den Rocky Mountains sah er einen Bauern, der mit gekonntem Armschwung Weizen aussäte. Das sieht gut aus, dachte Gott, das mache ich auch mal. Weil aber die Weizenkörner zu klein waren für seine göttlichen Hände, dachte er bei sich: da nehmen wir was anderes. Schmiß also eine Handvoll Steine übers Feld, aber er hatte zuviel Kraft in den Wurf gelegt, und die ganze Ladung flog bis kurz vor den Pazifik. Da lag nun das riesige Steinfeld im westlichen Kalifornien, und was wurde daraus? Nichts natürlich. Die Steine blieben Steine; es war ja

115

niemand da, um sie unterzupflügen. War wohl nichts, sagte Gott und flog weiter, aber hinter ihm kam der Teufel und sagte: Daraus läßt sich was machen. Schmiß noch einen Stapel Bretter hinterher und murmelte einen Zauberspruch, da verwandelte sich die teuflische Saat in die Bungalows von Los Angeles. Und das haben wir nun davon: ein unendliches Vorstadtmeer von hausförmigen Schachteln und Vorgärten, geschaffen zur Verhöhnung Gottes – dafür, daß er vergaß, den Menschen mit Flügeln zu erschaffen.

In L. A. passiert es immer wieder, daß jemand morgens mit einem Makler ein Haus besichtigt und kauft, aber am Nachmittag wird ihm die Brieftasche geklaut, und plötzlich merkt er, daß er weder die Telefonnummer des Maklers noch die Adresse des gerade bezahlten Hauses im Kopf hat. Das kann er dann vergessen, er findet es nie wieder, denn alle Straßen sehen gleich aus. Manche geben eine Annonce auf, wo es heißt: Haus im Osten von Van Nuys verloren! Gekauft und Adresse vergessen, in die Tür ist ein Herz geschnitzt, Belohnung zugesichert! Über solche Anzeigen freuen sich die Obdachlosen, die dann Straße für Straße absuchen. Findet einer von ihnen ein geschnitztes Herz auf einer Tür, überklebt er es und beobachtet das Haus, und wenn sich da nichts bewegt, wechselt er nachts das Schloß aus und zieht am nächsten Tag vor den Augen der Nachbarn ein.

Will sagen: für mich als Schüler, ganz auf mein klappriges Fahrrad oder die spärlichen Busse angewiesen, war es in den Ferien gar nicht leicht, irgendwo hinzukommen oder meine lieben Klassenkameraden zu treffen. Monnie hatte ein Auto, aber sie konnte nicht den ganzen Tag für mich Chauffeur spielen. Darum wurde es allerhöchste Zeit, mir endlich einen fahrbaren Untersatz zu verschaffen.

Die Arbeitszeiten in Mister Mellers Fabrik sahen so aus: Frühschicht von sechs bis zwei, Spätschicht von zwei bis zehn, Nachtschicht von abends zehn bis morgens sechs Uhr. Leute, die ihr Lebtag am Schreibtisch gesessen haben,

116

glauben meistens, Nachtarbeit wäre das Schlimmste. Stimmt nicht – das Unangenehmste ist die Spätschicht. Man wacht auf, und die freien Stunden bis zum Dienst kommen einem vor wie eine unnötig lange Frühstückspause. Was kann man schon bis ein Uhr mittags anfangen? Zum Strand fahren lohnt nicht, Leute besuchen geht nicht, also schlägt man die Zeit irgendwie tot, liest zwei Stunden Zeitung oder was weiß ich, dann muß man schon los zur Arbeit. Abends kommt man um elf nach Hause, zu früh, um schlafen zu gehen, aber ausgehen lohnt sich auch nicht mehr, also ißt man, hängt ein bißchen rum und geht dann doch ins Bett. Eine ganze Woche ohne wirkliche Freizeit, so fühlt man sich jedenfalls. Man kommt nicht unter Leute, kann zu keiner Party, sieht keinen Menschen außerhalb der Fabrik – im Grunde sind die acht Stunden im Betrieb noch das Beste vom ganzen Tag.

Auch das können sich die Weißkragen nicht vorstellen: daß die Arbeit am Fließband ganz angenehm sein kann. Wenn es gut läuft, kommt man in einen Rhythmus hinein, schwingt im Takt der Maschine, fällt regelrecht in eine Art Trance … Rohling einlegen, Schaltknopf drücken, Teil herausnehmen, nächster Rohling … und wenn dann gelegentlich ein freundlicher Blick oder ein aufmunternder Zuruf dazukommt, ist die Schicht um, kaum daß sie angefangen hat.

In der Woche vor dem Betriebsfest hatte ich Spätschicht. Anders als zur Frühschicht konnte ich nicht den Bus nehmen, denn nach zehn Uhr abends fuhr kaum noch einer. Also mußte ich mich wohl oder übel aufs Fahrrad schwingen, was kein Vergnügen war: mittags eine Stunde durch Staub und Hitze, abends allein durch die dunklen Straßen – was tut man nicht alles für ein Motorrad.

Am Tag vor dem Betriebsfest war es besonders unangenehm. Die Luft war so schwül, daß einem nach ein paar Schritten der Schweiß ausbrach. Die Werkshalle: ein Backofen. Bei Schichtende war es kaum kühler, aber ein entferntes

Grollen und gelegentliche Windstöße kündigten ein Gewitter an. Der Kollege, der meine Maschine für die Nachtschicht übernahm, war früher gekommen. Also räumte ich mein Werkzeug zusammen, verabschiedete mich mit einem Rippenstoß und ging mich umziehen. Mit dem ersten Ton der Klingel, die das Schichtende anzeigte, war ich draußen.

Ich war noch keine fünf Minuten gefahren, da brach das Gewitter los. Ich zerrte das Regencape aus der Tasche und warf es mir über, aber was da vom Himmel kam, war eine Sintflut; in wenigen Augenblicken war ich naß bis auf die Haut. Auch gut, dachte ich, nasser als naß geht's nicht, und nahm das Cape wieder ab. Aber jetzt brachte der Wind mit dem Regen auch die kühle Luft heran, die den Tag über gefehlt hatte. Ich trat mit aller Kraft in die Pedale, aber es reichte nicht, mich warmzuhalten. Rechts und links lagen Gärten und Bungalows, die meisten davon schon dunkel. Vor mir tauchte eine Bushaltestelle auf. Ich überlegte, ob ich irgendwo bei fremden Leuten klingeln und in deren Haus auf den Nachtbus warten sollte. Da fuhr ein Auto an mir vorbei, hupte und hielt an. Die Fensterscheibe öffnete sich einen Spalt – es war Wilma.

»He, Kleiner!« rief sie. »Es hat keinen Zweck! Laß dein Rad stehen, ich fahr dich nach Hause!«

Nichts war mir lieber. Ich schloß das Rad an eine Laterne und stieg ein, zitternd und triefend.

»Auf dem Rücksitz liegt eine Decke«, sagte sie. »Zieh dir das Hemd aus und leg sie dir über, du holst dir ja sonstwas!«

»Danke, Wilma«, sagte ich und nieste. »Ich glaube, du hast mich gerettet.«

»Nicht der Rede wert.«

Der Regen ließ nicht nach, im Gegenteil. Es stürmte und schüttete immer heftiger, und nach dem zu urteilen, was im Licht der Scheinwerfer zu sehen war, fuhren wir direkt in die Niagara-Fälle hinein. Wilma bremste und bog ab in eine Seitenstraße.

»Hier wohne ich«, sagte sie. »Timmy, es wäre verrückt, jetzt weiterzufahren. Ich schlage vor, du wärmst dich etwas auf, und wenn der Regen nachläßt, fahre ich dich nach Hause. Einverstanden?«

»Na klar.«

Wir rannten zum Haus, aber bis wir vor der Tür standen, war auch Wilma klatschnaß. Sie ging vor mir die Treppe hoch, schloß auf und machte Licht. Wir niesten und zitterten um die Wette; auf dem Boden bildeten sich zwei Pfützen, die sich schnell zu einem See vereinigten.

Ihr Apartment bestand aus einem winzigen Flur mit Garderobe, Bad und einem Zimmer mit Kochnische. Wir zogen die Schuhe aus; sie holte ein Handtuch und einen Pyjama aus dem Badezimmer und drückte mir beides in die Hand.

»Komm, erst mal eine heiße Dusche, das wird dir guttun. Beeil dich – ich will auch rein!«

Als ich herauskam, stand sie, nur mit Unterhose und Unterhemd bekleidet, in der Kochnische und setzte einen Kessel Wasser auf. Sie ging duschen, ich machte Tee. Im Zimmer war es immer noch brütend warm, aber das Fenster zum Balkon stand offen, und der Sturm blies kühle Luft herein. Der Regen prasselte auf das Balkongeländer; aber jetzt, im Trockenen, war das Geräusch geradezu anheimelnd. Ich machte die Lampe im Zimmer aus und trat zum Fenster, um den Anblick des Unwetters zu genießen. Ein Blitz zuckte auf; ein Donnerschlag ließ den Fußboden zittern. Das Licht im Flur flackerte und ging aus.

»Timmy«, hörte ich Wilma rufen, »neben dem Herd steht eine Schachtel mit Kerzen. Kannst du mir eine herbringen? Streichhölzer sind gleich daneben!«

Ich zündete eine Kerze an und stellte sie auf den Tisch. Eine zweite brachte ich ins Bad – und hätte sie um ein Haar fallen lassen. Denn Wilma trug nur ein Handtuch um die Hüften, und im Spiegel sah ich, wovon mich die Blusen Norma Jeanes hatten träumen lassen: eine wunderschöne Brust.

»Stell die Kerze vor den Spiegel«, sagte sie. »Kannst du mir den Rücken abtrocknen?«

Ich tat es, so zart ich konnte, dabei immer wieder in den Spiegel schielend.

»Du, ich bin nicht aus Watte. Darfst mich ruhig anfassen, solange du dich benimmst.«

»Wie du willst. Soll ich dir den Rücken massieren?«

»Kannst du das denn?«

»Ein bißchen.«

»Dann gerne. Aber erst will ich was trinken.«

Sie warf sich einen Bademantel über, ging ins Zimmer und schenkte Tee ein. Eine Weile saßen wir schweigend da, nippten an unseren Gläsern und lauschten dem Sturm. Sie zündete sich eine Zigarette an; ich sah sie an und fand sie nicht nur hübsch, sondern beinahe schön. Zum Glück war einer ihrer oberen Schneidezähne schief und ein Stück nach vorn gewachsen. Das machte sie zwar eher noch liebenswerter, aber es nahm ihrer Erscheinung den Eindruck des Unnahbaren, wie ihn eine perfekte Schönheit erweckt. Mir jedenfalls geht es bis heute so: eine makellos schöne Frau macht mich verlegen.

Wieder blitzte es, Sekunden danach kam der Donner. Sie stand auf und schloß das Fenster.

»Wirklich ein Hundewetter. Gut, daß ich dich bei mir habe, Timmy. Ich habe nämlich Angst vor Gewitter, mußt du wissen.«

Sie trank ihren Tee aus. »Wolltest du mir nicht den Rücken massieren?«

»Hast du ein bißchen Öl?«

»Im Badezimmer. Moment.«

Sie kam mit einem Fläschchen zurück und stellte das Öl und die Kerze auf den Nachttisch neben das Bett. Dann zog sie den Bademantel aus und legte sich auf den Bauch.

»Also los, zeig, was du kannst. Massage bei Kerzenlicht, und draußen Sturm und Regen, ist das nicht romantisch?«

Ich strich etwas Öl über den Rücken – behutsam, beinahe streichelnd, wie ich es gelegentlich bei Monnie machte.

»Hast du schon angefangen? Ich merke ja gar nichts!«

Ich griff fester zu, drückte, rieb, knetete.

»Ja«, sagte sie. »So ist es richtig.«

Sie stöhnte vor Behagen; ich preßte, walkte, klopfte und klatschte, bis mir selber der Schweiß ausbrach. Ich hielt an und schöpfte Atem.

»Schon fertig?«

»Keine Sorge. Jetzt fange ich erst richtig an.«

Ich zog das Oberteil des Pyjamas aus und machte weiter: Nacken und Rücken, die Beine, die Arme, schließlich noch einmal den Rücken, aber nur ganz leicht. Zuletzt war es wirklich nur noch ein Streicheln; diesmal ließ sie es sich gefallen.

Komischerweise kann man sogar beim Streicheln verlegen sein. Sie lag da, die Hände über dem Kopf, und ich fuhr ihr ganz sanft mit der Hand die Seite entlang.

»Timmy«, sagte sie, »glaubst du, ich merke nicht, was dir durch den Kopf geht?«

Sie drehte sich auf den Rücken, nahm meine Hand und legte sie auf ihre Brust.

»Komm schon. Anfassen und Küssen ist erlaubt, mehr nicht. Ich bin nämlich verlobt, mußt du wissen.«

Ich erschrak und war selig. Da zermarterte ich mir den Kopf, und sie sagte ganz einfach »Komm schon« und rückte zur Seite. Ich legte mich neben sie. Draußen blitzte und donnerte es wieder. Sie zog mich an sich und flüsterte: »Bild dir bloß nichts ein – ist nur, weil ich Angst vorm Gewitter habe!«

Ach Wilma – in Gedanken segnete ich das Gewitter, als ich meine Lippen auf deinen Mund drückte. Am Anfang ein merkwürdig säuerlicher Geschmack, wahrscheinlich von deiner Zigarette, aber an deinen Körper gepreßt, schmeckte es aufregend ... süßer Frauenkörper: wie warm du bist. Wilma, noch heute segne ich dich: dafür, daß du mich damals mit zu dir genommen hast, mitten im Sturm. Daß du mir das erste Mal, wo ich bei einer Frau lag, so schön gemacht hast.

Ihre Hand wanderte unter dem Pyjama über meine Haut, bis zwischen meine Beine. »Gott, was ist hier so hart?« sagte sie. »Wollen wir wetten, daß ich es ganz schnell weich kriege?« Und es brauchte wirklich kaum mehr als ein bißchen Drücken und Ziehen, schon spritzte mein Sperma in ihre Hand. Ganz wörtlich im Handumdrehn war meine Männlichkeit erweicht; mit ihr schrumpften auch Gier und Erregung.

»Immer dasselbe mit euch Männern«, sagte sie. »Kaum ist das bißchen Saft draußen, wird der Tiger zum Murmeltier und will bloß noch schlafen. Eh, was ist nun mit unserer Wette?«

»Hast gewonnen, Wilma.«

»Sieh mal an – ich habe gewonnen. Und was kriege ich dafür?«

Ich küßte sie auf den Mund, aber es schmeckte nicht mehr so erregend wie vorher.

»Da will ich es gar nicht hin«, sagte sie.

»Verstehe«, sagte ich und küßte sie auf die Brust.

»Da auch nicht«, sagte sie. Und zog meinen Kopf zwischen ihre Beine, bis der Mund auf ihrer Scheide lag.

»Dahin.«

Im Zimmer war es fast dunkel, und mein Kopf verdeckte das wenige Licht der Kerze, also konnte ich das Terrain nur mit Lippen, Zunge und Fingern erkunden. Daß es ihr Spaß machte, merkte ich, denn sie preßte mir ihren Körper entgegen und kraulte meinen Kopf. Während ich mit dem Mund saugte und mit den Lippen streichelte, fing sie an zu stöhnen, das war ein Wegweiser, denn je nach Wohlbehagen stöhnte sie lauter oder leiser. Als ich dann noch den Daumen in ihre Scheide steckte und umherwandern ließ, während ich mit dem Mund ausprobierte, wie ich sie am lautesten zum Stöhnen brachte, warf sie sich hin und her;

ich mußte sie fast mit Gewalt festhalten. Draußen blitzte es, gleich darauf kam der Donner. Plötzlich schrie sie auf; in ihr zuckte etwas und preßte sich heftig um meinen Daumen. Sie stöhnte noch einmal auf, dann schob sie meinen Kopf zur Seite.

Da lagen wir, Wange an Wange, und draußen schlug immer noch der Regen auf den Balkon. Seitdem liebe ich Unwetter. Sie erinnern mich an dich, Wilma: sie geben mir das Gefühl, unter dem prasselnden Regen könnte noch einmal *alles* geschehen. Aber nie wieder habe ich das Toben des Sturms so genossen wie in diesen Augenblicken, bevor ich in deinen Armen einschlief.

14
Abschiedsversuche

Ervin hatte Post. In der letzten Zeit hatten ihm die Briefe aus der Heimat meistens Stirnrunzeln verursacht, aber diesmal grinste er.

»Gute Nachrichten?« fragte ich.

»Und ob – hör mal, was Jenny schreibt: ›*Lieber Ervin, wie du weißt, bestellen sich unsere Felder nicht von allein. Zum Glück hat Nachbar Jeremy mir geholfen, die Frühjahrssaat auszubringen. Überhaupt hat er mir, seit du weg bist, immer treu zur Seite gestanden. Ich will dir mal eines sagen, Ervin: der Krieg ist vorbei, und du solltest längst wieder auf deinen Feldern sein. Andernfalls neige ich zu der Auffassung, daß wir beide, du und ich, unser Verhältnis von Grund auf überdenken müssen. Deine Jenny‹* – Na, wie findest du das?«

»Klingt, als wollte sie sich scheiden lassen. Tut mir leid für dich.«

»Spinnst du? Himmelherrgott, genau darauf hab ich gewartet!«

»Versteh ich nicht. Was willst du machen?«

»Wart's nur ab – wirst du schon sehen!«

Sprach's, griff sich Papier und Bleistift und schritt von dannen. Im Leseraum sah ich ihn wieder. Da kaute er am Bleistift und saß still versunken über einem Buch mit dem Titel »Erfolgreich Briefe schreiben – wie Sie erreichen, was Sie *wirklich* wollen«.

Heraus kam folgendes:

»*Meine liebe Jenny!*

Dein Brief hat mich, ich scheue mich nicht, es zu sagen, erschüttert. War vielleicht alles falsch, was ich in meinem Leben gemacht habe? Alles drängt mich, zu dir zu eilen und aufzu-

124

klären, was zwischen uns ist, vielleicht noch zu retten, was zu retten ist. Andererseits – Jenny, ich kann nicht.

Oh, ich verstehe dich. Du bist eine Frau wie keine zweite, du willst ein Heim, Kinder, Familie, und ich? Jenny, es bricht mir das Herz, es dir zu sagen: ich habe in diesen Jahren gelernt, daß es meine Bestimmung ist, Soldat zu sein. Hier, im Kreise der Kameraden, fern im Feindesland dem Vaterland zu dienen – nie wieder möchte ich dieses Gefühl missen. Ohne mich, ich weiß es, wäre die Kompanie nicht das, was sie jetzt ist. Meine Leute würden den Glauben an die Armee verlieren, zum Beispiel mein Kamerad Timmy, der zwar ein kluger Kopf ist, aber unerfahren und labil. Ohne mich käme er mit Sicherheit auf die schiefe Bahn.

Jenny, du bist die einzige Frau, die mir je etwas bedeutet hat. Aber ich habe gelernt, daß das Vaterland größer ist als alles andere. Du weißt selber am besten, was für dich richtig ist. Und darum bitte ich dich, daß du als meine Frau hierherkommst und mit mir das Leben eines Mannes teilst, dem der Dienst am Vaterland alles bedeutet. – Dein Ervin.«

»Na, wie findest du das?« wollte er wissen.

»Rührend, besonders was du über mich schreibst. Ich frage mich, wer von uns beiden der Dichter ist.«

»Ja, das hättest du mir nicht zugetraut. Wirst sehen, jetzt habe ich sie im Sack.«

In der Tat, das hatte er. Der nächste Brief kam nicht mehr von Jenny, sondern von ihrem Anwalt, der eine »Scheidung in gegenseitigem Einverständnis« vorschlug. Ich hatte erwartet, daß Ervin sofort zustimmen würde, aber er schüttelte den Kopf.

»Das wäre ein Fehler«, belehrte er mich. »Jenny würde gleich merken, daß ich es genau darauf angelegt habe, und dann überlegt sie es sich vielleicht noch anders. Nein, sie soll erst ein bißchen zappeln. Außerdem darf ein seriöser Mensch nie ganz das Geld aus dem Blick verlieren, und genau da müssen wir hin. Weg von den Gefühlen, hin zur Versorgung, verstehst du? Wenn es bloß um Trennung geht, wird sie am Ende noch sentimental und will bei mir bleiben. Aber beim Geld wird sie zur Furie, das kenne ich. Damit kriege ich sie.«

»Und wie wollt ihr euch einigen?«

»Gar nicht. Die Sache geht vor Gericht, fertig.«

»Ist das nicht etwas leichtsinnig?«

»Überhaupt nicht. Ich kann dir jetzt schon bis auf den Quadratfuß sagen, wie es ausgeht: jeder kriegt das, was er in die Ehe gebracht hat. Strittig sind nur Haus und Geräte, und weil der Richter zeigen muß, daß er die Schwächere schützt, wird er das Jenny zusprechen. Das soll sie ruhig haben, ist eh nur altes Gelumpe. Dann sind wir fertig miteinander, und ich habe mein Geld, meine Felder, meine Ruhe.«

»Wann ist es soweit?«

»Ach, du weißt ja, wie langsam die Gerichte arbeiten. Am meisten ärgert mich, daß ich so lange bei der Army bleiben muß.«

»Weil Jenny den Braten sonst riecht, nehme ich an.«

»Genau. Leider kriege ich als GI keine Heiratsgenehmigung.«

»Und was machst du, wenn du die hast?«

»Na was schon – heiraten, und ab nach Hause.«

»Mit anderen Worten: Angelika wird Farmersfrau in Illinois.«

»Ja, ich werde sie schon noch überzeugen.«

»Wieso – will sie nicht mit?«

»Doch, aber sie hat sich etwas Verrücktes in den Kopf gesetzt: sie will Schauspielerin werden. Das Aussehen hat sie ja, aber als meine Frau … ich werde ihr das schon ausreden.«

Daß selbst Ervin die Armee verlassen wollte, machte mir klar: auch mit mir konnte es nicht so weitergehen. Die Abende bei Edna waren gut für mein Deutsch, aber schlecht für meine Seele. Ich hatte keinen Appetit, kein Vergnügen am Sport, las wenig, hörte kaum Musik. Manchmal deprimierte mich sogar das Kino: die schlechten Filme, weil sie schlecht waren, und die guten, weil sie zeigten, was mir fehlte. Ich hatte nicht einmal einen Menschen, dem ich meine Gefühle hätte mitteilen können, geschweige denn mit ihm teilen.

Wenigstens gelang es mir, ein bißchen zu schreiben. Meine Traurigkeit ließ mich Dinge sehen und begreifen, die ich in stabilem Zustand nicht einmal wahrnahm. Manche Texte aus dieser Zeit waren ganz brauchbar, aber lieber wäre es mir gewesen, ich hätte mich besser gefühlt und schlechter geschrieben.

Wenn es einen Beweis gebraucht hätte, daß der größte Teil von dem, was man »Impotenz« nennt, kein Mangel an Erektion ist, sondern ein Mangel an Gefühlen, dann war ich es. In den Magazinen sah ich Norma Jeane in immer gewagteren Bikinis, aber nicht einmal die Eifersucht auf die vielen Augen, die sie so sahen, stellte sich ein.

»Was dir fehlt, ist eine neue Eroberung«, diagnostizierte Ervin. »Wie wär's mal wieder mit einem Jagdausflug?«

Ich ließ mich überreden; gemeinsam zogen wir durch einige Bars. Zwar waren die Preise gestiegen, doch mangelte es nicht an Bereitschaft. Bald saßen zwei Frauen an unserem Tisch und warteten auf ein Angebot. Aber als es zur Sache gehen sollte, zeigte sich, daß Ervin gar nicht vorhatte, Angelika untreu zu werden; er war nur mitgekommen, um mich aufzumuntern. Und ich hatte das Gefühl, als würde ich – obwohl es keinerlei Vereinbarung zwischen uns gab – mit einer erkauften Nacht Edna hintergehen. Also beschlossen wir, das Geld für den Abend zusammen mit den Tischgenossinnen zu vertrinken, und die Begeisterung über unsere Tugend versetzte uns in eine solche Hochstimmung, daß wir dann doch in den Betten der Frauen landeten. Der Liebesakt selber klappte bei mir allerdings nicht, was ich auf den Alkohol schob. Und Ervin sagte am nächsten Morgen: »Ein Wort zu Angelika, und du bist ein toter Mann!«

Zwei Tage später traf ich sie vor der Kaserne. »Hallo

Timmy«, begrüßte sie mich. »Ich habe gehört, du hast eine neue Freundin?«

»Wer hat dir denn das gesagt?« wollte ich wissen.

»Na wer schon – Ervin natürlich. Am Wochenende wart ihr beide doch mit ihr und ihrer Schwester unterwegs, und du bist ganz verknallt in sie. Hast du ein Foto?«

»Verknallt? Ach, ich glaube, das ist schon wieder vorbei.«

»So schnell? Das tut mir aber leid.«

»Was soll man machen? Wenn die Gefühle nicht stimmen …«

Ich schlenderte in Richtung Bushaltestelle, und sie ging neben mir her. »Hör mal, Timmy«, sagte sie nach einem Weilchen. »Wieso klappt das bei dir eigentlich nicht? Ich meine, mit einer Freundin?«

»Ja, warum? Das frage ich mich auch. Wahrscheinlich, weil die, die mir gefallen, mich nicht wollen.«

»Und wer gefällt dir?«

»Angelika – weißt du das wirklich nicht?«

»Sag's mir!«

Ich blieb stehen. »Zum Beispiel –«

Sie sah mich fragend an – sagte nichts, wartete … ich begriff, was sie hören wollte … und zögerte. Einen Augenblick, noch einen – dann zuckte sie mit den Achseln, und ihr Blick bekam etwas Spöttisches: »Zum Beispiel Edna, nicht wahr?«

»Edna – ja, Edna auch …«

Nach dieser verpaßten Chance schrieb ich an Monnie, daß ich im Herbst nach L. A. zurückkehren würde. Ich wolle studieren; die Fächer würde ich mir noch überlegen.

Irgendwann im Sommer 1947 erhielt ich die Mitteilung, daß meinem Gesuch stattgegeben sei; die Entlassung aus dem aktiven Dienst werde zum September in Kraft treten. Wenig später kam ein Brief Monnies: meiner Aufnahme an der University of California, Los Angeles, stehe nichts im Wege; für ein Stipendium möge ich die beiliegenden Formulare ausfüllen. Die Würfel waren gefallen – aber der Wurf gefiel mir nicht.

Ervin war unzufrieden, daß ich Berlin noch vor ihm verlassen wollte. Auch der Colonel bedauerte mein Ausscheiden. Aber er war so fair, mir die letzten Augustwochen Urlaub zu geben, damit ich vor der Heimreise noch einen Abstecher nach Paris machen konnte. Also kaufte ich Tickets, machte Abschiedsbesuche, verteilte Geschenke.

Als vorletzte besuchte ich Angelika. Seltsamerweise hatte sie Tränen in den Augen – wie ich. Die Inbrunst, mit der sie mich in der Tür umarmte und küßte, obwohl Ervin im Zimmer saß, ließ mich ahnen, was ich mit mehr Mut und Entschlußkraft hätte haben können. Ich taumelte die Treppe hinunter und verfluchte mein unbrauchbares Gefühlsleben: meine Feigheit, mein Zögern, meine selbstauferlegte Loyalität zu Edna – lauter Dinge, die mich davon abhielten, fragende Blicke anderer Frauen zu erwidern und zielstrebig den Weg in deren Betten zu suchen.

Zuletzt ging ich zu Edna. Sie bügelte und war ausnahmsweise allein; die Kinder spielten draußen. Aus dem Trichter ihres alten Grammophons ertönte der *Empty Bed Blues* von Bessie Smith. Die Schallplatte war ein Geschenk von mir, was mich noch wehmütiger machte, als ich ohnehin war. Ich stellte mich ans Fenster und sah in den Hinterhof, wo die Kinder sich mit Erde bewarfen.

Edna fand es richtig, daß ich die Armee verließ. »Der Krieg ist vorbei, jetzt braucht man andere Fähigkeiten«, hatte sie schon im Winter gesagt, als ich ihr von meinem Entschluß erzählte. Damals hatte ich das als Kompliment aufgefaßt, aber jetzt, nachdem ich Angelika im Arm gehalten hatte, überlegte ich, ob es nicht auch ein Vorwurf war. Außerdem hatte ich vergessen zu fragen, welche Fähigkeiten es denn waren, die man ihrer Meinung nach jetzt brauchte – und ob ich sie hätte.

»Timmy«, fragte Edna mitten in meine Grübeleien, »was machst du am Wochenende?

»Das weißt du doch«, antwortete ich. »Da packe ich meine Sachen, und nächste Woche fahre ich nach Paris. Warum?«

»Robert und Lena haben ein Haus an der Ostsee organisiert – darum. Das kostet eine Stange Luckies, kannst du die mitbringen?«

»Der Mohr bringt Luckies, der Mohr kann gehen«, improvisierte ich wenig geistreich, immer noch in Gedanken bei Angelika. Es dauerte eine Weile, bis ich merkte, daß keine Antwort kam. Edna hatte das Bügeleisen abgestellt und sah mich kopfschüttelnd an.

»Was ist los mit dir? Natürlich sollst du mitkommen. Robert und Lena, du und ich und die Kinder – ein paar Tage am Meer, dann hast du immer noch eine Woche für Paris. Na – kommst du mit?«

Das »Haus« war eine Hütte auf dem Gelände eines Bauernhofes, nicht weit entfernt vom Deich. Wir gingen zu den Bauersleuten, um den Schlüssel zu holen, wobei Robert der Einfachheit halber Lena als seine und Edna als meine Verlobte vorstellte. Einen Schlüssel gab es nicht, und mit uns war der Bauer auch nicht zufrieden. »Schöne Sitten in Berlin«, brummte er, »erst die Kinder, dann die Heirat. Habt ihr die Zigaretten?«

Wir hatten, und gegen einige Schachteln zusätzlich konnten wir auch noch Eier, Brot, Butter und sogar etwas Käse und Leberwurst eintauschen. – Auch dies übrigens eine Erinnerung, die es mir heute schwermacht, der Tabakindustrie von ganzem Herzen den Garaus zu wünschen.

Der Bauer war ein entfernter Verwandter von Robert. Das jedenfalls behauptete dieser, als er mit der Bauersfrau um die Lebensmittel feilschte. Die Frau hingegen beharrte darauf, daß man sich lediglich über die Schwester der Verlobten eines Cousins kenne, die noch vor der Hochzeit mit dem Sohn eines Nachbarn durchgebrannt war. Angeblich seien sie nach Amerika gegangen – ob ich sie kennen würde?

Nein, wahrscheinlich nicht, oder vielleicht doch? Wie hieß sie doch noch? Wissen Sie, ich kenne da jemanden … Wirklich? Nicht möglich – nein, wie klein doch die Welt ist! Herbert, komm doch mal her, stell dir vor, der junge Mann hier kennt die Edeltraut persönlich, du weißt doch, die mit dem Josef nach Amerika ist – nein, wie klein doch die Welt ist!

Der Preis für die Milch sank in demselben Maße, wie mein Erinnerungsvermögen wuchs. Am Ende der Woche hatten wir die Milch umsonst, und ich erinnerte mich sogar an die Probleme beim Kalben von Edeltrauts Kühen und die Erfolge ihrer Bienenzucht. Unglaublich, schwärmte ich mit Blick auf den Honigtopf im Arm der Bäuerin, einen Honig wie den von Josef gibt es in ganz Kalifornien kein zweites Mal, auch Edeltraut meint, so guten Honig hätten sie nicht einmal in der Heimat gehabt. Isses möglich, sagte die Bauersfrau, also das will ich jetzt wirklich wissen, hier, Sie müssen unbedingt mal unseren probieren! Und es stellte sich heraus, daß Edeltraut zwar nicht übertrieben hatte, jedoch Honig und Eier, Schweinebraten und Leberwurst unserer freundlichen Bauersleute sich mit denen in Kalifornien durchaus messen konnten. Noch eine Woche länger, und ich hätte Josef und Edeltraut in Kalifornien tatsächlich wiedererkannt.

Da rede ich vom Ende der Woche; dabei hatte sie noch nicht einmal angefangen. Das »Gästehaus«, wie der Bauer es nannte, bestand aus Küche und Schlafkammer; statt des Schlosses gab es einen Riegel, den man von innen vorschieben konnte. Wasser spendete eine gußeiserne Handpumpe vor der Hütte. Ein Stück entfernt stand die Toilette: ein Holzsitz über einer Grube, mit ein paar Brettern drumherum. Die Kinder waren begeistert und stritten sich sofort darum, wer im Toilettenhaus wohnen und wer die Pumpe bedienen durfte. Verglichen mit der Berliner Trümmerlandschaft war es ein Paradies. Und je schöner es war, desto trauriger war mir zumute.

Wir warfen Taschen und Beutel vor die Hütte und uns selber in Badesachen, dann stürzte alles in Richtung Meer; Robert, Lena und Edna vorneweg, ich mit den Kindern hinterdrein. Zum Strand spazierte man in zehn Minuten, wenn man schnell ging, brauchte man fünf. Als ich mit den Kindern ankam, schwammen die drei Großen schon weit draußen. Gerade noch ihre Köpfe waren als kleine Punkte auf dem Wasser zu sehen – als wenn nicht ich es war, der übers Meer wollte, sondern sie ... Karoline stolperte und fiel hin. Ich half ihr hoch, nahm sie auf den Arm und küßte ihr Haar, das genauso blond war wie das von Edna. Dann schwamm ich den andern nach.

Zurück in der Hütte, inspizierte Edna die Räumlichkeiten und erklärte: »Lena, Robert, ihr schlaft in der Küche, einverstanden? Ich nehme mit den Kindern die Kammer.«

»Und ich?« wollte ich wissen. »Wo schlafe ich?«

»Wo du willst. Entweder bei Lena und Robert, oder bei mir. Kannst du dir überlegen.«

Ich tat so, als suchte ich etwas in meiner Tasche, hoffte nur, jemand würde schnell irgend etwas sagen – bevor Edna vielleicht feststellte, daß sie gerade etwas geäußertt hatte, was sie gar nicht meinte – obwohl das so gut wie nie vorkam ...

»Hab Hunger!« krähte Karoline, und ich hätte sie dafür abküssen mögen.

»Komm, Lena«, sagte Edna, »laß uns die Schlafgemache herrichten. Wenn ihr Männer das Abendbrot zubereiten könntet?«

Das Abendbrot bestand wirklich vor allem aus Brot, und zwar frisch gebackenem duftendem Bauernbrot. Außerdem hatten wir Butter, Wurst, Käse und nach dem Schwimmen einen Bärenhunger, also konnte gar nichts schiefgehen, mit Ausnahme des von mir geschnittenen Brotes. Nach deutschem Volksglauben beweist ein Mann durch militärisch geraden Brotschnitt seine Eignung zur Vaterrolle, und normalerweise kann ich das auch. Aber meine Gedanken waren bei Ednas Antwort auf meine Frage »Wo schlafe ich?« –

kein Wunder, daß mir die Brotscheiben teils dick, teils sehr dick gerieten und die Oberfläche meiner Leberwurstschnitten wild zerfurcht war. Doch der Hunger war so groß, daß es keiner merkte, außer vielleicht Edna, aber die sagte nichts.

Den Kindern fielen noch am Tisch die Augen zu. Edna brachte sie ins Bett; wir anderen räumten die Küche auf. Später setzte ich mich vor die Hütte und rauchte im Sternenlicht eine Zigarette. Ich hörte in der Ferne das Meer rauschen und in mir mein Herz klopfen. Einer nach dem andern kam heraus und wusch sich unter der Pumpe, zuletzt Edna. »Gute Nacht«, sagte sie, und »Gute Nacht« sagte ich. Dann wusch auch ich mich und schlich mich in die Kammer, vorbei an Robert und Lena, die auf dem Küchenboden einen geräuschlosen Ringkampf veranstalteten.

Die Kinder schliefen auf dem Bett. Edna lag auf dem Boden zwischen zwei Decken, davon die dickere unter sich und die dünnere daneben, denn in der Kammer war es schweißtreibend warm. Im Schein einer Kerze las sie Steinbecks *Grapes of Wrath*. Ich ging auf Zehenspitzen, wagte kaum zu atmen, geschweige denn genauer hinzusehen, denn sie war nackt. Aber während ich mich hinter sie legte, riskierte ich einen Blick auf ihre Brust: kleiner als die von Wilma (oder das, was Norma Jeanes Bikinis versprachen), aber fest und rund. Ich legte mich hinter Edna unter die zweite Decke, erst ein Stück entfernt, dann langsam näher, bis ich meine Nase in ihrem Haar und meine Haut an ihrer spürte. Sie, die Schurkin, tat die ganze Zeit so, also sei sie zutiefst in das Buch versenkt und würde von meiner Annäherung überhaupt nichts mitbekommen. Erst als ich ihr ins Ohr hauchte und mit der Hand über ihren Arm fuhr, hob sie ihn an, als wollte sie noch einmal umblättern, aber ich glaube, es war eher, damit ich die Hand auf ihre Brust legen konnte. Endlich klappte sie das Buch zu. Sie richtete sich halb auf und blies die Kerze aus, drehte sich zu mir und schloß mich in die Arme, und als ich ihr meine Gefühle auf die Haut küßte, fing sie leise an zu schnurren. Ich wußte, die Kinder schliefen fest und wären auch dann kaum wachgeworden, wenn ich vor Freude laut gestöhnt hätte. Aber es war aufregender, jede Bewegung so leise zu vollziehen, als wären wir zwei Schlangen oder Katzen, die sich umeinander wanden. Edna, ach Edna, jubelte es in mir, und mit Erstaunen bemerkte ich, daß mir der Geruch von ihrer Haut und ihrem Schweiß ganz vertraut vorkam, erst recht ihre Küsse, die vom Zigarettenrauch herb schmeckten und mich tief in sie hineinsaugten, bis ich in einem Strudel von Glück und Edna versank.

In dieser Woche liebte ich sogar meine Schlaflosigkeit: nichts ist schöner, als mitten in der Nacht aufzuwachen und neben sich, während der milde Mond durchs Fenster scheint, die Geliebte atmen zu hören. Vielleicht dreht sie sich ja sogar um, legt einem den Kopf an die Schulter und murmelt im Schlaf: »Ach, du …«

Über Nacht war aus dem traurigen Bildverliebten und Abschiedsreisenden ein glückliches Wesen geworden. Solche Menschen haben seltsame Züge: sie sind großmütig und gütig, und wenn sie zu jemand »Guten Tag« sagen, meinen sie das auch. Auf Trübsinnige wirken sie in begrenztem Maße aufmunternd. Wer allerdings wirklich traurig oder verbittert ist, dem kann der Glückliche ziemlich auf die Nerven fallen. Er strahlt nämlich mit jedem Blick und jedem Wort die Überzeugung aus, daß die Welt bei aller Verrücktheit letzten Endes in Ordnung ist, und in seine dankbare Zustimmung bezieht er sogar das Leid und die Ungerechtigkeit mit ein, ganz so, als seien diese nur gemacht, um ihn seinen Zustand noch süßer schmecken zu lassen. Kurz, er benimmt sich, als wäre er vom Glück nicht nur gesegnet, sondern auch als dessen Missionar beauftragt. Solche Leute möchte man gelegentlich ohrfeigen und sollte es auch tun, schon, um sie auf den Boden des Lebens zurückzubringen.

Gut, daß niemand da war, den ich hätte ärgern können. Robert und Lena turtelten selber frisch verliebt umeinander herum, und ich war nicht nur der Geliebte einer Königin, sondern fühlte mich auch als legitimer Verwalter einer Vaterstelle. Edna schien derselben Auffassung; meinen Umgang mit den Kindern sah sie mit Wohlwollen.

Lorenz war von dem in Rußland verschollenen Ehemann, Karoline dagegen von einem »liebenswerten Scheusal«, wie Edna ihn nannte. Als ihr Bauch sich wölbte, hatte er sich mit einer anderen davongemacht. Und jetzt, nahm ich an, verabscheute sie ihn? Nein, sagte sie, eigentlich nicht. Was denn, liebte sie ihn immer noch ... aber ich wagte nicht, sie danach zu fragen.

Karoline war mit ihren drei Jahren schon äußerst kapriziös, und der fünfjährige Lorenz zeigte soviel Mut und Selbstbeherrschung, daß sich mancher Große davon eine Scheibe hätte abschneiden können – ich zum Beispiel. »Ein Indianer fürchtet kein kaltes Wasser«, erklärte er und warf sich in die kühle Ostsee – während ich auf Zehenspitzen und bibbernd am Strand stand und überlegte, ob ich nicht lieber eine Zigarette rauchen sollte.

Daß die Kinder solche Eigenschaften hatten, war nicht verwunderlich. Ednas souveräne Art, mit ihnen umzugehen, hatte ich von Anfang an bewundert. Am meisten gefiel mir, wie sie den Kindern zeigte, daß sie zwar jederzeit für sie da war, aber gleichzeitig auch Raum und Zeit für sich selber brauchte.

Ich war übrigens immer der Meinung, daß zu einer richtigen Familie auch Kinder gehören – allerdings anders, als Monnie sich das gewünscht hätte. Daß Edna Kinder hatte, machte sie eher attraktiver. Es nahm mir nämlich die lästige Entscheidung: bin ich mir meiner Gefühle so sicher, daß ich mit dieser Frau ein Kind haben möchte? Außerdem: was ist, wenn man sein eigenes Kind nicht mag? Oder man mag das Kind, aber nicht mehr die Mutter, und dann beginnt das ganze Drama mit Besuchserlaubnis und dem, was die Deutschen »Sorgerecht« nennen, will sagen, das Recht, sich wegen jemand Sorgen zu machen (welches den besorgten Deutschen so wichtig ist, daß sie es sich, wenn es sein muß, gerichtlich bestätigen lassen).

Deshalb haben Frauen mit Kindern auf mich immer besonders erotisch gewirkt. Oder wer weiß – war es am Ende nur Edna, die ich in den ledigen Müttern suchte? Nein, es war wohl meine Natur. Und wenn sie nicht nur Kinder haben, sondern dazu auch noch fröhlich sind, finde ich sie bis heute unwiderstehlich.

Abends rückten wir den Tisch vor die Hütte und spielten Doppelkopf – das erste feministische Kartenspiel, Überbleibsel oder Vorbote des Matriarchats: jede Dame fegt das gesammelte Mannsvolk von Königen und Buben locker vom Tisch. Doch die Herzdame zählt in der weiblichen Hierarchie nur wenig; gerade noch, daß sie über der dämlich karierten Karodame steht. Entscheidend sind die beiden Kreuzdamen, auch die »Alten« genannt: sie bestimmen, wer zusammengehört. Nur eines kann sie bezwingen: die Karte mit den zehn Herzen. Herz zehn plus Kreuzdame sind kaum zu besiegen – vorausgesetzt, mit Assen und Zehnen kommt das angemessene Vermögen hinzu.

Am liebsten war es mir natürlich, wenn ich mit Edna zusammen spielte. Dann legte ich in jede Karte, die ich ihr in den Stich gab, meine sämtlichen guten Wünsche hinein. Und jedes As, jede Zehn, die sie mir zukommen ließ, nahm ich als Ankündigung einer glücklichen Zukunft.

15
Mrs. Dougherty

Der Regen hatte aufgehört; die Stille weckte mich. Wilma saß am Tisch und rauchte. Vor ihr stand eine neue Kerze; offenbar gab es noch immer keinen Strom. Ich ging zu Wilma und wollte sie küssen, aber sie schob mich zurück.

»Zieh dich an, Kleiner. Deine Mutter wird sich Sorgen machen.«

»Ich wohne bei einer Tante.«

»Egal, dann macht die sich eben Sorgen. Ich möchte auch nicht, daß dich einer aus meiner Wohnung kommen sieht.«

»Verstehe. Hoffentlich sind meine Sachen schon trocken.«

»Die brauchst du nicht. Ich tu dir das Zeug in einen Beutel; du kannst was von meinem Verlobten anziehen.«

»Wird er das nicht vermissen?«

»Der? Bestimmt nicht. Wann er zurückkommt, steht in den Sternen – wenn er überhaupt zurückkommt.«

»Ist er Soldat?«

»Na klar, was sonst.«

Sie ging zum Schrank und warf mir ein paar Sachen zu, ungefähr in meiner Größe, aber für meinen Geschmack reichlich elegant. Das Rüschenhemd und die gestreifte Hose mit ihrer messerscharfen Bügelfalte hätten Ted gut gestanden, aber ich kam mir komisch darin vor. Auch Wilma mußte lachen.

»Na herrlich. Siehst aus wie ein Nachwuchs-Zuhälter.«

»Wenn ich der Zuhälter bin – wer bist du dann?«

Es sollte ein Scherz sein, aber es war kein guter. Wilma klang nicht belustigt, als sie sagte: »Hast einen ziemlich großen Rand, Kleiner. Denk nicht, du kannst dir Frechheiten rausnehmen, bloß weil du zwei Stunden in meinem Bett gelegen hast!«

Ich hätte mich ohrfeigen können. Die ganze Fahrt über herrschte eisiges Schweigen, abgesehen von einigen Handzeichen meinerseits.

»Da sind wir«, sagte ich. »Und ... Wilma, entschuldige. Du weißt doch, ich –«

»Ja?«

»Ich mag dich doch, Wilma.«

»Schon gut, Kleiner – ich mag dich ja auch. Wir sehn uns morgen, vielmehr heute. Schlaf gut!«

Als ich aufwachte, war es zwei Uhr nachmittag. Ich sprang auf und wollte mich aufs Fahrrad schwingen, doch das war weit weg an einer Laterne angeschlossen. Zu spät kam ich sowieso, also konnte ich genausogut erst essen.

Daß ich unpünktlich war, fiel keinem auf, denn wegen der Vorbereitungen für die Betriebsfeier ging alles drunter und drüber. Ich suchte Wilma, aber sie kam erst, als das Fest anfing: in einem tief ausgeschnittenen dunkelroten Kleid. Das kalte Buffet wurde eröffnet, ich stellte mich hinter ihr an, aber sie schien ganz ins Gespräch mit einer Kollegin vertieft.

Nach dem Essen begann der Tanz. Während ich noch überlegte, ob ich zu ihr hingehen sollte, sah ich, wie die Kollegen sich anstießen und mit dem Kopf auf die Tanzfläche deuteten. Da watschelte Mister Meller zu Wilmas Platz; mit einer Verbeugung forderte er sie auf. Sie nahm ihre Handtasche und hängte sich bei ihm ein. Zusammen tanzten sie einen langsamen Walzer, anschließend gingen sie zum Direktionstisch. Von nun an saß sie neben Boss Meller.

Ich versuchte mich zu amüsieren und tanzte mit einigen der jüngeren Arbeiterinnen. Bei der einen oder anderen hätte ich wohl Chancen gehabt, aber Wilma neben Meller zu sehen tat mir weh. Eine Weile hielt ich es aus, dann verabschiedete ich mich. Zu Hause legte ich mich aufs Bett und heulte, bis ich einschlief.

Nach der Feier kam Wilma nicht mehr an ihren Arbeitsplatz. Angeblich hatte sie jetzt einen Job im Sekretariat, aber keiner konnte sagen, wo. Ich hatte diese Woche Nachtschicht, und einmal fuhr ich mittags bei ihrem Apartment vorbei, um die ausgeliehenen Kleidungsstücke zurückzubringen. Sie begrüßte mich freundlich, bat mich aber nicht in die Wohnung. Durch den Türspalt konnte ich sehen, daß im Zimmer lauter Kisten herumstanden; offenbar war sie beim Packen. Ich gab ihr die Sachen – von Monnie gewaschen und gebügelt – und wünschte ihr viel Glück.

Am Freitag vor Schulbeginn erhielt ich meine letzte Lohntüte. Alles war korrekt abgerechnet, aber neben dem Lohnzettel lag ein verschlossener Umschlag. Darin waren noch einmal fünfzig Dollar – fast ein doppelter Wochenlohn – und eine von Mister Meller persönlich unterzeichnete Mitteilung: »Als Dank und Anerkennung für besonderen patriotischen Einsatz«.

Ich wußte, es war vorbei, aber ich wollte es nicht glauben. Wilma, Wilma … kaum ein Abend, an dem ich mich nicht in Gedanken an sie preßte. Ich stellte mir vor, daß es ihre Hand wäre, die meinen Körper erforschte und erregte … manchmal, schon halb im Traum, verschmolz ihre Gestalt mit der von Norma Jeane … als hätte es nie einen Dougherty gegeben.

Immerhin: dank der Beigabe von Mister Meller reichte das Geld für eine klapprige Harley. In L. A. ist so etwas ein Ereignis, denn in dieser Stadt wird man zweimal geboren: wenn man zur Welt kommt und wenn man zum ersten Mal motorisiert ist. Man stirbt auch zweimal: tot ist in dieser Stadt, wer kein Fahrzeug mehr steuern kann. Wer so weit gekommen ist, sieht bald die Sinnlosigkeit weiteren Dahinvegetierens ein, und wenn er noch einen Rest von Würde und Bürgersinn besitzt, läßt er sich so schnell wie möglich überfahren und begraben.

Ach Wilma – du hast mir nicht nur meine erste Liebesnacht geschenkt, sondern auch eine neue Art von Freiheit. Gibt es Schöneres, das man über jemand sagen kann?

Aber weh tat es immer noch.

Das neue Schuljahr begann, und Ted fehlte die ganze erste Woche. Ein Attest bescheinigte eine Lungenreizung, aber bald sickerte durch, daß er die Zeit in einer Jagdhütte seines Vaters verbracht hatte, zusammen mit einer jungen Schauspielerin. Sie war offenbar auch der Grund gewesen, warum er die Movie Gang hatte einschlafen lassen. Er stellte sie uns vor, als wir zusammen *Casablanca* sahen. Pauline war nicht dabei, wohl aber Laura, und diese wurde bleich. Ich war tief beeindruckt, sowohl von der Schönheit Ingrid Bergmans als auch davon, daß Laura bei Sams *As Time Goes By* meine Hand ergriff. Zwar ahnte ich, daß es nicht nur das Lied war, das sie so bewegte. Aber ihre Hand hielt ich trotzdem gern.

In den Wochen danach unternahm ich auf meiner Harley zahlreiche Ausflüge, auf dem Rücksitz mal Shirley, mal Laura. An einem Sonntag machte ich mit Laura einen Spaziergang am Strand von Santa Barbara und traf – Norma Jeane und Dougherty.

Mein erster Impuls war, darauf hinzuweisen, daß Laura und mich nicht mehr verband als Kameradschaft. Sagen tat ich nichts; auch Norma Jeane schien verlegen. Dann stellte sie ihren Mann vor:

»Ihr kennt doch Jimmy, oder? Der beste Mann der Welt, wirklich wun-der-voll, ein richtiger Daddy. Demnächst wird er befördert, stimmt's, Darling? Und er ist *so gut* zu mir. Norma Jeane, sagt er, ich verdiene genug für uns beide, *meine Frau* hat es nicht nötig, arbeiten zu gehen. Wirklich, ihr beiden müßt uns unbedingt mal besuchen. Nicht wahr, Daddy?«

Anderthalb Jahre nach ihrem Abgang von der Van Nuys High School wirkte sie viel reifer (und im knappen Bikini noch hübscher), aber etwas schüchtern war sie immer noch.

Und die Art, wie sie ihren Ehemann vorstellte, fand ich seltsam. Laura und ich kannten ihn vom Sehen, also hätte es gereicht, zu sagen: Das ist mein Mann Jim. Stattdessen lobte sie ihn über den grünen Klee, und dabei sah sie ihn an, als wollte sie sagen: »Nun, habe ich es gut gemacht?«

Dougherty schien gar nicht daran zu denken, das Lob zurückzugeben. Während sie sprach, sah er zu einigen Leuten hinüber, die in der Ferne Ball spielten, dann klopfte er ihr mit einem »Ist okay, Baby« auf die Knie und stand auf, um am Strandkiosk ein paar Getränke zu holen. Als er gegangen war, sagte sie etwas leiser: »Im Ernst, besucht uns doch mal. Manchmal …«

»Manchmal was?«

»Ach, ihr versteht schon. Die Familie von Jim ist so freundlich, alle sind sehr, sehr gut zu mir, ehrlich. Es ist bloß … na, ihr wißt schon. Jimmy geht öfters ohne mich aus, soll er von mir aus, aber ich würde manchmal auch ganz gern andere Gesichter sehen. Wir sind wirklich glücklich, Jimmy ist der beste Mann, den ich mir wünschen könnte – aber hin und wieder ein paar andere Gesichter …«

Der beste Mann, den sie sich wünschen konnte, kam mit einigen Flaschen unterm Arm zurück, drückte jedem von uns eine in die Hand und sagte: »Hab dahinten ein paar Kumpels getroffen. Wir machen mal 'n kleinen Bummel über den Strand, okay? Wie ich sehe, unterhaltet ihr euch prächtig – also dann, bis nachher.«

Und schritt von dannen, in der Haltung eines Mannes, der Besseres zu tun hat, als sich mit Kindern abzugeben.

Laura stieß mich an. »Timmy, nichts für ungut, aber du weißt ja –«

Ich verstand. »Tut mir leid, Norma Jeane«, sagte ich, »Laura hat heute abend noch was zu erledigen, wir müssen leider los.«

»Schade. Ihr beiden seid jetzt zusammen, nicht wahr? Das freut mich für euch. Wie geht's Teddy und den andern? Grüßt sie von mir. Und kommt uns mal besuchen!«

Wir gingen zurück zur Harley. Mir fiel ein, daß ich vergessen hatte, Norma Jeanes Adresse aufzuschreiben. Als ich mich umdrehte, standen neben ihr zwei junge Männer, die sie wohl gerade angesprochen hatten. Sie schüttelte den Kopf und schien zu lachen, dann hielt sie ihre Hand hoch, und ich sah in der Sonne etwas aufblinken – vermutlich ihr Ehering. Die beiden salutierten und gingen weiter. Ich sagte mir, daß ihre Aufforderung zu einem Besuch nicht viel wert war, wenn ihr Ehemann sie nicht bestätigt hatte. Außerdem hatte das »ihr« in der Einladung gezeigt, daß hier, wenn überhaupt, nur der Besuch eines Paares gemeint war. Also verzichtete ich auf die Adresse und machte mich mit Laura auf den Heimweg nach L. A.

Wenn ich heute zurückdenke, dann kommt es mir vor, als hätte sich der Krieg anfangs in Bewegung gesetzt wie eine Dampflokomotive. Nach dem ersten Tuten und heftig ausgestoßenen Dampfwolken schien es für Augenblicke, als täte sich gar nichts – aber dann spürte man, wie die Maschine all ihre Kräfte anspannte, mit unendlicher Anstrengung die riesigen Räder zu den ersten Umdrehungen zwang, allmählich schneller und schneller wurde, schließlich mit solcher Gewalt über die Schienen raste, daß auch das Zugpersonal – wenn es denn gewollt hätte – den Zug nicht mehr zum Stehen gebracht hätte.

So wie der Krieg Fahrt aufnahm und alles mit sich riß, scheint es mir heute, als wären auch die beiden letzten Schuljahre mit immer größerer Geschwindigkeit vergangen. Das Jahr 1943 hatte kaum begonnen, da war schon der Sommer da und das Schuljahr zu Ende. Bennys Bruder Patrick kam aus dem Pazifik zurück – von der Marine in Ehren entlassen, als einarmiger Invalide. Auf Guadalcanal war seine Einheit in einen Hinterhalt geraten. Er selber hatte sich zwei Wochen hinter den Linien der Japaner verbergen können, aber ein Streifschuß am rechten Unterarm – normalerweise eine belanglose Verletzung – hatte zu einer

Blutvergiftung geführt. Als sich die Japaner zurückzogen, fand man ihn. Er lag im Koma, und um sein Leben zu retten, mußte man den Unterarm amputieren. »Im Ellenbogengelenk absetzen«, hieß das auf medizinisch.

Er kam als Held, doch Heldsein ist kein Beruf, schon gar nicht ohne rechte Hand. Zum Überleben reichte sein Invalidensold, er aber wollte eine Arbeit, die seinen Verdiensten entsprach. Man bot ihm einige Jobs an: als Nachtwächter, als Autoverkäufer, als Pförtner in der Fabrik von Teds Vater – alles nichts Heldenhaftes und also seinem Gefühl nach entwürdigend. »Pförtner, das fehlte mir noch«, sagte er. »Ich habe bloß mit Messer und Karabiner ein Dutzend Japse erledigt, und jetzt soll ich mich vor einem geschniegelten Arschficker verbeugen, der sich dick und fett verdient hat, während ich für ihn im Dreck gelegen habe? Nicht mit mir! Habt ihr mal den Fraß probiert, den Teds Vater in seine Konserven packt? Da kriegt ihr das Kotzen, sage ich euch, der Hurensohn läßt sogar die Hufe und Hörner von seinen Rindviechern kleinraspeln und dazuschmeißen, und die Ratten vom Schlachthof gleich mit. Wenn ich diesen Dreckskerl in die Finger kriege, stopfe ich ihm seinen Schweinefraß ins Maul, bis er ihm zu den Ohren rauskommt. Der soll mich kennenlernen, dafür reicht meine Linke allemal.«

So erzählte es Benny in der Schule, ohne zu merken, daß Ted hinter ihm stand. Die Fortsetzung der Geschichte war gar nicht spaßhaft. Patrick stritt sich mit seinem Vater jeden Abend um die letzte Bierflasche; schließlich gingen sie aufeinander los. Der Vater verpaßte Patrick einen Faustschlag aufs Auge, dieser revanchierte sich mit einem Tritt an den Hals. Um ein Haar wäre der Alte erstickt; ihn rettete ein Arzt, der im Haus gegenüber wohnte und mit dem Taschenmesser einen Luftröhrenschnitt durchführte.

In den Sommerferien 1943 arbeitete ich in einer Fabrik für elektronische Bauteile. Zuerst lötete ich Fassungen für Verstärkerröhren, aber als sie merkten, daß ich mich auskannte, kam ich in die Qualitätskontrolle und verdiente das Doppelte. Auch Teddy hatte einen Ferienjob, allerdings nicht in der Fabrik seines Vaters. Vielleicht hing das mit Patricks Bemerkungen über die Konserven zusammen, vielleicht auch nicht, jedenfalls arbeitete er diesmal für die Warner Brothers. Nominell war er Produktionsassistent – nach Teddys Beschreibung eine Art besserer Laufbursche. »Für diese Arbeit brauchst du drei Werkzeuge«, sagte er. »Erstens Notizbuch, zweitens Schuhe, drittens deinen Mund, aber nicht, um zu reden, sondern um ihn zu halten.« Obwohl er weniger verdiente als ich, beneidete ich ihn: er durfte nicht nur gelegentlich Jack Warner persönlich zur Hand gehen, sondern auch den großen Stars des Studios. Amüsiert erzählte er von den Rivalitäten zwischen Errol Flynn und Bette Davis und von den Auseinandersetzungen der Diva mit Boss Warner – dem »größten Geizhals zwischen Atlantik und Pazifik«, wie Ted ihn nannte.

Als ein Jahr später im Morgengrauen des 6. Juni die Invasion in der Normandie anlief, hatten fast alle männlichen Schüler schon ihre Einberufung in der Tasche. Von ruhiger Vorbereitung auf die Prüfungen konnte keine Rede sein; fast jedes Wochenende wurden wir mit Bussen von der Schule abgeholt und zu einem der Armeecamps außerhalb der Stadt gefahren, wo wir schon jetzt Exerzieren und den Umgang mit Waffen lernten. Auch Aaron war dabei; nur Jonathan, der Erweckungsprediger, hatte ein Attest, das ihm aufgrund einer »Herzschwäche« Wehruntauglichkeit bescheinigte.

Dann war das Schuljahr zu Ende, und auf einmal wurde uns klar, wie endgültig nicht nur der Abschied von der Schule, sondern auch die Trennung von den Kameraden sein würde. Viele bedauerten jetzt, sich nicht energischer darum bemüht zu haben, gemeinsam bei einem der Truppenteile unterzukommen. Benny wollte von Anfang an zu den Pionieren; Teddy und ich hatten uns für die Air Force beworben, aber nur Teddy wurde genommen.

An die markigen Ansprachen des Direktors bei den Abschlußfeiern waren wir gewöhnt, aber jetzt, wo es um uns selber ging, klang alles anders. Und als der Direktor sagte: »Auch diejenigen, die mit Gottes Hilfe zurückkehren, werden nicht mehr dieselben sein, die wir heute verabschieden«, da fing Laura an zu weinen und hielt die Hände vors Gesicht. Ich sah zu Teddy; der zuckte mit den Achseln und deutete mit dem Kopf erst neben sich zu Pauline, dann nach hinten, wo seine Freundin und sein Vater saßen. Also nahm ich stellvertretend für ihn Lauras Hand, woraufhin sie noch stärker schluchzte.

Der Direktor kam zum Schluß. »Zeigt euch«, rief er uns zu, »der Ideen würdig, die ihr in dieser Schule gelernt habt. Gott wird mit euch sein, wenn ihr für Freiheit und Ehre des Vaterlandes und die Rettung der unterdrückten Völker kämpft! Seid gewiß, daß alle, die hier in der Heimat bleiben, mit derselben Solidarität und Opferbereitschaft für euch einstehen wie ihr für sie, und daß –«

Im Publikum gab es Unruhe. Patrick, der neben Benny saß, war aufgesprungen.

»Lüge, alles Lüge!« rief er, während er versuchte, die Hände seines Vaters abzuschütteln, der ihn wieder auf den Stuhl drücken wollte. »Von wegen Opfer – die scheißen doch auf euch! Machen krumme Geschäfte, verdienen sich dumm und dämlich, und ihr haltet euren Kopf hin! Da, seht sie euch doch an, die Schweine« – dabei deutete er auf Teds Vater –, »und sagt mir: was kriegt ihr von denen? Arme und Beine laßt ihr euch abschießen, die Hälfte von euch wird verrecken, und was kriegt ihr? Einen Job als Nachtwächter, und einen Tritt in den Arsch, das ist der Dank des –«

Weiter kam er nicht, denn sein Vater hatte ihn mit einem Fausthieb niedergeschlagen. »Du Hund!« krächzte der Alte. »Verflucht, ich verfluche dich, du bist mein Sohn nicht mehr! Gottverfluchter Krüppel, ich werde dich lehren –«

Er wollte seinem Sohn, der auf dem Boden lag, einen Tritt versetzen, aber die Umstehenden hielten ihn zurück.

Die Veranstaltung endete im Tumult. Im Hintergrund sah ich, wie Teds Freundin und sein Vater die Halle verließen; Ted sagte Pauline etwas ins Ohr und eilte ihnen nach. Letztes Händeschütteln vor der Schule: »Du schreibst uns doch, ja?«

Ich umarmte Laura und gab ihr einen Kuß auf die Wange. Sie küßte mich zurück – auf den Mund.

16
Warum ausgerechnet ich?

»Nun?« fragte Edna am nächsten Morgen. »Was wirst du machen, wenn wir wieder in Berlin sind?«

»Alles abblasen«, sagte ich. »Ich bleibe in Berlin und studiere an der Technischen Universität.«

»Gute Idee. Weißt du schon, wo du wohnen wirst?«

Ich erschrak. »Aber – ich dachte – wolltest du nicht – daß ich bei dir –«

»Du meinst, bei mir wohnen? In *der* kleinen Wohnung? Aber Timmy, du kennst mich doch. Nein, das würde unser gutes Verhältnis nur kaputtmachen.«

Das war der erste Wermutstropfen in mein Glück. Der zweite kam in einem besonders zärtlichen Augenblick. Da küßte ich sie auf den Bauch und flüsterte: »Edna, Ednuschka, weißt du was? Ich glaube, ich werde dir sexuell hörig.«

Ich hatte es als Kompliment gemeint. Sie aber stützte sich auf und sagte, während sie mir mit dem Zeigefinger über den Nasenrücken fuhr: »Das laß mal schön bleiben!«

»Aber willst du denn«, fragte ich erschrocken, »daß ich auch mit andern schlafe?«

»Ich will, daß du mich liebst. Aber ich will auch, daß du ein freier Mensch bleibst.«

Ich verstand, was sie meinte: *Sie* wollte ein freier Mensch bleiben. Was mich betraf, so hätte ich auf meine Freiheit gern verzichtet, wenn sie es auch getan hätte. Nein, falsch, auch dann, wenn sie es nicht tat – ich wußte schon jetzt, daß mich, solange ich mit Edna zusammen war, keine andere Frau interessieren würde.

Dann dachte ich: wenn wir schon einmal dabei sind ... und ich fragte: »Angenommen, dein Mann kommt eines

Tages zurück – hast du einmal überlegt, was du machen würdest?«

»Ach, Timmy«, sagte sie, »du bist lieb, aber auch ein Angsthase. Möchtest du, daß ich dir Treue schwöre?«

»Könntest du das denn?«

»Ja, das kann ich. Timmy, ich versichere dir: auf der ganzen Welt gibt es nur einen Menschen, der mein Verhältnis zu dir bestimmt – und das bist du. Zufrieden?«

Ich gab ihr einen Kuß. Und doch wurde ich das Gefühl nicht los, daß mir eine zärtliche Lüge lieber gewesen wäre als dieser klare Vertrag, der besagte: solange du dir selber treu bist, bleibe auch ich dir treu. Wenn ich wenigstens gewußt hätte, was sie Besonderes in mir sah, dem ich hätte treu bleiben können …

Seltsam: in Berlin wunderte sich niemand, mich plötzlich als Favoriten an Ednas Seite zu sehen. Und ihr anspruchsvoller Treueschwur spornte mich an. Dinge, die mir seit jeher zuwider waren – nämlich alles, was mit der Organisation des Alltags zusammenhängt –, erledigte ich mit Leichtigkeit. Allerdings stand mir Ervin zur Seite, der sich ein Hauptverdienst an der Entwicklung zuschrieb. Er kannte den zuständigen General, der in Illinois Präsident der Farmergenossenschaft gewesen war; dieser verschaffte mir einen Halbtagsjob im Sprachendienst der Militärverwaltung, wozu auch ein Zimmer im Armeegästehaus gehörte. Obwohl ich zu spät dran war, konnte ich mich noch an der Technischen Universität einschreiben, Fachgebiet Fernmelde- und Nachrichtentechnik. Dann ein Brief an Monnie, die natürlich entsetzt war.

Ednas beiläufige Einladung, mich zu ihr zu legen, hatte einen anderen Menschen aus mir gemacht. Aber wie gesagt, ich war ein Romantiker, und das romantische Denken geht wie das pessimistische beharrlich davon aus, daß Liebe zwischen zwei Menschen (obwohl man nach zweitausend Jahren Christentum das Gegenteil erwarten sollte) *nicht* das

Normale ist. Nietzsches »*Denn alle Lust will Ewigkeit*« wäre zu ertragen, wenn Lust und Liebe leicht zu finden wären. Daß sie es nicht sind, sondern selten und kostbar, entspricht aber nicht nur dem romantischen Pessimismus, sondern auch der Realität. Deshalb geht es dem glücklich Verliebten nicht anders als einem Bettler, der unverhofft eine Erbschaft gemacht hat: beide fragen sich, wie sie ihren plötzlichen Reichtum bewahren können. Der Verliebte hat es schwerer, denn es gibt keine Bank, wo sich Gefühle zinsbringend anlegen ließen. Und heiße Schwüre sind für künftige Liebe genauso belanglos wie das Produzieren von Nachkommen.

Wenn Liebe etwas Besonderes ist, drängt sich für den, der sie findet, die Frage auf: warum ausgerechnet ich? Und genau diese Frage quälte mich. Womit hatte ich es verdient, daß Edna unter so vielen Verehrern gerade mich in ihr Bett ließ und in ihr Herz schloß? Ich war weder besonders klug noch besonders mutig, auch nicht so stolz oder großzügig wie mancher andere – also warum ich? Gewiß, in guter Stimmung war ich manchmal ganz witzig, und bei meiner kleinen Schriftstellerei stieß ich hin und wieder auf hübsche Gedanken und gelungene Formulierungen. Reichte das, um mich zu lieben?

Wenn es aber *keinen* Grund gab – war es dann nicht zwangsläufig, daß Edna irgendwann die Augen aufgingen und sie merkte, daß sie genausogut jeden anderen an ihre Seite rufen könnte? Warum, warum ausgerechnet ich?

Ich glaube, heute weiß ich die Antwort: sie nahm mich ganz einfach deshalb, weil ich da war.

Das hört sich nach wenig an, ist aber in Wirklichkeit eine Menge. Vielleicht ist es sogar das Wichtigste: nur das zählt, was da ist, wenn es gebraucht wird. Der Bauer kann sich den Regen nicht aussuchen, der auf seinen Acker fällt, und dem Baum in der Ebene nützt es nichts, sehnsuchtsvoll zu den fernen Bergen hinüberzublicken. Der Ort, an den es einen verschlägt, ist das halbe Leben, manchmal das ganze – jedenfalls wenn man Borges zustimmt, der schreibt: »*Früher oder später verschmilzt man mit seiner Umgebung: der Mensch ist auf die Dauer sein Ort.*« So weit würde ich nicht gehen, denn was an einem Ort geschieht, kommt auch auf denjenigen an, der dort steht. Wäre ich mit vierhundert Mann vor Montezuma getreten, hätte mich seine Hand weggewischt wie eine Fliege. Es war aber Cortez, der dort stand, und der seinerseits das Aztekenreich wegwischte und dessen Kultur dazu.

Ich hingegen war ein kleiner amerikanischer GI im Berlin der Nachkriegszeit, zur selben Zeit und am selben Ort wie auch Edna, die ein großes Herz hatte und Lust auf Liebe, gerade als ich dahergelaufen kam. Ich war jung, ich hungerte nach dem Körper einer klugen Frau, und ihre Gegenwart machte mich fröhlich. Das war alles – aber viel mehr gibt es auch unter Millionen nicht.

Damals jedoch war ich dumm, strohdumm: ich zergrübelte meine Seligkeit, statt sie zu genießen. Meine Angst, die schöne Zeit könnte ein Ende haben, war schon der Anfang vom Ende. Und im Grunde spürte ich es früh.

Allen Schriftstellern geht es ums Glück, aber die Frage ist, was einen mehr bewegt: das vorhandene Glück oder das fehlende. Ich selber war, als ich Edna kennenlernte, ohne Einschränkung ein Leidschreiber. Mich interessierten auch keine Geschichten, sondern ausschließlich Erkenntnisse. Aber die Empfindlichkeit, die es zum Begreifen braucht, hatte ich nur, wenn es mir schlecht ging; an guten Tagen konnte ich höchstens ausarbeiten, was ich im Zustand trauriger Aufmerksamkeit notiert hatte.

Für mein Schreiben gab das Glück mit Edna nichts her. Hätte ich ihre zarte Haut und die Schönheit ihrer Brust rühmen sollen – um vielleicht Ervin doch noch Lust darauf zu machen? Nein, das war nicht mein Stil – schon deshalb irritierte es mich, als später einmal ein deutscher Sänger lauthals die »Birnenbrüste von Marie« besang, die ich zufällig kannte (Marie, nicht die Brüste). Aber der Hauptgrund, Edna nicht zu besingen, war ein anderer. Glück ist etwas Privates, während Leid immer eine gesellschaftliche Dimension hat. Weil es jeden treffen kann, geht es jeden an – darum ist das Leiden für die Literatur wichtiger als das Glück.

Stand es also schlecht um meine Produktivität, weil es mir gut ging, so sollte es bald noch schlechter werden. Ein Vorbote war der Streit um Andersens »häßliches Entlein« gewesen: Edna war in ihrem Geschmack und ihrem Sprachgefühl so sicher, daß es schwer war, sich ihrem Urteil nicht anzuschließen. Ihr verdankte ich es, daß ich die amerikanische Angewohnheit, Gutes gleich als »wundervoll« und Unangenehmes als »unerträglich« zu bezeichnen, schnell ablegte. Alles wäre gut gewesen, wenn ich mich nur darauf beschränkt hätte, von ihr zu lernen. Aber ich konnte mich nicht dagegen wehren, daß sich etwas anderes in mir breitmachte: der Wunsch, ihr zu gefallen.

Das Schreiben hätte die Stütze meines Selbstbewußtseins sein können, denn es war das einzige, wo ich mich ihr nicht unterlegen fühlte. Sie selber schrieb auch, und zwar nicht schlecht: sie verband schöne Bilder mit realistischer Alltagssprache, und sie hatte ein feines Gespür für Rhythmus und Satzmelodie – Dinge, mit denen sich die deutsche Sprache viel schwerer tut als die englische, französische oder spanische. Und doch fehlte ihren eigenen Arbeiten manchmal die Sicherheit, die sie bei der Beurteilung fremder Texte zeigte. Immer wieder blieb sie im Atmosphärischen stecken, was vielleicht der Grund war, warum sie sich dem Schreiben von Kindergeschichten zuwandte. Aus meiner Sicht war das ein Ausweichen, aber wir kamen nicht dazu, ernsthaft darüber zu reden. Denn in meiner Angst, ihr zu mißfallen, begann ich, meinem eigenen Urteil zu mißtrauen – obwohl mir mein Kopf sagte, daß ihr gerade das auf Dauer am meisten mißfallen mußte.

Bevor ich noch hinter einen Satz den Punkt gesetzt hatte, fragte ich mich schon, was Edna dazu sagen würde. Die sagte gar nichts, weil ich nicht wagte, das Zeug vorzulesen; aber sie freute sich über die naiven Gedichte, die Robert zum besten gab. Prompt war ich eifersüchtig. Und als ich am nächsten Tag zu Edna unter die Decke kroch, flüsterte sie: »Timmy, weißt du, was mir aufgefallen ist? In letzter Zeit lachst du fast gar nicht mehr.«

Da lachte ich erst recht nicht, denn ich verstand es als Hinweis, daß sie anfing, meiner überdrüssig zu werden. Ich murmelte etwas von Sorgen an der Uni – was nicht ganz unrichtig war, denn das Studium langweilte mich. Aber ich wußte, sie hatte recht, und das machte mich erst bedrückt, dann aggressiv. Wäre ich klug gewesen, hätte ich Edna schon damals losgelassen; vielleicht wäre aus der Liebe wieder gute Freundschaft geworden. So aber vergingen Herbst und Winter, und wenn ich sie nur einen Tag nicht sah, war ich krank vor Sehnsucht. Immer wieder redete ich mir ein, daß die nächste »Aussprache« alles von Grund auf verändern würde.

Im Frühjahr 1948 erhielt Edna das Angebot, die Leitung einer Buchhandlung nicht weit vom Alexanderplatz zu übernehmen. Also im russischen Sektor – ich erschrak. Aber Edna beschloß, das Angebot anzunehmen. Denn der Verlag, bei dem sie arbeitete, kümmerte vor sich hin, und die Buchhandlung reizte sie.

Zum Laden gehörte eine Wohnung, und deren Renovierung brachte uns für kurze Zeit wieder näher. Ich erneuerte die Elektrik, während Edna Löcher vergipste und die Wände strich. Andere Freunde halfen mit, aber wenn sie sich zurückzogen, krochen Edna und ich unter eine Decke: sie, um ihrem Körper eine Pause zu gönnen, ich, um meine Seele an ihrer Haut ausruhen zu lassen.

Mitte Juni fand in den Westzonen die Währungsreform statt; tags darauf unterbrachen die Sowjets den Personenverkehr nach Berlin. Die russische Zone druckte ihr eigenes Geld, und als die westlichen Stadtkommandanten dieses in ihren Sektoren für ungültig erklärten, wurde »wegen technischer Störungen« auch der Güterverkehr unterbrochen. Die Blockade hatte begonnen; der kalte Krieg trat in seine kälteste Phase. Eine Woche später lief die Luftbrücke an. Ob Lebensmittel, Kohlen, Benzin, Kleidung oder Kochtöpfe – Stück für Stück, Tonne für Tonne schafften die »Rosinenbomber« heran. Das Armdrücken der Systeme machte uns Amerikaner für zwei Jahrzehnte zu den Lieblingen Berlins, genauer gesagt, seines Westteils. Aber es forderte auch Opfer.

Eines der ersten war ich. Schon längere Zeit gab es eine Order, wonach amerikanische Zivilisten mit Kontakt zu militärischen Einrichtungen den russischen Sektor nur mit Sondergenehmigung betreten durften; sie wurde aber nicht sehr scharf kontrolliert. Von jetzt an wurde sie es, und zwar von beiden Seiten. In der Realität hieß das für mich: Einreiseverbot. Von einem Tag auf den anderen war ich von Edna abgeschnitten.

Sie besuchte mich, und ich flehte sie an, zurück in den Westteil zu kommen. Sie lehnte ab. Und dann sprach sie aus, was ich befürchtet hatte: daß eine Zeit der Trennung uns beiden guttun würde. Daß ich mich eine Weile mehr um mein Studium kümmern sollte. Daß ich dort bestimmt neue Freunde fände, genau wie sie selber.

Sie würde das schaffen, daran zweifelte ich keinen Augenblick. Und ich war mir sicher, daß sich auch für mich bald ein Nachfolger finden würde. Aber ich?

Ich brauchte nicht einmal ihr Foto anzusehen – es reichte, daß ich jemanden traf, der Edna kannte, und schon hatte ich Tränen in den Augen. Ervins »Kopf hoch, alter Junge! Nur nicht den Mut verlieren!« machte mich nur noch trübsinniger.

Etwas mußte sich ändern. Und als in Westberlin die Freie Universität gegründet wurde, nahm ich das zum Anlaß, nicht nur die Hochschule zu wechseln, sondern die Studienfächer gleich mit. Aus Liebe zu Edna entschied ich mich für die deutsche Literatur; aus Vernunft nahm ich

Anglistik dazu, und beides zusammen brachte mich später zur vergleichenden Literaturwissenschaft.

Die Räumlichkeiten der neuen Universität waren kümmerlich. Aber damals mußte sich kein Student im Oktober in eine Liste eintragen, um im März fünf Minuten mit seinem Professor zu reden. Man sprach einander an, wo man sich sah, und diskutierte nach der Vorlesung eine Stunde auf dem Gang.

Ich lernte interessante Leute kennen, aber der Kummer um Edna umgab mich wie ein Käfig. Mit Mühe schaffte ich es, meine Arbeit beim Regiment zu machen und zu den Vorlesungen zu gehen. Ervin stand kurz vor der Scheidung und verbrachte seine ganze freie Zeit bei Angelika; immer wieder luden sie mich ein, aber ihr behagliches Glück deprimierte mich.

Wenn ich nicht mehr weiterwußte, ging ich ins Kino. Mit langer Verspätung sah ich einen Film, auf den ich schon lange gewartet hatte: King Vidors *Gilda.* Hier zelebriert Rita Hayworth den berühmtesten Striptease der Filmgeschichte: mit betörender Langsamkeit entledigt sie sich eines einzigen Kleidungsstückes – ihres schulterlangen linken Handschuhs. Jede Geste eine Lockung, jeder Blick ein Versprechen. Und als sie zum Höhepunkt den Handschuh fallenläßt: eine unendliche Verheißung.

Der Film zeigte, daß sich Erotik im Kopf abspielt – gäbe es eine Schule für Pornoregisseure, dann wäre er obligatorischer Lehrstoff. Die Szene ließ die Hayworth zum Inbegriff raffinierter Verführungskunst werden, mit dem Ergebnis, daß sie später klagte: »Jeder Mann, den ich kennenlernte, wollte mit Gilda ins Bett gehen und war enttäuscht, neben mir aufzuwachen.«

Aber warum, so hätte ich sie gern gefragt, konnte sie von Gilda nicht lernen? Sollte sie deren Geheimnis gerade deshalb nicht verstanden haben, weil sie die Rolle selber verkörpert hatte? Oder fehlte ihr nur die Neugier, es herauszufinden?

Als die Blockade aufgehoben war, kam Edna mit Robert und Lena auf ein Wochenende vorbei. Zwei Tage schöpfte ich wieder Hoffnung, während Robert mit seinem neuen Fotoapparat jeden Schritt von uns festhielt. Wenig später brachte er mir die Aufnahmen. Eine war dabei, da strahlen Edna und ich, als wäre am Horizont nicht die Sonne aufgegangen, sondern die Morgenröte der Seligen. Es gibt kein Foto von mir, auf dem ich glücklicher aussehe; auch von ihr habe ich nie ein schöneres gesehen.

»Hast du Edna das Bild gezeigt?« fragte ich.

»Noch nicht – sie ist an die Ostsee gefahren.«

»Allein?«

»Nein, mit Franz und den Kindern.«

»Franz? Wer ist Franz?«

»Wußtest du das nicht? Ich dachte ... wie soll ich sagen, er ist ihr neuer ... na, du weißt schon ...«

Buch II
Marilyn Monroe

17
Die Rettung des Amerikanischen

Es ging nicht gut, aber allmählich ging es.

Nachdem Edna sich mit Franz, dem aufstrebenden jungen Dichter, zusammengetan hatte, traf ich sie noch zwei- oder dreimal, aber es war für uns beide eine Qual. Zwar nahm ich mir jedesmal vor, in ihrer Gegenwart nur Freude zu empfinden. Aber was ich fühlte, war Eifersucht, und was ich sagte, war Vorwurf. Ich wußte, ich benahm mich lächerlich, aber ich konnte mich nicht beherrschen. Edna hatte nichts verlangt und nichts versprochen, also was wollte ich?

Nicht doch, sie hatte sehr wohl etwas versprochen: daß *ich* allein bestimmen würde, wie unsere Beziehung verlief. Sie hatte ihr Versprechen gehalten, aber ich war zu schwach: ihre Zuneigung hatte mich nicht wachsen, sondern schrumpfen lassen, so lange, bis ich mir selbst zuwider war. Schon um *mich* zu retten, mußte sie sich von mir trennen.

Entschlossen, mich neu zu verlieben, landete ich eines Abends im Bett einer üppigen Kommilitonin namens Ilse. In der Verwirrung meiner Gefühle sah ich in ihr eine Freundin und schickte sie mit einem Brief nach Ostberlin, denn die Post dorthin wurde kontrolliert. Aber Ilse verliebte sich sofort in den Kreis um Edna (obwohl diese sie anfangs als meine »Bett-Ilse« titulierte), und weil die Bekanntschaft ihr Leben ähnlich veränderte wie vorher meines, reagierte sie mit der Logik eines Bettlers, dem jemand ein kostbares Geschenk gemacht hat: sie ging mir aus dem Weg. Von Robert erfuhr ich, daß sie Edna zur Trennung von mir beglückwünschte. Dafür haßte ich sie, aber wahrscheinlich hatte ich Glück: bald darauf wurde sie gefräßig, dick und rund, aus Bettler-Ilse alias Bett-Ilse wurde Fett-Ilse, und weil es ihr an Kreativität mangelte, ließ sie der Umgang mit Ednas Poeten als Geschäftsführerin eines literarischen Vereins enden.

Monnie verstand nicht, was mich in Berlin hielt. Auch Laura fragte auf einer Postkarte, warum ich nicht lieber in Kalifornien studieren wollte. Und Shirley ließ mich wissen, daß sie einen Job als Kellnerin angenommen hätte, um das Geld für eine Schauspielschule zu verdienen – aber noch lieber würde sie mit mir und meiner Harley die kalifornischen Strände erkunden.

Andere Nachrichten waren weniger einladend. Die Mehrzahl meiner Berliner Kommilitonen sah sich politisch als »links« stehend, was unterm Strich nicht viel mehr hieß als: für Gerechtigkeit und Fortschritt; gegen die Herrschaft von Geld, Dummheit und Tradition. Und nun kamen aus der Heimat die Berichte über Senator McCarthy und seinen »Ausschuß zur Untersuchung unamerikanischer Aktivitäten«. Schon der Ausdruck war verdächtig. Die Verfassung definierte nirgends auch nur in einem Nebensatz das »Amerikanische« als einen zu schützenden Wert, hingegen sehr wohl die Freiheit der Meinung.

Vor den Deutschen hatte ich immer das amerikanische Rechtssystem gelobt, auch dort, wo es der Ethik widerspricht. *»Es ist nichts gut denn ein guter Wille«*, sagt Kant, und Jesus sieht keinen Unterschied zwischen dem Begehren der Nachbarsfrau und dem realen Ehebruch. Juristisch ist solche Betrachtungsweise unklug. Denn wenn die Sünde des Wollens genausogroß ist wie die des Tuns, ist das wie eine Aufforderung, mit der begehrten Nachbarin auch wirklich zu schlafen; dann kommt zur Sünde wenigstens das Vergnügen. Aber ein Richter kann keine Gedanken lesen, und deshalb gilt für die Rechtsprechung: die Absicht, eine Bank zu überfallen oder einen Mord zu begehen, ist verwerflich, aber nicht strafbar, auch nicht das Nachdenken darüber. Verurteilt werden Tat und Tatversuch – basta.

Und nun wurden in meinem Land Leute verhört, die

nichts getan hatten, als unerwünschte Meinungen zu äußern. Einige Künstler verweigerten die Aussage und gingen dafür ins Gefängnis – Hollywood ließ sie fallen wie überführte Kinderschänder. Es kursierten FBI-Listen von Leuten, die angeblich »Zustimmung zu kommunistischen Ideen« geäußert hatten: Charlie Chaplin, Orson Welles, Frank Sinatra, Katherine Hepburn, Gene Kelly, Gregory Peck … das ähnelte fatal der Nazi-Liste »entarteter Künstler«.

Dann erhielt ich einen Brief von Benny, der den Dienst quittiert hatte und nun versuchte, zu Hause auf die Beine zu kommen. Da stand:

»Timmy, erinnerst du dich noch an den Auftritt von meinem Bruder Patrick, damals bei unserer Abschlußfeier? Inzwischen sitzt er im Knast; hat auf einer Wahlveranstaltung randaliert und mit dem Messer um sich gestochen. Aber ich sage dir, mit einem hat er recht gehabt: wenn du jetzt als Ex-Soldat nach Hause kommst, bist du der letzte Dreck. Geld hast du keins, aber alles ist so teuer geworden, daß du dir kaum ein Taxi leisten kannst. Und Arbeit? Die Straßen sind auch so schon voll von Leuten ohne Job, da hast du gerade noch gefehlt! Außerdem hast du damit, daß du fürs Vaterland im Krieg warst, gezeigt, daß du ein Idiot bist, und wer will einen Idioten einstellen? Dieses Pack von Drückebergern, wie ich es hasse! Erinnerst du dich noch an Jonathan? Der ist mit seinem Vater groß im Geschäft, hat seine Finger überall, wo Geld zu machen ist, Immobilien, Aktien, Schürfrechte, was weiß ich. Jetzt haben sie eine TV-Station gekauft, da gibt er jede Woche eine Viertelstunde seinen Senf zur Weltgeschichte, und weißt du, was er sagt? Amerikaner, ruft er, seid wachsam vor dem Satan, und noch mehr vor den Kommunisten, denn der Satan will bloß eure Seele, aber die Kommunisten wollen auch noch euer Geld! Timmy, du weißt, daß ich nie was von den Kommunisten gehalten habe, aber wenn ich einem Schwein wie Jonathan eins auswischen könnte, würde ich mich ihnen anschließen. Das Blöde ist nur, du findest sie nirgends! Es ist wie Tigerjagd in den Rocky Mountains – die

*Bestie ist nicht zu fangen, sie zeigt sich nicht mal, und das ist
der Beweis, wie gefährlich sie ist! Unamerikanische Aktivitäten – daß ich nicht lache! Wir haben dieses Land mit Raub
und Betrug den Indianern abgenommen, darum ist nur der
ein guter Amerikaner, der raubt und betrügt, und wer meint,
daß wir GIs Besseres verdient hätten als einen Tritt in den
Arsch, denkt unamerikanisch! Übrigens, erinnerst du dich
noch, warum Jonathan nicht einrücken mußte? Wegen
›Herzkrankheit‹ – zum Totlachen! Jede Woche spielt er dreimal Tennis, sonntags ist er auf dem Golfplatz, das weiß ich
von Aaron: der ist ohne Beine von Iwo Jima zurückgekom-
men und ist jetzt Pförtner in Jonathans TV-Laden. Dabei gibt
es einen, der wirklich herzkrank ist, und weißt du wer? Dreimal darfst du raten: Teddy. Ich weiß es, du weißt es jetzt auch,
aber wer es noch nicht weiß, ist sein Colonel. Du wirst vielleicht sagen: Warum kommt er nicht zurück und setzt sich bei
seinem Alten ins gemachte Nest? Du wirst lachen: es gibt kein
Nest mehr. Erst hat sich sein alter Herr scheiden lassen, wegen
irgendeinem Flittchen. Das hat ihn sicher einiges gekostet,
dachte wohl, die Firma hat's ja, aber dann war der Krieg aus,
ratzbatz, und jetzt wollte wirklich keiner mehr das Zeug aus
seinen Konserven fressen. Pleite ist er, der gute Mann, und
sein Flittchen ist längst davongeflattert. Um ihn tut's mir nicht
leid, nur um Teddy. Er ist doch ein feiner Kerl, solche gibt's
selten!*

Mach's gut, und bleib, wo du bist – Dein Benny.«

Dank der Arbeit beim Regiment konnte ich immer noch an
den Filmvorführungen für die Soldaten teilnehmen. Auf
einen Film freute ich mich besonders: *Stromboli* mit Ingrid
Bergman. Auch von ihr hörte man Seltsames. Sie hatte
ihren Mann verlassen und lebte mit Rossellini zusammen,
dem Regisseur ihres neuen Films. Daraufhin warnte sie Joseph Breen, Direktor unserer nationalen Zensurbehörde,
nicht für den Italiener ihre Karriere aufs Spiel zu setzen. Er
forderte sie auf, nach Amerika zurückzukehren; wahr-

scheinlich wollte er prüfen, ob sie ihrem Mann weiterhin seine ehelichen Rechte gewährte. Der Brief stand in den deutschen Zeitungen, und meine Kommilitonen lachten sich halbtot – was doch für Trottel in dem Land lebten, das so grandios den Krieg gewonnen hatte.

Und als die Bergman Rossellini trotzdem heiratete, da boykottierte das freiheitlichste Land der Welt ihren neuen Film. Um so mehr freute ich mich, als das Kasernenkino seine Vorführung ankündigte. Und wie die meisten Anwesenden protestierte ich, als der Vorführer mitteilte, »aus technischen Gründen« werde man statt des Bergman-Films den Musikstreifen *Ladies Of The Chorus* zeigen. Solche »technischen Gründe« kannten wir seit der Blockade zur Genüge; einige Soldaten standen auf und verlangten ihr Eintrittsgeld zurück.

Ich blieb sitzen, aber im Grunde nur aus Trägheit. Auf den Vorspann achtete ich kaum. Der Film fing an – und plötzlich war ich hellwach. Die junge Chorsängerin, die hier eine der Hauptrollen spielte: war das nicht – ja, sie war es! Es war – Norma Jeane!

In der Tat, sie war es, jetzt mit blondiertem Haar. Daß ich sie im Vorspann übersehen hatte, war kein Wunder, denn sie nannte sich jetzt »Marilyn Monroe« – der wievielte Name war das eigentlich? Der Film selber war herzlich belanglos, aber ich nahm die Handlung um eine reisende Tanztruppe kaum wahr, weil ich nur auf Norma Jeane achtete. Sie war der einzige Lichtblick in diesem kümmerlichen Streifen, spielte und tanzte, so gut es die Rolle erlaubte. Dazu sang sie zwei hinreißende Lieder, eines davon mit dem Titel *Every Baby Needs A Da-Da-Daddy*, und ihre dünne, überhauchte Stimme bekam auf der Leinwand einen eigenartigen Reiz. Wo in aller Welt hatte sie das gelernt?

Für einen Augenblick vergaß ich Edna und Ilse samt Franz und den ganzen versammelten Poeten. Das plötzliche Wiedersehen mit meiner Klassenkameradin war das schönste Versprechen: die Welt ging nicht unter, wenn eine

Liebe zerbrach, und jeder Tag konnte Unerwartetes bringen. Ich sah Norma Jeanes Bild an der Wand mit Wärme, ja geradezu mit Dankbarkeit.

Ted hatte einmal gesagt, Filmschauspieler sei kein Beruf, sondern immer nur die Summe zurückliegender und bevorstehender Projekte. Trotzdem rechnete ich fest damit, Norma Jeane bald in weiteren Rollen zu sehen. Immer wieder fragte ich Bernie, den Filmvorführer, nach »Marilyn Monroe«, aber er konnte mir nichts sagen. Erst im Frühjahr des nächsten Jahres sprach er mich an: demnächst käme der neue Film der Marx Brothers – und meine Lady mit dem Präsidentennamen hätte da eine kleine Rolle.

Der Film hieß *Love Happy*, und ihr Auftritt war in der Tat kurz. Aber er hatte es in sich.

Sie betritt das Büro von Groucho Marx, der einen Detektiv spielt; ihr betörender Gang läßt die Pfeife von Grouchos Klient loszischen wie einen Dampfkessel. »Was kann ich für Sie tun?« fragt Groucho und faßt sie um die Hüfte, kommentiert aber gleich darauf in die Kamera: »Was für eine lächerliche Bemerkung.« Mit gespielter Beflissenheit fragt er: »Was scheint das Problem zu sein?« Sie sagt: »Helfen Sie mir«, legt ihre Hand auf seine Schulter und zieht ihn zu sich heran – bevor sie einige aufreizende Schritte macht und mit vielsagendem Lächeln flötet: »Ständig werde ich von Männern verfolgt!«

Jahre danach, als alles vorbei war, sah man in dieser Szene bereits verkörpert, was später ihr Markenzeichen werden sollte: die Festlegung auf die Rolle der ebenso verführerischen wie naiven Blondine. In der Tat: da war diese Einfalt, mit der sie absolut ernsthaft auf ironisch gemeinte Fragen antwortete. Die Unwissenheit darüber, was die Signale ihrer Weiblichkeit bei den Männern auslösten. Und da war die kindliche Hilflosigkeit, mit der sie bereit schien, ihr Schicksal in die Hände des erstbesten Mannes zu legen.

Aber als ich sie damals auf der Leinwand sah, war ich begeistert. Kein Mensch käme auf die Idee, einem Schauspie-

164

ler vorzuwerfen, er habe die Rolle eines Mörders zu glaubwürdig gespielt – warum sollte das bei ihr anders sein? Sie spielte ein Klischee, aber mit Bravour, nicht anders als die Marx Brothers selber. Und ich sagte mir: wenn sie das Klischee so perfekt verkörperte – war das nicht der Beweis, daß sie es durchschaute? Zeigte es nicht, daß ihrem Spiel in Wahrheit ein tiefes Wissen über die männliche Verrücktheit zugrunde lag – also genau das Gegenteil von Naivität?

»Diese Marilyn Monroe ist Klasse«, meinte Bernie hinterher an der Bar. »Timmy, jetzt verstehe ich, warum du mich immer wegen ihr gelöchert hast. Warst ja ganz scharf auf sie!«

»Ich kenne sie von früher – sie war meine Schulkameradin.«

Es folgte ein regelrechter Aufruhr. »He, hört mal, Timmy kennt die süße Maus persönlich!« – »Ist sie in festen Händen?« – »Schreib ihr, sie soll mal nach Berlin kommen!« – »Zehn Dollar für ihre Adresse! Nun komm schon, zier dich nicht so!«

Ich erschrak; damit hatte ich nicht gerechnet. Das meiste hätte ich auch dann nicht beantworten können, wenn ich gewollt hätte.

»Na ja – also – um genau zu sein«, stotterte ich, »sie ging in eine Parallelklasse. Hab sie öfter gesehen, aber das war's eigentlich.«

Weiß nicht, ob sie es mir abnahmen. Noch eine ganze Weile sprachen mich wildfremde Soldaten an und fragten nach Marilyn Monroe. Das gewöhnte mich daran, daß sie mit ihrer neuen Existenz auch einen neuen Namen führte – vor allem aber lehrte es mich, meine Bekanntschaft mit ihr in Zukunft lieber für mich zu behalten.

18
Blond, blöd und bereit

Daß meine Entscheidung, die Uniform an den Nagel zu hängen, vielleicht die klügste meines Lebens war, zeigte sich am 25. Juni 1950 gegen vier Uhr morgens ostasiatischer Zeit. Da nämlich überschritt die nordkoreanische Armee den 38. Breitengrad, der bis dahin die Grenze markiert hatte. CIA und FBI, vollständig damit ausgelastet, die Kommunisten in Hollywoods Betten aufzuspüren, hatten wie üblich nichts gewußt und nichts mitbekommen. Die südkoreanischen Generäle ließen schleunigst die wichtigste Brücke über den Han-Fluß sprengen – eine im Prinzip richtige Maßnahme, die allerdings daran krankte, daß sich die Hälfte der eigenen Armee noch nördlich der Brücke befand und nun auf einen Schlag in Gefangenschaft geriet.

Präsident Truman gab Anweisung an General McArthur, die Sache in die Hand zu nehmen. Innerhalb von drei Wochen stand die gesamte Achte Armee auf koreanischem Boden, ohne aber den Vormarsch aufhalten zu können. Plötzlich schien es in der Heimat, als stünde die kommunistische Welteroberung unmittelbar bevor. Wenn es mit der Fabrik von Teddys Vater etwas länger gegangen wäre, dann hätte er sich jetzt sanieren können, denn die Leute kauften wie verrückt Konserven und haltbare Lebensmittel. Überall stiegen die Preise für Reis, Zucker, Bohnen und Zwieback; selbst die Farmer im Mittleren Westen fingen an, Luftschutzbunker zu bauen.

Am letzten Tag im August bekam Ervin zwei Mitteilungen: erstens über die Scheidung von seiner Frau, zweitens über seine Versetzung nach Korea. Mitte September fand er sich im koreanischen Pusan. Unsere Truppen, inzwischen durch UN-Kontingente anderer Staaten verstärkt, eroberten Seoul zurück und nahmen Pjöngjang ein; wenig später standen die ersten Verbände an der chinesischen Grenze. Die Kapitulation schien nur noch eine Sache von Tagen.

Ervin war nicht mehr dazu gekommen, zu heiraten, aber für etwas anderes hatte die Zeit gereicht. Das stellte sich heraus, als mich Angelika Ende Oktober besuchte, angeblich, um zu erfahren, ob ich etwas von Ervin gehört hätte. Nein, sagte ich – woraufhin sie anfing zu weinen. Ich dachte, es wäre, weil sie ihn so sehr liebte, aber als ich ihr, um sie zu trösten, meine Hand auf die Schulter legte, fiel sie mir schluchzend um den Hals und weinte noch lauter. Da begriff ich, was los war, und ging zwei Gläser holen.

Als ich zurückkam, saß sie auf der Bettkante, das Gesicht zwischen den Händen. Ich goß ihr einen Whiskey ein und machte Anstalten, ihn zu verdünnen, aber sie wollte ihn pur und trank ihn in einem Zug. Alle Achtung, dachte ich, sie hat was von Ervin gelernt! Sie hustete und schüttelte sich, aber wenigstens hörte sie auf zu weinen.

Solange ein Mann allein ist, quält ihn die Frage: Warum bin ich allein? Ist er es nicht mehr, drohen ihm zwei Fragen, die noch schlimmer sind. Eine davon ist das famose »Liebst du mich überhaupt?«, das vorzugsweise auf dem Höhepunkt der übelsten Streiterei auftaucht. Die zweite ist: »Meinst du, ich soll es behalten?« Letzteres jedenfalls fragte mich Angelika – im Grunde ein Überfall und in höchstem Maße unfair. Ausgerechnet ich sollte mich zum Herrn über Leben und Tod machen? Ervin war zwar mein Freund, aber außer daß ich in Gedanken mehrmals mit Angelika geschlafen hatte, war ich an ihrer Schwangerschaft nun wirklich nicht beteiligt. Sie schien das anders zu sehen, und das hatte eine gewisse Logik: alles hatte mit den Zigaretten angefangen, die ich ihr verschafft hatte, und bei etwas mehr Entschlossenheit hätte das Kind ebensogut von mir sein können.

So genau allerdings war mir der Zusammenhang noch

nicht klar, als ich mich neben sie aufs Bett setzte und ihre Hand ergriff. Egal, von wem das Kind war, ich fragte, was in so einer Situation jeder fragt: »Bist du dir ganz sicher?«

»Klar bin ich mir sicher; meine Regel war immer pünktlich wie ein Uhrwerk. Mein Gott, was soll ich nur machen?«

»Habt ihr schon eure Trauung beantragt? Vielleicht läßt sich eine Ferntrauung arrangieren.«

»Ich weiß nicht, was Ervin beantragt hat. Ich weiß nur, daß ich seit vier Wochen nichts mehr von ihm gehört habe, und solange er Soldat ist, darf er sowieso keine Deutsche heiraten. Timmy, ich fühl mich so allein, das kannst du dir gar nicht vorstellen.«

»Red doch keinen Unsinn! Ich bin schließlich auch noch da – bin ich niemand?«

»Heißt das, du willst – du wirst ... und wenn er gar nicht zurückkommt?«

»Ob er wiederkommt oder nicht – klar bin ich für dich da, das versteht sich. Aber er wird schon auf sich aufpassen, glaub mir!«

»Ach Timmy«, seufzte sie, »wenn du das sagst – mir fällt wirklich ein Stein vom Herzen.«

Und dann – ja, was eigentlich? Ich behaupte: ich nahm sie in den Arm, um ihr einen aufmunternden Kuß auf die Wange zu geben, aber statt der Wange war plötzlich der Mund da. Und sie war es, die meine Hand nahm und genau auf den Ausschnitt ihrer Bluse legte, ich konnte gar nicht anders, als sie aufzuknöpfen. Sie hingegen sagte, ich war es, der die Hand auf ihren Ausschnitt legte, sie wollte mich festhalten, aber ich zog ihre Hand mit Gewalt weg und machte die Bluse auf. Egal, wer angefangen hatte, es war jedenfalls sehr schön, besonders weil sie schwanger war und nichts mehr passieren konnte. Wir tobten auf dem Bett herum und kämpften wie zwei Eichhörnchen, bis ich sie endlich von hinten zu fassen kriegte. Eine Hand auf ihrer Brust, die andere auf ihrem Bauch, preßte ich sie an mich, bis sie meine Hand von der Brust nahm und hineinbiß, während sie vor Lust quietschte. Hinterher weinte sie und machte mir Vorwürfe: Ein schöner Freund wäre ich, hätte ihre Schwäche ausgenutzt und ihr Gewalt angetan, und als sie um Hilfe schreien wollte, hätte ich ihr den Mund zugehalten.

»Ich bin mir gar nicht sicher«, sagte sie, »ob ich vorher wirklich schwanger war ... aber jetzt werde ich es sein, das spüre ich hundertprozentig! Soldaten – einer wie der andere!«

Sie ging zum Herd, um Kaffee zu kochen, und als ich mich hinter sie stellte, stieß sie mich weg und sagte: »Das schreibe ich alles Ervin, was du hier mit mir gemacht hast! Paß bloß auf – wenn du mich noch mal anfaßt, bringt er dich um!«

Sie schrieb ihm wirklich, aber wohl eher von anderen Dingen. Es war auch fraglich, ob ihr Brief ihn erreichte. Denn in Korea nahmen die Umstände erneut eine dramatische Wendung – ohne daß es McArthur zunächst bemerkt hätte. Als erstes traten nordkoreanische Truppen mit schweren chinesischen Waffen auf den Plan; ihnen folgten chinesische Verbände. Unter dem Ansturm von zweihunderttausend erfahrenen Soldaten brach die Front in wenigen Tagen zusammen.

Angelika gegenüber heuchelte ich Zuversicht. In Wirklichkeit machte ich mir große Sorgen – um Ervin, aber auch um Teddy. Es konnte nicht einmal von einem geordneten Rückzug gesprochen werden. Eher war es eine panikartige Flucht, ein Desaster mitten im Winter, der inzwischen hereingebrochen war. Nur den Türken war es zu verdanken, daß die UN-Verbände nicht überrannt wurden – wahrscheinlich wäre es zwanzig Jahre später auch in Saigon besser gelaufen, wenn wir sie dabeigehabt hätten.

Zu Weihnachten bekam Angelika einen Brief von Ervin, mit einigen Zeilen, die für mich bestimmt waren. Er hatte, so teilte er mit, einen Streifschuß an der Hand abbekommen, nichts von Bedeutung, nur hätte er deshalb nicht schreiben können. Und er bat mich, »ein wenig auf Angelika achtzugeben«. Das war ausgesprochen unfair, denn er ahnte wohl nicht, was vorgefallen war. Oder etwa doch?

Von nun an besuchte mich Angelika mit großer Unbefangenheit. Was nicht heißt, daß wir so getan hätten, als wäre nichts gewesen – schon deshalb nicht, weil sie das Kind in ihrem Bauch immer »unser Kind« nannte. Zwischen uns herrschte eine Atmosphäre von Zärtlichkeit, die dem Gefühl entsprang: wenn die Umstände anders gewesen wären, dann hätte es mit uns *auch* klappen können.

Heute sage ich mir: jeder Mensch sollte mehrere solcher Beziehungen haben. Wir sollten unsere Gefühle nicht schlechter behandeln als unsere Eßgewohnheiten – wer möchte schon auf Dauer immer nur in einem Restaurant speisen? Es wäre schön, wenn es mit den Menschen, die uns etwas bedeuten, genauso ginge: jeder Mann sollte sich bei seiner Frau wohl fühlen, aber sie dürfte nicht der einzige Mensch sein, bei der er dieses Gefühl hat. Und seine Frau sollte gerne mit ihm leben, aber wissen: mit anderen ginge es auch gut.

Leider gibt es in dieser Hinsicht keinen Grund, mich zu beneiden; von Angelika abgesehen, aß ich in meinem Liebesleben meistens zu Hause. Gelegentlich träumte ich von einem Restaurant, in dem Norma Jeane alias Marilyn Monroe kochte – aber das erschien mir unerreichbar.

Die Rolle eines werdenden Ersatzvaters, die Angelika mir auferlegte, stabilisierte mich. Zwar konnte ich Edna nicht vergessen, aber ich betrieb mein Studium mit mehr Energie. Mutig warf ich mich in die literarischen Schlachten des Alt-, Mittel- und Neuhochdeutschen; Nibelungenlied, Goethe und Rilke wurden meine ständigen Begleiter.

Im Frühjahr sah ich Norma Jeane als Angela Phinlay in *Asphalt Jungle*. Das war, wenn man von dem hübschen Klamauk der Marx Brothers absah, der erste ernstzunehmende

Film, in dem sie mitspielte. Auch hier war sie geradezu umwerfend schön. Aber ihre Naivität war diesmal von anderer Art: vulgär und eigensüchtig, kopflos und ängstlich, im wörtlichen Sinn dümmer, als die Polizei erlaubt, denn mit ihrem Geplapper liefert sie den Geliebten ans Messer. Die Figur, die sie in diesem Film verkörperte, war trotz ihrer Schönheit belanglos, ja geradezu bedauernswert. Aber gespielt war sie exzellent.

Einige Wochen später – Angelikas Bauch wurde von Tag zu Tag runder – lief im Kasernenkino erneut ein Film mit Marilyn Monroe, diesmal als Miss Caswell in *All About Eve.* Das war vielleicht der einzige von allen Filmen Marilyns, den man der Sparte »Filmkunst« zurechnen konnte – von *Some Like It Hot* abgesehen, der als furiose Genrekomödie unerreicht ist.

All About Eve spielt in einer geschliffenen Theaterwelt, unter deren geistreichen, ehrgeizigen Figuren Marilyn als Miss Caswell in jeder Hinsicht wie ein Fremd-Körper wirkt. Sie ist das blonde Anhängsel des Kritikers Addison DeWitt, der sie als »Absolventin der Copacabana School of Dramatic Arts« präsentiert. Die albernen Sätze, die ihr das Drehbuch zuweist, spricht sie mit der gebotenen Naivität, aber sie verzichtet auf Übertreibung, obwohl das immer die billigste Methode ist, sich von der gespielten Figur zu distanzieren.

Die Rolle war noch dümmer und demütigender als die in *Asphalt Jungle.* Aber Marilyn gab der Rolle eine Würde, die zur Dummheit ihrer Dialoge in auffälligem Kontrast stand. Besser konnte man das nicht spielen, dachte ich. Genauer gesagt: ich war hingerissen, bewunderte sie, lag ihr zu Füßen.

Man hat später die drei kleinen Rollen in *Love Happy*, *Asphalt Jungle* und *All About Eve* mehr oder weniger als Einheit betrachtet, die das Klischee künftiger Figuren vorwegnahmen. Ich sehe das anders. Marilyns Rolle in *Love Happy* war bei aller komischen Überspitzung von Groucho

Marx mit Respekt, ja geradezu liebevoll gezeichnet. Natürlich ist die Szene irreal: daß Groucho um sie herumscharwenzelt und sie um die Hüfte faßt, irritiert sie ebensowenig wie die Pistole, die einer der Anwesenden in der Hand hält. Und das Lächeln, mit dem sie die Situation vorspielt, in der »Männer sie verfolgen«, läßt ahnen, daß sie mehr weiß, als sie sagt, und klüger ist, als sie zeigt. Diese Szene, ohne jeden Zusammenhang mit der übrigen Filmhandlung, ist in Wahrheit eine Traumsequenz, wo Bewundern, Begehren und Berühren scheinbar selbstverständlich ineinanderfließen. Es ist *der* Männertraum, der hier vierzig Sekunden über die Leinwand huscht, mit Marilyn als schöner Fee, die das männliche Begehren lächelnd akzeptiert. Und es ehrt Groucho, daß er sich mehr über sich selber lustig macht als über die Frau, die seinen Traum verkörpert.

Das ist in *Asphalt Jungle* anders. Zwar ist auch das Doppelleben des Anwalts Emmerich, mit Marilyn als ausgehaltener Geliebter, ein Männertraum. Aber offenbar läßt sich dieser Traum nicht einmal denken, ohne seinen weiblichen Gegenstand mit negativen Eigenschaften auszustatten: dumm sowieso, aber auch unempfindlich und egoistisch – und nicht einmal fähig, unter dem strengen Blick eines Polizisten eine kleine Lüge aufrechtzuerhalten. Immerhin, ein gewisser Respekt bleibt ihr: Emmerich sieht in ihr bis zum Schluß »wirklich ein süßes Kind«. Dieser Traum nimmt ein schlechtes Ende, aber seine Unkosten war er wert.

Dagegen gibt es unter all den Rollen Marilyns keine, die so verächtlich gezeichnet ist wie die Miss Caswell in *All About Eve*. Das ist doppelt spürbar, weil der Film insgesamt so intelligent ist. Von allen Personen, die hier auftreten, sieht sie am besten aus und kommt am schlechtesten weg. Für die geistreiche Margo ist sie ein widerwärtiges Etwas; selbst der diabolische DeWitt, der sie mitgebracht hat, zeigt unverhüllt seine Verachtung. Diese Miss Caswell ist in der Tat als reine Witzfigur angelegt: blond, blöd und bereit. Die einzige, die der Rolle Achtung entgegenbringt, ist Marilyn selber.

Meinem Gefühl nach vollzog sich in diesen drei Rollen ein Abstieg, und das ärgerte mich. Aber die Soldaten, die mit mir zusammen *All About Eve* gesehen hatten, sahen das anders. Der ganze Film war ihnen viel zu intellektuell: Bette Davis als Margo fanden sie unattraktiv; Anne Baxter als verlogene, vom Ehrgeiz zerfressene Eve wirkte auf sie so sexy wie die Präsidentin des kalifornischen Hausfrauenverbandes. Die einzige Figur, die sie beeindruckte, war die naive Miss Caswell. Nur sie hätten sie im wirklichen Leben gern einmal getroffen; nur bei ihr hatten sie das Gefühl, sie wäre für jeden von ihnen erreichbar.

»Lauter alberne Schwätzer«, sagte Bernie, der Filmvorführer, »da hätte ich beisein sollen. Ich hätte sie dem falschen Hund schon ausgespannt, könnt ihr mir glauben! Tolles Weib, ehrlich!«

Das war genau das, was ich selber dachte. Aber daß ein anderer es aussprach, war mir unangenehm.

19
In der Welt des Als Ob (II): Golden Dreams

Die Begeisterung der Soldaten für die naive Miss Caswell und die unbekannte Schauspielerin Marilyn Monroe machte mich damals eifersüchtig. Heute macht sie mich nachdenklich.

Was war so begeisternd an der Rolle? Lag es am Ende nur daran, daß die Soldaten sexuell ausgehungert waren und Miss Caswell im ganzen Film die einzige appetitliche und halbwegs unkomplizierte Frauenfigur verkörperte? Ich glaube nicht. Diese kleine, scheinbar belanglose Rolle war weitaus vielschichtiger, als der Drehbuchautor und Regisseur Mankiewicz gewollt oder auch nur gemerkt hatte.

Zunächst einmal ist vieles von dem, was Miss Caswell sagt, überhaupt nicht dumm, sondern schlagfertig und gewitzt. Da macht DeWitt der durchtriebenen Eve das Angebot, sich einmal länger mit ihm zu unterhalten, und diese will ihm schmeicheln: »Ich fürchte, ich würde Sie langweilen.« Darauf Miss Caswell: »Sie würden ihn nicht langweilen – Sie kämen bei ihm gar nicht zu Wort.« Und als der Produzent Max ihr etwas zu trinken holt, aber in der Hitze der Diskussion vergißt, ihr das Glas zu geben, nimmt sie es ihm aus der Hand. »Entschuldigung, das habe ich ganz vergessen«, sagt Max. »Ich nicht«, antwortet sie. Aus dem Mund der geistreichen Margo wären das witzige Bemerkungen, aber daß die »Absolventin der Copacabana School of Dramatic Arts« alles das ohne jeden Spott sagt, scheint auszureichen, den Spott gegen sie zu kehren.

Doch der wirkliche Grund, warum Mankiewicz diese von ihm selbst geschaffene Figur so verachtungsvoll behandelt, liegt tiefer. Jede Darstellung menschlicher Beziehungen, das weiß auch Mankiewicz, ist unvollständig, wenn sie das Sexuelle ausklammert. Aber die einzige erotische Figur in diesem Film ist Marilyn als Miss Caswell: mit ihrem aufreizenden Gang, ihrer verlockenden Figur, dadurch, daß sie offenkundig mit DeWitt schläft (denn dieser tut nichts ohne Gegenleistung, und anderes hat sie nicht zu bieten), schließlich ganz ungeniert durch ihre Bemerkung, als ein Pelzmantel vorbeigetragen wird: »*Zobel – das ist etwas, wofür ein Mädchen Opfer bringen könnte.*«

Aha, könnte man sagen, so eine ist das – geschieht ihr recht, daß alle sie verachten. Aber erinnern wir uns: der Schauspieler ist nur ein Briefträger, der professionell überbringt, was der Drehbuchautor aufgeschrieben hat. In Miss Caswell spricht und denkt keine Frau. Hier steht lediglich eine Schauspielerin und trägt vor, wie sich ein Mann eine Frauenrolle vorgestellt hat.

So zu tun, *als ob* Sexualität leicht zu haben sei, gehört in Gestalt von Miss Caswell zur Ideologie dieses Films. Dramaturgisch ist das äußerst wertvoll, denn jetzt können sich die anderen, ohne daß der Film prüde wirkt, unbehindert den höheren Werten des Daseins zuwenden – beispielsweise der Schauspielkunst und den Intrigen um Rollen, Ruhm und Applaus. Nur vor dem Hintergrund Caswellscher Käuflichkeit kann Margos Freund die Avancen von Eve mit dem Satz ablehnen: »Wenn ich hinter einer Frau her bin, will *ich* sie rumkriegen, und nicht, daß *sie* hinter mir her ist.«

Auch daß Miss Caswell den Tausch »Pelz gegen Liebesnacht« zwar anbietet, aber nicht vollzieht, zeigt wieder das männliche Denken: weil die Umarmung der Frau dem Mann so viel wert ist, scheint es ihm logisch, daß die Frau dabei Wertvolles verliert. Die Logik der Gefühle ist das nicht, eher die des Handels.

Immerhin: ein fairer Handel ist besser als verlogene Gefühle, zumal er ja gute Gefühle nicht ausschließt. Das war wohl der Grund, warum das Geschäft, das Miss Caswell vorschlug, den Soldaten so gut gefiel. Mankiewicz läßt sie den interessantesten Satz seines Drehbuches sagen; er könnte, wenn er nur wollte, aus ihr die einzige moralisch handelnde Figur des ganzen Films machen. Dann verläßt ihn der Mut; statt seinen Gedanken ernst zu nehmen, macht er einen Witz daraus.

Aber was für Hank in Mister Mellers Fabrik zutraf, gilt auch für Hollywood: sein Lachen über erotische Pointen ist fast immer zum Weinen.

In Korea hatten sich beide Seiten wieder am 38. Breitengrad festgebissen; es ging weder vorwärts noch rückwärts. Mit Angelika war es ähnlich: der 10. Juni 1951 verstrich, doch das Baby wollte und wollte nicht schlüpfen.

Eine Schwangerschaft dauert neun Monate, das weiß jeder. Aber weiß es auch jeder Bauch? Ervin war am 10. September nach Korea abgeflogen, also hatte er sein Kind spätestens am Tag davor gezeugt, wahrscheinlich aber früher. Ich befragte einen Medizinstudenten: Wie lange dauert eine normale Schwangerschaft? Zweihundertsiebzig Tage plusminus vier Wochen, erfuhr ich, gerechnet vom Tag der Empfängnis. Gibt es Abweichungen? Logisch, war die Antwort: das »Normale« ist immer nur das Mittelstück der Gauss'schen Normalverteilungskurve, also gibt es auch jede Menge Werte rechts und links davon, bloß eben seltener.

»Siehst du«, sagte Angelika Ende Juni. »Ich hab's ja gesagt, das Kind ist von dir!«

»Nicht doch«, widersprach ich. »Du liegst ein Stückchen rechts auf der Normalverteilungskurve, das ist alles. Erinnerst du dich? Damals warst du dir ganz sicher, daß deine Regel längst hätte kommen müssen. Und später habe ich nicht einmal mehr deinen Bauchnabel gesehen.«

»Na und? Gereicht hat es auch so, das siehst du doch. Und auf welcher Kurve ich liege, bestimme immer noch ich selber, das merk dir bitte!«

Anfang Juli kriegte sie ihr Kind, und zwar wie damals üblich in der Wohnung. Es war eine Tochter von sechs Pfund Lebendgewicht, häßlich wie alle Babys. »Marianne« sollte sie heißen.

Als ich die beiden besuchte, war auch Lena zufällig vorbeigeschneit. »So sieht also eine Spätgeburt aus«, sagte ich.

»Unsinn«, meinte Lena. »Sieht eher aus wie eine Frühgeburt; ihr Männer habt keine Ahnung. Laßt mich mal rechnen: wann wäre die Kleine fällig gewesen?«

Dabei sah sie mich nachdenklich an, so daß ich, weil ich mir sagte, jetzt nur nicht rot werden, prompt rot wurde.

»Ach«, sagte Angelika, »ich bin so müde – wir rechnen's später mal durch, einverstanden?«

»Was hat denn die Hebamme gesagt?« wollte ich wissen.

»Die Hebamme? Weiß ich doch jetzt nicht mehr – ich hab solche Schmerzen gehabt, das kannst du dir nicht vorstellen.«

Damit war das Thema erledigt; ich konnte schon froh sein, daß auf der Geburtsurkunde Ervin als Vater angegeben war. Aber während Angelika früher immer von »unserem Kind« gesprochen hatte, nannte sie es von jetzt an, wenn wir allein waren, »deine Tochter Marianne«.

Ich hörte nie auf, ihr zu widersprechen, aber im Grunde nur der Form halber. Fast jeden Tag besuchte ich die junge Mutter samt Töchterlein, und ich erledigte fast den gesamten Einkauf. Trotzdem schaffte ich jetzt mehr als früher, auch in meinem Studium. Der Zwang zur Disziplin bekam mir gut, und die Pflichten eines Ersatzvaters erlebte ich ähnlich wie bei Edna als eine Art sportlicher Übung: anstrengend, aber nicht unangenehm, vor allem nie wirklich bedrohlich. Denn im Hintergrund blieb das Bewußtsein, daß ich nur Stellvertreter war. Auf diese Weise mochten Angelika und ich uns mehr als je zuvor – wahrscheinlich gerade deshalb, weil jeder die Beziehung jederzeit hätte beenden können.

An einem Sonntagmorgen im November fand ich beide noch in ihren Betten. »Deine Tochter hat die Nacht kaum geschlafen«, sagte Angelika. »Ein Glück, daß sie jetzt ein bißchen Ruhe gibt.«

»Kalt ist es hier!« stellte ich fest.

»Klar ist es kalt. Meinst du, der Ofen heizt sich von allein?«

Ich machte Feuer, und weil es einer dieser Berliner Kachelöfen war, die Stunden brauchen, bis sie warm werden, tat sich erst einmal gar nichts.

»Soll ich uns einen Kaffee kochen?« fragte ich.

»Nicht so früh«, stöhnte sie, »laß mich noch ein bißchen schlafen.«

»Und ich? Soll ich erfrieren?«

Sie hob die Decke ein Stück an und zog sie, für einen Moment den Blick auf ihre Brust freigebend, über ihren Kopf. Dann drehte sie sich zur Wand – mit einer Handbewegung, die vielleicht nur der Decke galt, vielleicht aber auch mir. Doch war ich nach dem Anblick ihrer schönsten Formen nicht mehr Herr meiner Interpretationen, also zog ich mich aus und legte mich zu ihr.

»Huch, bist du kalt«, sagte sie, aber es war kein wirklicher Protest, und nachdem ich sie von oben bis unten abgefühlt hatte, drehte sie sich zu mir. Eine pralle Brust, aus der schon ein wenig Milch tropfte, legte sich auf meinen Mund, und das war zuviel für mich: kaum floß es oben in mich hinein, da floß es schon unten aus mir heraus. Ein Aufbäumen und ein Zucken, dann die Ermattung.

Vielleicht hatte sie es genau darauf angelegt, denn danach schliefen wir beide ein Weilchen, und sowie die Kleine einen Laut von sich hören ließ, schob mich Angelika aus dem Bett. Von nun an legten wir uns öfter zueinander, meistens nach dem Mittagessen, wenn die Kleine satt war und ein paar Stunden Ruhe gab. Die Folge überraschte uns beide – auf einmal kam eine Gereiztheit in unsere Beziehung. Verschwunden war, was die Beziehung vorher so schön gemacht hatte: die Zuversicht, daß, wenn wir nur wollten, alles noch schöner sein könnte.

Leider war ich damals nicht abgeklärt genug, um daraus die richtige Schlußfolgerung zu ziehen: seltener miteinander zu schlafen, aber dann eine Feier daraus zu machen. So blieb es bei den Spannungen. Und ich sagte mir: wahrscheinlich ist es in einer Ehe genauso, wenn aus dem freiwillig Gewährten eine Verpflichtung wird. Darum war ich ganz froh über diese Erfahrung. Sie half mir über den Verlust von Edna hinweg, und ich glaubte, später einmal gegen die Heimtücken ehelicher Gefühlsverwirrung gefeit zu sein. Was natürlich ein Irrtum war – Probleme erkennen und sie vermeiden sind überall im Leben völlig unterschiedliche Dinge.

In der ersten Ausgabe des Jahres 1951 hatte »LIFE« einen Artikel über »Apprentice Goddesses« gebracht. Eine dieser Lehrlings-Göttinnen war Norma Jeane gewesen, vielmehr Marilyn Monroe, und sie wurde als »vollbusige Sarah Bernhardt« vorgestellt. »*Ihr Studio ist davon überzeugt, daß sie bald eine erstklassige dramatische Schauspielerin sein wird*«, hieß es weiter.

Aber dafür hätte man sie entsprechend einsetzen müssen, und davon konnte keine Rede sein. Stattdessen schien die Rolle als attraktives Filmmöbel zu ihrer Spezialität zu werden, mit Dialogen, die sich beispielsweise in dem Streifen *As Young As You Feel* auf Sätze wie »Yes, Mr. McKinley. Yes, Mr. McKinley« beschränkten. Immerhin: die Art, wie sie das sagte, war spektakulär.

In *Love Nest* hatte ihre Rolle ausnahmsweise genug Gewicht, um bei der Ehefrau des Helden Eifersucht hervorzurufen. Ein weiteres Motiv fügte *Let's Make It Legal* hinzu: hier war sie auf der Jagd nach einem Millionär, allerdings erfolglos. In dieser Hinsicht war sie schon in *Ladies Of The Chorus* weiter gewesen – da hatte sie den reichen Taugenichts am Ende gekriegt. Aber von einer Entwicklung konnte bei diesen Nebenrollen sowieso keine Rede sein, nicht einmal in dem Sinn, daß ihre erotische Ausstrahlung immer mehr in den Vordergrund gerückt wäre.

Trotzdem wuchs ihre Popularität. Bei den Soldaten war sie die unangefochtene Favoritin; zu Weihnachten wurde sie zum »*Present All GIs Would Like To Find in Their Christmas Stocking*« ernannt. Der »*Henrietta Award*« erklärte sie zur »verheißungsvollsten Filmpersönlichkeit des Jahres«. Zur Preisverleihung erschien sie in einem knapp geschnittenen Kleid, das ihre Anhänger entzückte, aber einen Kritiker schreiben ließ, ein Kartoffelsack hätte ihr besser gestanden – was die Presseabteilung der 20th Century Fox veranlaßte, sie tatsächlich in einem Kartoffelsack fotografieren zu lassen. Aus meiner Sicht war das Ergebnis unentschieden; beide Kleidungsstücke standen ihr gleich gut. Aber die Fox hatte die Lacher auf ihrer Seite.

Und dann stand sie plötzlich im Rampenlicht des ganzen Landes.

Damals gab es nur wenige Dinge, die das hätten erreichen können: ein landesweiter Banken-Crash, ein Attentat auf den Präsidenten, eine russische Bombe auf New York – oder eine populäre Schauspielerin in einem Aktkalender. Wie jedermann weiß, war es letzteres. Und diesmal ging es ums Ganze. Für einen Moment stand ihre Laufbahn auf der Kippe.

Der Kalender mit dem Titel *Golden Dreams* war schon früher erschienen; Anfang des Jahres hatte man ihn nachgedruckt. Jemand fand heraus (oder wurde darauf gestoßen), daß die Frau auf einem der Bilder Marilyn Monroe war. Wenig später tauchte ein weiteres Foto aus derselben Sitzung auf. Und wenn es damals etwas gab, das eine achtbare Schauspielerin *nicht* tat, war es das Posieren für Nacktfotos.

Aber dann machte eine Reporterin namens Aline Mosby ein Interview mit ihr – Benny schickte mir die Ausgabe des »Los Angeles Herald Examiner«, der es als erste Zeitung abdruckte. Vor drei Jahren, so erfuhr man, war es Marilyn so schlecht gegangen, daß sie nicht einmal ihre Miete bezahlen konnte. Also nahm sie ein Angebot des Fotografen Tom Kelley an, gegen fünfzig Dollar für ein paar Aktfotos Modell zu stehen, in Gegenwart seiner Frau.

In dem Artikel stand noch mehr, und weil es ums interessanteste Thema der Welt ging, brannte er sich besonders tief ins öffentliche Gedächtnis. Wahrscheinlich gibt es in der Filmgeschichte keinen anderen einzelnen Beitrag, der das Bild einer Schauspielerin so definitiv geprägt hätte wie dieser.

»Sie gilt als das sensationellste Sweater-Girl seit Lana Turner«, war hier zu lesen – Umschreibung für eine besonders schöne Brust. Und zu den Aktfotos erklärte Marilyn: *»Ich schäme mich nicht deswegen. Ich habe nichts Schlechtes getan … die Männer mögen das Bild und wollen Kopien davon.«*

Wer war dieses Mädchen, das sich so tapfer gegen die herrschende Prüderie aussprach? *»1949 war sie eine von vielen verängstigten Blondinen, die ganz allein auf sich gestellt darum kämpfte, sich in der magischen Stadt einen Namen zu machen. Als Kind lebte sie in Hollywood in einem Waisenhaus. Sie wurde in zwölf Pflegefamilien herumgestoßen, bevor sie das schutzlose Alter von sechzehn erreicht hatte.«*

Über die Art, wie der junge Star redete, bemerkte Aline Mosby: *»Marilyn spricht mit einer atemlosen, weichen Stimme, und sie ist sehr ernsthaft mit jedem Wort, das sie sagt.«* Als es darum ging, wie man auf das Bekanntwerden der Fotos reagieren sollte, hatte diese Ernsthaftigkeit zum Streit mit dem Studio geführt: *»Man sagte mir, ich sollte es ableugnen, daß ich die Frau auf den Fotos bin … aber ich wollte lieber ehrlich bleiben.«*

Wie gesagt: alles stand auf der Kippe. Man hätte auch den Stab über sie brechen können, und wer weiß, was dann aus ihr geworden wäre. Aber das Publikum lauschte ergriffen dem schönen Aschenputtel, das gerade dabei war, in den Palast des Ruhms überzuwechseln. Und es erteilte dem

Beichtkind die Absolution. Mehr noch: so wie der Vater in der Bibel nicht seinen braven Sprößling am meisten liebte, sondern den verlorenen Sohn, so schloß man jetzt die nackte Schöne mit der traurigen Kindheit um so stürmischer in die Arme öffentlicher Zuneigung.

Wenn ich heute über die Affäre nachdenke, scheint mir die Reaktion der Öffentlichkeit ziemlich merkwürdig. Fiel denn niemandem auf, daß doch das Wichtigste einer richtigen Beichte fehlte – nämlich die Reue? War nicht im Gegenteil die Sünderin trotzig und uneinsichtig, indem sie behauptete, mit dem Posieren auf den Nacktfotos hätte sie nichts getan, dessen sie sich schämen müßte?

Man applaudierte ihr landesweit, aber wem galt der Applaus eigentlich? Hielt es die brave Bürgersfrau von nebenan nunmehr für ehrenwert, sich unbekleidet fotografieren zu lassen? Mitnichten. Zeigte man Nacktheit im Film ab jetzt mit der gleichen Unbefangenheit wie Fausthiebe und Schießereien? Keineswegs. Wieder einmal war es nur die Inszenierung eines großen *Als Ob* – man spielte sich gegenseitig vor, wovon man gewünscht hätte, es zu empfinden.

Ich selber erlebte die ganze Affäre mit gemischten Gefühlen. Es beschämte mich, daß ich von meiner Klassenkameradin weniger gewußt hatte, als eine Reporterin nach einer Stunde Interview herausfand – ein Grund mehr, warum ich nicht mehr damit prahlte, die berühmte Schauspielerin zu kennen. Und immer öfter kehrte das alte Gefühl aus der Schulzeit zurück: mein Lebensglück zu verfehlen, wenn die Klassenkameradin endgültig aus meinem Leben verschwinden würde.

Aber ich hatte ein Problem: die Bilder, um die es ging, kannte ich nur als grobgerasterte Zeitungsfotos. Ich schrieb an Benny, er solle mir unbedingt!!! und schnellstens!!! ein Exemplar des Kalenders zukommen lassen. Aber eine ganze Weile hörte ich nichts von ihm.

20
Das Geheimnis des erotischen Fotos

Auf die Lossprechung folgte die Weihe. Im April erschien Marilyn zum ersten Mal auf einem LIFE-Cover: als *»Hollywoods Gesprächsthema Nummer eins«*. Das Foto von Philippe Halsman präsentierte sie mit halb geschlossenen Augen und leicht geöffnetem Mund, in einem schulterfreien Kleid, das jeden Augenblick weiter herabzugleiten schien – eine atemberaubende Schönheit, der nach den Worten des Heftes *»ganz Hollywood zu Füßen lag«*. Man prophezeite ihr *»eine Zukunft wie Jean Harlow«*.

Als ich das las, erschrak ich. Norma Jeane war so alt wie ich, nämlich fünfundzwanzig, und die Harlow war mit sechsundzwanzig an Nierenversagen gestorben, also was für eine »Zukunft« meinte man?

Kurz darauf mußte Marilyn wirklich ins Krankenhaus, doch war es angeblich nur eine Blinddarmentzündung. Jetzt wurde auch bekannt, daß sie nicht wirklich ein Waisenkind war, sondern daß ihre Mutter in einem staatlichen Sanatorium lebte. Aber es schien ihr wie Andersens häßlichem Entlein zu gehen, nachdem es zum Schwan geworden war: was immer sie tat oder sagte, trug nur noch mehr zu ihrem Ruf bei. Man nahm ihr ab, daß sie nach einer Kindheit in Pflegefamilien und Waisenhaus erst jetzt den Kontakt zu ihrer Mutter wiedergefunden hätte.

Daß ihre Mutter nervenkrank war, hatte auch ich nicht gewußt. Zwar war ich erleichtert darüber, daß man Marilyn nicht für eine Rabentochter hielt, die ihre eigenen Wurzeln verleugnete. Aber sie tat mir auch leid. Ein unbekannter Vater und eine psychisch kranke Mutter – wie kann ein Mensch mit einer solchen Hypothek leben?

Dann kam *Clash By Night* heraus. Diesmal spielte sie Peg, eine Arbeiterin in einer Fischfabrik, die mit einem ausgeprägten Macho verlobt ist. Keine wirkliche Hauptrolle, aber immerhin eine der handlungstragenden Figuren.

Ein großer Film war auch das nicht, obwohl Fritz Lang Regie führte, der einstmals *Metropolis* gedreht hatte. »Weib, werde Hausfrau und kriege Kinder, alles andere ist Illusion«, war die klägliche Botschaft des Streifens. Aber eine Szene blieb mir in Erinnerung. Da nämlich sagt Barbara Stanwyck zu ihrem Verehrer, dem schlichten Fischer Jerry: *»Du weißt nichts von mir.«*

Das ist einer dieser bedeutungsschweren Sätze, wie ihn Hollywood liebt. Er soll Lebenserfahrung und Leidenschaft, vielleicht sogar verborgene Laster suggerieren; in Wahrheit ist er albern. Denn wenn ich etwas verschweigen will, ist es unklug, meinen Gesprächspartner mit der Nase darauf zu stoßen. Bin ich hingegen der Meinung, er sollte etwas von mir wissen, dann kann ich es ihm geradeheraus sagen. So oder so fällt der Satz auf den zurück, der ihn sagt. Denn wer sich öfter mit jemandem unterhält und trotzdem feststellt, der andere wüßte nichts von ihm, der hat bisher offenbar nur leere Konversation getrieben – und dazu gehören immer zwei.

In Gedanken ließ ich Marilyn den Satz der Stanwyck aussprechen. Und da begriff ich auf einmal, was all ihren Rollen, die sie bis dahin gespielt hatte, gemeinsam war.

Nämlich das genaue Gegenteil dieses Satzes. Die naive Geliebte des Anwalts Emmerich, die offenherzige Miss Caswell mit ihrem Zobeltraum, zuletzt die halb selbstbewußte, halb nachgiebige Arbeiterin Peg – sie alle schienen ihren Filmpartnern und dem Publikum zu sagen: *»Du weißt alles über mich.«* Kein Geheimnis, keine dunkle Vergangenheit, keine verborgenen Sehnsüchte – nur das hübsche Gesicht, der verlockende Körper und das freundliche Lächeln, das sagte: ich verberge nichts. Ich bin das, was man sieht – nicht mehr und nicht weniger.

Vor dem Gästehaus des Regiments, wo ich immer noch mein Zimmer hatte, lief ich dem Rekruten in die Arme, der die Post austeilte. Schon von weitem schwenkte er einen großen Umschlag. Ich eilte auf mein Zimmer und riß ihn auf: es war der langersehnte Kalender mit den »Golden Dreams«. Einzeln dazugelegt ein weiteres Blatt: das zweite der Aktfotos.

Ich konnte nicht aufhören, die beiden Aufnahmen der nackten Marilyn anzusehen. Und ich fragte mich: Was machte diese Fotos so erregend – viel erregender als beispielsweise die wirklichen Frauenkörper an einem Nacktstrand?

Nehmen wir das Bild mit dem Titel »Eine neue Falte«. Die Szene spielt scheinbar auf einem roten samtbezogenen Bett, dessen Begrenzung außerhalb des Bildrandes liegt. Darauf diagonal die nackte, auf der linken Seite liegende Marilyn: das rechte Bein gestreckt bis in die Fußspitze, das andere gebeugt, mit dem Fuß unterm rechten Knie. Der linke Arm weit ausgestreckt, mit gespreizten Fingern, der rechte Arm angewinkelt. Die Hand ist im rotblonden Haar vergraben, der Kopf zurückgeworfen, das Gesicht mit offenem Mund und rot glänzenden Lippen dem Betrachter zugewandt.

Die Brüste sind zwar – wie fast immer bei einer liegenden Frau – von schöner Form, aber keineswegs besonders groß wirkend. Sie treten sogar weniger deutlich hervor als das Gesäß, dessen Rundung durch die angespannte Streckung des rechten Beines betont wird. Und wenn der Betrachter in seiner Phantasie nicht nur mit dem Auge, sondern auch mit den tastenden Händen über beide Seiten des Körpers fährt, dann schmiegt sich die Linke zur selben Zeit ums Gesäß wie die Rechte um die Brust. Das Streicheln dieser beiden Körperteile ist der optische Inhalt des Bildes.

Kein Zweifel: wäre es eine Szene aus dem wirklichen Leben, dann würde dieses Streicheln ein zärtliches Liebesspiel einleiten. Betrachtet man allerdings die Einzelheiten, wird die Sache komplizierter. Das beginnt mit der seltsam ange-spannten Haltung der Nackten, die bis hin zum weit über-streckten Kopf ungefähr dem entspricht, was Mediziner die »stabile Seitenlagerung« eines Bewußtlosen nennen – mit dem angewinkelten Arm und dem angezogenen Bein kei-neswegs als eine Haltung widerstandsloser Hingabe.

Gut, das würde vielleicht den Reiz dieses Liebesspiels eher erhöhen. Aber gilt das auch für anderes? Beispiels-weise für die Unterlage? Hier suggeriert ein Schatten im Vordergrund die abfallende Seite eines Bettes, aber ein ge-nauer Blick zeigt, daß der Samt nicht einer Matratze, son-dern einem Brett aufliegt. Marilyns schöner Körper drückt zwar die Falten flach, sinkt aber keinen Zentimeter in den Untergrund ein – höchst unbequem für eine Umarmung. Auch der dick aufgetragene Lippenstift verlockt zwar zum Hinsehen, aber verleidet das Küssen. Nein – die Nachricht dieses Bildes ist nicht die eines Liebesspiels, schon gar nicht von Glück. Hier wird nicht von Sexualität berichtet, son-dern nur vom Verlangen: dies ist kein Dokument des Es-sens, sondern des Hungers. Was nicht überraschen kann, denn genau darauf beruht die gesamte Gattung. Allerdings gilt das für vieles. Zum Beispiel die Predigt: auch sie lebt nicht davon, daß der Mensch gut ist, sondern daß er es gerne wäre.

Was soll man davon halten? Nach Jahrtausenden von Evolution und Zivilisation reicht immer noch ein Blick auf den entblößten weiblichen Körper, und das Mannsvolk ist Feuer und Flamme. Man sollte denken, die Frauen wären erfreut darüber, aber komischerweise sind sie es überhaupt nicht, schon gar nicht bei uns in den Entzweiten Staaten von Amerika. O nein, sondern sie ärgern sich über jede schöne Brust, die den Autofahrern von einer Plakatwand entgegenspringt, speien Gift und Galle über jedes Stück Unterwäsche, das den Blick der Männerwelt auf die Pro-dukte der Warenwelt lenken soll. »Sexismus!« schallt es von Alaska bis Key West, und das soll wohl das ultimative Argument sein, das alles erklärt. Aber die Feststellung, daß sich Männer gegenüber Frauen sexistisch verhalten, ist ungefähr so erkenntnisträchtig wie der Vorwurf an einen Verdurstenden, er reduziere den Reichtum des Universums auf ein paar Tropfen Wasser.

Andererseits: wenn nun einmal die Frauen immer aggressiver auf den männlichen Kurvenreflex reagieren – wieso kann es dann dieses Rindvieh mit Namen Mann nicht lassen, sich nach jedem offenherzigen Titelblatt, jedem aufreizenden Werbefoto umzudrehen? Was läßt ihn wider besseres Wissen in jeder fotografierten Brust immer wieder eine Verheißung sehen?

Die Antwort ging mir auf, als ich eines Tages wieder einmal Marilyns Fotos betrachtete. Während ich mir vorstellte, wie meine Hand über ihre Haut glitt, hatte ich das Gefühl, einen stummen Dialog mit ihr zu führen.

»Norma Jeane, Marilyn«, sagte ich. »Du liegst hier splitternackt, und ich sehe dich – weißt du das?«

Und ihr Blick antwortete: »Fragst du im Ernst? Ich liege doch nur wegen dir hier auf diesem Samt.«

»Aber stört es dich nicht, wie ich dich ansehe?« fragte ich.

»Im Gegenteil«, sagte ihr Blick, »es gefällt mir.«

»Es ist ja nicht nur das – ich möchte viel mehr als nur dich ansehen …«

»Aber das weiß ich doch. Was meinst du, warum ich nackt bin? Alles was du willst, will ich auch – also komm schon!«

Und da begriff ich, was das Wesen des erotischen Fotos ausmacht, und warum es den Mann so sehr fasziniert.

Es ist nicht nur die Schönheit des weiblichen Körpers, nicht einmal seine Nacktheit, die den tiefen Reiz und die wahre Illusion ausmachen. Nein, da ist etwas anderes: das wortlose Einverständnis, das hier zum Ausdruck kommt. Der lüsterne Blick des Mannes, von dem er gewohnt ist, ihn verstecken oder mit Liebeserklärungen verklären zu müssen – hier wird er nicht nur erkannt, sondern offenbar auch bejaht. Das erotische Foto scheint zu zeigen, was der Mann in der Realität kaum zu erhoffen wagt: die Zustimmung der Frau zu seinem Blick und seinen Gedanken.

Aber ich begriff auch, warum diese Zustimmung einerseits real ist, andererseits eine traurige Täuschung.

Wie nämlich sieht der Betrachter die Frau? Dem Anschein nach genauso wie vorher der Fotograf. Der wollte, hinter der Kamera stehend, die Frau so erregend wie möglich fotografieren, am liebsten so, als wäre sie mitten im Liebesspiel oder kurz davor. Und die Frau war *einverstanden!* – aber nur dazu, eine solche Szene vorzuspielen. Ihre Zustimmung, von der Kamera als Teil der Pose festgehalten, war echt – aber sie galt einzig der Absicht des Fotografen.

Jetzt ist die Kamera verschwunden; nichts steht mehr zwischen dem Betrachter und der Frau. Deren Blick und Haltung zeigen immer noch Einverständnis, aber der Betrachter bezieht das zwangsläufig auf seine eigenen Gedanken – und die sind nicht auf die Pose eines erotischen *Als Ob* gerichtet.

Mag sein, daß der Mann das Mißverständnis im Kopf begreift – seine Augen und sein Instinkt begreifen es nie. Genetisch ist das völlig in Ordnung. Das Männchen *soll* beim Anblick eines attraktiven Weibchens nicht an Säuglinge und Beziehungsstreß denken – es soll begehren und begatten, fertig. Aber seit der Mensch vom Baum der Erkenntnis gegessen hat, kennt er den Zusammenhang zwischen Lust und Gebären. Seitdem ist nicht die Erfüllung des männlichen Verlangens das Normale, sondern seine Ablehnung. Die aber hört nie auf, den Mann zu schmerzen – und so fällt er immer wieder auf das Versprechen herein, das im erotischen Foto zu liegen scheint.

Der schöne Körper der Frau, dessen unverhüllten Anblick ihm die Kultur versagt, ist der eine Teil dieses Versprechens. Der andere Teil ist ein Zustand, wo die Frau sein Begehren bejaht – so, wie es vielleicht vor der Vertreibung aus dem Paradies der Fall war. Das erotische Foto läßt den Mann glauben, daß ein solcher Zustand auch heute noch möglich ist. Deshalb (und weil der Mann genetisch gesehen ein Esel ist) dreht er sich immer noch nach jedem Bild um, das ihn mit einer schönen Brust und einem runden Hintern lockt. Und er wird es noch in tausend Jahren tun – falls er bis dahin neben den Bildern nicht auch sich selber ausgerottet hat.

21
Monkey Business

Meine Sorge wuchs, aber mein Mut sank. Jeder neue Film mit Marilyn, jeder Artikel, der über sie geschrieben wurde, kam mir vor wie eine Aufforderung, mich wieder um meine Klassenkameradin zu bemühen. Wie lange konnte es dauern, bis sie bei all den Stars, mit denen sie täglich Umgang hatte, wieder in festen Händen sein würde?

Andererseits, was konnte ich ihr bieten? Ich hatte kein Geld, keine Arbeit, keine Wohnung – nicht einmal ihre Adresse. Und selbst wenn ich sie gehabt hätte: was hätte ich ihr schreiben können, außer daß ich sie bewunderte? Vielleicht, daß ich mich über die blöden Rollen ärgerte, die man ihr überließ? Aber das schrieben auch die Filmkritiker beiderseits des Atlantik.

Zum Beispiel über *Don't Bother To Knock*. Hier spielt Marilyn eine schizophrene Babysitterin, die einen Flieger für ihren im Krieg gefallenen Verlobten hält. Um ungestört mit ihm zusammenzusein, schlägt sie ihren Onkel nieder. Sie fesselt das Kind, auf das sie aufpassen soll, und als es keine Ruhe gibt, will sie es umbringen. Wie soll man so etwas spielen?

Es hätte bei dem Stoff zwei gangbare Alternativen gegeben: erstens, das Drehbuch auf den Müll zu werfen, zweitens, in die Abgründe der schizophrenen Psychose hinabzusteigen. Aber das Machwerk kratzte nur an der Oberfläche seelischer Krankheit herum; Marilyn gab ihr Bestes und zeigte ein Drittel Verlockung und zwei Drittel Verstörung, doch weder sie noch Richard Widmark konnten an der Story etwas retten.

Heute gäbe es eine dritte Möglichkeit: das Ganze als

exemplarische Liebesgeschichte darzustellen. Daß jemand einer verführerischen Schönheit verfällt und in ihr anfangs einen Engel sieht, passiert jeden Tag tausendmal – daß sich der vermeintliche Engel nach und nach als seelisches Wrack, wenn nicht als Teufel enthüllt, auch. Aber normale Verliebtheit als gegenseitige Wunschprojektion psychisch Kranker zu interpretieren, durfte man damals in Hollywood nicht wagen – vielleicht stand es mit dem Verhältnis der Geschlechter wirklich noch nicht so schlimm.

Es war Marilyns erste Hauptrolle für die 20th Century Fox. Der Streifen war ein verdienter Flop, und die Kritiker gaben ihr eine Mitschuld daran. Noch mehr ärgerte es die Soldaten, zu welchem Quatsch sich ihr Liebling hergegeben hatte. Kein Wunder, daß die Fox von psychologischen Experimenten fürs erste genug hatte und ihren Star lieber ins komische Fach steckte – wie beispielsweise in *Monkey Business*.

Was ist komisch? Das Unangemessene. Zwangsläufig unangemessen ist das Mißverständnis, etwa der Hoteldirektor, der den Bettler für einen verkleideten Millionär hält. Unangemessen ist auch das Übertriebene: das unbewegte Gesicht Buster Keatons; die aufgetakelte Lady, die mit drei Pudeln und dreißig Koffern ins Taxi steigt. Gleichfalls komisch ist alles, was nicht funktioniert: der Staubsauger, der bläst; der Wachhund, der mit dem Dieb spielen will.

Aber um das Unangemessene zu sehen, muß man das Normale verinnerlicht haben; das ist der Pferdefuß des Komischen. Komödien sind konformistisch, und darum sind berühmte TV-Blödler privat meist kleinliche Pedanten.

Monkey Business war eine »Screwball Comedy«. Sie hatte mit Howard Hawks einen erstklassigen Regisseur und war hochkarätig besetzt. Cary Grant spielt den Erfinder Barnaby Fulton, der an einem Verjüngungsmittel arbeitet; ohne sein Wissen wird es von einem Schimpansen neu gemixt und verstärkt. Fulton prüft es an sich, dann nimmt es seine Frau, und beide benehmen sich wie Kinder; zumindest tun sie so.

Marilyn spielt die Chefsekretärin Miss Laurel; wieder einmal ist sie hübsch, hauteng bekleidet und hohlköpfig. Ihre Dummheit ist kaum zu überbieten. Da gibt ihr der Chef einen Brief, aber nicht, damit sie ihn tippt, sondern um jemanden zum Tippen zu finden. Als sie darum bittet, es noch einmal selber versuchen zu dürfen, sagt er: »Nein, der Brief ist wichtig« – und fügt, als sie draußen ist, hinzu: »Tippen kann jede!« – Will sagen: als Sekretärin braucht sie nichts zu können; dafür kann sie anderes. Aber was?

»Ein herrliches Weib!« sagte Bernie, der Filmvorführer, hinterher an der Bar. »Keine eingebildete Zicke, die dir die Ohren vollquatscht. Möchte bloß wissen, wo man so was findet!«

»Na wo schon. Im Kino, du Idiot!« antwortete ich.

»Wieso Idiot? Gefällt sie dir nicht!«

»Sie ist ja so blöd, daß du sie nicht mal zum Einkaufen schicken kannst.«

»Na und? Was sie hat, ist zehnmal mehr wert.«

»So? Was hat sie denn?«

»Alles worauf es ankommt. Das ist keine, die sich ziert – so eine Frau im Bett, und du hast dein Lebtag keine Wünsche mehr!«

»Woher willst du das wissen?«

»Bist du blind? So was sieht man doch!«

»Ich habe nur gesehen, daß sie die Brust vorstreckt, beim Laufen mit dem Hintern wackelt und hilflos in die Landschaft blickt. Macht dich das glücklich?«

»Jetzt tu doch nicht so – dumm fickt gut, das weiß jedes Kind!«

»Ja, das hört man – nur nicht von denen, die wirklich eine dumme Frau haben.«

»Ach, hör schon auf! Bist ja selber scharf auf sie, oder etwa nicht? Hast du nicht erzählt, du kennst sie?«

»Das war doch nur, um euch reinzulegen! Außerdem meine ich nicht die Schauspielerin, sondern ihre Rolle in dem Film.«

»Ist mir egal – mir wären sie beide recht! Und jetzt laß mich in Ruhe mit deinen Haarspaltereien, verstanden? Charly, noch ein Bier!«

Auch ich widmete mich dem Bier, war aber nicht zufrieden mit unserer Diskussion. Die Kombination von Einfalt und Erotik mochte gelegentlich ganz nett sein, aber warum immer wieder dasselbe? Welcher Lustgewinn, so fragte ich mich, lag für die Filmleute darin, weibliche Attraktivität ein ums andere Mal lächerlich zu machen?

In meinem Postfach lag ein Brief aus L. A. Er kam von Shirley, und sie schrieb:

»Timmy, alter Rumtreiber, wie geht's? Bei mir gibt es Neuigkeiten. Habe ich dir geschrieben, daß ich einen Job als Kellnerin angenommen hatte, um das Geld für eine Schauspielschule zu verdienen? Also, mit der Schauspielerei ist es nichts geworden, aber etwas anderes ist dabei herausgekommen. Das war vor zwei Wochen, in dem Restaurant, wo ich gearbeitet habe – was meinst du, wer da hereinspaziert? Dein alter Kumpel Teddy. Trug eine todschicke Ausgehuniform, aber ich hab ihn trotzdem gleich erkannt. Er war auch nicht allein, sondern Hand in Hand – mit wem? Richtig, du hast es erraten: deine liebe Laura. Und wie sie miteinander umgingen – ich sage dir, zärtlich, zärtlich. Na ja, eigentlich war sie es, die immer wieder seine Hand nahm, aber er hielt still, ein Gentleman vom Scheitel bis zur Sohle. Also, sie bestellen, haben mich natürlich nicht erkannt, und wie ich das Essen serviere, sage ich: Wünsche guten Appetit – auch von Timmy. Wie, sagt Teddy und zieht seine Hand aus der von Laura, ist er etwa auch in L. A.? Nicht doch, sage ich, aber wir schreiben uns gelegentlich. Na so was, sagt er, komm, leiste uns Gesellschaft! War gerade wenig Kundschaft da, also setze ich mich ein bißchen dazu, wir plaudern über Korea, den Krieg, die Van Nuys High School ... und ich sage zu den beiden: Also, eure Klassenkameradin verdreht ja der Männerwelt mächtig den Kopf! Ach, sagt Teddy, das ist ein trauriges Kapitel,

obwohl, ist ja nicht ihre Schuld. Wieso, frage ich, ist was passiert? Das Schlimmste, sagt Teddy – erst ich, dann der Goldschmied … nachdem sie ihn verlassen hatte, ging es abwärts mit ihm, hat nur noch getrunken, bis er im Suff vor einen Bus gelaufen ist. Jetzt, der Partner in der Galerie – zwölf Jahre verheiratet, vier Kinder, und kaum arbeitet er ein Weilchen mit ihr zusammen, will er sich scheiden lassen, mit ihr ein neues Leben anfangen … und als sie sagt, vielen Dank, nicht unter diesen Umständen – was macht der Idiot? Schließt sich in einem Hotelzimmer ein, schluckt eine Röhre Schlaftabletten – aus, vorbei, und die Frau kann sehen, wie sie die vier Kinder durchbringt. Nanu, sage ich zu Teddy, seit wann hat Marilyn Monroe eine Galerie? Ach was, sagt Teddy, die doch nicht – ich dachte, du meinst Pauline. Marilyn ist harmlos, immer noch die alte Norma Jeane, das ist doch alles nur gespielt. Aber Pauline … – Ist ein verantwortungsloses Monster, sagt Laura. Nein, ist sie nicht, sagt Teddy, sie ist eine liebenswerte Frau, dazu klug und selbstbewußt – was kann sie dafür, wenn die Männer ihr nachlaufen? Edward, sagt Laura, hatten wir nicht vereinbart, dieses Thema nicht mehr anzuschneiden? Ist ja gut, sagt Teddy, also schön, reden wir von was anderem … und dann fragt er mich, was ich so mache, und ob ich für immer Kellnerin bleiben will. Nein, sage ich, eigentlich wollte ich auf eine Schauspielschule, aber sie haben mich nicht genommen. Muß es unbedingt die Schauspielerei sein? will er wissen. Wieso, frage ich, hast du was Besseres für mich? Kann schon sein, sagt er, ich kenne da jemand, der war früher bei Warner, jetzt produziert er für MGM – würde dich das reizen? Klar, sage ich, allerdings habe ich keine Ahnung davon. Werd mal sehen, was sich machen läßt, sagt er. Und, Timmy, was soll ich sagen – seit einer Woche bin ich tatsächlich bei der MGM, und zwar als stellvertretende vierte Produktionsassistentin oder so. Geld verdiene ich fast gar keins, aber es macht einen wahnsinnigen Spaß.

So, das reicht für heute. Die allerbesten Wünsche von Teddy soll ich dir ausrichten (er ist schon wieder in Korea), und *einen süßsäuerlichen Gruß von Laura. Ich möchte wirklich wissen, was du an der findest – sie wird mal ein ganz großer Griesgram, das kann man ihren Mundwinkeln jetzt schon ansehen.*

Wie auch immer – Gruß und Kuß von Deiner Shirley.«

Sieh mal an, dachte ich, Shirley das Kind – sie macht sich. In dem Brief lag ein Foto, und darauf sah sie genauso aus wie damals: immer noch lustig, immer noch ein bißchen pummelig. Nein, doch nicht wie damals – ein Kind war sie definitiv nicht mehr.

Ich fragte mich, was Teddy mit der Bemerkung gemeint hatte, Marilyn sei »harmlos«. Er ist halt ein Fan von Pauline, sagte ich mir – mit Norma Jeane hatte er schon damals nichts anfangen können.

Dann sah ich *Niagara* – und wieder einmal war ich hingerissen und verzweifelt zugleich. Hingerissen war ich von Marilyns Schönheit – ihrem Gang, ihrem Blick, ihrem Gesang … verzweifelt war ich, weil ich sie nicht anrufen und zu ihrer Leistung beglückwünschen, nicht einmal ihr schreiben konnte. Einen Tag lang kam ich mir vor, als fände in einem Märchenschloß eine große Feier statt, an der ich unbedingt teilnehmen müßte – ich aber war, von einem bösen Zauber umgeben, in einer fernen Einöde …

Um den Zauber zu brechen, ging ich ins Kino und sah mir *Niagara* noch einmal an, genauer gesagt, vier- oder fünfmal. Und je öfter ich den Film sah, desto verwirrter wurde ich.

22
Den Teufel im Leib

Wer gerne Wurst ißt, sollte niemals eine Wurstfabrik besichtigen, heißt es. Filmfans hingegen sollten ihre Nase lieber nicht in eine Drehbuchwerkstatt stecken – jedenfalls nicht bei Filmen wie *Niagara.*

Marilyn spielt hier Rose Loomis: ein hübsches junges Ding, verheiratet, aber die Ehe ist in der Krise. Der Film beginnt damit, daß Mister Loomis im Morgengrauen am Fuß der Niagarafälle herumirrt und sich tropfnaß sprühen läßt. Derweil liegt die Frau im Bett und raucht. Als sie den Mann kommen hört, drückt sie die Zigarette aus und stellt sich schlafend. Er redet sie an, scheint aber vom Rauch nichts zu bemerken, denn als sie nicht antwortet, gibt er sich zufrieden und zieht die Jacke aus. Den Rest behält er an und legt sich aufs Bett – obwohl nach der Anfangsszene alles klatschnaß sein müßte.

Solche Nachlässigkeiten sind aufschlußreich, weil sie oft mit ähnlichen Schlampereien in der Dramaturgie einhergehen. In der Tat, was wollen die beiden eigentlich am Niagara? Ihre Ehe ist am Ende, und George Loomis – beruflich gescheitert, nach einem Koreaeinsatz innerlich gebrochen – »haßt die Fälle«. Offenbar findet das Ganze nur deshalb hier statt, damit der Film »Niagara« heißen kann.

Aber was für eine Handlung! Da haben wir eine unbefriedigte Frau mit einem psychisch kranken Mann, eifersüchtig ist er auch, vielleicht anfangs zu Unrecht, aber jetzt mit Recht, denn inzwischen hat sie einen Liebhaber. Was tun? Dumme Frage – die Frau und ihr Liebhaber beschließen, den Ehemann zu ermorden. Logisch! Ein Weib wie Lava, der Kerl ist ihr hörig, das Ganze inmitten von tosenden Wassermassen. Ungezähmte Naturgewalten prallen da aufeinander, knallharte Symbolik, das kapiert sogar der Blödeste.

Ich aber, je mehr ich nachdachte, kapierte gar nichts. Fassungslos fragte ich mich: warum in aller Welt läßt sie sich nicht scheiden? Warum sollte ausgerechnet Rose Loomis nicht darauf kommen, die früher als Serviererin gearbeitet hat? Gewiß, Loomis ist jähzornig; in aller Öffentlichkeit zerbricht er ihre Lieblingsschallplatte – aber genau das würde jeder Richter seelische Grausamkeit nennen. Und weil der Mann ihre Untreue zwar ahnt, aber noch nicht beweisen kann, müßte er ihr außerdem Unterhalt zahlen. Warum also Mord?

Gut, nehmen wir an, sie ist nicht ganz bei Verstand; aber da ist ja noch ihr Liebhaber. Schließlich ist er es, der hinterher als Mörder dasteht – und nicht einmal er kommt auf die Idee, eine Scheidung vorzuschlagen? Dafür *könnte* es einen Grund geben: wenn Loomis schwerreich wäre. Aber der ist nicht nur innerlich kaputt, sondern in jeder Hinsicht ein armer Hund. Wie man es auch dreht und wendet – dieser Plot stinkt vor Unglaubwürdigkeit.

Ach, welche Verschwendung! Welch herrliche Bilder um solch eine schwachsinnige Handlung! Allein die Einstellung, wo die Kamera den Blick nicht von der davonschreitenden Marilyn lösen kann, war mehr wert als der gesamte Plot. Ihr knappes rotes Kleid, ihr trippelnder Schritt, ihre wiegenden Hüften … eine Szene zum Träumen. Und vor der brausenden Gischt der Niagarafälle hätte selbst ein Film über das Liebesleben der Nacktschnecken dramatisch gewirkt.

Zwar tröstete ich mich damit, daß es ohne die idiotische Handlung auch die schönen Bilder nicht gegeben hätte. Aber das machte den Plot nicht besser. Zum Beispiel die Frage nach der Scheidung: die Drehbuchautoren hatten die Möglichkeit, daß Menschen sich auch lebend trennen können, keineswegs übersehen. Das zeigt sich, als Jean Peters – das brave Gegenbild zu der verworfen-mordlustigen Marilyn – zu Mister Loomis sagt: »*Sie hängen an ihr. Sonst würden Sie weggehen und sie vergessen.*«

Zu dessen Frau sagt sie das nicht, obwohl sie doch gerade zugesehen hat, wie Loomis ihre Schallplatte zerbrach. Da ging mir ein Licht auf: diese Rose Loomis *soll* als Inbegriff abgrundtiefer Bosheit dargestellt werden – um jeden Preis. Eine Frau, die sich ihrem Mann verweigert, aber einem andern hingibt … die sogar im Bett einen tiefroten Lippenstift trägt … die in einer Feriensiedlung im hautengen Kleid unter die Leute geht und selbstvergessen ein erotisches Lied singt … die es fertigbringt, noch am Morgen des Tages, an dem der Liebhaber ihren Mann ermorden soll, mit diesem zu scherzen – so eine verdient am Ende den Tod, oder etwa nicht?

O ja, sie würde ihn verdienen – wie auch die Figuren, die Marilyn sonst spielte, Verachtung verdienen würden –, wenn nicht … nun ja, wenn nicht die Verantwortung woanders läge. So strohdumm kann eine Frau gar nicht sein – nein, verantwortlich für die Gemeinheit dieser Figur waren weder Rose Loomis noch Marilyn Monroe, sondern Regisseur Hathaway und seine Drehbuchautoren.

Was aber trieb diese Leute, einen lächerlich unglaubwürdigen Plot zu konstruieren, nur um eine Frau mit erotischer Ausstrahlung als Ausbund von Charakterlosigkeit darstellen zu können?

Die meisten Kritiker sind bis heute der Meinung, Marilyns Rolle in *Niagara* sei etwas Singuläres gewesen. In der Tat scheint die verbrecherische Energie der Rose Loomis von der charmanten Unfähigkeit anderer Rollen weit entfernt zu sein. Aber was auf den ersten Blick unvereinbar erscheint, sind lediglich zwei Seiten derselben Medaille – nämlich Ausdruck verdrehten männlichen Denkens. Als handelten sie im Geheimauftrag des Papstes, suchen die Filmleute in allen diesen Filmen nach Gründen, der Verlockung weiblicher Erotik *nicht* zu erliegen. Sie mit

Dummheit und Unfähigkeit zu verbinden wie in *Monkey Business*, ist eine Möglichkeit – sie mit verbrecherischen Eigenschaften auszustatten wie in *Niagara*, eine andere.

Das Ergebnis ist dasselbe: die erotische Anziehung, ob als lächerlich oder verwerflich dargestellt, wird zu etwas, mit dem sich der Mann nicht abgeben sollte – täte er es, wäre es zu seinem Schaden oder unter seiner Würde. So verliert Sexualität ihre Kraft und Bedrohlichkeit; was übrigbleibt, reicht gerade aus für brave Liebesgeschichten, idyllische Familienstories und die verlogene Einheit von Sex and Crime. Nicht die Lust an der Sexualität treibt diese Filmleute, sondern die Angst vor ihr.

Darum habe ich auch den Streit nie verstanden, ob die Erotik in Marilyns Filmen unter den prüden Regeln von Hays-Code und Anstandsliga eher gelitten oder im Gegenteil profitiert hätte. In Wahrheit sind Filme wie *Monkey Business* oder *Niagara* kunstvolle Fingerübungen der Enthaltsamkeit – diese Filme *sind* die Anstandsliga.

Vielleicht war das der Grund, warum gerade *Niagara* den Grundstein zu Marilyns Weltruhm legte. Im März 1953 wurde sie zur »*Best Young Box Office Personality*« ernannt. »Photoplay« wählte sie zum »*Fastest Rising Star of 1952*«. Bei der Preisverleihung trug sie ein atemberaubendes Goldlamee-Kleid – fast bis zum Bauchnabel geschlitzt und so eng, daß ihre Schneiderin sie darin einnähen mußte. Sie kam zwei Stunden zu spät und stahl mit dem glitzernden Beweis, daß sie keinen Büstenhalter nötig hatte, allen Anwesenden die Schau.

Joan Crawford, die sich ähnliches Aufsehen früher selbst gewünscht hätte, ärgerte sich am meisten. Eine Schauspielerin dürfe nie vergessen, daß sie eine Dame sei, erklärte sie, und Marilyn war bestürzt. Statt zu sagen, Leben ist Leben und Show ist Show, hielt sie es für nötig, sich zu rechtfertigen. Damit akzeptierte sie im Grunde die Sicht der Crawford, die beides in einen Topf warf – aber nur deshalb, weil sie zur Show nicht mehr taugte und im Leben nicht mehr strahlte.

Allerdings sehnte auch ich mich mit jedem Film mehr danach, meine Klassenkameradin endlich einmal Auge in Auge wiederzusehen – ohne zu merken, daß ich dabei Film und Leben nicht weniger in einen Topf warf als die grollende Crawford.

Am 5. März 1953 starb Stalin, dessen Tod das offizielle Frankreich so sehr bekümmerte, daß man die Flaggen landesweit auf Halbmast setzte. Bald darauf folgten in Berlin die Ereignisse des 17. Juni. Monnie schickte mir ein Telegramm und forderte mich auf, nach Hause zu kommen. Aber ich hatte Angelika versprochen, auf jeden Fall so lange in Berlin zu bleiben, bis Ervin zurückkehren würde, und in Korea sah es weder nach Frieden noch nach Truppenreduzierung aus. Immerhin schien die Lage dort stabil.

Mitte Juli erhielt ich Post aus Seoul, aber nicht von Ervin, sondern von Benny. Er habe sich, so schrieb er, nach diversen Mißerfolgen freiwillig zur Armee zurückgemeldet; doch hoffe er, demnächst der Einheit von Ted zugeteilt zu werden und mit diesem am Kulturprogramm für die Truppe mitarbeiten zu können. Und er fuhr fort:

»Weißt du, was ich zu Hause kurz vor meiner Abreise erlebt habe? Ich war bei der Premiere von Gentlemen Prefer Blondes! *Du weißt schon, die neueste Produktion mit Norma Jeane. Ein toller Film, sage ich dir! Unsere Schöne spielt und singt die Russell glatt an die Wand, ich war ganz von den Socken! Vor ›Grauman's Chinese Theater‹ hat sie sich im Zement verewigt, Unterschrift, Hände, Schuhabdrücke, du weißt schon; Jane Russell natürlich auch. War ein unglaubliches Gedränge, sie haben mich fast totgequetscht. Norma Jeane, altes Haus, hab ich ihr zugerufen, sie hat mich bestimmt erkannt, hab's an der Art gemerkt, wie sie mir zugewinkt hat. Siehst du? In der Schule wollte es mir keiner glauben, aber ich war mir schon damals sicher, daß aus ihr was ganz Besonderes würde. Für einen Moment habe ich überlegt, ob ich nicht gleich wieder desertieren und mit ihr was anfangen sollte. Ach,*

*hol's der Teufel, von irgendwas muß der Mensch leben, und
von allen miesen Möglichkeiten ist die Army nicht die miese-
ste. Also laufe ich, bis ich zu Teddys Kulturtruppe komme,
doch wieder mit einer Knarre durch die Gegend. Laß mal von
dir hören – Dein Benny!«*

Ich las es mit gemischten Gefühlen und wartete auf den
angekündigten Film. Anfang September kam er in unser
Berliner Kasernenkino. Bei der ersten Vorstellung gab es
ein Gedränge, wie ich es noch nie erlebt hatte. Die Soldaten
pfiffen und trampelten vor Begeisterung, so daß ich von
den Dialogen nur die Hälfte mitbekam.

Ob ich auch begeistert war? Ja, ich war es: davon, wie
Marilyn die Lorelei spielte, mit ihrer seltsamen Mischung
aus Naivität und Berechnung. Benny hatte nicht übertrieben. Sie sang großartig, und mit ihrer Komik und ihrem
Charme verlieh sie der Rolle mehr Glaubwürdigkeit, als
diese verdient gehabt hätte. Neben ihr wirkte Jane Russell
wie eine schauspielernde Hausfrau – als hätte man sie einzig
zu dem Zweck mitspielen lassen, die Brillanz Marilyns um
so strahlender hervortreten zu lassen. Aber ansonsten …

Auch diesen Film sah ich mir wieder und wieder an. Und
im Grunde ging es mir nicht anders als bei *Niagara*. Von
Marilyns Anblick konnte ich mich nicht losreißen, aber der
Film machte mich von Mal zu Mal aggressiver.

Ich weiß nicht, warum es mir immer weniger gelingt, die
filmischen Konventionen als selbstverständlich zu empfinden. Manchmal wünsche ich mir meine Naivität aus der
Zeit der »Movie Gang« zurück. Nehmen wir die Musik: da
ist eine scheinbar belanglose Szene, aber eine dramatische
Abfolge von Halbtonschritten und einzelnen dumpfen
Trommelschlägen zeigt an, daß sogleich ein Verbrechen geschehen wird. Wo Geigen schluchzen und Akkorde sich
umarmen, tun es gleich danach auch die Protagonisten.

Wenn die Musik nicht nur als Soße über dem Film liegt,
sondern zum Element der Handlung wird, heißt das Ganze
Musikfilm. In dessen Zauberwelt steht unsichtbar ein

dienstbereites Orchester, das sofort in Aktion tritt, wenn der Held zu singen anfängt. Gleich darauf, wie unter göttlicher Inspiration, fällt die Filmpartnerin zu einem herzigen Duett ein, danach die Umstehenden, und wie aus dem Nichts vereinigen sich wildfremde Menschen zu einem eindrucksvollen Chor – so harmonisch kann das Leben sein!

Die Krönung des Ganzen ist, wenn der Held auch noch zu tanzen beginnt. Natürlich – wir ahnten es schon – tanzt nicht nur er, sondern das gesammelte Statistenvölkchen verfällt plötzlich in rhythmische Formation und Gegenformation, spreizt die Arme, schwingt die Beine, hüpft, walzt, dreht und springt dekorativ um den Hauptdarsteller herum. Das Ganze nennt sich Choreographie und gilt als bedeutende künstlerische Leistung, die allerdings immer dem Choreographen und dem Solotänzer, niemals der kleinen Rothaarigen in der dritten Reihe von links zugeschrieben wird.

Was mich betrifft, so ist mir schon die Formensprache des klassischen Balletts mit ihrer Kombination von Gymnastik und Erotik immer fremd geblieben. Erst recht habe ich nie begriffen, warum hundert Frauenbeine, in militärischer Formation auf und ab geschwenkt, erotischer sein sollten als zwei. Es ist kein Zufall, daß alle Soldaten der Welt als erstes den Gleichschritt lernen: das Kommando über die Bewegung demonstriert die Herrschaft über die Seelen. Aus diesem Grund ist mir jegliche Massendressur suspekt, auch unter dem Deckmantel der Kunst – der Geist des Massenballetts, in welcher Gestalt auch immer, ist von allen Kunstformen dem Faschismus am nächsten. Darum ließen mich die eleganten Choreographien in *Gentlemen Prefer Blondes* kalt – und zwar um so mehr, je öfter ich den Film sah.

202

23
Gentlemen prefer Sex

Immer noch gibt es Gegenden, wo man ernsthaft glaubt, wir Amerikaner wären glücklicher als andere Nationen. Warum? Deshalb, weil das *Pursuit of Happiness* bei uns sogar Verfassungsrang hat. In Wahrheit ist es gerade dieses Grundrecht, das uns unglücklich macht. Anderswo ist man schon froh, wenn man eine Mahlzeit am Tag hat; wir dagegen müssen uns Tag und Nacht den Kopf darüber zerbrechen, wie und wo wir unser Glück finden. Hitler haben wir besiegt und die Kommunistische Internationale auch, aber die Suche nach dem Glück richtet uns zugrunde.

Das Übel liegt schon darin, daß sich die einzelnen Verfassungsartikel im Hinblick auf das Glück gewaltig widersprechen. Als wir in Amerika landeten, waren wir allesamt heimatlose Hunde, und seitdem wünschen wir uns zum Glücklichsein nicht nur Essen und Trinken und ein Dach überm Kopf, sondern auch Heimat. Aber »Heimat« ist nicht die alte Straße, auch nicht der Fluß und die sanften Hügel – es ist der Ort, wo die Menschen unseres Lebens wohnen. Diese aber ruft die Verfassung genau wie uns zum Rennen nach dem Glück, bei freier Wahl von Wohnort und Arbeitsplatz. Die Folge ist eine babylonische Zerstreuung von allen nach überall, und wenn wir nach dreißig Jahren in die Straße unserer Geburt zurückkehren, treffen wir vielleicht noch die Häuser von damals an, aber von unsern Leuten nur noch ein paar Alte und Elende. Jeder, der wegging, trug ein Stück unserer Heimat mit sich davon, und wir selber ein Stück der seinen.

Wo alle mobil sind, ist jeder heimatlos, das ist unser nationales Elend. Die Folge ist ein absurder Wettbewerb der Beweglichkeit: in jedem Motel, an jeder Theke des Landes trifft man nur noch Leute, die sich damit brüsten, spätestens übermorgen das widerliche Kaff zu verlassen, in das es uns gerade verschlagen hat, und jeder ermahnt uns, schleunigst dasselbe zu tun. Dabei wünschen wir uns nichts so sehr wie Leute, die sagen: hier bin ich zu Hause, hier ist ein guter Platz für jeden guten Menschen – sei willkommen. Aber solche Leute sind selten, und in zwanzig Jahren werden sie ausgestorben sein.

Happiness, das wäre die Summe aller guten Wünsche verpackt in Heimat, doch dieser Zug ist ein für allemal abgefahren. Im Grunde wissen wir das alle, und darum hat der Amerikaner, dieses große träumende Kind, längst aufgehört, wirklich ans Glück zu glauben – und das um so mehr, je optimistischer er sich gibt.

Aber wenn er nicht mehr vom Glück träumt – wovon dann?

Natürlich von dem, was der Verheißung von Glück am nächsten kommt – vom alten amerikanischen Mythos, welcher daselbst den Namen trägt: Erfolg. Von ihm träumt er, ihn betet er an: Erfolg, gepriesen sei Dein Name.

Erfolg ist meßbar. Er zeigt sich in Form von Geld, Ruhm oder Macht, das läßt sich alles abzählen, sogar der Ruhm: Wieviel Leute kennen, nennen, erkennen dich?

Doch zum Erfolg gehört auch, daß er anerkannt wird, und wie mißt man das? Dem Anschein nach über die Gage: je berühmter ein Künstler ist, desto mehr zahlt man ihm. Allerdings beißt sich die Katze in den Schwanz, denn Ruhm und Geld taxieren sich dabei gegenseitig, ohne einen realen Wert auszudrücken: wie der Aktienmarkt basieren sie nur auf der vermuteten Wertschätzung anderer.

Aber nicht einmal Geld kann die verlorene Heimat ersetzen; darum ist der wahre Ausdruck von Anerkennung etwas anderes. Und *Gentlemen Prefer Blondes* ist deshalb ein bemerkenswerter Film, weil er die wichtigsten Kriterien des amerikanischen Erfolgstraumes exemplarisch zusammenführt: Geld und Sex.

Der geneigte Leser wird gemerkt haben, daß ich den Ausdruck »Sex« im allgemeinen meide. Das liegt daran, daß er leider die Infantilität spiegelt, mit der unser Land – allem libertinären Getue zum Trotz – dieses Thema nach wie vor behandelt. Was soll man von einer Gesellschaft halten, die für das biologische Geschlecht, die erotische Ausstrahlung und alle sonstigen Aspekte von Sexualität dasselbe Wort verwendet? Klares Denken braucht klare Begriffe, und verschwommene Begriffe zeigen das Bedürfnis nach Verdrängung.

Aber muß man alles bis ins kleinste benennen? Muß denn alles in der Öffentlichkeit ausgebreitet werden? Ist es prüde, wenn man sich Fremden gegenüber mit Andeutungen begnügt und das Intimste der Geliebten vorbehält?

Nein, ist es nicht. Man muß nicht alles benennen, schon gar nicht mit vorgefertigten Begriffen – obwohl es gut ist, wenn man alles ausdrücken kann, was man denkt und fühlt.

Und warum meine ich trotzdem, daß der Satz »Wir hatten tollen Sex miteinander« Ausdruck sexueller Unkultur ist?

Darum: weil er so tut, als ob man Lust und Erregung wie ein Glas Bier »haben« könnte. Weil er unterschlägt, daß sie jedes Mal neu gesucht werden müssen. Weil es in der Sexualität nicht nur um Genuß geht, sondern auch um das Aufspüren von Grenzen. – Wer mit jemandem Sex »hat«, der hat ihn nicht lange; wahrscheinlich hatte er ihn nie wirklich.

So viel, um klarzumachen, wie ich es meine, wenn ich von »Sex« spreche: als Zitat.

Also Sex und Geld als Masken des Glücks und Kriterien des Erfolgs: die wahren Götter unseres amerikanischen Alltags. Das Motiv, beides als austauschbar zu betrachten, war schon in *All About Eve* angeklungen; doch war niemand auf das Angebot der Miss Caswell eingegangen. *Gentlemen Prefer Blondes* erhebt die Gleichwertigkeit von Sex und

Reichtum zum Prinzip, zumindest in den Songs und Dialogen:

Lorelei: *Der Gedanke an deine Zukunft raubt mir den Schlaf. Du verschwendest deine Zeit mit Männern, die alles mögliche haben, nur kein Geld.*

Dorothy: *Ist dir eigentlich noch nicht aufgefallen, daß es Menschen gibt, die sich aus Geld überhaupt nichts machen?*

Lorelei: *Bitte Dorothy, mach keine Scherze, das Thema ist viel zu ernst. Kannst du dir denn eine Ehe ohne Liebe vorstellen?*

Dorothy: *Mir sagst du so was?*

Lorelei: *Ja natürlich. Wenn eine Frau ihre Zeit damit verbringt, sich um Geld zu sorgen, das sie nicht hat – wie soll sie dann noch Zeit für die Liebe aufbringen können? Ich möchte, daß du endlich glücklich wirst, und daß du aufhörst, dich zu amüsieren.*

Das ist guter Brecht: nur wer im Wohlstand lebt, lebt nicht nur angenehm, sondern auch liebevoll. Allerdings ist es ein Kunstgriff des Films (und des Musicals, auf dem er beruht), die Verehrung des Reichtums poetisch zu verkleiden. Der zentrale Song dreht sich nicht um Geld, sondern um eine seine populärsten Verkörperungen: *Diamonds Are A Girl's Best Friend.* In Juwelenform erhält das Materielle eine ästhetische Qualität. Das prädestinierte den Song wohl auch von nun an als Marilyns Markenzeichen.

Allerdings gibt es ein Problem: ist das, was in diesem Film gesagt und gesungen wird, nicht entsetzlich? Eine Anleitung für Huren, ausgehaltene Freundinnen und scheidungsbereite Ehefrauen? Wie um Himmels willen stellen wir es an, daß auch der brave Familienvater Weib und Kind getrost mit an die Kinokasse bringen kann?

Ach, dafür haben wir unsere Mittelchen. Zum Beispiel gibt es da diesen geheimnisvollen Schalter, den wir gleich zu Beginn umlegen, damit die Richtung klar ist. Dafür reicht ein schmissiges Duett, gesungen von zwei knallig kostümierten Girls – wenn dann noch ein Jüngling mit übergroßer Brille einem der Mädchen schüchtern zulächelt, dann weiß auch der Dümmste, auf welcher Seite der Schalter liegt: Wir sind in einer Comedy. C-O-M-E-D-Y!

Und in der Comedy gelten eigene Gesetze: hier wird so getan *als ob*, aber es ist alles nicht so gemeint. Hier wird gelacht und geweint, aber nicht gelitten; hier gibt es Zank und Streit, aber keinen Haß, vielleicht einen Schlag auf den Kopf, aber nie einen Schädelbruch.

Und diese schrecklich zynischen Sätze, die da von der hübscheren der beiden Sängerinnen geäußert werden? Nun, erstens sind wir in einer Comedy, also siehe oben; zweitens zeigt schon der Name Lorelei, daß alles, was diese Person von sich gibt, nicht-im-gering-sten ernstgemeint sein kann. Wer's noch immer nicht kapiert hat, den stoßen wir mit der Nase drauf: sie ist zwar unheimlich hübsch, aber dafür un-glaub-lich dumm. Da drückt ihr der Verlobte einen Kreditbrief in die Hand, und obwohl sie die ganze Zeit behauptet, daß sie nur an Geld denkt, sagt sie: »*Oh, das ist süß. Ich bin noch gar nicht weg, und du schreibst mir schon Briefe!*« Der junge Millionär erklärt ihr, was ein Kreditbrief ist, nämlich bares Geld, und sie sagt: »*Das ist ja wunderbar! Bitte, schreib mir jeden Tag so einen Brief!*« Also nein, so ein dummes Ding – die kann der verliebte Millionär ruhig haben. Schluß, Happy-End, Vorhang, da sind wir nicht neidisch wegen.

Noch Fragen?

»Allerdings. Erwähnte vorhin nicht jemand die Gleichwertigkeit von Geld und Sex? Bisher war nur von Geld, Diamanten und Dummheit die Rede. Wo bleibt der Sex?«

»Sex, genau«, antwortet der beflissene Regisseur. »Sex in der Comedy, das muß sein. Sex, das ist die Frau, natürlich hat sie eine prima Figur, und dann die Reaktion der Männer: zum Beispiel küßt sie ihren schüchternen Millionär, gleich schwankt er und verdreht die Augen, und dann hört man wahrhaftig die Glöckchen klingeln – also das sagt doch alles.«

»Und wo ist der Sex?«

»Wo der Sex ist? Mein Gott, wir sind in einer jugendfreien Comedy, ein bißchen Phantasie werden Sie doch selber haben. Wenn schon ein Kuß von Lorelei den Mann in Verzückung versetzt, dann können Sie sich ja vorstellen, was danach kommt.«

»Was kommt denn danach?«

»Nun stellen Sie sich doch nicht dümmer, als Sie sind. Wen diese Frau küßt, der ist ihr verfallen, heißt das. Wer die kriegt, der hat ein Schweineglück, darum kann sie sich auch aussuchen, wen sie haben will. Widerstehen könnte ihr sowieso keiner, aber warum sollte es einer versuchen? Er müßte ja schön blöd sein.«

»Na gut, aber was kommt denn nun Besonderes nach dem Kuß?«

»Himmelherrgott, jetzt nerven Sie mich wirklich. Wir leben doch nicht mehr im Mittelalter, heut weiß jedes Kind, was danach kommt. Muß denn immer alles vorgeführt werden wie in einem Pornofilm? Wenn Sie's genau wissen wollen: danach gehen die beiden miteinander ins Bett. I-N-S B-E-T-T! Okay, sie warten bis nach der Hochzeit, das war damals üblich, heute würde man sich das sparen, na und? Jedenfalls gehen sie ins Bett und haben tollen Sex miteinander, genau das, was der Mann sich immer gewünscht hat. Zufrieden?«

»Entschuldigung, ich bin etwas schwer von Begriff. Daß die beiden miteinander schlafen, habe ich mir schon gedacht. Ich frage mich aber, wo das besondere Glück herkommen soll. Woher weiß die Frau denn, was der Mann sich immer gewünscht hat? Ich denke, sie hat noch nie mit einem zusammengelebt?«

»Nun machen Sie aber mal 'nen Punkt! Wir reden doch nicht von Wissenschaft, sondern von Sex! Und Sex, das sagt ja auch Marilyn Monroe, ist die natürlichste Sache der

Welt! Da staunen Sie, was? Dachten vielleicht, ich wäre prüde, bin ich aber gar nicht, wie Sie sehen. Ich liebe Sex! Übrigens, unsere amerikanischen Frauen wissen sehr gut, was Sex ist. Dafür braucht man nämlich keine Hochschule, im Gegenteil. Eine richtige Frau weiß genau, was der Mann will, dafür ist sie schließlich eine Frau! Nur die verfluchten Lesben und Feministen bringen alles durcheinander, aber ich sage Ihnen, was denen fehlt, ist ein Mann, der sie mal richtig durchfickt. Bloß, wer will schon so eine, ich jedenfalls nicht, Sie vielleicht? Darum finden die auch keinen, entweder sind sie häßlich oder zickig, aber das Maul groß aufreißen, das können sie! Sogar meine Frau –«

»Ist ja gut, nun beruhigen Sie sich schon. Ich sag ja gar nichts mehr, höchstens noch eine Anmerkung. Haben Sie mal gesehen, wie Tiere sich paaren? Ich meine, weil Sie doch das ›Natürliche‹ so betonen. Bei manchen Arten fällt das Männchen einfach über das Weibchen her. Bei anderen gibt es Kämpfe, und das stärkste Männchen kriegt das Weibchen, aber oft genug nur für eine Saison – oder der Anführer besteigt nicht nur die Weibchen, sondern zum Zeichen seiner Herrschaft auch die schwächeren Männchen. Ist es das, was Sie mit ›natürlich‹ meinen?«

»Quatsch! Sie wissen ganz genau, was ich meine: Zuneigung, Aufmerksamkeit, Zärtlichkeit – wenn die Frau das hat, merkt sie ganz von selber, was dem Mann gefällt. Oder sind Sie anderer Meinung?«

»Ich werd's mir mal durch den Kopf gehen lassen. Besten Dank für das Gespräch.«

»Nichts zu danken. War mir ein Vergnügen.« (Denkt: *Auch eines dieser intellektuellen Arschlöcher, die das Einfachste kompliziert reden …*)

24
Post von Marilyn Monroe

Es war wie eine Epidemie. Egal, welche Zeitung ich aufschlug – überall Marilyn Monroe. Offenbar konnte jeder Provinzreporter bei ihrem Manager anrufen und ein Interview mit ihr bekommen. Nur ich, zu dem sie einmal gesagt hatte »Solche wie wir müssen zusammenhalten« – ich hatte nicht einmal ihre Adresse.

Dann brachte der deutsche »Spiegel« eine Titelstory über sie. »*HERREN BEVORZUGEN BLOND. – Neue Botschaft aus Hollywood: Marilyn Monroe*« hieß es auf dem Cover. Das war der Auslöser. Ich nahm meinen Mut zusammen, setzte mich hin und schrieb:

»Liebe Marilyn!

Oder soll ich dich Norma Jeane nennen? Aber nach allem, was ich von dir sehe und über dich lese, bist du eine ganz andere geworden. Wenigstens hoffe ich, daß du dich noch an deinen alten Kameraden erinnerst. Obwohl, über mich gibt es nicht viel zu berichten. Wie die meisten Jungs aus der Klasse war ich Soldat, genauso wie Teddy oder Benny. Nur daß es mich nach Berlin verschlagen hat. Und da bin ich immer noch und studiere deutsche Literatur.

Liebe Norma Jeane – liebe Marilyn –, ich kann dir gar nicht sagen, wie sehr ich dich bewundere. Du machst so tolle Sachen, es ist wirklich unglaublich. Auch wenn ich finde, daß sie dir nicht immer die besten Rollen geben – so, wie du sie spielst, ist es immer sehenswert.

Ich wünsche mir noch viel mehr davon, natürlich auch, dich mal in einer richtig großen Rolle zu sehen. Am meisten aber wünsche ich mir, von dir zu hören –

Dein alter Freund Timmy

PS: Hier in Berlin hat jeder Soldat ein Bild von dir im Schrank, das macht mich regelrecht eifersüchtig. Damals in der Schule war ich übrigens ganz schön in dich verknallt. Hast du das gemerkt? – T.«

Das Ganze sollte möglichst beiläufig klingen, darum schrieb ich es ungefähr zehnmal neu. Zufrieden war ich mit keiner der Fassungen, auch nicht mit der letzten. Nur das PS fand ich gelungen: dem Wortlaut nach bezog es sich auf die Vergangenheit, aber wenn sie ein Gespür dafür hatte, würde sie merken, was wirklich gemeint war.

Ich schickte den Brief an »Marilyn Monroe, 20th Century Fox, Hollywood«, und wartete. Endlich, nach über einem Monat, lag in meinem Postfach ein Brief, auf dem ich schon von weitem das Logo der Fox erkannte – turmförmig angeordnete Buchstaben, flankiert von zwei himmelwärts strahlenden Scheinwerfern. Noch während ich die Treppe hinauflief, riß ich den Umschlag auf und fing an zu lesen:

»Lieber Freund!

Ihr Schreiben habe ich mit großer Anteilnahme gelesen. Es bewegt mich tief, daß ich mich zu Ihren Freunden rechnen darf. Darum hoffe ich zuversichtlich auf ein baldiges Wiedersehen mit Ihnen, und zwar in dem Streifen How To Marry A Millionaire, *der in Kürze in Ihrem Kino anlaufen wird. Dazu lade ich Sie und Ihre Familie sowie alle Ihre Freunde sehr herzlich ein!*

Die besten Wünsche für Glück und Gesundheit – mögen alle Ihre Träume in Erfüllung gehen!

Das wünscht Ihnen von ganzem Herzen

Ihre treue Freundin

Marilyn Monroe«

Dem Schreiben lag ein Foto bei, das Marilyn neben zwei Kolleginnen zeigte. Darunter stand: »Szenenfoto aus *How To Marry A Millionaire* – Marilyn Monroe, Betty Grable und Lauren Bacall in einer umwerfenden Filmkomödie. Diesen Film *dürfen* Sie sich nicht entgehen lassen!«

Ich fühlte mich beschämt, aber auch erleichtert. Hatte ich ernsthaft geglaubt, mein Brief wäre Besseres als ordinäre Fanpost? Vielleicht, dachte ich, hatte sie sogar Gründe, den Kontakt zu früheren Bekannten zu meiden – nicht nur, weil die Erinnerungen an das schüchterne Schulmädchen in nichts dem jetzigen Bild entsprachen. Auch andere Dinge aus der Vergangenheit mußten ihrem Ruf als Hollywoods begehrtester Blondine nicht unbedingt zuträglich sein.

Blondine? Daß immer wieder ihre Haarfarbe betont wurde, irritierte mich. Genaugenommen war es peinlich. Ein solches Blond kam in der Natur gar nicht vor, und auf den frühen Fotos war das ursprüngliche Kastanienbraun ihrer Haare deutlich zu erkennen. Auch ihr Hauttyp mit den Sommersprossen und Pigmentflecken – im Gesicht meistens vom Make-up überdeckt, aber an Händen, Armen und Schultern unübersehbar – war eindeutig der einer Rothaarigen. Was sollte das Getue um das »Blonde«?

Seltsamerweise schien sich Marilyn mit ihren gefärbten Haaren zu identifizieren. Die Zeitungen schrieben von Auseinandersetzungen während der Dreharbeiten von *Gentlemen Prefer Blondes*: da wies sie auf den Filmtitel hin und darauf, daß *sie* die Blonde war. Das stimmte, aber nur dank der Mittel ihrer Friseure. Also was spielte das für eine Rolle?

Ich erinnerte mich an eine Diskussion in der Schule, und zwar darüber, wie sich Jungen und Mädchen ihre Wunschpartner vorstellten. Norma Jeane erzählte von einer Umfrage an der Emerson Junior High, auf die sie vorher gegangen war: da wünschte sich die Mehrzahl der Jungen eine Blonde mit blauen Augen. Deutlich weniger wollten eine Dunkelhaarige – und die wenigsten wären gerne mit einer Rothaarigen auf einer einsamen Insel gestrandet. Das konnte man ernstnehmen oder nicht, aber auf Norma Jeane hatte es offenbar Eindruck gemacht. Daß gerade ihr Typ am wenigsten gefragt war, mußte sie tiefer verletzt haben, als sie zeigte. War das der Grund dafür, daß sie sich das Image einer Blondine überstülpen ließ?

Allerdings bezog sich das nicht auf die Rollen, sondern auf die Wirklichkeit. »Herren bevorzugen Blond« hatte der »Spiegel« nicht als Filmzitat gemeint. Im Gegenteil: er nahm es als herrschende Realität und belegte es mit der Verehrung für Marilyn. Kein Wunder, daß ich an Monnies Jean-Harlow-Imitation und den Schock von Herb Delaware dachte, als er seinen Irrtum entdeckte.

Mir kam ein Gedanke: wie, wenn sie unter dem Einfluß schlechter Ratgeber stand – vielleicht gerade deshalb, weil ihre wirklichen Freunde sie den falschen überließen?

Shirley fiel mir ein, und ich sagte mir: zwischen MGM und 20th Century Fox wird es wohl Verbindungen geben. Also bat ich sie in einem Brief, Marilyns Anschrift zu besorgen, und weil ich mich genierte, ihr den wahren Grund mitzuteilen, erfand ich ein imaginäres »Filmkomitee der Berliner GIs«, das die Adresse haben wolle.

Die Antwort ließ nicht lange auf sich warten. Shirley schrieb:

»Timmy, Soldaten sind komische Leute. Was erwarten sich die Jungs davon, mit Marilyn in Kontakt zu kommen? Wollen sie ihr einen Heiratsantrag machen?

Ich bin ja jetzt jeden Tag mit sogenannten Berühmtheiten zusammen. Und ich kann dir sagen: ihr Geld hätte ich gern, aber sonst möchte ich nicht mit ihnen tauschen. Wieso glauben viele, wenn einer bekannt ist, hat er ein intensiveres Leben als du und ich, vielleicht sogar größere Gedanken und tiefere Gefühle? Nur weil das, was er macht, mehr Aufmerksamkeit findet?

Wahrscheinlich beneidet man die Berühmten am meisten darum, daß sie regelmäßig mit anderen Berühmten zusammenkommen. Das wäre berechtigt, wenn die wirklich klüger und freundlicher wären – aber jeder weiß doch, daß sie es nicht sind.

Und was deine Schulfreundin Marilyn Monroe betrifft:

*Kollegen von der Fox haben mir erzählt, daß sie im Umgang
ziemlich schwierig ist. Mal ist sie übertrieben freundlich, dann
wieder mimosenhaft empfindlich. Auch die Arbeit mit ihr
scheint anstrengend zu sein, nichts klappt auf Anhieb, alles
muß hundertmal wiederholt werden. Von ihren Fans kriegt sie
massenhaft Briefe, aber sie schaut kaum hinein, habe ich
gehört. Na, deine Kameraden werden ja sehen, ob sie antwortet. Eine Freundin bei der Fox hat mir als Adresse das Beverly
Hills Hotel genannt, wenn sie da nicht mehr wohnt, wird
man die Post bestimmt nachsenden. Allerdings frage ich mich:
warum hilfst du anderen, Kontakt mit ihr aufzunehmen, statt
selber an sie zu schreiben? Vielleicht fehlen ihr ja gerade die
alten Freunde, die ihr gelegentlich den Kopf geraderücken.*

*Und sonst? Erzähl mal etwas mehr über dein Studium, das
interessiert mich nämlich.«*

Shirley hatte recht; das Versteckspiel mit dem »Filmkomitee« wäre gar nicht nötig gewesen. Ich fühlte mich
durchschaut und ärgerte mich. Wer von uns war eigentlich
»das Kind«?

Bernie setzte Himmel und Hölle in Bewegung, und nur wenige Wochen, nachdem *How To Marry A Millionaire* zu
Hause angelaufen war, kam eine Kopie ins Kasernenkino.
Marilyn neben Lauren Bacall und Betty Grable, das versprach einiges. Aber hielt es das auch?

Ach Gott … drei Frauen, die sich einen reichen Mann
angeln wollen; der Rest ihrer Persönlichkeiten ist so belanglos wie die Story. Für Marilyn als Pola hatte man sich
eine besondere Pointe einfallen lassen: sie ist kurzsichtig bis
an die Grenze zur Blindheit, will aber partout keine Brille
aufsetzen. All ihre Verwicklungen ergeben sich aus diesem
einen Gag: sie rennt gegen Türen, hält ihr Buch verkehrt
herum, verwechselt Gesprächspartner, landet im falschen
Flugzeug – nur weil sie glaubt, eine Brille würde sie unattraktiv machen.

Was hatte Winston, der Fotograf, damals gesagt? *Wir*

Männer haben die Frauen nie getäuscht. Kunst und Literatur zeigen seit Tausenden Jahren, wie wir sie uns wünschen ... nein, er irrte sich. Eine Frau, die mit der Frage »Was will der Mann von der Frau?« in diesen Film ging, mußte verzweifeln. Hollywood, die Traumfabrik ... welch jämmerliche Träume: Frauen, deren einziger Wunsch es ist, zum Anhängsel eines maskulinen Bankkontos zu werden. Männer mit Geld und ohne Grips, denen der Anblick eines knapp bekleideten Weibchens reicht, um sich in der Gewißheit kommender Seligkeit zu wiegen. Im ganzen Film keine Szene, keine Beziehung, die, wenn man sie ein Stück ins wirkliche Leben verlängerte, nicht unrettbar ins blutige Unglück führen mußte. Die schwärzeste Satire hätte den Zustand einer Gesellschaft nicht deprimierender darstellen können als diese Komödie.

Nach dem Film setzte ich mich hin und schrieb einen Brief:

»Liebe Norma Jeane – liebe Marilyn –

endlich, endlich ist es mir gelungen, deine Adresse herauszufinden. Schon lange möchte ich dich wissen lassen, wie sehr mich alles, was du machst, begeistert. Gerade habe ich How To Marry A Millionaire *gesehen. Wieder spielst du wundervoll und läßt die anderen neben dir blaß aussehen. Allerdings muß ich eines gestehen: dich selber finde ich hinreißend, aber von deinen Hauptrollen hat mir bis jetzt keine wirklich gefallen. Diese Figuren sind schön, aber unerträglich dumm – falls sie nicht kriminell sind wie in* Niagara *oder psychisch gestört wie in* Don't Bother To Knock.

Du mußt wissen, daß ich hier in Berlin deutsche Literatur studiere. Da gibt es einen Dichter, von dem du vielleicht gehört hast, nämlich Rilke. Und der hat folgendes geschrieben:

›Denn das Schöne ist nichts / als des Schrecklichen Anfang, den wir noch grade ertragen, / und wir bewundern es so, weil es gelassen verschmäht, / uns zu zerstören. Ein jeder Engel ist schrecklich.‹

Jetzt frage ich mich: warum kombinieren deine Filme-

macher geradezu zwanghaft immer wieder Schönheit mit negativen Eigenschaften? Könnte es sein, daß sie sich im Grunde davor fürchten? Und daß sie mit diesen Zerrbildern weibliche Attraktivität einerseits zeigen, andererseits verharmlosen und ignorieren wollen?

Dann ist die Dummheit, die sie der Schönheit zuschreiben, in Wirklichkeit ihre eigene. Und das Denunzieren weiblicher Erotik ist Ausdruck männlicher Angst – vor der Frau und vor der Sexualität.

Siehst du das auch so? – Das fragt, mit lieben Grüßen Dein alter Kamerad Timmy.«

25
Das Raubtier und sein Liebesspiel

Am Neujahrstag des Jahres 1954 erwachte ich mit schwerem Kopf in Angelikas Bett.

»Du hast mich verführt!« stöhnte ich.

»Du hast mich vergewaltigt!« stöhnte sie. »Ich gehe jetzt und hole die Polizei!«

Sie schlug die Decke zurück und ließ sie gleich wieder fallen.

»Zu kalt. Jetzt ist sowieso alles egal. Du hast mich mißbraucht und bist sofort eingeschlafen, ich hab nicht mal was davon gehabt. Los, befriedige mich!«

»Und wann holst du die Polizei?«

»Wenn ich genug von dir habe.«

»Wieso – soll dich die Polizei beglücken?«

»Also willst du nun oder willst du nicht?«

Ich nahm sie in den Arm und küßte erst ihren Mund, dann ihre schönen Brüste, während meine Hand sich den Bauch hinabschlich, um dort ihren Lieblingspunkt aufzusuchen.

»Nein – mit dem Mund!« Sie hatte es sich angewöhnt, den Erregungszustand, in den meine Zunge sie versetzte, mit handlichen Streicheleinheiten an meinem Glied zu signalisieren, was unseren Zustand weitgehend synchronisierte. Und sie schien den Ehrgeiz zu haben, mich möglichst im selben Augenblick zum Samenerguß zu bringen, in dem sie, mit dem Unterleib heftig zuckend (aber mit Rücksicht auf Marianne jeden Laut unterdrückend), ihren Orgasmus fand. So war es auch diesmal. Fast gleichzeitig stöhnten wir auf, preßten uns noch einmal aneinander und ließen los.

Mariannes Bett stand in der Küche, und wegen der Silvesterknallerei am Abend zuvor war sie später als sonst eingeschlafen. Trotzdem schien Angelika besorgt, die Kleine könnte aufstehen und ins Zimmer kommen.

»Einer von uns müßte den Ofen heizen«, sagte sie.

Im Ofen war noch Glut; ich brauchte nur Holz und Briketts nachzulegen und konnte zusehen, wie die Flammen aufzüngelten.

»Woran denkst du?« fragte Angelika.

»An Marianne. Und was das neue Jahr bringen wird.«

Während ich mir an der Glut eine Zigarette anzündete, fragte ich mich, warum ich nicht ehrlich war. In Wirklichkeit dachte ich an etwas anderes.

In der Phantasie malte ich mir unser nächstes Zusammensein jedesmal in bunten Farben aus, und danach war ich immer wieder enttäuscht. Das war nicht nur die kleine Traurigkeit, wie sie das *»Post coitum omne animal triste«* meint. Es lag auch nicht daran, daß ich anders als bei Edna kein Gefühl überfließender Liebe verspürte, wenn ich Angelika in den Arm nahm. Das fand ich ganz in Ordnung – sie war nun einmal mit Ervin verlobt. Auch daß sie inzwischen für sichere Verhütung sorgte, fand ich richtig. Nein, die Unzufriedenheit bezog sich auf das Sexuelle selber.

Angelika war schön, ihre Figur hinreißend, ihre Brüste zum Verrücktwerden. Sie war zärtlich, gelegentlich leidenschaftlich, wußte, was sie wollte, und scheute sich nicht, es zu zeigen. Und sie kannte meine Reaktionen: wenn sie wollte, brachte sie mich in einer halben Minute zum Höhepunkt und zur Erschöpfung. Jedesmal gab ich mir Mühe, das hinauszuzögern, aber sie hatte eine unwiderstehliche Art, mein Sträuben mit einem nadelartigen Kneifen in Sekundenschnelle zu brechen. Trotzdem hatte ich immer wieder das Gefühl, daß unser Zusammensein nicht so schön war, wie es hätte sein können. Warum war ich nicht glücklich?

Ein bißchen kam ich mir vor wie jemand, der hungrig in

die Küche geht: er schneidet sich ein Stück Wurst oder Käse ab und ißt es im Stehen. Wenn dann das Essen anfängt, merkt er: der größte Feind des Genießens ist das Naschen.

Warum, fragte ich mich, war es so schwer, den Appetit von Haut und Körper ähnlich zu genießen wie den des Magens? Nämlich *nicht*, wie es das Wort nahelegt, sich gegenseitig vernaschend, sondern im Gegenteil zelebriert wie ein schönes Menü, mit Vorbereiten und Nachdenken: Worauf habe ich Lust? Womit kann ich den andern überraschen?

Nicht nur bei Angelika – auch bei anderen Frauen habe ich mir oftmals eines gewünscht: daß sie sich der Macht, die sie mit ihrer Weiblichkeit über mich hatten, deutlicher bewußt gewesen wären. Und auch: daß sie es gezeigt hätten. Woher kam die Scheu, etwas anzukündigen? Warum konnte Angelika nicht beispielsweise sagen: »Morgen nachmittag ist die Kleine bei der Nachbarin. Da will ich dich bei mir im Bett haben – wetten, daß du nicht widerstehen kannst?«

Immer deutlicher hatte ich das Gefühl, daß es ein Fehler war, sich auf das »Spontane« und »Natürliche« zu verlassen. Beim Essen ist es selbstverständlich, daß man Vorbereitungen trifft – warum also nicht im Bett?

Denn der sexuelle Appetit sucht mehr als nur Befriedigung. Er hat mindestens zwei Richtungen, von denen Freud erstaunlicherweise nur eine gesehen hat. Libido, lateinisch für Lust, definiert er als das Gefühl beim Reduzieren einer Spannung – als wäre das Lustvolle nur das Aufhören des Unangenehmen. Aber was spürt man, wenn ein rasender Schmerz aufhört? Nur Erleichterung. Lust hingegen ist etwas Eigenes, Positives, und um das zu wissen, brauchte es nicht erst Versuche, wo Tiere ihr Lustzentrum im Gehirn elektrisch reizen konnten: sie vergaßen Essen und Trinken und wären verhungert, wenn man ihnen nicht den Strom abgestellt hätte. Darum ist Freuds Sicht einseitig, und daß er gar noch ein allgemeines Daseinsprinzip daraus macht, läßt höchstens Rückschlüsse auf seine eigene Psyche zu.

Gewiß, das Begehren sucht die Lust, und natürlich hat Lust auch mit Spannung und Erregung zu tun. Aber daß mit der Befriedigung die Spannung erlischt, ist gerade *nicht* erfreulich, sondern von allen Aspekten der Lust der unerwünschteste. Goethe ist viel klüger als Freud, wenn er Faust sagen läßt: »*So tauml' ich von Begierde zu Genuß, / Und im Genuß verschmacht' ich nach Begierde.*«

Seltsam, wie dumm sogar die Größten sein konnten. Freud übersah, daß auch die Erregung und ihre Steigerung schon lustvoll sind – für mich waren sie sogar das, was ich mir am meisten wünschte. Aber wenn mich Angelika in ihr Bett ließ, glaubte ich ihr die Heftigkeit meiner Zuneigung zeigen zu müssen, und sie beeilte sich wegen Marianne, oder weil sie sich beim Gedanken an Ervin schämte. So preßten wir uns spontan aneinander und wetteiferten darum, uns gegenseitig möglichst schnell zum Höhepunkt zu bringen – versäumten es aber, die Erregung des anderen bis aufs äußerste zu steigern. Das »Spontane« und »Natürliche« verschaffte zwar einen schnellen Genuß, aber es verhinderte die tiefste Befriedigung.

Es ging ja nicht nur um Erregung und Orgasmus auf der einen Seite und Nähe und Geborgenheit auf der anderen. Was ich mir wünschte, steckte in einem Begriff, der mir immer besonders gefallen hat: das »Liebesspiel«.

Seltsam: bei Hunden und Katzen findet es jeder selbstverständlich, daß sie jagen und kämpfen, wenn sie spielen. Das sind eben Raubtiere, denkt man – aber in der Tiefe seiner Seele ist auch der Mensch das immer noch. Müßte nicht folglich das wichtigste aller menschlichen Spiele auch die Momente des Kampfes in sich enthalten? Aber für Angelika waren Auseinandersetzungen immer ein Grund, mich *nicht* zu sich ins Bett zu lassen – während ich selber mir im Gegenteil gewünscht hätte, Streit und Aggression ins Liebesspiel hineinzuholen.

»Komm, laß uns kämpfen!« sagte ich manchmal zu ihr.

»Ach was, kämpfen«, antwortete sie. »Das Leben ist

Kampf genug, wenigstens im Bett will ich es schön haben. Schnell, komm zu mir unter die Decke – oder willst du nicht?«

Natürlich wollte ich. Es war ja auch nicht so, daß ihre Küsse und ihr Streicheln mir nicht geschmeckt hätten. Aber allmählich begriff ich, was Herb Delaware gemeint hatte, als er zu Monnie gesagt hatte: »Verruchtes Weib, du willst mich quälen!«

Was er zum Ausdruck bringen wollte, war: Spiel mit mir, aber nimm das Spiel ernst. Sei im Bett nicht nur wohlwollend, sondern kämpfe; sei nicht nur meine Freundin, sondern auch meine Feindin. Laß nicht zu, daß ich meine Lust zu schnell finde, denn gleich danach würde mich die Reue befallen. Die Lust soll kommen, aber erst nach dem Kampf – wenn du, geliebte Feindin, mich besiegst.

Es war eine Bitte gewesen, fast ein Flehen, aber Monnie hatte es nicht verstanden. Und er spürte, sie würde es nie verstehen – das muß der wahre Grund für seine Enttäuschung gewesen sein.

In solchen Augenblicken dachte ich oft an Marilyn und ihre Rollen in *Love Happy* oder *Niagara*. Ich sagte mir: eine Frau mit diesem Gang und diesem Blick – die weiß, was sich Männer wünschen. Und ich malte mir aus, was sie wohl auf meinen Brief antworten würde.

Die Antwort kam, aber anders, als ich es mir gedacht hatte.

Als erstes eine Zeitungsmeldung: die Fox feuerte ihre beliebteste Schauspielerin. Der Grund? Marilyn hatte sich geweigert, in dem Film *The Girl In Pink Tights* mitzuspielen – einem Streifen, der schon im Titel erkennen ließ, was man als wichtigste Eigenschaft seiner Hauptdarstellerin vorgesehen hatte. Das war also eher eine gute Nachricht. Sie versetzte mich in eine euphorische Stimmung, denn ich redete mir ein, daß ich zu ihrem Zustandekommen beigetragen hatte.

Meine Hochstimmung fand ein abruptes Ende, und zwar mit einer verspäteten Neujahrskarte von Shirley. Darauf stand, in winzigen Buchstaben an den Rand geschrieben:

»PS: Hast du schon gehört, daß Marilyn Monroe wieder heiratet? Joe DiMaggio, den Baseballstar! Wie findest du das?«

Ich mußte mich hinsetzen. Jetzt war eingetreten, was ich schon lange gefürchtet hatte – nein, wovon ich im Grunde überzeugt war, daß es eintreten würde. Und wenn mich etwas erstaunte, dann im Grunde nur, daß es so lange gedauert hatte.

Wenig später war es amtlich: am 14. Januar heirateten Marilyn und DiMaggio in San Francisco. Am selben Tag teilte der werte Erzbischof die Exkommunikation DiMaggios mit, dessen erste Ehe katholisch getraut war. Zum Ausgleich nahm die Fox Marilyns Rausschmiß zurück – wahrlich ein preiswertes Hochzeitsgeschenk.

Als mich Angelika das nächste Mal in ihr Bett ließ, umarmte ich sie mit einer aus Trauer geborenen Leidenschaft, die sie überraschte. Aber sie schob es auf einen Brief von Ervin, der gerade angekommen war.

»Nicht so laut!« flüsterte sie. »Willst du unbedingt Marianne aufwecken?«

26
Hingeworfene Bemerkungen

»Kafka in Amerika – undenkbar!« sagte ich unvorsichtigerweise im Oberseminar.

»Das müssen Sie erläutern«, sagte der Professor. »Warum denn?«

»Nehmen wir Hemingway. Im Grunde ist er von Kafka gar nicht so weit entfernt: ein Kampf, der zu einem Sieg führt, ist nur noch nicht beendet, das weiß auch er. Aber wir Amerikaner stammen nun mal von Leuten ab, die von zu Hause weggegangen sind, und zwar in einen unendlich weiten Raum. Das sind bis heute zentrale Kategorien unserer Literatur: Raum, Bewegung, Bleiben oder Weggehen – ob Moby Dick oder Huckleberry Finn oder eben Hemingway.«

»Und Kafka?«

»Für ihn zählt nur der *innere* Raum, und dort läßt sich natürlich durch Weggehen nie ein Problem lösen. Gregor Samsa ist so gut wie gelähmt; beim *Hungerkünstler* symbolisiert der Käfig den Verzicht auf äußere Bewegung. Auch K. im *Prozeß* denkt nie ernsthaft daran, sich dem Urteil durch Flucht zu entziehen, beispielsweise nach Amerika. So etwas hätte bei uns keiner verstanden; darum lobt man Kafka jetzt besonders laut. Aber wenn er bei uns gelebt und geschrieben hätte, wäre nie eine Zeile von ihm erschienen, selbst wenn er statt *Amerika* einen Europa-Roman geschrieben hätte. Allerdings hätte er bei uns ein ganz anderes Lebensgefühl gehabt, also auch anders geschrieben.«

»Besser oder schlechter?« wollte jemand wissen.

»Darum geht es nicht. Kafka hatte ein verklärtes Bild von Amerika, und Hemingway wäre gerne Europäer geworden.

Das konnte natürlich nicht klappen, denn was euch Europäer von uns unterscheidet, ist das, was ihr Heimat nennt. Und die kann man zwar verlieren, aber nicht finden.«

»Bei uns in Deutschland müssen das derzeit Millionen«, widersprach Karla, eine Kommilitonin.

»Ja, man kann sich eingewöhnen«, sagte ich. »Aber Heimat ist die bewahrte Vergangenheit, und die bringt keiner zurück.«

Nach dem Seminar fragte mich der Professor: »Haben Sie nicht Lust, darüber ihre Dissertation zu schreiben?«

»Worüber, bitte?«

»Über das, was Sie den ›inneren und äußeren Raum bei Kafka und Hemingway‹ nennen. Ein ausgezeichnetes Thema, finde ich.«

Von nun an schrieb ich an meiner Doktorarbeit. Monnie, die ich bald darauf anrief (als R-Gespräch), beglückwünschte mich, sowohl zu der Nachricht als auch zur Idee eines Telefongespräches. Ich ließ sie in dem Glauben, ich hätte nur angerufen, um sie zu informieren. Erst am Schluß – »Ach Monnie, da fällt mir noch etwas ein« – kam ich auf mein wirkliches Anliegen: zu Hause war ein neues Magazin namens »Playboy« erschienen – den Ankündigungen zufolge ein »freizügiges Herrenmagazin«, also im Grunde das letzte, was mir fehlte. Aber das erste Heft sollte sich eingehend mit Marilyn befassen: mit einem ausklappbaren Bild auf dem Cover, einem ausführlichen Beitrag, und nicht zuletzt einem Nachdruck des berühmten Kalenderfotos. Monnie versprach, es für mich zu besorgen, und ermahnte mich, endlich mein Studium abzuschließen. Im Grunde mußte ich ihr recht geben. Ich war siebenundzwanzig und hatte nicht einmal genug Geld für ein Ferngespräch nach L.A., geschweige denn für eine Reise dorthin – höchste Zeit, daß sich etwas änderte.

Angelika hatte angefangen, Unterricht bei einem pensionierten Bühnenschauspieler zu nehmen. Also durfte ich, wenn die Nachbarin keine Zeit hatte, immer öfter auf ihre Tochter aufpassen, aber immer seltener in ihr Bett. Und als hätte sie es darauf angelegt, mich zu ärgern, fing sie an, sich regelmäßig zu schminken. Einmal, in zärtlicher Stimmung, küßte ich sie im Dunkeln auf den Mund und spürte zu spät den dick aufgetragenen Lippenstift: ein Gefühl wie Taxi auf Glatteis, und der Geschmack von Creme und Farbstoff im Mund verursachte mir Brechreiz.

Ervin hoffte, demnächst wieder nach Berlin zu kommen – »*Ich brauche eine Frau, und du brauchst einen Mann*«, stand in seinem Brief. Daß ich Angelika nach wie vor seine Briefe übersetzte, wußte er vermutlich. Vielleicht war das der Grund, warum er mir schon lange nicht mehr schrieb.

Gerade dachte ich, zu beneiden ist er nicht, da berichteten die Zeitungen von einigen triumphalen Konzerten Marilyns – ausgerechnet in Korea. Vorher hatte es geheißen, sie und ihr frischgebackener Ehemann würden die Flitterwochen in Japan verbringen, wo DiMaggio die dortige Baseballsaison eröffnen sollte. Ich schrieb sofort an Benny, ob er und Ted dabeigewesen wären. Aber ich hörte nichts von ihm.

Von Monnie übrigens auch nicht. Erst sechs Wochen später kam ein dicker Umschlag aus L. A., mit einem Brief von ihr und einem Exemplar des »Playboy«. Dem Heft war anzusehen, daß es schon durch verschiedene Hände gegangen war. Monnie schrieb:

»*Wenn ich gewußt hätte, wie schwer das wird, dann hätte ich es dir nie versprochen. Das Heft war längst vergriffen, ich mußte lange suchen, bis einer bereit war, mir gegen ein Abendessen sein Exemplar zu überlassen. Dabei kann ich beim besten Willen nicht verstehen, was die Männer an Marilyn finden. Ich frage mich: was ist der Unterschied zu anderen Frauen? Doch nur, daß sie sich unbekleidet von einem Fremden fotografieren läßt. Aber macht es eine Frau attraktiver, wenn Millionen Leute sie nackt gesehen haben? Also ich weiß nicht – wenn ich ein Mann wäre, würde mich das eher*

eifersüchtig machen. Und dieser DiMaggio ist doch italie-
nischer Abstammung; ich kann mir nicht vorstellen, daß er
glücklich darüber ist. Schon merkwürdig: sie heiratet, und
gleichzeitig läßt sie sich auf diese Weise herausstellen. Trotz-
dem viel Vergnügen beim Lesen! – Deine Tante Monnie.

PS: Auch Laura hat sich über die Nachricht von deiner
Doktorarbeit gefreut. Inzwischen arbeitet sie als Lehrerin und
wohnt nicht mehr zu Hause, sondern in einem eigenen klei-
nen Haus. Aber einen festen Freund hat sie immer noch
nicht. – M.«

Monnie mochte in Liebesdingen nicht sehr erfahren sein,
aber realistisch war sie. Ich hätte mich gern an DiMaggios
Stelle gesehen – aber wie ging man damit um, das Aktfoto
der eigenen Frau in der Hand von Millionen Männern zu
wissen? Besser, die Frage nicht beantworten zu müssen.

Dann kam Post aus Korea. Die Handschrift auf dem
Umschlag war weder die von Ervin noch von Benny; das
Schreiben kam von einem Major mit Vornamen Edward …
da dämmerte es mir. Es war ein langer Brief von Ted.
Außerdem lag ein Foto im Umschlag. Es zeigte Marilyn bei
einem Konzert, mit strahlendem Lächeln Kußhände in die
Menge werfend. Darauf, mit dickem Stift flüchtig aufs
Papier gekritzelt: *»Lieber Timmy, hier ist es großartig! Laß*
bald wieder von dir hören! – Marilyn.«

Und Ted schrieb:

»Timmy, du kannst dir nicht vorstellen, was hier los war.
Früher haben mich alle beneidet, dachten, das Kulturpro-
gramm ist der ruhigste Job, den es hier gibt. Jetzt beneiden sie
mich noch mehr, weil sie denken, es ist das Aufregendste. War
es auch wirklich. Diese Konzerte mit Marilyn – ich war Tag
und Nacht auf den Beinen, bis es mich umgeworfen hat, und
zwar ganz wörtlich: jetzt liege ich auf der Krankenstation. An-
dernfalls käme ich auch kaum zum Schreiben.

Angefangen hat es auf Hawaii, wo ich einige Tage zu
tun hatte. Ich bringe einen Freund zum Flughafen, und da
herrscht Gedrängel und große Aufregung. Was war los? Nun,

eine improvisierte Pressekonferenz von zwei Leuten, die auf dem Weg nach Tokio gerade eine Zwischenlandung machen. Dreimal darfst du raten, wer das war: unsere Klassenschönste und Joe DiMaggio. Ein paar Reporter stellen dumme Fragen, DiMaggio erklärt, es reicht ihm, er ist müde. Da gehe ich in meiner Uniform dazwischen, sage ›Sicherheitskontrolle‹ und nehme Marilyn beiseite. Erst hat sie mich nicht erkannt, dann war sie ganz aus dem Häuschen. Ich will ihr ein Kompliment machen und sage: ›Komm doch mal zu uns nach Korea. Die Jungs wären happy – wenn sie dich sehen, haben sie wenigstens etwas, wofür sie sterben könnten.‹ Du weißt ja, sie hat schon früher immer alles wörtlich genommen, das hatte ich vergessen, und sie sagt gleich: ›Wirklich? Aber Joe und ich, wir fliegen doch nach Tokio, ist das nicht ein bißchen weit weg?‹ – ›Überhaupt nicht‹, sage ich, ›nicht weiter als von New York nach Chicago, zwei Flugstunden, und du bist da.‹ – ›Und was soll ich bei euch machen?‹ fragt sie. – ›Ach‹, sage ich, ›wir organisieren ein Konzert, du bleibst einen Tag oder zwei, dann fliegst du zurück nach Tokio. DiMaggio hat doch auch zu tun, zwei Tage wird er wohl ohne dich auskommen.‹

Ehe ich noch einen klaren Gedanken fassen kann, habe ich schon ihre Zusage. Von da an bin ich nur noch rotiert: mußte General Hull dazu bringen, eine offizielle Einladung auszusprechen, dann den Entertainer-Ausweis für sie besorgen, das Programm organisieren, die Musiker zusammenstellen, mich um die Technik kümmern – frag nicht, wann ich zum Schlafen gekommen bin.

Von den Konzerten hast du bestimmt gelesen oder in der Wochenschau gesehen – es war unglaublich. Man ist ja zu Leuten, die man kennt, immer ein bißchen milder, andererseits ist man auch skeptisch und glaubt nicht so leicht, daß sie wirklich etwas Besonderes können. Das mit dem Singen war eher so dahergeredet, aber die Soldaten haben sie mit Zuneigung und Dankbarkeit regelrecht überschüttet. Diamonds Are A Girl's Best Friend war ein Renner. Und bei Do It Again gab es fast einen Aufstand.

Timmy, ich sage dir: diese Marilyn Monroe, unsere Norma Jeane, ist eine tolle Sängerin. Ich versteh nicht, wieso das zu Hause noch keiner gemerkt hat. Okay, eine große Stimme hat sie nicht, aber eine tolle Musikalität, und auf der Bühne eine phänomenale Ausstrahlung. Wenn man sie eines Tages beim Film nicht mehr will, kann sie ihr Geld jederzeit als Sängerin verdienen. Mit mir als Manager wären wir ein unschlagbares Team.

Gesagt hatte ich ›ein Konzert‹, aber dann wurden es zehn in drei Tagen. Sie hat wirklich alles gegeben, immer wieder Zugaben, dabei war es eiskalt, und draußen auf der Bühne hatte sie bloß ihr dünnes Kleid an. Vor dem Rückflug nach Tokio hatte sie Fieber, DiMaggio wird nicht begeistert gewesen sein. Aber mein Gefühl sagt mir, daß es zwischen den beiden nicht ganz so läuft, wie es sollte. Zum Beispiel hatte sie auf dem Flughafen in Hawaii einen verbundenen Finger. Ich frage sie, was hast du gemacht, und sie sagt, sie hat sich an einer Schranktür geklemmt – aber dabei wird sie ganz rot.

Vielleicht denkst du, nach so kurzer Zeit kann man noch nicht sagen, ob es zwischen zwei Leuten stimmt oder nicht, aber manchmal eben doch. Du hast doch mit Laura Kontakt, oder? Hat sie dir geschrieben, daß wir eine Weile verlobt waren? Es war albern, eine Gefühlsduselei aus der Ferne – dann sind wir zusammen verreist und merkten schnell, daß wir nicht zueinander passen. Sie wollte am Strand liegen und lesen, ich wollte was unternehmen und Leute kennenlernen. Gerade auf Reisen zeigt sich, ob man wirklich ähnlich denkt. Daß Marilyn überhaupt bereit war, auf ihrer Hochzeitsreise so einen Abstecher zu machen, war für mich schon ein Zeichen, daß sie und DiMaggio Probleme haben.

Um ehrlich zu sein: ich hatte auch welche mit ihr. In diesen drei Tagen habe ich mich oft gewundert, wie wenig sie sich seit der Schulzeit verändert hat. Vor jeder Vorstellung sitzt sie endlos vorm Spiegel und arbeitet an ihrem Make-up. Früher war das schon schlimm, aber jetzt ist es eine Manie. Jedesmal kam

sie zu spät; ein Glück, daß die Soldaten viel zu dankbar wa-
ren, um ihr etwas übelzunehmen.

Das andere ist dieses Bedürfnis, im Mittelpunkt zu stehen.
Irgendwie kommt sie mir vor wie ein Spiegel: wenn du sie an-
strahlst und bewunderst, strahlt sie auch und ist dann wirklich
bewundernswert. Aber sowie sich einen Moment keiner um
sie kümmert, fällt sie buchstäblich in sich zusammen. Auf ein-
mal wirkt sie völlig leer, steht bei Gesprächen herum wie be-
stellt und nicht abgeholt, dabei hat sie einen Gesichtsausdruck,
als würde jeder, der ihr gerade kein Kompliment macht, sie
zutiefst kränken.

Vielleicht waren ihre Konzerte darum so toll. Die Soldaten
lieben sie heiß und innig, zeigten soviel Herzlichkeit und Be-
geisterung – ich hatte das Gefühl, sie badete darin wie ein
Fisch im Wasser. Sie war euphorisch und liebenswürdig,
wirkte regelrecht glücklich. Ich glaube, auf der Bühne war sie
es wirklich.

Man sagt, beim Filmen hätte sie immer Probleme mit dem
Text, jede Szene müßte ein dutzendmal wiederholt werden.
Davon war auf der Bühne nichts zu merken. Ich konnte zwar
nicht jedes Konzert hören, weil ich zuviel organisieren mußte;
einmal bin ich auch ein bißchen zusammengeklappt. Aber bei
den Auftritten hat sie keinen Einsatz verpaßt und keine Zeile
vergessen.

Am letzten Tag wollte ich mich bei ihr bedanken, da hatte
sie schon Fieber und hustete. Trotzdem sagt sie: ›Teddy, das
waren vielleicht die schönsten Tage in meinem Leben, ehrlich,
kannst du mir glauben.‹ – ›Und die Filme? Und DiMaggio?‹
sage ich. – ›Ach, Teddy‹, sagt sie, ›Joe liebt mich wirklich,
glaube ich, aber wenn es nach ihm ginge, würde ich bloß noch
zu Hause rumsitzen und für ihn kochen. Ich und kochen, stell
dir vor. Eine richtige Familie, sagt Joe, aber er selber sitzt am
liebsten vorm Fernseher. Von meinen Filmen hält er gar
nichts, obwohl, da hat er vielleicht gar nicht so unrecht.‹ – ›Ist
das dein Ernst‹, frage ich, ›bei dem Erfolg, den du jetzt hast?‹ –
›Ach hör auf‹, sagt sie, ›findest du, es ist ein Erfolg, wenn dich

die Leute als Witzfigur sehen? Ich will endlich mal vernünftige Rollen spielen, nicht solche Sachen, wo mich alle für blöd
halten.‹ – ›Aber die Leute lieben dich!‹ sage ich. – ›Ja, die Soldaten‹, sagt sie, ›darum hat es mir ja auch so gefallen, außer …
na, lassen wir das. Aber frag mal die Leute von der Fox, ob
mich da einer liebt. Oder die Kollegen – die schon gar nicht.‹

Dann wurde der Flug aufgerufen, und sie sagt: ›Grüß
Timmy von mir – gerade hat er mir geschrieben, seit Jahren
das erste Mal. Hab mich schon lange gefragt, warum er nie
von sich hat hören lassen.‹ Und schreibt noch schnell die Karte
für dich. Mit anderen Worten: ihr hast du es zu verdanken,
daß ich dir überhaupt schreibe. Denn mich hast du ja auch
ziemlich vernachlässigt in den letzten Jahren.

Was sie mit dem ›Na, lassen wir das‹ meinte? Ach, das war
ein bißchen ärgerlich. Ich hatte eine kleine Vorstellung mit
Szenen aus ihren Filmen organisiert, mit ihr als Ehrengast, da
wollte Benny – du weißt vielleicht, daß er mit mir in der Kul-
turabteilung gearbeitet hat – unbedingt neben ihr sitzen. Ich
denke, soll er in Gottes Namen, also lasse ich ihn auf meinen
Platz und setze mich in die Reihe dahinter. Mitten im Film
höre ich es klatschen, und du wirst es nicht glauben, aber es
war wirklich wie damals: der Idiot hat es wieder versucht, mit
der Hand auf ihrem Knie, und prompt hat er sich wieder eine
Ohrfeige eingefangen. Marilyn fand es wohl eher lustig, aber
der Colonel überhaupt nicht. Der Abend war noch nicht zu
Ende, da hatte Benny schon seine Versetzung zu einer Wach-
einheit. Selber schuld.

Was sie über das Filmen sagte, hat mich nachdenklich gemacht. Zeit ist überall Geld, Timmy, aber beim Film besonders. Und weil es im Studio kein Publikum gibt, ist die Atmosphäre ganz anders als bei einem Konzert oder im Theater.
Alles muß schnell gehen, und wenn einer zu spät kommt oder
seinen Text nicht kann, ist das für alle eine Qual. Egal wie gut
eine Szene war – sowie nur einer Mist gebaut hat, muß sie
wiederholt werden. Wenn das immer derselbe ist und dieser
eine auch noch als großer Star gilt, dann kann ich mir vorstel-

len, daß die lieben Kollegen ganz schön giftig werden. Und ich frage mich, wie eine labile Persönlichkeit wie Norma Jeane damit fertig wird. Für meinen Geschmack trank sie viel zu viel, und Tabletten schluckt sie, als wären es Lebensmittel.

Tabletten schlucken muß ich selber leider auch. Wie gesagt, ich hatte einen kleinen Ausfall, wahrscheinlich wegen der Anstrengung. Der Arzt redet von einem Herzanfall, fragt mich, ob ich einmal eine ›bakterielle Endocarditis‹ gehabt hätte, eben der übliche Quatsch, den die Ärzte so daherreden.

Die neue Adresse von Mrs. Norma Jeane Marilyn DiMaggio lege ich bei, also schreib ihr ruhig öfter, und mir auch. Beste Wünsche und Grüße – Teddy.«

27
Selbsterfahrungen

Die Deutschen waren wieder wer.

O ja, und sie brauchten sich vor niemand zu verstecken.
Umfragen zufolge war die Hälfte von ihnen der Meinung,
der Nationalsozialismus hätte mehr Gutes als Schlechtes
gebracht, die andere Hälfte bezweifelte das, also durfte
Kanzler Adenauer mit Recht davon ausgehen, die Vergangenheit ausgewogen bewältigt zu haben. Das Land expor-
tierte schon wieder mehr, als es einführte, folglich gab es
Devisen, und die Leute konnten reisen. Als erstes Land hob
Norwegen die Visapflicht für Deutsche auf; aber die träumten von Italien.

Das Fernsehen trug dazu bei und wurde auch hier, was es
bei uns schon lange war: eine harte Konkurrenz fürs Kino.
Zur Belohnung für alle, die sich das Geld für die grau-
schwarz flimmernde Röhre vom Munde abgespart hatten,
wurde Deutschland in Bern Fußball-Weltmeister – für die
Magyaren, ohnehin das Land mit den meisten Selbstmor-
den, eine nationale Katastrophe.

Auch ich profitierte vom wachsenden Wohlstand der
Deutschen. Ein früherer Kommilitone eröffnete eine
Sprachschule, und ich ließ mich überreden, dort Englisch
zu unterrichten. Die Zeit war günstig: Amerika war das
Land von Freiheit, Coca-Cola, Straßenkreuzern und schönen Schauspielerinnen, und auch für die Kommunistenfres-
ser um Senator McCarthy hatte man in Berlin Verständnis –
nicht zuletzt aufgrund der Massenflucht in die Westsekto-
ren. Tag für Tag flogen unsere größten Maschinen vollge-
packt mit Flüchtlingen nach Frankfurt, und die Berliner
schworen uns ewige Dankbarkeit. Die Ewigkeit hielt fünf-

zehn Jahre, dann zogen die Studenten mit dem Slogan »Ami go home« durch die Straßen.

Die Sprachschule meines Ex-Kommilitonen wuchs und gedieh; zum ersten Mal verdiente ich mehr, als ich ausgab. Ich fühlte mich an Mister Mellers Kugellagerfabrik erinnert, als ich nach einer Weile mein Geld zählte und feststellte, daß es für ein Motorrad reichte. Von einem Leutnant, der nach Hause zurückkehrte, hätte ich eine herrliche Indian »Scout« bekommen können; dann dachte ich an das Töchterchen von Angelika (die einmal in der Woche, wenn auch kostenlos, an meinen Kursen teilnahm) und entschied mich für eine alte, aber grundsolide BMW mit Seitenwagen. Die Stabilität bezahlte ich mit einem Spritverbrauch, der einem Panzer Ehre gemacht hätte.

War es das Motorrad, das Angelika eine neue Anhänglichkeit zu mir entdecken ließ? Die Kleine saß im Seitenwagen, und auf dem Weg zum Wannsee drückte sich Angelika so fest an mich, daß ich es für ein Zeichen von Ängstlichkeit hielt. Sie drückte aber immer noch, als wir schon wieder standen. Marianne setzte sich in den Sand und baute Burgen, wir zogen die Badesachen an und stürzten ins Wasser. Angelika schwamm voraus bis zu einer Boje, die das Ende des Badebereiches anzeigte, aber auch als Ruhepunkt für Erschöpfte diente. Als ich sie fast erreicht hatte, tauchte ich und wollte sie am Fuß kitzeln – plötzlich war sie hinter mir, und bevor ich begriff, was vorging, hatte sie mir die Badehose ausgezogen. Prustend tauchten wir auf, die Boje zwischen uns. Als wir uns über sie hinweg küßten, sah ich, daß auch sie ihren Badeanzug ausgezogen und auf die Boje gelegt hatte. Sie zog mich zu sich, und ihre Hand schlich auf meiner Haut nach unten, bis sie weit genug war, um meine Mannhaftigkeit zu prüfen. Das Ergebnis schien ihr zu genügen, denn sie verschränkte ihre Beine auf meiner Rückseite, was sicherlich eine der schönsten Arten ist, festgenommen zu werden. Und während sie mir demonstrierte, wie weit man mit bloßem Hin und Her kommen kann, fragte sie: »Was mach ich nur, wenn Ervin in Korea bleibt?«

»Mach doch weiter«, sagte ich.

»Ach, Timmy – fällt dir sonst nichts ein?«

»Aber sicher. Weißt du überhaupt, wie schön du bist?«

»Weiß ich. Was mach ich, wenn Ervin nicht zurückkommt?«

»Aber du hast doch mich!«

»Wirklich? Timmy, mal ehrlich – würdest du mich heiraten?«

Und dann küßte sie mich aufs Ohr und preßte meine Hüfte an sich. Das war gutgemeint, aber nach längerer Enthaltsamkeit schon ausreichend, um mir zuerst mein Sperma und damit auch Begierde und Entschlußkraft zu rauben.

»Aber –«, murmelte ich, »was ist mit Ervin?«

Sie merkte, daß die Zeit für heiße Schwüre schon vorbei war. »Also willst du oder willst du nicht?« sagte sie verärgert, während sie sich von mir löste. Als ich nicht gleich antwortete, nahm sie ihren Badeanzug von der Boje und streifte ihn über. Ich wollte nach meiner Badehose greifen, aber die lag nicht mehr auf ihrem Platz.

»Wo ist meine Badehose?« fragte ich.

»Weiß ich doch nicht«, antwortete sie und schwamm zum Ufer. Ich tauchte, aber im trüben Wasser sah ich nichts. So schwamm ich Angelika hinterher, die schon den Strand erreicht hatte und dabei war, der kleinen Marianne die Schuhe zuzubinden. Ich rief und winkte, aber sie tat, als bemerkte sie mich nicht. Seelenruhig zog sie sich an, nahm ihren Beutel und verschwand in Richtung Bushaltestelle, das Töchterchen an der Hand.

Nackt im Wasser eines öffentlichen Strandbades zu schwimmen, ist eine gute Gelegenheit zur Selbsterforschung – oder, um das neuzeitliche Wort zu benutzen, zur »Selbsterfahrung«. Der Unterschied liegt darin, daß »Erfahrung« etwas durch und durch Positives ist; außerdem suggeriert die Konnotation von Reife und innerer Entwick-

234

lung wie bei einer Briefmarkensammlung ein stetiges Anwachsen. Bei mir war das leider nie der Fall. Mit meiner Erfahrung ging es mir wie mit Telefonnummern: das meiste vergaß ich.

Die Situation schien peinlich, war es aber um so weniger, je mehr ich mich mit ihr vertraut machte. So oder so mußte ich den Weg zur Decke ohne Badehose zurücklegen. Das konnte ich sofort und ohne Umstände tun, oder aber im Wasser warten, bis es dunkel würde, zur Not auch an einer versteckten Stelle ein paar Zweige abbrechen, um meine Blöße zu bedecken. Beides wäre mir albern vorgekommen. Also schwamm ich geradewegs aufs Ufer zu und ging ruhigen Schrittes zur Decke. Die Leute, die mich ansahen, reagierten mit freundlichem Lächeln. Das ist das Gute an den Deutschen: sie mögen es, wenn man etwas aus Überzeugung tut. Selbst wenn man das nur spielt, sind sie stets bereit, eine Philosophie dahinter zu vermuten.

In den nächsten Tagen sah und hörte ich nichts von Angelika. Ich spürte, daß meine Rolle als Ersatzmann für Ervin zu Ende ging, doch zu meiner Überraschung bedrückte es mich nur wenig. Das lag wohl an dem Brief von Teddy, und noch mehr an Marilyns Karte. Sie mochte kurz und nichtssagend sein, aber das Wichtigste war, daß wir wieder Kontakt hatten. Mit einer Freude, wie ich sie lange nicht mehr verspürt hatte, räumte ich mein Zimmer auf und stellte die Möbel um. Ganz zuletzt hängte ich aus meiner Sammlung mit Bildern von Marilyn die schönsten an die Wand. Nur ein einziges der Bilder, die vorher dort hingen, ließ ich an seinem Platz: Roberts Foto von Edna und mir. Ihre Liebe hatte mich geadelt – war ich jetzt nicht reif und bereit auch für das Schönste und Größte?

Ich hätte die ganze Welt umarmen können, und wie es so geht, fand ich in dieser Stimmung tatsächlich bald jemand zum Umarmen: meine Kommilitonin Karla. Sie schrieb wie ich an ihrer Dissertation, und zwar über »*Sprachbeharrung und Sprachentwicklung in der Emigration*«.

Nähergekommen waren wir uns im Doktoranden-Kolloquium, das seine Fortsetzung meist in einer Kneipe fand. Da fragte sie mir Löcher in den Bauch über die USA, vor allem über das Leben der Emigranten. Sie dachte, ich könnte ihr kompetente Auskunft geben, denn schließlich stammen wir Amerikaner außer ein paar Indianern allesamt von Auswanderern ab oder sind gerade erst eingewandert. Aber Auswanderer und Emigranten haben weniger gemeinsam, als man denkt; letztere müssen ihr Land verlassen, erstere wollen es, und darin liegt wie bei jeder Trennung aller Unterschied der Welt.

Genau das macht uns Yankees zu schaffen. Seit jeher haben wir Europa gegenüber ein Gefühl von Minderwertigkeit, das in unserem Mangel an Geschichte begründet liegt. Und obwohl wir uns nach Kräften gegen Asiaten und Hispanos abschotten, fühlen wir uns immer noch geschmeichelt, wenn Europäer bei uns Einlaß begehren; wir nehmen es als Bestätigung unserer Lebensform.

Die Emigranten jedoch treibt nicht die aufkeimende Liebe zu Amerika, sondern Verfolgung und Unterdrükkung. Ihre Hoffnung gilt der Rückkehr, und so lernen sie weder unsere Sprache, die als genügsamer Bastard aus englischer Semantik und dem Kauen von Bisonsteaks entstand, noch sind sie bereit, sich unserem landesüblichen Optimismus zu unterwerfen – geschweige denn ihn zu verbreiten.

Ist es ein Wunder, daß Leute wie Brecht oder Heinrich Mann bei uns kein Bein auf die Erde kriegten? Wer bei uns nicht reich werden will, der wird eben arm, so einfach ist das. Wir Amerikaner sind für Gerechtigkeit, und das heißt: wir lieben es, wenn man uns liebt, und wer das nicht tut, soll uns gestohlen bleiben. Vielleicht erklärte sich so auch der nationale Zorn auf Ingrid Bergman. Wir hatten sie für eine von uns gehalten, und plötzlich läßt sie sich nicht nur mit einem Italiener ein (das hätten wir vielleicht noch verziehen), sondern folgt ihm auch noch bis nach Sizilien. Verrat, Verrat!

Anfang September klopfte es eines Abends an der Tür meines Apartments. »Herein!« rief ich und dachte, es wäre Karla. Aber wer steht vor mir? Angelika und Ervin.

»Altes Haus!« rief mein früherer Waffenbruder. »Schön, dich wiederzusehen! Dachte schon, ich käme nie wieder raus da unten.«

Er war in Zivil, und er hinkte.

»Der Preis der Freiheit«, sagte er mit einem Blick auf sein Bein. »Es war nicht einmal ein Koreaner, sondern ein Esel aus Alabama, der mir besoffen gegen das Knie gefahren ist. Irgendwann werde ich ihm das sehr übelnehmen, aber im Augenblick denke ich lieber an Angelika. Besten Dank übrigens, daß du dich so freundlich um meine Familie gekümmert hast!«

Ich sah ihn vorsichtig an, aber es lag keine Ironie in seinem Gesichtsausdruck.

Angelika, die mir betont kühl die Wange zum Gruß hingehalten hatte, sagte nur wenig. Um so mehr erzählte Ervin. Vormärsche, Rückzüge, Pannen, Wunden, Besäufnisse – das übliche Soldatenzeug. Zuletzt schwärmte er von einem Konzert mit der »fabelhaften Marilyn Monroe – der einzigen Frau auf der Welt, die ich noch lieber neben mir gehabt hätte als Angelika«.

Er war zu aufgekratzt, um das Stirnrunzeln seiner Verlobten mitzubekommen. Aber er brachte mich auf eine Idee.

»Sag mal – im Kasernenkino läuft ab heute ihr neuer Film. Habt ihr Lust?«

»Eigentlich wollten wir essen gehen und dich dazu einladen. Vielleicht morgen. Was meinst du, Angelika?«

»Wie du willst, Ervin.«

Am nächsten Abend sahen wir *River Of No Return*. Angelika saß zwischen uns, an Ervin geschmiegt und ohne einen Blick für mich. Aber vorn auf der Leinwand spielte meine alte neue Liebe, und so war auch ich nicht ganz allein.

Marilyn in einem Western, das mußte wohl früher oder später einmal kommen. Sie spielt die Barsängerin Kay, die mit dem Glücksritter und Falschspieler Weston liiert ist. Der will eine ergaunerte Goldmine anmelden, hat aber weder Pferd noch Gewehr; also schlägt er den Farmer Matt Calder nieder und »leiht« sich beides bei ihm. Kay bleibt bei dem verletzten Farmer und dessen neunjährigem Sohn, den Calder nach Jahren der Trennung gerade zu sich geholt hat. Als das Haus von Indianern angegriffen und in Brand gesteckt wird, fliehen sie zu dritt auf einem Floß, und die Fahrt auf dem »River Of No Return« schweißt sie auf Leben und Tod zusammen.

Diesmal war es keine komische Rolle. Aber wenn der Film zeigen sollte, was Marilyn als Schauspielerin konnte, dann war die Sache danebengegangen. Von den Gesangsszenen abgesehen, fand ich ihr Spiel hölzern und aufgesetzt; die Art, wie sie Calder ansah, um innere Bewegung auszudrücken, war teils übertrieben, teils unfreiwillig komisch. Ein bißchen schämte ich mich für sie. Ich schielte zu Ervin und Angelika hinüber, aber die saßen engumschlungen und kriegten kaum etwas mit.

Wie schon in *Niagara*, so strotzt auch hier die Handlung von Unglaubwürdigkeiten. Am Schluß geht Weston, statt den unbewaffneten Calder um Verzeihung zu bitten, mal eben zu ihm hinüber, um ihn auf offener Straße abzuknallen – wie das im Wilden Westen bekanntlich üblich war. Ein Glück, daß Calders Sohn gerade in einem Laden mit einem Gewehr spielt; so kann er Weston in Notwehr von hinten erschießen … was auch Calder einstmals getan hatte, um einen Freund zu retten – woraufhin er ins Gefängnis mußte und sich nicht um seinen Sohn kümmern konnte, aber nun ist das alles geklärt …

Nur eine Kleinigkeit fehlt noch: in der vorletzten Szene singt Kay wieder in der Bar. Offenbar hat sie in den wenigen Stunden nicht nur einen neuen Job gefunden, sondern sich auch ein neues Kostüm nähen lassen und mit den Musikern ein komplettes Programm einstudiert. Calder tritt ein und geht zielstrebig auf Kay zu – ein Mann, der weiß, wo's langgeht. Ohne ein Wort zu sagen, wirft er sie über den Rücken wie einen Sack Mais und trägt sie zur Pferdekutsche, die er auf Kredit gekauft hat. Auf die Frage, wo sie hinfahren, antwortet er: »Nach Hause!« – also mitten unter die Indianer auf Kriegspfad, um das abgebrannte Haus wieder aufzubauen –, und zum Zeichen, daß Kay glücklich ist und von nun an in der Einöde eine brave Farmersfrau sein wird, wirft sie ihre roten Stöckelschuhe weg ...

Und wieder einmal zogen die Kritiker daraus, daß Männer eine dumme Rolle für Marilyn ausgedacht hatten, nicht den Schluß, daß die ausdenkenden Herren Dummköpfe waren – nein, das Dummchen war die Schauspielerin.

28
Anders als die anderen

Daß *River Of No Return* ein schlechter Film ist, steht auch heute noch für mich fest. Über anderes bin ich mir weniger sicher. Ist er, weil schlecht, auch automatisch belanglos?

Es ist nämlich eine durchaus offene Frage, was interessanter ist: gute oder schlechte Filme.

Beim Kunstwerk kommt es auf Originalität und geistige Durchdringung an; das Klischee – gedankenlose Reproduktion des Gängigen – ist zwangsläufig künstlerisch belanglos. Will man aber Auskunft über den Zustand von Land und Leuten, gelten andere Maßstäbe. Hier zählt im Gegenteil das Selbstverständliche, also das Klischee. Deshalb sind schlechte Filme als Spiegel der Gesellschaft aufschlußreicher als gute.

Und was im *River Of No Return* auf den ersten Blick absurd erscheint, zeigt in der Tiefe eine Logik eigener Art. Nehmen wir Calders Farm, auf der er mit seinem Sohn leben will: mitten im Indianergebiet, weit und breit weder Nachbarn noch Schule. Kein Vieh, keine Hühner, und nicht einmal eine Pistole in Reserve. Das ist so lächerlich, daß Wichtiges dahinterstecken muß.

In der Tat: durch die Abgeschiedenheit des Hofes sind die Protagonisten auf sich allein gestellt. Ohne Pferd und Gewehr können sie sich weder verteidigen noch Hilfe holen – als die Indianer kommen, bleibt nur die Flucht auf dem Floß, unter ständiger Lebensgefahr. Die Handlung ist albern konstruiert, aber sie führt in eine Grundsituation von mythischer Dimension: die Odyssee eines Mannes und einer Frau, von Mensch und Natur bedroht, auf Gedeih und Verderb miteinander verbunden.

Spannung im Film erwächst aus der Erwartung des Zuschauers. Einen Mann und eine Frau zusammenzusperren, ist dafür ein beliebtes Mittel. Bewährt sind auch die hier gewählten Typen: auf der einen Seite der »richtige Kerl«, auf der anderen die schöne Frau in erniedrigenden Umständen. Wenn diese Frau dann noch von Marilyn Monroe gespielt wird, ist klar, worum es geht. Oberflächlich ist das ein Western, aber das wirkliche Thema des Films ist die Sexualität. Welcher Weg führt von Distanz über Interesse zur Umarmung?

Was den Mann betrifft, ist die erste Anwort einfach: um eine solche Frau dauerhaft zu gewinnen, muß er sie sich erkämpfen. Dafür muß er alles einsetzen, was er hat – wenn es sein muß, das Leben. Aber selbst das reicht nicht: neben der äußeren Prüfung muß Calder auch eine innere bestehen. Schönheit, erklärt er seinem Sohn, ist vergänglich, und so hält er von Kay zunächst gar nichts. Darum liegt der zweite Teil seiner Prüfung darin, ihn die menschlichen Werte der Barsängerin erkennen zu lassen.

Klischees im Film erleichtern nicht nur das Schreiben, sondern sparen der Filmhandlung auch Zeit. Zum Beispiel wüßte man gern: Taugt die Sängerin als Ehefrau und Mutter? Im Leben eine Schicksalsfrage, reicht hier eine Szene: Kay hat sich um Calders Sohn gekümmert, will aber kein Geld dafür – Probe bestanden.

Jedenfalls aus Sicht des Zuschauers. Was aber ist mit Calder? Noch immer zeigt er ihr die kalte Schulter. Verdammt, wann begreift dieser Narr endlich, denkt der Zuschauer, dessen Herz von Anfang an für die schöne Kay schlägt. Dabei übersieht er das Entscheidende: die Prüfung des Mannes ist noch nicht beendet. Der letzte Test steht noch aus – und Calder besteht ihn mit Leichtigkeit.

Doch ausgerechnet der Zuschauer (also der einzige, auf den es letzten Endes ankommt) fällt bei dieser Prüfung durch. In seiner Naivität glaubt er, seine Sympathie für die Frau würde ihm umgekehrt auch die Sympathie der Frau einbringen – ein folgenschwerer Irrtum. Das zeigt der Satz, mit dem Kay den letzten Teil der Prüfung für bestanden erklärt – für Calder, aber nicht für den Zuschauer: *»Du bist anders als alle Männer, die ich kenne.«*

Ein schicksalhafter Satz – Dreh- und Angelpunkt im romantischen Bild der Liebe, die wegen ihrer Einmaligkeit nur einem einzigartigen Menschen geschenkt werden kann. Aber der Satz beschreibt auch bündig unser Ideal von Persönlichkeit und Selbstwertgefühl: *anders als die anderen.* Er zeigt, wie brüchig die Fassade von Demokratie ist, unter der wir Amerikaner – dieses grandiose Volk von Hergelaufenen aller Nationen – unser Staatswesen aufgebaut haben. Wenn nämlich jeder Bürger nicht nur vor dem Gesetz, sondern auch vor unseren Gefühlen gleichermaßen wertvoll wäre, dann brauchte die Frau nicht zu prüfen, ob der Auserwählte *anders* ist als die meisten, sondern im Gegenteil, ob er *genauso* ist. Aber der politischen Fiktion des gleichberechtigten Pöbels setzt unser Innerstes ungerührt die Aristokratie der Gefühle gegenüber – und genau das ist der Schlüssel zu unserem nationalen Unglück. Denn im Bestreben, unsere Einzigartigkeit unter Beweis zu stellen, entwickeln wir uns immer mehr zu einer Gesellschaft von Wichtigtuern, Freaks und Sonderlingen, die allen Moden und Verrücktheiten nachjagen, doch dabei permanent zur Seite schielen, ob auch ein Publikum da ist, das ihre Besonderheit zur Kenntnis nimmt.

Normalerweise besteht zwischen den Gefühlen des Helden und denen des Zuschauers kein großer Unterschied. Der Held kämpft und liebt ja stellvertretend für den Zuschauer, und dieser kann gar nicht anders, als sich mit dem Helden zu identifizieren. Aber diese Gemeinsamkeit erfährt in *River Of No Return* gerade beim entscheidenden Aspekt eine perfide Spaltung – dort nämlich, wo es um den Umgang des Mannes mit der Sexualität geht.

Daß Calder *»anders als die anderen«* ist, zeigt schon die erste Szene im Saloon: alle Männer lauschen hingerissen den Liedern von Kay, nur Calder hat kaum einen Blick für sie übrig. Auch auf dem Floß bleibt er immer auf Distanz. Als Kay vor Kälte und Anstrengung zusammenbricht, trägt Calder sie in eine Höhle am Ufer, bringt ihr eine Decke und wartet draußen, bis sie ihre nassen Sachen ausgezogen hat. Um sie aufzuwärmen, massiert er sie durch die Decke hindurch; darunter ist sie nackt, aber noch immer zeigt er keine Emotionen. Selbst als er später einmal versucht, Kay zu vergewaltigen, hat man nicht den Eindruck, hier äußere sich ein vorher unterdrücktes Verlangen. Nein, er zeigt bloß, daß er sie für eine Hure hält – und daß sein Desinteresse nicht etwa platter Impotenz entspringt.

In allem kann der Zuschauer Calder folgen – nur nicht in seiner Gleichgültigkeit gegenüber der schönen Kay. Doch ist diese Zurückhaltung Bedingung für ihre Zuneigung: als zwei Goldgräber vorbeikommen und einer sein Interesse an ihr erkennen läßt, reicht das, um ihn als »schmierig« und »widerlich« zu bezeichnen. Also müßte auch der Zuschauer, um genauso geliebt zu werden wie Calder, sich seiner erotischen Gedanken entledigen – und gerade das ist unmöglich. Warum das so ist, hat keiner so klar formuliert wie Albert Einstein: »*Der Mensch kann machen, was er will, aber er kann nicht wollen, was er will.*«

Und hier kann er es schon gar nicht. Der Zuschauer hat keine Chance, denn die Falle, in der er sitzt, ist – das Kino. Der Betrachter weiß nun einmal, was Calder nicht weiß: daß Kay von Marilyn Monroe gespielt wird, also dem Inbegriff erotischer Ausstrahlung, und daß auf dem Filmplakat steht: »*Mitchum and Monroe in a love-battle to the finish!*« In seiner Phantasie kann er mit ruhiger Hand das Floß lenken, Indianer niederschlagen, bloß mit dem Messer gegen einen Puma kämpfen – nur eines kann er nicht: Marilyn *nicht* begehren.

Wahrlich ein schönes Versprechen: die Frau gewährt dem Mann alles, was er sich wünscht – vorausgesetzt, er hört auf, es zu wünschen. Wie die katholische Heilslehre verspricht das romantische Klischee Erlösung, schafft aber gleichzeitig Bedingungen, die den Zuschauer in den Zustand permanenter Erbsünde versetzen.

Der gerührte Zuschauer wird hier Einspruch erheben. Ist nicht, wird er sagen, dieses Klischee zwar als Idealbild unerreichbar, aber im Kern trotzdem erstrebenswert? Ist nicht die Sicht der wahren Liebe als Geschenk, das die Frau nur einem, dann aber für immer macht, nach wie vor etwas Wunderbares? Und ist nicht der Anspruch gerechtfertigt, daß der Mann seine verdammte Geilheit beherrschen muß, die immer bereit ist, auf jede hübsche Larve und jeden geschwenkten Hintern anzusprechen?

Ich bin anderer Meinung. Dieses Heldenleitbild, das als männliche Vorleistung für die Liebe ritterliche Schwerarbeit und emotionale Selbstverleugnung verlangt, ist mir suspekt, selbst wenn es seit Jahrtausenden kultiviert wird. Im Kern ist es ein heroisch verbrämtes Geschäft: Leistung gegen Liebe.

Wieder einmal zeigt sich die Urangst des Mannes, daß er in der Sexualität gewinnt, die Frau hingegen verliert – und das ganze erträumte Heldentum dient nur dazu, sein schlechtes Gewissen darüber zu beschwichtigen. Die romantische Verklärung der Frau ist Ausdruck männlichen Schuldgefühls, mehr nicht.

Aber wollen die Frauen das?

Manche vielleicht, aber solche wie Edna nicht. Denen reicht Liebe gegen Liebe, und ein fröhlicher Freund ist ihnen lieber als ein dankbarer.

Zwei Wochen nach Ervins Rückkehr besuchte ich ihn und Angelika. Ervin war in Hochform und riß einen Witz nach dem andern. Als ich dachte, jetzt würde er sich beruhigen, holte er eine Flasche Sekt aus der Küche und drückte jedem ein Glas in die Hand.

»Prost, Herr Doktor!« rief er in voreiliger Anspielung auf meine ausstehende Promotion. Und er fuhr fort:

»Melde gehorsamst: Schütze Ervin setzt zweiten Volltreffer! Und nächsten Freitag ist Hochzeit!«

Dabei klatschte er Angelika auf den Hintern und wollte mit ihr anstoßen. Aber sie schlug ihm auf die Hand und stellte ihr Glas so heftig auf den Tisch, daß die Hälfte herausschwappte.

»Schwatzmaul! Mußt du immer gleich alles ausposaunen?«

Sie ging mit rotem Kopf zum Fenster, und Ervin grinste unsicher.

»Weiber«, sagte er und schüttelte den Kopf, »da soll sich einer auskennen. Trink, alter Junge!«

Während ich trank, gingen mir die Daten von Angelikas Regelblutung – »pünktlich wie ein Uhrwerk« – durch den Kopf. Ich rechnete, rechnete noch mal … plötzlich verschluckte ich mich und fing an zu husten, woraufhin mir Ervin herzlich auf den Rücken klopfte. Jetzt war auch ich rot im Gesicht … vom Husten, versteht sich.

Die Hochzeitsfeier fand in kleinem Rahmen statt. Vorher stritten sich die beiden über alles mögliche, zum Beispiel darüber, ob sie die alte Kolonne der Trümmerfrauen einladen sollten. Angelika war dafür, Ervin aber nicht.

»Das will sie bloß, um mich daran zu erinnern, daß ich auch anderen den Hof gemacht habe«, sagte er. »Wenn es später mal Streit gibt, steht schon jetzt fest, daß ich schuld bin.«

»Aber, aber«, tadelte ich, »wer wird denn als glücklicher Bräutigam daran denken, daß es jemals Streit geben könnte?«

»*Ich* werde das«, knurrte er, und ich glaubte in seiner Stimme einen Unterton herauszuhören, der nicht nur Angelika galt. »Schließlich habe ich schon den Ehekrieg mit Jenny glorreich verloren, und gebranntes Kind scheut das Feuer. Bin noch nicht mal verheiratet, muß bald für zwei Schreihälse sorgen und kriege Rechnungen für Sachen präsentiert, die ich nie bestellt habe.«

»Wie meinst du das?« fragte ich, vielleicht eine Spur zu hastig.

»Na, diese verdammte Schauspielerei. Ich will mir einen Job suchen, damit ich nicht bloß zu Hause hocke und Kindermädchen spiele, aber sie sagt: Ervin, solange dein Geld als Invalide reicht, kannst du ruhig ein bißchen im Haushalt helfen. Sagt sie. Dann klingelt es, und wer steht vor der Tür? Eine sogenannte Freundin, die sie zur Schauspielschule abholt. Ein rothaariges Teufelsweib, diese Freundin, mit der würde ich auch gerne zur Schule gehen. Jedenfalls langweile ich mich, und das muß ein Ende haben.«

29
Ehrungen und Umzüge

Das Nobelpreiskomitee gab seine Entscheidung bekannt, und sie machte mich stolz – als hätte ich mit meiner angefangenen Dissertation dazu beigetragen, den Preis der Sparte Literatur an Ernest Hemingway gehen zu lassen.

Wie fühlt man sich, dachte ich, wenn einem die Öffentlichkeit die höchste Krone aufsetzt, die sie zu vergeben hat? Wenn man auf einmal von allen Seiten beneidet wird?

Und ich dachte an Joe DiMaggio. War nicht auch die Heirat mit einer Frau, um die einen Millionen beneideten, mit der Anerkennung eines Lebenswerkes vergleichbar? Doch, auf gewisse Weise war sie das. Jedenfalls wenn die Kriterien der romantischen Liebe galten, wonach die begehrenswerteste Frau demjenigen Mann zuteil wurde, der sie am meisten verdiente.

Und was war von Teddys Bemerkungen zu halten, daß es zwischen Marilyn und DiMaggio bereits Konflikte gäbe?

Sie bestätigten sich schnell. Natürlich hatte ich postwendend auf die Karte von Marilyn geantwortet, und im Sommer teilte sie mir mit, ich solle ihr »vorübergehend« an die Adresse einer gewissen Natasha Lytess schreiben. Bald darauf begannen die Dreharbeiten zu *The Seven Year Itch*. In der Wochenschau sah ich eine turbulente Szene: da steht sie mitten auf der Straße über einem New Yorker U-Bahn-Schacht, dessen Luftstrom ihren Rock hochwirbelt, und drumherum ein Riesentumult von Reportern und Passanten. DiMaggio, so berichteten die Zeitungen, verließ wutschnaubend den Ort des Geschehens. Am nächsten Tag erschien Marilyn mit blauen Flecken am Set. Wenig später gab sie ihre Trennung von DiMaggio bekannt.

Ob der Erzbischof daraufhin dessen Exkommunikation aufhob, wurde nicht mitgeteilt. Aber zum Jahreswechsel gab es eine neue Sensation: »*Marilyn Monroe trennt sich von der Fox! Gemeinsam mit dem Fotografen Milton Greene: Gründung der ›Marilyn Monroe Productions‹! Jack Warner übernimmt Vertrieb künftiger MMP-Filme!*«

Also jetzt sogar Chefin einer eigenen Firma ... während ich noch nicht einmal meine Doktorarbeit fertig hatte. Auf einer Pressekonferenz erklärte Marilyn, sie werde in keinen Klamaukfilmen mehr auftreten, sondern nur noch anspruchsvolle Rollen spielen. Die Reporter wollten Beispiele, und sie nannte *Die Brüder Karamasow.* Jemand fragte, welchen der Brüder sie spielen wolle, und sie antwortete brav: »Keinen, ich meine die Grushenka.« Das wurde als hübscher Witz empfunden, obwohl nur der Reporter seine Ahnungslosigkeit unter Beweis gestellt hatte. Aber über ihn lachte keiner.

Warum wollte sie die Grushenka spielen? War es ein Floh, den ihr einer ihrer neuen Freunde ins Ohr gesetzt hatte, etwa ihr neuer Partner Milton Greene? Um das festzustellen, las ich den Roman noch einmal (das erste Mal lag ungefähr zehn Jahre zurück), und bald war ich den Reportern dankbar:

»*Grushenka kam mit einem fröhlichen Lächeln an den Tisch. Aljosha fühlte, daß ihn etwas durchzuckte. Das also war sie: dieses angsteinflößende Weib – das ›Tier‹, wie Iwan sie noch vor einer halben Stunde genannt hatte. Jetzt stand sie vor ihm: auf den ersten Blick das gewöhnlichste und schlichteste Geschöpf, eine gute, freundliche Person, zwar eine hübsche Frau, doch auf den ersten Blick allen anderen ›gewöhnlichen‹ hübschen Frauen ganz ähnlich. Aber nein, sie war schön, sehr schön sogar – eine durch und durch russische Schönheit, wie sie von so vielen leidenschaftlich geliebt wird: hochgewachsen, von weiblicher, voller Gestalt, mit weichen, katzenartigen Bewegungen, die ebenso wie ihre Stimme bis zu einer fast süßlichen Manier verzärtelt zu sein schienen. Anders als Katerina*

Iwanowna kam sie nicht mit festem, mutigem Schritt ins Zim-
mer – nein, sie näherte sich geräuschlos; auf dem Fußboden
hörte man keinen ihrer Schritte. Weich ließ sie sich auf dem
Lehnstuhl nieder, weich rauschte ihr prächtiges schwarzes Sei-
denkleid, und ein kostbarer schwarzer Schal umhüllte beinahe
zärtlich den schneeweißen Hals und ihre kräftigen Schultern.

Sie war zweiundzwanzig Jahre alt, und ihr Gesicht ent-
sprach genau diesem Alter: ein Teint von makellosem Weiß,
nur die Wangen mit einem Hauch von Rosa. Das Gesicht eher
breit als schmal, mit leicht vortretendem Unterkiefer, die
Oberlippe schmal und fein, hingegen die Unterlippe ausge-
sprochen voll, beinahe wie geschwollen. Ihr herrliches blondes
Haar, die feingeschwungenen Augenbrauen, ihre wundervol-
len graublauen Augen mit den langen Wimpern hätten selbst
den gleichgültigsten Menschen – einerlei wo, in einer Volks-
menge, beim Spaziergang, auf der Straße – veranlaßt, vor die-
sem Gesicht plötzlich stehenzubleiben und es lange in der Er-
innerung zu behalten. Am meisten jedoch überraschte Aljoscha
ihr naiver, gutmütiger Gesichtsausdruck. Sie blickte ihn an
wie ein Kind, freute sich über irgend etwas wie ein Kind, und
die Freude war ihr anzusehen, als sie sich ihm und den ande-
ren näherte – als würde sie mit ungeduldiger, zutraulicher
Neugier etwas Besonderes erwarten.«

Fühlte Marilyn sich damit selber beschrieben? Oder
glaubte sie nur, sich besonders gut in diese Frau hineinver-
setzen zu können? Immer vorausgesetzt, sie hatte das Buch
selber gelesen.

Die Gesetze der Filmwirtschaft verlangten, daß erst einmal die Lagerbestände abgestoßen werden mußten, sprich,
der Musikfilm *There's No Business Like Showbusiness*. Was
ich darüber las, ließ mich das Schlimmste befürchten, und
so versäumte ich es, mir bei Bernie Karten für die erste Aufführung im Kasernenkino zu sichern. Als ich am Abend
hinging, war alles ausverkauft, und vor dem Eingang drän-
gelte sich eine Traube betrunkener Soldaten – keine Chance,
hineinzukommen.

Am nächsten Tag rief ich Bernie an, aber er schien beleidigt, daß ich mich nicht früher gemeldet hatte. Nach langem Zureden versprach er mir für den Abend einen Platz. Den bekam ich tatsächlich – in der ersten Reihe. Ich starrte zur Leinwand hoch und fühlte mich gedemütigt, zumal der Streifen meine Befürchtungen noch übertraf: billige Songs mit rosa Zuckerguß verrührt und mit der konfusen Story einer bis zum Erbrechen reizenden Entertainer-Familie auf endlose hundert Minuten aufgeblasen. In seiner Bemühtheit, gute Laune zu verbreiten, war der Film so deprimierend, daß ich ihn mir entgegen meiner sonstigen Gewohnheit kein zweites Mal ansah. Lieber wartete ich auf *The Seven Year Itch*.

Doch erst einmal ließ die 20th Century Fox ihre Anwälte auffahren und bestand auf Einhaltung der bestehenden Verträge. Das roch nach Ärger. Aber im Frühjahr 1955 erhielt ich zum erstenmal einen längeren Brief von Marilyn, und während ihre sonstigen Mitteilungen eher hingekritzelt wirkten – mit einzelnen abgerissenen Buchstaben, deren Achsen hin und her schwankten, als müßte sie sich jede Sekunde zum Schreiben aus einem Bündel gehetzter Termine herausschneiden – war der Brief in einer ruhigen Handschrift verfaßt. Auch sein Inhalt wirkte ausgesprochen zuversichtlich:

»Timmy, mir ist, als ob ich jetzt erst zu leben anfange. Milton Greene ist wirklich in Ordnung. Er versteht mich und schätzt meine Arbeit wie kaum ein anderer. Ich bin auch regelmäßig im Actors Studio von Lee Strasberg, bestimmt hast du von ihm gehört. Er ist ein Genie. Die besten Schauspieler haben bei ihm gelernt, Marlon Brando, James Dean, wirklich die besten. Lee sagt, eines Tages werde ich jede Rolle spielen können, ich muß sie nur begreifen, von innen her. Das nennt er ›Die Methode‹. Ich habe auch eine Analyse angefangen, jetzt sehe ich vieles klarer, was früher falsch gelaufen ist. Aber jetzt geht es wirklich aufwärts. Ich schlafe auch viel besser, seit ich in New York bin.

PS: Ich habe einen SEHR *interessanten Schriftsteller ken-*

nengelernt. Schreibst du immer noch Geschichten? Ich be-
neide Schriftsteller. Sie haben es viel besser als Schauspieler. –
Noch was: hast du von Teddy gehört? Ich hoffe, es geht ihm
gut. – Marilyn.«

Als Angelikas Bauch sich zunehmend rundete, zeigte Ervin, daß er trotz allem Herr im Haus war. Zu seinem Geburtstag im März hatte er ein paar alte Kameraden eingeladen, die noch in Berlin waren, und als ein Sergeant einen Trinkspruch auf »unser Berlin und seine Schönheiten, vor allem die weiblichen«, ausbrachte, erhob sich Ervin und setzte, dem Anschein nach etwas benebelt, zu einer Rede an.

»Liebes Weib, verehrte Gäste, hochgeschätzte Soldaten und lausige Zivilisten, ich will euch mal was sagen. Diese Stadt fällt mir im Unterschied zu euch auf die Nerven, ich brauche endlich wieder Sonnenschein. Und mein zweites Kind – ich vermute doch, es ist von mir – soll nicht in einem Karnickelstall mit Klo auf der Treppe zur Welt kommen.«

»Du vermutest es? Was soll das heißen, eh?« fauchte Angelika, die ihn sehr gut verstanden hatte, sich seine Worte aber trotzdem von mir übersetzen ließ.

Ervin schien verwirrt; der Einwurf hatte ihn aus dem Konzept gebracht.

»Was hat die Frau?« fragte er mich. »Sag ihr, es war ein Witz, und sie soll endlich vernünftig Englisch lernen. Wo war ich stehengeblieben? Also: ich hab mir einen Job an Land gezogen, ich werde Sekretär meiner Farmergenossenschaft im schönen Illinois. Freue dich, Weib, denn du kommst endlich aus diesem Loch heraus! Du wirst Amerikanerin! Du lernst Amerika kennen! Toll, was?«

»Und was wird aus meiner Ausbildung?« fragte Angelika.

»Nun halt mal die Luft an!« antwortete Ervin. »Woher kommen denn die besten Filme der Welt? Und wo man die macht, da werden ja wohl auch die besten Schauspieler ausgebildet.«

»Hältst du mich für blöd?« protestierte Angelika. »Dann

nenne mir doch bitte einen Film, der in Illinois hergestellt wurde! Gibt's bei euch überhaupt ein Theater?«

»Falls du es noch nicht gemerkt haben solltest: ich bin Farmer. Ich verspreche dir wunderschöne Landschaft und gute Luft für unsere Kinder – was willst du eigentlich? Glaubst du vielleicht, du bist nur schön, wenn dich möglichst viele Leute bewundern können?«

Unter normalen Umständen wäre die Auseinandersetzung spannend geworden, aber die Schwangerschaft war ein Handikap für Angelika. So gab sie nach und begann, sich mit dem Gedanken an die Übersiedlung vertraut zu machen. Jetzt nahm sie dreimal in der Woche an meinen Kursen in der Sprachschule teil. Ich holte sie ab, und immer mühsamer zwängte sie sich in den Seitenwagen der alten BMW. Zu Hause war sie fleißig, aber beim Unterricht hatte ich oft den Eindruck, daß sie träumte. Auf der Rückfahrt zu ihrer Wohnung seufzte sie häufig und murmelte halb zu mir, halb zu sich: »Was mach ich nur, was mach ich nur.« Einmal ergriff sie, im Seitenwagen sitzend, meine Hand und weinte still vor sich hin. Ich hätte sie gerne getröstet, brauchte aber beide Hände am Lenker. Hinterher half ich ihr heraus, tätschelte ihre Hand und sagte:

»Nicht weinen, meine Schöne! Unser Kind soll doch nicht denken, das Leben wäre etwas Trauriges!«

Da schluchzte sie und trommelte mir mit beiden Fäusten auf die Brust, daß es beinahe weh tat.

»Sag das nie wieder«, flüsterte sie. »Hörst du? Nie wieder!«

Meine Doktorarbeit lag in den letzten Zügen, oder besser gesagt, sie stand wie Angelika kurz vor der Entbindung, da sprach mich nach der Vorlesung mein Doktorvater an.

»Haskins«, sagte er (denn er hatte die Gewohnheit, seine Studenten mit Nachnamen und ohne »Herr« anzureden), »können Sie morgen vormittag zu mir ins Büro kommen? Sagen wir, vor dem Oberseminar? Es gibt da was zu bereden.«

Ich hatte gerade die vorletzten Kapitel meiner Dissertation abgeliefert, und zwar in dem Gefühl, sie wären mir gelungen. Daher war ich etwas beunruhigt, und ich atmete auf, als ich am nächsten Morgen als erstes eine Tasse Kaffee angeboten bekam. Die Stimmung war ausgezeichnet; mit Mängeln in der Doktorarbeit konnte das nicht zusammenhängen.

»Haskins – erzählen Sie mir doch mal ein bißchen über Massachusetts!«

Alles, was ich wußte, stammte aus meiner Schulzeit: einer der ruhmreichen Staaten der Gründerzeit, dichtbevölkert, überwiegend industrielle Wirtschaftsstruktur, Hauptstadt Boston. Mehr fiel mir nicht ein, aber es reichte schon, um den Professor ungeduldig zu machen.

»Und die Wissenschaften? Die Universitäten?«

»Nun ja, berühmte Colleges und Universitäten. Die von Boston kennen Sie besser als ich – war da nicht letztes Jahr der Kongreß über ›Globale Tendenzen der vergleichenden Literaturwissenschaft‹?«

»Genau das ist der Punkt. Haskins, ich habe einen Ruf nach Boston erhalten. Was meinen Sie – soll ich ihn annehmen?«

»Für immer oder ein paar Jahre?«

»Erst mal für ein paar Jahre.«

»Wollen Sie sich beurlauben lassen?«

»Genau das habe ich vor. Und Sie? Würden Sie dort eine Weile leben wollen?«

»Ich persönlich ganz sicher. Häßlicher als Los Angeles kann eine Stadt gar nicht sein, New York liegt praktisch vor der Haustür – also, ich würde sofort hingehen.«

»Gut, Haskins! Das wollte ich bloß wissen. Wir ziehen Ihre Promotion durch, und dann kommen Sie mit, als mein Assistent! Also, auf nach Boston!«

Karla war neidisch, als sie es hörte. Ihr Problem war, daß sie sich viel zu tief in die Sprachtendenzen deutscher Emigranten vergraben hatte. Jetzt hatte sie Mühe, den roten Faden zu finden und der Arbeit eine Struktur zu geben. Aber der Chef versprach ihr, sich um ein Stipendium für sie zu bemühen; das tröstete sie ein wenig.

Monnie freute sich. Und noch jemand war geradezu glücklich, mich demnächst in den USA zu sehen.

»Ach Gott, endlich wieder eine gute Nachricht«, jubelte Angelika. »Wenigstens bin ich dann nicht allein in Amerika!«

Als würden Ervin, sie und ich die einzigen Menschen auf dem ganzen Kontinent sein.

30
Eine amerikanische Tragödie

In einer Art Rausch schrieb ich meine Dissertation über Kafka, Hemingway und den inneren Raum zu Ende. Die Gutachten waren ermutigend, das Rigorosum ein Vergnügen. »Summa cum laude« floß ich als frischgebackener Dr. phil. in die Verhandlungsmasse meines Chefs ein.

Angelika, inzwischen im fernen Illinois, hatte einen gesunden Knaben zur Welt gebracht, der wie sein Vater auf den Namen Ervin getauft wurde. »Ich finde die Gewohnheit, den Sohn genauso zu nennen wie den Vater, dumm und phantasielos«, schrieb sie, »aber ich habe zugestimmt, weil ich keine Lust hatte, mich zu streiten. Vielleicht auch, weil er Ervin *überhaupt* nicht ähnlich sieht … Timmy, hoffentlich sehen wir uns bald wieder. Ist nicht ganz leicht, sich hier einzugewöhnen.«

Ich verstand … so wie ich ihre Tränen verstand, mit denen sie sich von mir verabschiedet hatte.

Anfang Juli fand in Berlin die deutsche Premiere des *Seven Year Itch* statt. Ich hatte zwei Karten organisiert und dabei an Karla gedacht, aber die war in Westdeutschland. Also rief ich Lena an, die inzwischen in einem Museum arbeitete. Sie sagte zu, und ausnahmsweise kam sie pünktlich.

Es war, wie ich es erwartet hatte. Oder sollte ich sagen, befürchtet? Der Film war eine brillante Komödie – also ein zwiespältiges Vergnügen.

Wie gesagt: Komödien sind konformistisch. Sie leben davon, daß die Dinge anders sind, als man wünscht, aber sie haben kein Interesse daran, sie zu verändern. Sonst wäre es nämlich zu Ende mit all den schönen Witzen und Pointen, von denen in Gods Own Country ein ganzes Heer von Komikern, Gagschreibern und Filmleuten lebt.

Billy Wilder gehört zu den klügsten dieser Zunft, also zwangsläufig auch zu den zynischsten. Denn alle Klugheit eines Films nützt nichts, wenn der Streifen sich nicht verkaufen läßt; folglich entscheidet sich Wilder dort, wo Philosophie und Erfolg in Konflikt geraten könnten, mit sicherem Instinkt für die Verkäuflichkeit. Das macht den Profi aus: er ist sich seines Weltbildes viel zu sicher, um noch den Ehrgeiz zu haben, Dümmere zu belehren.

Oder lag der Grund darin, daß Wilders Verwandte von den Deutschen im KZ ermordet wurden? Und daß er seiner zweiten Heimat Amerika zu dankbar war, um ihr anders als durch die Blume zu sagen, was er über ihre Absonderlichkeiten dachte?

Die Geschichte von *The Seven Year Itch* ist schnell erzählt. New York stöhnt unter der Sommerhitze; Richard Sherman, braver Familienvater im siebenten Ehejahr, bringt Frau und Sohn zum Bahnhof, damit sie die Ferien an einem kühlen See verbringen können. Er selber muß arbeiten und bleibt allein zurück; da stürzt Marilyn in sein Leben. Sie wohnt zur Untermiete in der Wohnung über ihm; dort gibt es keine Klimaanlage, aber sie entdeckt, daß beide Wohnungen über eine Fußbodenklappe verbunden sind. Sherman macht ein paar Annäherungsversuche, die teils von Besuchern gestört werden, teils durch sein Ungeschick und seine Schuldgefühle erfolglos bleiben. Entnervt ergreift er die Flucht und reist Frau und Sohn hinterher. Mit sich nimmt er die Erklärung der Schönen, daß sie seine Frau um einen Mann wie ihn beneide.

Wilder wäre nicht Wilder, wenn der Film nicht reichlich mit guten alten Bekannten aus der Slapstick-Kiste ausgestattet wäre. Handlung und Dialoge sind vollgestopft mit Freudschen Symbolen und sexuellen Anspielungen. Als Sherman beispielsweise versucht, einen Korken in eine Champagnerflasche hineinzudrücken, bleibt er prompt im Flaschenhals stecken.

Offenbar ist der normale Amerikaner in einer Hollywood-Comedy nur als hochgradiger Neurotiker vorstellbar. Sherman ist die perfekte Karikatur männlicher Zerrissenheit: halb ideologisch korrekter Familienvater, halb Möchtegern-Casanova. Allerdings scheinen seine Verführungsphantasien weniger von sexuellem Appetit geprägt zu sein als von Pflichtgefühl und Minderwertigkeitskomplexen. Und wenn er sich ausmalt, was derweil die Ehefrau in der Sommerfrische treibt, gehen seine Tagträume regelmäßig in krankhafte Eifersuchtsanfälle über – mit Symptomen, die medizinisch gesehen die Grenze zur Psychose (»gestörtes Verhalten bei Wahnideen und Wahrnehmungsstörungen«) deutlich überschreiten.

Marilyn spielt das namenlose »Mädchen von oben« – ein himmlisches Wesen von wunderbarer Schönheit und Freundlichkeit, aber auch von unfaßbarer Unschuld und Ahnungslosigkeit. Obwohl ihre Äußerungen vermuten lassen, daß sie sich mit Männern auskennt, scheint sie weder die erotischen Andeutungen Shermans zu verstehen, noch mögliche Zweideutigkeiten dessen, was sie selber sagt und tut – etwa wenn sie Shermans »starken Daumen« lobt oder ihm erzählt, daß sie ihre Unterwäsche im Kühlschrank aufbewahrt.

Wieder einmal verkörpert Marilyn eine Männerphantasie in Reinkultur. Und auch hier weichen die Logik des Films und die der realen Welt auf eine Weise voneinander ab, die verlogen wäre – wenn sie nicht das ganze Dilemma unserer amerikanischen Beziehungsphantasien verkörpern würde.

Es war Lena, die mich darauf aufmerksam machte. »Komisch«, sagte sie, als wir nach dem Film den Kurfürstendamm entlangschlenderten, »diese Frau soll trotz ihrer Naivität wohl eine Art Engel verkörpern, oder?«

»Natürlich«, sagte ich. »Eine erotische Fee.«

»Aber dann verstehe ich eines nicht: Wieso kennt sie in New York keinen Menschen? Sie arbeitet doch als Mannequin für Zahnpasta-Reklame. Fällt da keinem auf, daß sie schön und freundlich ist? Trotzdem hat sie keinen Freund, keinen Verehrer – auch wo sie vorher lebte, hat niemand seine Liebe zu ihr entdeckt. Warum lädt keiner sie zum Essen ein, so wie du jetzt zum Beispiel mich?«

»Wie? Ich lade dich … ach so, klar. – Und wie erklärst du dir das mit dem Mädchen?«

»Ich glaube, die Männer sind nicht ganz bei Trost, besonders ihr Amerikaner. Jeder, mit dem ihr ein Glas Bier getrunken habt, ist für euch ein Freund, aber Freundschaft zwischen Mann und Frau könnt ihr euch offenbar nicht vorstellen.«

»Aber Lena! Sind wir beide vielleicht keine guten Freunde?«

»Das will ich hoffen – du bist eben von Edna verdorben. Aber es ist doch typisch, daß die Frau in diesem Film als leeres Blatt dargestellt wird. Das beweist, daß euer amerikanischer Optimismus purer Selbstbetrug ist.«

»Bestreite ich nicht – aber woran siehst du es hier im Film?«

»Na, der Optimist behauptet doch, die Leute sind gut und das Leben ist schön. Das läßt sich ganz einfach prüfen – nämlich an dem, was der Film über die Vergangenheit der Figuren erzählt.«

»Warum nicht Gegenwart oder Zukunft?«

»Weil das, was du heute über die Zukunft sagst, bloße Vermutung ist, und das läßt sich nicht überprüfen. Aber ich kann prüfen, ob sich erfüllt hat, was einer früher gehofft hast.«

»Und was kommt bei der Prüfung heraus?«

»Wie gesagt, das Mädchen hat trotz ihrer Schönheit offenbar keine Freunde. Wenn sie früher einmal optimistisch war, in New York welche zu finden, dann war das bis zum Filmanfang eine Illusion.«

»Und warum schließt du von ihr auf alle Amerikaner?«

»Na gut, nicht auf alle, aber auf die Filmemacher. Die Frauen in diesen Filmen haben entweder gar keine Vergangenheit, oder sie hatten lauter schlechte Erfahrungen. Stimmst du mir zu?«

»Muß ich wohl.«

»Und wie nennst du es, wenn jemand überzeugt ist, schlechte Erfahrungen sind die Regel und gute eher die Ausnahme?«

»Pessimismus, würde ich sagen.«

»Eben. In Wirklichkeit sind eure Filmleute tiefe Pessimisten – sogar beim schönsten Mädchen seid ihr euch im Grunde sicher, daß es mit Männern nur schlechte Erfahrungen gemacht haben kann. Ihr müßt von einem entsetzlichen Selbsthaß besessen sein!«

»Wer weiß? Aber du hast zwei Dinge vergessen, liebe Lena.«

»Und das wäre?«

»Erstens, der Film will eine Geschichte erzählen; da braucht er Situationen, wo etwas passieren kann. Wenn meine Heldin nur Gutes erlebt hat, ist sie glücklich und hat eine freundliche Familie, aber meine Geschichte kommt nicht in Gang. Dafür brauche ich was anderes: Leute ohne Geld. Einen Kerl, der sich rächen will. Männer ohne Frauen, Frauen ohne Männer oder mit den falschen. Verstehst du? Für den Film taugen Leute besser, die Schlechtes erlebt haben. Aber darum muß nicht die ganze Welt so sein.«

»Das ist ein Argument. Und was habe ich noch vergessen?«

»Billy Wilder ist geborener Österreicher.«

»Das heißt, er hat sich entweder amerikanisiert, oder aber, was ich über Amerikaner gesagt habe, gilt für alle Männer. Das wird's wohl sein, sonst wäre Hollywood nicht überall so erfolgreich. Na gut – dann seid ihr Männer eben alle von Selbsthaß besessen.«

»Und die Frauen sind rundum mit sich zufrieden, ja?«

»Ich denke, wir sprechen über den Film? Bei dem ›Mädchen von oben‹ kann ich keinen Selbsthaß sehen, aber bei Sherman schon.«

»Stimmt. Aber der Mann ist Schürzenjäger und Psycho-
path.«

»Schürzenjäger? In seinen Phantasien vielleicht, aber
sonst ist er ein armer Kerl. Traut sich nicht, windet sich,
einerseits will er, andererseits hat er Angst. Die ganze Zeit
schickt er Signale an die Frau, die sagen: Ich möchte, aber
ich bin feige, also sei so lieb und nimm du die Sache in die
Hand. Ein Jäger ist er bestimmt nicht – eher ein Bettler.«

»Nicht schlecht. Der Mann als Bettler, die Frau als gütige
Fee. Und was ist, wenn sie versteht und wirklich mit ihm
ins Bett geht? Dann würden seine Probleme erst richtig anfangen. Schließlich sieht er die Ehe genauso wie Kant, nämlich als lebenslangen Vertrag zum gegenseitigen Allein-
gebrauch der Geschlechtsorgane. Jedes Abweichen davon
ist Vertragsbruch.«

»Womit Kant sogar weiter geht als die Bibel. Die sagt
bloß, ›Du sollst nicht begehren deines Nächsten Weib‹.
Aber das Mädchen im Film ist ja das Weib von niemand.
Nach der Bibel geradezu eine Aufforderung, auf sie Jagd zu
machen.«

»Lena, du bist unfair. Die Bibel kennt überhaupt keine
freie Frau. Bis zur Hochzeit gehört sie ihrem Vater, danach
dem Ehemann. Frei ist nur die Hure.«

»Wieso bin ich unfair? Für die Nomaden im Alten Testament gibt es nur Eigentumsbeziehungen. Sogar ihren Gott
wollen sie besitzen – bevor sie ihn anbeten, muß er ihnen
den Vorrang vor allen Völkern versprechen. Ob Macht,
Glaube oder Liebe – alles Besitzfragen.«

»Ja, darum geht es bei Scheidungen auch immer ums
Geld. Erst nimmt der Mann die Frau in Besitz, aber er verspricht, sie zu versorgen. Dafür muß er sich dann loskau-
fen, das versteht sich. Und wie siehst du das?«

»Keine Sorge, ich bleibe lieber frei. Mir gehört keiner,
und ich gehöre keinem. Auch wenn ich ihn liebe. Mir soll
niemand sagen, ich betrüge ihn, bloß weil ich auch für andere etwas fühle.«

»Sieht Robert das genauso?«

»Das ist seine Sache. Jedenfalls weiß er, was ich denke.«

»Liebe Lena, vielleicht denkt die Frau in dem Film ja ähnlich. Sie gibt Sherman nämlich zu erkennen, daß sie verheiratete Männer bevorzugt. Und warum? Weil sie bei denen sicher sein kann, daß sie ihr keinen Heiratsantrag machen.»

»Das klingt doch wie eine Einladung.«

»Ja, und in dem Stück, das dem Film zugrunde liegt, schlafen die beiden auch miteinander. Ich frage mich, warum Sherman auf ihre Einladung nicht eingeht. Nur wegen der Zensur?«

»Bestimmt nicht. Ich finde, Shermans Problem ist auch seine Sprachlosigkeit. Die ganze Zeit redet er um den heißen Brei herum, darum wittert er auch in allem, was das Mädchen sagt, einen Hintersinn. Aber ausgerechnet das, was sie klar sagt, versteht er nicht. Am Ende des Films weiß immer noch keiner der beiden, was der andere wirklich will. Ich finde diese Sprachlosigkeit gar nicht komisch, Timmy. Eher tragisch.«

»Mit anderen Worten: eine echte amerikanische Tragödie.«

»Wo dir das Weinen im Halse steckenbleibt und als Lachen herauskommt. Übrigens, ist dir aufgefallen, daß manches in dem Film von Kafka stammen könnte?«

»Nein, was denn?«

»Nun, Sherman sieht in dem Mädchen ein Schloß voller Seligkeit, aber wie der Landvermesser K. schafft er es nicht, ins Schloß einzudringen. Am Ende will er es gar nicht mehr, weil er sich immer mehr schuldig fühlt. In Strümpfen stürzt er auf die Straße, und das Mädchen, mit einem zärtlichen Winken, wirft ihm seine Schuhe hinunter. Ganz liebevoll gibt sie ihm den Laufpaß und läßt ihn wissen: ›Der Zugang zu mir war nur für dich bestimmt. Wenn du gehst, schließe ich ihn.‹«

»Und er macht sich ein Leben lang Vorwürfe. Aber im

Deutschen heißt es, Schadenfreude ist die schönste Freude. Wahrscheinlich ist sie im erotischen Bereich besonders schön.«

»Kann sein. Aber Timmy, ich sag dir eines: Sherman mag albern und krank sein – die Leute, die sich über ihn halbtot lachen, sind es noch mehr. Dieses ganze Beziehungsunglück fällt ja auch auf den zurück, der sich darüber freut – je unglücklicher die Leute um dich herum sind, desto wahrscheinlicher wird das Unglück auch für dich.«

»In der Theorie stimme ich dir zu. Aber in Wirklichkeit freue ich mich auch, wenn jemand bei einer schönen Frau abblitzt. Zum Beispiel DiMaggio: meinst du, es täte mir leid, daß Marilyn sich von ihm getrennt hat?«

»Du bist verrückt – als ob du etwas davon hättest. Wärst du denn gern an seiner Stelle?«

»Manchmal schon. Was meinst du: was ist diese Marilyn Monroe wohl für ein Mensch?«

»Schwer zu sagen. Vielleicht ist sie ja so liebenswert, wie der Film glauben machen will. Kann aber auch sein, sie versteht tatsächlich nicht, was man ihr sagt. Und wenn sie im richtigen Leben genauso einsam ist wie im Film, dann ist sie wohl nicht wirklich liebenswert. Aber was hat das mit dir zu tun?«

»Was bleibt mir übrig? Von irgendwas muß man doch träumen.«

»Dann träume lieber von realen Menschen.«

»Heute abend träume ich nur von dir.«

»Warum träumen? Ich bin doch hier!«

»Ja, aber die Frage ist, ob ich auch Chancen hätte.«

»Das mußt du schon selbst herausfinden – damit du dir nicht ein Leben lang Vorwürfe machst!«

Buch III
Unter Bettlern

31
Schauspieler und Schreiberlinge

Beinahe wäre ich doch noch in Berlin geblieben. Nämlich dann, wenn Lena nicht gesagt hätte: »Ich mag dich, aber an meiner Beziehung zu Robert ändert das gar nichts. Fahr du nur nach Amerika – kannst mich ja mal einladen.«

Boston war mir auf Anhieb sympathisch, schon deshalb, weil es eine wirkliche Stadt ist und nicht nur eine gigantische Ansammlung von Straßenkreuzungen. Auch mein Job ließ sich gut an. Als »Instructor« war ich ein Zwitter zwischen Dozent und Student, wurde aber fürs Lernen bezahlt. Das konnte ich gebrauchen, denn es schien mir vernünftig, neben dem deutschen Doktorgrad einen PhD in Amerikanistik zu erwerben.

Manches war gewöhnungsbedürftig. In einem Tutorium über soziale Aspekte der Literaturwissenschaft konnte ich es mir nicht verkneifen, Gedanken europäischer Autoren über entfremdete Arbeit und Gerechtigkeit zu zitieren. Prompt sprach mich hinterher eine Studentin namens Eleanor auf dem Campus an. Sie riet mir, mit solchen Äußerungen vorsichtiger zu sein, und als ich die Sache mit einem Kopfschütteln abtun wollte, sagte sie: »Das ist nicht zum Lachen. Frag mal deinen Chef, wie er zu seiner Stelle gekommen ist. Seinen Vorgänger haben sie wegen linker Lehrmeinungen vor den Ausschuß zitiert, und als er keine Reue zeigte, hat man ihn entlassen.«

Zum Teufel mit der Angst, sagte ich mir, aber ich wurde doch zurückhaltender. Die Zensur im eigenen Kopf begann zu arbeiten.

Meine erste größere Anschaffung war ein gebrauchter Oldsmobile. Der Wagen war riesengroß und hätte mir in

Berlin den Ruf eingebracht, Schwarzhändler oder Spekulant zu sein. Schuld war der Händler, der für das Fahrzeug eine lächerlich geringe Anzahlung verlangte und mir außerdem für jeden Studenten, den ich ihm als Kunden vermitteln würde, fünf Prozent Provision versprach. Verwirrt fragte ich Eleanor, ob solch eine Verquickung von Job und Geschäft anstößig wäre. Im Gegenteil, antwortete sie: diese Art von Geschäft sei nicht nur vernünftig, sondern moralisch geradezu vorbildlich. Denn es gäbe dabei zwar Gewinner, jedoch keine Verlierer: der Händler gewinne Kunden, ich als Vermittler erhielte eine Provision, und für den Käufer sei es vorteilhaft, einen Dritten beteiligt zu wissen, der im Fall etwaiger Probleme auf den Händler einwirken könne. Auf solch kostengünstige Weise die Moral der Welt heben zu können, erfüllte mich mit Genugtuung; also ließ ich mich darauf ein.

Noch ehe ich mich entschlossen hatte, wohin mein erster längerer Ausflug gehen sollte, erhielt ich ein Schreiben aus New York: von Marilyn. Diesmal war die Schrift wieder chaotisch, mit abgerissenen einzelnen Buchstaben. Ob ich nicht Lust hätte, sie einmal zu besuchen? Vielleicht an einem der kommenden Wochenenden? Sie würde gerne »einige Dinge mit mir bereden«.

Am Abend rief ich sie an. Sie wirkte ausgesprochen heiter und kicherte andauernd – fast hatte ich den Eindruck, sie wäre ein bißchen beschwipst. Wir verabredeten uns für den nächsten Samstag, und ich freute mich die ganze Woche über.

Ihr Apartment im Waldorf-Astoria hatte die Nummer 2728. Vom Standpunkt der Zahlenmystik betrachtet, forderte das als nächstes eine 29 – also genau ihr Alter und meines. Ich nahm es als Zeichen guter Vorbedeutung und setzte mich furchtlos dem Blick des befrackten Herrn an der Rezeption aus. Der griff, als ich den Namen der illustren Bewohnerin nannte, mißtrauisch zum Hörer. Nachdem er sich vergewissert hatte, daß ich erwartet wurde, wies er mich zum Lift, aber sein Gesichtsausdruck zeigte mehr Bedauern als Respekt.

Marilyn selber öffnete die Tür. »Timmy, alter Waisenknabe!« empfing sie mich. »Du bist es, wirklich und wahrhaftig! Der gute alte Timmy!«

»Schön, dich wiederzusehen! Unglaublich, was aus dir geworden ist.«

»Komm rein, komm rein! Setz dich, nimm erst mal einen Drink. Was möchtest du?«

»Dasselbe wie du.«

»Also ein Glas Champagner. Zur Feier unseres Wiedersehens!«

Sie war allein. Mein Herz klopfte, und mein Gesicht war so heiß, als käme ich nicht zu einem Besuch, sondern zu einer Prüfung. Ich atmete tief durch, ließ mich in einen der voluminösen Sessel fallen und sah ihr zu, wie sie an der Zimmerbar zwei Gläser eingoß. Sie trug weiße Jeans und eine lockere Bluse, und mein erster Eindruck war, daß sie um die Hüften herum etwas fülliger wirkte als in den Filmen.

»Auf unser Wiedersehen! Prost Timmy!«

»Prost Norma Jeane – oder lieber Marilyn?«

»Ist mir egal. Wie du willst.«

»Wie hat dich denn DiMaggio genannt?«

»Joe? Für den war ich Marilyn.«

»Und du selber, wenn du mal Selbstgespräche führst?«

»Komisch. Jetzt, wo du danach fragst … Norma Jeane hat mich schon lange keiner mehr genannt, nicht einmal Teddy in Korea. Also hab ich mich an Marilyn gewöhnt. Steht auch demnächst in meinem Paß, dann ist es amtlich.«

«Warum nicht? Nonnen und Päpste kriegen auch neue Namen, wenn sie ihren neuen Job anfangen.«

»Das gefällt mir. Vielleicht bin ich ja eine Art Nonne.«

»Jetzt machst du Witze!«

»Wieso? Im Augenblick bin ich mehr Nonne als das Gegenteil. Da staunst du, was?«

»Ja, da staune ich. Wo doch Millionen Männer nach dir verrückt sind – sogar den armen Benny hast du um den Verstand und um seinen Job gebracht.«

»Das weißt du? Ehrlich gesagt, hinterher hab ich mir Vorwürfe gemacht. Aber das ging ganz von allein: ich spüre seine Hand auf meinem Knie – zack, hab ich ihm eine geknallt. Dachte mir, das darf doch nicht wahr sein – glaubt der Idiot, beim zweitenmal klappt, was beim erstenmal schiefgegangen ist? Wenn ich gewußt hätte, was daraus wird, hätte ich nur die Hand von meinem Knie genommen. Na, lassen wir das. Wie sieht's bei dir aus? Hast du Kinder?«

»Nein, keine. Glaube ich jedenfalls.«

»Keine Frau? Keine feste Freundin?«

»Ach, du weißt ja, wie das ist. Mal ist man verliebt, mal trennt man sich, immer irgendwelche Hoffnungen, immer auf der Suche. Ich wünschte, die Frauen wären so verrückt nach mir wie die Männer nach dir. Du hast es gut – brauchst dich nur umzudrehen und kannst dir aussuchen, wen du willst. Ist das nicht ein tolles Gefühl?«

»Das hat man mich schon oft gefragt – als ob meine Anatomie anders wäre als die von andern Frauen. Aber welcher Mann hat schon Lust, Mister Marilyn Monroe zu sein? Keiner. Glaub mir, du hast es viel besser als ich. Du bist jetzt Literaturprofessor, da lernst du die klügsten Frauen kennen. Toll!«

»Ach, ich bin bloß ein kleiner Assistent.«

»Ich denke, du gibst Kurse, vor richtigen Studenten?«

»Sicher. Aber das sind doch halbe Kinder!«

»Wieso – bei meiner ersten Hochzeit war ich sechzehn.«

»Weiß ich doch. Damals hab ich dich mit deinem Mann in Santa Barbara getroffen – hast du bestimmt vergessen.«

»Hab ich nicht. Du warst mit Laura zusammen, stimmt's?«

»Donnerwetter, du hast ein gutes Gedächtnis. Weißt du auch noch, was du damals über Dougherty gesagt hast?«

»Wahrscheinlich, daß er ein Stockfisch war. Daß er nie

verstanden hat, was ich eigentlich wollte. Daß wir zu Hause rumsaßen und uns nichts zu sagen hatten.«

»Damals meintest du, er wäre der beste Mann der Welt.«

»Hab ich das? Da muß ich blind gewesen sein. Vielleicht war ich auch nur froh, weil ich eine eigene Wohnung hatte. Zum erstenmal im Leben. Verstehst du? Zum erstenmal einen Platz, wo ich dachte: hier kann dich keiner rauswerfen. Genauer gesagt, die Wohnung war seine – ich hatte ein Wohnrecht, er hatte gewisse sexuelle Privilegien. Aber in den meisten Ehen ist das wohl nicht anders.«

»Auch nicht mit DiMaggio?«

»Joe … geliebt hat er mich, auf seine Weise tut er es immer noch. Aber er konnte nicht verstehen, daß ich Schauspielerin bin. Die Frauen, die ich gespielt habe, waren für ihn allesamt Schlampen. Daß andere Schauspieler mich im Film geküßt haben, hat ihn verrückt gemacht. Im Grunde hat er alles an mir abgelehnt. Meine Rollen, mein Spielen, meine Kleidung – alles. Ich hab ihn gefragt: ›Verdammt, warum hast du eine Schauspielerin geheiratet? Unsere Arbeit ist nun mal dazu da, daß die Leute uns sehen, also warum regst du dich auf?‹ Und er: ›Merkst du nicht, wie dich die Kerle anstarren? In Gedanken zieht dich jeder von denen bis auf die Haut aus.‹ Ich glaube, am liebsten hätte er mich in der Küche eingeschlossen und nur noch mit schwarzem Schleier auf die Straße gelassen.«

»Und wie bist du mit seinen Freunden klargekommen?«

»Unterschiedlich. Mit Frankie hab ich mich gut verstanden –«

»Sinatra?«

»Ja, Sinatra. Aber das war Joe dann auch nicht recht. Die anderen? Mit denen konnte man bloß über Baseball reden. Aber daß ich eigene Freunde hatte, hat ihm auch nicht gefallen. Stell dir vor: in den neun Monaten, die wir verheiratet waren, durfte ich ganze dreimal Besucher einladen, und einmal nur darum, weil ich krank war. Hab mich wirklich gefragt, wozu heiratet man eigentlich, wenn man dann zu zweit einsam ist. Zum Ausgehen hatte er nie Lust, saß lieber vorm Fernseher und sah sich irgendwelche Spiele an. Manchmal haben wir tagelang nicht gesprochen, ehrlich. Und wenn, dann haben wir uns gestritten. Aber Streit hatte ich im Studio schon mehr als genug. Warum also noch zu Hause?«

»Recht hast du!«

Sie lächelte. Meine Aufregung hatte sich gelegt, Marilyn wirkte ganz heiter, wozu meine Gegenwart hoffentlich beitrug. Trotzdem lag eine Spannung im Raum. Vielleicht deshalb, weil sie meine Fragen schon hundertmal gehört und beantwortet hatte? Aber das ist nichts Ungewöhnliches: die meisten Gespräche, ob mit anderen oder mit sich selbst, führt jeder auf die eine oder andere Weise immer wieder.

Allerdings, eines unterschied uns: sie wußte von mir nur wenig. Ich dagegen hatte eine Menge über sie gehört und gelesen, Richtiges wie Falsches. Also mußte sie im Grunde nicht nur auf das antworten, was ich fragte und sagte, sondern auch darauf, wovon sie annehmen mußte, daß ich es anderswo gehört hatte. War das der Grund für die Spannung? Oder lag es an der Erwartung, mit der ich diesem Besuch entgegengefiebert hatte? War es denkbar, daß auch sie sich von meinem Besuch mehr erwartete als nur eine Plauderei über alte und neue Zeiten?

Marilyn sah in ihr Glas. Es war fast leer, während ich an meinem kaum genippt hatte. Sie kicherte.

»Timmy, bist du so lieb und gießt mir noch ein Glas ein?«

»Mit Vergnügen.«

Ich war froh, aufstehen und etwas für sie tun zu können. Sie saß mit ausgestreckten Beinen im Sessel, die Arme hinter dem Kopf verschränkt. Auf diese Weise zeichneten sich die Konturen ihrer Brust unter der straff gespannten Bluse deutlich ab, und der offene obere Knopf gab den Blick auf ihren Ausschnitt frei. Ja, ihr Körper war verführerisch – trotz des Übergewichts.

Sie hatte ein leichtes Make-up aufgetragen, dazu einen

dezenten Lippenstift – ganz passabel, fand ich, trotz meiner Abneigung gegen das Schminken. Nur ihre Hände wirkten merkwürdig hart, ganz anders als Körper und Gesicht.

»Wie geht es dir jetzt?« fragte ich. »Privat, meine ich.«

»Gar nicht schlecht. Seit ich mit Joe nicht mehr zusammen bin, kommen wir ganz gut miteinander aus. Dann, der eine oder andere Freund – und irgendwann kommt bestimmt was Neues.«

Ihr Tonfall schien nicht darauf hinzudeuten, daß sie mich dabei einbezog. Ich wechselte das Thema.

»Du hast gesagt, im Studio gab es Streit – worum ging es da?«

»Ach, die wollen mich alle nur ausnutzen. Du kannst dir nicht vorstellen, wie die Fox mit ihren Leuten umgeht. Die denken, du bist ihr Sklave oder eine Maschine. Lassen dich die blödesten Rollen spielen, und hinterher sagen sie, es ist deine Schuld, wenn der ganze Film Schrott ist. Weißt du, was Zanuck zu mir gesagt hat? Kein Mensch, hat er gesagt, würde auch nur einen Cent ausgeben, um mich in einer anständigen Rolle zu sehen. Ich bin heilfroh, daß ich von Hollywood weg bin.«

»Aber du mußt doch auch freundliche Leute getroffen haben. Solche, die dir geholfen haben.«

»Du meinst, weil ich jetzt ein Star bin? Aber das verdanke ich nicht der Fox. Die Studiobosse wollen ihre Macht behalten, denen gefällt es gar nicht, wenn dich das Publikum zu sehr mag. Die Leute haben mich zum Star gemacht, nicht die Fox – da halten sie mich immer noch für die dumme Blondine. Aber die werden sich wundern. Ich spiele diesen Mist nicht mehr, das lasse ich nicht mehr mit mir machen. Ich werde es ihnen zeigen, verlaß dich drauf.«

»Wann machst du deinen ersten eigenen Film?«

»So bald wie möglich, hoffe ich. Ach, Timmy, eigentlich wollte ich dich was fragen. Sind eigentlich –«

Das Telefon klingelte. Sie griff zum Hörer.

»Oh, du bist's! Wie schön, von dir zu hören! – Nein,

nichts Wichtiges. – Aber du störst ü-ber-haupt nicht. Ich freue mich immer, wenn du anrufst. – Nein, bis jetzt noch nicht. – Sehr gern. Morgen abend, sagst du? – Nein, ich auch noch nicht. – Wundervoll, ich freue mich! Warte – einen ganz kleinen Augenblick!«

Sie strahlte. So belanglos der Teil des Dialogs war, den ich mitbekam, so reichte er doch, um mir den Eindruck zu geben, daß der Anrufer Marilyn etwas bedeutete.

»Timmy«, sagte sie, mit der Hand auf der Sprechmuschel. »Bitte sei so lieb und hol uns noch eine Flasche Champagner. Oder machst du uns einen Tee?«

Ich nahm es als Hinweis, daß sie mich aus dem Zimmer haben wollte, und sah mich in den anderen Räumen um. Alles war luxuriös eingerichtet; das Apartment kostete sicher ein Heidengeld an Miete. Aber in den Räumen fand sich wenig Persönliches, das auf Marilyns Geschmack oder ihre Vorlieben hätte schließen lassen. Der Kühlschrank in der Küche war fast leer, abgesehen von einem größeren Champagnervorrat. Ich nahm eine Flasche heraus und setzte einen Kessel mit Teewasser auf, für den Fall, daß sie noch ein paar vertrauliche Worte am Telefon wechseln wollte. In der Tat: als ich, in den Händen ein Tablett balancierend, nach zehn Minuten zu ihr zurückkehrte, telefonierte sie immer noch.

»Das tut mir leid«, sagte sie zu ihrem Gegenüber am anderen Ende der Leitung. »Mußt du wirklich schon Schluß machen? Soll ich dich heute abend noch einmal anrufen? Wie? Na gut. Dann bis morgen.«

»Wer war denn das?« fragte ich.

»Ein Freund. Ein *guter* Freund – vielleicht … Sag mal, Timmy, ich wollte dich was fragen. Was sind Schriftsteller eigentlich für Menschen?«

Alles hätte ich erwartet, aber nicht diese Frage. »Schriftsteller? Woher soll ich das wissen?«

»Aber du bist doch selber einer. Du schreibst Geschichten, und du unterrichtest Literatur, nicht wahr? Da mußt du dich doch auskennen!«

»O Gott. Was für Menschen sind Schriftsteller … Weißt du was? Du sagst mir, was für Menschen Schauspieler sind, dann sage ich dir dasselbe von Autoren.«

»Schauspieler? Das ist nicht schwer. Erstens sind sie alle eitel. Sonst hätten sie nicht das Bedürfnis, möglichst von allen Leuten gesehen zu werden. Und weil sie eitel sind, sind sie auch neidisch. Jedes gute Wort, das einer über dich sagt, beleidigt sie – als würdest du, wenn einer dich lobt, ihnen etwas wegnehmen. Manchmal ist das schwer zu ertragen: da spiele ich mit irgendwem in einem Film, er hat genausoviel Auftritte wie ich, sogar drei Minuten mehr, einer hat das wirklich mal mit der Stoppuhr gemessen. Und dann schreiben die Kritiker bloß über Marilyn Monroe. Kann ich vielleicht dafür? Aber die Kollegen sehen mich an, als wäre das meine Schuld. Andere glauben, sie wären was Besonderes, weil sie vom Theater kommen und Shakespeare gespielt haben. Die behandeln mich wie den letzten Dreck, verachten mich, wenn ich mal eine Zeile vergesse. Ich glaube, wenn ich nicht jemand dabei hätte, der mich unterstützt, könnte ich das gar nicht aushalten.«

»Du hast gesagt, erstens. Und was ist zweitens?«

»Zweitens … Schauspieler haben eine schwache Persönlichkeit. Jedenfalls die meisten. Sonst könnten sie nicht völlig unterschiedliche Menschen spielen, glaube ich. Oder sie würden sich komisch dabei vorkommen, Texte von irgendwelchen Idioten auswendig zu lernen und ergriffen vorzutragen.«

»Sonst noch was?«

»Tja, wie soll ich es sagen? Die ganze Schauspielerei hat etwas Feminines, findest du nicht? Darum sind die meisten Männer in diesem Job ein bißchen komisch. Ist kein Wunder – stell dir vor, du müßtest dich für deine Vorlesungen jedesmal erst schminken. Oder du würdest deine Vorträge nur halten, weil du den Beifall so sehr genießt. Das sind doch alles Sachen, wie man sie von einer Frau erwarten würde, oder? Wirklich, Schauspielerei ist eine feminine Kunst. Sogar wenn ein Mann den wildesten Typen spielt.«

»Verliebst du dich denn nie in Kollegen?«

»Selten. Marlon – du weißt, Marlon Brando – der ist was Besonderes ... oder Clark Gable. Doch, in den war ich schon als kleines Mädchen verliebt. Und was ist mit den Schriftstellern?«

»Also, eitel sind die meisten natürlich auch. Manche sind mutig, manche sind ängstlich, aber alle sind rechthaberisch. Sie glauben, die Welt zurechtrücken zu müssen, und wenn es ihnen nicht um die Sache geht, dann ums richtige Wort oder den Klang. Viele sind klug, aber auf eine komische Weise, da mußt du ganz schön aufpassen.«

»Wieso muß ich aufpassen, wenn einer klug ist?«

»Ich glaube, diese Leute sind in ihren Büchern oft viel klüger als im eigenen Leben. Du liest was von jemand und denkst, aha, der hat es begriffen, der weiß, wie man's machen muß. Aber in dem, was er tut, ist er genauso dumm wie jeder andere auch, eher noch dümmer. Er schreibt einen feinsinnigen Roman über Liebe und Freiheit, aber gegenüber seiner Freundin ist er eifersüchtiger als ein Straßenkehrer. Er schreibt eine Hymne auf die Menschheit, aber eine Fahrt mit der Eisenbahn macht ihn krank, weil er den Geruch der Frau neben sich nicht erträgt. Ich weiß nicht, ob du mit einem Schauspieler glücklich werden könntest – aber mit einem Schriftsteller wird das eher noch schwerer, glaube ich.«

»Du meinst, ich sollte seine Bücher lesen, aber mich persönlich von ihm fernhalten?«

»Genau. Mit einer Ausnahme natürlich.»

»Und das wäre?«

»Na, ich natürlich.«

»Ach, der gute alte Timmy! Ich werd's mir merken.«

»Vergiß es nicht! Weißt du noch, was du damals in der Schule zu mir gesagt hast?«

»Nein, was denn?«

»Solche wie wir müssen zusammenhalten.«

»Schön, daß du dich daran erinnerst. Ja, wir müssen zusammenhalten. Hoffentlich kann ich deine Ratschläge beherzigen. Prost Timmy – auf die dummen Dichter!«

»Prost Marilyn – auf die femininen Schauspieler!«

32
Wem gehört der Ruhm?

Die Welt ist ungerecht, das ist ein alter Hut. Wer sich darüber aufregt, sollte bedenken, daß etwas anderes noch viel ungerechter ist: die Nachwelt.

Wen interessiert schon das Schicksal der kleinen Verkäuferin Nora Janet Bakker aus Elk City, Oklahoma? Eine Schönheit war sie nie, aber auf der High School schrieb sie hübsche Gedichte. Sie tanzte so hinreißend, daß es sogar Harry Dempson, den Sohn des Bürgermeisters, beeindruckte. Der machte ihr ein Kind, ließ sie sitzen und heiratete Sandra Stimmel, die Tochter des Brauereibesitzers. Nora Janet fand Mitleid bei dem Busfahrer Eric Tulazne, der sie mitsamt dem Kind zu sich nahm und ihr noch zwei weitere machte, so daß sie sich besagten Job als Verkäuferin suchen mußte, um die Familie über Wasser zu halten. Sie hatte keine Chance, aber wen kümmert das?

Dagegen diese Halbwaise aus Los Angeles: Gesicht und Figur wie ein Engel, und eine Art hat sie, die jedem das Gefühl gibt, er müßte ihr helfen. Gut, als Norma Jeane hatte sie ein paar harte Jahre, aber als Marilyn Monroe wird sie bekannt, beliebt, berühmt. Kaum Mitte Zwanzig, hat sie schon einen Siebenjahresvertrag mit einem der renommiertesten Studios in Hollywood und verdient dreitausend Dollar im Monat – weniger als ein Zehntel von dem, was einige ihrer Kollegen bekommen, aber das Zwanzigfache dessen, was die Verkäuferin Nora Janet in Elk City kriegt. Die steht sich dafür den Rücken krumm und muß sich herumkommandieren lassen; aber welches Denkmal würde es ihr danken?

So ist sie nun mal, die Nachwelt: von ihren eigenen Zeitgenossen nimmt sie höchstens eine Handvoll Berühmtheiten zur Kenntnis, und Leid und Leben Tausender Künstler, Poeten oder Schauspieler um sie herum interessieren sie ebensowenig wie das Schicksal der Millionen kleiner Leute. Aus der Vergangenheit aber pickt sie ein paar Glanzlichter heraus und überschüttet sie mit ihrer ebenso billigen wie nutzlosen Zuneigung. Norma Jeane Mortenson Baker, die zu Marilyn Monroe wurde, ist so ein Fall. Bei ihr stemmt die Nachwelt die Arme in die Hüften und ruft empört: *»Man gab ihr schlechte Rollen! Man preßte sie in ein Klischee! Man nutzte sie aus! Keiner erkannte ihr wahres Talent! Man gab ihr keine Chance, sich zu entfalten!«*

Lächerlich. Dieselbe Gesellschaft, die seelenruhig die Talente ihrer Mitmenschen ignoriert und deformiert, tut plötzlich so, als wäre es die Pflicht der Vergangenheit gewesen, dem späteren Liebling einen strahlenden Lebenslauf zu verschaffen. Aber seit wann gibt es ein Recht des Berühmten auf noch mehr Ruhm, des Wohlhabenden auf Reichtum, des Erfolgreichen auf den noch größeren Erfolg? Daß ein Künstler sein Potential nur zum Teil verwirklichen kann, ist traurig – aber kein bißchen trauriger als das Schicksal all derer, die ihre Talente nie erproben konnten.

Darum sehe ich keinen Grund, über die 20th Century Fox herzuziehen, wie das im Hinblick auf Marilyn heute üblich ist. Ein Filmstudio ist kein Wohlfahrtsunternehmen; es muß die Arbeit von Hunderten organisieren, und zwar so, daß mindestens das Geld für die Unkosten, die Löhne und die Inhaber dabei herauskommt. Aber in den Berichten über die unechte Blondine muß schon früh gestanden haben: *»Kommt immer zu spät, kann sich keine Zeile merken, ist im Team stets Außenseiterin, reagiert mimosenhaft auf jede Kritik.«* Wenn man den Studiobossen zugesteht, daß sie gute Manager sein sollen, vielleicht sogar Künstler, aber keine Propheten – kann man es ihnen verübeln, daß sie lange Zeit keine Lust hatten, Wohl und Wehe eines Films von ihrer labilsten Angestellten abhängig zu machen?

Keine Frage: der Siebenjahresvertrag mit der aufstrebenden Marilyn Monroe war für die Fox das beste Geschäft
ihrer Firmengeschichte. Es war ein Glückslos – aber genausogut hätte es eine Niete werden können. Beispielsweise
hätte sich die Dame in einer langen Phase von Traurigkeit
dick und rund fressen können. Oder sie hätte den Mann
ihres Lebens getroffen und Jahr für Jahr ein Kind gekriegt.
Oder sie wäre Alkohol und Tabletten schon früher in dem
Ausmaß verfallen, wie es dann zehn Jahre später der Fall
war.

Heute wirft man der Fox vor, sie hätte Marilyn »ausgenutzt«. Dabei machte das Studio dasselbe wie jedes andere
Unternehmen auch: eine Ware billig einkaufen und teuer
verkaufen. Es war eine ganz normale Spekulation, nur eben
nicht mit Aktien, Öl oder Dollarkurs, sondern mit der
Popularität einer Schauspielerin – und sie ging auf. Wenn
ein Kaufmann auf sinkende Kupfer- und steigende Ölpreise
setzt und damit hundert Millionen Dollar verdient, wird er
für sein gutes Gespür bewundert. Aber wenn ein Studio
dasselbe mit seinem Star macht, redet alle Welt von »Ausbeutung«.

Da ist sie wieder: die sentimentale Ungerechtigkeit der
Nachwelt. Sie selber lebt auf Schritt und Tritt davon, daß sie
Leute ausnutzt und ausbeutet, und es berührt sie überhaupt
nicht. Für ein Büschel der schönsten Bananen bezahlt sie
ein paar Cent, für das Pfund Kaffee ein paar Dollar – weil
die Leute dort, wo die Sachen herkommen, einen Hunger-
lohn kriegen. Der Klempner, der den Wasserhahn im Badezimmer repariert, kostet mehr als der Teppich im Flur, obwohl die Frau in Indien zwei Monate daran geknüpft hat.
Das alles genießt man oder läßt es sich gefallen; nur dort,
wo es den gehätschelten Liebling betrifft, soll es auf einmal
fair zugehen. Da erwartet man im Ernst, daß ein Unternehmen aus einem guten Geschäft ein schlechteres macht und
vor lauter Menschenfreundlichkeit jemandem Geld nach-
wirft, ohne es zu müssen.

Gewiß, auch ich finde es nicht gerecht, daß Betty Grable und Jane Russell damals für einen Film hundertfünfzigtausend Dollar bekamen, Marilyn hingegen nur ein Zehntel davon. Aber mein Zorn hält sich in Grenzen, wenn ich bedenke: die solcherart »ausgenutzte« Schauspielerin erhielt für zehn Wochen Drehzeit immer noch mehr als die Verkäuferin Nora Janet in zehn Jahren.

Für den gerechten Umgang mit dem Star stellt sich eine weitere Frage: Wem gehört der Ruhm?

Im Grunde lief Marilyns Auseinandersetzung mit der Fox auf diese Frage hinaus. Sie zu stellen, ist gerechtfertigt. Denn *Fame is Money*, und wem der Ruhm gehört, dem steht auch das Geld zu, in das er umgemünzt werden kann.

Allerdings wirkt das Wort »gehören« hier seltsam fehl am Platze. Schließlich kann man über das, was einem gehört, normalerweise frei verfügen: man kann es benutzen oder verschenken, und wenn man will, auch zerstören. Aber selbst wenn wir heute täglich erleben, daß der Ruhm gefeierter Film- und Fernsehgrößen kaum länger dauert als die Laufzeit der aktuellen Programmzeitschrift – wer würde sich anmaßen, Herr dieses Vergessens zu sein? So gesehen ist der Ruhm wie Grund und Boden: er kann benutzt und ausgebeutet werden, vielleicht auch vergiftet und verwüstet, aber man kann ihn nicht willkürlich zum Verschwinden bringen.

Also gehört der Ruhm des Filmstars keinem? Das nun auch wieder nicht. Dafür braucht man sich nur einmal anzusehen, wie schnell das Vermächtnis eines dahingegangenen Stars in die Hände irgendwelcher Hyänen fällt, die sich Erben nennen und die aus »Elvis« oder »Marlene« ganz fix eingetragene Markenzeichen machen – um von nun an die Millionen zu kassieren, die einzustreichen dem verblichenen Star versagt geblieben war.

Aber halten wir uns an die Lebenden. Der Ruhm Marilyns – wem gehörte er, solange sie auf Erden weilte? Oder, wenn man das Wort »gehören« vermeiden will: wem stand es zu, davon zu profitieren?

Zuallererst ihr selber, wäre man geneigt zu sagen. Aber ganz zufriedenstellend ist das nicht. Schließlich, wo findet er statt, der Ruhm? In den Köpfen der Leute. Sie sind es, die einen Namen hören, sich daran gewöhnen, schließlich immer mehr damit verbinden: erst Interesse, dann Beifall, und am Ende vielleicht Sehnsucht, Verehrung, Anbetung.

Die Frage, wer das bewirkt hat, interessiert das Publikum erstaunlicherweise überhaupt nicht. Aber aus Sicht von Mr. Zanuck als Chef der Fox war gerade das der entscheidende Aspekt. Es liegt doch auf der Hand, sagte er, daß wir es waren, die mit unseren Filmen dieses Dummchen erst in eure Köpfe gebracht haben. Ohne die Fox wäre die Dame ewig ein namenloses Flittchen geblieben. Nur uns verdankt sie es, daß man sie kennt, obwohl ich schwöre, daß sie eine lausige Schauspielerin ist. Von der Arbeit unserer Presseabteilung gar nicht zu reden: Meldungen, Publicity-Fotos, Werbeaktionen. Und jetzt? Meint einer, die Kleine würde es wenigstens ein bißchen danken? Keine Spur. Läßt sich aufhetzen von diesem grünen Jüngling Milton Greene, will eine Extrawurst gebraten haben: mehr Geld, ausgesuchte Rollen, sogar bei den Regisseuren und Schauspielern will sie dreinreden – obwohl jede unserer Sekretärinnen im kleinen Finger mehr Fähigkeiten hat als sie. Am liebsten würde ich sie rausschmeißen, dieses undankbare Ding, weiß der Teufel, was die Leute an ihr finden.

Können wir dem Herrn zustimmen? Natürlich nicht. Mister Zanucks Problem ist typisch für den Profi: vor lauter Kalkulation und Organisation verliert er den Blick für die Seele seines Geschäftes: daß die Angestellten seiner Traumfabrik nicht Leben widerspiegeln, sondern *schaffen*, und daß logischerweise das, was in diesem Stück Leben geschieht (wenn nämlich im Akt des Betrachtens das projizierte Bild mit dem Dasein des Betrachters verschmilzt), etwas anderes ist als alles, was jeder der Teilnehmer sonstwo verkörpert haben mag. Zanucks Schauspielerin – selbst wenn sie sich in seinem Büro als wahres Dummchen gezeigt haben mochte – verwandelte sich auf der Leinwand in ein gänzlich anderes Wesen, sogar dann, wenn ihre Rolle ausgesucht einfältig war.

Bei Sängern gibt es Vergleichbares: niemand kann aus der Sprechstimme vorhersagen, wie einer singen wird. Mancher spricht hinreißend, aber wenn er anfängt zu singen, klingt es wie ein leerer Schuhkarton. Ein anderer redet so, daß man einschlafen möchte, aber sein Gesang reißt einen vom Stuhl. Darum hat das Wort »Entdecken« im Showbusiness seine Richtigkeit. Es geht tatsächlich darum, dieses andere Wesen, das nur im Scheinwerferlicht von Bühne oder Leinwand existiert, zu enthüllen.

Natürlich kommt es vor, daß ein Star künstlich »gemacht« wird; aber ein wirklich Großer wird nie daraus. Daher hatte Mr. Zanuck gleichzeitig recht und unrecht. Daß die Fox in vielen schlechten und wenigen guten Filmen die Leinwandfigur Marilyn Monroe entstehen ließ, war ihr Verdienst – daß daraus ein Star wurde, nicht.

Das Thema wurde nicht ausdiskutiert; man traf sich in der Mitte. Am letzten Tag des Jahres 1955 wurde Marilyns Versöhnung mit der Fox bekanntgegeben. Der neue Vertrag konnte sich sehen lassen: in den nächsten sieben Jahren vier Filme für die Fox, mit einer Gage von hunderttausend Dollar pro Film, plus Gewinnbeteiligung. Dazu hatte sie Einspruchsrecht bei Stoff, Drehbuch, Regisseur, Kameramann und Make-up-Berater – und sie durfte Filme für andere Studios drehen. Also ein Erfolg auf der ganzen Linie, um so mehr, als auch die Fox damit gut leben konnte.

Lauter Wendungen zum Guten – für Marilyn. Auch für mich? War der Besuch bei ihr ein verheißungsvoller Anfang oder eine große Enttäuschung? Es dauerte eine Weile, bis ich mir darauf eine Antwort geben konnte. Sie lag, wie beim Streit um den Ruhm, in der Mitte.

Natürlich beeindruckte mich die Selbstverständlichkeit, mit der Marilyn von »Bob«, »Frankie«, »Marlon« oder »Monty« sprach und dabei Mitchum, Sinatra, Marlon Brando und Montgomery Clift meinte. Angesichts solcher Bekanntschaften ging ich davon aus, daß der Wunsch nach engerem Kontakt bei mir größer war als bei ihr, und die Sorge, sie mit einer Bemerkung zu verletzen oder zu verärgern, hatte mich nicht gerade lockerer gemacht. In dieser Hinsicht war der Besuch gut verlaufen. Sie hatte sich gefreut, mich wiederzusehen, und sie wollte genau wie ich die Verbindung aufrechterhalten.

Allerdings galt die Nähe, die ich mir wünschte, nicht ihren Bekannten, sondern ihrer Person, und dieser war ich kaum näher als in der Schulzeit. Als Kamerad, das spürte ich, war ich ihr willkommen – aber nach wie vor war ich niemand, der in ihren Augen »zählte«.

Seltsam, wie wenig sich ihr Verhalten anderen Leuten gegenüber verändert hatte. Ich war davon ausgegangen, daß der Umgang mit den Großen des Showbusiness sie allen Äußerlichkeiten gegenüber gelassen gemacht hatte. Aber ihre Begeisterung dem unbekannten Anrufer gegenüber erinnerte mich an die Verwandlung, wie sie damals mit ihr vorgegangen war, wenn sie sich mit Teddy oder einem der »Wichtigen« aus der Klasse unterhielt. Immer noch schien sie ganz unterschiedlich zu reagieren, je nachdem, welcher Kategorie jemand angehörte: Bedeutsame, Schurken, Belanglose – und ich war vermutlich irgendwo dazwischen angesiedelt.

Ein wenig fühlte ich mich gekränkt. Andererseits: wenn sie von mir nichts erwartete, konnte ich sie auch nicht enttäuschen, und wenn ich nicht zu denen gehörte, die sie beeindrucken wollte, brauchte sie mir nichts vorzuspielen. So gesehen war der Besuch gar nicht schlecht verlaufen. Und war nicht, solange wir in Verbindung blieben, immer noch alles möglich?

Marilyn hatte angedeutet, daß der Kontakt zu DiMaggio nicht abgerissen war. Aber ihre gute Stimmung hing wohl mit einem anderen Mann zusammen. Wahrscheinlich war es der Anrufer – offenbar ein Schriftsteller. Ich hatte eine Ahnung, wer es sein könnte, aber der Betreffende war verheiratet, so daß ich annahm, ich müßte mich irren.

Dann wurde bekannt, daß Arthur Miller die Scheidung eingereicht hatte. Von nun an erwähnte Marilyn ihn gelegentlich, wenn wir telefonierten, aber eher zurückhaltend. Trotzdem spürte ich, daß ihre Gedanken ihm galten. Als ich sie einmal fragte, ob sie sich vorstellen könnte, wieder zu heiraten, sagte sie: »Hör bloß mit diesem Thema auf – darüber zu sprechen bringt Unglück!« Da hatte ich das Gefühl, daß sie sich im Innern schon entschieden hatte – und daß ich wohl nie etwas anderes für sie sein würde als der »gute alte Timmy«.

Über anderes sprach sie öffentlich und voller Begeisterung. Auf einer Pressekonferenz stellte sie das erste Filmprojekt der «Marilyn Monroe Productions« vor: *The Sleeping Prince*, nach einem Stück von Terence Rattigan, in den Hauptrollen sie selbst und Laurence Olivier, der auch Regie führen sollte. Die Reporter fragten wieder einmal nach den *Brüdern Karamasow*; richtig begeistert waren sie und ihre Kameras aber erst dann, als ein Träger von Marilyns tief ausgeschnittenem Samtkleid riß. Nur Sir Laurence, der große Mime, war *not amused*.

Als ich sie das nächste Mal besuchte, wohnte sie schon nicht mehr im Waldorf-Astoria, sondern in einem Apartment am Sutton Place 2, Suite E8. Was sagte das, als Zahlenorakel betrachtet? »Sutton« stand für »sudden«, 2 für Zweisamkeit, »Suite« für das Folgende, E für »Eternity«, und die 8 für mehrfache Teilung, also Trennung … »Plötzlich ein Platz für zwei, gefolgt von ewiger Trennung«, hieß das. Aber Trennung und Zweisamkeit für wen?

Es war gegen elf Uhr vormittags, und Marilyn öffnete im Morgenmantel. Sie war ungeschminkt und wirkte müde, fast abwesend.

»Hab die ganze Nacht kein Auge zugetan«, klagte sie. »Diese verdammten Ärzte – verschreiben dir Pillen und nochmals Pillen, aber meinst du, eine davon wirkt?«

Während sie sprach, goß sie sich ein Glas Champagner ein, nahm aus einem Röhrchen zwei Tabletten und spülte sie mit einem Schluck hinunter.

»Hoffentlich werde ich davon wach. So – jetzt muß ich mich erst mal frisch machen. Nimm dir einen Drink, ja? Guter alter Timmy!« Dann verschwand sie im Badezimmer.

Zwanzig Minuten vergingen, eine halbe Stunde, vierzig Minuten. Ob sie eingeschlafen war? Ich klopfte an die Tür. »Bin gleich fertig«, rief es von innen. Aber es dauerte eine weitere halbe Stunde, bis sie herauskam: noch immer im Morgenmantel, doch jetzt mit aufgetragenem Make-up. Diesmal war es für meinen Geschmack zuviel. Das Gemisch aus Creme und Puder wirkte wie eine kompakte Schicht, die es jemandem, der sie nicht kannte, schwer gemacht hätte, ihr Alter zu schätzen. Aber das machte sie nicht jünger, sondern eher älter. Und wieder fielen mir ihre Hände auf – fast schien es, als gehörten sie einer anderen Person.

Für den Abend war sie zu einem Empfang eingeladen; also durfte ich dabei assistieren, wie sie Dutzende von Kleidern und Kostümen anprobierte und verwarf. Unter dem Morgenmantel trug sie keine Unterwäsche, aber meine Gegenwart schien sie nicht zu stören. Sie drehte mir lediglich den Rücken zu, wenn sie aus einem Kleid heraus- und ins nächste hineinstieg. Daß meine Hilfe erwartet wurde, um Knöpfe und Reißverschlüsse auf dem Rücken zu schließen, verstand sich von selbst.

Und ich? Hier stand ich hinter der Frau, von der ich seit der Schulzeit träumte, deren Filme ich verschlungen, deren Fotos ich Hunderte Male voller Verlangen betrachtet hatte – stand hinter ihr und machte Knöpfe, Schleifen und Reißverschlüsse auf und zu. Der Duft von Chanel No. 5 stieg mir in die Nase, im Spiegel sah ich ihr Gesicht, ihren Körper, ihre vorgestreckte Brust; meine Hand lag, wenn auch im Dienst eines Kostüms, auf ihrer Schulter – was ging mir durch den Kopf? Was fühlte ich?

Verwirrung.

Natürlich war da der Gedanke an Benny und die Angst, es mit einem plumpen Annäherungsversuch für immer mit ihr zu verderben. Aber mußte ich es plump anstellen? War das nicht der geeignete Moment, ihr ein »Du bist wunderschön!« ins Ohr zu flüstern?

Etwas fehlte; etwas war anders als auf den Fotos. Am Körper lag es nicht – der war, selbst mit einigen Pfunden mehr, immer noch genauso schön. Was fehlte, war das andere: der Blick, das Verstehen, die Signale der Zustimmung … sowie mir das klar wurde, kamen mir meine Gedanken unpassend vor. Ich verstand, warum ich ihren Körper nicht wie beim Betrachten der Fotos mit ruhiger Selbstverständlichkeit ansah, sondern meinen Blick, wenn er auf ihre Brust fiel, abwandte. Marilyn schien das Ganze überhaupt nicht als erotische Situation zu empfinden: obwohl sie ein wenig kokettierte, war mein Eindruck, daß sie wirklich nichts anderes wollte, als das geeignete Kleid herauszufinden. Daß sie mich dabei helfen ließ, war ein Zeichen von Vertrautheit, selbst wenn es mir mißfiel, nur den guten Kameraden abzugeben. Es lag an mir, das zu ändern, wenn ich es wirklich wollte … aber was wollte ich in diesem Augenblick?

Timmy, sagte eine Stimme in mir, Timmy, nun hab dich nicht so. So lange hast du dir gewünscht, ihr nahe zu sein – wann, wenn nicht jetzt, willst du ihr das sagen? Los, zier dich nicht – es muß ja nicht gleich eine Liebeserklärung sein …

Und warum eigentlich nicht? Bei der Frau, in die ich all die Jahre verliebt war – von der ich, seit ich denken konnte, überzeugt war, daß ich –

Daß ich sie liebte?

Wenigstens versuchte ich nach bestem Wissen und Gewissen, sie bei der Suche nach dem optimalen Kleidungsstück zu unterstützen. Denn sie wollte bei jedem Kleid, jeder Robe wissen, wie es mir gefiel – und je besser ich begründete, warum ich etwas schön fand, desto entschiedener lehnte sie es ab.

»Mein Gott«, sagte ich schließlich erschöpft, »hast du das ganze Zeug denn noch nie getragen?«

»Doch, natürlich, jedenfalls das meiste. Warum?«

»Wenn es früher ging – warum dann nicht heute abend?«

»Weil es zum Abend und zu meiner Stimmung passen muß. Du bist eben ein Mann – darum verstehst du so was nicht.«

33
Ambivalenz

Ich mußte an die Szene denken, wo Robert Mitchum in *River Of No Return* Marilyn durch eine Decke hindurch massiert. Damals fand ich es unglaubwürdig, daß er so gar keine Regung zeigte. Jetzt stand ich hinter ihr, die Hand auf ihrer Haut, und anders als bei Mitchum gab es weder eine Decke noch einen Regisseur, dessen Anweisungen ich ausführen sollte. Ich war frei, zu tun und zu lassen, was ich wollte, jedenfalls soweit sie es zuließ. Und was tat ich?

Marilyn kicherte, denn ich hatte ihr ein Kleid verkehrt herum hingehalten. Auch ich mußte lachen. Und als ich das Kleid umgedreht hatte, fragte ich mich: war es nicht sogar unhöflich, daß ich ihr in dieser Situation nicht einmal ein Kompliment machte?

War ich der Fuchs, der in der Furcht, die Trauben stünden ihm nicht zu, sich einredete, sie hingen zu hoch und er verspürte keinen Appetit auf sie? War es neben der Sorge, es könnte mir ergehen wie Benny, auch das Wissen, daß mir mit Arthur Miller ein übermächtiger Konkurrent gegenüberstand? Einer, der den Kampf um Marilyns Zuneigung längst gewonnen hatte?

Das schien so naheliegend, daß eine Stimme in mir sagte: Ja, so muß es sein.

Da stand ich hinter meiner alten Liebe und reichte ihr als dezenter Butler Kleider zu … stand hinter Marilyn Monroe, der meistbegehrten Frau des Kontinents … und tat – nichts.

Lähmte mich ihre Gegenwart?

Nein, überhaupt nicht. Was ich in mir spürte, war etwas durchaus Aktives – ein merkwürdiges Etwas, das mich mit aller Kraft nach Gründen suchen ließ, meine alte Klassenkameradin *nicht* zu begehren ... ihr keine süßen Worte ins Ohr zu flüstern ...

In der Tat: ich fühlte mich geradezu erleichtert, als ich nun, aus der Nähe, lauter Dinge an ihr bemerkte, die nicht der Vorstellung perfekter Schönheit entsprachen. Zum Beispiel, daß ihre Haut auf Nacken und Schultern nicht wie bei Angelika samtartig weich war, sondern grobporig und uneben ... daß ich nicht nur den Duft von Chanel wahrnahm, sondern, obwohl sie gerade erst gebadet hatte, die Andeutung eines säuerlichen Körpergeruches ...

Und während ich knöpfte und knotete und meine Kommentare zu Stoffen und Stil, Schnitten und Ausschnitten abgab, erinnerte ich mich an all die Züge, die mich schon damals in der Schule an ihrer Persönlichkeit irritiert hatten.

Meine Abneigung gegen das Schminken hatte in der Zwischenzeit eher zugenommen. Marilyns zweite Haut aus Creme und Puder mochte im Film nötig sein, aber aus der Nähe fand ich sie störend. Dann dieser ganze Aufwand mit ihrer Garderobe ... jetzt merkte ich, wie sehr mich die Bekanntschaft mit Edna, Lena und Angelika beeinflußt hatte. Modische Raffinesse war für Edna ein Aspekt von Kreativität; ihr Einfallsreichtum zeigte sich viel mehr darin, was sie aus dem Vorhandenen machte, als im Bedürfnis, Neues zu kaufen. Angelika unterstrich ihre Figur mit unauffälliger Eleganz. Lena schien es geradezu darauf anzulegen, ihre Schönheit unter schlampiger Kleidung zu verbergen; trotzdem (oder vielleicht gerade deshalb) wurde sie immer wieder von Unbekannten angesprochen.

Demgegenüber schien mir die Bedeutung, die Marilyn der Kleiderfrage beimaß, übertrieben, selbst wenn ihr Aussehen für eine Schauspielerin wichtiger sein mochte als für andere Frauen. Gewiß, Kleider machen Leute. Trotzdem tun mir Leute, die an Kleidung, Schuhe oder Schmuck mehr als einen beiläufigen Gedanken verschwenden, im Grunde leid, und wenn sie diese Gedanken auch noch äußern, langweilen sie mich.

Zuerst fand ich Marilyns Kleiderprobe ganz amüsant, und die Kunstfertigkeit, die in diesen Kreationen steckte, beeindruckte mich. Aber dann gaben die langwierigen Überlegungen, welche Art von Textilie zum Charakter des abendlichen Empfanges passen würde, mir das Gefühl, mich in einem absurden Theaterstück zu befinden. Ohne DiMaggio zu kennen, empfand ich Sympathie für seine Abneigung gegen Marilyns Kleiderfimmel.

»Hör mal«, sagte ich nach einigen Dutzend Anproben, »du meinst doch, dein Kleid muß unbedingt zum Abend passen. Richtig?«

»Genau. Endlich hast du es begriffen.«

»Warum machst du es dir dann nicht einfacher? Such dir ein passendes Kleid aus, und dann schickst du es mit einem Boten zu dem Empfang. Sie sollen es auf deinen Stuhl legen, auf den Tisch stellen sie dein Foto – und fertig.«

»Aber Timmy – das geht doch nicht«, sagte sie ganz ernsthaft.

»Und warum nicht, wenn ich fragen darf?«

»Weil *ich* doch der Ehrengast bin – nicht mein Kleid!«

»Ach, Marilyn«, sagte ich mit einem Seufzer, »hast du es denn nicht gemerkt? Genau das wollte ich doch sagen!«

»Nein, hab ich nicht gemerkt. Aber jetzt sag mir bitte eines: welches von diesen gottverdammten Kleidern soll ich anziehen?«

Daß Marilyn immer noch keine Ironie verstand, mochte zweitrangig sein. Aber es irritierte mich, daß sie genau wie früher Umstände und Menschen nur in den Aspekten wahrzunehmen schien, die sie selber betrafen. Zum Beispiel DiMaggio.

Für mich hat jemand, dessen wichtigstes Merkmal seine sportliche Vergangenheit ist, etwas Tragisches. Leute bewundern ihn und klopfen ihm auf die Schulter; dabei ist er selber von dem ehemals begnadeten Sportstar kaum weniger weit entfernt als seine Bewunderer. Wie fühlt man sich als Fossil fremder und eigener Erinnerung? Wie wird man damit fertig, das Größte längst hinter sich zu haben, obwohl man noch lange kein alter Mann ist?

Das fragte ich auch Marilyn. Aber sie hatte offenbar nie ein Problem darin gesehen.

»Wie Joe damit fertiggeworden ist? Ich weiß nicht, wie du das meinst. Er hat viel Geld verdient, und er hat genug alte Freunde. Dem geht's gut, was will er mehr? Das einzige, was ihm fehlt, ist eine Frau, die für ihn putzt und kocht.«

Oder über Natasha Lytess, ihre frühere Schauspiellehrerin: »Sie hat sich an mich geklammert, sie hat mich ausgenutzt. Auf dem Set durfte ich keinen Schritt machen, der ihr nicht gefiel, aber am liebsten wär's ihr gewesen, ich hätte auch sonst keinen Schritt ohne sie gemacht. Wenn's nach ihr gegangen wäre, hätte ich mich nie mit Joe getroffen. Wahrscheinlich wollte sie, daß aus mir eine alte Jungfer wird wie aus ihr selber.«

»Siehst du sie noch manchmal? Schreibt ihr euch?«

»Nein, natürlich nicht. So, wie sie mich ausgenutzt hat –«

»Aber ich denke, sie war wichtig für dich. Und wegen dir hat sie ihren früheren Job aufgegeben.«

»Ja, sie hat schon früh gemerkt, daß sie von mir leben konnte. Zum Glück habe ich jetzt Paula, du weißt schon, Paula Strasberg. In Zukunft wird sie mit mir arbeiten.«

Ich stellte diese Fragen auch deshalb, um nicht nur über Textilien reden zu müssen. Marilyn aber ließ sich nicht lange davon ablenken. Und während sie ein Kleid nach dem anderen aus dem Schrank holte und die Vorzüge und Nachteile eines jeden Modells erläuterte, wurde ich immer schweigsamer.

Um so lauter war diese merkwürdige Stimme in mir, die unverdrossen nach weiteren Makeln suchte. Daß Marilyn dicker war als in den Filmen und trotz ihrer schönen Brüste beinahe etwas plump, war nicht wirklich störend. Aber die groben Poren, Pigmentflecken und Hauterhebungen auf

Schulter, Rücken und Hals bildeten einen seltsamen Kontrast zum glattgeschminkten Gesicht. Außerdem machte sich, je mehr sich der Duft von Badeöl und Parfüm abschwächte, der Körpergeruch immer stärker bemerkbar.

Und während ich hinter ihr stand und mit Knöpfen und Verschlüssen hantierte, fiel mir auf, was in den Filmen nie und auf manchen Fotos nur undeutlich zu sehen war: daß nämlich das Make-up einen Flaum dünner Härchen an den Außenseiten der Wangen regelrecht anklebte. Jetzt, nach all den anprobierten Kleidern, standen diese feinen Haare weit ab – der Ausdruck »Pfirsichhaut« wäre dafür ganz unzureichend gewesen.

»Wie findest du das?« fragte Marilyn, die sich gerade in ein knappes rotes Kleid hineingezwängt hatte. Sie stellte sich auf die Zehenspitzen, streckte die Hände zur Seite, wippte vor dem Spiegel auf und ab und drehte sich zu mir.

»Du bis wunderschön«, sagte ich und gab ihr einen sanften Kuß auf das Make-up der Wange. »Kein Wunder, daß alle Männer nach dir verrückt sind.«

»Der gute alte Timmy«, sagte sie und drückte für einen Moment ihren Kopf an mein Gesicht. »Immer noch der alte Schmeichler.« Dann wandte sie sich wieder zum Spiegel und stellte fest: »Zwecklos – das Ding ist definitiv zu eng! Außerdem paßt es nicht zum heutigen Abend!«

Daraufhin erklärte ich meine Kapitulation: »Schluß! Ich kann nicht mehr! Noch ein einziges Kleid, das nicht zum Charakter des heutigen Abends paßt, und ich falle auf der Stelle tot um!«

»Siehst du«, antwortete sie, »ich hab nichts anzuziehen. Was mach ich nur, was mach ich nur?«

»Mußt du dir eben was kaufen.«

»Genau das dachte ich auch. Würdest du mich begleiten?«

»Mit dem größten Vergnügen!«

Ohne sich die Mühe zu machen, Unterwäsche anzuziehen, kletterte sie in eine Jeanshose, warf sich einen weiten Pullover über und band ein Kopftuch um. Dann zog sie den Lippenstift nach, setzte eine dunkle Sonnenbrille auf, griff zum Mantel und war ausgehfertig.

Wir nahmen ein Taxi und fuhren zu Bloomingdale's in der Third Avenue. Als der Taxifahrer sie im Spiegel sah, kicherte er.

»Was gibt's?« fragte sie.

»Ach wissen Sie«, sagte der Fahrer, »die Welt ist komisch. Sie sind heute schon die zweite Kopie von Marilyn Monroe, die ich fahre. Das wird allmählich zur Mode, scheint mir.«

»Finden Sie?« sagte sie, und sah mich fragend an – womit sie meinte: Ob ich's dem armen Kerl zeige? Ich schüttelte den Kopf, trotzdem setzte sie die Sonnenbrille ab.

»Aber Sie –«, sagte der Fahrer, und die Stimme versagte ihm fast, »Sie sind ja – wirklich und wahrhaftig – Miss Monroe! Nein, das ist wirklich unglaublich. Absolut unglaublich!«

Und nach einem Weilchen: »Miss – Miss Monroe – darf ich mir eine Bemerkung erlauben?«

»Aber sicher! Nur zu, junger Mann!«

»Also, ich hab alle Ihre Film gesehen, alle, glauben Sie mir. Zuletzt *The Seven Year Itch*, da waren Sie toll, einfach toll. Aber vorher, *River Of No Return* – Sie haben gut gesungen und gut gespielt, aber der Film war schlecht. Finde ich. Verzeihung, Miss Monroe!«

»Aber nein, Sie haben ja völlig recht! Solche Rollen werde ich nie wieder spielen, ganz sicher!«

Das Taxi hielt vor Bloomingdale's. Marilyn setzte ihre Sonnenbrille wieder auf, und nun wurde ich Zeuge eines Konfliktes, von dem ich das Gefühl hatte, daß sie ihn öfters erlebte. Der Fahrer schien nämlich im Zweifel zu sein, ob er nicht zum Zeichen, daß er sich geehrt fühlte, uns die Fahrt schenken oder höchstens um ein Autogramm bitten sollte. Marilyn wiederum wartete offenbar auf ein Signal des Fahrers, ob sie ihn mit einem Lächeln oder mit einem extra großen Schein entlohnen sollte. So vergingen einige Sekunden, die für sie und den Fahrer zunehmend peinlich zu sein schienen, mir hingegen ein stilles Vergnügen bereiteten. Schließlich erbarmte ich mich, fragte den Chauffeur nach dem Fahrpreis und legte ein ordentliches Trinkgeld drauf, so daß wir in Ehren auseinandergehen konnten. Selbst das Inkognito eines Stars ist kostspielig, merkte ich bei dieser Gelegenheit – jedenfalls dann, wenn er es lüftet.

Im Innern des Geschäftes schien sie ihre Verkleidung beibehalten zu wollen. Aber als sie in der Umkleidekabine stand und sich von der Bedienung ein Modell nach dem andern hineinreichen ließ, ergab sich ein anderes Problem. Die Verkäuferin hatte nämlich mitbekommen, daß Marilyn die Kleidungsstücke ohne Unterwäsche anprobierte; nun holte sie eilig ihre Vorgesetzte, und ein Weilchen tuschelten die beiden miteinander. Dann schritt die Dame energisch auf die Kabine zu und setzte zu einer Strafpredigt an, die als Tiger begann und als Bettvorleger endete: »Aber gewiß doch, Miss Monroe. Ganz wie Sie wünschen. Stets zu Ihren Diensten, Miss Monroe.«

Ergebnis war, daß Marilyn alle anprobierten Modelle kaufte, und die Verkäuferin versprach ihr, daß die Lieferung hundertprozentig am frühen Abend erfolgen würde. Das Leben eines Stars ist teuer, merkte ich erneut – erst recht, wenn man es ohne Unterwäsche führen will.

34
Marilyn Monroe, eingeschaltet

»Welches Kleid paßt denn nun zum Charakter deines großen Empfanges?« erlaubte ich mir zu fragen, als wir das Geschäft verließen.

»Das entscheide ich heute abend«, antwortete sie. Und eine Ahnung sagte mir, daß sich das Spiel vom Vormittag dann wiederholen würde, allerdings ohne mich.

»Was machen wir jetzt?« fragte sie.

»Ich habe nichts vor. Machen wir einen Bummel?«

Es war herrliches Wetter, Frühling im Februar, mild und sonnig. New York strahlte, und Marilyn strahlte auch. Allerdings auf eine Weise, die mir einmal mehr das Gefühl gab, daß nicht ich es war, den sie anstrahlte.

»Es ist ein Genuß, mal wieder wie ein normaler Mensch herumlaufen zu können«, behauptete sie. »Kein Mensch glotzt, keiner will was von mir – herrlich!«

Ich hatte meine Zweifel. Hinter ihrer Sonnenbrille fixierte sie die Leute, die uns entgegenkamen, als erwartete sie, unter ihnen alte Bekannte zu treffen. Daß keiner stehenblieb oder sich nach ihr umdrehte, schien ihr gar nicht recht zu sein.

Mein Eindruck täuschte mich nicht. Wenig später setzte sie die Sonnenbrille ab, nahm ein Taschentuch und putzte die Gläser – steckte dann aber, trotz des Sonnenscheins, die Brille in die Manteltasche. Immer noch zeigte keiner der Passanten eine Reaktion.

»Was meinst du«, fragte sie mich, »soll ich sie anstellen?«

»Wie bitte? Was heißt das, *sie anstellen*?«

»Na, Marilyn Monroe. Soll ich?«

Ohne meine Antwort abzuwarten, nahm sie das Kopftuch ab. Und dann war es wirklich, als hätte jemand einen Schalter umgelegt. Ihr Körper straffte sich, die Brust hob sich, mit wiegendem Gang und strahlendem Lächeln schritt sie einem imaginärem Ziel zu, das sie selber war. Die Verwandlung, die sich vor meinen Augen abspielte, war spektakulär. Und einen Moment fragte ich mich: Wie lange kann sie wohl so gehen, wenn keiner darauf reagiert?

Die Frage war hypothetisch; es brauchte nur ein paar Schritte, und schon stießen sich zwei junge Mädchen an. »Sieh mal! Ist das nicht – aber das ist doch –«

Die beiden blieben stehen und starrten uns an, und dann war es, als würden ihre entgeisterten Blicke eine Kettenreaktion in Gang setzen. Auf einmal waren wir umgeben von einer gaffenden und murmelnden Menge, die den Bürgersteig blockierte. Die Vordersten sahen, wen sie da vor sich oder vielmehr in ihrer Mitte hatten, und das hielt sie zunächst auf Distanz. Aber die Leute dahinter, die auch etwas sehen wollten, drängten nach vorne, so daß der Ring um uns immer enger wurde und die ersten schon ihre Hände ausstreckten – sei es, um ihren Star einmal anzufassen, sei es, um auf diese Weise den letzten Abstand zu wahren.

In wenigen Augenblicken war aus einem amüsanten Spiel eine erst lästige und jetzt beängstigende Szene geworden. Ich packte Marilyn am Arm und drängte mich durch die Menge in Richtung Fahrbahn, wo das erste Taxi, als der Fahrer den Aufruhr sah, schleunigst weiterfuhr. Aber das nächste mußte schon deshalb anhalten, weil auch die Menge auf die Fahrbahn drängte, so daß der Wagen genau vor uns zum Stehen kam. Ich riß die Tür auf, schob Marilyn hinein (von der ich zum Dank ein »Au! Du tust mir weh!« erntete), sprang selber hinterher und schlug die Tür zu. Der Fahrer war geistesgegenwärtig genug, sofort loszufahren; erst als wir in sicherer Entfernung waren, fragte er, wo wir hinwollten. Marilyn nannte den Namen eines Restaurants, und bevor wir ankamen, setzte sie die Sonnenbrille auf und band das Kopftuch um. Auch ihr Bedarf am Bad in der Menge schien für diesen Tag gedeckt zu sein – obwohl ich den Eindruck hatte, daß ihr das Gedränge auf der Straße eine gewisse Genugtuung verschafft hatte.

Im Restaurant erkannte man sie trotzdem. Der Geschäftsführer eilte herbei und gab sich die Ehre, uns persönlich in einen separaten Raum zu geleiten; später erkundigte er sich mehrmals nach unseren Wünschen. Genauer gesagt, nach *ihren* Wünschen, denn mich ignorierte er weitestgehend.

Wir konnten Atem holen und speisen: für mich das Mittagessen, für sie ein sehr spätes Frühstück. Leider durften wir auch etwas anderes: nach den Empfehlungen des Geschäftsführers die exquisite Weinkarte prüfen. Die Qualität der angebotenen (und von meiner Tischdame bereitwillig bestellten) Weine mußte überragend sein, soweit sich das aus den klangvollen Namen und dem Umfang der sonstigen Angaben schließen ließ – erst recht aus den Preisen. Der Blick auf die Karte raubte mir den Appetit sowohl aufs Essen als auch auf den Wein, der vom Oberkellner mit sadistischem Lächeln eingeschenkt wurde. Ergebnis war, daß sich die Rechnung ungefähr auf das Monatsgehalt eines Universitätsassistenten belief; doch verschweige ich, wer sie bezahlte.

Philosophisch gesehen, ist mir die Funktion solcher Restaurants klar. Natürlich geht es überhaupt nicht ums sogenannte »gute Essen«, denn wie gut ein Essen schmeckt, bestimmen weniger der berühmte Koch und das luxuriöse Ambiente als vielmehr, Qualität vorausgesetzt, Appetit und die Zuneigung zum Tischpartner. Aber das exquisite Essen in einem Mehrsterne-Restaurant hat die Rolle dessen übernommen, was früher einmal das religiöse Opfer war: gezielte Vernichtung von Werten zur Hebung des wohlhabenden Selbstbewußtseins. Die unverschämten Preise sind nicht etwa der Gegenwert für das dargereichte Menü, sondern im Gegenteil zentraler Aspekt und Hauptgenuß der sogenannten »Haute Cuisine«.

Dem Philosophen gilt der Hedonismus, mit seiner immanenten Verachtung von Armut und Solidarität, als moderne Form von Kannibalismus; als solcher ist er ihm ein Greuel. Allerdings verteidigt sich der Genießer mit guten Argumenten. Was, sagt er zum Philosophen, treibt dich außer Neid und Geiz? Wen, bitte sehr, ernährst du mit deinen ausgetretenen Schuhen und deinem alten Mantel? Wir Genießer sind es, die das Geld unter die Leute bringen, nicht ihr asketischen Schwätzer – unsere Verschwendung ist die wirksamste Solidarität mit den Armen, das schreib dir hinter die Ohren, du gottverdammter Kommerzkastrat!

»Erlebst du so ein Getümmel auf der Straße öfter?« fragte ich.

»Das kann man wohl sagen. Wahrscheinlich lebe ich darum auch allein. Ich bin dran gewöhnt, aber hättest du vielleicht Lust, das regelmäßig mitzumachen?«

»Schwer zu sagen. Ich nehme an, dafür braucht es bedeutendere Zeitgenossen, als ich es bin.«

»Wie meinst du das?«

»Na – wie wär's mit Arthur Miller?«

Sie wurde rot, was sehr merkwürdig aussah: im Gesicht zeigte sich unter dem Make-up kaum etwas, nur Ohren und Hals färbten sich.

»Arthur? Wie kommst du denn darauf?«

»Mein Geheimnis. Also stimmt's?«

»Nein, du irrst dich. Wir verstehen uns gut, ich glaube, er nimmt mich wirklich ernst. Wir sind gute Freunde …«

»So wie wir beide?«

»Timmy, bitte! Du und ich, wir sind alte Kameraden, nicht wahr? Das ist doch was ganz anderes, meinst du nicht?«

»War ein Scherz!« sagte ich, obwohl mir gar nicht nach Scherzen war. »Würdest du ihn denn heiraten?«

»Ich? Also, noch ist er nicht geschieden … und ich … ich zerstöre keine Ehe. Und dann … erst mal müßte er mich fragen. Aber ich glaub's nicht.«

»Was glaubst du nicht – daß du Ja sagen würdest?«

»Nein, daß er mich fragt. Ist wohl auch egal.«

»Wieso? Ist doch das Wichtigste der Welt, oder nicht?«

»Ach weißt du, im Grunde bin ich immer allein gewesen. Als Kind, im Waisenhaus, in der Schule. Sogar als ich verheiratet war. Glaub mir, ich hätte nichts so gern wie eine Familie. Einen Mann, der mich liebt, Kinder, ein Zuhause –«

Wieder hatte sie diesen unendlich hilflosen Ausdruck, dem ich schon in der Schulzeit nie widerstehen konnte – zu gern hätte ich sie jetzt in den Arm genommen. Es war ein Fehler, daß ich selber das Thema auf Arthur Miller gebracht hatte. Aber nun war es zu spät.

»Verführ ihn doch einfach«, schlug ich vor.

»Wen – Arthur?«

»Na klar. Du als heißbegehrtes Sexsymbol –«

»Siehst du mich etwa auch so?«

»Na gut, vielleicht ein bißchen anders, schließlich kennen wir uns ja schon länger. Aber attraktiv finde ich dich auch – das weißt du ja. Glaubst du, Miller könnte dir widerstehen?«

»Danke. Timmy, ich will dir was sagen – was meinst du, was passiert, wenn ich mit einem Mann allein bin?«

»Kann ich mir schon denken. Entweder er fällt vor dir auf die Knie und macht dir einen Antrag, oder er legt dir mit vielsagendem Blick die Hand aufs Knie – oder woanders hin.«

»Bitte werd nicht ordinär.«

»Machen sie es denn nicht so?«

»Überhaupt nicht. Auf einmal werden sie unheimlich nervös und fangen an zu schwitzen, ich kenne das zur Genüge. Du wirst es nicht glauben: wenn ich einen Mann wirklich mag, muß *ich* ihn fragen, ob er will. So ist das mit einem Sexsymbol – nur damit du Bescheid weißt. Wie soll ich da jemand kennenlernen? Glaub mir: du als Dozent hast viel mehr Gelegenheit dazu als ich.«

»Schön wär's. Aber mit meinem Vorschlag liege ich doch gar nicht falsch. So, wie ich Arthur Miller einschätze –«

»Nämlich? Wie schätzt du ihn ein?«

»Nun, er ist so – wie soll ich sagen – so hölzern, verstehst du? Ein Moralist, absolut prinzipienfest. Heiraten und mit einer Frau schlafen ist für ihn identisch; also wenn er sich verführen läßt, dann will er dich auch heiraten.«

»Bist du dir da wirklich sicher?«

»Aber das weißt du doch längst! Oder etwa nicht?«

Eines weiß ich übrigens bis heute nicht: welches Kleid sie auf besagtem Empfang trug. Später fragte ich sie einmal danach, und sie behauptete, es wäre eines der neugekauften Modelle gewesen. In der Zeitung sah ich ein Bild von dem Abend, leider in Schwarzweiß – und das Kleid, das sie da anhatte, erinnerte mich sehr an ein Modell, das ich ihr selber probehalber zugeknöpft hatte.

Wenig später reiste sie nach Hollywood, um für die Fox *Bus Stop* zu drehen. Sie trug ein schwarzes Kleid und eine hochgeschlossene Bluse, was die Reporter auf dem Flughafen zu der Frage veranlaßte: Ist das die neue Marilyn? Und sie antwortete: Nein, ich bin dieselbe – es ist nur ein neues Kleid.

Inzwischen war ich wieder in Boston. Nach der Begegnung mit Marilyn wünschte ich mir nur eines: daß sie recht gehabt hätte mit ihrer Annahme, an der Universität ließen sich besonders leicht Kontakte knüpfen. Aber offenbar gehört zur Einsamkeit immer auch die Vorstellung von Lebensformen, wo es anders zugeht. Jede Schicht, jede Berufsgruppe vermutet Freundschaft und Verbundenheit bei anderen: die Armen bei den Reichen, die Reichen bei den Armen, Arbeiter bei Intellektuellen, Intellektuelle bei den Arbeitern. Die Zuschauer sehen in den Künstlern eine verschworene Gemeinschaft, die Heteros in den Schwulen, die Maler in den Schriftstellern, und so immer im Kreis.

Auf den ersten Blick scheint es ein Literaturdozent

tatsächlich gut zu haben. Schließlich ist Literatur das Konzentrat menschlicher Erfahrung und Reflexion; folglich sollte, wer von Berufs wegen darüber nachdenkt, mehr Einblicke in die Seele des Menschen gewinnen als jeder andere. Außerdem hat er mit Leuten zu tun, denen der Umgang mit der Dichtung das Herz ebenso öffnen müßte wie ihm selber; fern von Konkurrenz, Aktienkursen, Termingeschäften scheint der Literaturwissenschaftler samt Kollegen und Studenten in einer Welt des Guten, Wahren, Schönen zu leben. Aber leider gilt Kierkegaards Bild, von dem Lena erzählt hatte, für die Literaturwissenschaft genauso wie für Theologie und Schauspielerei. Auch ihr geht es nicht ums Leben, sondern um Schilder, auf denen Aussagen übers Leben stehen.

Und ich? Auf einmal reichte es nicht, von Literatur ergriffen zu sein; in den Texten meiner Studenten mußte ich außerdem auf Logik, Aufbau und Formulierung achten. Wie überall, so saßen auch in meinen Kursen Begeisterte, Pflichtbewußte, Gelangweilte und Opportunisten, und daß ich nicht nur Gesprächspartner der Studenten war, sondern auch Richter über ihre Leistungen, zog ebenso eine Grenze wie der Altersunterschied und die Erfahrungen im Ausland. Viele Gedanken kamen mir unendlich naiv vor, fanden sich aber beharrlich bei einer Mehrheit der Kursteilnehmer, und gerade die unfähigsten Studenten warfen mir dann bei schlechten Benotungen gerne unpatriotisches Denken vor. Manche Diskussionen waren reine Hahnenkämpfe, bei denen es äußerlich um literarische Fragen ging, in Wahrheit aber darum, daß ein paar Jungs den anwesenden Mädchen imponieren wollten.

Schließlich die Kollegen ... nach all den Jahren unter Deutschen, mit ihren kühl beginnenden, dann aber um so beständigeren Beziehungen, war ich plötzlich wieder mit unserem amerikanischen Kontaktmuster konfrontiert. Jemand, der nur ein paar Wochen bei uns herumreist, muß dieses Land für ein Paradies an Aufgeschlossenheit halten.

Seine Brieftasche quillt über von all den Visitenkarten, die man ihm mit der Aufforderung in die Hand drückt, unbedingt bald anzurufen, und jeden Tag bieten ihm so viele Leute an, sie beim Vornamen zu nennen, daß er sich am Abend kaum noch an die Gesichter vom Nachmittag erinnern kann. Wie geht es Ihnen heute? fragt der Verkäufer im Drugstore den Reisenden, den er das erste Mal vor sich sieht. Aber wehe, wenn dieser darauf antwortet: Man hat mir mein Geld geklaut, dürfte ich bei Ihnen mal telefonieren? Und wenn er dann eine der vielen Nummern anruft, wird er schnell bereuen, seine Brieftasche mit all den Visitenkarten ausgebeult zu haben. Denn diese sind kein Zeichen von Freundschaft, sondern wohlfeile Werbung; wirklich willkommen ist ihre Benutzung nur, wenn der Anrufer ein Geschäft anzubieten hat.

In den ersten Wochen wurde ich zu Dutzenden von Partys und Dinners eingeladen; aber dieser Strom von Einladungen ließ ebensoschnell nach wie mein Interesse daran. Die Unkenntnis vieler Kollegen über alles Außeramerikanische fand ich immer wieder schockierend. Ich, der ich mich gegenüber Edna oder Lena eher wie ein altmodischer Puritaner gefühlt hatte, sah mich plötzlich in der Rolle eines Freigeistes und Provokateurs. Ein hingeworfener Satz, daß Prostitution in absehbarer Zukunft ein normaler Beruf sein werde, brachte mir beinahe einen formellen Verweis ein. Erst recht machte die überall spürbare Angst, als »Linker«, wenn nicht als Sozialist oder gar Kommunist zu gelten, ernsthafte politische Gespräche fast unmöglich. So fand ich zwar einige Partner für Sport, Kino oder Theater, aber keine wirklichen Freunde.

Ich habe mich oft gefragt, worauf einerseits die lärmende Herzlichkeit der ersten Begegnung, andererseits das schnelle Abflauen des Interesses zurückzuführen ist, das bei uns in den Staaten so häufig ist. Ob hier noch die Bedingungen der Pionierzeit nachklingen? Damals mußte man sich bei jedem Neuankömmling vergewissern, ob er nicht etwas im Schilde führte; außerdem brachte er Nachrichten aus der Ferne, und vielleicht verfügte er über Informationen, die einem nützlich sein konnten. War damit der Wert des Fremden erschöpft?

Mein Eindruck war, daß es bei diesen Zeremonien des Kennenlernens um mehr ging – als wären diese Dinners und Partys auch eine Art Prüfung. Aber was wollten sie prüfen? Gewandtheit, Kenntnisse, politische Haltung? Das mochte eine Rolle spielen, aber darum ging es nicht wirklich. Man war freundlich zu mir, und ich war freundlich zu den Leuten; trotzdem hatte ich das Gefühl, daß ich diese Prüfungen nicht bestand. Mein Chef übrigens auch nicht.

Schon seltsam – auf diesen Gesellschaften langweilte ich mich zu Tode, aber daß ich immer seltener zu ihnen eingeladen wurde, bedrückte mich. Tatsache war: nach einem halben Jahr in Boston fühlte ich mich mitten im quirligen Leben der Universität einsam und verlassen wie ein herrenloser Hund. Davon profitierte wieder einmal meine literarische Produktion. Aber ansonsten ging es mir überhaupt nicht gut.

35
Body and Brain, Liebe und Tod

Im April 1956 erhielt ich einen Anruf von Marilyn. Sie steckte mitten in den Dreharbeiten zu *Bus Stop*.

»Na, bist du zufrieden?« fragte ich sie.

»Wie bitte? Machst du dich über mich lustig?«

»Nein, wieso? Ist doch dein erster Film nach dem neuen Vertrag: Mitsprache bei Regie, Skript, Hauptdarsteller. Alles viel besser als früher, oder etwa nicht?«

»Besser? Mein Gott, es ist alles viel schlimmer. Timmy, ich halt's nicht mehr aus, manchmal möchte ich mit dem Filmen aufhören!«

»Aber Mädchen – was ist passiert?«

»Ach, das kannst du dir nicht vorstellen. Erst sagen sie, spiel das anders, diese Frau mußt du ordinär spielen. Und Paula sagt –«

»Du meinst Paula Strasberg?«

»Ja, natürlich. Also, Paula sagt, Marilyn, dann *sei* ordinär! Gut, ich geb mir Mühe, und dann sagt Logan – du weißt, Josh Logan, der Regisseur –, also er sagt, *ich* bin ordinär, er meint mich als Person, aber wie soll ich es denn spielen? Die Wahrheit ist, er haßt Frauen, hat Angst vor ihnen, alle diese Kerle hassen Frauen. Und Arthur –«

»Was ist mit ihm? Haßt er die Frauen auch?«

»Unsinn. Hab versucht, ihn anzurufen, er ist in Nevada, für sechs Wochen, dann kann er sich scheiden lassen. Wohnt da in 'nem Haus vierzig Meilen von Reno, ohne Telefon, ich muß bei Leuten in der Nähe anrufen. Sie holen ihn jedesmal mit dem Auto, aber manchmal ist er weg, oder die Leute sind nicht da. Eben hat mal wieder keiner abgenommen, aber ich muß einfach mit jemand reden. Weißt du, ich versuch's noch mal. Vielleicht geht ja jetzt einer ran.«

Das bestätigte mir, wer zu dieser Zeit ihr liebster Telefonpartner war. Einige Wochen später machte Arthur Miller es offiziell. Vom Kongreß zu einem Hearing wegen »unamerikanischer Aktivitäten« vorgeladen, weigerte er sich, die Namen von Kollegen zu nennen, die angeblich an subversiven Treffen teilgenommen hätten. Stattdessen bat er um die Ausstellung eines Reisepasses. Warum? »Um mit der Frau zusammenzusein, die meine Ehefrau sein wird«.

Es war die Nachricht des Tages. Wir Amerikaner haben nun einmal eine Schwäche für Champions, darum war schon Marilyns Ehe mit DiMaggio ein Hit gewesen. Auf wunderbare Weise hatten sich die Prinzipien von Romantik und Calvinismus vereinigt: der Beste bekommt die Schönste. Daß die Ehe schiefging, war nicht nur ein Schlag für Marilyn und DiMaggio, sondern mehr noch für unser erotisches Weltbild. Oder vielleicht seine Bestätigung – weil DiMaggio schon abgetreten, also gar nicht mehr wirklich der Größte war?

Aber was war ein pensionierter Baseballspieler im Vergleich zu Amerikas Dramatiker Nummer eins? Selbst wenn Miller das nicht unbedingt gewesen wäre – spätestens jetzt war er es. Sonst hätte doch wohl Tennessee Williams die Schöne heimgeführt, oder etwa nicht? »The Body and the Brain« – das war nicht mehr zu überbieten.

Am Tag nach Millers Ankündigung rief ich Marilyn an, um ihr zu gratulieren.

»Findest du nicht auch, er hat sich wie ein Held benommen?« jubelte sie. »Er allein vor dem ganzen Kongreß, aber er hat sich nicht einschüchtern lassen. Er ist ein Held, wirklich, und der klügste Mann, den ich kenne. Hab ich recht?«

»Oh, natürlich«, bestätigte ich. »Daß ihr heiraten wollt, hat er genau im richtigen Augenblick bekanntgegeben. Du hast recht, das war klug von ihm!«

»Also, wenn ich ehrlich bin«, sagte sie, etwas weniger begeistert, »er hätt's mir ruhig vorher sagen können.«

»Wie bitte? Heißt das, er hat dich vorher gar nicht gefragt?«

»Jedenfalls nicht richtig. Gut, wir haben oft übers Heiraten gesprochen, aber ganz allgemein, verstehst du? Egal,
besser auf diese Weise als gar nicht, oder?«

Ende Juni rief sie wieder an. Kichernd, die Stimme noch
atemloser als sonst, verkündete sie: »Timmy, es ist soweit.
Unsere Trauung, meine ich.«

»Na endlich! Glückwunsch! Und wann?«

»Am Freitag. Genauer gesagt, es gibt zwei Trauungen:
Freitag vor dem Friedensrichter und am Sonntag vor einem
Rabbi. Timmy, wenn du wüßtest, wie aufgeregt ich bin!«

»Trauung nach jüdischem Ritual? Geht das denn so einfach?«

»Nun ja«, sagte sie, wieder mit einem Kichern, »ich bin
konvertiert. Ich bin jetzt Jüdin, sozusagen eine atheistische
Jüdin, wegen Arthur, hab sogar Unterricht bekommen. Ist
aber alles im kleinen Kreis, verstehst du? Ich hoffe, du be-
suchst uns mal, wenn wir eine gemeinsame Wohnung haben.«

Das erinnerte mich an die Einladung damals am Strand
von Santa Barbara. Hieß das wieder, ich wäre willkommen,
wenn ich mich endlich als Paar präsentieren könnte?

Der Sonntag der Trauung vor dem Rabbi war der 1. Juli. Ich
lag noch im Bett, als das Telefon klingelte. Schon beim ersten Ton hatte ich das Gefühl, daß es nur eine schlechte
Nachricht sein konnte. So wie am Tag davor, als bei dem Versuch, Marilyn und Arthur zu verfolgen, das Auto einer Reporterin gegen einen Baum geprallt war – eine Ehe, die Tod
brachte, noch bevor sie angefangen hatte …

Ich nahm den Hörer ab, und das erste, was ich hörte, war
ein Schluchzen.

»Timmy –«, sagte eine Frauenstimme, »es ist wegen –«
Erneutes Schluchzen. »Teddy – er – er ist –«

Da erst erkannte ich ihre Stimme. »Laura!« rief ich. »Was
ist los? Was ist mit Teddy?«

»Er – er ist – Teddy ist tot! Hab's – grad erfahren. Ein Anruf, aus Korea. Ach Timmy, ich – ich habe – weiß gar nicht –«

Und dann war es, als würde sie auf der anderen Seite der Leitung regelrecht zusammenbrechen. Ich versuchte, sie zu beruhigen, aber wie nimmt man jemand am Telefon in den Arm? Schließlich hatte sie sich so weit unter Kontrolle, daß sie wieder ein paar Worte sprechen konnte.

»Ich ruf – ruf dich – später –«

Dann war die Leitung unterbrochen. Ich wählte sofort ihre Nummer, aber die war besetzt, auch noch nach einer halben Stunde. Offenbar hatte sie den Hörer neben den Apparat gelegt.

Ich hatte sowieso vorgehabt, in den Ferien nach Los Angeles zu fahren. Zwar hatte ich für meinen Professor noch einiges zu erledigen, aber Bibliotheken gab es auch in L.A., und meine Unterlagen konnte ich mitnehmen. Also rief ich den Chef an, und das Wort »Todesfall« reichte, daß er von mir den sofortigen Antritt der Heimreise verlangte. »Los, fahr nach Hause«, sagte er – was mir seltsam unzutreffend vorkam.

Am Abend war ich in L.A., setzte mich in ein Taxi und ließ mich zu Lauras Adresse fahren. Sie schien mich erwartet zu haben, denn die Tür des kleinen Bungalows öffnete sich, noch bevor ich Gelegenheit hatte zu klopfen.

Kaum hatte ich meinen Koffer abgestellt und die Tür geschlossen, da fing sie an zu weinen. Ich nahm sie in den Arm und küßte ihr die Tränen aus den Augen, und als sie mich nicht losließ, küßte ich weiter, und weil man nicht pausenlos dieselbe Stelle küssen kann, küßte ich nach dem Mund auch Ohren und Hals. Und als könnte es gar nicht anders sein, lagen sie und ich bald darauf ausgezogen auf dem Bett, wo ich auch ihren Bauch und ihre Brustwarzen tröstete, die so groß waren wie Himbeeren und noch röter als die verweinten Augen.

Daß es so kam, war wohl unvermeidlich. Im Grunde

wußte ich es schon, als ich von Boston abflog, ohne mit Monnie zu telefonieren. Und es kam mir wie ein ganz und gar angemessener Kreislauf vor, daß im Moment meines Samenergusses ein Strom salziger Tränen aus ihren Augen in meinen küssenden Mund floß.

Von Teddy zu sprechen, erschütterte Laura so sehr, daß sie kaum einen Satz hervorbrachte, ohne wieder und wieder in krampfhaftes Schluchzen zu verfallen. Jedesmal mußte ich sie aufs neue von Kopf bis Fuß trösten, bis wir schließlich eine Position fanden, die es ihr möglich machte, das Geschehene zu berichten, zwischendurch immer wieder gestreichelt und an Haut und Seele getröstet.

Folgendes war geschehen: Benny – immer noch bei der Wachabteilung – hatte wegen eines Mädchens Streit mit einem Soldaten. Beide vereinbarten, die Sache auszutragen, »wie es sich unter Männern gehört«, will sagen, mit dem Messer und bis zur Kampfunfähigkeit. Solche Kämpfe wurden außerhalb der Kaserne veranstaltet und waren für die gelangweilten Soldaten nicht nur eine Abwechslung, sondern auch ein Wirtschaftsfaktor, denn an den Wetten beteiligte sich das halbe Regiment. Die Offiziere zogen es vor, nichts zu wissen, aber unter der Hand wetteten auch viele von ihnen. Nur Teddy erfuhr zu spät von dem Duell. Er fuhr sofort zum Kampfplatz, wo Benny inzwischen eine leichte, aber stark blutende Verletzung erlitten hatte. Inmitten der brüllenden Zuschauer bekamen die Kämpfer gar nicht mit, was um sie herum passierte, und als sich Teddy zwischen sie warf, erwischte ihn das Messer von Bennys Gegner an der Jacke. Teddy brach zusammen, und ein Sanitäter konnte nur noch seinen Tod feststellen. Das brachte Benny zur Raserei. Er stieß den Sanitäter zur Seite und sprang auf seinen Gegner zu, in der Meinung, dieser hätte Teddy erstochen. Dessen Messer fing er mit dem linken Unterarm ab, dann rammte er ihm sein eigenes in den Leib.

Dieser Stich wäre, wie die Autopsie ergab, keineswegs tödlich gewesen, denn er fand zwischen Magen, Darm und

Leberrand einen Weg, der keine vitalen Teile verletzte. Aber als der Sanitäter aufsprang, um Benny festzuhalten, stolperte er und stürzte auf ihn, mit dem Ergebnis, daß die Spitze der Waffe nun die Bauchschlagader erreichte. Der Schnitt war kaum länger als ein paar Millimeter, reichte aber angesichts des rasend pumpenden Herzens aus, Bennys Gegner erst schwindlig, dann ohnmächtig werden zu lassen. Als der Jeep nach halsbrecherischer Fahrt die Kaserne erreichte, war auch er nicht mehr am Leben. Drei Liter Blut fanden sich in der Bauchhöhle; der Rest war irgendwo in den Gefäßen versickert.

Natürlich ließ sich die Sache jetzt nicht mehr als Überfall koreanischer Banditen vertuschen, zumal einer der Toten Offizier war. Noch während der Fahrt hatte der Sanitäter Teddys Hemd entfernt, um dessen Verletzungen zu inspizieren; als er keine fand, wußte Benny, daß sein Freund nicht durch ein Messer, sondern an einem Herzanfall gestorben war. Das mußte in ihm einen plötzlichen Entschluß hervorgerufen haben: als der Jeep in einer Kurve bremste, sprang er vom Wagen, lief in den Wald und ward nicht mehr gesehen.

Teddys sterbliche Überreste waren bereits eingeäschert; die Urne sollte im Laufe der nächsten Woche in die Heimat kommen. Wer für die Beisetzung sorgen würde, stand Lauras Worten zufolge noch nicht fest; man habe zwar seine Mutter, aber noch nicht seinen Vater erreichen können.

Es kostete mich Stunden intensiver Tröstung, bis ich alles erfahren hatte; dann waren wir beide so erschöpft, daß wir uns ein weiteres Mal liebevoll vereinigten und bald einschliefen. Eine Ecke meines Unterbewußtseins sagte mir, daß ich mich in Teufels Küche begab, aber erstens war ich müde, zweitens war Laura sanft und ihre Haut wohlriechend, und die kaum sichtbaren Falten, die sich, von ihren Mundwinkeln ausgehend, nach unten zogen, führte ich auf ihre Betrübnis zurück. Drittens glaubte ich, es Teddy schuldig zu sein.

Was genau ich ihm hätte schuldig sein können, war mir

nicht klar, aber Laura, so mein Eindruck am nächsten Morgen, um so mehr. Das Seltsame war, daß weder sie noch ich darüber ein einziges Wort verloren. Nichts war vereinbart, nichts war abgesprochen. Ich hätte jeden Augenblick meine Sachen packen und zu Monnie ziehen oder nach Boston zurückfliegen können; trotzdem taten wir beide so, als wäre es völlig selbstverständlich, daß ich weiterhin bei ihr wohnte. Nein, nicht nur wir beide – offenbar hatte sich ganz L. A. verschworen, uns schleunigst unter die Haube zu bringen. Dem Nachbarn stellte mich Laura über den Gartenzaun als ihren Verlobten vor, wobei ich in Hörweite auf der Veranda Kaffee trank und mit keinem Wort protestierte. Ich rief Monnie an, um ihr mitzuteilen, daß ich in der Stadt war und bei Laura wohnte, und sie sagte: »Ja, das habe ich mir gedacht. Freut mich für euch beide. Wann heiratet ihr?« Als ich daraufhin nur ein müdes »Nicht jetzt – wo doch Teddy gerade gestorben ist«, zustande brachte, antwortete sie voller Mitgefühl: »Oh, natürlich. Ihr zwei müßt ja noch für das Begräbnis sorgen. Seid unbesorgt, ich helfe euch, so gut ich kann.« An dieser Antwort mißfiel mir das verständnisvolle »natürlich« ebenso wie das stillschweigende »ihr zwei«, aber auch die unerwünschte Ermunterung und das Angebot zur Hilfe – am allermeisten die Behauptung, »wir« wären zuständig für das Begräbnis. Wofür hatte Teddy Vater und Mutter?

Wie gesagt: eine Verschwörung. Jeder wußte alles, nur ich wußte nichts. Teddys Mutter, die aus Florida ein Kondolenztelegramm geschickt hatte, war in Wahrheit seine Stiefmutter, die »wegen unaufschiebbarer Verpflichtungen« nicht kommen konnte. Seine leibliche Mutter kannte niemand. Sein Vater war unauffindbar; man munkelte, er habe Selbstmord begangen oder sei verschollen, nachdem er als Berater eines argentinischen Rinderfürsten beim Aufbau einer Konservenfabrik in der Pampa gescheitert war.

Es war ein trauriges Begräbnis, das der früheren Beliebtheit Teddys in keiner Weise angemessen war. Von den alten

Klassenkameraden war nur der beinlose Aaron gekommen, der seinen Job bei Jonathan längst verloren hatte und an die dreihundert Pfund wiegen mochte – ihn hinterher ins »Heim für versehrte Veteranen« zurückzubringen, war schlimmer als die ganze Feier, denn mit seinem Gewicht und dem überdimensionierten Rollstuhl paßte er in kein Taxi. Blumen und Kränze gab es viele, darunter ein riesiger Strauß weißer Lilien mit der Aufschrift »Für Teddy von N. J.« – von Marilyn, die ich erst am Tag vor der Beisetzung telefonisch erreicht hatte. Laura weinte ohne Unterlaß, was mich rührte, aber auch ermutigte, denn jede Träne zeigte, daß sie sich Teddy enger zugehörig fühlte als mir. Doch sie durchkreuzte meine Hoffnung, indem sie während des Weinens meine Hand ergriff und so zu erkennen gab, daß der Schmerz uns vereinte und sie auch stellvertretend für mich weinte. In ihrer Trauer steckte Triumph, was nun auch mich in heftiges Weinen ausbrechen ließ, so daß ich schon deshalb unfähig zum Widerspruch war, als Monnie mich mit den Worten tröstete:

»Gott hat dir einen guten Freund genommen, aber eine gute Frau gegeben. Dafür bin ich dankbar, und darum habe ich beschlossen, eure Hochzeit auszurichten. Nur Mut, Timmy!«

Ich aber trauerte aus tiefstem Herzen.

36
Plakate

In Goldings Roman *Der Herr der Fliegen* gibt es einen dicken Jungen, der auf die Frage nach seinem Namen sagt: »Früher hat man mich Piggy genannt. Aber bitte nennt mich nicht Piggy. Ich heiße ...« – und seinen richtigen Namen habe ich vergessen, denn natürlich nennt ihn jeder nur noch Piggy.

An diese Figur fühlte ich mich erinnert, als ich zusammen mit Laura *Bus Stop* sah. Marilyn spielt – überaus originell, wer kam nur auf diese ausgefallene Idee? – eine Barsängerin. Ihr Name ist Cherie, und was für eine Person ist das? Nun ja, eine, die genau wie die Schauspielerin M.M. immer »versucht hat, jemand zu sein«. Allerdings ist sie nicht nur eine ergreifend schlechte Sängerin, sondern auch die einzige, die das nicht bemerkt; kein Wunder, daß sie verzweifelt darum kämpfen muß, ernstgenommen zu werden. Genauso verzweifelt fragte ich mich: wie soll man eine Schauspielerin ernstnehmen, die ständig sagt, daß sie ernstgenommen werden will, aber immer wieder Figuren spielt, die niemand ernstnimmt, obwohl sie stets darum bitten, ernstgenommen zu werden? Piggy ließ grüßen.

Bus Stop von William Inge war am Broadway ein Erfolgsstück gewesen, und das war eine zwiespältige Empfehlung. Gewiß, hin und wieder gelingt es einem Stück, am Broadway populär zu werden, obwohl es etwas zu sagen hat. Aber das ist ein seltener Glücksfall, wo nicht nur Produzent, Regisseur und Schauspieler, sondern auch die Zuschauer über sich selbst hinauswachsen. Und *Bus Stop* war definitiv kein solcher Glücksfall, zumindest als Film nicht. Story unglaubwürdig, Figuren klischeehaft, Psychologie haarsträubend – das Übliche.

Da sitzt der zwanzigjährige Cowboy Bo mit seinem väterlichen Freund Virge im Bus nach Phoenix, Arizona. Ihr Ziel ist das große Rodeo, und für Bo – dessen Großspurigkeit jedem auf die Nerven fällt – ist alles das erste Mal: die erste lange Busfahrt, das erste Mal in einer Großstadt, das erste Rodeo. Vor allem aber wird er von Virge aufgefordert, endlich erste Erfahrungen mit Mädchen zu sammeln. Das macht ihn nicht etwa ängstlich oder verlegen. Im Brustton der Überzeugung erklärt er, daß er sich »einen Engel« suchen werde.

Der Engel findet sich in Gestalt der Sängerin Cherie: eine Provinztulpe mit Hollywood-Ambitionen, aber in den Augen der Gäste eine Lachnummer. Zwischen den Auftritten spielt sie das Animiermädchen; ausgerechnet Virge spendiert ihr einen Whiskey nach dem anderen, bis er merkt, daß sie die ganze Zeit nur Tee trinkt. Trotzdem verguckt sich Bo auf den ersten Blick in sie – was ihm die Gewißheit gibt, sie von nun an als sein Eigentum betrachten zu dürfen.

Er ist ein Tölpel und bleibt es. Cherie ist von seinem Ungestüm zuerst überrascht, sogar ein bißchen geschmeichelt, dann hat sie genug von ihm. Sie will wirklich nicht, aber wie macht sie es ihm klar? Gar nicht. Sie reagiert hysterisch, kreischt, wenn er ihr wieder einmal zu nahe rückt – läßt sich von ihm aber doch zum Rodeo schleifen, um Zeugin seiner Siege zu werden. Schließlich will sie flüchten, aber er zerrt sie in den Bus, der ihn und Virge auf die heimatliche Ranch zurückbringen soll.

Die Überzeugung des Cowboys, daß seine lärmende Zuneigung ihm einen Anspruch auf deren Gegenstand gibt, wirkt lächerlich, aber nur, weil sie zu aufdringlich demonstriert wird. Im richtigen Leben ist dieser Trugschluß häufig. Er kann zu Belästigung und Vergewaltigung führen, aber auch zu Läuterung und Liebe – vorausgesetzt, man kann seine Gefühle mitteilen. Aber da war sie wieder: diese entsetzliche Sprachlosigkeit, die Lena beklagt hatte. Der

Kerl ist ein Idiot, aber die Frau, die sich herumschubsen läßt wie ein Kalb auf dem Rodeo, nicht minder. Oder, um fair zu sein: die Idioten sind Autor und Regisseur, die solche Pappfiguren auf die Leinwand bringen.

Pappfiguren? Ja und nein. Bei aller Plattheit ist es ja auch ein klassischer amerikanischer Beziehungsmythos, der hier zelebriert wird: auf der einen Seite der aufdringliche, aber im Grunde wohlmeinende Rowdy, auf der anderen das Weibchen, das sich angesichts der stürmischen Männlichkeit eine Weile ziert – doch dann, als sie begreift, daß der Kerl es ernst meint, nachgibt. Damit das funktioniert, sind gewisse Voraussetzungen nötig. Der Mann muß begreifen, daß eine Frau keine Stute ist, die er nach Belieben in Besitz nehmen und besteigen kann. Diese Lektion lernt Bo vom Busfahrer, der ihn verprügelt und ihm das Versprechen abnimmt, sich bei allen zu entschuldigen, Cherie eingeschlossen. Bo tut es in tiefer Zerknirschung, und nun steht der Liebe nichts mehr im Wege. Wirklich nicht?

Für Cherie geht es um mehr. Sie muß sich damit abfinden, daß sie genau das Schicksal erwartet, dem sie entkommen wollte, als sie ihr Kaff verließ: nämlich Farmersfrau zu werden. Um sie zu dieser Einsicht zu bringen, reicht die Verliebtheit eines tolpatschigen Rowdys nicht aus. Wieder einmal ist das männliche Wunschbild eine *Frau ohne Vergangenheit* – genau das, was Lena als Beweis für den amerikanischen Pessimismus gesehen hatte. Von Cheries früherem Leben ist nur der Wunsch geblieben, es hinter sich zu lassen. Logische Folge der leeren Vergangenheit ist eine leere Gegenwart – voll Demütigung und geplatzter Illusionen, und einsam und ohne Freunde sowieso.

Und wenn die Liebe kommt, soll auf einmal alles anders sein? Das Publikum erhob sich und strebte dem Ausgang zu; Laura hängte sich bei mir ein und wischte sich eine Träne aus dem Auge. Das verblüffte mich, denn normalerweise reichte die bloße Nennung des Namens »Marilyn Monroe« (die sie beharrlich »das Luder Norma Jeane« nannte), um sie wütend zu machen. »Alles gefälscht«, sagte sie, »falscher Name, gefärbte Haare, wer weiß, wie sie es geschafft hat, Arthur Miller den Kopf zu verdrehen. Aber diese Cherie spielt sie glaubwürdig, das muß man ihr lassen.«

Wie war es möglich, daß sogar Laura als gebildeter Mensch solch plakative Wandlungen für nachvollziehbar hielt? Etwa die verspottete Cherie: Was gibt die Gewähr dafür, daß man sie ab jetzt respektieren wird? Nur ihr flehentlich hochgehaltenes Piggy-Schild, auf dem steht: Ich bitte, mich zu respektieren. Oder der ruppige Cowboy Bo: Was garantiert, daß er ab jetzt die Rechte seiner Mitmenschen achten wird? Nur daß er ein einziges Mal ein Plakat hochhält mit der Aufschrift: Ich bitte für mein durch Boxkampf festgestelltes Fehlverhalten um Entschuldigung.

Psychologie und gesunder Menschenverstand lehren es anders: der Mensch ist ein Wiederholungstäter. Wie konnte jemand, der seine fünf Sinne beieinander hatte, diese Deklamation für Realität halten?

Der Grund scheint mir in einem uramerikanischen Phänomen zu liegen: daß unser nationales Bewußtsein untrennbar mit dem Geist der Werbung verschmolzen ist. Andere Völker brauchen noch immer eine lange Berieselung, um zu glauben, was die Werbung behauptet. Wir Amerikaner hingegen glauben selbst schlichteste Wahrheiten nur dann, wenn jemand dafür Werbung macht. Descartes' »Ich denke, also bin ich« haben wir durch unser »Ich werbe, also bin ich« ersetzt; und dabei ist es gleichgültig, ob jemand für Coca-Cola wirbt oder für sich selber.

Kritiker behaupten, daß bei uns die Plakate die Wirklichkeit verdrängt haben, aber das ist ein Mißverständnis. Ob nämlich außerhalb des Plakats überhaupt eine Wirklichkeit existiert, ist zweifelhaft, aber die Realität des Plakats ist unbestreitbar, so daß es mit gutem Recht als höchste Form der Wirklichkeit bezeichnet werden darf.

Ob es einem gefällt oder nicht: das Prinzip Werbung ist das wahre Amerika. Darum finden unsere erlöschenden

Filmstars ihre letzte Rolle vorzugsweise als plappernde Reklamesäulen, sei es für Fitnesskonzepte, esoterische Therapieformen oder Begegnungen der dritten Art. Aus demselben Grund führt auch unsere Mickey Mouse nicht nur ein liebenswürdiges Dasein in Kinderheften, sondern darf sogar bei der Amtseinführung des Präsidenten als grinsende Plastikfigur um den ersten Mann des Staates herumhüpfen. Aus der Sicht puristischer Europäer ist das Eindringen von Kitsch und Marketing in die Zeremonien politischer Willensbildung ein Akt geistiger Pornographie. Für uns Amerikaner ist es eine Demonstration unserer Wahrhaftigkeit. Warum sollen wir verheimlichen, daß bei uns die Werbung definitiv den Sieg über die Philosophie davongetragen hat? Und warum sollen unsere Filmfiguren weniger infantil sein als wir selber?

Das erklärt wohl auch, warum Marilyns Rolle in *Bus Stop* so oft gelobt worden ist. Und wenn manche Leute noch heute bemängeln, daß sie nie einen »Oscar« zugesprochen bekam, dann denken sie regelmäßig an die Darstellung der Cherie. Ich selber kann mich dem nur teilweise anschließen. In der Tat: wie sie *That Old Black Magic* so hinreißend falsch singt und die Cherie als abgrundtief schlechte Entertainerin darstellt – das ist grandios. Nur hat dieses schauspielerische Glanzstück zwei Seiten: es krönt die Rolle, aber es demontiert die Figur der Cherie. Welchen Wert haben Urteilsfähigkeit und Zuneigung einer Frau, die so spektakulär außerstande ist, sich und die Welt halbwegs realistisch einzuschätzen? Da kann sich Marilyn abmühen wie sie will – so, wie die Rolle angelegt ist, kann sie beim besten Willen nicht glaubwürdig gespielt werden. Auch diese Darstellung bleibt ein Dokument des Scheiterns – nicht nur der Cherie.

Andererseits: die selbstverliebten Mitglieder der »American Motion Picture Association« zeichnen ohnehin Jahr um Jahr Filme aus, die von kitschiger Verlogenheit nur so triefen. Warum also gaben sie den Oscar nicht Marilyn?

Wahrscheinlich war die Zeit noch nicht reif für die Erkenntnis, daß sie, wenn die Rolle stimmte, eine große Schauspielerin war. Oder man scheute sich, mit ihr auch die Rebellion gegen Hollywood und das Studiosystem auszuzeichnen. Der Piggy-Effekt tat ein übriges: Wie konnte jemand gut sein, der so selbstkritisch war wie sie? So ging sie wieder einmal leer aus – obwohl sie ausnahmsweise sogar Laura hatte überzeugen können.

Unterm Strich blieb ein Kopfschütteln. Das also war ihr erster Film unter den neuen Bedingungen? Gewiß, sie bekam mehr Geld, aber sonst war alles eher schlimmer. Schlechter hätte Marilyns Unabhängigkeit kaum anfangen können, fand ich.

Ich hatte keine Gelegenheit, mit ihr ausführlich darüber zu sprechen, denn inzwischen war sie mit Arthur Miller in London. Als ich vor ihrem Abflug mit ihr telefonierte, stand die Premiere von *Bus Stop* noch bevor, und über meine bevorstehende Eheschließung konnte ich mich noch lustig machen. Marilyn fand das nicht komisch. Eine Ehe, so betonte sie, sei für immer, damit müsse man ernsthaft umgehen. Dann erzählte sie, daß die Greenes mit nach London fliegen und Paula Strasberg in Kürze nachkommen würde, und da wiederum machte ich mir so meine Gedanken. Denn ich hielt Miller eher für einen Eigenbrötler, auch wenn Marilyn glaubte, ihm Humor und Herzlichkeit zusprechen zu können.

Vor der Abreise hatte das junge Ehepaar (mir selber gerade drei Ehewochen voraus) noch eine Pressekonferenz gegeben. Da zeigte sich Miller schon mürrisch – wohl nicht nur deshalb, weil er mit drei Gepäckstücken reiste und Marilyn mit vierundzwanzig. Kaum jemand interessierte sich für sein Stück *A View From The Bridge*, dessen Londoner Premiere bevorstand; alles drehte sich um seine Frau und den Film, den sie mit Laurence Olivier drehen würde.

Es gab eine mittlere Katastrophe, als sich bei der Ankunft

auf dem Londoner Flughafen dreihundert Fotografen um das erschöpfte Paar drängten. Auf der Pressekonferenz im Savoy Hotel ging es ruhiger zu. Marilyn kam nur eine Stunde zu spät, kein Träger riß, kein Ausschnitt verrutschte. Laurence Olivier konnte eine vorbereitete Rede halten; Arthur Miller grinste vor sich hin und zog an seiner Pfeife. Die Dinge in London schienen gut zu laufen. Jedenfalls besser als bei mir.

Es gibt Fehler, die man in dem klaren Bewußtsein begeht, daß sie unvermeidlich sind. Die Ehe mit Laura war so einer. Ich wußte es im Moment der Begrüßung, als ich meine Lippen nicht nach einer Sekunde von ihrem Mund nahm. Alles, was folgte, war jeweils das logische Resultat des Augenblicks davor.

Nicht daß es entsetzlich gewesen wäre – es war lediglich falsch. Am Anfang ging es sogar ganz gut. Laura richtete mir ein Zimmer ein, und wenn ich nicht arbeitete, fuhren wir baden, luden Bekannte ein oder besuchten selber welche. Das war weder erfreulich noch unerfreulich; aber die Selbstverständlichkeit, mit der Laura zu erkennen gab, daß sie alles mit mir gemeinsam tun wollte, mißfiel mir. Auch daß sie von uns beiden fast immer in der Pluralform »wir« sprach, mochte ich nicht. Doch hatte es noch keine echten Konsequenzen; also sagte ich nichts.

Und genau das blieb die Grundlage unserer Beziehung: wir sprachen viel, aber über die wichtigsten Dinge kein Wort. Daß wir heiraten würden, stand für Laura in dem Moment fest, als ich mich zu ihr ins Bett legte, und weil ich nicht widersprach, durfte sie davon ausgehen, daß ich es genauso sah. Für den oberflächlichen Betrachter hätte ihre Trauer um Teddy ein Indiz sein können, daß es in ihrem Leben außer mir noch andere gab – also für mich ein Stück zugestandene Freiheit. Die tiefere Logik war anders. Ihre Tränen zeigten, daß sie ihre Gefühle für Teddy nicht verbarg, aber auch, daß ich von nun an der einzige für sie war.

Und das Händehalten vor Teddys Grab machte diesen unwiderruflich zu unserem Trauzeugen.

»Liebst du mich?« fragte Laura jeden Abend nach einer zärtlichen, wenn auch wenig leidenschaftlichen Vereinigung unserer Körper. Daß ich sie daraufhin in den Arm nahm und stumm auf die Stirn küßte, hieß für sie offenbar »So sehr, daß ich es mit Worten nicht ausdrücken kann«, während ich darunter eher ein »Nun ja, ich mag dich, das weißt du doch« verstanden hätte. So führten wir einen kunstvollen Dialog des Schweigens, wie er jeden Bischof mit Anerkennung erfüllt hätte. Denn keiner weiß besser als die Geistlichen, daß die Frage nach Wahrheit oder Täuschung bedeutungslos ist – solange es gelingt, darüber zu schweigen. In dieser Kunst entwickelten Laura und ich bald eine wahre Meisterschaft.

Und die Verschwörung, die ich von Anfang an gespürt hatte, setzte sich fort. Denn ich bin mir ganz sicher, daß ich bei der kleinen Zeremonie auf die Frage des Friedensrichters laut geschrien habe: »Nein, ich will nicht, weder heute noch morgen, nicht mit mir, auf keinen Fall, trotz Lauras herrlichen Brüsten und ihrer wundervollen Figur!« Daraufhin erklärte er uns für Mann und Frau.

Shirley, die ich unter den Gästen erblickte, grinste mitleidig; Pauline hatte eine Grußkarte geschickt. Und Monnie meinte nach der Trauung: »Ein bißchen lauter hättest du dein ›Ja‹ ruhig sagen können. So eine feine Frau wie Laura – nun, bist du glücklich?«

»Wahrscheinlich«, antwortete ich.

37
Laura

Es klingt wie Selbstlob, wenn ich sage: es waren ausnahmslos besonders fähige Frauen, mit denen ich in meinem Leben zusammen war. Aber das war wohl nur das logische Gegenstück zu meiner eigenen Unfähigkeit. Oder sollte es das Schicksal besonders gut mit mir gemeint haben? Bestimmt nicht – eher im Gegenteil.

Zum Beispiel Angelika, die in diesen Tagen Geburtstag feierte. Ich wollte sie von L. A. aus anrufen, bekam aber Ervin an den Apparat. Als er hörte, daß ich nunmehr verheiratet war, zeigte er sich schadenfroh: »Na endlich, altes Haus! Hab mich schon immer gefragt, warum es dir verdammt noch mal besser gehen soll als mir!« Und dann forderte er mich zu einem Besuch auf: »Mit oder ohne Weib – Angelika wird sich *riesig* freuen!« Also ließ ich mich breitschlagen und buchte den Rückflug mit einem Abstecher über Chicago, von wo aus ich den Zug nach Rockford nahm.

Ervin holte mich am Bahnhof ab. Ich hatte, trotz seines lädierten Beines, mit einem Farmer gerechnet; stattdessen erwartete mich ein smarter Geschäftsmann. Im Cadillac kutschierte er mich zu seinem Hof, der eine Autostunde von Rockford entfernt lag und wie das Anwesen eines schottischen Grafen wirkte. Von Angelika sprach er mit geheimnisvollem Grinsen, und als wir aus dem Wagen stiegen, erfuhr ich, warum: heute war ihre Geburtstagsfeier, mit mir als Überraschungsgast. Das schmeichelte mir, denn ich war mir sicher, daß sie in dem kleinen Nest ziemlich litt.

Die Überraschung klappte. Angelika kippte fast aus den Schuhen, und als sie mich umarmte, flüsterte sie mir ins

Ohr: »Verdammt, was hast du hier verloren? Mach, daß du wegkommst, und zwar so schnell wie möglich!«

Es war ein kalte Dusche, von der ich mich den ganzen Tag nicht erholte. Überhaupt war alles ein bißchen verdreht, zum Beispiel, daß sie ihren Gästen den kleinen Ervin ausgerechnet dann zeigen wollte, als er in seinem Bettchen gerade fest eingeschlafen war und den Kopf zur Seite gedreht hatte. Selbst dabei schien ihr meine Gegenwart unwillkommen, denn sie schickte mich mit der fadenscheinigen Bitte um ein Glas Wasser in die Küche. Es konnte auch keine Rede davon sein, daß sie sich langweilte. Im Gegenteil: inzwischen sprach sie fließend Englisch, mit dem breiten Akzent der Leute dieser Gegend, war Vorsitzende eines Kulturklubs und leitende Mitarbeiterin der lokalen Wohlfahrtsvereinigung. Ihre sozialen Verpflichtungen beanspruchten sie so sehr, daß für die Betreuung des Nachwuchses ein Kindermädchen nötig war. Ervin konnte es sich leisten. Mittlerweile war er Präsident der Farmergenossenschaft, Mitinhaber der zweitgrößten Mühlengesellschaft von Illinois und nebenbei, wie er mir flüsternd anvertraute, stiller Teilhaber eines Unternehmens, das gerade in Las Vegas ein neues Vergnügungszentrum erstellte. Keine Frage, ich war hier fehl am Platz. Ich konnte schon froh sein, daß ich entkam, bevor Ervin auf die Idee kam, mich zusammen mit seinem Baby fotografieren zu lassen.

Auch Laura war nicht nur schön, sondern – woran ich nie gezweifelt hatte – auf ihre Weise eine außerordentlich fähige Frau. Kurz bevor die Ferien zu Ende gingen, legte sie eines Abends einen Packen Geldscheine auf den Tisch.

»Was ist das?« wollte ich wissen.

»Das Geld für mein Haus. Ich habe es verkauft.«

»Bist du verrückt? Und was willst du jetzt machen?«

»Ich? Gar nichts. Aber du sollst etwas machen: nämlich in Boston ein Haus für uns kaufen.«

»Verstehe. Und wann kommst du nach?«

»Wenn ich in Boston einen Job gefunden habe.«

»Na gut«, sagte ich und dachte in meiner Einfalt: das gibt mir eine Ruhepause. Aber kaum war ich zwei Wochen in Boston, da rief sie an und bat mich, sie am nächsten Tag vom Flughafen abzuholen.

»Aha«, sagte ich, »du hast es dir überlegt. Warum auch nicht? Mach ruhig noch eine Weile Ferien!«

»Was redest du? Morgen habe ich zwei Bewerbungsgespräche, meinst du, sonst käme ich jetzt schon?«

Tags darauf räumte sie den Inhalt ihres Koffers in meine Schränke; Stunden später hatte sie einen Job, bevor ich auch nur dazu gekommen war, das erste Haus für unser zukünftiges Glück zu besichtigen. Es war aber auch gar nicht nötig. Denn jetzt, als Ehepaar, ereilten uns all die Einladungen, wie sie üblicherweise von Paaren an Paare ergehen, darunter auch vom Dekan und dessen Frau. Beide sahen mich geradezu vorwurfsvoll an, als Laura von unserer Absicht berichtete, ein Haus zu kaufen – als hätte ich wissen müssen, daß eine große Wohnung aus dem Bestand der Universität gerade auf uns wartete. Für das Geld von Lauras Bungalow hatten wir trotzdem Verwendung. Denn während ich mein Lebtag immer nur Möbel haben wollte, die ich überall hätte zurücklassen können, bestand Laura auf soliden Stilmöbeln. Damit war der Kriegsschauplatz abgesteckt. Der Kampf konnte beginnen.

Unseren ungeschriebenen Regeln folgend, spielte er sich größtenteils im stillen ab. Freiheit oder Tod war nicht die Parole, eher das Gegenteil: Laura wollte ein Kind. »So ein süßer Kleiner«, sagte sie bei jedem Kinderwagen, an dem wir vorbeikamen.

»Ehrlich gesagt, ich finde die meisten Babys häßlich«, meinte ich. Da biß sie sich auf die Lippen, und es kam mir so vor, als würden sich die Falten an ihren Mundwinkeln, die ich zuerst für ein Zeichen der Trauer gehalten hatte, immer tiefer in ihre Wangen graben.

»Zu einer richtigen Familie gehören Kinder«, sagte sie. »Timmy, möchtest du Kinder?«

Ich erschrak, denn es war das erste Mal, daß sie etwas derartig offen ansprach. »Also, ich glaube … lieber noch nicht.«

»Und wann dann?«

»Wenn ich eine Professur habe.«

Ich hätte sagen müssen: wenn ich das Gefühl habe, daß ich dich liebe. Aber dazu war ich zu feige, und wahrscheinlich verstand sie auch so, wie es gemeint war. Denn sie blickte mich feindselig an, und spätestens von diesem Augenblick an wußte ich, was jeder amerikanische Ehemann früher oder später lernt: die Frau neben mir war meine Frau, aber meine Freundin war sie nicht.

Fragt sich natürlich: war ich denn ihr Freund? Ertappt! Zu diesem Zeitpunkt war ich es schon nicht mehr. Schließlich, was wollte sie außer dem Kind noch? Ein regelmäßiges Einkommen, natürlich etwas Wohlstand, nehme ich an … und beispielsweise auch sexuelle Befriedigung? Das hätte ich selber gern gewußt. Gelegentlich fragte ich sie, ob es Stellen gab, an denen sie mein Küssen, Streicheln oder Kneifen besonders erregte, und immer bekam ich zur Antwort: »Alles, was du machst, ist schön, Timmy!« Einmal fragte ich sie: »Hast du manchmal einen Wunsch, was du im Bett gern einmal ausprobieren würdest? Oder eine Phantasie, daß ich etwas mit dir mache?«

»Aber was redest du da!« sagte sie – in einem Tonfall, als hätte ich sie des Mordes an ihrer Mutter verdächtigt. Und nach einer Weile flüsterte sie: »Ach Timmy – wenn du nur glücklich bist, dann bin ich es auch.«

Diese Antworten trieben mich zur Verzweiflung. Merkte sie nicht, daß es zur Hälfte *ihre* Wünsche waren, die mir zu meinem Glück fehlten? Ich konnte es nicht verstehen: ihren Wunsch, mich »glücklich« zu sehen, meinte sie gewiß ernst, aber sie schien zu glauben, es reiche, ihn auszusprechen. Ansonsten fehlte ihr jede erotische Neugier. Die Sprache ihres Liebesspiels bestand aus drei Wörtern, nämlich Küssen, Händehalten und über den Kopf streichen, und mehr wollte sie weder verstehen noch lernen. Hin und wieder nahm ich ihre Hand und führte sie ein Stück über meine Haut, was sie jedesmal für den Ausdruck eines absolut einmaligen und ungewöhnlichen Bedürfnisses zu halten schien. Sie machte dann zwar noch ein bißchen weiter, kam aber nie auf die Idee, von sich aus meinen und ihren Körper zu erkunden.

Der deutsche Dichter Heinrich Heine beschreibt in einem berühmten Gedicht, wie er sich nach dem Körper einer verflossenen Freundin sehnt. Und er fährt fort: *»Die Seele könnt ihr behalten / Hab selber Seele genug.«* Daran mußte ich denken, als ich Laura so neben mir liegen sah – mit ihrer Venusfigur, ihren traumhaft schönen Brüsten … aber sie *war* nicht dieser Körper, sondern steckte nur darin – nicht Hausherrin, sondern nur träge Untermieterin dieses Körpers, von dessen Reizen sie weder wußte noch davon Gebrauch zu machen verstand. Und ich sagte mir: dieser Heine muß ein armer Hund gewesen sein, dem jahrelange Enthaltsamkeit den Kopf verwirrt hatte. Lauras Körper »hatte« ich, soweit man von »haben« überhaupt sprechen konnte. Aber so, wie er neben mir lag, war er nur ein Stück hübsches warmes Fleisch. »Seele«, das war schon der Gang, mit dem Laura das Schlafzimmer betrat. Seele war die Gleichgültigkeit, mit der sie ihre Bluse aufknöpfte. Seele wäre der Blick gewesen, den ich mir gewünscht hätte, wenn sie ins Bett kam, Seele auch das Wissen darum, was mich am meisten erregt hätte, und das Gespür, wann sie mich hätte streicheln und wann kratzen und beißen müssen. Ja, ich liebte ihren verführerischen Körper – wenn doch nur die Seele einer Verführerin darin gesteckt hätte! Ach, dieser Heine war ein armer Teufel – aber ich war auch nicht besser dran.

Nach zwei Wochen empfand ich unser Schlafzimmer als Ort gähnender Langeweile. Ich ging ohne Freude ins Bett; die Umarmung, mit der mich Laura allabendlich empfing, war ein stummes Versprechen lustloser Lust, an deren Ende schlimmstenfalls die Frage wartete: »Bist du glücklich?« Da spürte ich den Geist des Herb Delaware mitten im Raum, und ein ums andere Mal fragte ich mich, wann ich dem Beispiel seiner Flucht folgen sollte.

Aber dann rührte mich immer wieder die stille Selbstverständlichkeit, mit der Laura alle Pflichten des Alltags übernahm, ohne daß ich es verlangt oder auch nur gewollt hätte. Es schmerzte mich, zu sehen, wie sich die winzigen Falten an ihren Mundwinkeln Woche um Woche vertieften, auch wenn ich mich weigerte, mir die Schuld daran zuzuschreiben. Im Kopf sage ich mir das noch heute, aber das Herz sieht es anders, und das Gesetzbuch der Liebe erst recht, denn in diesem steht geschrieben: *Wer sich auf einer Welle der Gefühle treiben läßt, trägt Verantwortung auch für die Welle.* Die Welle von Lauras Wehmut hatte mich in ihr Bett getrieben, aber jetzt war ich selber der Ursprung ihrer Wehmut. Die logische Schlußfolgerung wäre gewesen, mich sofort von ihr zu trennen – jedenfalls dann, wenn der Satz »Lieber ein Ende mit Schrecken als ein Schrecken ohne Ende« stimmen würde. Leider stimmt er nicht, denn in Beziehungen gibt es zwar mehr als genug langen Schrecken, aber niemals ein schnelles Ende, schon gar nicht, wenn man sich trennt.

Stattdessen gibt es immer dieselben Fragen: Ist es denn wirklich so schlimm? Muß man nicht glücklich sein, wenn in dieser einsamen, oberflächlichen Welt jemand zu einem hält? Ist nicht der Wunsch nach sexueller Erfüllung nur das Symptom einer dekadenten Luxusgesellschaft, in der es ansonsten nichts Großes mehr zu wünschen gibt? Liegt nicht ein Zeichen von Unreife darin, vom Leben überhaupt so etwas wie Glück zu erwarten? Schließlich: darf man wegen irgendwelcher Luftschlösser einen anderen Menschen ins Unglück stürzen?

Aber je mehr ich versuchte, meine Fluchtgedanken zu unterdrücken, desto wehmütiger erinnerte ich mich daran, wie geschickt Angelika mich erregt, gereizt und gequält hatte; jetzt tat ich stille Abbitte dafür, daß sich jemals Unzufriedenheit in mir geregt hatte. Und ich dachte an Marilyn. Ich malte mir aus, ich wäre Richard Sherman, und das »Mädchen von oben« käme mich besuchen ... sie, die Fee, die mich von meiner Sehnsucht erlösen würde ... und ich beneidete Arthur Miller. Nein – ich haßte ihn.

Eines Abends kam ich von der Universität nach Hause, und Laura erwartete mich mit dem Essen auf dem Tisch und einem Brief in der Hand. Schon auf dem Umschlag erkannte ich die Handschrift Lenas, von der ich nichts mehr gehört hatte, seit ich in Boston war. Es gab Neuigkeiten aus dem Berliner Beziehungsdschungel, auch von Edna. Genauer gesagt, ich mußte das Wichtigste rekonstruieren, denn Lena setzte voraus, daß ich es wußte. Offenbar war im Jahr zuvor mit den letzten Kriegsgefangenen aus Rußland auch Ednas Mann Werner zurückgekehrt. Edna lebte zu diesem Zeitpunkt mit einem Musiker zusammen (den Lena als »sehr freundlich, sehr ruhig, fast langweilig« beschrieb), woraufhin sich der Heimgekehrte eine eigene Wohnung suchte. Sein Verhältnis zu Edna blieb gut, aber dann fand er eine neue Freundin, die unbedingt heiraten wollte. Also ließen er und Edna sich scheiden, und zur Feier des Ereignisses (der Scheidung, nicht der Hochzeit) gab es ein großes Fest. Es endete damit, daß der geschiedene Heiratskandidat sich am nächsten Morgen in Lenas Bett wiederfand. Als er am Nachmittag in seine Wohnung zurückkehrte, war seine Verlobte verschwunden und mit ihr einige Möbelstücke, aber er fand den Tausch vorteilhaft. Immer noch das alte Chaos, dachte ich und mußte grinsen – wieder einmal dachte ich an Ednas Versprechen, wonach ich allein bestimmen würde, wie sich ihr Verhältnis zu mir entwickelte ...

»Von wem ist der Brief?« fragte Laura.

»Der? Oh, von Lena – einer alten Freundin aus Berlin.«

»Da hast mir nie von ihr erzählt.«

»Aber Laura! Soll ich dir von jedem einzelnen Menschen erzählen, den ich kenne?«

»Nur von den wichtigen. War sie für dich wichtig?«

»Wichtig, unwichtig – wer beurteilt das?«

»Hattest du was mit ihr?«

»Wie meinst du das? Ich mochte sie, ich mag sie – na und?«

»Hättest du gern ein Kind mit ihr gehabt?«

»Als ob das nur von mir abgehangen hätte. Sie hätte bestimmt keins gewollt, da bin ich mir sicher.«

»Mit anderen Worten: du hast mit ihr geschlafen.«

»Laura, ich bitte dich! Ja, es hat sich so ergeben, ein einziges Mal – da waren wir doch noch gar nicht zusammen!«

»Aber wenn sie gewollt hätte, dann hättet ihr jetzt ein Kind?«

»Laura – die Frage hat sich nie gestellt! Also, was willst du?«

Sie wandte sich ab, die Augen voller Tränen. Von nun an schwieg sie über den Wortwechsel, ohne ihn zu verzeihen, und die abwärts weisenden Falten an ihren Mundwinkeln schienen sich um Jahre tiefer in die Haut gegraben zu haben. Ich aber konnte beim besten Willen nichts Schlechtes darin sehen, daß ich Lena, Angelika und Edna gegenüber immer noch liebevolle Gefühle verspürte – selbst dann nicht, als ich mir eingestehen mußte, daß meine Gefühle der Ehefrau gegenüber auch nach meinen eigenen Kriterien nicht wirklich liebevoll waren.

Irgendwann im Oktober klingelte in aller Herrgottsfrühe das Telefon. Es war Marilyn. Noch ehe ich richtig wach war, brach ein herzzerreißendes Klagelied über mich herein:

»Timmy, bist du's? Gottseidank, dachte schon, ich finde deine Nummer nie heraus. Ach Timmy, du kannst dir nicht vorstellen, was hier in London läuft. Es ist die Hölle. Alle hacken auf mir rum. Jeder will was, aber jeder denkt bloß an sich. Milton spielt sich groß auf, kauft von meinem Geld Antiquitäten, aber ich bin ihm im Grunde egal. Ich glaube, Arthur hat recht. Marilyn, sagt er, der Typ nutzt dich aus.

Aber Arthur ist auch keine Hilfe, streitet sich sogar mit Lee –«

»Lee Strasberg? Ist der jetzt auch in London?«

»Ja, seit einer Woche. Ich hab ihm den Flug bezahlt, dachte, er kann mir helfen, aber jetzt ist alles noch schlimmer. Arthur haßt ihn, er kann Lee und Paula nicht ausstehen. Und ich, ich halt's einfach nicht aus, wie soll ich in so einer Atmosphäre arbeiten? Eigentlich müßte ich jetzt auf dem Set sein. Aber ich kann nicht, ich schaff's einfach nicht. Diese blasierten Idioten, ich weiß, sie halten mich für blöd. Am meisten Larry.«

»Wer bitte ist Larry?«

»Na wer schon – Sir Laurence natürlich, dieser aufgeblasene Wichtigtuer. Glaubt wohl, ich merk nicht, was er denkt. Darling, sagt er, komm, wir probieren's noch mal. Liebste hier, Schätzchen da, aber hinter meinem Rücken lacht er über mich, dieses hochnäsige Miststück. Ich weiß genau, was läuft. Alle lachen sie über mich, ihr größter Spaß ist, wenn ich eine Zeile vergesse. Und meinst du, Arthur hält zu mir? Von wegen! Am liebsten würde er Larry in den Arsch kriechen … mein eigener Mann, und fällt mir in den Rücken!«

»Bist du dir sicher?«

»Klar bin ich mir sicher. Timmy, es hat so weh getan, glaub mir, es tut immer noch weh, ich krieg's nicht aus dem Kopf. Weißt du, was Arthur über mich denkt? Er ist enttäuscht! Drei Monate verheiratet, das hier sollte unsere Hochzeitsreise sein, am liebsten hätte ich ein Kind gehabt. Und er? Er bereut, daß er mich geheiratet hat. Larry ist enttäuscht, also ist er es auch.«

»Vielleicht hast du ihn mißverstanden. Manchmal sagt man was im Streit, aber man meint es gar nicht so.«

»Und ob er es so meint. Er hat's auch nicht gesagt, sondern geschrieben, in sein Tagebuch. Hätt's mir ja sagen können, aber nein, hatte wohl Schiß. Von mir ist er enttäuscht, von sich selber, von allem. Er fragt sich, ob er außer seiner Tochter überhaupt jemand lieben kann. Schreibt er.«

»Und wie kommst du an sein Tagebuch?«

»Ganz einfach: er hat's liegenlassen. Mitten auf dem Schreibtisch, sogar die Seite war aufgeschlagen. Sonst versteckt er alles, was er schreibt. Nur diesmal, wo es um mich geht, läßt er es mitten auf dem Schreibtisch. Glaubst du, das war ein Zufall? Nein, er wollte mir weh tun, ich weiß es genau. Ach Timmy, was soll ich nur machen?«

»Du mußt ein bißchen Geduld haben. Er liebt dich ganz bestimmt – sonst hätte er dich doch nicht geheiratet.«

Sagte ich. Aber bevor ich wieder eindämmerte, dachte ich: Ach Marilyn, er wird schon wissen, was er erwartet hat – sonst hätte er dich doch nicht geheiratet.

38
Traumberuf Fee

Da habe ich nun mehrmals die Niedertracht der romantischen Liebe beklagt: weil sie dem Geliebten nur das Glück wünscht, an dem sie teilhat, ansonsten eher Unglück. Und wie sah es nach dem Anruf von Marilyn in mir aus? Was empfand ich, als sich so kurz nach ihrer Hochzeit schon andeutete, daß auch die Ehe mit Miller ein Fehlschlag war? Genugtuung. Und was Miller betraf – Schadenfreude.

Ich schämte mich, aber es ließ sich nicht bestreiten: im Kern meines Wünschens und Wollens war ich um nichts besser als die Hohlköpfe, deren Filme ich kritisierte. Meine Kritik war berechtigt, aber es gab keinen Grund, mich von ihr auszunehmen. Mein »Glückwunsch!«, als Marilyn ihre Hochzeit ankündigte, war leeres Gerede gewesen. Obwohl ich von Edna oder Lena hätte Besseres lernen müssen, ging ich durch den Wald der Gefühle noch immer mit dem Blick eines Jägers: als wäre das Glück ein seltenes Beutegut, wo fremder Verlust die eigenen Chancen erhöhte.

Natürlich gibt es für die Genugtuung über fremdes Unglück gute Gründe. Zum Beispiel ist es viel leichter, mit einem ungeliebten Menschen zu leben, wenn auch andere Paare sich nicht lieben – wenn schon leiden, dann wenigstens nicht am Anblick derer, denen es besser geht. Mehr als anderswo ist hier geteiltes Leid halbes Leid, und wo das Gesetzbuch der Liebe in Paragraphen des bürgerlichen Rechts übertragen wird, ist »gleiches Recht für alle« nur eine Umschreibung des frommen Wunsches »gleiches Leid für alle«.

Der neidische Blick des Glücksjägers … nein, nicht Jäger, sondern Bettler, hatte Lena damals über *The Seven Year*

Itch gesagt. Sie meinte die Sicht des Mannes auf die Frau, aber trifft nicht dasselbe auch im Hinblick auf das Glück zu? Einer Frau kann der Mann immerhin nachlaufen; er kann ihr Komplimente, Geschenke, Versprechungen machen. Auf Glück kann man bloß hoffen. Man darf es nicht einmal laut rufen, denn es meidet die Schreihälse, ganz gleich, ob jemand aus Gier schreit oder aus Einsamkeit. Am meisten Chancen hat, wer es vergißt. Nicht daran zu denken ist selber eine Art Glück – und der Engel des Glücks, das weiß man, liebt die Glücklichen.

Auf einmal hatte ich die Vision eines gigantischen Ameisenhaufens: Millionen winziger Ameisen in Menschengestalt, alle hektisch einander abtastend, alle auf der Suche nach der Königin mit Namen Glück. Dann veränderte sich das Bild: aus den Ameisenmenschen wurden smarte dynamische Bettler, die enthusiastisch aufeinander zuliefen, Hände schüttelten und den Glücklichen spielten (denn der Engel des Glücks, das weiß man, liebt die Glücklichen), dabei unter der Jacke sorgsam den Almosenbecher versteckend, der sich spätestens dann nicht mehr verbergen ließ, wenn sie sich in der Annahme, das Glück gefunden zu haben, umarmten …

»Woran denkst du?« fragte Laura.

»Wie bitte?« sagte ich und schreckte aus dem Halbschlaf hoch. »Muß wohl grad was geträumt haben.«

»Und was?«

»Hab ich vergessen.«

»Vorhin am Telefon, das war Norma Jeane, nicht wahr?«

»Ja, sie war es. Wollen wir nicht noch ein bißchen schlafen?«

»Wieso ruft sie gerade dich an? Hast du was mit ihr?«

»Meinst du, dann hätte sie Miller geheiratet?«

»Sie ist ein Luder. Bei ihr kann man nie wissen. Also?«

»Damit du's weißt: ich habe und hatte nichts mit ihr, und ich habe es auch nicht vor. Ich will jetzt bloß eines: schlafen!«

»Und warum ruft sie dich mitten in der Nacht an?«

»Was weiß ich, warum soll sie nicht? Hat wahrscheinlich gar nicht daran gedacht, wie spät es jetzt bei uns ist.«

»Du meinst, sie ruft dich ohne Grund von London aus an?«

»Laura, ich will schlafen! Verdammt, ich hab sie zweimal besucht, und am Telefon war sie ziemlich deprimiert. Sie hat Probleme, auch wegen Miller, das ist alles.«

»Wenn sie Probleme hat, denkt sie an dich? Ich spüre es: du hast doch was mit ihr!« sagte Laura, unterbrochen von Schluchzen. Ich stöhnte; an Schlaf war nicht mehr zu denken. Neben mir weinte Laura still vor sich hin, und in der Hoffnung, es würde sie beruhigen, nahm ich sie in den Arm und küßte ihr die Tränen von den Augen. Das erinnerte mich an den Abend unseres Wiedersehens, an dem ich sie eine Sekunde zu lange geküßt hatte, und ich merkte, daß mich der Gedanke gegen meinen Willen erregte. Der Geist war unwillig, doch das Fleisch war willig, und Laura spürte das. Sie drückte sich an mich, ich legte mich auf sie, und der Austausch von Tränen gegen Sperma wiederholte sich. Aber er hatte einen schalen Beigeschmack, nicht nur deshalb, weil ihre Tränen schnell versiegten.

»Liebst du mich?« fragte sie, und ich küßte sie auf die Stirn.

»Und du?« fragte ich, um weiteren Fragen zuvorzukommen.

»Ich werde dich immer lieben«, sagte sie, »das weißt du doch.«

Es folgte ein Monat der Angst, jedenfalls für mich. Im Durcheinander von Anruf, Traum und Vorwürfen hatte ich es versäumt, Lauras Regel nachzurechnen, was ich sonst mit derselben Aufmerksamkeit tat wie damals Angelika. Allerdings hütete ich mich, Laura davon zu erzählen; sie hätte mit Sicherheit versucht, mich zu täuschen. Jetzt holte ich die Berechnung nach und stellte erschrocken fest, daß unser Austausch von Gefühlsflüssigkeiten gerade noch in ihre fruchtbaren Zyklustage gefallen war. Jeden Tag wartete ich auf die Mitteilung ihrer Schwangerschaft – aber der Kelch ging an mir vorüber.

Von Marilyn und Arthur Miller kamen Meldungen aus London. Gemeinsam hatten sie an der Premiere von Millers Stück *A View From The Bridge* im Londoner Comedy Theatre teilgenommen, aber selbst hier war Miller nicht die Hauptperson gewesen. Zwei Wochen später wurde Marilyn auf einem Empfang der britischen Königin vorgestellt. Auf den Fotos sah es aus, als reiche da eine Herrscherin einer anderen die Hand, aber es war nicht auszumachen, welche davon die echte war: die durch Geburt oder die durch Gunst des Publikums gekrönte? Heute würde ich eher der Auffassung zuneigen, daß beide gefälscht waren, denn weder Geburt noch die Einbildung anderer machen einen Menschen wirklich groß. Aber dabeigewesen wäre ich trotzdem gern.

Als die Dreharbeiten abgeschlossen waren, entschuldigte sich Marilyn beim Filmteam: sie wisse, daß sie es den anderen nicht leicht gemacht habe, doch sei es nicht böse gemeint gewesen. Demnach mußten die Leute vom Set wirklich gelitten haben – und die Reaktionen waren eher zurückhaltend.

Nach ihrem Anruf zu nachtschlafender Zeit hätte es mich nicht gewundert, wenn sie sich schon bald von Arthur Miller getrennt hätte. Stattdessen gab sie ihrem Firmenpartner Milton Greene den Laufpaß. Als sie mich Anfang 1957 anrief, um mir und Laura ein gutes Jahr zu wünschen, meinte sie erneut, Greene würde sie ausnutzen; so stand es später auch in den Zeitungen. Der Fotograf reagierte verletzt und verteidigte sich, unterließ es aber, Schlechtes über Marilyn zu sagen. Das machte ihn mir sympathisch. Es bestärkte mich in dem Eindruck, daß es vor allem die Abneigung Millers war, die zu dem Bruch geführt hatte.

Im Juni kam der neue Film in die Kinos. Ich war gespannt: ob dieses erste Werk der »Marilyn Monroe Productions« wirklich eine neue Marilyn zeigen würde?

The Prince And The Showgirl ist im Grunde ein Märchenfilm. Als solchen könnte man ihn unter der Kategorie »trivial« abhaken – wenn ihm nicht Marilyns Darstellung eine Tiefe gäbe, die der Film (wie Arthur Miller zu Recht bemerkte) kaum verdient hat ... und wenn er nicht durch die Bedeutung seiner Hauptdarsteller und ihrer Konflikte (von denen sich in der Endfassung kaum noch Spuren erkennen lassen) selber ein Stück Filmgeschichte wäre ... und wenn nicht dieses Märchen die Sehnsucht einer Zeit besonders deutlich zum Ausdruck brächte.

Der Film spielt 1911. Zur Krönung von Georg V. kommt der Großherzog von Carpathia mit seinem Sohn Nicholas nach London. Der ist zwar der Form nach König, aber noch minderjährig, so daß der Herzog als Regent die Regierungsgeschäfte führt. Über die Zukunft des Landes haben beide unterschiedliche Vorstellungen: der Sohn paktiert mit Revolutionären, der Vater plant Unterdrückungsmaßnahmen. Um sich zu entspannen, lädt er die hübsche Elsie Marina – Mitglied einer amerikanischen Tanztruppe, gespielt von Marilyn – zu einem intimen Abend in die Botschaft von Carpathia. Die Verführung mißlingt, aber Elsie verliebt sich in ihn und verführt ihn ihrerseits am folgenden Abend. Nebenbei löst sie auch die übrigen Konflikte, indem sie die Grundwerte amerikanischer Demokratie verkündet und in einer Liebesnacht den Starrsinn des Herzogs erweicht. Nachdem er weiß, wie amerikanische Küsse schmecken, schließt er Frieden mit Sohn und Revolutionären, stimmt allgemeinen Wahlen zu und verabredet sich mit Elsie für die Zeit nach seiner bevorstehenden Abdankung. Wer's glaubt, wird selig, wer's nicht glaubt, zahlt 'nen Taler.

Wie gesagt: ein Märchen. Breiten wir also den Mantel mildtätigen Schweigens über die politische Einfalt des Streifens, der im übrigen zeigt, daß der Glaube an die Kraft des Werbeslogans (Diktatoren der Welt – probiert Amerikas

Küsse und werdet Demokraten!) sich auch in der Alten Welt findet, zum Beispiel beim Drehbuchautor Rattigan.

Auch die Psychologie wollen wir lieber aus dem Spiel lassen. Oder doch nicht ganz – warum verliebt sich Elsie eigentlich in den Herzog? Der nämlich zeigt sich drei Viertel des Films als arroganter Despot. Also was findet sie an ihm?

Der Grund, den sie nennt, ist von rührender Unglaubwürdigkeit: Sie spürt, sagt sie, daß der Herzog noch nie das Glück wahrer Liebe gekostet hat. Du lieber Himmel – um so jemand zu finden, hätte sie nicht erst die prunkvolle Botschaft von Carpathia aufsuchen müssen. Der Portier des Theaters, in dem die Truppe der Elsie Marina auftritt, hätte diese Bedingung ebenso erfüllt wie drei von vier Taxifahrern. Warum nimmt sie nicht diese?

Die Antwort ist traurig und gilt für die Briten nicht anders als für uns Amerikaner: aller demokratischen Deklamation zum Trotz sind auch wir noch immer geneigt zu glauben, daß ein durchschnittlicher Fürst höhere menschliche Qualitäten aufweist als ein durchschnittlicher Portier. Insofern ist Elsies spontane Verliebtheit eher peinlich: sie ähnelt einem Hündchen, das den Fuß leckt, der es tritt.

Aber für die tiefere Dimension des Märchens sind Elsies Gefühle erforderlich, so unlogisch sie sein mögen. Denn wahre Liebe beweist im Film wie im Märchen nicht nur die Güte dessen, der sie fühlt, sondern auch den Wert dessen, dem sie gilt. Und da eine solche Liebe der Konvention gemäß ohne Eigennutz ist, sind die Voraussetzungen für Elsies neue Rolle geschaffen: die der erotischen Fee.

Am ersten Abend hat sie die Annäherungsversuche des Herzogs abgewehrt. Am zweiten Abend dreht sie den Spieß um: sie ist es, die ihn gegen seinen Willen verführt. Und zwar – wahrlich märchenhaft – nicht als Teil eines Tauschgeschäftes gegen Treue und Versorgung, sondern als Geschenk.

Auf den Herzog wirkt gerade das wie eine Therapie. Wilhelm Reich, falls er den Film gesehen hätte, wäre begeistert gewesen, denn der Fürst ist der Inbegriff einer »gepanzerten« Persönlichkeit – politisch, körperlich und seelisch unbeugsam. Eine glückliche Nacht macht aus ihm einen anderen Menschen. Am nächsten Morgen erlebt ihn seine Mitwelt zum erstenmal heiter, umgänglich, kompromißbereit. Daß er seinen Sohn nicht nur öffentlich, sondern sogar privat umarmt, ist für diesen eine Erschütterung. Ein Märchen, gewiß, aber in dieser Hinsicht ein plausibles.

Was in *Love Happy* für kaum eine Minute anklang – der Traum des Mannes von einer Frau, die sein Begehren kennt und ohne Gegenforderung erfüllt –, ist hier die zentrale Szene eines ansonsten konventionellen Streifens. Kein Gedanke, daß die Frau sich »hingeben« oder gar dem Mann »gehören« würde. Sie ist die Wissende und Aktive; sie bestimmt über Lust, Erregung und Befriedigung des Mannes.

Erstaunlicherweise wurde die Abkehr vom Bild des passiven, hingebungsvollen Weibchens von den Kritikern kaum zur Kenntnis genommen. War der Wandel im öffentlichen Bewußtsein schon so weit gediehen, daß es niemanden erstaunte, die Initiative bei der Frau zu sehen? Wohl kaum. Vermutlich nahm man es ebenso als Märchen wie seit jeher die andere Hälfte des männlichen Glückstraumes: Sexualität nur um der Lust willen, losgelöst von Fragen wie Alltag, Unterhalt und Schwangerschaft. Trotzdem war es diese Rolle, die neben dem »Mädchen von oben« im *Seven Year Itch* und der Sugar Kane in *Some Like It Hot* am meisten zu Marilyns Image als »Engel des Sex« beitrug.

Allerdings – sowie man den Talmiglanz zur Seite schiebt, mit dem der Film die Figur der Elsie Marina umhüllt, führt sie im Plüsch dieser aristokratischen Salonkomödie eine beklagenswerte Existenz. Wieder einmal haben wir eine Frau mit leerer Vergangenheit vor uns, und das wenige, was davon übrig ist, taugt wie ihr bürgerlicher Name »Elsa Stolzenberg« nur dazu, sich über sie lustig zu machen. Ihre Unbildung ist beschämend; jedes Stück zur Schau gestellten

Reichtums beeindruckt sie. Jeder Hausdiener in der Botschaft darf sich herausnehmen, sie zu demütigen, und sie merkt es nicht einmal. Selbst ihre Arbeit als Tänzerin ist pure Fassade; offenbar braucht sie nicht einmal drei Schritte Training am Tag. Daß gerade sie dem Herzog vorwirft, in seinem Leben fehle die Liebe, ist absurd – auch sie hat niemanden, dem sie sich verbunden fühlt.

In solchen Traumbildern die Fee zu spielen, muß für die Frau ein harter Job sein. Was als Verehrung und Verklärung daherkommt, reduziert sie zur bindungslosen Beglückungsfachkraft – ein Beispiel dafür, wie Elend und Glücksphantasien des unbefriedigten Mannes sogar im Wunschtraum das Unglück der Frau voraussetzen. Das ist das Traurige am schlechten Film und am schlechten Traum – selbst wenn er so hinreißend verkörpert wird wie hier von Marilyn.

So jedenfalls sehe ich es heute – ein alter Mann, Fossil des zwanzigsten Jahrhunderts, der zurückblickt und schreibt. Heute betrachte ich diese idyllischen Streifen mit bitterem Blick – weil sie ihre Protagonisten, an beliebiger Stelle aus dem Film ins Leben entlassen, unausweichlich ins Unglück stürzen würden. Daß etwas mit diesen Filmen nicht stimmte, sah ich damals mit meinen dreißig Jahren auch. Aber es hielt mich nicht ab, mich nachts an die Seite der Elsie Marina zu träumen. Und voller Erwartung sah ich dem Drama zu, das sich zwischen Marilyn und ihrem Schriftstellergemahl anbahnte.

39
Kinderkram

Im Kopf weiß jeder, daß Eifersucht dumm ist: in der Regel erreicht sie genau das, was sie befürchtet. Weil Laura klug war, wußte sie es erst recht; trotzdem war sie eifersüchtig. Es dauerte nicht lange, da hatte sie auch Grund dazu – und das nicht nur, weil ich an Marilyn und alte Freundinnen dachte.

Studenten hatten mich zu einer Feier eingeladen. Ich fragte Laura, ob sie mitkäme, aber im Grunde nur der Form halber, denn unter Leuten, die sie nicht kannte, fühlte sie sich unwohl. Und wie üblich war ihre Antwort: Ach, lieber nicht.

Als ich nachts um halb drei nach Hause kam, war im Schlafzimmer noch Licht. »Ich hab auf dich gewartet – hättest du nicht wenigstens anrufen können?«

»Aber Laura, du kennst das doch. Um zwölf Uhr will man gehen, und dann bleibt man immer noch fünf Minuten länger – wie das eben so geht.«

»War Eleanor auch da?«

»Eleanor? Ja, natürlich, es war doch ihr Kurs, der die Feier gemacht hat.«

»Du magst sie, nicht wahr?«

»Ja, ich mag sie. In dem Kurs sind einige, die ich mag.«

»So? Wer denn zum Beispiel?«

»Weißt du was? Ich werde den Kurs demnächst mal zu uns einladen, dann kannst du sie kennenlernen.«

»Sag mir rechtzeitig Bescheid, dann koche ich was Schönes!«

Und dann machte sie aus dem, was ein lockeres Treffen werden sollte, eine Staatsaffäre. An dem Essen hatte sie den halben Tag gearbeitet. Die Studenten bewunderten es, aber es machte sie auch verlegen, weil kaum jemand ein Gastge-schenk mitgebracht hatte. Einer kam zu spät und trug ein bißchen Straßenschmutz in die Wohnung – Laura griff zu Eimer und Lappen und wischte hinter ihm den Boden. Die Folge war eine angespannte Atmosphäre, und als der Nach-tisch verzehrt war, schlug Eleanor vor, für den Rest des Abends in eine Country-Bar überzuwechseln, wo ein Freund von ihr singen würde. Die Mehrheit stimmte zu, also ging auch ich mit – nachdem ich Laura versprochen hatte, das Geschirr abzuwaschen, wenn ich zurück wäre. Aber das war morgens um fünf.

Laura lag mit roten Augen im Bett; natürlich war der Ab-wasch schon fertig. »Jeder Student ist dir wichtiger als ich«, schluchzte sie. »Ich weiß es längst: Du liebst mich nicht! Nur darum willst du kein Kind – sag's doch! Sag's mir ins Gesicht: Du liebst mich nicht!«

Du hast recht, wäre die richtige Antwort gewesen. Ja, ich liebe dich nicht, schon gar nicht mit diesem verdammten Ge-heule, und deine Eifersucht widert mich an … andererseits, war es wirklich nötig, ihr weh zu tun, jetzt, um diese Uhrzeit?

»Du bist übermüdet«, redete ich ihr zu, »sonst würdest du so was nicht sagen. Natürlich liebe ich dich, und du bist mir viel wichtiger als alle Studenten –«

»Und Eleanor?«

»Verdammt, was hast du immer mit Eleanor? Sie ist eine von vielen, sonst nichts! Wirklich! Komm, meine Kleine – laß uns schlafen.«

Aber zum erstenmal dachte ich: Sie hat recht, Eleanor ist gar nicht so übel. Von nun an begann ich einen stillen Flirt, und nur weil ich die vielen Augen auf dem Campus fürchtete, blieb alles im Rahmen von Zucht und Wissenschaft. Dabei waren das noch gemütliche Zeiten, und der neuzeitliche Brauch, Dozenten aus dem Amt zu jagen, weil sie nachweis-lich einer Studentin vor der Prüfung zugeblinzelt haben, hatte noch nicht den Status eines Gewohnheitsrechtes erlangt.

Von Marilyn hörte ich eine Weile gar nichts. Im Januar hatte sie schon aus ihrem neuen New Yorker Domizil angerufen, wo sie und Miller wohnten, wenn sie sich nicht auf dessen Landsitz aufhielten. Die Wohnung lag im 13. Stock in der 57th East Street, Nummer 444, und das war, als Zahlenorakel betrachtet, wieder einmal eine grausliche Hausnummer. Entgegen der landläufigen Meinung hat die Dreizehn nichts zu bedeuten; ich halte sie sogar für eine Glückszahl. Aber dreimal die teilbare Vier, das verhieß dreimal Trennung – fragte sich bloß, in welchem Sinn? Von Miller als drittem Ehemann? Oder erstens vom Partner, zweitens von der Stadt und drittens von etwas noch Größerem?

Aber nichts geschah. Im Gegenteil, das Verhältnis zu Arthur Miller schien sich gebessert zu haben. Im Mai mußte er nach Washington, um sich vor Gericht zu verantworten – immer noch die leidige Affäre wegen Mißachtung des unamerikanischen Ausschusses. Marilyn begleitete ihn und stand ihm zur Seite. Ansonsten schien sie sich mit dem zufriedenzugeben, was ihr an der Seite DiMaggios noch unerträglich vorgekommen war, nämlich Hausfrau zu sein und sich um Küche, Hund und Garten zu kümmern.

Nachdem ich *The Prince And The Showgirl* gesehen hatte, versuchte ich mehrmals, sie in New York zu erreichen, doch ich hatte kein Glück. Einmal war eine Frau am Apparat, die ich kaum verstand, offenbar Marilyns italienisches Zimmermädchen. Ein anderes Mal versprach mir eine Sekretärin, Marilyn von meinem Anruf zu berichten; aber diese rief nicht zurück. Ich nahm an, daß sie anderes zu tun hatte. In einigen Interviews hatte sie erneut davon gesprochen, daß sie sich ein Kind wünschte. Wollte sie aus den Schlagzeilen heraus, um sich wieder so etwas wie ein Privatleben zu schaffen?

Anfang August – Laura war nach L. A. geflogen, während ich noch eine Publikation fertigstellen wollte – klingelte das Telefon. Ich rechnete mit meinem Chef oder einem

Studenten, aber es war eine erregte, nach Atem ringende Stimme: »Timmy, bist du es?«

»Ja, was gibt's?«

Auf der anderen Seite schluchzte jemand. Dann: »Ich hab – ich habe –«

»Marilyn! Ich hab deine Stimme gar nicht erkannt! Was ist los?«

»Ach Timmy – ich hab es verloren!«

»Verloren? Was hast du verloren?«

»Mein Kind – ich war doch schwanger! Wußtest du's nicht?«

»Nein, woher? Was ist passiert?«

»Ich hatte – es war – eine Eileiterschwangerschaft.«

»Das tut mir leid«, sagte ich. »Wo bist du jetzt? Im Krankenhaus?«

»Ja, seit vorgestern. Und Art – Arthur –«

Wieder Schluchzen und Weinen. »Marilyn«, versuchte ich sie zu trösten, »beruhige dich! Hauptsache, es geht dir gut! Geht's dir gut?«

Ihr Weinen war Antwort genug. »Mein Gott, wie kannst du das fragen? Nein, es geht mir nicht gut. Wirklich, ich hab mir das Kind so sehr gewünscht, mehr als alles andere – jede Frau kriegt Kinder, bloß ich ...«

»Ach was! Du bist doch nicht die einzige, bei der es nicht gleich klappt. Du wirst sehen, beim nächsten Mal ...«

»Das sagen alle! Glaub mir, das Kleine hätte es gut gehabt bei mir. Besser, als es mir gegangen ist ... mich hat keiner gewollt, immer haben sie mich weggeschoben ... Ich tauge eben zu gar nichts, nicht mal zum Kinderkriegen!«

»Marilyn, Mädchen, sag doch so was nicht! Klar kriegst du Kinder, warum denn nicht?«

»Weil bei mir alles schiefgeht – sogar mein Bauch lacht mich aus! Marilyn Monroe, das unfruchtbare Sexsymbol – zum Totlachen, findest du nicht?«

»Quatsch! Wer über so was lacht, ist ein Idiot.«

»Ach, du willst mich nur trösten. Ich bin eine Witzfigur,

jawohl, das bin ich. Keine richtige Schauspielerin, und nicht mal eine richtige Frau –«

»Also jetzt red bitte keinen Blödsinn. Meinst du, um eine richtige Frau zu sein, muß man jedes Jahr ein Kind in die Welt setzen? Oder es wenigstens können?«

»Jetzt redest du genau wie Daddy – wie Arthur.«

»Und was, bitte sehr, sagt Daddy?«

»Er sagt, Marilyn, sagt er, red dir doch nicht ein, du könntest ohne Kind nicht glücklich werden. So viele Leute haben Kinder, aber glücklich macht sie das auch nicht.«

»Klingt vernünftig.«

»Er hat gut reden, schließlich hat er schon einen Sohn und eine Tochter. Aber ich – ach Timmy, ich bin so verzweifelt!«

»Marilyn, beruhige dich! Sieh mal: Laura und ich, wir haben auch keine Kinder.«

»Wieso? Wollt ihr keine?«

»Laura schon, glaube ich.«

»Und du?«

»Nun ja – ehrlich gesagt, ich finde – also, eigentlich finde ich es noch zu früh.«

»Willst du denn nun ein Kind oder nicht?«

»Nein, jetzt noch nicht.«

»Noch nicht, noch nicht ... also liebst du sie gar nicht. Sonst würdest du ein Kind wollen. Aber in Wirklichkeit willst du keins – genau wie Arthur!«

»Wie kommst du denn darauf? Bei Arthur, meine ich.«

»Er sagt's nicht, aber ich fühle es. Wahrscheinlich denkt er, mit mir hat er genug Probleme, und dann noch ein Kind ...«

»Aber Marilyn, du bist noch jung! Du kannst doch wieder ein Kind haben, wenn du willst!«

»Und wenn Arthur nicht will?«

»Er wird schon wollen. Hauptsache, du kommst gesund aus dem Krankenhaus, glaub mir, dann sieht alles wieder anders aus. Wann machst du deinen nächsten Film?«

»Schon wieder sprichst du wie Arthur. Die Arbeit, er redet auch immer nur über die Arbeit …«

»Aber er hat gar nicht unrecht. Sieh mal, dein letzter Film – du warst wirklich großartig.«

»Danke. Lieber wär's mir, ich hätte mein Kind!«

»Du wirst auch eines haben! Was sagt denn der Arzt?«

»Der runzelt die Stirn. Mrs. Miller, sagt er, wir müssen das nächste Mal ganz vorsichtig sein!«

»Siehst du? Natürlich mußt du aufpassen, das ist doch klar. Aber dann klappt es bestimmt!«

»Ach Timmy – wenn es doch nur so wäre! Ich wünsch es mir so sehr, das kann sich keiner vorstellen.«

»Doch, ich kann es mir vorstellen. Du glaubst, das ganze Leben hängt davon ab, und wenn du es nicht kriegst –«

»Ja, genauso fühle ich mich. Als ob mein Leben davon abhängen würde …«

»Verstehe. Aber eigentlich meinte ich es anders – daß man in Wirklichkeit nur *glaubt*, man müßte etwas haben oder erreichen. Aber das Leben geht weiter, und eines Tages –«

»Eines Tages denkst du von was anderem, du könntest ohne es nicht weiterleben. Meintest du das?«

»Genau.«

»Siehst du? Schon wieder genau wie Arthur. Ich finde, ihr müßt euch unbedingt mal kennenlernen. – Du, die Schwester kommt grade rein, sie bringt meine Pillen. Hab vielen Dank!«

»Aber wofür denn?«

»Ach, du weißt schon. War schön, mal wieder mit dir zu reden. Und, Timmy –«

»Ja?«

»Wenn ich aus dem Krankenhaus bin, müßt ihr uns endlich mal besuchen. Du und Laura – okay? Ich ruf dich an!«

»Gut, nach den Ferien! Laß von dir hören!«

Überzeugt war ich nicht von dem, was ich gesagt hatte. So viel verstand auch ich von diesen Dingen, um zu wissen:

jede Eileiterschwangerschaft erhöht die Chancen, daß es beim nächsten Mal wieder Komplikationen gibt.

Aber nicht nur darum war ich nachdenklich. Ich merkte, daß ich mir Marilyn nur schwer als Mutter vorstellen konnte. Mit ihrem Image als Sexsymbol hatte das gar nichts zu tun. Aber ich dachte an die Situationen, in denen ich sie erlebt hatte. Und ich fragte mich: wie hätte sie die bewältigt, wenn noch ein Kind dagewesen wäre? Immer ging es um ihr Aussehen, ihren schlechten Schlaf, ihren Seelenzustand, die Probleme bei den Dreharbeiten ... Laura war ungerecht, wenn sie Marilyn »das Luder« nannte, aber es gab auch keinen Grund, sie zu idealisieren. Gewiß, ich mochte sie, wenn nicht noch mehr ... aber wann dachte sie einmal an die Probleme anderer, versetzte sich in deren Lage? Entweder sie himmelte jemand an, oder sie glaubte, er wollte sie ausnutzen oder wäre ihr Feind.

Zu Miller sagte sie »Daddy«, genau wie damals zu Dougherty; auch DiMaggio war im Grunde eine Vaterfigur gewesen. Wie es schien, suchte sie immer wieder dasselbe, entweder Väter oder Verehrer, und sie litt, wenn ein Verehrer aufhörte sie zu bewundern oder ein vermeintlicher Vater sich als normaler Mensch entpuppte. Aber ein Baby bewundert niemanden. Es braucht auch keine Bewunderung, nicht einmal das, was man »Liebe« nennt, sondern etwas viel Schlichteres: zu spüren, daß seine Anwesenheit selbstverständlich ist. In dieser Hinsicht hatte Marilyn die schlimmste Hypothek zu tragen: die Mutter nervenkrank im Sanatorium, der Vater unbekannt – wo hatte sie je das Glück einer Familie erlebt und gelernt? »Immer haben sie mich weggeschoben«, hatte sie gesagt. Wie wollte sie einem Kind die Geborgenheit geben, die sie selber nie erfahren hatte?

Und das andere? Der liebevolle, einfühlsame Umgang? Ich habe es immer für eine Illusion gehalten, daß man auf Dauer zu einem Kind ganz anders sein kann als zu allen anderen. Wer freundlich und offen ist, der ist es auch zu

Kindern, und wer sonst kalt und kleinlich ist, wird zu seinem Kind kaum herzlich und großzügig sein. Zumal ein Baby ein undemokratischer, egozentrischer Tyrann ist, ohne Mitleid und Verständnis, weder für die Müdigkeit eines Erwachsenen noch für sein Liebesbedürfnis. Zwar spürt das Kleine, wenn jemand unglücklich oder gereizt ist. Aber es reagiert darauf mit Schreien und Weinen, also auf eine Weise, die den Zustand noch verschlimmert. Ob Marilyn das wirklich aushalten, gar genießen würde?

Den Satz »Meine Kinder sollen es besser haben als ich« hörte ich auch von Laura und anderen Eltern. Äußerlich funktioniert das, und die nächste Generation bekommt vielleicht wirklich, wovon die vorige träumte: Schokolade satt, zum Mittagessen das beste Fleisch, ein eigenes Zimmer, bevor die lieben Kleinen auch nur stehen können. Aber die Gefühle? Ich glaube nicht daran, daß der bloße Wunsch, es besser zu machen, die Dinge wirklich gut macht. Um sich auf Kinder freuen zu können, muß man glückliche Eltern erlebt haben; nur dann kann man sich wirklich an deren Stelle wünschen.

Diese Erinnerung hatten weder Marilyn noch Laura – warum also wollten sie ein Kind? Vielleicht, weil es zum Bild gehörte, das sie von sich selber hatten? Oder glaubten sie, es würde eine unaufhebbare Gemeinsamkeit zwischen ihnen und dem Partner schaffen? Aber das stimmt nicht, schon gar nicht in Krisensituationen.

Andererseits – war es vielleicht auch meine eigene Angst, die hier zum Ausdruck kam? Die Sorge, daß ein Kind vielleicht doch ein festes Bindeglied zwischen Marilyn und Miller werden könnte?

Jedenfalls bestärkte mich das in meiner Absicht, es nicht zu einer Schwangerschaft Lauras kommen zu lassen. Als diese zum Beginn des Studienjahres aus L. A. zurückkam, rechnete ich damit, daß sie mir die Pistole auf die Brust setzen würde. Aber sie schnitt das Thema nicht mehr an. Eine senkrechte Falte begann, sich zwischen ihren Augenbrauen abzuzeichnen. Sie erzählte von Los Angeles, ihrer Mutter, entfernten Verwandten; ich erzählte von meiner abgeschlossenen Publikation und von meiner bevorstehenden Graduierung, davon, daß meine frühere Kommilitonin Karla demnächst für ein Jahr an unsere Abteilung käme und daß sie und Laura sich gut verstehen würden. »Das freut mich für dich«, antwortete sie.

Alle unsere Gespräch verliefen betont zuvorkommend; das gab ihnen manchmal eine kaum zu ertragende Spannung. Immer öfter sah mir Laura nicht in die Augen, wenn wir uns unterhielten, sondern auf den Mund. Irgendwann erwähnte ich, daß Marilyn angerufen hatte. »Das dachte ich mir«, sagte sie – noch bevor ich Gelegenheit hatte, die Fehlgeburt und die Einladung zu erwähnen.

40
Besuch bei Mrs. Miller

»An Dingen leiden setzt oft einen Teufelskreis in Gang: daß wegzugehen uns um so schwerer fällt, je schlechter es uns geht. Denn das Schlimme am Schlechtgehen sind nicht die schweren Umstände, sondern daß wir das Zutrauen verlieren, mit ihnen fertigzuwerden. Wenn wir aber mit den Verhältnissen hier nicht zurandekommen – was könnte dann zu der Annahme berechtigen, woanders ginge es besser?

So schlägt uns das Leiden in seinen Bann, wächst in uns, saugt uns aus, setzt sich am Ende so an die Stelle der Welt, daß wir Heilung nur noch von dem erwarten, worunter wir leiden.«

Von solchen Texten schrieb ich in dieser Zeit eine ganze Menge. Einige davon erschienen in kleinen Anthologien und fanden eine gewisse Resonanz. Auch meine wissenschaftlichen Arbeiten fingen an, mir einen bescheidenen Ruf einzutragen. Hin und wieder passierte es auf irgendwelchen Kongressen, daß jemand zu mir sagte: »Ach, Sie sind das? Ich habe Ihren letzten Aufsatz gelesen – fand ich ganz interessant.« Früher hatten mir solche Tagungen nicht viel Spaß gemacht. Jetzt war das anders: je schlechter die Beziehung zu Laura wurde, desto lieber war es mir, wenn ich ein paar Tage wegfahren konnte.

Als ich Ende Januar von einem Kongreß zurückkam, war die ganze Wohnung umgeräumt. Kein Schrank, kein Regal stand mehr an seinem alten Fleck, außer in meinem Arbeitszimmer. Aber auch da hatte sich etwas verändert: wo vorher ein Sofa stand, befand sich jetzt mein Bett. »Ich möchte lieber in einem Raum für mich allein schlafen«, sagte Laura. »Ich nehme an, du hast keine Einwände?« – Nein, die hatte ich nicht.

Der Frühling kam, und endlich einigten Marilyn und ich uns auf einen Termin, an dem Laura und ich sie in New York besuchen würden. Aber am Morgen des vereinbarten Sonntags kam Laura nicht zum Frühstück. Ich klopfte an die Schlafzimmertür, und als ich keine Antwort erhielt, ging ich hinein. Sie lag im Bett und las ein Buch.

»Willst du nicht aufstehen?« fragte ich. »Es ist mir lieber, wir fahren so, daß wir nicht auf die letzte Minute ankommen.«

»Hast du je gehört, daß Norma Jeane irgendwo pünktlich gewesen wäre? Sie kommt überall zu spät, also kann sie ruhig mal warten.«

»Was sie macht, ist ihre Sache. Ich bin lieber pünktlich.«

»So, bist du das? Bei andern vielleicht, aber nicht, wenn deine Frau nachts auf dich wartet. Wie du willst – ist jetzt auch egal. Es ist übrigens nicht bloß ihre Unpünktlichkeit, die mich ärgert. Sie ist ein Luder, überall, wo sie auftaucht, bringt sie alles durcheinander. Ist dir aufgefallen, daß Arthur Miller nichts Brauchbares geschrieben hat, seit er mit ihr zusammen ist?«

»Was hat das damit zu tun, wann wir losfahren?«

»Nicht wann, aber *ob* wir losfahren.«

»Wie meinst du das? Ich fahre auf jeden Fall, und zwar in einer halben Stunde. Du nicht?«

»Nein, ich nicht. Ich habe Kopfschmerzen, sonst wäre ich schon lange aufgestanden.«

»Das tut mir leid. Soll ich dir ein Aspirin bringen?«

»Vielen Dank, spar dir die Mühe. Fahr du nur zu deiner Marilyn – deine Frau macht inzwischen die Wohnung sauber und bügelt die Wäsche. Damit rechnest du doch, oder?«

»Du irrst dich, es ist mir völlig egal. Ich habe lange genug meine Wohnung allein saubergemacht, sogar Wäsche waschen kann ich, und verhungert bin ich auch nicht, als ich noch für mich selbst gekocht habe. Kommst du nun mit oder nicht?«

Sie legte das Buch aus der Hand, schloß die Augen und

zog die Bettdecke bis zum Kinn. Ich verließ das Zimmer, trank meinen Kaffee aus und fuhr los. Ungefähr auf halber Strecke rief ich Marilyn an. Wie ich erwartet hatte, lag sie noch im Bett. »Oh, das tut mir leid«, sagte sie, als sie hörte, daß ich allein zum Mittagessen kommen würde. Ihr Bedauern schien echt zu sein. Aber die Stimme klang gedehnt, fast stammelnd – als hätte sie einen Schwips oder stünde noch unter der Wirkung von Tabletten.

Ich war über ein Stunde zu früh. Also stellte ich den Wagen ein Stück entfernt ab und machte einen Spaziergang durch den Central Park, dessen Bäume und Blumenbeete in allen Farben blühten. Dann schlenderte ich die First Avenue entlang und bog schließlich in die East 57th Street ein, deren Häuser in den oberen Etagen einen herrlichen Blick auf den East River haben mußten. Wirklich schön war die Straße mit ihren mächtigen roten Ziegelfassaden nicht, aber einen vornehmen Eindruck konnte man ihr nicht absprechen. Distinguierte Herren sahen mit wichtigem Blick an mir vorbei, und selbst zwei Windhunde, die mir an der Seite einer pelztragenden Lady entgegenkamen, witterten den billigen Stoff meines Anzuges und wandten sich verachtungsvoll ab.

Wie bei allen besseren Häusern der Straße ragte auch vom Eingang der Nummer 444 ein Überdach quer über den Bürgersteig. Die Eingangshalle war eher bescheiden, trotzdem bewachte sie ein Herr in Livree und weißen Handschuhen, der meinen Anzug noch mißtrauischer musterte als draußen die Windhunde. »Angemeldet?« fragte er, bevor ich auch nur Guten Tag sagen konnte. Als er hörte, zu wem ich wollte, schüttelte er den Kopf. Er griff zum Haustelefon, und als sich eine Weile niemand meldete, machte sich ein triumphierender Rauswerfblick auf seinem Gesicht breit. Schon wollte er auflegen, da ging oben doch noch jemand an den Hörer. Sichtlich enttäuscht brachte er mich zu dem holzgetäfelten Aufzug und übergab mich dem Liftboy. Dieser, den die Würde seines Amtes gleichfalls mit weißen Handschuhen ausgestattet hatte, fuhr mich hoch. Er hielt mir die Fahrstuhltür auf, ging vor mir den finsteren Gang entlang, der die beiden Apartments des Stockwerks verband, und drückte für mich den richtigen Klingelknopf.

Wieder tat sich eine ganze Weile gar nichts. Dann hörte man schlurfende Schritte. Es war Marilyn selber, die mir öffnete.

»Der gute alte Timmy! Komm rein!«

»Hallo Marilyn! Geht's dir gut?«

Das war nicht nur eine Floskel; ich mußte mir Mühe geben, mir mein Erschrecken nicht anmerken zu lassen. Seit unserer letzten Begegnung hatte sie enorm zugenommen, wirkte plump, wenn nicht dick, obwohl sie über ihren Jeans einen weiten Pullover trug, der das Schlimmste verbarg. Auch ihr Gesicht sah trotz der Schminke krank und aufgedunsen aus. Hinzu kam ihr träger, schlurfender Gang. Ein paar Tage zuvor hatte ich Eleanor besucht, die nach einem kleinen Unfall im Krankenhaus lag – die Patienten dort waren exakt auf dieselbe Weise über den Flur geschlichen wie jetzt Marilyn. Entweder sie war wirklich betrunken, oder aber sie hatte mehr als nur eine Tablette zuviel geschluckt.

»Danke, ich bin okay«, sagte sie. »Und du?«

»Geht so.«

»Klingt nicht sehr enthusiastisch! Willst du einen Drink?«

»Wär nicht schlecht.«

»Was nimmst du?«

»Dasselbe wie du. Ist das Einfachste.«

Wir gingen in die Küche, und sie mixte für jeden von uns eine Bloody Mary. »Das Dienstmädchen hat frei«, sagte sie mit einem Kichern, »das ist unser Glück. Also können wir mehr Wodka reintun.«

»Nanu – hört sich an, als ob sie hier die Chefin wäre.«

»Ach was, ich sag das nur so. In Wirklichkeit ist es Arthur. Er sagt immer: ›Bloody Mary? Für mich mit ganz wenig Wodka!‹ Aber ich weiß genau, was er meint.«

»Und was meint er?«

»Na, ist doch klar. *Ich* soll weniger trinken.«

»Wo ist er jetzt überhaupt? Wollten wir nicht ursprünglich alle vier zu Mittag essen?«

»Arthur? Nun ja ... komm, gehen wir in den Salon! – Also, das mußt du verstehen, er ist in seinem Arbeitszimmer. Er will schreiben, hat er gesagt, er muß endlich wieder schreiben – na, du bist ja selber Schriftsteller. Manchmal ist man nicht in Stimmung zum Arbeiten. Aber wenn man es ist, muß man das unbedingt ausnutzen, nicht wahr? Bestimmt kommt er bald. Er hat auch ein bißchen Kopfschmerzen, hat er gesagt.«

»Hat er gesagt.«

»Wieso, ist da was Komisches dran?«

»Nein, natürlich nicht. Höchstens lustig. Weil doch Laura ausgerechnet heute auch Kopfschmerzen hat. Hat sie gesagt.«

»Glaubst du ihr nicht? Denkst du, sie hat andere Gründe?«

»Ehrlich gesagt: sie mag dich wohl nicht besonders.«

Ich hatte das so dahingesagt, in der Annahme, Marilyn würde höchstens mit einem Achselzucken reagieren. Stattdessen stellte sie ihr Glas ab, hielt die Hände vors Gesicht und fing an zu schluchzen.

»Was hab ich ihr denn getan! Warum geht mir das immer wieder so – entweder sie wollen was von mir, oder sie mögen mich nicht.«

Ich setzte mich neben sie und ergriff ihre Hand. »Nun red doch keinen Unsinn! Ich zum Beispiel: ich mag dich, aber ich will nichts von dir. Oder doch, ein bißchen schon.«

»Siehst du? Du auch. Was willst du denn von mir?« Und sie sah mich wirklich mißtrauisch an.

»Das kann ich dir sagen: ab und zu nachsehen, ob ihr Berühmten wirklich glücklicher seid als das gemeine Volk.«

»Ach so. Das ist alles?«

»Ja, das ist alles. Du und Arthur, seid ihr glücklicher?«

Da schluchzte sie noch stärker, und nun fing sie richtig

an zu weinen. Die Tür stand offen, und auf dem Flur war nichts zu hören, also legte ich ihr vorsichtig den Arm um die Schulter. Ein Weilchen saßen wir auf der Couch wie ein Liebespaar vor der Trennung oder nach der Versöhnung: sie weinend, ich schweigend. Schließlich griff sie zu ihrem Glas, und als sie merkte, daß es leer war, stand sie auf und ging in die Küche. Mit einer Flasche Champagner und zwei Gläsern kam sie zurück.

»Ihr habt Probleme, nicht wahr?« fragte ich.

»Kann man das sehen?«

»Hab ich recht?«

»Wahrscheinlich. Woran sieht man es denn?«

»Daß es dir schlecht geht, hab ich schon am Telefon gemerkt. Du hörst dich krank an, und du läufst herum wie eine Kranke. Und ich hab mir gedacht – also ich frage mich –«

»Sag's ruhig!«

»Na ja, ist ja weiter nichts dabei. Entweder du hast heute schon einiges getrunken, oder du hast zu starke Tabletten genommen. Oder du bist so erschöpft, daß du ins Krankenhaus gehörst.«

»Sieht man mir das wirklich an?«

»Glaub schon. Und für den Rest braucht man nur zwei und zwei zusammenzählen.«

»Wie meinst du das?«

»Na, ist doch klar: Arthur. Schließlich lebt ihr zusammen, also wird ihm nicht entgangen sein, was mir als Außenstehendem auffällt. Und entweder er hilft dir, das in den Griff zu kriegen –«

»Oder?«

»Oder er ist zu dem Ergebnis gekommen, daß du allein damit fertigwerden mußt. Jedenfalls, daß es ihn nicht in seiner Arbeit stören darf. Und schon habt ihr ein Problem. Mal davon abgesehen, was du damals in seinem Tagebuch gelesen hast.«

Wieder fing sie an zu weinen. »Ach Timmy, warum geht bei mir immer wieder alles schief? Am Anfang hab ich gedacht, er ist doch ein kluger Kopf. Ein berühmter Schriftsteller. Wenn so einer mich wirklich will, dann muß ich doch mehr sein als die blöde Blonde. Früher hat er gesagt, Marilyn, hat er gesagt, du bist meine Muse, seit ich dich kenne, weiß ich erst, für wen ich wirklich schreibe. Jetzt sitzt er Tag für Tag am Schreibtisch, aber es kommt gar nichts raus. Nur der Papierkorb wird voll. Er hat versprochen, ein Drehbuch für mich zu schreiben, daran sitzt er seit Monaten. Er fängt an, schreibt zwei Seiten. Dann liest er es und zerreißt es. Immer hab ich das Gefühl, es ist meine Schuld. Als wir aus London zurück waren, hat er gesagt, das mit dem Tagebuch war ein Mißverständnis, er wäre in einer Krise gewesen. Natürlich liebt er mich, hat er gesagt. Aber ich bin schon so durcheinander, weiß nicht mehr, was er wirklich denkt und was ich glauben soll. Nachts kann ich nicht schlafen, da frage ich mich, wie das weitergehen wird. Dann steh ich auf, mach mir einen Drink, nehme eine Schlaftablette. Aber dieses verdammte Zeug wirkt immer weniger. Und dann werde ich den ganzen Tag über nicht richtig wach. Du hast recht, so geht's mir heute auch.«

»Auf Dauer macht das Zeug dich kaputt, merkst du das nicht? Von wem kriegst du das eigentlich?«

»Von den Ärzten natürlich. Die werden schon aufpassen, daß es mir nicht schadet. Ist schließlich ihr Job.«

»Amen. Was denkt dein Mann darüber?«

»Am Anfang hat er auch immer gesagt, Marilyn, hör auf mit dem Zeug! Eine Zeitlang hat er mir die Tabletten weggenommen und gesagt: Ab jetzt sorge ich dafür, daß du nur dann welche nimmst, wenn du sie unbedingt brauchst. Aber es hat natürlich nicht funktioniert.«

»Und warum nicht?«

»Na, ist doch klar. Als wir noch in einem Zimmer geschlafen haben, lagen die Tabletten in seinem Nachtschränkchen. Er hat mir eine gegeben und ist eingeschlafen. Ich aber nicht, und wenn ich es nicht mehr aushielt, habe ich mir so viel genommen, bis ich schlafen konnte. Das hat er gar nicht gemerkt.«

»Mit anderen Worten, ihr habt jetzt getrennte Schlafzimmer?«

»Ja, bis ich mich wieder besser fühle. Es ging wirklich nicht mehr. Wie gesagt, ich bin nachts immer aufgestanden, das hat ihn zu sehr gestört. Morgens war er dann auch müde und hatte schlechte Laune. Also haben wir uns gesagt, eine Weile schlafen wir getrennt. Und wie sieht's bei dir und Laura aus?«

»Getrennte Schlafzimmer, wie bei euch. Seit drei Monaten. Aber unser Liebesleben war schon vorher eingeschlafen, auch ohne Tabletten. Klappt's bei euch wenigstens in dieser Hinsicht?«

»Liebesleben, was ist das? Kannst ja mal Arthur fragen.«

»Ich werd mich hüten – ist ja auch eure Sache. Aber was ganz anderes: wollten wir nicht zusammen Mittag essen? Ich will nicht drängen, aber etwas Hunger hab ich doch. Wir können natürlich auch in ein Restaurant gehen.«

»Nicht nötig. Steht schon alles im Kühlschrank, bis auf den Salat. Hat das Mädchen gestern vorbereitet.«

Also begaben wir uns in die Küche, und das war gut so. Wenn die Hände zu tun haben, wird auch der Kopf ruhiger.

»Für wieviel Leute kochen wir?« fragte ich. »Zwei oder drei?«

»Zweieinhalb.«

»Wer ist zwei, und wer ist halb?«

»Du bist Nummer eins, Arthur Nummer zwei. Die halbe Portion ist für mich.«

»Verstehe. Du willst abnehmen.«

»Ich will nicht, ich muß. Spätestens wenn ich diesen Film mit Wilder mache – ich will ja nicht als kleine Tonne auftreten.«

»Hab davon gehört. Mit Billy Wilder – also wird es gut!«

»Hoffentlich. Lee sagt –«

»Lee Strasberg?«

»Ja, natürlich. Also er sagt, ich bin bald soweit, daß ich alles spielen kann, was ich will. Obwohl – rate mal, was ich spiele?«

»Wenn du so fragst, ist es leicht. Weil du nämlich immer sagst, du willst was Neues machen, außer noch ein allerletztes Mal das Alte. Also spielst du jetzt wieder eine Sängerin, ist doch klar.«

»Du bist gemein!«

»Sag bloß, ich hab's getroffen?«

»Bestimmt hast du schon von gelesen. Sei ehrlich!«

»Na gut, ich geb's zu. Aber ich hätt's auch geraten. Sekretärin in *Monkey Business*, das war dein letzter bürgerlicher Beruf. Fotomodell, Sängerin oder Tänzerin, das ist nun mal dein Job – außerdem singst du wirklich gut. Und arbeiten mußt du, sonst versauerst du hier. Oder möchtest du immer nur kochen, putzen und Tabletten schlucken?«

»Nein, vielen Dank! Komm, essen wir!«

Aber erst stellte sie auf einem Tablett ein Gedeck zusammen und trug es zum Herrn des Hauses ins Arbeitszimmer. Der kam nach zwanzig Minuten aus seinem Studio und stellte uns das Tablett mit den leergegessenen Tellern auf den Tisch. Ich stand auf, und Marilyn stellte mich vor:

»Arthur, das ist Timmy, mein alter Klassenkamerad – ich hab dir von ihm erzählt.«

»Freut mich, Sie kennenzulernen«, sagte er und schüttelte mir die Hand, aber ich hatte nicht das Gefühl, daß er sich freute. Er war fast einen Kopf größer als ich, und sein dunkler Dreitagebart ließ das unglaubliche Kinn noch zusätzlich hervortreten – als wollte er zeigen, daß er gewöhnt war, es mit ganz Amerika aufzunehmen. »Tut mir leid, daß ich euch keine Gesellschaft leisten kann. Aber du weißt ja, Liebling, ich muß diesen Entwurf unbedingt fertigkriegen. Hoffe, ihr amüsiert euch. Hat mich gefreut, Timmy – besuchen Sie uns bald wieder!«

Und verschwand in seinem Refugium. Ich kann nicht sagen, daß er mir sehr sympathisch war. Seine kantigen Züge hatten etwas Unduldsames und Selbstgefälliges. Eigentlich hätte ich mir gewünscht, ihn zu mögen, denn politisch war ich auf seiner Seite, und sein Verhalten vor dem McCarthy-Ausschuß fand ich ehrenwert. Die Umstände hatten es mit sich gebracht, daß er verfolgt wurde – aber unter anderen Umständen, so kam es mir vor, wäre er selber ein unerbittlicher Verfolger geworden. Vielleicht war er das auf seine Weise sogar. »Es gibt kein richtiges Leben im falschen«, schreibt der deutsche Philosoph Adorno, und das hätte auch auf Arthur Miller gemünzt sein können. Er wirkte auf mich – in seinem Werk wie auch bei den wenigen Malen, wo ich ihn sah – seltsam starr und unbelehrbar. Ein Fanatiker von Freiheit und Toleranz, aber trotzdem ein Fanatiker.

Und doch auch ein kluger Kopf. Ich erinnerte mich an ein Interview, in dem er sich gegen die Psychoanalyse ausgesprochen hatte – nicht als Theorie der seelischen Entwicklung, wohl aber als Mode zum Kurieren unglücklicher Lebensläufe.

»Was macht deine Analyse?« fragte ich Marilyn. »Machst du Fortschritte?«

»Schwer zu sagen. Ich glaube, es hilft. Jedenfalls ein bißchen.«

»Warum nur ein bißchen?«

»Wahrscheinlich liegt's an mir. Dr. Kris fragt immer wieder nach meiner Mutter und meinem Vater, sie will wissen, an was ich mich erinnere, was ich dabei fühle. Du bist ja selber Waise, also was weißt du über deinen Vater?«

»Und warum gehst du jede Woche dreimal hin?«

»Dreimal? Manchmal gehe ich fünfmal. Ist sozusagen meine Arbeit hier in New York. Zu Lee gehe ich, um das Schauspielern zu lernen, und zur Analyse, um mehr über mich zu lernen.«

»Ist diese Dr. Kris ein glücklicher Mensch?«

»Bestimmt nicht. Sie ist aus Österreich emigriert, vor

einem Jahr ist ihr Mann gestorben – kann sein, sie hat noch
mehr Depressionen als ich. Kommt mir jedenfalls manchmal so vor.«

»So ist es richtig: kaputte Psychiater erzählen kaputten
Patienten, wie sie mit kaputten Mitmenschen glücklich
werden. Ist doch zum Totlachen, oder?«

41
Krisen

Ich weiß schon – wenn ein Arbeiter das Wort »Lehrer« hört, sagt er gleich voll Neid: Ferien, Ferien … kein Mensch denkt daran, wieviel Lehrer unglücklich verheiratet sind (nämlich die meisten) und welchen Streß gerade die Ferien für diese Leute bedeuten. Jahr für Jahr dasselbe Spiel: am liebsten möchte man sich zwei Monate nicht sehen, aber dann hat einer von beiden keine Lust, allein zu verreisen, und beide fürchten den Groll des andern und das Gerede der Leute. Als Kompromiß sagt einer, ich muß sowieso arbeiten, also bleibe ich zu Hause und gieße die Blumen. Der Partner fährt zur Mutter, beide versuchen fremdzugehen, schaffen es aber nie, und am Ende sind sie einen Tag lang froh, daß es den anderen noch gibt. Dadurch sind diese Ehen ziemlich stabil, aber der stille Kampf vor den Ferien ist jedesmal ein Nagel zum Lehrersarg.

Wieder war ich es, der in den Sommerferien 1958 in Boston zurückblieb. Mein PhD war längst unter Dach und Fach, inzwischen war ich »Assistant Professor«, und es war an der Zeit, mich um eine eigenständige Professur zu bemühen. Dafür mußte ich publizieren, aber zum Publizieren mußte ich schreiben, und zum Schreiben mußte ich forschen. Letzteres ist für die Geisteswissenschaften ein etwas hochgestochenes Wort, das nichts anderes bedeutet als nachdenken, Literatur suchen und lesen. Das tat ich, und zwar wie stets als getreuer Diener meines Chefs, der einen internationalen Kongreß zum Thema »*Formen und Funktionen des Komischen in der Literatur des 19. Jahrhunderts*« vorbereitete.

In einer Diskussion über die Frage, warum das Komische

als lustig empfunden wird, hatte jemand die Meinung vertreten, der Mensch habe ein natürliches Bedürfnis nach Lachen, also suche er das Komische. Das schien einleuchtend, aber dann kamen mir Zweifel. Schließlich reagiert man auf starken Schmerz automatisch mit einem Schrei, ohne daß deshalb das Schreien ein primäres Bedürfnis wäre (was ich heute, trotz Janovs Urschreitheorie, noch immer meine).

Der erotische Witz, das wußte ich seit Mellers Fabrik, beruht auf Ängsten, und in gewisser Weise hatte Freud das als Grundprinzip des Witzes gesehen. War folglich das komische Potential dort am größten, wo es am meisten latente Angst gab?

»Das solltest du mal in der internationalen Literatur untersuchen«, meinte der Chef und übertrug mir ein Grundsatzreferat zum Thema *»Komik, Erotik und Angst in der Literatur des 19. Jahrhunderts«*.

Ich hatte gehofft, Marilyn in den Ferien einen Besuch abstatten zu können, aber daraus wurde nichts. Im Juli flog sie mit ihrer Sekretärin und der unvermeidlichen Paula Strasberg nach Los Angeles, wo Billy Wilder mit seinem Team auf sie wartete. In der Zeitung sah ich ein Foto von ihrer Ankunft: weiße Bluse, weißer Rock, weiße Schuhe und Handschuhe – wie eine Braut. Ich war gespannt, ob ihr nächster Anruf wieder ein Klagelied sein würde: über die Rolle, über Wilder, vielleicht auch über ihren Mann …

Aber die ersten Anrufe aus L. A. kamen von Laura. Sie glaube, sagte sie, daß sie jetzt vieles besser verstünde, und sie hoffe, daß sich unser Verhältnis nach den Ferien bessern würde. Vielleicht ging es Marilyn genauso: aus der Ferne fühlte sie sich Arthur Miller näher, als wenn er neben ihr im Bett gelegen hätte.

Gegen Ferienende hatte ich ein langes Telefongespräch mit Shirley. Die Hälfte der Zeit lachten wir – über uns selber, die Liebe und die lieben Mitmenschen. Nur wenn es um meine Ehe ging, war sie so rücksichtsvoll, daß es mich mißtrauisch machte. »Du redest über Laura, als ob sie dich engagiert hätte«, sagte ich.

»Ach Timmy«, antwortete sie, »meinst du, ich merke nicht, wie es um euch steht? Da muß ich es ja nicht noch schlimmer machen. Übrigens, hast du in der letzten Zeit von deiner alten Flamme Pauline gehört?«

»Nur, daß ihr Geschäftspartner von der Galerie Schlaftabletten geschluckt hat. Gibt es was Neues?«

»Allerdings. Der Besitzer einer Kaufhauskette hat ihr angeboten, Niederlassungen von ihrer Galerie in seinen Kaufhäusern einzurichten. Das hat ihr zuerst gefallen –«

»Ich nehme an, sie hat auch gut verdient.«

»Wahrscheinlich. Aber er hatte sich wohl etwas Dankbarkeit von ihr erhofft, und die bekam er nicht. Also fing er an, Maler auszustellen, die ihr nicht gefielen, genauer gesagt, Malerinnen.«

»Und wie hat sie reagiert?«

»Eine Weile hat sie es sich angesehen. Dann, von einem Tag auf den andern, hat sie ihren Anteil für ein paar Dollar einer Freundin überlassen und sich einen kleinen Laden gemietet. Da verkauft sie jetzt wieder ihre Goldschmiedearbeiten.«

»Warum keine Galerie?«

»Weil sie keine Lust mehr hat. Die Maler sind heute allesamt größenwahnsinnig, sagt sie.«

»Hat sie einen festen Freund?«

»Nicht, daß ich wüßte. Soll ich dich bei ihr anmelden?«

»Danke, vielleicht später. Hast du Nachrichten von Marilyn?«

»Nur das, was sich hier alle erzählen.«

»Nun laß schon hören!«

»Also, auf dem Set von *Some Like It Hot* scheint es heiß herzugehen. Regelmäßig hört deine Schöne mitten in der Szene auf, und sie müssen neu anfangen. Stell dir vor, sogar Sätze wie ›It's me, Sugar‹ oder ›Where's the Bourbon?‹ müssen sie fünfzigmal aufnehmen. Zuletzt haben sie's auf

Zettel geschrieben und überall hingeklebt, wo sie dachten, daß sie hinsehen könnte.«

»Ist es wirklich so schlimm?«

»Fünfzigmal – ich übertreib nicht!«

»Dann muß sie krank sein!«

»Nein, nicht krank. Aber sie schluckt massenweise Tabletten, und sie trinkt. Ich habe gehört, bis jetzt war sie kein einziges Mal pünktlich auf dem Set, und es wird immer schlimmer. Billy Wilder sagt: ›Früher bestellte man sie für neun und sie kam um zwölf; jetzt bestellt man sie im Mai und sie kommt im Oktober.‹ Und er meint, sie wäre die gemeinste Frau, die er je getroffen hätte. Er muß es ja wissen, schließlich kennt er sie von früher.«

»Shirley, sei ehrlich: du magst sie nicht!«

»Timmy, sie muß wirklich unausstehlich sein. Stell dir vor, einmal kommt sie, natürlich viel zu spät, mit einem Buch unterm Arm zum Set, und zwar ausgerechnet Tom Paines *The Rights Of Man*. Sie verschwindet in der Garderobe, schließt sich ein, nach zwei Stunden schickt Wilder jemand zu ihr, der fragt, ob sie nicht endlich herauskommen möchte. Darauf sie: ›*Why don't you go fuck yourself?*‹ – Na, wie findest du das? Tony Curtis haßt sie geradezu. ›Marilyn küssen ist wie Hitler küssen‹, hat er gesagt. Das muß lustig sein, wenn ausgerechnet die beiden ein zärtliches Liebespaar spielen.«

»Kann ich mir gut vorstellen: ungefähr so wie Laura und ich.«

»Timmy, mach damit keine Witze. Ein bißchen Zärtlichkeit braucht jede Frau.«

»Und ein Mann etwa nicht?«

Laura hatte ihre Rückkehr für den Abend angekündigt, vielleicht auch nachmittags, falls es noch Plätze in einer früheren Maschine gäbe. Als es gegen zwei Uhr klingelte, dachte ich, sie wäre es, aber draußen stand einer meiner Studenten. Hinter ihm kamen zwei Personen die Treppe herauf. Vorneweg ein Mann, den ich nicht kannte. Und hinter ihm –

»Lena!« jubelte ich. »Lena – ich glaub's nicht!« Und fiel ihr um den Hals. »Mein Gott, so eine Freude! Einfach am hellichten Tag! Und das hier, im Land der Telefone! Kommt rein! Setzt euch!«

»Timmy, das ist Werner – mein Mann.«

»Werner? Doch nicht etwa –«

»Genau«, sagte dieser. »Ednas Ehemaliger – wenn es das ist, was du meinst.«

»Ja, das meinte ich. Wie geht's Edna?«

»Ganz gut. Sie hat noch eine Tochter bekommen, aber seit vorigem Jahr wohnt sie nicht mehr in Berlin.«

»Und wo ist sie hingezogen? Nach Paris? Rom? Florenz?«

»Irrtum – in ein Dorf in Westdeutschland. Sie meint, das Leben da wäre gesünder, vor allem für die Kinder. Hing wahrscheinlich mit den Demonstrationen an der Humboldt-Uni im Jahr davor zusammen; vielleicht hast du davon gelesen. Ein paar Freunde landeten im Gefängnis, dann noch der Aufstand in Ungarn … Irgendwann passiert hier etwas Schreckliches, hat sie gesagt, eines Tages sperren die uns alle ein. Und auf den Großstadtrummel kann sie verzichten, sagt sie.«

»Also auf dem Land. Nur sie und die Kinder?«

»Nein, ihr Freund ist mitgegangen.«

»Der Musiker?«

»Ach, das ist schon lange vorbei. Jetzt hat sie einen Fotografen. Na, für mich wäre das nichts. Ich bin ein politischer Mensch, auf dem Land würde ich eingehen.«

Ich beneidete diesen Werner – nicht nur wegen Lena, sondern auch, weil es ihm gelungen war, sich von Edna zu trennen und ihr Freund zu bleiben.

»Wie kommt ihr überhaupt nach Amerika?« fragte ich.

»Kommen?« antwortete Lena. »Wir fahren morgen schon wieder zurück. Rate mal, wo wir waren.«

»Wie soll ich das wissen? New York, Grand Canyon, San Francisco, Niagarafälle?«

»Niagara ja, New York auch, der Rest nein. Du wirst lachen: wir waren bei Angelika. Sie hatte uns eingeladen – das ist sozusagen unsere Hochzeitsreise. Sag mal: hattest du Streit mit ihr?«

»Nicht daß ich wüßte. Aber warum habt ihr mich nicht angerufen?«

»Das alte Lied«, seufzte Lena, »ich hab mal wieder mein Adreßbuch verloren.«

»Aber Angelika hat doch meine Telefonnummer!«

»Wirklich? Uns sagte sie, sie wüßte nur, daß du in Boston arbeitest. Wir sind schon eine Woche in New York, und heute sind wir einfach hierhergefahren und haben dich gesucht.«

»Halleluja – eine tolle Idee! Aber daß Angelika sagt –«

»Timmy, jetzt sei mal ehrlich«, flüsterte Lena, »das Kleine ist von dir, oder? Jedenfalls sieht es dir ähnlicher als Ervin.«

Ich wurde rot. »Keine Ahnung. Ich hab das Kind noch nie gesehen. Einmal hab ich Angelika besucht, da war sie sehr komisch. Und gezeigt hat sie es mir nicht. Das ist alles.«

»Aber es wär doch schön, meinst du nicht?«

»Also, ich könnte mir Schöneres vorstellen. Habt ihr gegessen? Wollt ihr was trinken?«

»Nein«, sagte Lena, »aber ich würde mich gern etwas hinlegen. Hab die Nacht wenig geschlafen, bin ein bißchen müde.«

Ich machte ihr das Bett in meinem Arbeitszimmer. Kaum hatte sie sich hingelegt, da war sie schon eingeschlafen. Ich legte eine Decke über sie und schloß die Tür. Ihr Mann wollte die Universität sehen, also zeigte ich ihm bei einem Spaziergang den Campus. Die Großzügigkeit der Anlage gefiel ihm, aber von Amerika war er wenig beeindruckt.

»Endlich habe ich gelernt, was ihr mit ›repräsentativer Demokratie‹ meint«, sagte er. »Weil der Wahlkampf so teuer ist, repräsentiert jeder Abgeordnete erst einmal das Geld, das er gekostet hat. Trotzdem ist es eine echte Demokratie – schließlich hat jeder das Recht, reich zu werden. Wer arm bleibt, ist halt ein schlechter Staatsbürger – ist doch logisch, oder?«

Als wir zurückkamen, saß im Wohnzimmer eine Frau mit eisigem Gesicht: Laura. Der Koffer stand noch neben ihr.

»In deinem Bett schläft eine Frau!« sagte sie in einem Tonfall, als hätte sie ein entsetzliches Verbrechen entdeckt.

»Ach, das ist Lena, eine alte Freundin aus Deutschland. Ich habe dir von ihr erzählt, nicht wahr? Sie war müde, also habe ich ihr angeboten, sich hinzulegen. Das hier ist Werner, ihr Mann; die beiden sind vorhin erst gekommen.«

Laura reichte ihm die Hand, nahm ihren Koffer und entschuldigte sich: sie müsse noch auspacken und sich für den nächsten Tag vorbereiten. Beim Hinausgehen knallte die Tür. Ob absichtlich oder aus Versehen, die Stimmung war ruiniert. Lena, die wachgeworden war, setzte sich zu uns. Ich behauptete, Laura wäre müde von der Reise … was man in solchen Situationen eben sagt. Damit es vor uns selber nicht so aussah, als flüchteten wir, tranken wir noch einen Kaffee, bevor wir die Wohnung verließen. Den beiden war ihre Erleichterung anzumerken, und mir meine Verlegenheit: Laura war, als sie den beiden zum Abschied die Hand reichte, nicht einmal von ihrem Stuhl aufgestanden.

Damit der Nachmittag nicht ganz verloren war, zeigte ich den beiden Boston. Aber meine Gedanken waren nicht bei der Sache; Lauras Verhalten hatte mich verletzt. Am liebsten hätte ich mich eine Weile allein mit Lena unterhalten, aber das ging nicht. So war es vor allem ihr Mann, der mir erzählte, wie es inzwischen auf der andern Seite des großen Teiches aussah: die Stadt, die Freunde, der kalte Krieg … fast hätte ich die beiden dazu überredet, sich von mir mit dem Auto nach New York bringen zu lassen. Aber dann siegte die Vernunft. Nach dem Abendessen in meinem Lieblingsrestaurant fuhr ich sie zum Bahnhof.

Zu Hause wartete Laura wie eine Spinne im Netz. »Also das ist deine liebe alte Freundin«, begann sie. »Du hast was mit ihr, brauchst mir gar nichts vorzumachen.«

»Bist du verrückt? Sie lebt in Berlin, wir haben uns seit Jahren nicht gesehen! Sie hat in meinem Bett geschlafen, aber nicht *mit* mir!«

»Glaubst du, ich bin blind? Wenn du sie so selbstverständlich in deinem Bett schlafen läßt, dann hättest du, wenn ihr Mann nicht dagewesen wäre, genauso selbstverständlich mit ihr geschlafen. So wie früher. Meinst du, das merke ich nicht?«

Ihre Logik verblüffte mich – sie hatte recht, jedenfalls was mich betraf. Aber ich sah nicht ein, warum ich mich für meine Gefühle entschuldigen sollte.

»Was willst du eigentlich? Darf ich außer für dich denn für niemanden freundliche Gefühle haben?«

»Die hast du für alle möglichen Frauen – Eleanor, diese Lena, was weiß ich, für wen noch – bloß für mich nicht. Du liebst mich nicht – gib's doch zu!«

»Du hast recht – so wie du jetzt bist, liebe ich dich wirklich nicht. Du stößt mich vor den Kopf, wenn Besuch da ist, du blamierst mich vor meinen Studenten – soll ich das lieben?«

Und da brach es aus ihr heraus. Daß ich sie schon lange belügen und ausnutzen würde. Daß sie ihr Leben für mich aufgegeben hätte. Daß ich ein Träumer wäre, der Leute für Freunde hielte, die sich in Wirklichkeit einen Dreck um mich kümmern würden. Daß ich mich ganz schön umsehen würde, wenn sie nicht mehr da wäre … sie wurde immer lauter, steigerte sich in eine Raserei hinein, drohte, die Wohnung anzuzünden, kündigte an, mir ein Messer in den Bauch zu stechen, wenn sie noch einmal so etwas erleben würde wie heute … ich rannte in mein Arbeitszimmer, packte meine wichtigsten Bücher, stürzte zum Auto, verbrachte die Nacht im erstbesten Motel.

Es ging nicht mehr, wir wußten es beide – wenigstens war

es unnötig, darüber zu streiten. Die nächsten Wochen lebten wir schweigend nebeneinanderher, vielmehr, wir gingen uns aus dem Weg. Wir aßen zu verschiedenen Uhrzeiten, jeder spülte nach dem Essen sein Geschirr, ich brachte meine Wäsche in eine Wäscherei. Das Ganze bekam geradezu etwas Harmonisches; es fing an, mir zu gefallen.

Bis ich eines Nachmittags nach Hause kam und die Wohnung leer fand. Schränke, Regale, Stühle, Tische – alles war fort. Meine Bücher lagen auf einem großen Haufen mitten im Zimmer. Nur mein alter Ledersessel war noch übrig, und in ihm saß ein Männchen, das sich als Lauras Rechtsanwalt vorstellte. Er behauptete, ich käme billig davon: die Möbel gingen an Laura (die sie schließlich gekauft hatte), das Geld auf sämtlichen Konten ebenfalls; dafür könnte ich die Wohnung behalten, und Laura würde auf Unterhalt verzichten. Voraussetzung wäre, daß ich eine schriftliche Erklärung abgeben würde, meiner Frau gegenüber seelische Grausamkeit an den Tag gelegt zu haben. Ich gestand es ein und pries mich glücklich, daß wir keine Kinder hatten. Wo sie jetzt wohnte? Das ginge mich nichts an, sagte der Anwalt. Aber natürlich bekam ich es doch heraus: sie war zu einem Kollegen an ihrer Schule gezogen.

Ich war so froh wie selten in meinem Leben. Nein, mehr – ich war glücklich. Ich tanzte durch die leeren Räume, sang Opernarien und Schlager, ging abends essen oder besuchte Kollegen. Im Kurs blinzelte ich Eleanor zu, aber die bekam es mit der Angst und vermied es, sich mit mir sehen zu lassen. Meiner Fröhlichkeit tat das keinen Abbruch. Nur eines störte mich: daß Laura meine Bücher mit Absicht so chaotisch wie möglich auf einen Haufen geworfen hatte. Ich fand nichts und kaufte als erstes neue Regale. Beim Einsortieren merkte ich, daß Laura alle Bücher, die ich mir der Form halber von ihr hatte schenken lassen, mitgenommen hatte, auch solche, mit denen sie gar nichts anfangen konnte.

Ich ging wieder regelmäßig ins Kino, meistens allein, manchmal mit Kollegen oder Bekannten. Einmal begleitete mich Eleanor, und zwar in einen Film, bei dem ich eine Weile geschwankt hatte, ob ich ihn mir antun sollte: *Die Brüder Karamasow*, von denen sich Marilyn so viel erwartet hatte. Nun hatte Richard Brooks den Stoff für die MGM gnadenlos auf Kinoformat gestutzt, obwohl der Streifen immer noch Überlänge hatte. Aber sogar in dieser verstümmelten Form war etwas von der Dramatik und Vielschichtigkeit Dostojewskis geblieben.

Und die Grushenka? War sie wirklich die große Rolle, die Marilyns Image definitiv verändert hätte?

Ja, sie war es, fand ich, sogar in diesem Film und mit diesen Schauspielern. Nur die Grushenka war eine Fehlbesetzung. Sie wurde von der Deutschen Maria Schell gespielt, auf eine oberflächliche, flatterhafte Weise, die nichts von den Abgründen dieser Figur – immer wieder zwischen Freiheitsdurst, Liebe, Hingabe und Berechnung schwankend – erkennen ließ. Ja, das wäre sie gewesen – die Rolle, die Marilyns Schauspielerei eine neue Richtung gegeben hätte. Und obwohl ich für die Rivalitäten der Filmstudios wahrlich nicht verantwortlich war, fühlte ich mich, mit meinem deutschen Hintergrund, absurderweise daran mitschuldig, daß ihr diese Rolle entgangen war.

Monnie wartete schon auf meinen Anruf, aber sie kritisierte nicht, sondern bedauerte nur: »Es tut mir so leid für euch beide. Timmy, ich mach mir Sorgen um dich. So eine feine Frau … aber wenn es nicht mehr geht, dann geht's eben nicht mehr.«

Auch Shirley verfiel am Telefon in den rücksichtsvollen Tonfall, den ich schon kannte. »Timmy«, flötete sie, »geht's dir gut? Meinst du, du kommst drüber weg?«

»Ach, wegen Laura? Da mach dir keine Sorgen – mir ist es selten besser gegangen!«

»Ist das dein Ernst?«

»Mein voller Ernst. Richtig gut war es nicht mal am Anfang. Es war ein Krieg, und jetzt habe ich meinen Frieden.«

»Wenn du es so siehst ... übrigens, Timmy – ich hab – ich bin – ich bin verlobt. Ein Kollege, ein sehr sympathischer Junge ...«

»Shirley, Shirley – mußte das sein?«

»Ja, das mußte sein. Sollte ich vielleicht auf deine Scheidung warten? Und darauf, daß du mir einen Antrag machst?«

»Warum nicht? Jetzt ist es für mich zu spät.«

»Du Heuchler! Ich weiß genau, an wen du nachts denkst!«

»Hätte ich dich angerufen, wenn ich nicht an dich denken würde?«

»Oh, das schmeichelt mir. Und du willst wirklich nichts von Marilyn wissen?«

»Nun ja, wenn du sie erwähnst –«

»Leider gibt es überhaupt keine Nachrichten von ihr.«

»Shirley, nun sei nicht so! Du bist verlobt, also laß mir doch meine Neugier. Wann sind sie mit *Some Like It Hot* fertig?«

»Das wird noch ein bißchen dauern. Daß Marilyn wieder schwanger ist, hast du gehört?«

»Hab davon gelesen.«

»Kein Wunder bei dem Getue, das sie um ihre Schwangerschaft macht. Aber diese Frau muß verrückt sein. Meinst du, sie würde jetzt mit ihren Tabletten aufhören? Inzwischen gibt es extra für sie einen Arzt auf dem Set, und jeden Tag bettelt sie: ›Doktor, das letzte Mal, Ehrenwort.‹ – und dann spült sie die Pillen mit Champagner runter. Einmal hat sie so viel genommen, daß sie gekotzt hat und übers Wochenende ins Krankenhaus kam. Ich habe gehört, sie mußten ihr den Magen auspumpen.«

»Und Miller macht dabei mit?«

»Ach, Miller – das ist ein Kapitel für sich. Eigentlich wollte er in New York an einem Drehbuch arbeiten – *Misfits*, nach einer Kurzgeschichte von ihm. Aber dann kam er

367

doch herübergeflogen, glaubte im Ernst, er könnte Marilyn wieder ins Gleichgewicht bringen.«

»Was er nicht geschafft hat.«

»Nein, überhaupt nicht. Auf dem Set stört er nur, im Grunde macht er alles nur schlimmer. Marilyn erwartet, daß er auf ihrer Seite steht, und Wilder will endlich vernünftig arbeiten. Also sitzt Miller zwischen allen Stühlen. Einmal hat er zu Wilder gesagt: ›Billy, sie ist schwanger – am besten, sie arbeitet nur noch am Vormittag.‹ Wilder hat nur den Kopf geschüttelt: ›Vormittags? Aber sie taucht doch nie vor zwölf Uhr auf! Lieber Arthur, bring sie mir um neun, und du kriegst sie mittags zurück!‹«

»Und was hat Miller geantwortet?«

»Weiß ich nicht. Aber er ist selber Profi, also wird er wohl sehen, daß seine Frau sich unprofessionell aufführt. Egozentrisch und verantwortungslos ist sie außerdem, sowohl was den Film angeht als auch das Kind im Bauch. Wilder meinte einmal, es gäbe auf der ganzen Welt nur einen Menschen, der auf Marilyn noch wütender wäre als er selber – Arthur Miller.«

»Ich hoffe, er hat es ihr nicht allzu deutlich gezeigt.«

»Doch, das hat er. Das ist ja Millers Problem: undiplomatisch, wie er ist, konnte er mit seiner Meinung nicht hinterm Berg halten. Damit hat er alles noch schlimmer gemacht. Marilyn findet, er hat sie verraten, das wird sie ihm nie vergeben.«

»Mit anderen Worten, der Film wird ein Desaster.«

»Nein, falls sie ihn fertigkriegen, wird er toll!«

»Das mußt du mir erklären.«

»Eine Freundin von mir ist Cutterin bei Wilder, und weißt du, was sie sagt? Sie meint, Marilyn und die anderen Schauspieler, das ist, wie wenn man eine Kohlengrube mit einer Diamantenmine vergleicht. Marilyn verdirbt die schönste Szene, verpaßt ihren Einsatz, verhaspelt sich – aber dann – plötzlich hältst du den Atem an – eine Szene wie aus einem Guß, wie von einem andern Stern – eben der Diamant. Die anderen, die professionellen – das ist die Kohlengrube. Von denen kriegst du, was du haben willst, absolut zuverlässig, alles solides Handwerk. Aber das, was dich hinterher vom Stuhl reißt – Szenen, die du nie vergißt –, das ist Marilyn.«

»Wenn du mich fragst: mir sind die Diamanten lieber.«

»Mir auch – hinterher. Das Schlimme ist bloß: wenn du mit ihr arbeitest, hast du immer wieder das Gefühl, jetzt ist die Diamantenmine endgültig erschöpft. Und ich versichere dir: eines Tages ist sie das auch. Wird gar nicht mehr lange dauern, denke ich!«

42
Manche mögens's heiß (und verbrennen daran)

Als der letzte Take abgedreht war, gab es niemand im ganzen Team, der nicht tief durchgeatmet hätte – am meisten Billy Wilder. Endlich, so meinte er, könne er seine Frau wieder ansehen ohne den Wunsch, sie zu schlagen, nur weil sie eine Frau sei. Man fragte ihn, ob er je wieder einen Film mit Marilyn machen würde, und er antwortete: »Ich habe mich mit meinem Arzt und meinem Psychiater beraten; die sagen mir, ich bin zu alt und zu reich, um das noch einmal durchzustehen.« – Da war er gerade zweiundfünfzig.

Er war nicht der einzige, der die Arbeit an *Some Like It Hot* rückblickend als mörderisch empfand. Kaum einen Monat nach dem Ende der Dreharbeiten erlitt Marilyn erneut eine Fehlgeburt, und ihr Mann gab Wilder die Schuld: dieser, so schrieb er in einem Telegramm, habe sie während der Dreharbeiten zu sehr belastet. Das ließ bei Wilder das Faß überlaufen. Genau das Gegenteil sei der Fall gewesen, kabelte er zurück, das Team hätte die ganze Zeit nichts anderes getan, als Marilyn zu verhätscheln.

Das war vielleicht übertrieben, aber Millers Vorwurf war in der Tat aus der Luft gegriffen. Viel eher dürften die Vernarbungen von früheren Fehlgeburten, Operationen und Abtreibungen eine Rolle gespielt haben. Und wenn das nicht gereicht hätte, dann wohl die vielen Schlafmittel und Tranquilizer während der Schwangerschaft. Miller schien ziemlich durcheinander zu sein, sonst hätte er das sehen müssen.

Als ich Marilyn Anfang 1959 besuchte, kritisierte sie mich. Daß ich der Scheidung von Laura so schnell zugestimmt hatte, fand sie nicht richtig. Sich selber machte sie immer noch Vorwürfe wegen ihrer Fehlgeburt.

»Glaubst du, ich hab das Kleine umgebracht? Mit all den Pillen, immer auf nüchternen Magen?« fragte sie, nahm zwei Tabletten aus einem Röhrchen und trank aus dem vor ihr stehenden Glas ein paar Schluck hinterher.

»Ist nur Wasser«, sagte sie kichernd und zeigte auf das Glas. »Ich mache Fortschritte, siehst du?«

»Und was du da gerade runtergeschluckt hast?«

»Ist gegen meine Depressionen. Alles vom Arzt verschrieben.«

»Und in der Schwangerschaft? War da auch alles vom Arzt verschrieben?«

Sie kicherte wieder, und plötzlich fing sie an zu weinen. »Du meinst auch, es war meine Schuld, daß ich das Kind verloren hab. Sag's ruhig!«

»Wie kann ich das wissen? Das einzige, was ich denke –«

»Ja?«

»Wenn du, als du schwanger warst, auch so viel von dem Zeug genommen hast wie früher – also, ich kann mir nicht vorstellen, daß es fürs Kind gut war. Besonders, wenn noch Alkohol dazukam.«

»Du meinst, es wäre vielleicht krank zur Welt gekommen?«

»Schon möglich.«

Sie nahm ein Taschentuch und tupfte vorsichtig ihre Tränen ab. Das Make-up verwischte trotzdem. »Willst du sagen, es war vielleicht besser, daß ich das Kind verloren habe?«

»Wer kann das schon sagen? Ich weiß ja, wie sehr du dir ein Kind wünschst. Aber ausschließen kann man das nicht.«

Miller kam aus seinem Studio, und diesmal begrüßte er mich ausgesprochen freundlich. Aber ich hatte das Gefühl, es war eine Freundlichkeit aus Verzweiflung. Er und Marilyn behandelten sich gegenseitig wie rohe Eier, mit tausend »Entschuldige, Liebes«, »Danke, Pop«, »Würdest du« und »Könntest du«. Diese Art des Umgangs kannte ich zur Genüge aus den letzten Wochen mit Laura.

Daß Marilyn in einem schlimmen Zustand war, sah man. Sie ging wieder wie eine Kranke, die Füße über den Boden schleifend, als fürchte sie, jeden Moment umzufallen. Wenn sie ihr Glas länger als eine Sekunde vor den Mund hielt, fing die Hand an zu zittern. Zusammenhanglos fiel sie vom Kichern ins Seufzen, wechselte sprunghaft das Thema. Aber auch Miller hatte Ringe unter den Augen. Es kam mir so vor, als wüßten beide, daß die Beziehung am Ende war, aber auch, daß der andere es wußte und folglich keine Notwendigkeit bestand, es auszusprechen.

Es gibt Leute, die in dem Entschluß, sich zu trennen, eine gewisse Ruhe finden und dann noch zwanzig Jahre zusammenbleiben, aber hier sah es nicht danach aus. Man kann zwar ganz gut auf Liebe verzichten, wenn man wenigstens eine Arbeit hat, die Spaß macht, doch das war höchstens bei Miller der Fall. Als Schriftsteller konnte er immer und überall arbeiten, jedenfalls theoretisch, selbst wenn er in den letzten Jahren nichts Nennenswertes zustande gebracht hatte. Aber Marilyn? Ich fragte sie, was sie den Tag über machte: das einzig Regelmäßige waren die Besuche bei ihrer Analytikerin Marianne Kris, die Workshops im Actors Studio und die Privatstunden bei Lee Strasberg. Aber letzteres schien nur zur Hälfte Schauspieltraining zu sein; oft blieb sie nach dem Unterricht zum Abendessen und manchmal bis spät in die Nacht. Von Lee und den Strasberg-Kindern – vor allem von Susan, die sich als Schauspielerin schon einen Namen gemacht hatte – sprach sie wie von Vater, Mutter und Geschwistern.

Eine teure Familie, dachte ich. Das Schauspieltraining war bestimmt nicht um einen Gotteslohn zu haben. Paula erhielt für ihre Anwesenheit auf dem Set dreitausend Dollar pro Woche; damit hatte sie in *The Prince And The Showgirl* nach Marilyn und Olivier die höchste Gage eingestrichen. Aber von ihr sprach Marilyn am wenigsten; ich hatte das Gefühl, daß etwas Falsches in dieser Beziehung lag. Die anderen lobte sie in den höchsten Tönen. Susan hielt sie für

»phantastisch talentiert«, John für einen »wunderbaren Jungen« (dem sie zum Geburtstag einen schwarzen Thunderbird geschenkt hatte), Lee war für sie »unglaublich sensitiv, ein großartiger Lehrer, ganz wundervoll«, und dazwischen kicherte und seufzte sie und trank ein Glas nach dem anderen. Nie war mir so deutlich wie bei diesem Besuch, daß unsere amerikanische Gewohnheit, Gutes immer gleich als wunderbar zu bezeichnen, kein Zeichen von Lebensfreude ist, sondern eine nationale Krankheit.

Mir fiel auch auf, *wie* sie sprach: ihre Äußerungen begann sie an mich oder ihren Mann gerichtet, aber dann hauchte sie die nächsten Sätze vor sich hin wie in einem Selbstgespräch – als wollte sie mit ihrem Lob weniger ihre Zuhörer beeindrucken als sich selber. Aber gerade das Übertriebene ihrer Sätze wirkte unglaubwürdig. Ein anderer im Raum sah das offenbar auch so: Arthur Miller.

»Von wegen großartiger Lehrer«, sagte er, als Marilyn aufstand und mit schlurfendem Schritt zur Toilette ging. »Strasberg ist ein Scharlatan, seine Frau eine schwarze Krähe, nichts weiter! Und diese Leute nennt sie ihre besten Freunde – lächerlich.«

Auch von ihrer Psychoanalyse hielt er nicht viel. »Immer wieder zurück in die Kindheit! Immer nur im alten Unglück wühlen! Sie soll über eine Mutter reden, die sie nicht kennt, und einen Vater, von dem sie nichts weiß. Was sie braucht, ist genau das Gegenteil, sie muß lernen, nach vorne zu blicken! In Amerika gibt es vielleicht ein Dutzend Analytiker, die was taugen, aber diese Doktor Kris gehört nicht dazu. Kann sein, sie hat wirklich Erfahrung mit Kindern, aber für Marilyn ist das nichts.«

»Kris«, sagte ich, »ist das nicht der Dolch der Malayen? Diese schreckliche Waffe, mit der man Amok läuft?«

»Eine Waffe zum Durchdrehen, das ist gut!« sagte Miller – und zum ersten Mal hatte ich das Gefühl, daß wir uns nicht nur oberflächlich verstanden. »Ich sehe es schon kommen«, fuhr er fort, »eines Tages wird dieses Herumwühlen in der

Kindheit sie dazu bringen, Amok zu laufen. Aber gegen sich selbst und nach innen – wenn sie nicht schon lange damit angefangen hat! Wissen Sie, die Psychoanalyse mag ein geniales Werkzeug sein, um seelische Leiden zu diagnostizieren. Aber der Schluß, sie sei dafür auch die geeignete Therapie, ist Bauernfängerei. Wie sehen Sie das, Timmy?«

»Genauso. Philosophisch gesehen der reinste Steinzeit-Platonismus – auf der Annahme beruhend, das Grundübel der Menschheit sei Unwissen, und sobald man es durch Wissen ersetzt, sei das Übel beseitigt. Aber wenn ein Mensch unterernährt ist, dann hilft nicht diese Erkenntnis, sondern nur eine bessere Ernährung. Und wer darunter leidet, daß man ihn nicht liebt, dem hilft nur die Liebe seiner Mitmenschen. Die kann die Analyse weder geben noch ersetzen.«

Marilyn kam ins Zimmer zurück, in der Hand für jeden einen Rum-Cocktail. Für einen Moment herrschte Schweigen, dann fragte ich sie nach den Fotos von Richard Avedon, die im *Life*-Magazin erschienen waren. Marilyn in den Posen berühmter Vamps: Theda Bara, Clara Bow, Marlene Dietrich, Lilian Russell, Jean Harlow. Sofort war ihr anzumerken, wieviel Spaß ihr diese Aufnahmen gemacht hatten. Miller hatte dazu einige Texte verfaßt, die ich erstaunlich fand – daß gerade er im Zusammenhang mit Jean Harlow von »sexueller Offenbarung« schreiben würde, wunderte mich. Allerdings sprach er von den Bildern wie ein neutraler Beobachter – als ginge es um ferne Wesen, nicht aber um seine eigene Frau. Und ich spürte, daß auch ihr das, was er geschrieben hatte, nicht restlos angenehm war.

»Was macht das Drehbuch zu *Misfits*?« fragte ich. »Keine leichte Sache, nicht wahr?«

»Natürlich nicht«, sagte Miller. »Ein gutes Drehbuch zu schreiben ist nie leicht.«

»Ja, aber hier ist es besonders schwer, nehme ich an.«

»Und warum bitte sollte es besonders schwer sein?«

»Also, ich habe die Geschichte im ›Esquire‹ gelesen. Daraus einen Film machen? Fast unmöglich, war mein erster Gedanke.«

Er wirkte beleidigt. »Der Film hat eben seine eigenen Regeln«, dozierte er, als verriete er ein Berufsgeheimnis.

»Genau das meine ich ja«, antwortete ich und vergaß alle meine diplomatischen Absichten. »Die Story ist schön, aber sie ist nicht filmgerecht.«

»Sehr interessant. Und was fehlt ihr?«

»Eine Handlung. Drei Männer bemühen sich um eine geschiedene Frau. Sie fangen Mustangs, die später zu Hundefutter werden sollen, und die Frau ist entsetzt. Als Situation ist das toll, diese armseligen letzten Cowboys, das gefällt mir. Aber das reicht doch höchstens für eine halbe Stunde, der Rest sind Gedanken. Lauter tiefsinnige Dialoge, das gibt noch keinen guten Film. Wenn man –«

»Siehst du«, unterbrach Marilyn, an ihren Mann gerichtet. »Genau was ich gesagt habe. Du mußt es ändern, Pop, du schreibst es für mich, das hast du mir versprochen!«

»Verdammt«, sagte Miller, »er hat's doch gar nicht gelesen. Ich bin schließlich kein Anfänger! So, wird Zeit, daß ich weiterarbeite – hat mich gefreut.«

Stand auf und schüttelte mir die Hand, immer noch um Haltung bemüht. Aber daß er sich ärgerte, war ihm anzumerken.

Im Frühjahr kam *Some Like It Hot* in die Kinos. Natürlich suchte ich nach den Spuren all der Leiden und Strapazen der Produktion, von denen Shirley erzählt hatte. Aber es war, wie sie gesagt hatte: einem Diamanten kann man nicht ansehen, wieviel Tonnen Erde für ihn durchwühlt wurden. Was sagt die Mona Lisa über den Seelenzustand des Leonardo da Vinci? Nichts – außer daß sein Nervensystem stabil genug war, um einen sicheren Pinselstrich zu ermöglichen. So ähnlich ist es mit *Some Like It Hot*: ein Juwel von einem Film.

Lemmon und Curtis, die falschen Musikerinnen, sind

exzellent, Joe E. Brown, der verrückte Millionär, desgleichen, aber Marilyns Darstellung ist unübertrefflich. Sie spielt die Sugar Kane halb schlicht, halb raffiniert, einfältigeinsichtig, offen und offenherzig, an manchen Stellen mit beängstigender Eindringlichkeit. Daß sich zwischen ihr und Arthur Miller gerade jetzt der Anfang vom Ende abzeichnete, mochte ein Zufall sein. Aber die Art, wie sie *I'm Through With Love* singt, gab mir immer das Gefühl, daß sie hier – und nicht mit *Diamonds Are A Girl's Best Friend* – das Lied ihres Lebens singt.

War es demnach das Geheimnis ihres Spiels, daß sie, wie viele meinten, im Grunde immer nur sich selbst spielte?

Nun, eines hatte sie stets gezeigt: sie wählte nie den billigen Weg, sich durch Klamauk und Karikatur von einer Rolle zu distanzieren. Im Gegenteil: selbst solchen Figuren, die so dumm und unfähig waren wie die Miss Casswell in *All About Eve* oder die Cherie in *Bus Stop*, verlieh sie eine oft unverdiente Würde. Das unterscheidet ihre Darstellung auch in *Some Like It Hot* von der ihrer Mitspieler. Lemmon, Curtis oder Joe E. Brown agieren permanent auf zwei Ebenen: sie spielen ihre Rolle, aber gleichzeitig spielen sie *Comedy*. Ganz anders Marilyn. So, wie sie die Sugar Kane spielt, könnte man die Figur ohne weiteres in einen ernsten Film hineinstellen, höchstens wären ein paar Dialoge zu verändern. Sie ist die einzige, die von der Leinwand steigen und sich unter die Zuschauer mischen könnte, ohne unpassend zu wirken. Mitten in der Komödie spielt sie mit vollem Ernst. Das macht ihre Darstellung menschlich, manchmal ergreifend. Daß gerade sie, die selbst die dümmsten Fragen der Reporter ernst nahm, von diesen zur Witzfigur gemacht wurde, war makaber.

Gewiß, sie identifizierte sich mit ihren Rollen. Aber das war weniger ein künstlerisches Konzept im Sinne Stanislawskis oder Strasbergs, als vielmehr ihr innerstes Anliegen. Indem sie ihren Figuren trotz deren Schwächen Glaubwürdigkeit verlieh, stellte sie sich vor sie – ja, sie beschützte sie. Warum? Wovor?

Und als ich darüber nachdachte, fiel mir etwas auf, was ich früher in der Schule nie beachtet hatte. Nicht nur, daß sie keine Ironie verstand – ich hatte es auch nie erlebt, daß sie andere Leute karikiert und sich über sie lustig gemacht hätte. Wenn sie jemanden nicht mochte, beschimpfte sie ihn, aber sie war unfähig, ihn zu verspotten. Zu diesem Zweck hätte sie spielerisch sein Denken und Verhalten annehmen, seine Worte und Gesten imitieren müssen, und dazu war sie nicht fähig. Sie kam nie aus ihrer Haut. Wenn sie aggressiv war, dann nur, um sich zu wehren.

Ja, sie versuchte, sich zu wehren, zu rechtfertigen – auch in ihren Rollen. Deshalb ist die tiefste ihrer Figuren nicht die Roslyn in *Misfits,* sondern die Sugar in *Some Like It Hot.* Als Roslyn verteidigt sie ein paar herrenlose Pferde, aber in Sugar verteidigt sie sich selbst. Sie verteidigt die Figur wie ein Anwalt den Angeklagten, verteidigt sie, wie das unerwünschte Kind sich vor dem Leben verteidigen muß. Denn einen Menschen nicht wollen, heißt, ihn vor aller Welt verurteilen – und der ärmste Bettler, der übelste Verbrecher, der einsamste Selbstmörder hört nie auf, sich für das, was er ist und tut, vor dem Leben zu rechtfertigen.

Das ist etwas ganz anderes, als »sich selber spielen«. Denn der Mensch ist, was er ist, aber die Rolle ist das, was der Schauspieler in ihr *sucht.* Sugar Kane ist nicht Marilyns Realität, sondern ihr Wunschbild. Der Blick, mit dem Sugar in die Welt sieht … immer noch neugierig auf Menschen, ohne Angst auf sie zugehend … immer wieder mit neuer Hoffnung die alten Enttäuschungen riskierend … das war ihre Sehnsucht. Dieser Blick, nicht die Verheißung ihrer Figur, war das wahre Geheimnis ihres Spiels.

Nein, sie hat sich nicht selbst gespielt – sie hat versucht, sich zu erschaffen.

Was den erotischen Aspekt der Sugar Kane betrifft, so fragte sich natürlich, was davon in der Realität zu halten war – davon abgesehen, daß Sugar wie schon die Lorelei oder Elsie Marina offenbar die Atmosphäre des Geldes braucht, um sich zu verlieben.

Da bringt Joe als angeblich linkischer Shell-Erbe die nichtsahnende Sugar dazu, ihn zu verführen (oder zu glauben, sie täte es). Als Idee ist das ganz hübsch: er behauptet, nach einem schlimmen Erlebnis impotent zu sein. Allerdings beschränkt sich die anschließende Verführung darauf, einmal mehr den Kuß als Inbegriff von Intimität zu zelebrieren.

Dieser Kult um den Kuß auf den Mund, den der Trivialfilm bis heute betreibt, ist ein bemerkenswertes Phänomen – im Grunde ein Zensurprodukt, denn weil Küssen eine Begrüßungsform ist und dafür kein Kleidungsstück abgelegt werden muß, konnte es nicht einmal der Hays-Code verbieten. Also wurde auf Bühne und Leinwand pausenlos geküßt, mit dem Ergebnis, daß die Gleichsetzung von Kuß und Lust als erotischer Bildungsirrtum in die Köpfe wanderte – und von dort zurück in die Filme.

Wie aber stellt Sugar fest, ob sich trotz der angeblichen Impotenz des falschen Erben beim Küssen etwas regt? Sie *fragt* ihn … Das ist die Kehrseite des großen Wilder: er weiß es besser, aber er hütet sich, es zu zeigen. Schließlich will er nicht Pfadfinderinnen belehren, sondern erfolgreiche Filme machen, und da reicht es ihm, wenn diese etwas intelligenter sind als der gängige Schwachsinn. Warum sollte er mehr zeigen als Küsse im Halbdunkel, wenn er schon damit den Ruf eines freizügigen Regisseurs erntete?

Sage ich heute. Aber das sind mißgelaunte Sticheleien eines Fünfundsiebzigjährigen. Damals zitterte ich vor Neid und Erwartung, als Joe, der hinterhältige Hochstapler, sich scheinbar ungerührt von Sugar verführen ließ. Wieder und wieder rief ich mir ins Gedächtnis – nein, ich betete darum –, daß Curtis diese Szenen so empfunden hatte, als würde er »Hitler küssen«. Aber wirklich überzeugt davon war ich nicht.

Was ich glaubte, war etwas anderes. Die Ankündigung

Sugars, Joe von seiner angeblichen Impotenz heilen zu können, zeigte ein enormes Selbstbewußtsein. Woher konnte das kommen? Doch nur aus langer Erfahrung. Und daß diese Erfahrung nicht nur gespielt war, setzte ich voraus – nicht bei Sugar, sondern bei Marilyn.

Eines stand für mich fest: *Some Like It Hot* war bis dahin ihr weitaus bester Film. Aber sie selber fand sich »fett wie ein Schwein« und lief wütend aus der ersten Aufführung. Als ich das hörte, merkte ich erst, daß ich während des ganzen Films fast nur auf ihr Gesicht gesehen hatte – was ihre schauspielerische Leistung noch unterstrich. Um so absurder erschien mir der Oscar, den der Film später bekam. O ja, er erhielt einen ... für die Kostüme ... und der Film, der in diesem Jahr mehr Oscars abräumte als je ein anderer vor ihm, war ein Historienschinken namens *Ben Hur*.

43
Dreimal Marilyn

Plötzlich lag es auf meinem Schreibtisch: das Angebot, als »Associate Professor« nach L. A. zu gehen. Sollte ich es annehmen? Oder weiter mit meinem alten Chef zusammenarbeiten, und außerdem mit Karla, die zum Herbst an unsere Abteilung kommen würde?

Daß mich ausgerechnet meine Heimatstadt rief, war für mich keine zusätzliche Verlockung. Es gab dem Wechsel, mehr als mir lieb war, einen Geschmack von Endgültigkeit. Also fragte ich meinen Chef. Der sah mich ungläubig an und schien zu zweifeln, ob ich die Frage ernst meinte. »Glaubst du vielleicht«, sagte er dann, »ich bleibe ewig hier in Boston? Oder man zahlt dir auch nur einen Cent für deine Treue? Du nimmst sofort an – wenn nicht, werde ich persönlich dich morgen rausschmeißen!«

Davor hatte ich wenig Angst, aber seine Gründe überzeugten mich. Erst kurz zuvor hatte er den Ruf an eine süddeutsche Universität abgelehnt, aber nur, weil man ihm eine Assistentenstelle zuwenig bewilligt hatte. Also schickte ich ein Telegramm nach L. A. und sagte zu. Meine wenigen Möbel stellte ich in Karlas spätere Wohnung. Einige Male versuchte ich, Marilyn unter den verschiedenen Nummern anzurufen, die ich von ihr hatte, aber ich erreichte sie nicht.

Ausgerechnet an meinem letzten Abend in Boston rief sie selber an. Da war schon die Feier im Gange, zu der ich Studenten, Kollegen und Bekannte eingeladen hatte. Ich fand kein ruhiges Fleckchen zum Telefonieren und war auch nicht mehr ganz nüchtern, was aber ganz gut paßte, denn sie war es auch nicht. Entweder sie war in guter Stimmung oder meine steckte sie an, jedenfalls verzog ich mich mit dem Telefon ins Badezimmer, und eine halbe Stunde plauderten wir über den Lauf der Welt und den Stand der Dinge: ich über meine neue Stelle und den bevorstehenden Umzug, sie über eine Operation, die sie hinter sich hatte. Eine Endometriose sei es gewesen, daher wohl auch ihre Menstruationsbeschwerden, an denen sie seit der ersten Regel gelitten hätte. Das sei jetzt alles viel besser, und sie hoffe, nun endlich ein Kind bekommen zu können. Ein neuer Film für die Fox sei auch in Aussicht; wir würden uns also in L. A. sehen.

»Laß mich raten«, sagte ich. »Letztes Mal warst du Sängerin, also ist jetzt wieder Tänzerin dran.«

Es sollte ein Witz sein, war aber leider keiner. Mißbilligend schüttelte ich meinen angetrunkenen Kopf, was sie nicht sehen konnte; trotzdem hörte auch sie sich, was den Film betraf, nicht ganz glücklich an. Ein Film zum Geldverdienen, entschuldigte sie sich, Vertrag sei Vertrag. Außerdem bekäme sie einen sympathischen Partner: Yves Montand, der in Paris schon Millers *Hexenjagd* gespielt und jetzt am Broadway eine erfolgreiche Show hätte. Danach aber – wenn Arthur hielte, was er versprochen hätte – käme *Misfits*: der große Film, der sie zu einer ernsthaften Schauspielerin machen würde. »Also dann, Herr Professor, auf bald in L. A.! Viel Spaß noch bei der Feier und alles Gute!« – »Gleichfalls, meine Schöne – viel Glück bei Film und Kinderkriegen!«

Die Abschiedsfeier endete im Morgengrauen. Eleanor blieb bis zuletzt und wollte unbedingt helfen, die Wohnung aufzuräumen. Zum Dank bot ich ihr an, sich die letzten Stunden der Nacht an meiner Seite auszuruhen, was sie zögernd annahm. Aber als ich ihr half, die Bluse aufzumachen, fing sie an zu weinen und meinte, sie hätte Angst, unser gutes Verhältnis zu zerstören. Also knöpfte ich die Bluse wieder zu und fuhr Eleanor zu ihrem Apartment, worüber sie sich so freute, daß sie mir vorschlug, mich die ersten Stunden des Morgens an ihrer Seite auszuruhen. Das nahm ich gerne an, aber als ich mir den Gürtel aufmachte, fing sie wieder an zu weinen und meinte, sie hätte Angst, die Nachbarn würden mich sehen. Ich küßte ihr Angst und Tränen von den Augen und verabschiedete mich. Das vergab sie mir nie, denn es wäre ihre erste Nacht mit einem Mann gewesen, und der Tölpel, der es später übernahm, war so ungeschickt, daß sie die Lust auf Männer für Jahre verlor.

Im September beehrte Nikita Chruschtschow Amerika mit seinem Besuch. Als Gastgeschenk deponierten die Russen zwei Tage vor dem Besuch ihre Flagge auf dem Mond, aber dann erwies der Mann aus Moskau wenigstens unserer schärfsten Waffe seine Reverenz: Amerikas Filmbranche. Die Fox gab dem Besucher einen spektakulären Empfang, auf dem Marilyn nicht fehlen durfte. Überall wurden Wetten abgeschlossen, mit wieviel Verspätung sie eintreffen würde, aber fast alle verloren ihr Geld: sie kam zu früh. Zum Dank drückte ihr der russische Glatzkopf lange die Hand; das war die engste Annäherung beider Systeme seit Kriegsende.

Ein neues Jahrzehnt brach an, und Marilyn begann die Arbeit an ihrem neuen Film. Der sollte zuerst *The Billionaire* heißen, aber dann entschied man sich für *Let's Make Love* – nach Hollywoods Logik Synonyme, aber für Montands Frau Simone Signoret ein Titel mit schlechter Vorbedeutung. Mir war der Titel egal, Hauptsache, ich konnte Marilyn öfter in Los Angeles sehen – dachte ich. Doch dann brauchte ich alle Kraft und Zeit, um mich in die neue Stelle einzuarbeiten und nebenbei einen doppelten Umzug zu organisieren.

Weil Monnies Bungalow von der Universität zu weit entfernt war, hatte ich mir zunächst eine eigene Wohnung gesucht. Da erlitt Nicki, die andere Tante, einen Unfall, der sie nach Meinung der Ärzte für eine Weile bettlägerig machen würde. Also beschlossen wir, daß sie von nun an bei Monnie wohnen und ich in Nickis kleines Haus ziehen würde. Das lag näher an der Uni und war im Prinzip ein guter Tausch. Aber erst einmal mußte alles leergeräumt und renoviert werden, was nur abends oder am Wochenende ging, denn tagsüber hatte ich zu arbeiten. So verging Woche um Woche, und ich sah Marilyn erst zu Beginn des neuen Jahres wieder. Da war Miller gerade nach Irland geflogen, wo er zusammen mit John Huston am Skript der *Misfits* arbeiten wollte.

Was sie in den Wochen danach über *Let's Make Love* erzählte, klang vertraut. Das Drehbuch chaotisch, stets das Gefühl, unzureichend vorbereitet zu sein ... aber sie schien weniger darunter zu leiden als sonst. Das verdankte sie offenbar Yves Montand. In ihm hatte sie einen Partner, der genau wie sie Angst hatte, beim Drehen zu versagen, wenn auch aus anderen Gründen: sein Englisch war so schlecht, daß er seinen Text phonetisch lernen mußte. Oder verband die beiden noch mehr?

»Er ist unglaublich lieb«, sagte sie, »der attraktivste Mann, der mir je begegnet ist.« Und als sie meine gerunzelte Stirn bemerkte, fügte sie hinzu: »Außer Arthur natürlich ... damals, als wir uns kennengelernt haben – vielleicht noch Marlon Brando.«

Aber diese waren weit weg, Montand hingegen täglich mit ihr zusammen ... Montand, der charmante Franzose ... Montand, der aussah wie DiMaggios jüngerer Bruder, aber weltoffen und kultiviert war ... der Gedanke an ihn machte mir keine Freude.

Gerade als die Probleme mit dem Skript von *Let's Make Love* immer größer wurden, traten Hollywoods Drehbuchautoren in den Streik. Guter Rat schien teuer, war dann aber billiger als erwartet: für ein paar tausend Dollar ließ Miller sich überreden, aus Irland herbeizufliegen und seine Dienste zur Verfügung zu stellen. Das Drehbuch, so ließ er wissen, sei nicht einmal das Papier wert, auf dem es geschrieben war. Wahrscheinlich hatte er recht, aber warum setzte er seine preisgekrönte Feder daran? Angeblich nur seiner Frau zuliebe. Oder fürchtete er für seinen eigenen Film, dessen Dreharbeiten im Spätsommer beginnen sollten?

Außenstehenden waren die Gründe egal; für sie war aus

dem Freiheitskämpfer ein Lohnschreiber geworden, der seinen Kollegen in den Rücken fiel. Auch seiner Ehe bekam das gar nicht. Als Partner und Geliebter hatte er schon vorher abgedankt, aber jetzt verlor er für seine Frau auch noch den Nimbus einer moralischen Instanz.

Es war schon eine seltsame Fügung, die da im Bungalow Nr. 20 des Beverly Hills Hotels das Ehepaar Montand einquartiert hatte, und in Nr. 21 das Ehepaar Miller. Im Frühjahr 1960 doppelten sich die Ereignisse. Marilyn erhielt für *Some Like It Hot* den »Golden Globe« als »Best Actress in Comedy«, und der Oscar für die »Beste Hauptdarstellerin« in *Room At The Top* ging an Simone Signoret. Als wäre es abgesprochen, flog diese zu Dreharbeiten nach Europa, und auch Arthur Miller verließ L. A. Damit war das Feld frei für eine Affäre, die sofort in die Schlagzeilen wanderte, denn die Reporter hatten um das Hotel einen lückenlosen Belagerungsring aufgebaut.

Anfang Juni, kurz nach ihrem und meinem Geburtstag, stand Marilyn eines Abends vor meiner Haustür. Als ich öffnete, schickte sie das Taxi weg, mit dem sie gekommen war – da hatte ich sie, mit Sonnenbrille und Kopftuch, noch gar nicht erkannt. Sie nahm die Brille ab, und ich erschrak: sie sah verzweifelt aus.

Ich nahm sie in den Arm, und sie fing an zu weinen. Mein erster Gedanke war: Verdammt, warum müssen Frauen immer heulen – ein Glück, daß ich diesmal nicht schuld bin. Der zweite Gedanke war: Ruhig, Timmy – hast selber genug geheult, als Edna wegging. Aber so sind sie eben, die ersten Gedanken.

Die ersten Worte sind nicht besser. Ich brachte Marilyn ins Haus und redete irgendwas von »Kopf hoch, nimm's nicht so tragisch«, aber sie weinte nur noch stärker. Schließlich fragte sie etwas, aber erst als sie es zweimal wiederholt hatte, verstand ich sie: »Hast du was zu trinken?« Sie nahm einen Gin Tonic, dann wurde sie ruhiger.

»Mein, Gott, was mach ich nur«, sagte sie, als sie in einem Sessel mehr lag als saß. »Wie soll das nur weitergehn. Dieser verdammte Film – der gottverdammt beschissenste Film, den ich je gemacht habe, kannst du mir glauben. Arthur ist weg, Yves geht mir aus dem Weg – manchmal frage ich mich wirklich: wozu das Ganze …«

»Was meinst du – das Ganze –«

»Alles. Das Filmen, die Show, die Schauspielerei – wozu denn bloß? Alle sagen, ich bin beliebt, die Leute lieben mich, sind verrückt nach mir … wo ist denn diese Liebe? Warum merke ich davon nichts? Bin ich nicht gut genug? Timmy, glaub mir, ich hab keinen Menschen. Hab zwar einen neuen Psychiater gefunden, Ralph Greenson heißt er. Aber sonst habe ich keinen. Keinen einzigen.«

»Aber Marilyn – bin ich niemand?«

Das meinte ich ernst; ich war tatsächlich ein wenig gekränkt. Und was *Let's Make Love* anging, dachte ich: Das kommt davon, daß du Milton Greene so schmählich abserviert hast – einen ganz und gar schlechten Film hätte es mit ihm nicht gegeben. Aber sie sah mich mit ihren verhuelten Augen abgrundtief traurig an, da konnte ich gar nicht anders als ihre Hand nehmen und meiner Frage ein »Nicht wahr? Bin ich niemand?« hinterherzuschicken.

»Ach Timmy«, antwortete sie, »danke, daß du das sagst. Du bist wirklich in Ordnung, aber ich … ich komm immer bloß dann, wenn ich am Boden bin. Nicht daß ich zwischendurch nicht an dich denken würde – du verstehst schon, nicht wahr?«

»Na klar. Wie Geschwister, die rufen sich auch nicht jeden Tag dreimal an. Stimmt's?«

»Find ich schön, daß du das sagst. Das mit den Geschwistern. Ach, ich hätte schon viel früher hierherkommen sollen. Vielleicht wär das Ganze dann anders gelaufen … mit Yves, meine ich.«

»Wolltest du ihn denn wirklich heiraten?«

»Mein Gott, jemand bewundern, ihn mögen, heiraten –

warum soll das nicht zusammenkommen, wenn man sich versteht? Vielleicht, wenn Simone nicht wäre ... wer weiß. Sie ist klug, sie ist kultiviert – wahrscheinlich braucht er so eine.«

»Und du? Arthur ist doch auch klug und kultiviert, oder?«

»Kultiviert ist er, aber klug? Als Schriftsteller vielleicht, aber als Mann ... ich weiß nicht. Am Anfang hatte ich das Gefühl, er ist der erste, der mich wirklich versteht. Aber jetzt glaube ich, er hat mich nie verstanden. Hat wohl gedacht, ich wäre wirklich so was wie eine Göttin, verstehst du? Ungefähr wie auf einer Versteigerung: da steht eine Kiste mit Äpfeln, aber alle denken, es sind Goldäpfel. Wer sie kriegt, ist der glücklichste Mensch, aber dann merkt er, es sind ganz normale Äpfel, und jetzt ist er unglücklich. Und die Leute auf der Straße beneiden ihn immer noch, das ärgert ihn am meisten.«

»Mit andern Worten: ihr laßt euch scheiden?«

»Wahrscheinlich. Aber erst nach *Misfits*.«

»Wird das nicht ziemlich schwer? Unter solchen Umständen einen Film machen?«

»Weiß nicht. Früher hab ich mich darauf gefreut, aber jetzt nicht mehr. Nur daß Clark Gable mitspielt ... weißt du, mit ihm zu spielen war immer mein Traum. Wenn er nicht dabei wäre – ich würd's nicht machen. Jetzt nicht mehr ...«

Let's Make Love, als Film gesehen, war im Grunde nebensächlich. Eine Schauspieltruppe probt ein Stück, das sich über einen Milliardär lustig macht. Dieser will sich das Völkchen einmal ansehen, wird durch ein Mißverständnis engagiert und verliebt sich in die Tänzerin und Sängerin Amanda. Nach reichlich Proben, Tanz und Gesang enthüllt er, daß er a) selber der Milliardär ist, b) Amanda liebt. Diese fühlt sich zuerst getäuscht, nimmt dann natürlich doch an. Vorhang.

Die Rolle war ein Rückfall in die allererste Zeit von Marilyns Karriere. Und Montand war gerade wegen seines Könnens eine Fehlbesetzung: viel zu geschliffen und ironisch, als daß man ihm den naiven Anfänger hätte abnehmen können. Was wirklich zählte, war die Affäre zwischen den beiden.

Die verfolgte ich mit gemischten Gefühlen. Einerseits war ich erleichtert, daß nichts Festes daraus wurde … nein, mir fiel ein Stein vom Herzen. Meine Ermutigung – »Es gibt Bessere als ihn, dieser Idiot hat dich gar nicht verdient!« – war nicht ganz uneigennützig, denn inzwischen, anderthalb Jahre nach der Trennung von Laura, dürstete ich nach einer neuen Freundin. Aber ein wenig verletzte Montand, als er Marilyn verließ, auch *meinen* Stolz.

Gewiß, uns Amerikanern fehlt die Tradition der Europäer. Doch haben wir einen gesunden Ersatz dafür: Lokalpatriotismus. Von unseren heimischen Stars erwarten wir Höchstleistungen, und wir kriegen sie auch: unsere Basketballer treffen am besten, unsere Weitspringer springen am weitesten, unsere Gangster schießen am schnellsten. Wer würde bezweifeln, daß unsere Schauspielerinnen die begehrenswertesten sind? Logischerweise sind sie auch die mit den tiefsten Gefühlen. Da versteht es sich von selbst, daß in dieser Liebesgeschichte unser Mädchen die wahre Liebe zu geben bereit war, während der französische Westentaschen-Casanova nur auf ein Abenteuer aus war. Oder?

Heute – als Marilyns Freund, aber auch als frankophiler Nestbeschmutzer – sehe ich das anders. Montand war eine engagierte Persönlichkeit, aber kein Engel; also schmeichelte es ihm, daß Amerikas Liebling ihn mochte. Er schlief mit ihr, weil beide es wollten, aber wohl auch, um zu wissen, was sie ihm ohne den Reiz des Fremden wert war. Offenbar wog es nicht auf, was er an Simone Signoret hatte. Und weil Marilyn weder klug noch großherzig genug war, um eine intime Freundschaft zu halten, ohne eine Ehe daraus machen zu wollen, beendete er die Beziehung.

Und was das übrige angeht – nichts machte Marilyns

Schwächen deutlicher als ein Vergleich mit Montand. Er war ein Profi, der das Glück gehabt hatte, daß Edith Piaf ihn eine Zeitlang unter ihre Fittiche nahm. Zwar war auch Marilyn eine große Sängerin, obwohl das damals niemand wahrhaben wollte, nicht einmal sie selber. Aber was die Professionalität betraf, konnte sie Montand nicht das Wasser reichen. Korea war eine Ausnahme, die sich nicht wiederholte. Denn das Handwerk – also das, worüber man unabhängig von der Stimmung jederzeit verfügt – beherrschte sie bis zuletzt nicht.

Montand redete nicht davon, anspruchsvoll sein zu wollen, sondern war es. Anders als Amerikas Heer singender Goldkehlchen sah er sein Ziel nicht in der perfekten Darbietung klangvoller Dummheit. Er sang Prévert, als dieser noch als Bürgerschreck galt; er hatte das große Partisanenlied von Joseph Kessel berühmt gemacht. Und vor allem: Show machte er auf der Bühne und vor der Kamera, aber wenn er seinen Arbeitsplatz verließ, war er er selbst.

Anders Marilyn: Show und Privates waren bei ihr auf seltsame Weise verdreht. Auf dem Set, wo die Show gefragt gewesen wäre, fiel sie in sich zusammen und war ganz das ängstliche Kind, das sich nur mühsam in seine Rollen hineinfand. Aber auf Parties und Empfängen, wo die Chance bestanden hätte, das Berufliche ins Private hinüberzuleiten zu lassen, machte sie Show.

Es hat sich eingebürgert, ihr Dilemma darin zu sehen, daß sie Marilyn sein wollte, aber im Innern stets Norma Jeane blieb. Diese Sichtweise läßt zwei Dinge außer acht. Zum einen der Name: ihn zu wechseln, ist nichts Schmerzliches, schon gar nicht, wenn man ihn selber wählen kann. Archibald Leach hat sich als Cary Grant ebenso wohl gefühlt wie Frank James als Gary Cooper, und nicht nur Künstler und Könige, sondern auch die Ehefrauen ganzer Kontinente gewöhnen sich an einen neuen Namen, ohne daß ein Trauma daraus wird.

Anderes ist viel wichtiger: wer war eigentlich diese Marilyn, in die sich Norma Jeane mit verzweifelter Energie verwandelte?

Sie war nicht *ein* Wesen, sondern mindestens drei.

Die *erste Marilyn* war anfangs mit Leib und Seele Fotomodell und später eine sensible, von Selbstzweifeln besessene Filmschauspielerin. Als Ergebnis ihrer Darstellung – meist unter Qualen ihrer selbst und des ganzen Filmteams – entstand als *zweite Marilyn* das bezaubernde Leinwandwesen. Dessen Charakter war, den Rollen gemäß, zuerst schwankend; später verselbständigte er sich und löste sich mehr und mehr von der Filmhandlung ab – wie ein Edelstein, der in minderwertigen Fassungen nur um so strahlender leuchtet. Dieser Leinwandfigur stand die Schauspielerin eher mit größerer Verwirrung gegenüber als normale Zuschauer – weil sie ihr einerseits näher, andererseits unzugänglicher erscheinen mußte als anderen.

Aber da war noch die *dritte Marilyn*: die launische, glamouröse Person, die den Mittelpunkt von Empfängen, Gesellschaften und Veranstaltungen bildete – auf eine Weise, die weder mit dem ängstlichen Auftreten der Schauspielerin noch mit dem engelhaften Image ihrer Leinwandfigur das Geringste zu tun hatte.

Die Zerrissenheit dieses Wesens wäre auf Dauer auch für stärkere Persönlichkeiten schwer zu verkraften gewesen. Für Marilyn, die das nie verheilte Trauma des unerwünschten Kindes mit sich herumtrug, wurde sie unerträglich. Sie spürte, wie die verschiedenen Ebenen ihrer Person auseinanderklafften, wie sich ihr Image mehr und mehr von ihr entfernte. Der Neid der Kollegen zeigte sich unverhüllt, während die Gefühle ihrer Fans zwar hysterische Dimensionen annahmen, aber gerade dadurch nicht zu Nähe und Freundschaft führten, sondern im Gegenteil zu wachsender Distanz.

Immer deutlicher fühlte sie – der es nie um etwas anderes ging als um Achtung und Zuneigung – sich um den Lohn ihrer Arbeit betrogen. Die Liebe, die hinter Tausenden von

Verehrerbriefen zu vermuten war, schien auf teuflische Weise an ihr vorbei ins Nichts zu fließen. Die Leute, nicht die Fox, hatten sie zum Star gemacht, und diese Leute waren im Prinzip überall, warum also waren die Früchte des Ruhmes so schwer zu ernten? Und warum war der Genuß daran so gering?

Es war die Gewohnheit des herumgestoßenen Kindes, die Schuld zuerst bei sich selber zu suchen. Hatte sie wirklich soviel geleistet, daß die Leute mit Recht zu ihr aufsahen? Nach ihrer Einschätzung nicht. Das wollte sie korrigieren, indem sie noch härter arbeitete und besser spielte. Aber die Fox, das sah sie richtig, wollte sie auf das Klischee des attraktiven Dummchens festnageln, solange sich damit Profit machen ließ. Wer trug folglich aus ihrer Sicht die Schuld, daß sich ihr Ruhm nicht in Glück verwandelte? Hollywood.

Dabei hätte ein Blick auf die Garbo zeigen können, daß eher das Gegenteil der Fall war. Wenn überhaupt, so wären es gerade die schlechten Rollen gewesen, die ein Abheben ins Übermenschliche hätten verhindern können – nicht der Figur auf der Leinwand, aber der Schauspielerin, die sich nach Liebe sehnte. Ihr größter Feind war nicht Hollywood, sondern das engelgleiche Leinwandwesen.

So sehe ich es heute. Damals war ich von dieser Sicht noch weit entfernt; ich sah Marilyn in Miss Caswell und suchte Sugar Kane in Marilyn.

44
Arthur Millers Traum und Alptraum

Nach einem Jahr im Job hatte ich mehr Geld übrig, als ich bei normalem Lebenswandel in sechs Monaten ausgab. Ich beschloß, das mit einer Reise nach Europa zu feiern. Einen Augenblick spielte ich mit dem Gedanken, Karla einzuladen. Aber dann dachte ich an Edna, Lena und wen ich vielleicht noch treffen würde, und buchte ein Einzelticket, zunächst nach London.

Damals war Reisen noch etwas Besonderes. Und es war lebendig. Dafür, wie lebendig etwas ist, gibt es ein simples Kriterium: erweckt es auch bei Menschen, die sich nicht kennen, das Bedürfnis, ein Gespräch anzufangen? So gesehen sind Bahnhöfe und Flughäfen heute genauso tot wie Theater, Kaufhäuser oder die katholisch-protestantische Kirche. Die Flughäfen sind Rennplätze hektischer Geschäftsleute, blasierter Rucksackträger und keifender Kleinfamilien geworden, für die es das Abenteuer ihres Lebens wäre, einmal einen Flug zu verpassen. Und die Bahnhöfe – einstmals die großen Orte von Aufbruch, Abschied und schicksalhafter Ungewißheit – sind nur noch abstoßende Transithallen, die der Reisende schnell durcheilt, um sie gleich wieder den Fixern und Obdachlosen als rechtmäßigen Bewohnern zu überlassen. Wirklich privilegierte Leute lassen sich heute nur noch von gutdotierten Einladungen aus ihrer Umgebung locken; das Wort »Urlaubsreise« haben sie längst als Euphemismus für einen pathologischen Seelenzustand erkannt.

Die Entwicklung deutete sich schon an, aber es war noch ganz amüsant. Ich schlenderte durch London, lernte Brüssel und Antwerpen kennen, verliebte mich in die Stadt

Amsterdam, wo mich Gerrit-Jan und Irene, ein Wissenschaftlerpaar, auf eine Woche in ihr Haus an der Herengracht einluden. In Paris lernte ich Sylviane kennen: eine sozialistische Lehrerin, die sich auf den Tag der Revolution vorbereitete und mich nur deshalb für eine Nacht in die Arme schloß, um ihr Englisch zu üben und mir erklären zu können, wie sehr sie den amerikanischen Kapitalismus verachtete.

Beim Frühstück schwärmte ich von der Pariser Atmosphäre. Schon das Lesen der Straßennamen war mir ein Genuß; die Stadt schien wie ein Schwamm vollgesogen mit lebendiger Geschichte. »Eine Geschichte von Ausbeutung und Unterdrückung«, versuchte Sylviane meine Begeisterung zu dämpfen.

»Gewiß«, gab ich zu, »aber die Ausbeutung von damals ist die Schönheit von heute, oder?«

»Willst du sagen«, rief sie zornig, »ein Monument wie Notre Dame wäre es wert, daß dafür Generationen ausgesaugt und zur Zwangsarbeit gezwungen wurden? Ein brutales Denkmal von Dummheit, Macht und Aberglauben – und das gefällt dir?«

»Nun ja, immerhin ein hübsches Denkmal. Natürlich sieht man ihm an, daß Gott nicht drin wohnt; er müßte ja blöd sein, wenn er nicht den Himmel vorziehen würde. Aber die Leute von damals wären heute so oder so tot. Also ist es nicht besser, sie haben uns etwas Schönes hinterlassen?«

»Bourgeois!« fauchte sie. »Warum wirst du nicht Mönch und läßt dich kastrieren? Vielleicht kannst du dann der nächsten Generation was Schönes hinterlassen!«

»Kein Bedarf!« erklärte ich. Dann beging ich den zweiten Fehler und erwähnte, wo ich zwei Abende zuvor gewesen war. Nämlich in der »Tomate« – einem Striptease-Theater ganz ohne Nepp, wo ohne Unterbrechung eine Nummer nach der anderen vorgeführt wurde, so daß die Erregung, in die es mich anfangs versetzt hatte, zum Ende hin schon wieder abgeklungen war. Ich erzählte es in der Auffassung, Paris wäre die Stadt der Liebe und die Pariserin der Inbegriff von Toleranz und Freiheit, aber Sylviane war wütend. »Männer! Durch die Bank geile Schweine. Aber wir werden damit aufräumen, verlaß dich drauf!«

Ein Glück für mich, daß die Revolution noch nicht angefangen hatte; so wahrte Sylviane die Form und verabschiedete mich mit einem Kuß. Ich war etwas wehmütig, denn trotz der Streiterei hatte ich mich in sie verliebt. Und als ich in Rom war, sah ich den Petersdom prompt mit ihren Augen: als schamloses Monument päpstlicher Machtgier, in dem als Alibi ein paar traurige Christusfiguren herumhängen.

Den Abschluß bildete Berlin. Darauf hatte ich mich am meisten gefreut, aber es war die größte Enttäuschung. Natürlich war es nicht die Schuld der Stadt; was konnte Berlin dafür, daß ich mitten in den Ferien an der Uni kein bekanntes Gesicht fand? Lena und Werner waren verreist, Robert desgleichen; von den ehemaligen Trümmerfrauen fehlten mir die Adressen. Ich wollte Edna anrufen, aber auf ihrem Dorf hatte sie kein Telefon. Sogar in meiner Kaserne kannte mich niemand mehr. Der Regen auf dem Kurfürstendamm war das einzige, wovon ich mich verabschieden konnte, bevor ich in die Heimat zurückflog.

In L. A. herrschte brütende Hitze: Erdbebenwetter. Die Zeitungen meldeten auf der ersten Seite, Marilyn Monroe habe einen Nervenzusammenbruch erlitten. Unklar war, was dazu geführt hatte. Entweder lag es an den Dreharbeiten von *Misfits* oder an Yves Montand, der für einige Tage in Hollywood war, oder an beidem zusammen.

Sie lag im Westside Hospital. Ich fuhr hin und gab dem Portier meine Karte. Er telefonierte ein Weilchen herum, dann brachte mich eine Schwester in Marilyns Zimmer.

»Timmy!« rief sie. »Schön, dich zu sehen! Hab ein paarmal versucht, dich anzurufen – wo warst du?«

»In Europa. London, Paris, Rom – seit langer Zeit meine erste große Reise.«

»Wirklich? Also, ich beneide dich, ehrlich. Wenn ich hier fertig bin, mache ich auch eine Reise, das schwöre ich dir. Yves hat mir so viel von Frankreich und Italien erzählt, ich muß da unbedingt mal hin. Falls dieser Film jemals fertig wird.«

»Du siehst eigentlich ganz gut aus. Hattest du wirklich einen Nervenzusammenbruch?«

»Ach, ich war einfach kaputt. Alle sind kaputt von diesem beschissenen Film, aber ich am meisten. Es ist so heiß da, das hält kein Mensch aus. Dann die Sache mit Arthur. Und keine Nacht richtig schlafen – ich konnte einfach nicht mehr. Himmel, was für eine gottverdammte Idee – ausgerechnet in der größten Hitze nach Nevada. Ich glaube, das ist Arthurs Rache.«

»Rache? Wofür denn?«

»Daß er damals in Reno war. Du weißt schon, um sich scheiden zu lassen. Lustig, was? Da, wo's angefangen hat, soll's auch aufhören.«

»Ist es wirklich zu Ende mit euch beiden?«

»Definitiv. Arthur bereut schon lange, daß er mich geheiratet hat. Ich glaube, inzwischen haßt er mich. Alle sagen, er ist ein guter Schriftsteller, einer der besten. Aber was er für mich geschrieben hat, ist zum Kotzen. Er haßt mich, ja, er haßt mich wirklich. Und ich hasse diese beschissene Rolle. Diese Roslyn soll in Wirklichkeit Marilyn Monroe sein, ich weiß es genau.«

»Woran merkst du das?«

»An allem. Schon am Anfang, da geht sie zur Verhandlung wegen ihrer Scheidung, und was sagt sie? Dasselbe wie ich damals bei der Scheidung von Joe. Solche alten Sätze von mir läßt er mich öfter sagen. Und dann machen sie sich zusammen über mich lustig – Arthur und John, du weißt, John Huston, dieses Schwein. In einer Szene hängen sie Fotos von Marilyn Monroe in einen Schrank. Und ich soll sagen: Ach, die hängen hier nur zum Spaß. Findest du das lustig? Dauernd schreiben sie das Skript um, jeden Abend schmeißen sie mir neue Seiten hin und sagen, hier, lern das bis morgen. Verdammte Hurensöhne. Hab's nicht mehr ausgehalten, konnte Arthur nicht mehr sehen. Jetzt wohnen wir getrennt – es ging einfach nicht mehr.«

»Diese Roslyn – was ist das für eine Figur?«

»Wieder eine dumme Blonde. Eine, die keine Ahnung von der Welt hat. Die Männer sind richtige Kerle, aber die Frau weiß nichts und kann nichts. Alles, was passiert, entsetzt sie. Die Männer sagen, sie lieben sie, aber in Wirklichkeit fällt sie ihnen auf die Nerven. Wie bei Arthur. Schon als er noch gesagt hat, er liebt mich, bin ich ihm in Wahrheit auf die Nerven gefallen.«

»Und wann läßt du dich scheiden?«

»Wenn wir diesen Scheißfilm hinter uns gebracht haben!«

Dabei hatte sich Miller so viel vorgenommen. Und zwar schon vor der Trauung: da floß er noch über von Liebe und Zärtlichkeit und konnte es kaum fassen, daß sie ihn gewollt hatte. Was schenkt ein verliebter Goldschmied seiner Pauline? Einen prächtigen Ring. Was schenkt ein verliebter Schriftsteller seiner Marilyn? Er schreibt ihr was Schönes, dachte Miller. Erst recht, wenn es so viel richtigzustellen gab wie über seine Liebste.

Zuallererst wollte er es Marilyn zeigen: daß er sie nicht nur liebte, sondern auch verstand. Und die ganze Welt sollte wissen, daß sie kein hübsches dummes Huhn war, sondern ein verletzliches, hochsensibles, mit jeder Kreatur mitfühlendes Wesen. Eine Frau, deren bewundernswerte Klugheit und Güte die des Herzens war.

Die wichtigste Person, der er das zeigen wollte, war allerdings er selber – um jeden Verdacht auszuräumen, daß ihn am Ende doch ein erotischer Wunschtraum zu ihr hingezogen hatte. Realistische Gemüter hätten gesagt: Na und? Was war daran unehrenhaft? Wäre es nicht im Gegenteil verdächtig gewesen, wenn männliches Begehren in dieser Liebesgeschichte keine Rolle gespielt hätte? Aber Miller hatte einen Grund, weshalb er den erotischen Aspekt herunterspielen wollte: seine Erwartungen basierten nicht auf Kenntnis, sondern auf bloßer Hoffnung. Schon deshalb mußte er sich selber davon überzeugen, daß die Beziehung zwischen ihm und Marilyn vor allem auf geistigem Verständnis und charakterlicher Hochschätzung beruhte.

Wie bitte? wird jetzt mancher ungläubig fragen. Soll das heißen, die beiden hätten … also, sie haben nicht vorher … er, der Schriftsteller, und sie, das Sexsymbol …?

Genau das heißt es: Miller und Marilyn hatten vor der Trauung nicht miteinander geschlafen. Gewiß, sie hatten sich öfter gesehen, noch bevor Miller und seine erste Frau sich offiziell getrennt hatten. Später trafen sie sich regelmäßig, verbrachten gelegentlich auch das Wochenende zusammen. Nach Millers Scheidung taten sie das ganz offen; deshalb setzte – mich eingeschlossen – jeder voraus, daß sie dabei auch das Bett teilten. Aber als ich zu Marilyn später einmal eine Bemerkung machte, die sich auf bestimmte Gewohnheiten bezog, da sagte sie ganz nebenbei: »Das konnte Arthur nicht wissen. Wir sind vor der Hochzeit nie miteinander ins Bett gegangen!«

Aus heutiger Sicht erscheint das unverständlich, beinahe (so ändern sich die Zeiten!) wie eine Beleidigung. Aber für Miller, den Moralisten und Romantiker, stellte sich die Lage anders dar. In der Logik des romantischen Helden schloß gerade Marilyns Ruf als Sexsymbol Verführungsversuche aus – sonst hätte er seinen Anspruch verwirkt, als Retter und Beschützer *anders als die anderen* zu sein.

Und nun wollte Miller die Wahrheit über Marilyn enthüllen – die Wahrheit des Verliebten, versteht sich. Sein schönstes Geschenk sollte ein Filmdrehbuch sein, das ihr endlich die anspruchsvolle Rolle bot, die zu spielen ihr bisher versagt geblieben war. Daß es ein großer Film würde, stand für ihn außer Frage. Mit diesem Film, so Millers Zuversicht, würde er auch sich selber einen Ruf in der Filmbranche verschaffen – und damit ein zweites Standbein neben seiner stagnierenden Theaterproduktion.

So viele Ansprüche und Hoffnungen ... kein Wunder, daß ihm das Schreiben schwerfiel. Er fing an, verwarf, vernichtete Entwurf um Entwurf. Endlich überredete ihn der Fotograf Sam Shaw, die *Misfits* als Grundlage für ein Drehbuch zu nehmen. Hier endlich glaubte Miller, alles hineinpacken zu können: Wahrheit, Liebe, die große Rolle – es würde ein ergreifender Film werden.

Dann schwand als erstes die große Liebe. Die Notizen in seinem Londoner Tagebuch waren nicht der Anfang, aber der Anfang vom Ende. Und mit der Liebe entglitt ihm auch die Wahrheit, die er verkünden wollte. Was übrigblieb, näherte sich mit jedem Streit, jeder Krise mehr und mehr dem, was er ursprünglich als Klischee hatte widerlegen wollen. Damit war es auch mit der großen Rolle für Marilyn endgültig vorbei.

Ein wirklich freier Schriftsteller hätte spätestens hier aufgehört. Aber die Dinge hatten längst ihre eigene Dynamik gewonnen; das Projekt hatte Dimensionen erreicht, die es Miller als existentiell erscheinen ließen. Trotzdem mußte man wohl so starrköpfig sein wie er, um nicht zu ahnen, daß er sich auf eine Katastrophe zubewegte. Wenn er in den Jahren als Marilyns Ehemann eines hätte lernen können, dann dies: daß sich bei seiner Frau privater Zustand und Arbeitsfähigkeit nie voneinander trennen ließen. Aber im selben Maße, wie seine Liebe zu ihr abnahm, wuchs die Zuneigung zu den wahren Helden seiner Geschichte: den Cowboys.

Die Tragik Millers wurde zu der seines Films. In einem Punkt hatte er recht: daß die Arbeit der letzten Cowboys zur Jahrmarktbelustigung und zur Fleischbeschaffung für Hundefutter verkommen war, hätte ein großer Stoff sein können – nur deshalb hatten sich wohl Clark Gable und John Huston dafür gewinnen lassen. Aber es war weltfremd, den Hauptkonflikt für Amerikas rauhe Helden in der Frage zu sehen, ob man Lebewesen töten dürfe, und sei es nur das Kaninchen, das einem den Salat wegfrißt. Ein anderer Konflikt war viel glaubhafter: daß die letzten freien Männer in den letzten freien Mustangs ihr eigenes Ich und ihre wahren Brüder jagten, mit deren Untergang sie auch ihren eigenen herbeiführten. Bloß hätte es dafür gar keine Frau gebraucht, und wenn, dann höchstens als Teil desjenigen Prinzips, das aus freien Männern Lohnsklaven machte.

Miller schrieb und schrieb und sah den Wald vor Bäumen nicht. Der Gedanke, aus eingefleischten Jägern brave Obstgärtner zu machen, wäre nur dann halbwegs plausibel gewesen, wenn die Frau, die das verlangt, wirklich ein Engel in Menschengestalt wäre. So hatte sich Miller das zunächst wohl gedacht, und am Anfang versucht der Film auch, es zu zeigen. Alle Männer verlieben sich in Roslyn, und Miller legt ihnen lauter schöne Worte über sie in den Mund. *»Du bist so schön, daß es fast eine Ehre ist, neben dir zu sitzen«*, meint Clark Gable als freiheitsliebender Cowboy Gay Langland. Sein Kumpel Guido, Pilot und Autoschlosser, sagt zu ihr: *»Du hast die Gabe, zu leben – der Rest von uns sucht nur nach einem Versteck, um alles vorbeigehen zu sehen.«* Und der ramponierte Rodeoreiter Perce, gespielt von Montgomery Clift, fragt sie: *»Wie kommt es, daß du so viel Vertrauen in den Augen hast?«*

Aber mit Millers wachsender Enttäuschung veränderte sich auch die Figur der Roslyn. Was sie tut, entspricht in keiner Weise den Komplimenten: sie ist sprunghaft, oberflächlich, mimosenhaft, und je mehr sich der Film dem Ende nähert, desto hysterischer wird sie. Eben noch denkt sie an ihre Mutter und fängt an zu weinen, zwei Sekunden später hebt sie das Glas und stößt auf ihre gute Freundin Isabelle an. Als Perce beim Rodeo aus dem Sattel stürzt, fängt sie an zu kreischen und fällt selber halb in Ohnmacht. Das ist genau die Sorte Weibchen, die einem gestohlen bleiben kann: ein Kaninchen zu erlegen ist für sie ein Verbrechen, aber das Sandwich, das man ihr reicht, verzehrt sie mit gutem Appetit – als wüchsen die Würste hierzulande auf Bäumen. Auch sie ist eine klägliche Figur – um nichts besser oder klüger als die Männer um sie herum.

Was hatte Lena gesagt? Bettler – das war's. Drei männlich besoffene Bettler im Streit um die Brüste einer schönen Bettlerin. Was als Hohelied auf einen Engel und ein paar ganze Kerle geplant war, gerät Miller zur Etüde für ein neurotisches Sensibelchen, drei haltlose Trinker und dreißig tröstende Whiskeyflaschen. Die sind wohl auch gemeint, wenn Gay, der weder Wohnung noch Arbeit hat, am Ende auf Roslyns Frage, wohin sie fahren, antwortet: »Nach Hause.« Dieselbe Antwort wie damals in *River Of No Return* – und derselbe Heimweg ins Nichts.

45
Schreiben über Marilyn

Kaum anderthalb Jahre nach Marilyns Tod saß ich in der New Yorker Premiere von Millers Stück *After The Fall*. Die Reaktionen waren zwiespältig, manche fast haßerfüllt. Daß Miller die Frau, um deretwillen ihn ganz Amerika beneidet hatte – oder doch eine Dramenfigur, die ihr ähnelte –, als vulgäre, unheilbar zerrüttete Gossenschönheit darstellte, warf man ihm als Verrat vor, oder jedenfalls als Versuch, seinen Anteil am Scheitern eines Lebens zu bemänteln. Ich aber dachte: ein Anfang ... Wenn jemand imstande sein würde, den tödlichen Flirt zwischen Idol, Image und Öffentlichkeit zu begreifen, dann doch wohl Arthur Miller.

Gewiß, es gab auch andere, die Marilyn nahegestanden hatten: DiMaggio meinetwegen, oder Lee Strasberg. Oder Milton Greene, der erst ihr Fotograf war und dann eine Zeitlang ihr Partner. Aber wenn es jemanden gab, der sie nicht nur gekannt hatte, sondern auch fähig war, seine Gedanken zum Ausdruck zu bringen – dann Miller.

Ich will es nicht leugnen: mehr als alles andere wartete ich auf seine Erinnerungen. Ich ging davon aus, daß *er* endlich enthüllen würde, was wirklich zählte. Nur deshalb schwieg ich – und ertrug die Flut von Gedrucktem, die sich Jahr für Jahr über Marilyns wehrlose Leiche ergoß.

Und das war nicht wenig. Da meldete sich ein angeblicher Liebhaber mit einer Story, in der die kaum siebzehnjährige Norma Jeane im ersten Ehejahr zu einem wildfremden Mann sagt: *Eddie – ist Ficken nicht wirklich das Tollste, was es je gegeben hat?* ... Ein Schlitzohr tischte der Welt die Geschichte einer mexikanischen Eheschließung auf, und selbst seriöse Leute kauften sie ihm ab – als hätte Marilyn, die in ihren Ehemännern immer den Vater suchte und sogar Johnny Hyde einen Korb gegeben hatte, mit einem solchen Luftikus auch nur im Traum vor den Friedensrichter treten können …

Aber sowie es um mehr ging als das Zusammentragen von Daten und Zitaten, zeigten sogar Leute von Rang und Namen eine unbegreifliche Naivität. Das galt für diejenigen, die Marilyn persönlich gekannt hatten, nicht weniger als für andere, die nur ihre Filme gesehen hatten. Ob Guiles oder Rosten, Mailer oder Summers: sie schrieben über das Phänomen Marilyn, als wäre es vor allem in ihrer Person begründet gewesen – nicht aber im Zustand derjenigen, die sie zum Idol gemacht hatten.

Kann man, so fragte ich mich ungläubig, über ein Sexsymbol reden, ohne über Sexualität zu sprechen? Kann man über Verehrung und kollektive Sehnsucht schreiben, ohne über den seelischen Zustand der Sehnsüchtigen nachzudenken? Kann man einen nationalen Traum beschreiben, ohne nach den Bedingungen seiner Erfüllung zu fragen – und folglich nach Glück und Unglück einer ganzen Nation?

Ja, man kann. Nehmen wir Norman Mailer: ein Schriftsteller, also nicht bloß Biograph und Datensammler, sollte man denken; einer, der nicht nur an der Oberfläche von Schönheit, Ruhm und trauriger Kindheit herumplätschert. Und was schreibt er? Illustriertenpoesie von Anfang bis Ende. In Mailers Biographie eines Sexidols geht es um alles mögliche, bloß um das Naheliegendste nicht: um Sexualität.

Natürlich höre ich Mailer und seine Leser hier lauthals protestieren. Ist nicht in seinem Buch auf jeder Seite dreimal von »Sex« und vom »Sexuellen« die Rede? »*Sie war unser Engel, der süße Engel des Sex, und der Schmelz des Sex ging von ihr aus gleich dem klaren Klang, der machtvoll verstärkt dem Resonanzboden einer edlen Geige entsteigt*« – so hebt das Opus an, und mit kraftvollen Beschreibungen wie Marilyns »*Verfolgung ihrer ehrgeizigen Ziele auf sexuellem*

Gebiet« geht es weiter: »*Dieser Bauch, der nie ein Kind aus-*
tragen sollte, war das Bekenntnis zu einem von Fruchtbarkeit
überfließenden Schoß, und ihre Brüste trieben manchem
schnaufenden und schwitzenden Kinogänger das Knospen
und Quellen des Fleisches ins Gesicht. Sie war ein wahres
Füllhorn. Was sie erweckte, das waren Träume von süßer Lab-
sal für die Lenden.« Was will man mehr?

Nun – daß dieser Mann nicht ganz bei Trost ist, zeigt
schon ein Satz wie dieser:

»*Bereits in den frühen fünfziger Jahren, am Anfang der*
Eisenhower-Ära, ließ sie ahnen, daß eine Zeit kommen werde,
da Sex etwas Sorglos-Süßes sein würde, demokratisches Futter
für alle.«

Auf welchem Planeten hat dieser Mailer gelebt? Wo und
wann, so frage ich mich, war für uns jemals »Sex etwas
Sorglos-Süßes, demokratisches Futter für alle«? Auf der
Erde jedenfalls nicht, und in Gottes eigenen USA schon gar
nicht. Daß Mailer am Ende gar den *sorglosen Sex* mit einem
von Fruchtbarkeit überfließenden Schoß in einen Topf wirft,
zeigt schon die ganze Konfusion dieses Mannes.

Sein Irrtum ist symptomatisch für ein ganzes Zeitalter:
er nimmt die Lautstärke öffentlicher Deklamation als Beweis für deren Realität. Das Gegenteil ist richtig: die
erfüllte Sehnsucht verschwindet aus dem Denken, und je
lauter es allenthalben tönt, desto weiter entfernt ist die be-
schworene Wirklichkeit – ob »christliche Nächstenliebe«,
»korruptionslose Verwaltung« oder »freie Sexualität«.

Daß Mailer nur blufft, zeigt sich, sowie man sein Bild
vom »Engel des Sex« zu konkretisieren versucht. Was meint
der begeisterte Autor? Erotische Attraktivität gewiß, meinetwegen auch sexuelles Begehren. Aber wessen Begehren
ist gemeint? Nur das des Mannes, der den Engel sieht, oder
auch das Begehren des Engels? Wohl kaum, denn ein Engel
ist ohne Begierde.

Aber genau das ist die Frage: worin liegt der Genuß des
Engels? Wenn er die menschliche Sehnsucht stillt, dann nur

als reines Geschenk, und außer Verehrung kann ihm der Mensch nichts bieten. Was ist das für eine Beziehung, wo der eine nur gnadenvoll schenkt, der andere dankbar nimmt und anbetet?

Mailer in seiner Ekstase tut so, als machte er Marilyn ein grandioses Kompliment. In Wahrheit zeigt sich hier einmal mehr die Urangst des Mannes, daß in der Sexualität allein die Frau die Gebende ist, und daß, wenn sie sich »hingibt«, der Mann gewinnt und die Frau verliert. Was wie ein Lobgesang daherkommt, ist doch nur Ausdruck schlechten Gewissens gegenüber der eigenen, männlichen Sexualität. Mailer, wie jeder Amerikaner scheinbar sexbesessen, ist in Wahrheit ein Fall für die katholische Beichte: nach all den Kampagnen zur »sexuellen Befreiung« ist seine Seele noch immer ein Schlachtfeld, auf dem sich die Sehnsucht nach der Frau mit dem Bewußtsein von »Sünde« einen gnadenlosen Kampf liefert.

Nun hat Mailer wohl selber gespürt, daß er gar nicht bis zum Wesentlichen vorgedrungen war; also schreibt er nach der Biographie noch eine fiktive Erzählung: *On Women And Their Elegance.* Hier nun soll alles das stattfinden, was zuvor bloße Behauptung war. Und so läßt Mailer denn Marilyn in seiner Erzählung sagen: »*Am gleichen Tag wollte Arthur es mit mir in der Garderobe machen.*« Man beachte die Beschreibungskunst dieses bedeutenden Schriftstellers, aber damit nicht genug: »*Manchmal machte sie es drei- oder viermal am Tag.*« Schließlich, als Gipfel erotischer Sprachkunst, »*treibt sie es*« mit jemand auf dem Motorrad.

Immerhin: trotz solcher Blüten waren Mailers Bücher wenigstens gut zu lesen. Bei anderen Werken war nicht einmal das der Fall: Verschwörungsmärchen, die sich um die Rolle der Kennedys bei Marilyns Tod drehten … phänomenologische Analysen in schönstem Soziologenchinesisch … Liebeserklärungen empfindsamer Damen, die, wenn sie nur früher gelebt hätten, Norma Jeane-Marilyn gewißlich all die Liebe geschenkt hätten, die sie zum Überleben gebraucht hätte …

so wie ich hiermit versichere, daß ich mit meiner alten Harley unfehlbar den Trojanischen Krieg gewonnen hätte.

Alles das ließ ich über mich ergehen – und wartete: auf Arthur Miller.

Dann, eines Tages, konnte ich mich endlich in ein dickes Werk von ihm versenken: des Dichters Erinnerungen. Doch wovon schreibt er? Von seinen bedeutenden Dramen. Wo man sie überall gespielt hat, und was für Erfolge sie waren. Welch tolle Leute er kennengelernt hat. Schließlich, wie man ihm bitter unrecht tat vor dem Kommunistenausschuß ...

Alles gut und schön – aber war da nicht noch diese Geschichte mit Marilyn? Die amerikanische Traumhochzeit, in der sich *the body and the brain* vereinigten – und am Ende der Alptraum, in den sich das Glücksmärchen zunehmend verwandelte? All die Abgründe von Haß und Enttäuschung, die er in seinem Stück angedeutet hatte?

Gewiß, Miller erwähnt Marilyn immer wieder: wie sehr er sie liebte, wie schrecklich sie verkannt wurde ... bald merkte ich, worauf es hinauslief, und am Schluß bestätigte es sich: der ganze Mut und die ganze Erinnerungskraft des Dichters hatten nicht ausgereicht, um ein paar Worte über die naheliegendsten Fragen zu verlieren.

Zum Beispiel diese: War die Ehe mit einem Sexsymbol wenigstens in sexueller Hinsicht beglückend? War es so, wie Miller es sich erträumt hatte – wenigstens in den ersten Wochen? Oder fand er gar nichts von all dem, worum ihn Amerika beneidete?

Damit wir uns recht verstehen: ich bin kein Voyeur, und ich erwarte weder Verrat noch Exhibitionismus. Ich habe lediglich gewisse Ansprüche an jemanden, der als Schriftsteller öffentliches Gehör beansprucht. Es ist sein Privileg, das eigene Schicksal als Maßstab für das der Gesellschaft zu erleben. Er hat das Recht, alles zu sagen – aber er hat nicht das Recht, zu schweigen. Und von allen Menschen darf er einen am wenigsten schonen: sich selber.

Denn das einzige Thema von Literatur ist das Glück – und die Frage, warum es ausbleibt. Was ich von dem Dichter Miller erwartete, war eine Antwort auf diese eine Frage: Hätte sich in der Dreierbeziehung zwischen ihm, Marilyn und der Öffentlichkeit irgendwo ein Schlupfloch in Richtung auf das Glück finden lassen? Oder war das Elend, das ihn und Marilyn traf, unvermeidlich? War es überhaupt denkbar, daß die Anbetung einer Nation den Gegenstand dieser Anbetung *nicht* zwangsläufig ins Unglück stürzte?

Vielleicht war es zuviel verlangt, ausgerechnet von einem stocksteifen Autor wie Miller Antwort darauf zu erwarten. Aber das Schlimme war: er stellte sich nicht einmal die Fragen. Vor dem McCarthy-Ausschuß stand er seinen Mann, aber dann fehlte ihm der Mut, sich zu einem Traum zu bekennen, den er mit einer ganzen Generation teilte. Er schreibt Seite um Seite, aber von seiner Sehnsucht, deren Erfüllung oder Enttäuschung keine Zeile.

Es gab, neben dem Warten auf Millers Erinnerungen, einen weiteren Grund, der mich so lange schweigen ließ: ein Telefongespräch, das ich einmal mit Marilyn geführt hatte.

Ich hatte sie gefragt: »Sag mal – jetzt, wo sich jeder wünscht, einmal der Monroe in die Augen zu sehen, lernst du doch bestimmt laufend die tollsten Leute kennen, oder?«

»Ach«, sagte sie, »viel weniger, als du denkst. Brauchst dir ja nur vorzustellen, wer so alles mit dir reden will. Die Jüngelchen, die damit prahlen wollen, daß sie dir die Hand gegeben haben, sind noch die Harmlosesten. Andere werden nach ein paar Sätzen zudringlich und wollen unbedingt ein Foto, am besten bei einem Kuß. Aber sogar die sind mir noch lieber als die hinterlistigen Hyänen, die dauernd um einen herumschleichen.«

»Du meinst die Reporter?«

»Die auch. Aber die seriösen stellen sich vor, dann weißt du wenigstens, woran du bist. Los Angeles Times, Washington Post oder wo sie herkommen – denen kannst du sagen was du willst, sie finden immer etwas Komisches. Aber das sind noch nicht die Schlimmsten.«

»Sondern?«

»Zum Beispiel, du unterhältst dich auf einer Party mit einem Bekannten, und daneben steht so ein Kerl, der die ganze Zeit verständnisvoll nickt. Macht mal eine Bemerkung oder stellt eine harmlose Frage, und plötzlich zitiert er irgendwas, das du angeblich mal gesagt hast. Gleich verteidigst du dich, weil es so nicht gemeint war, er nickt, und du erzählst, wie es wirklich war. Paar Tage später findest du's als Exklusiv-Interview in einem miesen Blatt, zusammen mit einem Foto von dir und dem Typen. Aber kein Wort ist wahr, oder er hat's mit Absicht falsch verstanden. Solche Leute sind wie Geier. Reißen dir ein Stück nach dem andern aus der Seele, als wärst du ein Stück Aas. Die leben davon, daß sie dir weh tun. Übrigens, Timmy – weißt du, was mir an dir gefällt?«

»Ich bin neugierig.«

»Na, du schreibst doch auch, Geschichten und Gedichte und so. Aber über mich hast du noch nie geschrieben. Und du wirst mich nie lächerlich machen – nicht wahr? Versprichst du mir das?«

»Hoch und heilig.«

Ich habe dieses Versprechen gehalten, nicht nur bis zu ihrem Tod, sondern auch all die Jahre danach. Das war nicht einmal schwer. Mitte der sechziger Jahre bot man mir eine Stelle an einer deutschen Universität an, als Dozent für Amerikanistik. So ging ich nach Europa, und da blieb ich, bis ich pensioniert wurde. Warum sollte ich dort meine klägliche Rolle und meinen Anteil an Marilyns Ende an die große Glocke hängen?

Jetzt, während ich diese Zeilen schreibe, befinde ich mich auf einem kleinen Landsitz in der Nähe von Santa Barbara: eine Hinterlassenschaft von Tante Monnie. Mein Arbeitstisch steht unter einer riesigen Kiefer. Um mich herum laufen, sitzen oder schlafen zwei Hunde, eine Handvoll Katzen und ein paar Hühner. Wenn ich die Augen vom Papier nehme, kann ich das Meer sehen, und wenn der Wind von Westen kommt, höre ich es sogar.

Äußerlich führe ich ein unbeschwertes Leben, dessen wichtigster Aspekt eine monatlich eintreffende Überweisung aus Übersee ist: die hübsche Pension, mit der deutsche Universitäten ihre langjährigen Mitarbeiter belohnen – mehr als das Doppelte von dem, was hierzulande ein fleißiger Arbeiter nach Hause trägt. Mir soll's recht sein. Sind halt ein bißchen komisch, diese deutschen Universitäten. Ihre Lehrstühle vergeben sie wie die Throne kleiner Königreiche; wer einmal darauf sitzt, kann bis zur Pensionierung nicht mehr abgesetzt werden, außer er vergewaltigt eine Studentin oder läuft nackt durch die Mensa. Ob er nach seiner Berufung immer noch forscht und publiziert, prüft kein Mensch – nicht einmal, ob er sich überhaupt noch für sein Fachgebiet interessiert.

Auch über meinen Seelenzustand will ich nicht klagen. Ich bin nicht einsamer als die meisten Leute meines Alters: mein Nachbar Mike kommt regelmäßig auf einen Schwatz oder auf eine Partie Schach vorbei, gelegentlich besucht mich Shirley, die inzwischen fast so rund geworden ist wie ich dünn, und hin und wieder bekomme ich einen Brief, dessen Adresse von Hand geschrieben ist – Beweis dafür, daß es nicht nur Computer sind, die wissen, daß ich noch lebe.

Schweigen will ich von den Beschwerden des Alters. Was spielt es für eine Rolle, ob mir das Essen noch schmeckt? Daß ich ohne Brille fast blind wäre, und daß selbst das Sitzen mir Schmerzen bereitet? Das nehme ich hin und versuche, nicht daran zu denken.

Viel mehr bedrückt mich etwas anderes. Ich, der ich mich immer für einen Liebhaber der Künste, der Wissenschaften, der Philosophie gehalten habe – ich spüre, wie sich etwas in mir verändert. Immer seltener geben mir die großen Kunstwerke oder die Schriften der großen Denker das Gefühl, mich wirklich anzugehen. Stattdessen machen sie mich traurig. Und immer mehr fürchte ich, eines Tages das Wichtigste zu verliere: die Gewißheit, daß es eine Ebene gibt, auf der alle Menschen zusammengehören. Daß jedes Menschen Schicksal für jeden wichtig ist, und jedes Leiden ein Leid für die ganze Menschheit.

Damals, als Marilyn starb, schien mir ihr Tod Ausdruck persönlicher Tragik, und mein Versagen Beweis meiner Unfähigkeit und Schwäche. In den Jahrzehnten danach begriff ich, daß es um mehr ging. Marilyns Schicksal war für sich genommen kaum wichtiger als das der Nora Janet Bakker aus Elk City, Oklahoma. Aber was zählte, waren Leben, Gefühle und Sehnsüchte der Millionen, die sie verehrten. Und eines Tages begriff ich, daß es das Unglück von uns allen war, das sich in ihrem Schicksal verkörperte.

Darum, und nur darum, breche ich jetzt das Versprechen, das ich Marilyn damals gegeben habe.

46
Tote und Therapeuten

John Huston liebte realistische Aufnahmen. Was auf der Leinwand lebensgefährlich aussah, sollte es auch beim Drehen sein, und so wäre Gregory Peck bei den Aufnahmen für *Moby Dick* um ein Haar ertrunken. Clark Gable sah es wie Huston: solange nur irgend möglich, verzichtete er auf Double oder Stuntman. In glühender Hitze spurtete er den Pferden hinterher, stemmte Betonklötze, ließ sich in rasender Fahrt von einem Lastwagen über den Boden schleifen. Einen Tag nach der letzten Aufnahme für die *Misfits* erlitt er einen Herzinfarkt. Wenige Tage später war er tot.

Er hatte in seinem Leben siebzig mannhafte Filme gedreht und siebzigtausend mannhafte Zigaretten geraucht, trotzdem wurde er keine siebzig, sondern nur neununddfünfzig. Dabei weiß man doch: was ein richtiger Kerl ist, den wirft so schnell nichts um. Nur eines macht ihn fertig – rumsitzen und warten. Also verstand sich von selbst, wer schuld war an seinem Tod: Marilyn.

Sie war nach dem Ende des *Misfits*-Martyriums zusammen mit ihrem Mann nach New York geflogen. Aber es war wirklich das Ende. Miller zog aus, und sie blieb mit ihrem italienischen Zimmermädchen in der Wohnung zurück. Nachts um zwei klingelten irgendwelche Pressehyänen sie aus dem Schlaf, um ihr die Nachricht von Gables Tod zu überbringen. Daß sie am Hörer zusammenbrach, nahm jeder als Eingeständnis ihrer Schuld. Und daß man sie bei der Beerdigung nicht dabeihaben wollte, zeigte, daß Gables Witwe es auch so sah. Wieder einmal fühlte sie sich gejagt, gedemütigt, abgeschoben.

Sie machte sich Vorwürfe. Gerade Gable hatte ihre

Eskapaden, ihr Zuspätkommen, ihre Probleme auf dem Set stets mit der meisten Geduld ertragen. Er, der schon mit Jean Harlow gespielt hatte, war ihr Wunschpartner als Schauspieler, aber auch seit je ihre liebste Vaterfigur. Wie jeder, der den Verlust eines Menschen beklagt, hatte sie das Gefühl, das Wichtigste unterlassen zu haben: ihn zu Lebzeiten wissen zu lassen, wieviel er ihr bedeutete. Und schließlich ist jeder Tod, ob erwartet oder nicht, ein Vorbote des eigenen. – *For Whom The Bell Tolls* …

Nur wenige Tage nach Gables Tod rief mich Monnie mitten in der Nacht an: Nicki ginge es schlecht, sie hätte aus dem Schlaf heraus laut aufgeschrien, könne kaum atmen und sei ganz blau im Gesicht. Ich fuhr sofort hin. Ein Krankenwagen stand vor dem Haus, aber drinnen schüttelte der Arzt den Kopf: Vermutlich eine Lungenembolie, nichts mehr zu machen. – *For Whom The Bell Tolls* …

Zwei Tage später steckte im Briefkasten ein schwarzumrandeter Brief. Er kam vom »Heim für versehrte Veteranen« und enthielt die Mitteilung, daß unser alter Klassenkamerad Aaron »plötzlich und unerwartet« dahingegangen sei. Von seinem Zimmernachbarn, den ich am nächsten Tag besuchte, erfuhr ich, auf welche Weise: er hatte sich einen Gürtel um den Hals gelegt, ihn an den Fenstergriff gebunden und sich aus dem Rollstuhl fallen lassen. Als er da hing, hatte er es sich vermutlich anders überlegt, denn man fand ihn mit einer Hand zwischen Hals und Gürtel. Aber das Gewicht seiner beinlosen dreihundert Pfund hatte ihn stranguliert. – *For Whom The Bell Tolls* …

Am Abend vor Nickis Beerdigung rief mich Marilyn aus New York an. Sie wirkte apathisch, abwesend, verlöschend; offenbar hatte sie wieder getrunken oder Tabletten genommen, wahrscheinlich beides. Ich fragte sie, was sie den Tag über gemacht hätte, und sie antwortete: »Gar nichts, ich liege im Bett. Alle verlassen mich, alle gehen weg.« Dann, nach einer Pause, mehr zu sich selber als zu mir: »Clark ist tot, alle sagen, ich bin schuld. Ich wollte ihn noch einmal sehen, aber sie haben es nicht erlaubt. Ach Timmy, jetzt habe ich niemand mehr. Arthur hat eine andere, Yves hat eine andere, bloß ich hab keinen Menschen. Keinen.«

Natürlich widersprach ich. Ich erinnerte an DiMaggio, die Strasbergs, mich selber, aber sie schien es gar nicht zu hören. »Alle verlassen mich«, sagte sie. »Keiner will was mit mir zu tun haben. Arthur hat gesagt, ich bin krank, mir kann keiner helfen, hat er gesagt. Ich glaube, er hat recht. Timmy, hat er recht?«

Was sollte ich antworten? »Das ist der Schock«, versuchte ich sie zu beruhigen. »Wenn so was passiert wie mit Clark Gable, hilft nur die Zeit. Laß ein bißchen Zeit vergehen. Du bist beliebt, so viele Leute mögen dich, vergiß das nicht. Sie würden alles für dich tun, glaub mir.«

»Du auch?«

»Natürlich. Was ich für dich tun kann, mache ich. Jederzeit!«

»Timmy – kannst du zu mir kommen?«

»Nach New York? Am Wochenende?«

»Nein, jetzt gleich. Ich bezahl dir den Flug.«

»Aber Marilyn, ich bitte dich. Dein Geld brauche ich nicht, aber ich habe hier selber einen Todesfall, morgen wird eine liebe Tante von mir begraben. Und ich habe auch meine Arbeit.«

Auf der anderen Seite: Schweigen.

»Hallo!« rief ich. »Bist du noch dran?« Nichts rührte sich.

Ich wollte schon auflegen, aber dann hörte ich das Rascheln der Bettdecke, und dann Schluchzen. »Alles nur Gerede. Genau wie die andern«, murmelte sie. »Wenn man wirklich einen braucht, ist keiner da. Keiner.« Und dann legte sie auf.

Ich ärgerte mich. Ein bißchen darüber, daß sie mir Geld für den Flug angeboten hatte, als wäre ich einer ihrer Angestellten. Noch mehr aber über ihre Rücksichtslosigkeit: wieder einmal sah sie nur ihre eigenen Probleme.

Eine ganze Weile hörte ich nichts mehr von ihr. Auch ich

hatte keine Lust, sie anzurufen, schon gar nicht, als mich zu Weihnachten Karla besuchte. Inzwischen war sie in Boston die letzte des Berliner Teams, denn unser alter Chef hatte einen Ruf nach Westdeutschland angenommen.

Das Jahr 1961 brach an. John F. Kennedy, der die Präsidentenwahl mit hauchdünnem Vorsprung gewonnen hatte, wurde feierlich in sein Amt eingeführt; am selben Tag ließen Marilyn und Arthur Miller sich in Mexiko scheiden. Doch die Hoffnung, das würde im Kennedy-Trubel untergehen, erfüllte sich nicht. Miller schaffte es, sich zurückzuziehen, obwohl die Spatzen von den Dächern pfiffen, daß er seit den *Misfits* ein Verhältnis mit der Fotografin Inge Morath hatte. Aber Marilyn schien sich verpflichtet zu fühlen, der Öffentlichkeit Rechenschaft abzulegen; wieder einmal begab sie sich in die Fänge der Zeitungs- und TV-Geier. Die machten sich über die Scheidung her und zerfledderten sie lustvoll im Namen der Pressefreiheit. Ich dachte daran, wie sie mich damals gefragt hatte: Welcher Mann hat schon Lust, Mister Marilyn Monroe zu sein?

Im Februar kamen die *Misfits* in die Kinos: der teuerste je gedrehte Schwarzweißfilm. Die Trauer über Clark Gables Tod, die Schuldzuweisungen an Marilyn, schließlich die dürftige Story – alles trug dazu bei, daß die Kritik kaum ein gutes Haar an dem Streifen ließ. Auch das Publikum war entsetzt. Heute ist dieser Film – der letzte von Clark Gable und Marilyn Monroe, einer der letzten mit Montgomery Clift – ein Vermächtnis, wenn nicht gar ein Kultfilm, und die wehmütige Erinnerung trübt das Urteilsvermögen. Nur so kann ich mir erklären, daß manche die *Misfits* heute für einen großen Film halten – und die Roslyn für Marilyns größte Rolle.

Ich hatte mir den Film allein angesehen. Karla war längst wieder zurück in Boston, und ich sehnte mich nach ihr – auf einmal erschien sie mir als Inbegriff von Gesundheit und Lebenskraft.

Das Telefon klingelte, und zuerst verstand ich nichts. Die

Person am andern Ende der Leitung war betrunken oder hatte starke Medikamente genommen. Das konnte nur Marilyn sein.

»Ich … du mußt … hol mich hier raus, Timmy. Ich – ich verrecke hier, sie machen mich fertig!«

»Marilyn! Wo bist du? Wovon redest du?«

»In einer Klinik. Sie haben mich eingeschlossen. Auf dem Stockwerk mit den Gemeingefährlichen. Timmy, sie haben mich in die Klapsmühle gesteckt. Du mußt mich hier rausholen, hörst du? Sonst werde ich wirklich verrückt. Doktor Kris hat mich einsperren lassen, meine eigene Ärztin. Das vergesse ich ihr nie. Es ist ein Alptraum – bitte, tu was!«

Sie war in der New Yorker »Payne Whitney Clinic«, einer geschlossenen psychiatrischen Anstalt. Gleich nach ihrem Anruf versuchte ich, jemand von der Klinikleitung zu erreichen, bis ich schließlich einen der diensthabenden Ärzte am Telefon hatte. Ich versuchte ihm klarzumachen, daß er seine Patientin sofort aus der geschlossenen Abteilung entlassen müsse, da sie sich in einem kritischen Zustand befände.

»Das weiß ich selber«, antwortete er, »was meinen Sie, warum wir sie eingeschlossen haben? Die Frau ist akut selbstmordgefährdet!«

»Ja, weil sie eingeschlossen ist, unter lauter Verrückten!«

»Hören Sie«, sagte der Arzt in dem Tonfall stahlharter Geduld, wie er für Psychiater typisch ist. »Ich kenne Sie nicht, ich weiß auch nicht, wer Sie sind. Eigentlich dürfte ich mit Ihnen am Telefon kein einziges Wort über eine unserer Patientinnen reden. Aber ich will Ihnen eines sagen: Wir haben die Frau ja nicht auf der Straße eingefangen, sondern ihre eigene Ärztin hat sie zu uns überwiesen. Sollen wir sie jetzt, in diesem Zustand, nach draußen lassen? Wenn Sie glauben, Sie können die Verantwortung übernehmen, dürfen Sie die Dame gerne abholen, vorausgesetzt, Sie haben die Befugnis dazu. Und jetzt entschuldigen Sie mich bitte – ich bin nämlich für die Patienten da und nicht für den Telefondienst.«

Ich war in Panik, also in einem Zustand geschwächten Urteilsvermögens. Außerdem merkte ich, daß ich von Marilyns Alltagsorganisation kaum etwas wußte, weder Telefonnummern noch Adressen. Mein erster Impuls war, irgendwen in New York zu alarmieren, aber ich überlegte es mir anders. Der Aufenthalt in einer Irrenanstalt war nicht unbedingt etwas, das man überall hätte herumerzählen sollen. Ich versuchte, das Anwaltsbüro Frosch anzurufen, von dem ich wußte, daß es Marilyn bei der Scheidung von Miller vertreten hatte. Als ich dort niemanden erreichte, legte ich mich schlafen.

Am Morgen war ich ruhiger. Dr. Kris, sagte ich mir, sollte wohl imstande sein, den Zustand ihrer Patientin zu beurteilen; trotzdem rief ich Lee Strasberg in New York an. Er wußte schon von der Sache, meinte aber, als medizinischer Laie nicht eingreifen zu können. Mir fiel der Psychiater Ralph Greenson ein, den Marilyn einmal erwähnt hatte. Er versprach, bei seiner New Yorker Kollegin nachzufragen, auch wenn er selber nichts tun könne. Das beruhigte mich erst einmal. Und weil ich an diesem Tag eine wissenschaftliche Konferenz zu leiten hatte, waren meine Gedanken danach woanders.

Am nächsten Tag rief ich noch einmal in der Klinik an. Marilyn habe das Haus bereits verlassen, sagte man mir. Später erfuhr ich, wie: nachdem sie Joe DiMaggio angerufen hatte, war dieser sofort nach New York gefahren und hatte gedroht, die Klinik Stein für Stein auseinanderzunehmen, wenn man seine Ex-Frau nicht sofort entließe. Nun bekamen es die verantwortlichen Herren doch mit der Angst zu tun. Sie riefen Dr. Kris, die ihre Patientin abholte, zusammen mit dem Masseur Ralph Roberts, der sie nach Hause fuhr. Die Ärztin mußte sich heftige Beschimpfungen anhören und sah Marilyn nicht wieder – wurde aber später, seltsam genug, trotzdem im Testament bedacht. DiMaggio brachte Marilyn in ein Sanatorium, diesmal eines mit offenen Türen. Er besuchte sie täglich, und sie schien sich zu erholen.

For Whom The Bell Tolls ... Gary Cooper, wie Clark Gable

1901 geboren, starb am 13. Mai. Wenige Wochen später verlor Ernest Hemingway seinen letzten Kampf. Der Tod hatte ihn nicht gewollt, nicht im spanischen Bürgerkrieg, nicht auf der Großwildjagd – jetzt machte er, der männlichste unter den Schriftstellern, seinem Leben selber ein Ende.

Kaum war Marilyn aus dem Sanatorium entlassen, stellten sich wieder die alten Unterleibsbeschwerden ein. Ein weiteres Mal mußte sie operiert werden, diesmal in L.A., wo sie eine Wohnung gemietet hatte. Bei einem Besuch verabredeten wir uns zu einem gemeinsamen Ausflug, doch bevor es dazu kam, rief sie aus New York an – wieder aus einem Krankenhaus, diesmal wegen der Gallenblase.

Erst im August sah ich sie in L.A. wieder. Da hatte Ulbricht in Berlin gerade die Mauer gebaut, und ich vertelefonierte ein Monatsgehalt bei dem Versuch, herauszubekommen, wer von den alten Freunden jetzt im Ostteil saß und wer im Westen. Außerdem mußte ich das nächste Studienjahr vorbereiten, hatte also mehr als genug zu tun. Aber gelegentlich fuhr ich Marilyn in der Stadt herum; gemeinsam kauften wir Sachen für ihre Wohnung am Doheny Drive.

Hausnummer 882, Apartment 3 – das war, als Zahlenorakel betrachtet, einigermaßen tröstlich. Gewiß, die Marilyn-typische, dreimal teilbare 8 stand für das Auseinandergehen, zumal als Doppelziffer, doch die 2 am Ende besagte: Trennung über Trennung, aber am Ende Zweisamkeit. Die 3 des Apartments war dafür die Bestätigung: Zustand nach der dritten Scheidung – aber das war's.

Diesmal sagte ich Marilyn meine Deutung, aber es stimmte sie nicht so froh, wie ich gehofft hatte.

»Sei ehrlich, Timmy«, wollte sie wissen, »dieses Zahlenlesen machst du nicht das erste Mal, oder?«

»Du hast recht«, gab ich zu. »Die Hausnummer in New York, diese 444 – das roch nach Scheidung!«

»Warum hast du mir nichts davon gesagt?«

»Sollte ich dir Angst machen? Das war doch nur zum Spaß, so was darf man nicht ernst nehmen.«

»Ich bin nun mal abergläubisch – was soll ich machen? Jetzt frage ich mich: heißt die 3 vielleicht, nach all den Trennungen lande ich in einem Dreiecksverhältnis?«

»Nicht doch! Die Regel sagt, erst Haus, dann Wohnung, also folgt die 3 zwar auf die 2, aber auf einer anderen Ebene. Das kann nur heißen: Ab jetzt geht es wieder aufwärts! Übrigens, was ich dich fragen wollte: Kommst du endgültig nach L. A. zurück?«

»Was heißt schon endgültig. Ich muß doch wieder arbeiten, oder soll ich die ganze Zeit nur rumsitzen? Ralph sagt das auch.«

»Ralph Roberts, dein Masseur?«

»Nein, nicht der. Er ist zwar auch riesig lieb, aber ich meine Ralph Greenson. Timmy, du kannst dir nicht vorstellen, wie froh ich bin, daß ich ihn gefunden habe. Endlich ein richtig guter Therapeut; ich glaube, er versteht mich wirklich. Und ich fange an, mich selber zu verstehen.«

»Was hast du als nächstes vor?«

»Mal sehen, was die Fox mir anbietet. Ich habe ja noch den Vertrag.«

»Weißt du, meine Liebe, was *ich* nicht verstehe?«

»Sag's mir.«

»Warum machst du nie etwas auf eigene Faust? Mach eine Reise, sieh dir die Welt an! Kauf dir ein kleines Theater und sing deine eigenen Lieder! Warum willst du zu Hause rumsitzen und warten, bis die Idioten von der Fox sich wieder irgendwelchen Schwachsinn ausgedacht haben?«

»Timmy, du sprichst mir aus dem Herzen. Ja, genau das habe ich vor! Ich mach das auch, verlaß dich drauf … nur im Moment, weißt du – Ralph ist wirklich großartig, der beste Therapeut, den ich je hatte. Jetzt ziehen wir diese Therapie durch, das sagt Ralph auch. Dann kann ich diesen ganzen Mist abschütteln. Ja, das werde ich …«

Die Worte, mit denen sie Greenson lobte und ihre Freiheit auf später verschob, kamen mir bekannt vor. Obwohl ich sie einige Male in guter, beinahe euphorischer Stimmung antraf, hatte ich nicht das Gefühl, daß der neue Psychiater einen ausschließlich positiven Einfluß auf sie ausübte. Nach wie vor schluckte sie jede Nacht Schlaftabletten. Einmal wurde sie, als ich gerade vorbeikam, von einer älteren Frau im Auto zu ihrem Apartment gebracht. Sie stand so sehr unter Medikamenten, daß sie kaum sprechen und noch weniger laufen konnte; die Frau und ich mußten sie ins Haus tragen. Da kam sie gerade von ihrem Therapeuten.

Wie in Strasberg sah sie wohl auch in Greenson eine Art Vater. Bald blieb sie jeden zweiten Tag bei ihm zum Abendessen und wurde zum Bestandteil seiner Familie. Ich hatte immer gedacht, daß es zum Berufsbild des Psychotherapeuten gehört, eine gewisse Distanz zum Patienten zu bewahren. Aber Greenson fand nichts dabei, seine berühmteste Patientin auch in Dingen des Alltags an sich zu binden – und zwar in einem Ausmaß, das mich befremdete.

Ein Beispiel war die Beziehung zu Ralph Roberts. Ich hatte den Masseur einige Male bei Marilyn getroffen und hielt ihn für einen loyalen Freund. Aber Greenson brachte es fertig, zwischen ihn und Marilyn einen Keil zu treiben. »Emotionale Unabhängigkeit« verlangte er von ihr. Es endete damit, daß sie den Masseur nach New York zurückschickte.

Wahrscheinlich war es mein Glück, daß ich in diesen Monaten zuviel Arbeit hatte, um in Greensons Visier zu geraten. Denn er schien sich in jede von Marilyns Beziehungen einzumischen – ohne daß diese es zunächst merkte. Jedenfalls erzählte sie ganz unbefangen von seinen Kommentaren. Sinatra bezeichnete er als »egoistischen Schwächling mit krankhafter Fickneurose« (womit er von der Wahrheit nicht unbedingt weit entfernt war), und als ich Marilyn fragte, wie er über DiMaggio dachte, meinte sie: »Oh, den lobt er. Von Joe ist er ganz begeistert.«

»Wirklich? Was sagt er denn über ihn?«

»Ralph sagt, Joe ist gut und hilfsbereit; so was braucht

man als Künstler. Natürlich muß man sich davor hüten, den eigenen Weg aus den Augen zu verlieren, meint er. Solche guten Menschen haben in ihrer Güte nicht das im Sinn, was den Künstler groß macht, sondern was ihn bindet. Wenn der Künstler seine Distanz verliert, besteht die Gefahr, von der Fürsorglichkeit dieser Leute erdrückt zu werden.«

Ausnahmsweise fand ich, daß Greenson recht hatte: er beschrieb genau das, was er selber Marilyn gegenüber praktizierte.

Einmal hörte ich von ihm einen Vortrag über »Sex, Liebe und das Unbewußte«. Seine schiefen Züge, verursacht durch die Lähmung einiger Gesichtsmuskeln, ließen ihn auf den ersten Blick bemitleidenswert wirken. Aber sie gaben ihm auch etwas von der Aura eines Schamanen – obwohl das, was er sagte, nicht viel mehr war als populärwissenschaftliches Geschwätz. Es folgte dem bewährten Muster des Ja–Aber: Sex ist gut, aber nur, wenn auch Liebe dabei ist. Liebe ist gut, aber man muß prüfen, ob es wirklich Liebe ist. Selbstbewußtsein ist gut, darf aber nicht zum Selbstbetrug werden.

Daß Psychotherapie bei uns in Amerika selbst Teil der Krankheit ist, die sie zu heilen vorgibt, spürte ich bei ihm besonders deutlich. Auch er war ein Kranker, der seine eigene Krankheit an den Patienten zu behandeln versuchte – vielmehr »Klienten«, wie dieser Berufsstand seine Kunden zu nennen pflegt. Seine Botschaft war die übliche Mischung aus plausibler Zustandsbeschreibung und nutzloser Therapie: das Elend des Lebens sei vor allem der Mangel an guten Gefühlen, und zu dessen Behebung müsse man in sich gehen und die blockierten Gefühle zulassen. Unter Greensons Anleitung und gegen gutes Geld, versteht sich.

47
Ende der Reise

Gab es eigentlich, so frage ich mich heute, gelegentlich Augenblicke, wo ich das Gefühl hatte: Jetzt ist sie nicht mehr zu retten?

Ja, die gab es. An einen davon kann ich mich deshalb deutlich erinnern, weil sie ausnahmsweise nicht in einer ihrer zahllosen Krisen steckte. Im Gegenteil, alles schien gut zu laufen. Anfang 1962 hatte sie gerade mit Greensons tatkräftiger Hilfe das erste und letzte Haus ihres Lebens gekauft: nicht weit entfernt vom Pazifik und von den Fox-Studios und noch näher am Haus ihres Therapeuten. Im März zog sie ein. Wie Greensons Haus war es im spanischen Kolonialstil erbaut: ein eher bescheidenes Gebäude in L-Form, mit einer hohen Mauer abgeschirmt. Es lag am Ende einer kurzen Sackgasse, Hausnummer 12305 Fifth Helena Drive.

»Bist du mit der Hausnummer zufrieden?« hatte sie mich gefragt.

»Absolut«, hatte ich geantwortet. »Helena Drive ist optimal, besser geht's nicht. Und die Zahlenfolge bedeutet: alles geht aufwärts, dann kommt eine Krise – aber danach geht es wieder aufwärts.«

Gedacht hatte ich: In der Zahl liegt ein Abgrund. Straße vor Haus, sagt die Regel, also war die 5 des »Fifth Helena Drive« zuerst zu lesen, und das veränderte den Sinn der Zahlenfolge: Erst Entwicklung, dann ein Absturz, dann scheinbar ein Weitermachen, aber wie weit? Bis zu dieser Straße – und kein Stück weiter …

Über dem Eingang gab es eine Inschrift mit dem lateinischen *Cursum perficio* – »Ende der Reise«. Für sich allein hätte das nichts bedeutet. Aber zusammen mit der Hausnummer, deren definitiven Charakter es ebenso wie die Sackgasse als *dead end* bestätigte, wirkte es bedrohlich.

Nun, dieses ganze Zahlenspiel mochte dummes Zeug sein – wirklich erschrecken tat mich etwas anderes. Als ich Marilyn das erste Mal in ihrem neuen Haus besuchte und zur Begrüßung umarmte, stand plötzlich eine mausgrau gekleidete ältere Frau hinter uns, ohne daß ich auch nur einen Laut gehört hatte. Es war dieselbe, die Marilyn damals im Auto zum Doheny Drive gebracht hatte. Sie begrüßte mich mit keinem Wort, nicht einmal mit einem Kopfnicken.

»Marilyn«, sagte sie, »vergiß bitte nicht, deine Tabletten einzunehmen!«

»Ja, Mrs. Murray«, antwortete diese, »ich denke bestimmt daran!« Darauf verschwand die graue Dame genauso unhörbar, wie sie aufgetaucht war.

»Wohnt die Frau jetzt bei dir?« fragte ich.

»Ja, sie hilft mir. Ralph hat gesagt, ich brauche eine zuverlässige Hilfe. Er hat sie extra für mich gesucht. Wirklich, ich weiß nicht, was ich ohne ihn machen würde.«

Und da hatte ich plötzlich das Gefühl: es war hoffnungslos … sie würde es nie schaffen.

»Glaubst du nicht, du solltest langsam auf eigenen Füßen stehen?« fragte ich.

»Aber das tue ich doch. Ich bin wieder nach L. A. gekommen, ich habe ein Haus gekauft, ich verhandle mit der Fox –«

»Und deine Produktionsfirma? Milton Greene hast du entlassen, weil dir seine Pläne nicht paßten … letztes Mal hast du gesagt, du machst die Therapie, und dann wird alles anders. Was für Pläne hast du denn nun?«

»Timmy, was soll das – meinst du das als Kritik?«

»Natürlich, was sonst? *Let's Make Love* war purer Schwachsinn, aber die *Misfits* sind auch nicht viel besser. Im Grunde bist du wieder da, wo du schon vor zehn Jahren warst.«

»Ja, weil sie mir die Grushenka gestohlen haben. Diese

verdammte Deutsche – und du bist auch ein halber Deutscher –«

»Unsinn. Wozu hast du eine eigene Firma? Du hättest eben selber zugreifen müssen. Das ist dein Problem: du brauchst vernünftige Projekte, kein therapeutisches Geschwätz!«

»Du bist unfair. Wahrscheinlich sagst du das nur, weil du etwas gegen Ralph hast. Glaubst du, ich merke das nicht?«

»Ich finde, ein Therapeut soll Patienten helfen, aber nicht, indem er mit ihnen die Abende verbringt. Schon gar nicht, indem er ihnen seine eigenen Angestellten ins Haus setzt. Meinst du, das würde er auch machen, wenn du eine kleine Sekretärin wärst? Für mich ist der Kerl ein Scharlatan und ein Schmarotzer, sonst gar nichts.«

»Timmy, ich möchte nicht, daß du so über ihn sprichst. Du kannst gar nicht verstehen, wie wichtig er für mich ist.«

»Verdammt, merkst du denn nicht, daß du dich im Kreis drehst? Immer wieder suchst du dir einen Helden, dem du dein Schicksal in die Hände legst. Von Greene zu Greenson, das mag ja gut klingen. Aber Greenson ist viel schlimmer, weil er dich auch noch mit Tabletten und Injektionen vollstopft. Soll das ewig so weitergehen?«

»Du irrst dich. Die Injektionen kriege ich gar nicht von ihm, sondern von Dr. Engelberg.«

»Aha. Darf man fragen, wer ihn dir empfohlen hat?«

»Ralph natürlich. Da siehst du, er kümmert sich wirklich um mich. Du hast überhaupt keinen Grund, ihn zu hassen.«

»Mein Gott, der Kerl ist mir zuwider, das ist alles.«

»Und ich brauche ihn, das ist alles. Verstanden?«

Ja, ich hatte verstanden. Der Höflichkeit halber ließ ich mir das Haus zeigen ... Sonnenstudio, Garten, Swimmingpool ... dann erklärte ich, daß ich leider noch arbeiten müsse, und zog mich zurück.

Eine Zeitlang herrschte Funkstille zwischen uns. Das fiel mir schwer, obwohl ich an der Uni genug zu tun hatte. Aber ich war jetzt im vierten Jahre ohne Frau, und außer ein paar Episoden und einer Reihe von Abtastversuchen war mir nichts gelungen. Ich begann einen Flirt mit einer Kollegin, die ihrerseits einen TV-Menschen anhimmelte, der sich später als schwul herausstellte; aber als sie ihre Wertschätzung für mich entdeckte, war ich nicht mehr interessiert. An einem Nachmittag fuhr ich zu Mellers Kugellagerfabrik und wartete am Eingangstor, bis die Arbeiter von der Frühschicht herauskamen. Doch das einzige bekannte Gesicht war das von Hank, dem Witzbold. Ich lud ihn zu einem Kaffee ein und hoffte, etwas über Wilma zu erfahren. Aber er war ein Säufer geworden – ein Schatten seiner selbst, der mir nicht einmal die Anschrift seiner Großmutter hätte sagen können. In solchen Augenblicken fing ich an, mir Vorwürfe zu machen, daß ich die Verbindung mit Laura zu schnell gelöst hätte. Die jedoch, so erfuhr ich von Karla, war immer noch Lehrerin in Boston und erwartete das dritte Kind.

Mit Shirley verstand ich mich gut, aber ihre Ehe war eine Katastrophe und nahm sie so sehr mit, daß kaum etwas mit ihr anzufangen war. Seit sie wußte, daß ihr Mann eine Geliebte hatte, fraß sie ihren Kummer in Form von Pralinen und Schokolade in sich hinein, was sie so dick gemacht hatte, daß ihr Mann sich noch zwei oder drei wechselnde Freundinnen zulegte. Ich schlug ihr vor, es ihm mit meiner Hilfe heimzuzahlen, und wir verbrachten einen zärtlichen Nachmittag der Rache. Aber gerächt ist nicht gerecht, und nun litt sie darunter, daß ihr nicht einmal das Gefühl moralischer Überlegenheit geblieben war. – Ein vertracktes Beziehungswirrwarr, bei dem ich es vorzog, als Freund im Hintergrund zu bleiben.

Einmal besuchte ich Pauline in ihrer Goldschmiede. Sie lächelte mich an, als hätte sie mich genau in diesem Augenblick erwartet. Gleich war meine alte Bewunderung wieder da, aber ich merkte: ihre Welt war eine andere als meine.

»Macht es dir nichts aus«, fragte ich sie, »daß sich Männer wegen dir umgebracht haben?«

»Warum denn?« sagte sie gleichmütig. »Jeder hat das Recht, sich umzubringen, also darf er auch den Grund dafür bestimmen. Ich bin nicht stolz darauf, wenn ich das bin. Aber wenn einer glaubt, sein Leben ist ohne mich nichts wert, dann ist er der Falsche für mich, und ich bin die Falsche für ihn. Was soll's?«

Über meine Liebeswirrnisse schien sie alles zu wissen, aber Mitleid hatte sie nicht. »Dein Problem, Timmy«, sagte sie lächelnd, »ist dein Ersatz-Komplex. Für deine Tante warst du der Sohn-Ersatz, für Laura der Teddy-Ersatz. Du lebst aus zweiter Hand, du verwertest die Lebensreste von andern. Warum gehst du nicht zu Norma Jeane? Damals warst du ihr Bruder-Ersatz, jetzt braucht sie Ersatz für Arthur Miller. Na, wie wär's?«

Ich fühlte mich ertappt und wurde rot. »Und was soll ich deiner Meinung nach machen?«

»Irgendwann mußt du dich fragen, für wen du nicht nur Ersatz bist. Da sehe ich nur einen – dich selber. Solange du nicht mit dir im reinen bist, wirst du immer nur Ersatzmann bleiben.«

Von Marilyn gab es wie immer Schlagzeilen und Gerüchte. Einige Male tauchte sie mit einem Mexikaner namens José Bolanos auf, der seine Favoritenstellung aber schnell wieder verlor. Sinatra und seine Kumpane konnten als alte Freunde gelten. Doch dann gab es ein Gerücht, das elektrisierte. Nur ein Gerücht? Oder eine Nachricht? Beides – die bloße Existenz des Gerüchtes war bereits eine unüberhörbare Nachricht.

Die Schönste und der Beste ... erst die Baseball-Legende, dann der große Dramatiker. War danach überhaupt noch eine Steigerung denkbar? Wie sich jetzt herausstellte, war sie das. Die beliebteste Schauspielerin ... der beliebteste Präsident ... daß sie sich getroffen hatten, war verbürgt. Wie nah waren sich Marilyn und Kennedy gekommen?

Wenn jemals der Wunsch der Vater des Gedankens war,

dann hier. Nein, nicht Wunsch – es klang geradezu gesetzmäßig. Die tiefsten Prinzipien der calvinistischen Ethik – daß nämlich ein wahrhaft gottgefälliges Dasein schon auf Erden seinen Lohn findet – verlangten es, und zwar so zwingend, daß gewisse Hemmnisse der bürgerlichen Moral (immerhin war der Präsident hochklassig verheiratet) davor zurücktreten mußten. Nicht einmal ich konnte mich diesem Gefühl verschließen: die beiden mußten sich kriegen, mindestens für eine Nacht – sie *mußten* einfach.

Seltsam allerdings, daß nicht einmal diese traumhafte Begegnung – wenn sie denn stattgefunden hatte – Marilyn von ihren sattsam bekannten Schwächen heilen konnte. Gelegentlich passierte jetzt auch in der Öffentlichkeit, was sich früher nur im Privaten ereignet hatte: sie verlor die Kontrolle. Gutwillige führten das auf Alkohol zurück, aber wer die Symptome kannte, wußte Bescheid: Schlaftabletten, Aufputschmittel, Tranquilizer. Wieder gab es Berichte, man habe ihr den Magen auspumpen müssen.

Der 20th Century Fox ging es nicht viel besser. In Europa führte *Cleopatra* mit Liz Taylor geradewegs ins Desaster; jetzt mußte Geld in die Kasse, auf Biegen oder Brechen. Was macht ein Studio, wenn ihm nichts Vernünftiges einfällt? Ein Remake. So kam man auf die Idee, *Something's Got To Give* zu drehen: zweiter Aufguß der Story einer verschollenen Ehefrau, die Jahre auf einer einsamen Insel verbringt und zurückkehrt, als ihr Mann gerade neu geheiratet hat. Diese Comedy war schon 1940 belanglos gewesen, als Cary Grant die männliche Hauptrolle gespielt hatte. Nichts sprach dafür, daß sie mit Dean Martin und Marilyn besser würde. Aber weil letztere mit den hunderttausend Dollar, die ihr Vertrag vorsah, nicht einmal ein Zehntel von dem kostete, was man der Taylor hinblättern mußte, versprach die Sache einen glatten Gewinn.

Als man mit dem Drehen anfing, war das Skript noch nicht fertig – fast schon das Übliche. Marilyn hatte aus New York die unvermeidliche Paula Strasberg einfliegen lassen, für fünftausend Dollar die Woche. Auch Greenson gehörte zum Team, erst im Hintergrund, dann als Betreuer auf der Fox-Gehaltsliste. Seine Rolle schien auf den ersten Blick dieselbe wie die von Arthur Miller bei *The Prince And The Showgirl*. In Wahrheit war sie fatal: seitdem er Marilyn alle Medikamente bewilligte, hatte sie den Tabletten gegenüber jede Zurückhaltung verloren. Oft konnte sie nur lallen, wenn sie irgendwann am späten Vormittag endlich auf dem Set erschien. Greensons Zureden bewahrte sie vor dem Kollaps, an dessen Rand er sie mit seinen Medikamenten selber brachte.

Ansonsten alles wie gehabt. Aufnahme, Cut und das Ganze von vorn – zehn-, zwanzig-, dreißigmal, nur alles ein bißchen schlimmer, weil an der Spitze der Fox keine Filmleute mehr standen, sondern Verwaltungsmenschen, und weil zu Marilyns Drehphobie erstens diverse Krankheiten kamen und zweitens im New Yorker Madison Square Garden die Feier zu Kennedys fünfundvierzigstem Geburtstag.

Daß Marilyn dort singen sollte, wußte man bei der Fox schon lange. Jetzt ergab es sich, daß sie sich gerade krank gemeldet hatte und man ein paar Tage hinter dem Drehplan herhinkte. Und während die Öffentlichkeitsarbeit früher eine der stärksten Seiten der Fox gewesen war, zeigte sich die Unfähigkeit ihrer neuen Bosse darin, wie man mit Marilyns Teilnahme an der Präsidentenfeier umging. Statt sich über die wohlfeile Werbung zu freuen, verlangte man von ihr, den Auftritt abzusagen.

Natürlich flog sie trotzdem nach New York, zumal Peter Lawford – ein Freund Sinatras und Schwager des Präsidenten – sie im Hubschrauber vom Studio abholte. Doch selbst zum ehrenvollsten Auftritt ihres Lebens erschien sie mit reichlich Verspätung. So kam es zu dem makabren Wortspiel Lawfords, der sie nach einigem Warten auf der Bühne begrüßte, als wäre sie eine wandelnde Leiche: »Mr. President – the *late* Marilyn Monroe!«

Im Fernsehen sah ich, wie sie für Kennedy ihr *Happy*

Birthday sang. Wieder einmal trug sie ein spektakuläres Kleid, in das man sie hatte einnähen müssen. Offenbar hatte sie getrunken: sie begann so zaghaft, daß ich für einen Moment Angst hatte, ihre Stimme würde versagen. Aber dann fing sie sich, und ihr Vortrag vibrierte vor erotischer Spannung. Alles tobte, und Kennedy meinte, nach einem solchen Ständchen könne er sich getrost ins Privatleben zurückziehen. Ein Empfang schloß sich an, wo Marilyn dem Präsidenten ihren früheren Schwiegervater Isadore Miller vorstellte. Der kurze Wortwechsel zwischen ihr und Kennedy ließ keine Spur von Vertrautheit erkennen. Wenn die beiden, so dachte ich, wirklich etwas miteinander hatten, dann verbargen sie es meisterhaft.

Am Montag war sie zurück im Studio. Aber nun hatte Dean Martin eine Infektion, und sie weigerte sich, mit ihm zu drehen, solange er sie vielleicht anstecken könnte. Doch sie hatte eine Idee: sich bei einer Szene im Swimmingpool nackt fotografieren zu lassen. Der Erfolg gab ihr recht; die Aufnahmen verdrängten Liz Taylor von den Titelseiten. Aber sie erkältete sich dabei und blieb erneut zu Hause.

Die Stimmung verschlechterte sich zunehmend; die Feier zu ihrem sechsunddreißigsten Geburtstag war ohne Herzlichkeit. Am Abend rief ich sie an, um ihr zu gratulieren. »Schön – daß – daß – du – anrufst«, lallte sie, »wann – wann – sehen wir uns?« Offenbar hatte sie so viele Schlaftabletten geschluckt, daß man am nächsten Tag einen Arzt rufen mußte. Sie war völlig durcheinander und steckte in einer tiefen Depression. Wieder war an Weiterdrehen nicht zu denken. Regisseur Cukor und die Fox-Leute drohten, sie zu entlassen und ihre Rolle neu zu besetzen; ausgerechnet jetzt war Greenson auf einer Europareise. Verzweifelt rief man ihn an, er kam mit der ersten Maschine und versprach, seine Patientin arbeitsfähig zu machen. Aber die Fox hatte sich schon anders entschieden. Tags darauf verkündeten es die Schlagzeilen: Marilyn war gefeuert und auf fünfhunderttausend Dollar Schadensersatz verklagt.

Ich versuchte, sie zu erreichen, aber am Telefon war nur Mrs. Murray. Zweimal fuhr ich zu ihrem Haus am Fifth Helena Drive, erhielt aber jedesmal die Auskunft, Marilyn sei nicht zu Hause. Es mußte ihr wirklich schlecht gehen, denn sogar eine Einladung von Bobby Kennedy zu einer Feier bei Peter Lawford sagte sie mit einem verzweifelten Telegramm ab. Sie schrieb:

»Lieber Justizminister und Mrs. Robert Kennedy: Ich hätte Ihre Einladung zu Ehren von Pat und Peter Lawford mit Entzücken angenommen. Leider beteilige ich mich gerade an einem Freiheitsmarsch zum Protest gegen den Verlust der Minderheitenrechte erdverbundener Sterne. Schließlich war alles, was wir verlangten, unser Recht zu funkeln. – Marilyn Monroe«

Um *Something's Got To Give* fertigzudrehen, verpflichtete die Fox Lee Remick; aber sie hatten Dean Martins Vertrag vergessen. Der sah ein Mitspracherecht für die weibliche Hauptrolle vor, und er beharrte auf Marilyn. Man verklagte auch ihn, aber der Vertrag war wasserdicht. Martins Solidarität gab Marilyn den Mut, ihrerseits in die Offensive zu gehen. Sie nahm verschiedene Angebote zu Fotosessions an, zuletzt mit Bert Stern. Und sie empfing Richard Meryman zu einem langen Interview für »Life«.

Trotzdem war sie nach wie vor in einem schlimmen Zustand. Regelmäßig erhielt sie Injektionen von Dr. Engelberg; noch häufiger kam Greenson, der alle Schlüssel hatte und in ihrem Haus ein und aus ging. Allmählich wurde es sogar ihm zuviel. Er hatte Marilyn veranlaßt, alle anderen engeren Bindungen zu lösen; nun war er ihre einzige verbliebene Stütze. Aber im selben Maße, wie ihre Abhängigkeit von ihm zunahm, wurde auch er zum Insassen des Gefängnisses, das er für sie gebaut hatte.

Daß er Marilyn beinahe jeden Tag sah, war gut für sein Konto, aber es bewies sein Scheitern als Therapeut. Er mußte spüren, daß alles auf eine Krise zusteuerte. Mit dem Nachlassen seiner Kräfte und seiner Erfolge bröckelte auch seine Autorität, nicht anders als zwei Jahre vorher die Arthur Millers. Nun rächte es sich, daß er nie ernsthaft versucht hatte, ihren Tablettenkonsum zu unterbinden. Je weniger sein Zuspruch half, desto mehr Pillen brauchte sie – erst Schlaftabletten, um etwas Ruhe zu finden, dann Aufputschmittel, um morgens aus der lähmenden Schläfrigkeit herauszukommen, schließlich Beruhigungsmittel, die ihre wachsende Verzweiflung überdecken sollten. Jeder verantwortungsvolle Therapeut hätte hier aufgeben und die Patientin in ein Sanatorium überweisen müssen. Aber sein Scheitern einzugestehen, ließ Greensons Eitelkeit nicht zu; lieber verbrachte er täglich Stunden an ihrem Bett. Und je mehr Zeit er ihr widmete, desto bedrückender war ihr Gefühl, allein zu sein, wenn er gegangen war. Die graue Mrs. Murray war kein Trost. Im Gegenteil – ihre lauernde Fürsorglichkeit war eine Mauer gegen die Außenwelt.

48
Grushenka am Strand

Als die Sommerferien anfingen, steckte auch ich in einer Krise. Ich zweifelte, ob ich je wieder eine Freundin finden würde, war unfähig zu arbeiten und schaffte es nicht einmal, eine Entscheidung zu fällen wie die, zu verreisen. So kam es, daß ich die meiste Zeit zu Hause verbrachte, wo ich mir Notizen zu einem geplanten Sammelband über *»Glücksmodelle in der internationalen Trivialliteratur«* machte. Gelegentlich schaute ich bei Kollegen vorbei, oder ich stattete Monnie einen Besuch ab. Sie hatte inzwischen ihren Bungalow verkauft und sich stattdessen ein kleines Anwesen in der Nähe von Santa Barbara zugelegt – dasselbe, auf dem ich heute lebe und schreibe.

Mitte Juli war es brütend heiß; im Haus war es kaum auszuhalten. An einem dieser Tage stellte ich nach dem Mittagessen einen Ventilator nach draußen und legte mich in die Hängematte, die an den Pfosten der Veranda befestigt war. Eine Weile las ich zerstreut in einem Buch, und ohne es zu merken, döste ich ein. Plötzlich erwachte ich davon, daß der kühlende Luftstrom des Ventilators aufhörte. Ich öffnete die Augen, und vor mir stand – Marilyn.

»Hallo, Herr Professor«, sagte sie, »da staunst du, was?« Dabei nahm sie Sonnenbrille und Perücke ab und zog einen Stuhl heran.

Ich sprang aus der Hängematte und umarmte sie. »Marilyn, welche Freude! Wie geht's dir? Wie bist du hergekommen? Du siehst gut aus!«

In der Tat: seit wir uns das letzte Mal begegnet waren, hatte sie merklich abgenommen. Ihr Gesicht war schmaler geworden, und sie hatte für ihre Verhältnisse wenig Make-up aufgetragen. Es war keine Übertreibung: sie sah nicht nur gut aus, sondern geradezu schön. Und doch hatte ich sofort das Gefühl, daß etwas nicht stimmte. Sie sah mir kaum in die Augen, ihr Blick wanderte nervös umher, und wenn sie sprach, fiel sie zwischendurch immer wieder in ein hektisches Kichern, für das es gar keinen Anlaß gab.

»Du, ich sag dir was: ich bin ihnen entwischt, hihi. Hab ein Taxi gerufen und bin abgehauen. Da werden sie staunen, alle beide. Ralph und diese verdammte Ziege. Sollen sie mich nur suchen. Nicht wahr, du wirst ihnen nichts sagen, oder?«

»Keine Sorge, von mir erfährt keiner was. Am allerwenigsten dein Schiefmaul und seine Gouvernante.«

»Hihi, Gouvernante, das ist gut. Das gefällt mir. Genau, das ist sie. Eine Aufpasserin, eine Spinne, eine Spionin. Aber bald hat es sich ausspioniert.«

»Willst du sie entlassen?«

»Unbedingt. Sie nimmt sich Sachen raus, das kannst du dir nicht vorstellen. Sie überwacht meine Post, stell dir vor, ein Telegramm von Joe hat sie mir erst nach einer Woche gegeben. Sie glauben, sie können alles mit mir machen, hihi, denken, ich bin krank, ein dummes Ding, aber sie werden sich wundern. Vielleicht bin ich wirklich krank, aber nicht dumm. Sie denken, ich brauche sie, ich habe niemand. Aber sie täuschen sich. Joe ist immer noch da, und du auch. Sie werden sich täuschen.«

»Ich hab's dir doch immer gesagt: die beiden sind nicht gut für dich. Du hättest viel früher zu mir kommen sollen.«

»Ach Timmy, du hast ja so recht. Hast du was zu trinken?«

»Was willst du haben?«

»Gibt's bei dir Champagner?«

»Tut mir leid, den gerade nicht. Gin? Schottischen Whisky? Wodka? Einen französischen Rotwein?«

»Mach mir eine Bloody Mary, ja? Beeil dich, ich hab wirklich Durst. Und gibst du mir ein Glas Wasser? Ich brauch meine Pillen, bin schon wieder ganz kribbelig.«

Als ich zurückkam, hatte sie zwei Tabletten in der Hand, steckte sie in den Mund und trank ein paar Schluck hinterher. Ich sah mir die Packung an: es war ein Tranquilizer, dessen Name ich vergessen habe. Nicht vergessen habe ich die Dosierung. »Bei Bedarf eine Tablette pro Tag«, stand da, »bei besonders schweren Depressionen je eine morgens und abends, einzunehmen nach den Mahlzeiten.«

»Hast du gegessen?« fragte ich.

»Danke, ich hab keinen Hunger.«

»Ich meine, wegen den Tabletten. Zwei Stück auf einmal, ist das nicht ein bißchen viel?«

»Ach, du hast keine Ahnung. Wenn ich weniger nehme, wirken sie gar nicht.«

Wieder kicherte sie, schüttelte den Kopf, und plötzlich fing sie an zu weinen. Weinte und kicherte und weinte, bis ich mich neben sie setzte, sie in den Arm nahm und ihr übers Haar strich.

»Mein Gott, Mädchen, was ist denn los mit dir? Du bist ja ganz durcheinander. Dieses verdammte Zeug, das du da schluckst, wird dich noch umbringen, glaube mir!«

»Ach Timmy«, schluchzte sie, »das weiß ich doch selber – aber was soll ich machen? Du kannst gut schlafen, nicht wahr? Darum kannst du dir nicht vorstellen, wie das ist. Liegst da und kannst nicht einschlafen. Du sagst dir, du mußt schlafen, aber der Schlaf kommt nicht. Irgendwann sagst du dir, lieber sterben als so daliegen, ehrlich. Dann nehme ich doch eine Tablette, und wenn sie nicht wirkt, noch eine. Tausendmal hab ich mir geschworen, verdammt, ich hör auf mit dem Zeug. Aber dann lieg ich wieder da … grüble … ich will nicht mehr, ich kann nicht mehr, was hat das für einen Zweck. Ich schaff's einfach nicht. Und gerade jetzt, du kannst dir nicht vorstellen, wie ich mich fühle. Es ist, als ob es mich zerreißt. Ich hab Angst zu sterben, oder ich möchte sterben. Glaub mir, es ist nicht zum Aushalten.«

Das sagte sie ohne Kichern. Aber zwischendurch brachen ihre Sätze immer wieder ab – ohne daß sie die Stimme gesenkt hätte, schienen sie irgendwo auf dem Weg zwischen Denken und Sprechen steckenzubleiben.

»Ich versteh dich ja«, sagte ich. »Wahrscheinlich müßtest du ein paar Wochen auf einem Bauernhof arbeiten. Früh aus den Federn, dann bis zum Abend schuften, bis dir alle Knochen weh tun. Da würdest sogar du einschlafen, glaub mir.«

»Meinst du? Ganz im Ernst? Denkst du, ich soll es einmal versuchen?«

»Ja, ich meine es ernst. Wenn du willst, suche ich dir jemand.«

»Ach Timmy, du bist wirklich ein guter Freund. Warum bin ich bloß nicht früher zu dir gekommen.«

»Eben. Sag ich doch.«

Ich hielt sie im Arm und wiegte sie hin und her; alles war sehr still und friedlich, und sie schien es zu genießen. Als sie den Kopf zu mir drehte und ich sie im selben Moment ansah, war plötzlich ihr Mund genau vor meinem; es war beinahe ohne Absicht, daß unsere Lippen sich berührten. Eine Berührung, die den Namen Kuß nicht verdiente; aber ich hatte das Gefühl, ein Bündnis mit ihr zu schließen.

»Was hast du für heute vor?« fragte ich nach einer Weile.

»Gar nichts. Ich bin ja krank, von der Fox gibt es nichts Neues. Wenn ich nicht zu dir gekommen wäre, würde ich jetzt wahrscheinlich im Bett liegen. Hast du einen Vorschlag?«

»Ja. Ich packe uns einen Picknickkorb, dann fahren wir zum Strand und suchen uns eine schöne Stelle.«

»Einverstanden«, sagte sie und gähnte. Als ich zurückkam, lag sie zusammengekrümmt auf der Bank und war eingeschlafen. Ihr Atem ging flach und beinahe beängstigend langsam. Gelegentlich atmete sie tief ein und stöhnte laut. Laß sie schlafen, sagte ich mir, sie wird es brauchen. Unter dem Kleid hatte sie nichts an, aber sie so zu sehen, war mir unangenehm, also holte ich ein Tuch und legte es ihr über die Hüfte. Dann ging ich ins Haus, um etwas zum Lesen zu suchen.

Mein Blick fiel auf Dostojewskis *Brüder Karamasow*. Ich nahm den Band aus dem Regal, setzte mich nach draußen und suchte die Beschreibung der Grushenka.

»Ihr Anblick, das fühlte Aljosha, machte das Herz froh. Allerdings war da an ihr noch etwas, worüber er sich selber nicht genau im klaren war, etwas, das er nicht verstand, das aber auch auf ihn unbewußt wirkte: nämlich diese Weichheit, die katzenhafte Unhörbarkeit ihrer Schritte, die Zärtlichkeit ihrer Bewegungen. Dabei war es eine kräftige, volle Gestalt, unter deren weichem Schal sich eine hohe, noch ganz jugend- liche Brust abzeichnete. Dieser Körper hatte vielleicht die For- men der Venus von Milo, auch wenn er schon jetzt etwas üp- piger zu sein schien. Kenner russischer Frauenschönheit hätten vielleicht gesagt, daß solche frischen, noch jugendlichen Schön- heiten schon mit dreißig Jahren die Harmonie verlieren, daß auch das Gesicht dann schon verschwommener aussieht, daß sich um die Augen und auf der Stirn sehr schnell kleine Falten bilden, schließlich die Gesichtsfarbe ihre Zartheit verliert und sich rot färbt. Mit einem Wort: daß es eine flüchtige Schönheit war, eine Augenblicksschönheit, die man gerade bei der rus- sischen Frau so häufig findet.

Daran dachte Aljosha in diesem Augenblick natürlich nicht. Aber wie bezaubert er von ihrem Anblick auch war, so fragte er sich doch mit einer gewissen unangenehmen Empfindung: ›Warum zieht sie die Worte so in die Länge? Warum kann sie nicht natürlich sprechen?‹ Sie tat es offenbar, weil sie diese ge- dehnte und süßlich wirkende Art zu sprechen schön fand. Das war natürlich nur eine dumme Angewohnheit, die nicht zum guten Ton gehörte, und die von ihrer geringen Bildung und einer von Kindheit an falschen Auffassung dessen zeugte, was sie für vornehm hielt. Und doch schien Aljosha diese singende Sprechweise wie ein unbegreiflicher Widerspruch zu diesem kindlich-offenherzigen und gutmütig-freudigen Gesichtsaus- druck, zu diesem glücklichen Leuchten ihrer Kinderaugen!«

Ich sah sie an, wie sie da auf der Bank lag: auch sie eine Mischung aus Naivität und Berechnung, Schönheit und

Gewöhnlichkeit. Eine Frau mit »geringer Bildung« und einer »süßlich wirkenden Art zu sprechen« … ob sie den Roman wirklich gelesen hatte? Wohl kaum, sagte ich mir: bei ihrer Abneigung, auf eigene Faust etwas Systematisches zu tun, höchstens ein oder zwei Kapitel. Wann war das gewesen – diese stolze Mitteilung, daß sie die Grushenka spielen wollte? Ich rechnete nach: über sieben Jahre war es jetzt her. Da war sie achtundzwanzig, und die Reporter hielten das Ganze für einen Witz. Schade, dachte ich. Vielleicht wäre alles anders gelaufen, wenn sie statt der Salonkomödie mit Laurence Olivier die *Brüder Karamasow* gemacht hätte.

Ich ging in die Küche und holte den Picknickkorb. Als ich zurückkam, erwachte Marilyn, richtete sich auf und räkelte sich. »Komm«, forderte ich sie auf, »iß ein bißchen, dann fahren wir los.«

»Einverstanden«, sagte sie. Aber als sie ein paar Happen gegessen hatte, nahm sie ihre Handtasche und verschwand in Richtung Badezimmer. »Muß mich ein bißchen frisch machen«, sagte sie. Ich wartete zehn Minuten, zwanzig, vierzig – schließlich wurde es mir zu bunt. Ich ging zum Badezimmer und klopfte an die Tür.

»Hallo, Prinzessin – bist du wieder eingeschlafen?«

»Wie kommst du darauf? Ich denke, wir wollen zum Strand!«

»Will ich ja auch – aber ich dachte, solange es hell ist!«

»Natürlich, aber ich muß mich doch fertig machen. Warum stehst du eigentlich vor der Tür? Komm doch rein!«

Da stand sie vorm Spiegel und schminkte sich. Wir wollten baden fahren, und sie schminkte sich …

»O Marilyn«, stöhnte ich.

»Is' was, Timmy?«

»Allerdings. Sollen vielleicht die Fische aus dem Wasser springen, wenn Marilyn Monroe vorbeigeht? Oder willst du dem Pazifik eine Vorstellung geben?«

»Hm – meinst du wirklich, ich soll so gehen, wie ich bin?«

»Nein, bloß nicht! Setz dir Sonnenbrille und Perücke auf – ich hab keine Lust, am Strand Göttergatte zu spielen.«

»Alle hacken auf mir rum, sogar du. Kann ich nirgendwo hingehn, wie mich Gott geschaffen hat?«

»Wieso. Hat er dich mit Lippenstift und Make-up geschaffen?«

»Ach, du mit deinen Haarspaltereien. Also gut, ich nehm die Perücke und gehe, wie ich bin. Auf deine Verantwortung.«

»Sag mal«, fragte ich im Auto, »was machen denn nun die ›Marilyn Monroe Productions‹? Irgendwelche neuen Filme in Aussicht?«

»Warum? Möchtest du bei mir Manager werden?«

»Nein, besten Dank. Aber als du geschlafen hast, habe ich wieder mal in die *Brüder Karamasow* reingesehen. Von wem kam eigentlich damals die Idee, du solltest die Gruschenka spielen?«

»Von Milton, glaube ich. Oder nein, ganz zuerst war es Chekhov. Du weißt, Mikael Chekhov – mein alter Schauspiellehrer. Irgendwann hat er zu mir gesagt: Mädchen, da kannst du sehen, was für Trottel in Hollywood sitzen – an einen Stoff wie die *Brüder Karamasow* trauen sie sich nicht ran. Später hab ich's wohl Milton erzählt, und der war begeistert. Ein Riesenstoff, sagte er, wirklich was Seriöses, aber auch irgendwie ein Krimi. Und die Gruschenka, meinte er – eine bessere Rolle für mich könnte er sich nicht denken.«

»Und warum wurde nichts daraus?«

»Weiß ich auch nicht mehr genau. Kann sein, Arthur war dagegen, ja, das war's wohl. Ein guter Stoff, meinte er, aber die Gruschenka … hat mir mal eine Stelle vorgelesen. Siehst du, sagte er, schon wieder eine blonde Schönheit ohne Kultur, hast du das nötig? Warte ein bißchen, ich schreib dir was Besseres. Dann hat die MGM sich den Stoff geschnappt. Und die Gruschenka kriegte diese blöde Deutsche.«

»Könnte es sein, Arthur war bloß eifersüchtig auf Dostojewski? Oder hat er sich geärgert, daß die Idee nicht von ihm war?«

»Schon möglich. Er und Milton, das klappte sowieso nicht. Jeder hatte seine eigenen Vorstellungen. Jeder wollte was anderes aus mir machen, und ich … also ich …«

»Ja? Was war mit dir?«

»Ach, mich hat keiner gefragt. Immer dasselbe: du gibst einem den kleinen Finger, und er nimmt nicht bloß die ganze Hand, sondern will gleich noch den Kopf und den Hintern dazu.«

»Die Brüste nicht zu vergessen.«

»Da haben wir's: du bist auch nicht besser!«

Als wir am Strand ankamen, war es gegen vier Uhr. Ich holte den Korb aus dem Kofferraum; Marilyn nahm zwei Decken über den Arm. Vielleicht eine halbe Meile gingen wir den Strand entlang, auf der Suche nach einer Stelle, wo wir vor neugierigen Blicken geschützt waren. Allerdings hatte sich von den Leuten, an denen wir vorübergingen, keiner auch nur umgedreht. Dieses Ausmaß an Nicht-Erkennen schien ihr auch nicht recht zu sein. Sie begann, sich nach allen Seiten umzusehen, und als niemand eine Reaktion zeigte, nahm sie ihre Perücke ab – mit einer Geste, die andeuten sollte, daß ihr viel zu heiß wäre. Mir wurde angst und bange. Was sollte ich machen, wenn man sie erkennen würde? Darauf schien sie es geradezu anzulegen; sie lächelte zu den Sonnenbadenden und Ballspielenden hinüber, als wären das alles ihr guten alten Freunde, und ich an ihrer Seite nur der Taxifahrer, der sie hergebracht hatte …

Für einen Augenblick hätte ich sie ohrfeigen mögen. Zum Glück gab es an diesem Teil des Strandes kaum noch Leute; und die wenigen – fast ausnahmslos junge Paare – waren wohl aus demselben Grund hierhergekommen wie ursprünglich auch wir: um ihre Ruhe zu haben und von keinem belästigt zu werden. Niemand schenkte uns mehr als einen flüchtigen Blick. Ich war heilfroh, als wir wenig später einen Platz fanden, der hufeisenförmig von Büschen umgeben und nur zum Wasser hin offen war.

Jetzt, ohne Zuschauer in Sichtweite, ging mit ihr wieder

eine Verwandlung vor sich. Das strahlende, in die Ferne ge-
richtete Lächeln verschwand, als hätte jemand in ihrem Inneren einen Motor abgestellt. Sie warf die Decken auf den
Boden wie eine Arbeiterin, die bei Feierabend ihr Werkzeug
fallen läßt. Ich breitete eine davon aus und rollte die andere
zusammen; Marilyn ließ sich im Schneidersitz nieder und
griff sich aus dem Korb ein paar Kirschen. Offenbar hatte
sie Hunger, denn sie steckte sich eine nach der anderen in
den Mund und spuckte dann drei oder vier Kerne gleichzeitig in den Sand. Danach ein kleiner Rülpser, bevor sie mit
einem gehauchten »Danke, Timmy« ein Käsesandwich aus
meiner Hand entgegennahm – mit einem Blick, als gäbe es
seit den Tagen der Schöpfung auf der ganzen Welt nur sie
und mich.

49
Ein herrenloser Hund

Ein paar Kinder gingen am Strand vorbei, ihnen folgte in einigem Abstand ein Hund. Offenbar gehörte er nicht dazu, denn als einer der Jungen sich bückte und einen flachen Stein aufhob, kniff das Tier den Schwanz ein und sprang erschrocken in unsere Richtung. Dabei hatte der Junge gar nicht auf den Hund geachtet. Er warf den Stein übers Wasser, wo er einige weite Sprünge machte und schließlich versank.

Marilyn hatte die Szene beobachtet und pfiff. Der Hund kam näher, doch nur ein paar Schritte, und als sie ihm ein Stück Wurst hinwarf, sprang er wieder zurück. Dann begriff er, daß wir ihm nichts tun wollten, denn er holte sich die Wurst, ließ sich ein paar Schritte von unserer Decke entfernt nieder und beäugte uns.

»Komm! Komm her!« rief ihm Marilyn zu. Dabei warf sie immer wieder kleine Stücken Wurst und Schinken zu ihm hin, jedesmal ein bißchen näher, bis er schließlich – immer auf dem Sprung, sich zurückzuziehen – an der Decke stand und ihr das letzte Stück aus der Hand fraß.

Als er merkte, daß wir es gut mit ihm meinten, ließ er sich streicheln und aufs Fell klopfen, aber als ich zu einem herumliegenden Ast griff, sprang er ein paar Schritte zurück.

»Da siehst du es«, sagte ich zu Marilyn. »Ob Tier oder Mensch, in jeder Bewegung steckt die ganze Lebensgeschichte. Nur ist das Tier ehrlicher als der Mensch.«

»Du meinst, wenn einer immer weggestoßen und getreten wurde, dann erwartet er nur noch, daß man ihn wieder tritt?«

»Ja, aber der Hund ist klüger als ein Mensch. Er zeigt offen, daß er Angst hat, und wer ihn wegstoßen will, braucht es nur anzudeuten – dann geht er von allein.«

Ich hielt ihm das Holz vor die Nase, damit er es beschnuppern konnte, dann warf ich es in weitem Bogen in Richtung aufs Wasser hin. Bellend rannte er hinterher, schnappte sich den Ast und kam schwanzwedelnd zurückgetrabt. Er legte sich neben die Decke und begann, das Holz genüßlich zu zerfasern. Als ich ihm dabei den Kopf kraulte, winselte er vor Behagen.

»Ach ja«, sagte ich. »Wie würde er sich wohl verhalten, wenn er ein Mensch wäre? Mit dem sogenannten guten Benehmen würde er beides verstecken: die Angst vor Verletzungen und den Wunsch, gestreichelt zu werden. Darum wird der Mensch nur selten gestreichelt, aber oft verletzt, ob mit oder ohne Absicht.«

»Du sagst das über den Hund, aber du meinst mich, oder?«

»Nein, das war ganz allgemein. Ich glaube, was unsere Gefühle angeht, sind wir beide dümmer als dieser Hund. Komm, Prinzessin, machen wir einen Spaziergang!«

Der Hund wedelte mit dem Schwanz und tanzte um uns herum, schob seine Schnauze in Marilyns Hand und in meine, als wollte er fragen, ob wir ihn dabeihaben wollten.

»Na los«, rief ich, »komm mit, du Hecheltier!« Da sprang er an mir hoch und jaulte vor Begeisterung, als hätten wir uns nach langer Trennung wiedergefunden.

Wir gingen den Strand entlang, der inzwischen fast menschenleer war, bückten uns nach schönen Muscheln, ließen uns die Füße von Wasser umspülen. Der Hund hielt sich in unserer Nähe, nutzte aber die Gelegenheit zu weiträumigen Abstechern: nach rechts, nach links, ein Stück die Dünen hoch, ein paar Schritte ins Wasser, in gespielter Jagd nach einer Möwe – nicht ohne zwischendurch immer wieder zu uns zurückzukommen und uns schwanzwedelnd die Hände zu lecken.

»Schon komisch«, sagte ich. »Ein herrenloser Hund, man sollte denken, er kann den ganzen Tag umherrennen, soviel er will. Aber jetzt tut er so, als müßte er sich bei uns für den Spaziergang bedanken.«

»Ich verstehe ihn gut«, sagte Marilyn. »Glaubst du, ich möchte so einen Spaziergang alleine machen? Dem Hund geht es wie mir: zum Genießen braucht er Gesellschaft.«

Wir bogen in eine Bucht ein und mußten über eine Ansammlung von Felsen steigen. In einer Mulde lag ein kindskopfgroßer blauer Ball, den jemand weggeworfen oder vergessen hatte. Kaum hatte der Hund ihn gesehen, da lief er hin, packte ihn mit spitzen Zähnen und kam mit erhobenem Kopf zurückgetrabt.

»Gib her!« forderte ich ihn auf, aber er gehorchte nicht. Stolz tänzelte er um mich herum, ließ mich den Ball anfassen – um dann, mit dem Schwanz wedelnd, gleich wieder ein Stück zurückzuspringen.

Marilyn war gerührt. »Verstehst du? Er ist kein Bettler, will er dir sagen. Sogar er hat etwas, das ihm gehört und auf das er stolz ist. Er möchte unsere Gesellschaft, aber was er sonst noch braucht, beschafft er sich selber.« Und nach ein paar Schritten fügte sie hinzu: »Ich wäre froh, wenn ich das auch von mir sagen könnte.«

»Das kannst du doch!« widersprach ich. »Oder meinst du im Ernst, du hättest weniger erreicht als dieser Hund?«

»Dann sag mir doch bitte eine Sache – nur eine einzige: worauf könnte ich stolz sein? So stolz wie der Hund auf seinen Ball?«

Als wollte er sie trösten, kam der Hund zu ihr und legte ihr den Ball vor die Füße. Als sie ihn aufhob, kläffte er in freudiger Erwartung. Sie warf den Ball so weit sie konnte, der Hund sauste hinterher, packte ihn und kam schwanzwedelnd zurück.

»Jetzt kannst du stolz sein«, sagte ich. »Sein einziger Besitz, und er legt ihn dir zu Füßen. Er vertraut dir!«

»Ich wollte, ich könnte auch jemand so vertrauen«,

seufzte sie. »Komm, Timmy, gehen wir zurück. Hoffentlich hat inzwischen keiner die Decken geklaut.«

Es war aber alles unberührt: die Decken, das Essen, der Wein. Ich machte für jeden von uns noch ein Sandwich. Der Hund lag neben der Decke und sah zu; schließlich legte er den Kopf zwischen die Pfoten und schloß die Augen. Marilyn nahm den Rest ihres Sandwichs und hielt ihn vor seine Nase.

»Hier«, sagte sie, »sollst auch was haben von deinem Leben!«

Er wedelte mit dem Schwanz und beschnüffelte das Brot, biß aber nicht zu. Erst als sie es ihm zwischen die Pfoten legte, ließ er sich herab, es vorsichtig in die Schnauze zu nehmen und herunterzuschlucken. Dabei blickte er sie an, als wollte er sagen: Das wäre wirklich nicht nötig gewesen – und schloß erneut die Augen.

Marilyn nahm die Perücke ab und legte sich auf den Rücken, den Kopf auf der zusammengerollten zweiten Decke. Sie sagte nichts, aber als ich nach einem Weilchen zu ihr hinübersah, hatte sie Tränen in den Augen.

»Was ist los?« fragte ich.

»Weiß nicht«, sagte sie. »Dieser Hund … mager bis auf die Knochen, aber das einzige, was er wirklich will …«

»Nämlich? Was will er?«

»Jemand, zu dem er gehört.« Und dabei schluchzte sie.

Ich ergriff ihre Hand. »Zu jemand gehören … wer gehört schon wirklich zu jemand? Was willst du? Erst haben sie dich herumgeschubst, keiner wollte dich haben, wie den Hund da. Und jetzt? Wenn es wirklich das Wichtigste wäre, zu jemand zu gehören, hättest du ja bei Dougherty bleiben können. Schnittiger Bursche, eigenes Auto – ein blaues Ford-Coupé, du weißt schon.«

»Mach dich nicht über mich lustig! Was hätte ich anderes tun sollen als ihn heiraten? Wieder ins Waisenhaus gehen?«

»Ist ja gut – ich mach dir keine Vorwürfe. Aber sieh dich doch um: zu jemandem gehören heißt meistens bloß: von ihm abhängig sein. Kinder von ihren Eltern, die Hausfrau von ihrem Mann. Du warst es doch, die damals wieder frei sein wollte. Oder war es Dougherty, der zuerst von eurer Ehe genug hatte?«

»Kann schon sein. Ich glaube, er wußte genau, daß wir nicht zueinander paßten. Sonst wäre er nicht zur Handelsmarine gegangen.«

»Und Joe? Oder Arthur? Haben die besser zu dir gepaßt?«

»Arthur … ich glaube, das war mein größter Irrtum. Eigentlich war es seiner – so ein kluger Mann, dachte ich, wenn der mich will, dann wird er schon wissen, warum.«

»Und? Wußte er's?«

»Von wegen – noch viel weniger als Joe! Weißt du, dieser ganze Filmrummel … Joe hat das nie interessiert. Aber Arthur – er glaubte wirklich, ich bin so wie im Film. Lustig, wie?«

»Auch nicht lustiger als deine Annahme, Schriftsteller wären klüger als andere Leute. Was Frauen angeht, sind sie eher dümmer, habe ich recht?«

»Timmy, in den ersten Monaten mit Arthur habe ich mich wirklich wie verwandelt gefühlt. Wie neugeboren, ehrlich. Aber dann kam das alles wieder … als wenn wir beide geträumt hätten. Und plötzlich sind wir aufgewacht.«

»Was meinst du – was kam wieder?«

»Na was schon. Meine Zweifel, meine Schlaflosigkeit … wir haben beide geglaubt, die Liebe ändert alles. Dann siehst du dich um und fragst: Was hat sich geändert? Nichts.«

»Und Arthur? Wie hat er's aufgenommen?«

»Gar nicht gut. Wenn etwas mit mir nicht stimmte, glaubte er, es wäre seine Schuld. Wir liegen im Bett, ich kann nicht einschlafen, gleich denkt er, er hätte was falsch gemacht. Ich hatte wieder meine Depressionen, also denkt er, es wäre wegen ihm. Und dann …«

»Ja? Was dann?«

»Ach, es war wirklich vertrackt. Ich merke, er fühlt sich schlecht, warum? Wegen mir. Also fühle ich mich natürlich auch schlecht. Erst war es ein Irrtum von ihm, aber plötzlich ist es gar kein Irrtum mehr. Er fühlt sich schlecht wegen mir, ich fühle mich schlecht, weil er sich wegen mir schlecht fühlt. Wie ein Pingpongspiel, mit dem du nicht mehr aufhören kannst. So ist das: am Anfang glaubst du, diesmal ist es wirklich Liebe. Plötzlich ist alles durcheinander, wie ein riesengroßer Knoten. Du zerrst und zerrst, um ihn aufzukriegen, aber du machst alles nur schlimmer.«

»Und Arthur?«

»Der hat sich immer mehr zurückgezogen. Was das Zurückziehen angeht, hat es ein Schriftsteller viel leichter als ein Schauspieler. Er kann immer sagen, ich muß jetzt arbeiten. Wer weiß, vielleicht hat er wirklich den großen Gedanken, und wenn er das nicht aufschreibt, ist es ein Verlust für die ganze Menschheit. Wir sind zwar noch eine ganze Weile miteinander ausgegangen, da haben wir beide so getan, als kämen wirklich Mister Miller und Marilyn Monroe. Aber dann hat er wohl begriffen, daß er die Marilyn aus den Filmen nicht haben konnte.«

»Wo konnte er sie nicht haben – im Haus oder im Bett?«

»Beides, Timmy. Ich habe gemerkt, es war ihm unangenehm, mit mir zusammen irgendwo hinzugehen. Wahrscheinlich hat er bloß noch mitgemacht, weil wir Geld brauchten. Einmal waren wir zu einem Empfang eingeladen, und als ich aus dem Badezimmer komme, sagt er: Also los, gehen wir unsere Show abliefern.«

»Mindestens zwei Stunden zu spät, vermute ich. Stimmt's?«

»Woher weißt du …? Ach Timmy, es ist ein Elend. Bloß weil man Filme macht und Interviews gibt, glauben die Leute, sie wüßten alles über einen. Du auch.«

»Dann sei doch in Zukunft einfach pünktlich!«

»Schön wär's. Ich schaff's nun mal nicht.«

»Warum eigentlich nicht? Was ist daran so schwer?«

»Du hast gut reden. Du weißt genau, was man von dir erwartet, und du weißt, du kannst es, also macht es dir Spaß.
Aber ich … ich glaube, das fing im Waisenhaus an: wenn
einer was von mir wollte, dann war es das, was sie unter
Erziehung verstanden. Für mich war das immer eine Strafe.
Irgendwie ist dieses Gefühl geblieben: man erwartet etwas
von mir, also will man über mich bestimmen. Auch wenn
ich gar nicht weiß, was sie von mir wollen – immer hab ich
Angst, ich schaff's nicht. Und etwas in mir protestiert und
sagt, nein, mir schreibt keiner mehr vor, was ich mache.
Also sitze und sitze ich und vertrödle Zeit, bis ich mir sage:
So, jetzt hab ich's ihnen gezeigt – über mich bestimmt
keiner.«

»Verrückt, nicht wahr? Du wehrst dich dagegen, daß andere über dich bestimmen, aber das Ergebnis ist nicht, daß
du selbst über dich bestimmst.«

»Sondern? Wer bestimmt über mich?«

»Die Angst – merkst du das nicht? Erinnerst du dich, wie
ich dich gefragt habe: Warum unternimmst du nie etwas auf
eigene Faust? Du machst keine Reisen, du machst keine
Schallplatten. Du könntest dich mit einem Fotografen zu-
sammentun und ein Buch machen, jeder wäre froh, mit dir
zu arbeiten. Aber du wartest, bis die Fox dir etwas vor-
schlägt, oder meinetwegen Milton Greene oder Arthur
Miller oder sonstwer. Warum machst du überhaupt Filme?«

»Timmy, fragst du das im Ernst? Bin ich so schlecht?«

»Nicht doch, das hast du falsch verstanden. Was du gemacht hast, habe ich immer bewundert, das weißt du ja.
Aber eines habe ich inzwischen mitbekommen: das Filmen
macht dir überhaupt keinen Spaß. Im Gegenteil: wahrscheinlich hat es noch nie einen Schauspieler gegeben, für
den das Drehen so eine Qual war wie für dich. Warum also
machst du das immer wieder?«

»Mein Gott, warum … ich kann doch nichts anderes.«

»Natürlich kannst du anderes. Du bist eine tolle Sängerin, du bist ein perfektes Fotomodell. Übrigens, das wollte

444

ich dich schon lange fragen: warum macht dir die Arbeit vor der Fotokamera eigentlich so viel Spaß, und vor der Filmkamera nicht?«

»Oh, das ist überhaupt kein Vergleich. Fotografieren, da arbeitest du wirklich mit jemand zusammen. Der Fotograf hat einen Vorschlag, du machst was draus, und er freut sich mit dir über jede schöne Pose. Jedesmal, wenn er auf den Auslöser drückt, ist das eine Art Beifall. Dann noch eine Aufnahme und noch eine, aber nicht, weil die Pose schlecht war, sondern weil er sie gut findet. Mit einem guten Fotografen zu arbeiten ist wie Tanzen. Es macht ganz einfach Spaß, verstehst du?«

»Und das Filmen?«

»Eigentlich ist jedes ›Cut!‹ eine kleine Niederlage. Wenn der Regisseur ein brutaler Kerl ist, ruft er einfach: Halt, das war nichts! Oder er ist ein Schleimer, dann sagt er, herrlich, machen wir es gleich noch mal, aber dreh den Kopf nicht so weit nach links, meine Liebe. Und wehe, du hast einen eigenen Gedanken – das mag keiner.«

»Kritik und Streit gibt's woanders auch. Ist nun mal so, wenn Leute zusammenarbeiten.«

»Zusammenarbeit? Daß ich nicht lache! Meinst du, das sind Freunde? Denkst du, die Kollegen wünschen mir, daß ich gut bin? Von wegen! Die sind so neidisch, das glaubst du nicht. Ich weiß genau, was sie denken, diese Pisser. Eine dumme Blonde, denken sie, was finden die Leute nur an der. Dann freuen sie sich über jeden Fehler, ich spüre das genau. Und abends gehen sie einen trinken und zerreißen sich das Maul über mich.«

»Ich glaub's dir ja. Also warum machst du's immer wieder?«

»Du hast recht, warum eigentlich. Weißt du, am Anfang, als mein Name zum ersten Mal draußen an den Kinos stand, da hab ich manchmal gedacht: Irgendwo im Land, da läuft jetzt mein Vater durch die Straßen und sieht das. Er wird denken, das ist meine Tochter, alle wollen sie sehen, es ist etwas geworden aus ihr. Ich dachte wirklich, eines Tages meldet er sich und sagt: Mädchen, entschuldige, ich war ein Schweinehund, das kann ich nie wieder gutmachen, aber eines sollst du wissen, ich find's gut, was du aus deinem Leben gemacht hast. Er ist aber nie gekommen. Und wenn er jetzt käme, würde ich wahrscheinlich sagen: Scher dich zum Teufel!«

»Weißt du denn inzwischen, wer es ist? Oder wer es war?«

»Nicht hundertprozentig, aber ich vermute es. Ich hab ihn einmal angerufen, und er hat gesagt: Wenn es was zu besprechen gibt, dann mit meinem Anwalt. Lustig, was?«

»Nein, traurig. Und deine Mutter?«

»Nichts Neues. Sitzt im Sanatorium und dämmert vor sich hin. Meinst du, ich sollte sie öfter besuchen?«

»Nein, solltest du nicht. Schon gar nicht in deinem Zustand.«

»Siehst du, das sagt Ralph auch. So dumm ist er also gar nicht. Was er jetzt wohl macht – ob ich ihn anrufe?«

»Das mußt du entscheiden.«

»Du hast recht. Soll er sich ruhig Sorgen machen.«

»Willst du ihn denn behalten? Oder suchst du einen neuen Therapeuten?«

»Wäre wahrscheinlich das Beste. Aber im Moment überlege ich was ganz anderes.«

»Nämlich?«

»Joe. Er ist wirklich treu, er liebt mich immer noch. Neulich hat er mich wieder gefragt: Mädchen, sagt er, wollen wir es nicht noch einmal miteinander versuchen?«

»Und du? Liebst du ihn denn auch immer noch?«

»Liebe, Liebe … wenn ich nur wüßte, was das ist. Ich weiß bloß, jünger werde ich auch nicht. Vielleicht ist es wirklich Zeit, endlich festen Boden unter die Füße zu kriegen. Timmy, ich bin ja nicht blind. Meinst du, ich sehe nicht, wie ich jeden Tag mehr Falten kriege? Und meine Haut … ich frag mich ehrlich, wie lange die Leute so was noch sehen wollen.«

»Unsinn! Brauchst ja nur die Zeitungen aufzuschlagen!«

»Ach Gott, die Zeitungen! Hab schließlich meine eigenen Augen, und was ich im Spiegel sehe, das sehe ich.«

»Aber du bist und bleibst die beliebteste Schauspielerin!«

»Na und? Die Leute denken, eine Filmschönheit ist wie ein Diamantring – du kannst ihn zehn Jahre tragen, und er leuchtet immer noch genauso. Von mir erwarten sie das auch. Dabei bin ich ein Mensch wie jeder andere. Bloß trauriger.«

»He, Prinzessin«, versuchte ich sie aufzumuntern, »glaub deinem alten Timmy: du bist immer noch schön!«

»Schönen Dank«, murmelte sie. »Immer noch, immer noch – aber nicht mehr lange ...«

»Quatsch. Komm, die Sonne geht bald unter – laß uns eine Runde schwimmen!«

50
Wind, Sand und Sterne

Ich hatte mir schon zu Hause eine Badehose angezogen; für Marilyn hatte ich einen alten Badeanzug von Laura eingepackt. Aber sie zog ohne Umstände ihr Kleid aus, sprang auf und lief nackt hinunter zum Wasser, der Hund bellend hinterher. Ich kam mir etwas komisch vor in meiner Badehose, aber sie jetzt auszuziehen, wäre noch komischer gewesen. Also lief ich Marilyn nach, die längst das tiefe Wasser erreicht hatte.

Eine Strecke schwammen wir ins offene Meer hinaus, nur gelegentlich ein paar Worte wechselnd. Zuerst schwamm der Hund neben uns, dann blieb er zurück. Als ich mich nach einer Weile umdrehte, sah ich ihn nicht mehr. Auch ich wollte umkehren, denn die Dämmerung kündigte sich schon an. Aber Marilyn hatte noch nicht genug.

»So was brauche ich«, rief sie, und legte einen kleinen Spurt ein. »Das tut mir gut, das müßte ich viel öfter machen!«

Also schwamm ich hinterdrein, wenn auch nicht ohne Sorge. »Paß auf«, rief ich, »ich glaube, hier gibt es eine Strömung!«

»Hast du Angst?« antwortete sie und schwamm weiter. Erst als es merklich dunkler war, drehte sie um. Und jetzt merkten wir, daß die Strömung stärker war, als wir beide geglaubt hatten. Immer auf die untergehende Sonne zuschwimmend, waren wir in einem großen Halbkreis von unserem Platz abgetrieben. Wir legten mehr Kraft in unsere Züge, wollten nur noch zurück, aber die Strömung schien nicht nur seitwärts, sondern auch vom Land wegzuführen. Marilyn schwamm erst neben, dann hinter mir, schließlich blieb sie immer weiter zurück. Ich schwamm langsamer, aber sie holte nicht auf. Stattdessen hörte ich sie schreien: »Ich habe einen Krampf! Oh, tut das weh! Hilf mir doch!«

Da war ich schon bei ihr und packte ihren Fuß. Mit der einen Hand hielt ich die Wade fest, mit der anderen bog ich die Fußspitze nach oben, während ich, so gut es ging, mit den Füßen strampelte, um uns beide über Wasser zu halten. »Verdammt, was machst du!« schrie sie. »Bist du verrückt? Hör auf, laß mich los! Au!«

Sie schlug auf mich ein, ich ließ los und atmete ein, bekam aber noch einen Schlag ab und hatte plötzlich einen Schwall Wasser im Mund. Das war zuviel. Ich spuckte, schnappte und hustete; wahrscheinlich wäre ich ertrunken, wenn die Wellen stärker gewesen wären. Endlich konnte ich wieder halbwegs atmen, aber im Hals brannte es höllisch. Was Marilyn betraf, so hatte entweder meine Behandlung gewirkt oder der Schreck sie zu sich gebracht, denn der Krampf war weg.

Das Ufer kam näher, da fing sie wieder an zu stöhnen: »Ich kann nicht mehr, hol's der Teufel, es geht nicht. Hab keine Kraft mehr.«

»Hast du wieder einen Krampf?« versuchte ich sie abzulenken.

»Nein, nur keine Kraft mehr. Timmy, schwimm jetzt bloß nicht weg!«

»Ruhig, wir schaffen es! Siehst du, ist gar nicht mehr weit.«

Sie gab sich Mühe, aber dann kam der nächste Krampf. Wieder massierte ich die Wade, für ein paar Züge ging es, aber sie konnte nicht mehr. »Leg dich auf den Rücken«, sagte ich, »vielleicht kriege ich uns beide bis zum Ufer.« Ich faßte sie mit den Händen unterm Kinn, wie ich es in einem Kurs für Rettungsschwimmer gelernt hatte, aber auch ich hatte keine Kraft mehr. Ein paarmal mußte ich eine Pause einlegen, und jedesmal trieb es uns wieder ein Stück zurück. Endlich schien sie sich etwas erholt zu haben; sie löste sich von mir und schwamm selber weiter. Dann blieb sie erneut zurück, aber als ich für einen Augenblick auf der Stelle trat, um sie herankommen zu lassen, berührte meine Fußspitze den Boden. »Geschafft!« rief ich. »Noch ein Stück, dann hast du Grund unter den Füßen!«

Beide waren wir so erschöpft, daß wir kaum stehen konnten. Langsam wateten wir auf den Strand zu. Inzwischen war es fast dunkel, und es wehte ein kühler Wind, so daß es im Wasser angenehmer war als an der Luft. Also ließen wir uns wieder fallen und schwammen im flachen Wasser auf unseren Platz zu.

Ein Bellen zeigte uns, daß die Richtung stimmte. Da, wo die Decke liegen mußte, lief der Hund auf und ab, und als wir nahe genug waren, kam er ins Wasser gesprungen, um uns zu begrüßen. Marilyn war gerührt. Sie lobte ihn, weil er auf uns gewartet hatte, aber auch, weil er so klug gewesen war, rechtzeitig umzukehren. Mit mir schien sie zu schmollen – als wäre es meine Schuld gewesen, daß sie zu weit hinausgeschwommen war.

An der Decke angekommen, trockneten wir uns rasch ab, dann ließ sie sich auf die Decke fallen und streckte Arme und Beine von sich. »Das war knapp«, stöhnte sie. »Glaub mir, ich bin fix und fertig. Tot, aus, kaputt!« Und gleich darauf: »Kalt ist es hier!«

Ich rollte die zweite Decke auf, breitete sie über sie und rieb ihr den Rücken warm. »Stärker!« sagte sie. Der Mond glänzte, die Sterne funkelten, ich dachte wieder an Robert Mitchum, der Marilyn in *River Of No Return* so bemerkenswert gefühllos massiert hatte. Mir ging es diesmal anders. Mein Reiben und Kneten ging allmählich in ein Streicheln über, und nach einer Weile kroch ich ebenfalls unter die Decke.

»Verdammt, deine Badehose!« fauchte sie. »Willst du mich umbringen?« Ich stand auf und zog die nasse Badehose vom Körper, und als ich wieder unter die Decke schlüpfte, spürte ich an Marilyns ruhigem Atem, daß sie eingeschlafen war. Neben ihr lag der Hund, den Kopf auf den Pfoten, und schlief ebenfalls. Ich hörte ein leises Wimmern oder Stöhnen, ohne feststellen zu können, ob es Mensch oder Hund war. Aber etwas anderes stellte ich fest: im Schlaf zog Marilyn die Decke Stück für Stück zu sich herüber, so daß mir immer kälter wurde. Eine Weile hielt ich es aus, dann versuchte ich, einen Teil zu mir zurückzuziehen, was aber nicht klappte, weil sie das größere Ende der Decke um sich gewickelt hatte. Plötzlich hörte es auf, mich zu stören – da war auch ich eingeschlafen.

Ich erwachte mitten in der Nacht, als einige angetrunkene Jugendliche am Strand entlanggingen. Auch der Hund wurde wach. Er erhob sich, schüttelte sich und trabte der kleinen Gruppe hinterher. Ich sah ihm nach, bis er verschwunden war. Als die Stimmen nicht mehr zu hören waren, sah ich, wie klar die Luft war und wie hell die Sterne funkelten. Ich dachte an Kant, der gesagt hatte: »Zwei Dinge erfüllen mich mit Ehrfurcht: der gestirnte Himmel über mir und das moralische Gesetz in mir.« Das mit dem Himmel konnte ich verstehen. Aber welches innere Gesetz meinte er?

Der Wind hatte sich gelegt; das Meer schien zu schlafen. Das leise Rauschen der Wellen hörte sich an, als würde der Ozean atmen.

Auch Marilyn erwachte. »Wo ist der Hund?« fragte sie.

»Der ist weg. Den Leuten nach, die eben vorbeigekommen sind.«

»Aber warum? Armer Kerl, ich hätte ihn mitgenommen.«

»Du hast doch schon deinen Maf.«

»Na und? Hätte ich eben zwei Hunde gehabt. Ich frag mich, warum er nicht geblieben ist. Verstehst du das?«

»Glaub schon.«

»Und? Warum?«

»Wollen wir nicht noch ein bißchen schlafen?«

»Erst sag mir, warum er weggelaufen ist.«

»Ganz einfach: schlechte Erfahrungen. Wie beim Menschen.«

»Versteh ich nicht. Hat er nicht gespürt, daß ich ihn mochte?«

»Gespürt schon, aber nicht geglaubt. Ich sag's doch, genau wie beim Menschen: wer zuviel schlechte Erfahrungen gemacht hat, glaubt nicht mehr, daß die nächste gut wird. Lieber zieht er sich selber zurück, als daß er wartet, bis man ihn wieder zurückstößt. So einem Hund ist nicht zu helfen. Und so einem Menschen auch nicht.«

»Wie kannst du das sagen! Und wenn ihn einer liebt?«

»Warum soll man ihn lieben? Wer immer nur schlechte Erfahrungen gemacht hat, zeigt doch, daß er das Unglück anzieht. Wenn du mit so einem Menschen lebst, kriegst du das auch ab – wer will das schon? Einsamkeit ist ansteckend, darum lieben die Leute nur die Glücklichen. So ist das nun mal.«

»Du bist gemein! Findest du das gerecht?«

»Gerecht nicht, aber realistisch.«

»Hast du noch nie eine unglückliche Frau geliebt?«

»Weißt du, jeder ist mal unglücklich. Bei den meisten ist das ein Ausnahmezustand. Aber bei andern ist es eine Eigenschaft, so ähnlich wie die Augenfarbe. Das Problem ist, man merkt das nicht sofort. Laura war wohl eher ein unglücklicher Mensch, vielmehr, sie ist es. Irgendwie lebt sie in einem Gefängnis. Wenn du so einen Menschen liebst, mauert er dich mit ein. Eine Zeitlang ging es, dann hab ich es nicht mehr ausgehalten.«

»Bist du denn glücklich?«

»Hm. Als guter Amerikaner müßte ich jetzt sagen, klar, ich bin glücklich. Ich denke positiv, ich bin optimistisch, alles ist Scheiße, aber alles wird gut, nicht wahr? Ich bin aber kein guter Amerikaner, also sage ich: nein, ich bin nicht glücklich. Es gab ein paar Augenblicke, da war ich es. Das ist wahrscheinlich schon mehr, als die meisten je erleben. Also will ich mich nicht beklagen.«

»Und ich? Glaubst du, ich bin glücklich?«

»Prinzessin, jetzt quälst du mich. Egal was ich sage, du wirst unzufrieden sein.«

»Warum denn das?«

»Wenn ich sage, du bist glücklich, dann gibt es zwei Möglichkeiten. Kann sein, dann kriegst du einen Schreck und sagst: O Gott, wenn das jetzt das Glück sein soll, wie schrecklich wird dann das Unglück? Oder du denkst: Er sagt das, um mich zu trösten, also muß es wirklich schlimm mit mir stehen. Sage ich aber, ich glaube, du bist unglücklich, dann wirst du denken: Verdammt, man sieht es mir schon an, und er hat doch gesagt, mit den Unglücklichen will keiner zu tun haben. Also was soll ich sagen?«

»Sag einfach, was du denkst.«

»Also gut: ich glaube, du bist eher unglücklich. Aber dein Glück ist, daß man dich trotzdem liebt.«

»Warum meinst du, ich bin unglücklich?«

»Ehrlich gesagt, mit so einer Kindheit … immer abgeschoben, nirgends das Gefühl, hier gehörst du hin … wie soll einer da das Glücklichsein lernen?«

»Kann man das nicht später nachholen?«

»Schön wär's, aber ich glaub's nicht. Glück ist wie die Muttersprache – du lernst es als Kind oder nie.«

»Und wenn einer nur Unglück lernt?«

»Ich fürchte, dann wird das Unglück seine Muttersprache. Dann versteht er vom Leben nur das richtig, was ihm sagt, daß er unwillkommen und nichts wert ist. Kann sein, zufällig spricht einmal das Glück zu ihm. Aber er versteht es gar nicht.«

»Vielleicht versteht er es manchmal doch.«

»Dann nützt es ihm auch nichts. Dann will er das Glück besitzen und behalten, und schon ist es aus damit.«

»Was ist so schlimm daran, wenn er es behalten will?«

»Glück braucht Freiheit. Wenn du den Vogel Glück in einen Käfig stecken willst, fliegt er weg, der schöne Vogel – goodbye, Norma Jeane!«

»Und fliegt zu dir, was? Weil du alles über ihn weißt?«

»Nein, ich bin kein Glückspilz. Zu mir kommt der Vogel nur einmal in zehn Jahren.«

»Und zu mir überhaupt nicht.«

»Unsinn. Wenigstens am Anfang warst du mit Arthur doch glücklich, hast du das vergessen? Und willkommen in der Welt bist du auch, was willst du mehr?«

»Eben hast du selber gesagt, ich bin eher unglücklich.«

»Ja, aber man liebt dich trotzdem.«

»Das sagen alle. Aber leider merke ich davon gar nichts.«

»Vielleicht liegt es daran, daß gerade die Leute, die dich wirklich lieben, sich nicht trauen, dich anzusprechen. Das tun immer nur die Typen, die was von dir wollen.«

»Und du? Liebst du mich denn?«

»Meinst du, sonst hätte ich dich vorhin gerettet?«

»Ist das dein Ernst?«

»Ja, es ist mein Ernst.«

Sie drehte den Kopf zu mir, so daß wie am Vormittag ihr Mund genau vor meinem Halt machte. Ganz langsam bewegte ich meine Lippen auf die ihren zu, bis sie sich berührten oder gerade noch nicht berührten – ein Zwischenzustand, in dem man nicht hätte sagen können, ob es schon einen Kontakt gab oder nur die Ahnung davon.

Dieser Zustand, wenn man ihn nur lange genug aushält, hat eine besondere Eigenschaft. Nach einigen Minuten verlieren die Nerven die Fähigkeit, die wirkliche Berührung von der in Gedanken vorweggenommenen zu unterscheiden, so daß man mit der einen Hälfte des Bewußtseins immer noch glaubt, auf den Kuß zu warten, während die andere weiß, daß nicht nur die Lippen schon Ewigkeiten aufeinanderliegen, sondern es auch die beiden Körper längst einen zum anderen gezogen und ineinandergesaugt hat, bis sich, nur mit der Spannung der aneinandergepreßten Körper, eine Erregung aufstaut, die erst in ein krampfartiges Zittern, dann ein pulsierendes Zucken übergeht, das den männlichen Teil dieses Doppelwesens erst Lust verspüren läßt und dann Reue: über seinen Absturz und die Ermattung, aber auch, weil er niemals weiß, wie die Frau sein Aufbäumen und Ausfließen in ihrem Innern empfindet.

Der Schwebezustand unserer Nerven löste sich. Die Arme fingen wieder an, den Körper zu spüren, den sie umschlungen hatten, die Zungenspitzen entfernten sich, Haut spürte Haut, aber alles schon auf dem Weg zur Trennung. Erst lösten sich die Gefühle voneinander, dann unsere Körper, bis wir einer neben dem andern auf dem Rücken lagen und in den Himmel sahen, an dem die Sterne zum Greifen nah schienen.

»Gibst du mir eine Zigarette?« fragte sie.

Ich zündete zwei Zigaretten an, inhalierte tief und sah zu, wie der Rauch aus unseren Mündern aufstieg, sich berührte und vermischte. Seltsam, dachte ich, daß die Glut einer winzigen Zigarette alle Sterne des Himmels verblassen läßt.

Wir rauchten und schwiegen.

»Wie spät ist es?« fragte sie nach einer Weile.

Ich griff nach der Uhr und drehte sie ins Licht des Mondes. »Bald fünf Uhr. Hast du heute etwas vor?«

»Ralph erwartet mich. Oder er kommt zu mir.«

»Wann?«

»Um elf. Bestimmt hat er gestern x-mal angerufen.«

»Hast du ihm gesagt, daß du die Nacht wegbleibst?«

»Kein Wort. Hab dir doch gesagt, ich bin ihnen entwischt.«

»Und wann suchst du dir einen neuen Therapeuten?«

»Weißt du, wenn ich es mir überlege, ist er gar nicht so schlecht. Er kommt fast jeden Tag, glaubst du, das würde jeder machen?«

»Wenn er gut bezahlt wird, bestimmt.«

»Was willst du? Ralph hat eine Familie, die muß er ernähren. Gib mir mal meine Tasche, ich brauch eine Tablette.«

»Bist du verrückt? Eine Schlaftablette früh um fünf?«

»Nein, eine zur Beruhigung. Ich fühl mich ganz kribblig.«

»Aber kapierst du denn nicht? Das Zeug macht dir nur die Nerven kaputt.«

»Ja, ich weiß schon. Aber wenn ich's nun mal brauche?«

»Dir ist wirklich nicht mehr zu helfen.«

»Danke. So wie dem Hund – ich hab schon verstanden.«

»Ich bitte dich! Sei doch nicht so empfindlich!«

»Wieso, *du* hackst ja auf mir rum. Komm, fahr mich nach Hause!«

Wir zogen uns an, packten die Sachen und gingen zum Wagen. Kaum hatte ich ihn gestartet, da schlief sie schon. Als wir am Helena Drive ankamen, ging die Sonne auf. Ich stieß Marilyn an, und sie rieb sich die Augen.

»Hoffentlich schimpft Mrs. Murray nicht mit mir«, sagte sie.

»Das sind ja schöne Zustände: du fürchtest dich vor deiner Angestellten. Na, das ist deine Sache. Aber wenn du wieder flüchten willst, weißt du, wohin. Mein Haus ist auch dein Haus.«

»Und wenn du nicht da bist?«

»Dann liegt der Schlüssel unter der Fußmatte.«

51
Der geschminkte Engel

Einmal sagte jemand zu Marilyn: Worum es auch gehe, er höre immer zwei widerstreitende Stimmen in sich. »Das ist gar nichts«, erwiderte sie. »Ich höre in mir ein ganzes Orchester!«

So ging es mir an diesem Tag auch. Zu Hause angekommen, legte ich mich hin, aber ich schlief nicht. Schmachtende Geigen, triumphierende Hörner, dumpf mahnende Trommeln und elegisch klagende Cellos lieferten sich in mir ein konfuses Konzert. Leider fehlte das Wichtigste: das Stück, die Noten und der Dirigent.

»Die Liebe, die Liebe, alles wird gut!« jubelten die Geigen, denen sich die Hörner mit einem »Hurra! Nach zwanzig Jahren!« anschlossen. »Dumm-kopf! Dumm-kopf!« grollte die Trommel, und das Cello jammerte in Moll: »Wart's ab – wirst schon sehen, was du dir eingebrockt hast!« Ich versuchte, das Stimmengewirr zu ordnen, schaffte es aber nur, dem Chaos weitere Stimmen hinzuzufügen: »Was heißt ›eingebrockt‹? Es ist nur eingetreten, was ich mir immer gewünscht habe.« – »Wieso gewünscht – willst du Mr. Marilyn Monroe werden?« – »Unsinn. Warum sollen wir nicht einfach gute Freunde sein?« – »Freundschaft? In diesem Zustand?« – »Jawohl. Gerade jetzt braucht sie Freunde!« – »Auch einen neuen Liebhaber?« – »Warum nicht? Sie wird schon wissen, was sie will.« – »Verantwortungsbewußt klingt das nicht!« – »Was heißt Verantwortung? Sie ist doch kein Kind mehr.« – »Doch, das ist sie – ein schönes, trauriges Kind!« – »Na und? Das Gesetzbuch der Liebe sagt: *Im Zweifel ist Liebe besser als der Zweifel!*«

Dann schlief ich ein und hatte einen Traum: Marilyn und ich gingen über den Strand, sie nahm die Sonnenbrille ab und strahlte, und die Leute, die uns sahen, klatschten Beifall – aber nicht ihr allein, sondern uns beiden. Ein gutes Zeichen, fand ich.

Als ich erwachte, fühlte ich mich frisch und unternehmungslustig. Ich setzte mich ins Auto und stattete Monnie einen Besuch ab. Wir plauderten, speisten zu Mittag und machten einen langen Spaziergang. Monnie überraschte mich, als sie sagte: »Timmy, ich habe mich geirrt. Warum solltest du mit Laura zusammenbleiben, wenn ihr nicht glücklich wart?«

»Schön, daß du es auch so siehst.«

»Aber die ganze Zeit allein, so wie ich, das ist auch nicht das richtige. Du solltest dir wieder eine Frau suchen – muß ja nicht für immer sein.«

Am späten Nachmittag fuhr ich zurück. Als ich nach Hause kam, stand die Tür offen. Im Schlafzimmer herrschte Chaos: das Bett durcheinander, verstreute Kleidungsstücke, vor dem Schrank ein Schuh, neben dem Bett ein anderer. In der Küche dasselbe: Teller, Tassen, Besteck, alles benutzt und nicht abgewaschen. Eierschalen auf dem Tisch, eine halbe Tomate, eine geöffnete Wodkaflasche. Draußen in der Hängematte lag Marilyn und schlief – in Shorts, mit offener Bluse, aber heftig geschminkt.

Seufzend räumte ich auf. Dann setzte mich auf die Terrasse, um Marilyn ansehen und ihren Schlaf bewachen zu können. Nach einer Weile wachte sie auf, rollte sich aus der Hängematte und setzte sich zu mir. Sie sprach leise und abgehackt, und zwischen den Sätzen kicherte sie immer wieder.

»Hallo, Timmy! Ich hab – deine Einladung – angenommen, wie du siehst.«

»Das war klug von dir. Hast du genug von deinen Bewachern?«

»So ziemlich. Weißt du, was Ralph – sagt? Ich soll – den

Kontakt mit den Strasbergs – abbrechen. Aber ich – denke nicht dran.«

»Hast du ihm gesagt, wo du vorgestern warst?«

»Hab ihm erzählt, ich war – bei Frankie. Da ruft er nie an. Ralph – haßt ihn nämlich.«

»Und jetzt? Bist du einfach weggegangen?«

»Hab gesagt, ich muß was bei der Fox – erledigen.«

»Und wenn sie da anrufen?«

»Sollen sie. Da ist jetzt – so ein – Durcheinander, keiner findet sich durch. Störe ich?«

»Nein, überhaupt nicht. Fühl dich wie zu Hause!« Das meinte ich ernst, obwohl ihrer Sprechweise anzumerken war, daß sie wieder Tabletten genommen oder mehr Alkohol getrunken hatte, als ihr guttat, oder beides. Und ihr Kichern hörte sich ganz danach an, als könnte es jeden Augenblick in ein Weinen übergehen.

Wir gingen in die Küche, und ich machte uns etwas zu essen, denn was sie vorher zu sich genommen hatte (und womit sie mehr Abwasch produziert hatte als eine gut organisierte Kleinfamilie), war außer einem Ei mit Wodka wirklich nur die halbe Tomate gewesen. Dann setzten wir uns wieder auf die Terrasse, aber das Gespräch kam nicht in Gang.

»Suchst du mir mal«, sagte sie, »ein schönes Buch? Ich muß – meine Bildung aufpolieren.«

Ich fragte mich, ob sie in einem lesefähigen Zustand war, sagte aber nichts, sondern überflog die Reihen im Bücherregal. Schließlich entschied ich mich für Marc Aurels *Selbstbetrachtungen*. Als ich den Band aufschlug, stieß ich auf eine Stelle, die mir passend erschien, also steckte ich dort ein Lesezeichen zwischen die Seiten:

»Alles wahrhaft Schöne, welcher Art es auch sein mag, trägt seine Schönheit in sich selbst und ist in sich vollendet; die Würdigung durch andere ist kein Bestandteil seines Wesens. Anerkennung macht einen Gegenstand weder schlechter noch besser.«

Ich brachte ihr den Band und ging ins Haus, um den Plattenspieler zu holen. Als ich zurückkam, blätterte sie in einer Illustrierten.

»Nun? Wie gefällt dir Marc Aurel?« wollte ich wissen.

»Ausgezeichnet«, behauptete sie.

»Zum Beispiel?«

»Nun, was soll ich sagen … ist es nicht toll, daß er überhaupt ein Buch schreibt? Als König, meine ich.«

»Sogar als Kaiser. Übrigens … ich hoffe, du bleibst über Nacht.«

»Ja – wenn es dich nicht stört.«

»Nein, ich freue mich. Wie gesagt: fühl dich wie zu Hause.«

Sollte ich sie fragen, ob sie allein schlafen wollte? Aber das würde sie bejahen, wohl schon deshalb, weil es sonst aussähe, als wollte *sie* mit mir schlafen. Also machte ich wortlos das Bett im Schlafzimmer.

»Zeit zum Schlafengehen«, sagte ich. »Das Bett ist schon fertig.«

»Ja«, sagte sie, »ich glaube, ich bin auch ein bißchen müde.«

Sie nahm ihre Handtasche, verschwand im Badezimmer und blieb dort eine Stunde. Heraus kam sie mit einem Handtuch um den Körper und einem Glas Wasser in der Hand.

»Hast du meine Schlaftabletten gesehen?« fragte sie.

»Brauchst du die unbedingt?«

»Ohne sie kann ich – kein Auge zumachen. Hast du sie gesehen?«

»Ich glaube, auf dem Küchentisch lagen ein paar Pillen.«

Sie ging in die Küche und kam mit einem Röhrchen Tabletten zurück. Drei davon steckte sie in den Mund und trank einen Schluck Wasser hinterher; dann verschwand sie im Schlafzimmer. Ich ging duschen und gab mir Mühe, mich nicht auffällig zu beeilen.

Im Schlafzimmer brannte die Nachtlampe. Marilyn lag im Bett und hielt die *Selbstbetrachtungen* des Marc Aurel in der Hand. Ich zog den Pyjama aus und schlüpfte, innerlich zitternd, zu ihr. Meine Hoffnung erfüllte sich: unter der Decke spürte ich nur Haut – und den Duft von Chanel No. 5.

»Davon habe ich geträumt, seit ich dich zum ersten Mal gesehen habe«, sagte ich, während ich mich an sie schmiegte.

Sie legte das Buch weg, drehte sich zu mir und kicherte. »Komisch – genau das hat Arthur auch gesagt.«

»Aber ich habe es mir schon viel länger gewünscht.«

»Hoffentlich bist du nicht enttäuscht.«

»Niemals!« sagte ich und küßte sie auf die Lippen – und spürte den Geschmack einer Cremeschicht im Mund. Auch ihr Gesicht war von einer Lage Nachtcreme bedeckt. Aber ich war zu erregt, als daß es mich übermäßig gestört hätte.

»Brauchen wir ein Kondom?« flüsterte ich.

»Nein, nicht nötig«, flüsterte sie zurück.

In der Nacht davor war die Umarmung über uns gekommen wie die Strömung und die Wellen, die uns fast davongetragen hätten. Diesmal wollte ich nicht nur die warme Haut und den weichen Körper auskosten, sondern auch die Erinnerung an all die Male, wo ich es in meiner Phantasie vorweggenommen hatte. Langsam! sagte ich mir, als ich mich über sie beugte und in sie eindrang – langsam, du hast alle Zeit der Welt … aber der Körper sagte: Genieße es, koste es aus – jetzt! Soviel Verlangen, soviel Gefühle, das reicht für Stunden, für die ganze Nacht, für viele Nächte … jetzt – nein, hör nicht auf – weiter – weiter – Ja! – Ja! … und da war er schon, der lustvolle Absturz, und dann die alte Erschöpfung – des Körpers, aber auch der Gefühle.

»War es schön?« fragte sie.

Ich wollte ihr ein Kompliment machen und küßte sie sanft auf die Wange, merkte aber, daß mir der süßlich-fade Geschmack der aufgetragenen Nachtcreme unangenehm war.

»Wunderschön!« antwortete ich.

Sie selber, dessen war ich mir sicher, war von ihrem Höhepunkt noch weit entfernt. Also küßte und streichelte ich mich langsam vom Hals hinunter zur Brust, so lange, bis die Brustwarzen groß und fest wurden. Ich hatte vor, mit dem Küssen fortzufahren, den Bauch hinab, so wie ich es damals bei Wilma gelernt hatte. Aber ich spürte an der Art, wie sie meine Schultern festhielt, daß sie es nicht wollte. Warum eigentlich nicht? Ich fragte nicht danach, sondern kehrte mit dem Mund zurück zu ihren Lippen, die jetzt, nachdem ich die Hälfte der Cremeschicht schon weggeküßt hatte, angenehmer schmeckten.

Dann lagen wir nebeneinander und schwiegen. Nach einer Weile fragte ich: »Mit wie vielen Männern warst du eigentlich schon zusammen?«

»Verdammt, jeder Mann, mit dem ich schlafe, fragt mich dasselbe. Glaubst du, ich hab sie gezählt?«

»Nun sei doch nicht so. Ich will's ja auch nur ungefähr wissen – zwanzig, fünfzig, hundert?«

»Mit wieviel Frauen hast du denn geschlafen?«

»Das kann ich dir sagen: höchstens mit einem Dutzend, und das in zwanzig Jahren. Ist das viel?«

»Auch nicht wenig. Kann sein, bei mir waren es ein paar Männer mehr … damals, in den schweren Zeiten. Aber auch nicht so viel, wie du denkst. Bestimmt keine fünfzig, schon gar keine hundert. Soll ich dir was sagen? Sex hat mich nie besonders interessiert.«

»Ja, das habe ich gelesen, in einem Interview. Aber ich konnte es nie richtig glauben. Schließlich bist du unsere Sexkönigin, das weiß doch jeder.«

»Machst du dich über mich lustig?«

»Nein. Eigentlich müßtest du mehr über Männer wissen als jede andere Frau.«

»Ich? Wie kommst du denn darauf?«

»Na, mit deinem Ruf … sogar wenn es dich nicht besonders interessiert hat. Da mußt du doch eine Menge gehört und gelernt haben, oder? Sehnsüchte, heimliche Wünsche,

Geständnisse – Techniken, Positionen, Perversionen – was weiß ich.«

»Ach so, jetzt verstehe ich. Aber da muß ich dich enttäuschen. Dougherty hatte ein Buch mit Positionen, die wollte er unbedingt ausprobieren. Manchmal mußte ich lachen, oh, da wurde er aber wütend. Später wollte es mal einer mit mir mitten im Park machen. Das war ganz spannend, weil da lauter Leute herumspazierten. Aber dann hat uns einer gesehen, und auf einmal konnte er nicht mehr.«

»Das ist alles?«

»Ich weiß nicht, was du erwartest. Gut, damals, als es mir dreckig ging, die ersten Jahre als Fotomodell, da gab's auch ein paar üble Sachen. Meinst du so was?«

»Zum Beispiel?«

»Einer wollte, daß ich ihn untenrum küsse, das war aber eklig. Ein anderer wollte mich unbedingt in den Hintern ficken. Das hat verdammt weh getan, sonst gar nichts. Manche Männer sind eben komisch.«

»Und Arthur?«

»Am Anfang hat er mich ein paarmal gefragt, ob ich gelegentlich irgendwelche Sex-Phantasien hätte. Arthur, hab ich gesagt, ich hab bloß eine Phantasie, und das ist ein glücklicher Mann und eine glückliche Familie. Weißt du, Timmy, ich sage immer, Sex ist das Natürlichste der Welt. Wenn zwei sich lieben, nehmen sie sich in den Arm und sind zärtlich miteinander. Das reicht doch, oder?«

Da waren sie wieder: diese Sätze, die so freundlich und liebevoll klangen. Das erste Mal, bei Monnie, hatte ich sie noch nicht verstanden, dann, bei Laura, waren sie Ursache meiner Verzweiflung. Jetzt lag ich neben der Frau, nach der ich mich so lange gesehnt hatte ... aber war sie es wirklich?

Das Nachdenken machte mich ruhiger. Laß alles auf dich zukommen, sagte ich mir ... sei offen für alles, was passiert, der Rest wird sich finden ... und plötzlich war ich eingeschlafen.

Ich erwachte im Morgengrauen. Zwei Dinge hatten mich geweckt: ein wiedererwachtes Verlangen nach dem Körper neben mir, und der säuerlich-stechende Körpergeruch, der mir schon damals aufgefallen war, als ich bei Marilyns Kleiderprobe den Butler gespielt hatte. Das Verlangen war stärker. Ich drehte mich zu ihr und küßte sie auf den Nacken, und sie, auf der Seite liegend und halb im Schlaf, murmelte etwas, das genausogut »Bist du wach?« wie »Hab keine Lust!« heißen konnte. Ich entschied mich für die erste Variante und schmiegte mich an ihren Rücken. Als sie nicht reagierte, schob ich ihre Oberschenkel ein wenig auseinander und drang ganz sachte in sie ein. Fast reglos lag ich da, erlaubte mir nur unmerklich langsame Bewegungen, immer gerade noch die Beherrschung wahrend. Dann plötzlich – eine leichte Drehung ihres Körpers – eine ungewollte Gegenbewegung – schon war es aus mit der Beherrschung. Die Erregung kippte um, fand zuckend ihr Ende.

Fast schlagartig verließ mich die Begierde, und plötzlich fand ich den stechenden Körpergeruch ausgesprochen unangenehm. Ich begriff, was die Umarmung am Strand so aufregend gemacht hatte: nicht nur das sanfte Rauschen der Wellen, der klare Himmel, die Sterne. Nein, da war auch das lange, anstrengende Bad im Meerwasser, das alle Spuren ihres Make-up weggewaschen, ihre Haut salzig schmecken und nach Ozean hatte riechen lassen – während der Geruch ihrer Haut mir jetzt, vermischt mit den Resten von Chanel No. 5, fast unerträglich schien.

Auf einmal wurde mir klar, was sich damals bei der Kleiderprobe in mir geregt hatte. Es war dasselbe warnende Gefühl, wie ich es seinerzeit bei Charlotte verspürt hatte – die Stimme meines rebellierenden Körpers, der mir sagte: Halt! Nicht näher! Hüte dich! ... Aber ich hatte diese Stimme ignoriert.

Inzwischen stand die Sonne am Himmel; trotz des Vorhanges am Fenster war es hell genug im Zimmer, um alles zu sehen, was Dunkelheit und Verlangen am Abend überdeckt hatten: ihre grobporige Haut, die langen Härchen an den Wangen, die Pigmentflecken ... kleine Warzen, sogar auf der Brust ... all die warnenden Hinweise, die ich in den Wind geschlagen hatte ... und mir fiel auf, wie hart und faltig ihre Hände wirkten. Die Hände einer Fünfzigjährigen, dachte ich.

Ich küßte sie auf die Wange und flüsterte: »Mein Liebes, ich geh Frühstück machen.«

Und während ich in der Küche Schinken briet, Rührei schlug, Kaffee kochte, machte ich mir Vorwürfe. Verdammtes Schwanken der Gefühle! War das alles, was ich für sie empfand? Nach zwanzig Jahren Träumerei und Sehnsucht? Oder war es nur diese Ermattung des Empfindens, wie fast immer nach der Umarmung?

Marilyn kam mit schlurfendem Schritt, beinahe torkelnd, in die Küche. »Ich bin so müde«, stöhnte sie und kostete vom Rührei. Dann nahm sie »zum Wachwerden« zwei Tabletten und nippte vom Kaffee. »Timmy«, bat sie, »kannst du mich nach Hause fahren? Mrs. Murray macht sich bestimmt Sorgen. Du bist nicht böse, oder?«

»Nein, warum«, sagte ich. »Ich versteh das schon. Du weißt ja, mein Haus ist auch dein Haus. Der Schlüssel –«

»Liegt unter der Fußmatte.«

»Genau. Gibt es übrigens Nachrichten von der Fox?«

»Noch nichts Konkretes. Jetzt überlegen sie, ob sie *Something's Got To Give* doch zu Ende drehen. Steht aber noch nicht fest.«

52
Almosen

Ich hatte gefürchtet, mein Verhalten am Morgen könnte sie gekränkt haben, aber das schien nicht der Fall zu sein. »Mein Haus ist dein Haus«, hatte ich gesagt, und sie nahm mein Angebot auf eine Weise an, die mich am Anfang freute. Nicht, daß sie mit einem Möbelwagen bei mir eingezogen wäre – nein, aber in den nächsten Tagen kam sie mit einiger Regelmäßigkeit, meistens um die Mittagszeit, die sie immer als »Morgen« bezeichnete. Ein paarmal blieb sie über Nacht, jedenfalls bis spät in die Nacht hinein. Dann ließ sie sich im Morgengrauen nach Hause fahren.

»Was hast du zu Greenson gesagt?« fragte ich.

»Für den bin ich bei Frankie. Wir arbeiten an einer Schallplatte, hab ich gesagt.«

»Und wie reagiert er?«

»Wie immer. Marilyn, sagt er, wir müssen regelmäßig arbeiten, sonst gefährden wir die Therapie. *Wir* – daß ich nicht lache.«

»Und wie lange willst du das noch mitmachen?«

»Nicht mehr lange – verlaß dich drauf!«

Jedes Zusammenleben, außer wenn es von Anfang an ein vorübergehender Besuch ist, wirft ständig die Frage auf: Ist dieser Zustand, dieses Verhalten, diese Reaktion etwas, mit dem sich auf Dauer leben ließe?

Das Unausgesprochene unserer seltsamen Gemeinschaft ähnelte dem, was Marilyn einmal über die Ehe mit Dougherty gesagt hatte: sie hatte bei mir Wohnrecht, dafür hatte ich gewisse Privilegien.

Das Ausgesprochene erinnerte mich an die letzten Wochen mit Laura, oder an die Begegnung damals mit Miller. Ausgesuchte Höflichkeiten, Komplimente und Liebenswürdigkeiten, selbst bei den banalsten Anlässen.

»Liebste, du hast nicht zufällig den Salzstreuer gesehen?«

»Oh, ich glaube, den habe ich auf der Terrasse gelassen. Übrigens, Schatz, ich suche meinen Tranquilizer. Das blaue Röhrchen, du weißt schon.«

»Im Badezimmer, neben der Haarbürste. Aber sag doch, mein Herz – hast du die letzten nicht erst vor einer Stunde genommen?«

»Nein, lieber Timmy, das waren die zum Wachmachen!«

Dann, je nach Seelenzustand, schüttelte ich den Kopf und seufzte. Oder ich fluchte schweigend in mich hinein. Hin und wieder nahm ich sie in den Arm, zog sie mit einem »Liebste, irgendwann müssen wir weg von diesem Zeug!« zum Bett und fing an, sie auszuziehen. Sie sträubte sich selten, höchstens mit einem dezenten (manchmal auch ärgerlichen) »Paß auf, mein Make-up!«

Mochte sie diese Überfälle? Ja, auf eine gewisse Weise schon. Allerdings hatte ich nicht den Eindruck, daß es erotische Empfindungen waren, die sie bewegten, erst recht kein sexuelles Bedürfnis oder gar Leidenschaft. Aber es gefiel ihr, sich begehrt zu fühlen. Ansonsten kam es mir so vor, als wäre die Umarmung für sie weniger ein Akt der Zuneigung als der Kameradschaft – Hilfestellung für ein männliches Wesen, das sich in einem rätselhaften, periodisch wiederkehrenden Notzustand befand.

Sie selber schien darin nichts Besonderes zu sehen, aber meine Gefühle waren gespalten. Am Anfang war ich erleichtert, wenn ich merkte, daß sie nachgab. Dann, als ich spürte, daß sie *nur* nachgab, war ich enttäuscht. Hatte ich all die Jahre nur von einem Phantom geträumt?

Aus der Enttäuschung wurde Verzweiflung – darüber, daß sie, während ich sie umarmte, so wenig für sich selber wollte. Daß sie warm war, aber nicht heiß, weder spielte noch kämpfte, weder meine Erregung suchte noch ihre eigene. Daß sie einfach nur dalag, bereit, geschehen zu lassen, was der Mann neben ihr oder über ihr mit ihr vornahm – mit ihr, dem ewigen Weib, Monnie, Laura, Marilyn, Norma Jeane, bis hin zu Eva und Maria, die immer wieder daliegen und mit sich machen lassen von Ewigkeit zu Ewigkeit …

Oder wer weiß, vielleicht lag es an mir. Kann sein, es war meine Schuld, daß sie nicht vor Verlangen glühte, nicht kratzte und biß und um sich schlug, um nur die Lust dauern zu lassen und das Begehren nicht gar zu schnell zu stillen – noch nicht, Geliebter, nein, warte, warte doch – jetzt, jetzt noch nicht, oder du sollst verflucht sein … Lag es daran, daß ich selber nur Lust hatte, aber nicht wirklich entflammt war, erregt, aber nicht rasend? Daß ich die Geheimnisse des weiblichen Körpers nur ungenügend kannte, im Grunde ein Esel war, ein Anfänger der Liebe –

Liebe … Liebte ich sie denn? Nicht das Traumbild, mit dem ich zwanzig Jahre gelebt hatte, sondern die Frau, die da jetzt bei mir ein und aus ging? Sie, die Trinkerin, die labile, tablettensüchtige Schauspielerin mit dem stechenden Körpergeruch und den langen Härchen an den Wangen?

War der wahre Grund für ihre Kühle vielleicht nur, daß ich sie nicht genug liebte? So wie Herb Delaware Monnie nicht geliebt hatte, und Adam nicht Eva, so daß sie auf die Einflüsterungen des erstbesten Teufelstieres hereingefallen war … war es das? War das Fehlen von Liebe meine Schuld, unsere Schuld, die des ewigen Mannes?

Aber wenn von dem, was Marilyn zugeschrieben wurde, auch nur ein Bruchteil stimmte – hätte ich dann nicht wenigstens an einer Bewegung, einer einzigen wissenden Berührung spüren müssen, daß sie von der Kunst der Lust mehr verstand als die jungfräuliche Laura?

Ich lag da, erschöpft von dem Akt, der kein Liebesakt gewesen war, und zündete mir eine Zigarette an. Wenn sie, dachte ich, jetzt nur nicht fragt: Bist du glücklich? … aber auch sie schwieg. Ich rauchte, blies den Rauch in die Luft, hielt die Zigarette in der Rechten, während ich mit der Linken ihre Hand ergriff. Weiß nicht, was das ausdrücken sollte – vielleicht Dank oder Trost oder eine Bitte um Vergebung – oder auch nur ein Versuch, etwas Nähe zu schaffen, wo ich mich in Wahrheit weit, weit entfernt fühlte.

»Sag mal, Prinzessin – angenommen, eine junge Frau, die morgen heiratet, fragt dich, worauf es in der Ehe ankommt. Was würdest du ihr antworten?«

Sie zuckte die Achseln. »Ausgerechnet ich soll das wissen? Nach drei Scheidungen?«

»Ja, gerade darum. Worauf sollte die Frau achten, damit es ihr nicht genauso geht?«

»Du stellst vielleicht Fragen. Sie müssen eben zueinander passen.«

»Und sonst? Irgendwelche Tips fürs Liebesleben?«

»Das lernt sie von allein. Dafür hat sie schließlich ihren Mann.«

»Du hattest sogar drei, und diverse Liebhaber dazu. Was meinst du – von wem hast du am meisten gelernt?«

»Gelernt? Wie meinst du das?«

»Na, nimm doch die junge Frau, die morgen heiratet. Vielleicht hat sie noch nie mit einem Mann geschlafen – dann weiß sie gar nicht, was er will. Was bei ihm abläuft, was er fühlt, was er sich wünscht …«

»Ach so, das meinst du. Ich würde ihr sagen: Mädchen, dein Mann weiß schon, was er möchte. Laß ihm einfach seinen Willen – die Männer brauchen das eben.«

»Das ist alles?«

»Warum, reicht das nicht? Du weißt ja, wie ich das sehe. Sex ist –«

»Das Natürlichste der Welt, ich weiß. Aber wenn der Mann selber keine Ahnung hat?«

»Timmy, ich bitte dich! Was Streicheln ist, weiß er, wie man küßt, sieht er im Kino, und welches Teil in welche Öffnung gehört, wird er wohl noch herausfinden.«

»Schatz, sieh es doch mal von der anderen Seite. Die Frau kennt sich ja selber noch nicht ... was sie mag, wie ihr Körper reagiert ... nimm bloß die Brustwarzen: manche Frauen sind sehr empfindlich. Andere mögen es, wenn man sie da kneift oder vorsichtig beißt, besonders, wenn sie erregt sind. Aber ganz von allein lernt das weder der Mann noch die Frau.«

»Wenn sie sich lieben, werden sie das mit der Zeit schon herausfinden.«

»Ja, wenn beide offen und neugierig sind. Aber das ist das Problem: manche sind überhaupt nicht neugierig. Zum Beispiel Laura: glaubst du, nach zwei Jahren Ehe wußte sie, was in mir vorging? Am Anfang hab ich versucht, es ihr zu zeigen. Aber es hat sie gar nicht interessiert. Siehst du, darum frage ich dich.«

»Was willst du denn wissen?«

»Na, von wem du am meisten gelernt hast – und in welcher Hinsicht.«

»Timmy, ich will dir mal eines sagen. Mit zwölf, als die Burschen anfingen, mich anzuglotzen, wußte ich gar nicht, warum. Was ich gelernt habe? Daß du als Frau ein Stück Fleisch bist, an das jeder ran will. Daß wirkliche Liebe damit wenig zu tun hat. Liebe ist ein Gefühl, das du in dir trägst, Tag und Nacht, verstehst du? Das andere – du, das ist mir so egal. Dieses Thema hängt mir zum Hals raus! Jeder Reporter will, daß ich was dazu sage, jetzt auch noch du. Ich kann's wirklich nicht mehr hören! Meinetwegen kannst du mit mir im Bett machen, was du willst, ich bin hart im Nehmen. Aber verlang nicht auch noch, daß ich eine Wissenschaft daraus mache, ja? Und wenn du mir jetzt vielleicht ein Taxi rufen könntest?«

War ich überrascht? Nein, es war nur noch eine Bestätigung. Miller, dachte ich, mußte es ähnlich empfunden haben. Vielleicht nicht gleich in den ersten Wochen ... aber dann, als es mit der Liebe abwärtsging. Als er merkte: die Frau an seiner Seite war, was das Sexuelle betraf, alles andere als eine Göttin. War sie wenigstens eine Meisterin? Nein, sie war nicht einmal eine interessierte Schülerin.

Und wo, so fragte ich mich, hätte sie die Kunst der Liebe auch lernen sollen? Etwa bei Dougherty, den ich für einen feschen Draufgänger gehalten hatte? Aber der war selbst noch ein halbes Kind, als er die Sechzehnjährige heiratete. Oder bei DiMaggio, dem schweigsamem Macho? Am allerwenigsten wohl bei den Fleischbeschauern der Studios und Agenturen, die sich ihre Gefälligkeiten von dem Starlet mit einer billigen Nacht vergüten ließen – von Marilyn bezahlt erst mit diversen Abtreibungen, dann mit Fehlgeburten und Kinderlosigkeit. Blieb eigentlich nur Arthur Miller. Ob er begriffen hatte, daß er ausgerechnet da, wo er sich höchstes Glück und tiefstes Wissen erwartete, selber der Lehrer seiner Frau hätte sein müssen? Und daß ihr Satz, Sex sei das Natürlichste der Welt, nicht das Versprechen unerhörter Genüsse war, sondern im Gegenteil Ausdruck einer Hoffnung, wenn nicht einer verzweifelten Bitte?

Wohl kaum. Denn er sah in ihr die Bestätigung seines ganzen Lebens; sie gewonnen zu haben, gab ihm das Gefühl, ein Auserwählter zu sein. Daß dann die Liebe verschwand, war nicht nur das Scheitern einer Beziehung – es brach den Stab über seine gesamte Existenz. Denn es zeigte ihm, daß er *kein* Günstling des Himmels war ... daß die Musen ihn *nicht* für wert hielten, sein Schaffen mit Glück und Erfüllung zu belohnen.

Auf einmal merkte ich, wie absurd die Situation war. Ich, dem vor Glück die Tränen aus den Augen hätten laufen sollen, lag da und schüttelte innerlich den Kopf. Worüber? Über meine Dummheit – die Dummheit meiner Landsleute – nein, die einer ganzen Generation. Plötzlich begriff ich den Irrsinn: auf nichts gegründet als die äußere Erscheinung einer schönen Frau war ich, waren Millionen Leute bereit, in dieser Frau den Inbegriff sexueller Erfüllung zu sehen. Worauf gründete sich diese Zuversicht? Offenbar einzig darauf, daß die Zeitgenossen sie teilten.

Ein verrückter Schluß. Die Katze biß sich in den Schwanz, das Ganze war nichts anderes als eine sich kollektiv bestärkende Autosuggestion. Welcher vernünftige Mensch würde auf die bloße Abbildung eines gedeckten Tisches hin behaupten, hier sei die schmackhafteste Mahlzeit des Jahrhunderts angerichtet? Wer es täte, ohne einen Bissen davon gekostet zu haben, den würde man auslachen. Aber ist nicht das Zelebrieren sexueller Lust noch eine viel feinere Kunst als die des Kochens?

Das vermeintliche Sexidol … was war sie denn in Wirklichkeit? Doch nur die Statue unerfüllten Verlangens. Und trotzdem beharrten die Leute unerschütterlich darauf, den Gegenstand ihrer Sehnsucht mit der Verheißung von deren Erfüllung gleichzusetzen. Wie war das möglich?

Offenbar war der Mechanismus derselbe, der den Satten achtlos am besten Restaurant vorbeigehen läßt – während der Verhungernde selbst in der Speisekarte einer schmuddeligen Imbißbude die Verheißung höchsten Glücks sieht. Eine Frau einzig aufgrund schöner Bilder und naiver Sätze als Sexsymbol zu verehren, was drückte das aus? Krankheit. Und tiefes sexuelles Elend. Lena hatte recht: was sich hier zeigte, war das Denken und Fühlen einer Gesellschaft von Bettlern.

Gottes eigenes Land: *Die Vereinigten Bettler von Amerika*. Als Bettler sind wir gekommen, Bettler sind wir geblieben. O ja, immer noch sind wir das Land unbegrenzter Möglichkeiten – des Geldes, der Wissenschaft, der Verschwendung. Auch der Sehnsucht? Nein, schon lange nicht mehr: je reicher wir sind, desto billiger werden unsere Träume. Früher waren wir Bettler ohne Geld, da träumten wir von einem Job und einer sauberen Wohnung. Jetzt sind wir Bettler mit vollen Taschen, da träumen wir nur noch von einem: Seht mich an! Nehmt mich wahr! Und liebt mich!

Ja, wir sind Bettler. Wir betteln um Zuwendung, betteln um Treue und Erinnerung, damit unser Leben nicht im Gestern verschwindet wie in einem bodenlosen Loch, und wenn wir Männer sind, dann betteln wir um die Zärtlichkeit der Frau. Und weil unser Hunger und unsere Sehnsucht so groß sind – darum ist uns die bloße Vorstellung einer schönen Frau, die zur Umarmung bereit scheint, schon Gewähr für Glück.

Doch was das Leben uns gibt, sind Almosen. Was bleibt uns übrig, als zu träumen? Darum träumen wir ohne Unterlaß, und deshalb ist unsere Filmindustrie die mächtigste der Welt. Aber aus demselben Grund sind unsere Träume so billig und niederträchtig. Denn weil wir gelernt haben, daß jedes Almosen, das dem Krüppel neben uns zugeworfen wird, uns entgeht, heißt unser Flehen immer auch: Sieh *mich* an, und nicht den Bettler neben mir! An ihm wäre deine Gabe verschwendet, aber ich bin sie wert, hörst du? Denn ich bin anders, du mußt nur genau hinsehen … und wenn ich sonst nichts hätte, dann würde mich deine Liebe vor allen anderen auszeichnen … Liebe mich, bitte liebe mich …

53
Zerrüttung

Ich habe gesagt: es ist ein Fehler, die Sexualität enger an die Liebe zu binden als an die Freundschaft. Das muß ich präzisieren.

Sexualität hat viele Gesichter; ihr schönstes heißt Liebe. Weil es so schön ist, weigern sich viele, auch die anderen Gesichter sehen zu wollen. Das ist ein tragischer Irrtum.

Wenn überhaupt, dann erleben die meisten von uns eine Ahnung erfüllter Sexualität unter dem Deckmantel der Liebe – zum ersten, und meistens auch zum letzten Mal. Denn so sehr verschmilzt in diesem Zustand die Lust mit Zuneigung und Zärtlichkeit, daß es überflüssig erscheint, auch die gewalttätigen Impulse zu erforschen, die sich noch aus Zeiten, wo die Haut einzige Kleidung und der Schmerz täglicher Begleiter des Menschen war, tief in der Seele befinden. Der Liebende gewöhnt sich daran, Sexualität nicht als intensivste Form von Meditation zu begreifen, sondern als Ausdruck grenzenloser Nähe. Das macht das Zusammenfinden leicht – und gerade das trägt den Keim des Untergangs in sich.

Denn das Gefühl der Nähe läßt sich beim besten Willen nicht konservieren. Schon die Interessen des einzelnen kollidieren überall mit den Alltagszwängen – erst recht die zweier zusammengewürfelter, bald nicht mehr ineinander verliebter Menschen. Hat man sich in den guten Zeiten angewöhnt, Lust und Nähe als untrennbar zu empfinden, so verweigert sich nun, wo die Nähe bestenfalls freundlichem Nebeneinander weicht, mehr und mehr auch die Lust. Jetzt kehrt sich die Gewohnheit, im Körper des andern nicht sein Geschlecht, sondern seine ganze Person zu streicheln, gegen die Nicht-mehr-Verliebten: wo die Vorbehalte und der Groll gegen den Partner zunehmen, fällt auch das vorbehaltlose Streicheln immer schwerer. Dem Überdruß im Alltag folgt der im Bett.

Jetzt wäre es gut, in der Sexualität nicht mehr die Nähe zu suchen, sondern die Steigerung von Lust. Aber dafür müßte man den Partner tiefer kennen als bloß seinen Weg von der Erregung zum Orgasmus. Man müßte Körper und Seele beim anderen ebenso erforschen wie bei sich selbst, müßte seine Erregung, seine Signale, seine Reaktionen auf Sanftes und Schmerzendes kennen, aber auch ihre Änderung mit dem Grad der Erregung. Man müßte nicht nur seine Haut erregen, sondern auch seine Gedanken, müßte seine Phantasien anspornen, seine Lust am Unterwerfen und am Ausgeliefertsein auskundschaften.

Aber der Zeitpunkt, wo man zu solch intimer Vertrautheit hätte finden können, ist längst verpaßt. Jetzt rächt es sich, daß man die Zeit der Verliebtheit damit vertan hat, sich lediglich nah zu *fühlen*, statt sie dafür zu nutzen, es zu werden. Jetzt merkt man, wie fern man sich im Grunde geblieben ist, auch wenn sich frustrierte Paare gerne einreden, nach dem ersten Kind oder der letzten Beförderung sei man sich fremd *geworden*. Nun ist es zu spät: nicht nur Liebe, auch Neugier hat ihre Zeit, oder vielmehr, sie hätte sie – wenn nämlich Verliebte nicht nur glücklich wären, sondern auch klug. Sie sind es aber nicht, und so erleben Männer wie Frauen erfüllte Beziehungen immer nur zeitweilig und im Zyklus von Nähe und Entfernung.

Vorbehaltlose Nähe gibt es nur vorübergehend. Wer sich erfüllte Sexualität auch ohne sie erhofft, braucht die Freundschaft zwischen Mann und Frau mehr als die Liebe.

Ja, ich gestehe es: solch eine intime Form der Freundschaft war es, die ich mir bei Marilyn erträumt hatte … ich hatte ernsthaft gehofft, Sugar Kane samt *Golden Dreams* in ihr zu finden.

Auch wenn *ich* mir Illusionen gemacht hatte – ihr wenigstens, so nahm ich mir vor, sollte mit mir nicht dasselbe passieren. *Solche wie wir müssen zusammenhalten* ... aber würde sie zu mir zurückkommen?

Ja, sie kam, und zwar schon am nächsten Tag. Kam um die Mittagszeit, sagte »Guten Morgen«, nahm einen Drink und legte sich in die Hängematte.

Ich reparierte den Gartenzaun, aber sie sah nicht lange zu. »Kann ich dir helfen?« fragte sie.

Mein erster Impuls war, zu sagen: Danke, ruh dich nur aus. Aber dann dachte ich: Nein, warum denn – und antwortete: »Schatz, wenn du so lieb sein könntest, den Rasen zu mähen?«

Sie tat es, und es schien ihr Spaß zu machen. Genauer gesagt, sie fing mit dem Mähen an, denn kaum war sie einmal längs und einmal quer über den Rasen gegangen, war sie so erschöpft, daß sie sich hinsetzen mußte. Aber sie zeigte sich als guter Kamerad. Soweit ihre Kräfte es zuließen, assistierte sie mir – beim Streichen der Garage, beim Unkrautjäten, beim Anlegen von Beeten ...

Jedenfalls einige Tage, und immer nur für kurze Zeit. Dann war sie müde und genoß es, sich in die Hängematte zu legen und von mir schaukeln zu lassen. Oder sie schlief zwei Stunden, und danach saß sie eine Stunde vor dem Spiegel im Badezimmer und schminkte sich. Oder ihr fiel ein, daß sie jemand anrufen mußte – dann saß sie da und telefonierte stundenlang.

Beim erstenmal hatte sie mich gefragt: »Macht es dir was aus, wenn ich dein Telefon benutze?« Und wie es sich für einen freundlichen Gastgeber gehört, sagte ich: »Bediene dich – ist doch selbstverständlich.« Da schmeichelte es mir noch, daß in meinem Haus jemand mit Dean Martin oder Frank Sinatra telefonierte, sogar in Washington nachfragte, ob der Attorney General Mr. Robert Kennedy zu sprechen wäre.

Aber dann merkte ich, daß sie das Telefonieren nicht als

Mitteilungsform betrachtete, sondern als Lebensform. Weil das Telefon in meinem Arbeitszimmer stand und das Kabel nur bis zum Flur reichte, konnte oder mußte ich mithören, was da geredet wurde, jedenfalls wenn ich zu Hause war. Sie kam vom Hölzchen aufs Stöckchen, und das mit ihrer typischen Art zu sprechen: mit viel Gekicher, langen Pausen und schwebenden Endungen, die weder Ende noch Anfang eines Satzes zu sein schienen, sondern sich anhörten, als hätte Marilyn sie während des Sprechens irgendwo in der Leitung vergessen. Das kostete ein Heidengeld, denn nachdem ich einmal zugestimmt hatte, telefonierte sie ganz ungeniert mit den Strasbergs in New York oder noch einmal mit Washington, oder mit einem Agenten, der sich gerade in Chicago herumtrieb. Nebenbei blockierte sie stundenlang den Anschluß, so daß ich weder für Kollegen noch Studenten erreichbar war, auch nicht für Monnie, die mit einer Infektion im Bett lag und für die ich den Einkauf übernommen hatte.

Wenn sie nicht telefonierte oder einen kurzen Versuch machte, mir im Garten zu helfen, lag sie am liebsten auf der Couch und blätterte in einer Illustrierten, die sie aber gleich wieder zur Seite legte, woraufhin sie einige Augenblick in die Luft blickte. Was dann folgte, war wie ein Reflex. Entweder sie griff zu dem Glas mit Champagner, das vor ihr auf dem Tisch stand (inzwischen hatte ich mir, um mich als guter Gastgeber zu erweisen, einen kleinen Vorrat davon zugelegt), oder sie griff zum Telefon – oder zu einem der Pillenröhrchen, die bald überall herumlagen.

Ihr Tagesrhythmus war eine permanente Vergewaltigung der natürlichen Abläufe; kein Wunder, daß sich ihr Nervensystem in ständigem Aufruhr befand. Um das zu sehen, brauchte man keinen medizinischen Sachverstand. Wenn sie mittags mit dem Taxi kam, hatte sie gelegentlich schon eine Sitzung mit Greenson hinter sich, aber als erstes klagte sie, daß sie die Nacht kein Auge zugetan hätte. Da reichte schon die kleine Anstrengung der Fahrt, um sie zusammen mit den nachts genommenen Tabletten müde zu machen, so daß sie sich erst einmal hinlegte und zwei Stunden schlief. Wachte sie auf, war sie immer noch benebelt, woraufhin sie eine Tablette »zum Wachmachen« und einen Schluck Champagner zu sich nahm. Dann konnte ich beinahe zusehen, wie die Unruhe von innen nach außen bis in die Gliedmaßen kroch. Immer wieder verschüttete sie Kaffee, weil ihre Hände zitterten. Zwei, drei Pillen eines Tranquilizers stellten das Zittern ab, versetzten aber gleichzeitig den ganzen Körper in einen Zustand maskenhafter Erstarrung.

Hunger hatte sie selten, am wenigsten zu den regulären Mahlzeiten, und wenn sie etwas aß, dann hastig und unaufmerksam. Fast überflüssig zu bemerken, daß die ständigen Attacken der Pillen auf ihr Nervensystem sich auch auf den Darm auswirkten, abwechselnd als Durchfall oder Verstopfung. Alles in allem war es der typische Teufelskreis, wie ihn jeder kennt, der mit Suchtkranken zu tun hat: für den Augenblick schienen die Mittel unumgänglich, um den Zustand wenigstens erträglich zu machen. Aber Pille für Pille trug zur weiteren Zerrüttung bei.

Die Ärzte verweisen in diesen Fällen immer auf ihren Ratschlag, solche Medikamente mit Maß und Vernunft einzunehmen. Dabei wissen sie genau, daß sie das Zeug gerade dann verschreiben, wenn der Patient verzweifelt ist, also nicht Herr seiner selbst. Zumindest Greenson, der Marilyn täglich sah, mußte das erkennen. Einmal war ich so wütend, daß ich ihn anrief und ihm vorwarf, er sehe untätig zu, wie sie sich vergiftete – in meinen Augen nichts anderes als Mord durch Nichtstun. Er antwortete kühl und professionell: im Prinzip teile er meine Sorgen und erwäge selber eine Entziehungskur; doch könne er seiner Patientin nicht jegliche Verantwortung für sich selber abnehmen. Im übrigen: wer, bitte, sei ich, daß ich mir anmaße, über Marilyns Kopf hinweg in ihrem Namen zu sprechen?

In der Tat, wer war ich denn? Ein alter Freund, gewiß;

aber sollte oder durfte ich mich für sie verantwortlich fühlen? Andererseits: wer sonst stand ihr denn nahe und hatte gleichzeitig genug Autorität, um auf sie einwirken zu können?

Eines merkte ich sehr schnell: keiner von denen, mit denen sie telefonierte, war wirklich ein enger Freund. Sie führte oberflächliche Gespräche mit einem Kreis oberflächlicher Leute, bei denen sie oberflächlich dazugehörte. Der Rest – ein Abgrund an Einsamkeit.

Aber war ich weniger einsam?

Einmal fuhr ich gegen Mittag zur Universitätsbibliothek, um dort Bücher auszuleihen. Marilyn hatte einen kleinen Schwips; sie blieb im Haus und verabschiedete mich mit einem strahlenden Lächeln und einem Kuß auf die Wange. Unterwegs fiel mir ein, daß ich meine Bücherliste vergessen hatte. Also fuhr ich noch einmal zurück und ging leise ins Haus, weil ich annahm, Marilyn würde schlafen. Tatsächlich lag sie im Bett, die Hände in den Kissen vergraben – weinend und schluchzend.

»Ach Timmy«, brachte sie mühsam hervor, als sie mich bemerkte, »ich kann nicht mehr. Ich fühl mich so allein, so allein. Warum, warum nur?«

Ich versuchte nicht einmal mehr, sie zu beruhigen. »Liebe Marilyn«, sagte ich, »wenn du doch nur mit diesen verdammten Tabletten aufhören würdest. Glaub mir, du würdest dich sofort besser fühlen. Ehrenwort!« – In Wahrheit glaubte ich selber nicht, daß die Mahnung etwas bewirken würde. Es war wohl mehr, um überhaupt etwas zu sagen. Im Grunde war ich feige: die Frage nach ihrer Einsamkeit ließ ich unbeantwortet.

Vielleicht war es auch wirklich schon zu spät. Manchmal schien mir ihre Schönheit wie die brüchige Hülle einer sich auflösenden Persönlichkeit. Denn schön war sie immer noch – gelegentlich vielleicht schöner als je zuvor. Einmal verbrachte sie im Badezimmer eine Stunde beim Schminken, und als sie herauskam, schien sie geradezu ein

Leuchten um sich zu tragen. Ich sah sie im Halbprofil; das Licht fing sich in ihren Haaren, als hätte ein raffinierter Kameramann sich die Szene ausgedacht. Und sie lächelte mich an.

»Bin ich schön?« fragte sie.

»Wunderschön!« antwortete ich, und genau das empfand ich in diesem Moment. Aber als sie näher kam, verschwand der Zauber. Das Leuchten ihres Gesichtes löste sich auf in die Bestandteile eines kunstvoll aufgetragenen Make-ups – Puder, Creme, Rouge, Lidschatten, Wimperntusche – und bekam etwas Maskenhaftes. Dann drehte sie sich so, daß ich sie von links im Profil sah, und das war von allen Perspektiven diejenige, in der sie am unvorteilhaftesten wirkte. Da nämlich stach nicht nur die Form ihrer Nase unangenehm hervor, sondern sie selber wirkte wie eine ganz andere Person: häßlich, feindselig, böse ... für einen Augenblick sah ich die Züge der frustrierten, rachsüchtigen Amerikanerin.

Die aber trug sie unter all den Facetten ihrer Persönlichkeit ja auch in sich. Es war mir schon früher aufgefallen, doch jetzt bekam ich es hautnah zu spüren: in ihrem Herzen war wenig Platz für Freundschaft. Man lebt ja nicht nur mit den Menschen, die einen umgeben, sondern auch mit denen, an die man denkt, und so betrachtet lebte sie in schlechter Gesellschaft.

Wer war Greenson? »Ein Scharlatan, das weiß ich selber. Sowie ich einen anderen Psychiater gefunden habe, soll er sich zum Teufel scheren, aber im Moment brauche ich ihn noch.«

Wer war Strasberg? »Im Grunde ein Angeber. Zuerst glaubte ich, ich wäre ihm wichtig, aber das stimmt gar nicht. In Wirklichkeit hat ihn nur meine Berühmtheit interessiert.«

Und seine Frau Paula? »Eine, die dir Honig ums Maul schmiert. Eigentlich widerlich, ich weiß, aber beim Drehen brauche ich nun mal jemand, der mir Mut macht.«

Früher war immer jemand da, den sie anhimmelte – eine

Art Gegengewicht zu all den Leuten, von denen sie meinte, sie würden sie lediglich ausnutzen. Aber jetzt? Ich war »Good old Timmy«, aber selbst als Professor hatte ich nicht das Gefühl, daß ich für sie wirklich zählte. Der einzige, den sie als Freund bezeichnete, war DiMaggio. Und sogar über ihn sagte sie: »Ich weiß, warum er mich wieder heiraten will: weil er ein Sportler ist. Die Scheidung war für ihn eine Niederlage, und wenn er mich doch noch kriegt, hat er gewonnen. Hol's der Teufel, soll er doch gewinnen. Warum eigentlich nicht?«

Das Chaos in ihrem Innern zeigte sich auch äußerlich. Wo immer sie stand und ging, hinterließ sie eine Spur von Unordnung. Ein Dutzend Gläser, die sich im Laufe des Tages im ganzen Haus verteilt fanden. Schuhe. Kleidungsstücke. Aufgeschlagene Bücher. Herumliegende Illustrierte. Eine volle Flasche Mineralwasser, ohne Verschluß neben dem Mülleimer abgestellt. Auf dem Fensterbrett eine Konservendose, halb geöffnet, der Dosenöffner noch im Blech steckend. Lauter Signale, die zeigten, daß ihr der gerade vergangene Augenblick schon so fern war wie der Mond. Reflexartige Andeutungen eines Funktionierens, das keine Verbindung mehr zu ihrem Inneren hatte. Ein Fisch im Sand, der nach Luft zu schnappen scheint, während er in Wahrheit sein Element verloren hat.

Und sie ließ sich gehen. Daß sie rülpste und in der Nase bohrte, kannte ich noch aus der Schulzeit; jetzt kam es auch vor, daß sie während des Essens auf den Teller oder auf den Boden der Veranda spuckte. Wenn der Nagellack abblätterte, zeigten sich gelegentlich Schmutzränder unter ihren Nägeln. Die Badewanne schien für sie weniger ein Instrument der Reinigung zu sein als eine Alternative zum Bett. Oft lag sie stundenlang darin und schlief, und von außen konnte ich hören, wie sie gelegentlich heißes Wasser nachlaufen ließ. Aber sie merkte nicht, daß ihrer Bluse im Laufe eines heißen Nachmittags dieser intensive Körpergeruch entströmte. Zumindest schien es sie nicht zu stören.

Ich führte all das auf ihre zerrütteten Nerven zurück, und meine Bemerkungen, mit denen ich ihren Konsum von Alkohol und Tabletten kommentierte, wurden aggressiver. Aber dann kam es vor, daß sie in sich zusammenfiel, als wäre sie immer noch das verhuschte Schulmädchen: »Guter alter Timmy, du hast ja so recht, meinst du, ich weiß das nicht selber? Ich schwör's dir, ich hör auf mit dem Zeug, gleich morgen, großes Ehrenwort. Nur heute noch einmal, ja? Ist bestimmt das allerletzte Mal.« Und in ihrem Blick war wieder diese unendliche Hilflosigkeit, die mich schon damals hatte hinschmelzen lassen ... *Solche wie wir müssen zusammenhalten* ... Da nahm ich sie in den Arm, streichelte ihre gebleichten Haare und flüsterte: »Klar, wir halten zusammen!«

Ändern tat sich nichts, und sie kompensierte ihr schlechtes Gewissen mit großzügigen, ja verschwenderischen Geschenken. Einmal überreichte sie mir eine Seidenkrawatte, die Hunderte von Dollar gekostet haben mußte; ihr verlegener Gesichtsausdruck erinnerte mich daran, wie sie sich damals in der Schulzeit entschuldigte, wenn sie bei einem Spiel gewonnen hatte. Ein anderes Mal schenkte sie mir ein spektakuläres Modellkleid und sagte: »Für deine Tante Monnie – ich weiß doch, wieviel sie dir bedeutet!« Dann schämte ich mich für meine wachsende Ungeduld und dafür, daß ich meine Unzufriedenheit immer unverblümter ausdrückte.

54
Eine Krankheit zum Tode

In der Erinnerung kommt es mir so vor, als wären diese
zwei Wochen eine sich überstürzende Abfolge von Ereig-
nissen, Gesprächen, Auseinandersetzungen gewesen. Als
hätte jeder Satz, jeder Vorgang eine geheime Bedeutung gehabt, die ich, wenn ich nur aufmerksamer gewesen wäre,
viel früher hätte entschlüsseln können.

In Wirklichkeit muß es umgekehrt gewesen sein. Denn
normalerweise redet und streitet man so, als gäbe es im
Zweifelsfall immer noch dreißig Jahre, um Vergessenes
nachzutragen, Irrtümer zu korrigieren, Beleidigungen zu-
rückzunehmen. Im Grunde ist das auch richtig so. Es hat
keinen Sinn, jeden Tag an den Tod zu denken oder sich bei
jedem Abschied daran erinnern, daß es der letzte sein
könnte. Nur eines sollte man sich zur Angewohnheit machen: den Menschen, die einem etwas bedeuten, dies deutlich genug zu zeigen.

Aber genau das war die Frage. Was bedeutete mir Marilyn, wenn ich Glamour und erotische Verheißung weg-
strich? Die Verkörperung lieber Erinnerung. Das war nicht
wenig – aber reichte es für den Wunsch, mein Leben tiefer
mit ihrem zu verbinden?

All ihre Schwächen, von denen ich geglaubt hatte, ich
würde sie lange genug kennen, schienen mir auf einmal
doppelt schwerwiegend. Hatte ich, fragte ich mich, von ihr
irgendwann einen wirklich originellen Gedanken gehört?
Gab es Politisches oder Gesellschaftliches, wo sie sich stärker engagiert hatte als lediglich mit ihrer Präsenz auf einem
Wohlfahrtsempfang? Gewiß, sie hatte zu Arthur Miller gestanden, als die Hatz auf ihn am wildesten war – aber

warum? »Weil es sich gehört, daß eine Frau zu ihrem Mann steht – darum!«

Die Schlichtheit ihrer Ansichten ärgerte mich. Und ohne es zu merken, betrieb ich genau das, was ich anderen vorwarf – den Kult des Besonderen.

»Wie fühlst du dich eigentlich?« fragte ich sie. »Seelisch, meine ich.«

»Wieso fragst du? Ziemlich mies, das siehst du doch.«

»Ja, das sehe ich. Aber trotzdem bist du mir ein Rätsel. Du bist frei, du hast Geld – du könntest das Leben genießen.«

»Das Leben genießen … als ob das so einfach wäre.«

»Ich sag's ja immer wieder: warum machst du keine Reisen? Keine eigenen Projekte? Du sitzt nur da und wartest, daß dir irgendwelche Idioten etwas vorschlagen.«

»Das sagst du mir jetzt schon zum hundertsten Mal. Aber ich frage mich: ist das nicht alles zweitrangig? Das Wichtigste – das, was wirklich zählt –«

Sie griff zu ihrem Glas, das nur noch halbvoll war, und trank es leer. Ich schenkte nach und wartete darauf, daß sie fortfuhr, aber sie spielte nur mit dem Glas in der Hand.

»Sag bloß, dir fehlt der Mann im Haus!« sagte ich.

»Nein – der Mann nicht.«

Wieder nahm sie einen Schluck; dann stellte sie das Glas auf den Tisch und schob es ein Stück weg.

»Nein«, wiederholte sie, »der Mann fehlt mir nicht. Aber Liebe.«

Jetzt – genau jetzt – hätte ich ihn aussprechen müssen: den einen, einzig angemessenen Satz … den einzigen, auf den sie wartete. Aber ich schwieg … griff zum Glas, setzte es wieder ab … die Uhr tickte … und als das Schweigen schon die Antwort gegeben hatte, sagte ich: »Aber Marilyn, so viele Mensch lieben dich – DiMaggio, deine Fans, ich auch …«

Sie hätte aufspringen und schreien müssen: »Warum lügst

du mich an? Warum belügt ihr mich alle? Du bist wie Arthur – warum sagst du's mir nicht ins Gesicht? Sag's doch laut: du liebst mich nicht!«

Dann hätte ich die Hände vors Gesicht schlagen und flüstern müssen: »Ich weiß es nicht, ich weiß es nicht ... warum machen wir es uns nur so schwer ...«

Sie aber lächelte. Sie lächelte und kicherte und lächelte, als wollte sie sagen: Komischer Zustand, in dem ich bin, aber glaub mir, es ist nichts Ernstes, wirklich ...

Und wenn ich es nicht schon längst gewußt hätte, dann spätestens jetzt: ihr Lächeln ... dieses ewige Lächeln ... was war das?

Ach, das Lächeln der Bettler – das geheime Zeichen, an dem wir uns erkennen.

Auch sie – eine Bettlerin. Zwar in stillschweigender Übereinkunft zur Königin erwählt, vom Bettlervolk verehrt und angebetet. Und doch: eine Bettlerin.

Und als ich sie da sitzen sah, in all ihrem lächelnden Elend, da fühlte ich mich auf einmal so stark und gesund, als ob wir beide in anderen Welten lebten. Nein, sagte ich mir, so weit unten bin ich nicht, und ich werde es auch nie sein. Ich, der Geliebte Ednas, die keine Bettlerin war, sondern ein Königin ... der Liebhaber Angelikas, die auch keine Bettlerin war, sondern eine gesunde, kraftvolle Bürgersfrau ... nein, es gibt noch ein Glück, das auf mich wartet!

Aber das Gefühl von Stärke hielt nicht lange an. Und als es mir wieder schlechter ging, fing ich an, die Aura von Einsamkeit, die Marilyn umgab, wie eine körperliche Bedrohung zu empfinden ... als würde die Mauer, die sie umgab, auch mich mehr und mehr einschließen.

Die Zuversicht, daß ich ihr eine Stütze sein könnte, hatte ich schon lange nicht mehr. Ihre Schwäche, ihre Zerfahrenheit weckte in mir nicht mehr Mitleid oder ritterliche Hilfsbereitschaft, sondern machte mich von Tag zu Tag aggressiver. Wie konnte jemand nur so unfähig sein! Sie ist selber

485

schuld! schrie es in mir. Kann sein, andere lassen sie im Stich – aber sie selber macht sich kaputt!

Und dann dachte ich es nicht nur, sondern fing an, es zu sagen: »Ja, es ist eine brutale Welt, in der du lebst. Aber sie wird nicht besser, wenn du ganzen Tag herumliegst. Merkst du nicht, daß du dich selber betrügst, mit Menschen und mit Medikamenten? Fällt dir nicht auf, daß du anfängst zu stinken?«

Als sie wieder einmal im Flur telefonierte und mir zwischendurch zurief: »Hast du das grüne Tablettenröhrchen gesehen?«, da verlor ich die Beherrschung. Ich sprang auf, riß ihr das Telefon aus der Hand und knallte den Hörer auf die Gabel. »Verdammt«, schrie ich sie an, »es reicht mir schon, wenn ich im ganzen Haus die Gläser einsammeln muß, die du überall abstellst. Soll ich jetzt noch für dich rumsuchen, wo deine Scheißpillen liegen? Soll ich auch noch die Blödheit unterstützen, mit der du diesen Dreck in dich reinstopfst? Es kotzt mich an, hörst du? Es kotzt mich an! Und dein ewiges Telefonieren fällt mir auf die Nerven! Verstanden?«

Da stürzte sie ins Schlafzimmer und warf sich aufs Bett, heulte und schluchzte und hielt sich das Kissen über die Ohren. Ich spürte einen Rest von Mitleid, aber noch mehr Wut, und in diesem Zustand wählte ich die Nummer von Greenson.

»Entschuldigen Sie«, sagte er, »ich habe gerade eine Klientin hier sitzen. Könnten Sie vielleicht später noch einmal anrufen?«

»Nein«, rief ich, »kann ich nicht! Aber eins kann ich Ihnen sagen: Sie sind ein unfähiger Esel, ein gewissenloses Arschloch! Was Sie mit Marilyn machen, ist ein Verbrechen! Mann, Sie richten sie zugrunde, merken Sie das nicht?«

»Mein Herr«, antwortete er kühl, »wenn Sie mit Marilyn genauso sprechen wie gerade mit mir, dann richten *Sie* sie zugrunde. Ich schließe aus Ihren Worten, daß sie gerade bei Ihnen ist – wenn ich sie vielleicht kurz sprechen dürfte?«

Marilyn, die mitbekommen hatte, mit wem ich sprach, stand wie ein verschrecktes Kaninchen in der Schlafzimmertür. Ich hielt ihr den Hörer hin und ging in den Garten. Nach wenigen Augenblicken kam sie heraus. »Ich möchte ein Taxi!« sagte sie, ohne mich anzusehen. Ich ging an ihr vorbei zum Telefon und bestellte einen Wagen. Sie zog sich an und suchte ihre Sachen zusammen. Wenig später hupte es auf der Straße. Ich stand am Fenster und sah, wie sie durch den Vorgarten ging. Sie drehte sich nicht um, auch nicht, als sie im Auto saß.

Das war Ende Juli. Zwei Tage später rief sie gegen Mittag an. »Timmy, ich bin's. Marilyn.«

»Das höre ich. Was gibt's?«

»Du, mir geht's – nicht gut.«

»Das mußt du Greenson sagen. Er ist dein Psychiater.«

»Er war gerade – da. Aber mir geht's – schlecht. Timmy, kannst du – kannst du – zu mir –«

»Nein«, sagte ich, »nicht, solange du dich mit diesen Pillen vollstopfst.« Dann legte ich auf, und an diesem Tag hörte ich nichts mehr von ihr.

Es dauerte eine Weile, bis ich das Haus halbwegs aufgeräumt hatte. Ein wenig fühlte ich mich wie nach der Trennung von Laura. Ich mähte den verwilderten Rasen, besserte den defekten Gartenzaun aus und hatte das Gefühl, daß die Welt im Grunde ganz in Ordnung war. Sie wurde noch schöner, als ich einen Anruf von Karla erhielt. Was ich gerade täte? Nichts von Bedeutung. Wann ich sie wieder einmal nach Los Angeles einladen würde? »Na hör mal«, sagte ich, »das ist eine bösartige Verleumdung. Du warst und bist ununterbrochen eingeladen. Hast du das vergessen?«

Am nächsten Abend holte ich sie vom Flughafen ab. Nach dem, was hinter mir lag, war ich geradezu überwältigt von soviel Gesundheit, Selbstvertrauen und Zielstrebigkeit. Tagsüber saßen wir im Garten und arbeiteten, abwechselnd machten wir Essen, und Abend für Abend flehte ich sie an, mich zu heiraten.

Der 4. August war ein Samstag. Den Tag hatte ich mit Karla am Strand verbracht. Jetzt lag ich neben ihr im Bett und streichelte ihre Brust, da klingelte das Telefon. Es war Marilyn: der Stimme nach bis zum Halskragen voll mit Beruhigungsmitteln.

»Timmy – mir geht's – dreckig. Kannst du zu mir kommen?«

»Geht nicht«, sagte ich, »ich hab Besuch.«

»Timmy, bitte – ich hab doch sonst – keinen.«

»Ruf Greenson an – dafür ist er da.« Dann legte ich auf.

Mitten in der Nacht klingelte das Telefon erneut. Eine Weile hörte ich nur schwere Atemzüge. Dann wieder Marilyn: weit entfernt, abgehackt, kaum zu verstehen: »Timmy, sag doch: liebst du – liebst du mich denn – gar nicht? Kein bißchen?«

»Nein!« antwortete ich. »*Ich liebe dich nicht!*« Und in Gedanken fügte ich hinzu: Nicht in diesem Zustand ... wie soll man dich lieben, wenn du dich selber zugrunde richtest? Aber ich sagte es nicht, sondern legte auf.

Gleich danach bereute ich meine Antwort. Ich wählte ihre Nummer, aber die Leitung war besetzt. Ich wählte erneut – wieder nur das Besetztzeichen. Sie wird wohl, dachte ich, einem andern ihr Leid klagen ...

»Wer war das?« fragte Karla.

»Eine Bekannte. Sie ist krank, aber jetzt schläft sie.«

55
Abschied

»MARILYN MONROE IST TOT.«

Die Stimme des Nachrichtensprechers im Rundfunk, daran gewöhnt, ungerührt die schlimmsten Meldungen zu verlesen, zitterte, als er fortfuhr: »Sie wurde in den frühen Morgenstunden von ihrer Bediensteten leblos aufgefunden. Ein sofort herbeigerufener Arzt konnte nur noch den Tod feststellen. Die Verstorbene war unbekleidet und hielt den Telefonhörer in der Hand. Neben dem Bett wurden leere Tablettenröhrchen gefunden. Ein Selbstmord wird nicht ausgeschlossen, doch steht die Todesursache noch nicht fest. Die Leiche wurde ins gerichtsmedizinische Institut überführt.«

Ich mußte mich übergeben, gerade noch schaffte ich es bis zum Waschbecken. Dann saß ich am Tisch, die Tränen liefen mir aus den Augen, und ich murmelte vor mich hin: Nein! Unmöglich! Nein! Nein!

Karla mußte glauben, einen Verrückten vor sich zu haben. »Was hast du?« fragte sie.

»Marilyn Monroe ist tot.«

»Im Ernst? Was ist denn passiert?«

»Weiß nicht. Vielleicht Selbstmord.«

»Wirklich traurig. Was hat das mit dir zu tun?«

Ich saß da und konnte und wollte nichts sagen und nichts hören außer einem einzigen NeinNeinNein ... »Das verstehst du nicht«, stieß ich hervor, »bitte, Karla, laß mich jetzt in Ruhe.«

Sie war beleidigt und flog am selben Tag zurück nach Boston. Als ich sie anrief, legte sie auf. Im Winter war sie schon wieder in Deutschland. Lange Zeit hörte ich nichts mehr von ihr.

Zwei Jahre später verschaffte mein alter Chef mir einen Ruf an seine Universität. Karla traf ich eher durch einen Zufall wieder: als in der Stadt, wo sie inzwischen arbeitete, ein Kongreß stattfand. Sie lebte allein – mit einer Tochter, die mir so ähnlich sah, daß sogar ich es bemerkte. Warum sie mir nichts gesagt hatte? Aus Trotz ... und weil sie aus Ärger über mich in Boston mit einem Kollegen geschlafen hatte ...

Sie hatte es nicht leicht, aber mit mir zusammenleben wollte sie nicht. »Nach so langer Zeit nun auch nicht mehr«, sagte sie. Für ihre Tochter Katharina hörte ich nie auf, ein Fremder zu sein. Jetzt, als alter Mann, schmerzt sogar das mich nicht mehr.

Sterben – was ist das eigentlich? Das unumkehrbare Aufhören der Lebensfunktionen. Das hört sich eindeutig an – ist es aber gar nicht. Millionen Zellen gehen jeden Tag zugrunde, und man merkt es nicht einmal. Im Frost kann einem die Hand absterben, dann schneidet sie der Chirurg ab, näht einen Hautlappen über den Stumpf, und das Leben geht weiter. Früher dachte man, am Ende steht immer der Herzstillstand. Aber selbst das gilt nicht mehr, seit die Ärzte den Tod in die Hirnströme verlegt haben, um den Menschen fangfrisch ausschlachten zu können. Fest steht nur eines: es stirbt sich nicht so schnell. Schon gar nicht mit sechsunddreißig.

Und doch kann es vorkommen, daß einer mitten im Schlaf am Rand des Todes steht, und morgens wacht er auf und weiß nichts davon. Ein Physiologe hat mir erklärt, wie das geht. Im Prinzip wie ein Beinahe-Zusammenstoß zweier Flugzeuge: entweder ist alles kaputt oder gar nichts. Ähnlich die Wirkung von Barbiturat aufs Atemzentrum: eine bestimmte Menge reicht, um es *fast* zu lähmen. Eine Minute steht das Leben auf der Kippe, dann berappelt es sich wieder, und morgens gibt es nicht einmal Kopfschmerzen. Ein Milligramm mehr im Blut, und dieser Zustand dauert genau die eine Sekunde zu lange, die alles umkippen läßt: kein Atemreiz ans Zwerchfell, kein Sauerstoff in der Lunge, das Blut übersäuert, das Atemzentrum endgültig stumm – aus.

Seit man mir diesen Vorgang erklärte, weiß ich: Marilyns Leben stand nicht nur die zwei, drei Male auf Messers Schneide, wo man ihr den Magen auspumpte. Kein Schlaf – Tablette – immer noch kein Schlaf – noch eine Tablette – vergessen, wieviel Tabletten genommen – noch eine Tablette ... so war es wieder und wieder, variiert höchstens dadurch, daß gelegentlich Dr. Engelberg vorbeischaute und zwischendurch noch eine Injektion gab. Dreimal, fünfmal, zehnmal stand es auf der Kippe. Und beim elften Mal – die eine Tablette zuviel.

War es Selbstmord? Möglich, aber ich glaube nicht daran. Die Fox hatte mitgeteilt, daß *Something's Got To Give* zu Ende gedreht würde. DiMaggio hatte eine hochbezahlte Stellung an der Ostküste aufgegeben, beide wollten ein zweites Mal heiraten. Die graue Mrs. Murray würde in Urlaub gehen und danach nicht mehr in Marilyns Haus zurückkehren. Wenn Selbstmord, warum gerade jetzt?

Nein, es war kein Selbstmord. Es stand auf der Kippe, wie oft genug zuvor. Die Münze kippte, aber diesmal auf die Seite des Todes. Aus.

Gibt es eine Schuld? Das ist die Frage, die mich seitdem nie verlassen hat. Gewiß, beteiligt waren viele: Greenson, die Ärzte, Marilyn selber, ihre Partner und Bekannten ... ich selber, als ich sie mitten in ihrer schlimmsten Krise aus meinem Haus jagte ... alles schön und gut, aber das beantwortet nicht die Frage. Die eine, entscheidende, verhängnisvolle Tablette – woher kam der Impuls, auch sie noch in den Mund zu stecken? Vielleicht von der Kälte, die ihr da am Telefon entgegenschlug? Ausgerechnet von mir, ihrem alten Klassenkameraden – der sie, die Verlassene, zurückstieß in den Abgrund, vor dem sie Rettung suchte? So daß sie, in letzter Verzweiflung, auch noch die eine

Tablette nahm, die alles umkippen ließ – daß sie, vielleicht in ihrem letzten klaren Augenblick, zum Telefonhörer griff, um noch einmal Hilfe zu erflehen …

Daß es so war, daß es so hätte sein können – davon kann mich niemand freisprechen.

Ich weiß, ich weiß – die Neunmalklugen werden mir auf die Schulter klopfen und sagen: »Kopf hoch, alter Junge! Nimm's leicht! Da haben noch ganz andere dran gedreht! Zum Beispiel die Kennedys, nicht wahr?«

Tut mir leid, daran glaube ich nicht – obwohl ich nicht einmal mit Bestimmtheit sagen kann, was wirklich zwischen ihr und dem Präsidenten gelaufen ist. Einmal fragte ich sie danach, da lächelte sie nur und sagte: »Nicht das, was du denkst.« Das war typisch für sie. Bereitwillig erzählte sie über vergangene Affären, aber sie hatte eine Scheu, über aktuelle Gefühlsdinge zu reden. Also konnte ihre Bemerkung sehr viel bedeuten oder gar nichts.

Und das andere? Daß der Kennedy-Clan mit ihrem Tod zu tun hatte, ihn vielleicht sogar herbeiführte? Das nun halte ich, mit Verlaub gesagt, für absurd. Nicht einmal ein Präsident findet mit Leichtigkeit Leute, die für ihn einen Mord begehen. Um einen zu finden, der das macht, muß er mindestens drei fragen, würde ich vermuten, und was machen die beiden, die sich raushalten? In unseren schwatzhaften Zeiten kann eine Frau schon ein Vermögen herausschlagen, wenn sie einmal im Weißen Haus jemandem die Hose aufgemacht hat – was wäre da erst das Wissen um einen Mord wert? Nein, so schweigsam ist heutzutage niemand mehr, um nicht irgendwann damit herauszurücken.

In meinen Augen sind das Phantastereien, die vom Wesentlichen nur ablenken. Andere Fragen sind viel wichtiger. Gab es in der tödlichen Liebesgeschichte zwischen Marilyn und der Öffentlichkeit wirklich keinen Ausweg, der ihr ein wenig Glück gebracht hätte? Ist es möglich, daß die Anbetung einer ganzen Nation das Leben der Angebeteten *nicht* zerstört? Und schließlich: was bringen Verehrung und Wunschträume dem Träumenden? Bieten sie ihm wenigstens die Spur einer Chance auf Glück, oder sind sie eher Gewähr für kommendes Unglück? Was bringt Millionen dazu, ein schönes Bild als »Göttin des Sex« zu verehren?

Ich finde nur eine Erklärung dafür: Illusion, Verblendung, Krankheit. Die Liebesgeschichte zwischen Star und Publikum ist immer auch eine Krankengeschichte. Und weil es Kranke sind, die sich von einer Leinwandfigur Glück erträumen, sind auch ihre Träume krank – Wunschträume, die nichts bewirken und nichts bewegen, sondern nur in sich selber kreisen und sich ewig wiederholen. Die Wirklichkeit schreit danach, verbessert zu werden, aber wie soll das gehen, wenn unsere Träume so dumm sind?

Zum Beispiel unsere Sehnsucht nach dem Besonderen. Ein ganzes Volk rennt aneinander vorbei auf der Suche nach dem einzigartigen Menschen, der unglaublichen Liebe, dem außergewöhnlichen Leben. Unsere Begegnungen, die auf den ersten Blick so herzlich aussehen, sind in Wahrheit Rituale der Abschätzung: ist der da vielleicht ein Gesegneter, ein Mächtiger? Ein König, dessen Huld, wenn er nur wollte, unser Leben mit einem Wink auf den Weg der Gnade bringen könnte? Oder ist auch das nur einer aus dem millionenfachen Pack von Angebern, Lächlern, dynamischen Hochstaplern der Selbstverwirklichung … Bettler wie wir, Obdachlose der Seele.

Jeder spürt jeden Tag, wie er unablässig taxiert und verworfen wird. Das vertieft unsern Groll, aber auch unsere Sehnsucht: endlich als das erkannt zu werden, was jeder für sich selber ist – ein Mensch wie kein zweiter. So ist aus uns ein Volk von Psychopathen geworden. Unser Streben nach Einzigartigkeit ist die logische Folge täglich erlebter Geringschätzung. Aber Einzigartigkeit, wenn überhaupt, kann es immer nur für wenige geben, und was machen die andern? Sie reisen in bunten Shorts durch die Welt und finden das Leben »großartig«, »unglaublich«, »wundervoll« – stets in der Hoffnung, man werde dasselbe über den sagen, dem Großes und Wunderbares zustößt. Doch teilen wir das Schicksal aller Gewöhnlichen: jeder ist für alle anderen genau das, was sein Traum vom Besonderen verachtet – einer wie alle anderen.

Und Marilyn? Vielleicht konnte sie das Wunschbild sexueller Kameradschaft gerade deshalb so unschuldig verkörpern, weil sie *nicht* wirklich eine Wissende war. Das Glücksversprechen, das sie so bewegend darstellte, war wie der Gesang einer Japanerin, die den Text einer Verdi-Oper nur phonetisch gelernt hat: von ihrer Arie versteht sie kein Wort, aber den Italienern treibt sie die Tränen in die Augen.

Das Mißverständnis hätte kaum größer sein können. Und es wurde noch vertieft durch diesen einen Satz, der von allem, was über Sexualität gesagt wurde, das Richtigste und Falscheste zugleich ist: »Sex ist das Natürlichste der Welt.«

Gewiß – nichts ist natürlicher, als *daß* die Beziehung zwischen Mann und Frau im Kern eine sexuelle ist.

Falsch, ja geradezu verhängnisvoll ist der Satz da, wo es um das *Wie* der Sexualität geht.

Was ist beim Essen »natürlich«? Nur eines: etwas ins Maul stecken und verschlingen, wenn der Hunger kommt. Alles andere, vom Kochen übers Tischdecken bis zur Abfolge der Speisen, ist nicht Natur, sondern Kultur. Glaubt jemand im Ernst, Lust und Erregung brauchten weniger Wissen als Kochen und gutes Essen? Nein, auch Liebeskunst will gelernt und geübt sein. Auch sie braucht Neugier und Nachdenken, Forschen und Ausprobieren, Erfahrung und Einfallsreichtum.

Aber Marilyns Verehrer – Arthur Miller eingeschlossen – meinten, ohne alles das auszukommen, wenn sie nur eines kriegen könnten: Marilyn. Das war das Unglück der Angebeteten, aber auch das ihrer Anbeter. Beide Seiten hatten von Anfang an keine Chance: die Fans nicht auf die Sexgöttin, die sie zu verehren glaubten – und diese nicht auf die Liebe, die sie hinter der Verehrung vermutete.

Soll man Marilyn deshalb bemitleiden? Ich finde, man soll sie betrauern, aber nicht bedauern. Daß ihr Schicksal offen vor unseren Augen liegt, macht es nicht schlimmer als das von Millionen, nach denen kein Hahn kräht. Kam ihr Tod zu früh? Ja, aber auch nicht früher als der von Jean Harlow, James Dean oder Modigliani. War ihr Tod tragisch? Ja, aber nur für diejenigen, die nicht mehr sagen konnten, was sie ihr noch hätten sagen wollen. Für Marilyn selber war es ein weitaus schönerer Tod als das, was sie sonst eines Tages erwartet hätte: vielleicht am Tropf hängend, Katheter in der Blase, den Blick voller Angst auf den Monitor gerichtet, der ungerührt die letzten Herzschläge eines Lebens abzählt.

Man soll sie betrauern, aber man darf sie auch bewundern. Gewiß, es ist eine offene Frage, wer ärmer dran ist: einer, der scheitert, oder einer, der seine Ziele erreicht hat. Ich glaube, man geht leichter von der Erde, wenn man etwas von dem geschafft hat, was man sich vorgenommen hatte. Und Marilyn hatte mehr erreicht, als sich Norma Jeane jemals hätte träumen lassen. Was sie *nicht* fand – wer findet das schon? Nach bleibender Liebe und innerer Ruhe suchen auch die Hausfrau oder die Lehrerin von nebenan vergeblich. Da ist es schon viel, wenn einer dastehen und sich aller Welt zeigen kann wie Marilyn: Seht, hier bin ich, das Menschenkind, das keiner wollte – bin ich nicht schön? Bin ich nicht liebenswert?

Was spielt es für eine Rolle, daß Hollywood die große Komödiantin in ihr kaum erkannte? Daß man ihr Talent in miserablen Filme verschwendete? Niemand hat ein verbrieftes Recht, der Menschheit zu zeigen, wer er ist, und wem das so weit gelingt wie Marilyn, der ist schon über die Maßen privilegiert.

Was sie konnte, das konnte auf diese Weise niemand, aber das heißt nicht, daß sie ein besonderer Mensch war. Sie war vergeßlich und oberflächlich, neurotisch und voller Ängste, wie jede normale Amerikanerin auch. Sie konnte großzügig sein bis zur Verschwendung, aber auch kleinlich und mißtrauisch. Wieder und wieder war sie erst vertrauensselig, dann gekränkt und nachtragend. Fast immer war sie einsam. Sie war kompliziert wie jeder andere auch, sie arbeitete gewissenhaft, und in ihren größten Momenten drückte sie ein Gefühl aus, das die Menschheit rührte. Es gibt nicht viele, von denen man mehr sagen kann.

Mag sein, daß sie wirklich von all den Schönen, die Hollywood auf die Leinwand gebracht hat, die unglücklichste war – das Leben ein Schmerz. Schmerz über den unbekannten Vater. Über die Mutter, die sie als Baby weggab und im Sanatorium verdämmerte. Über das Waisenhaus, die Pflegefamilien. Ein ewiger Schmerz auch die Menstruation, die ausgerechnet der Sexkönigin Monat für Monat Qualen bereitete. Und selbst die Arbeit als Schauspielerin: eine einzige Tortur.

Warum ihr Unglück unausweichlich war? Wohl nicht nur deshalb, weil auch ein klügerer Mensch ihre gespaltene Existenz – Leinwandfigur, Schauspielerin, öffentliche Person, privater Mitmensch – kaum unter einen Hut hätte bringen können. Der wahre Grund, glaube ich, ist einfacher: weil wir im Kern ein unglückliches Land sind. Weil das Volk von emotionalen Bettlern, in dem wir leben, für *niemanden* ein glückliches Leben vorsieht. Auch nicht für ein nationales Idol – am allerwenigsten für ein Kind, das von klein auf nur die Sprache des Unglücks verstand.

Und ich? Ja, ich gestehe es: ihr Tod ist der Schmerz meines Lebens geworden. Warum habe ich ihr im entscheidenden Augenblick keine Liebe gegeben, geglaubt, ihr keine geben zu können? Darum: weil ich in diesem Moment keine Liebe *gespürt* habe.

Nicht daß ich meine, ich hätte damals am Telefon heucheln sollen. Aber was ich mir vorwerfe: daß es nicht meine wirklichen Gefühle waren, die ich damals aussprach. Daß ich unfähig war, im Durcheinander meiner Empfindungen das Wichtige festzuhalten. Daß ich, mit einem Wort, oberflächlich war. Daß ich auf diejenige Stimme hörte, die immer und ewig für jedwede Gleichgültigkeit und Lieblosigkeit Partei ergreift – die Stimme, die da sagt: Morgen ist auch noch ein Tag.

Aber nach diesem Tag gab es für sie kein Morgen mehr.

Die Wahrheit ist: solange sie lebte, habe ich es mir immer zu einfach mit ihr gemacht. Zwanzig Jahre lang blendete mich eine Illusion, und als sie verflogen war, glaubte ich, ihre Größe in klugen Gedanken, in bedeutenden Aktionen suchen zu müssen. Ich merkte nicht, daß auch eine Hoffnung, wie Marilyn sie in sich trug, einen Menschen groß machen kann. Ihr Wunsch, daß Männer und Frauen kameradschaftlich miteinander umgehen könnten ... ihr Blick, mit dem sie in die Welt sah ... dafür, nicht für ihre schöne Brust, hätte ich sie lieben müssen.

Aber was rede ich da. »Größe« – was spielt das für eine Rolle? In Wirklichkeit liebte ich sie ja, in all ihrer Oberflächlichkeit, nur merkte ich es nicht. Ich liebte sie, wie ich mein oberflächliches Leben geliebt habe: atemlos, unwissend, immer den Augenblick verwerfend, immer voll Angst, das Wichtigste zu versäumen, das vielleicht nur einen Schritt entfernt war – oberflächlich. Nie fand ich die Ruhe, bis auf den Grund meiner Gefühle hinabzusteigen. Dabei ist alles so einfach, wenn man Abschied nehmen muß. Dann zählt nur eines: bist du ein Stück von mir? Ein Teil meiner Gedanken, meiner Gefühle, meines Lebens?

Ja, das warst du, Marilyn, bist es immer gewesen. Ich hätte nicht einmal heucheln müssen, in diesem letzten Gespräch ... genervt von deinem Lallen, deiner Verzweiflung ... ich hätte nur mein eigenes Leben begreifen müssen. *Ich war der Dummkopf*, Marilyn, nicht du – das ist es, was zu vergeben mir so schwerfällt.

Ich, der Ersatzmann mit meinem akademischen Ersatzleben: Beziehungen als Ersatz für Liebe, Wunschträume als

Ersatz für Glück. Auch ich nur ein Unglücklicher und Einsamer, einer von Millionen Bettlern der Gefühle. Auch ich träumte den ewigen Bettlertraum von der Liebe einer Fee, die mich erlösen würde. Erst als du neben mir lagst, erkannte ich, wer du warst: meine Schwester. Wunderschön, gewiß, aber dennoch nur meine Schwester – auch du eine Bettlerin. Und weil ich glaubte, irgendwann doch noch für das Glück bestimmt zu sein, stieß ich dich fort. Das war mein Verbrechen: nicht als Fee, sondern als Bettlerin hätte ich dich lieben müssen.

Denn dein Unglück war auch meines, war das eines jeden von uns. Du bist nur früher gegangen, das war alles.

Goodbye Marilyn, goodbye Norma Jeane – wir sehen uns.

Literarische Spaziergänge
mit Büchern und Autoren

Das Kundenmagazin der Aufbau-Verlage.
Kostenlos in Ihrer Buchhandlung

 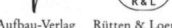  

Aufbau-Verlag   Rütten & Loening   Aufbau Taschenbuch   Gustav   Der >Audio< Verlag
                                   Verlag   Kiepenheuer

Oder direkt: Aufbau-Verlag, Postfach 193, 10105 Berlin
e-Mail: marketing@aufbau-verlag.de
www.aufbau-taschenbuch.de

Hanjo Lehmann
Die Truhen des Arcimboldo
Nach den Tagebüchern
des Heinrich Wilhelm Lehmann

Roman
699 Seiten
ISBN 3-7466-1542-9

Im Jahre 1848 wird ein junger Schlosser in den Kellergewölben des Vatikans verschüttet. Bei der Suche nach einem Ausweg stößt er auf eine Truhe, die geheime Dokumente enthält. Diese Dokumente sind höchst brisant, untergraben sie doch den Machtanspruch der römischen Kirche. Viele Jahre später vertraut er seine Aufzeichnungen über die damaligen Ereignisse einem Freund an. Es entspinnt sich ein Netz von Intrigen und Machtkämpfen, dem der Leser atemlos folgt.

»… eine anspruchsvoll-spannende Mixtur aus Historischem und Fiktivem, Politischem und Intimsten, wobei einem durchaus Bilder und Vergleiche aus Ecos ›Der Name der Rose‹ in den Sinn kommen können.«
Thüringische Landeszeitung

Aufbau Taschenbuch Verlag

Nino Filastò
Der Irrtum des Dottore Gambassi

Ein Avvocato Scalzi Roman

Aus dem Italienischen von Julia Schade
414 Seiten
ISBN 3-7466-1609-3

»Es geht um die dunklen Machenschaften eines reichen Geschäftsmannes, der in einer prunkvollen Villa in der Toskana residiert. Auf den zweiten Blick entpuppt sich der Roman als ein kluges und boshaftes Porträt der modernen italienischen Gesellschaft. Doch vor allem ist er ein spannendes Buch, das geschickt die Darstellung politischer Gegebenheiten, menschlicher Irrungen und verrückter Abenteuer miteinander verknüpft – und das mit sehr unterhaltsamen Mitteln.«

NDR

»Und … molto italiano. Das auch all denen ins Stammbuch, die meinen, ausgerechnet die Amerikanerin Donna Leon schreibe die besten Italien-Krimis.«

WDR

A*t*V
Aufbau Taschenbuch Verlag

Fred Vargas
Die schöne Diva
von Saint-Jaques

Kriminalroman
Aus dem Französischen von Tobias Scheffel
287 Seiten
ISBN 3-7466-1519-4

Ein mysteriöser Baum, der eines Morgens im Garten der Operndiva Sophia steht, wird von ihr als Bedrohung empfunden. Niemand hat ihn gepflanzt. Sie beauftragt Ihren Nachbarn Marc – einen jungen Historiker – mit der Suche nach einer Erklärung für den seltsamen Vorfall.
Wenige Tage später ist sie spurlos verschwunden. Marc beginnt mit seinen Freunden auf eigene Faust zu recherchieren. Und je tiefer er gräbt – unter der rätselhaften Buche, in der Vergangenheit der verschwundenen Diva –, um so mehr Steine bringt er ins Rollen. Am Ende stößt er auf einen uralten Haß, der beinahe auch ihn das Leben kostet.

»Gewagt, gewollt, verrückt«　*Süddeutsche Zeitung*

»Es gibt Tote, falsche Spuren werden gelegt ... Vargas läßt sich viel Zeit für Details und Dialoge und schafft es so, die drei sympathischen Verlierer lebendig werden zu lassen, ohne daß dabei das Interesse an der Geschichte nachließe.«　*Der Tagesspiegel*

Aufbau Taschenbuch Verlag

Christian Försch
Unter der Stadt

Roman
Mit einem Autorenfoto
304 Seiten. Gebunden
ISBN 3-351-02910-1

Paul Holbig saß vier Jahre im Gefängnis, weil er im Streit seinen besten Freund getötet hatte. Jetzt, nach seiner Haftentlassung, versucht er in der aufstrebenden Metropole Berlin eine neue Existenz aufzubauen. Dabei stellt er fest, daß ein Unbekannter als »Haftentschädigung« eine Million Mark auf sein Konto überwiesen hat. Doch von wem stammt das Geld und aus welchen Grund bekommt er es?
Christian Försch schuf einen Entwicklungsroman eines Menschen und einer Metropole im Aufbruch. Kühl beobachtet und präzise erzählt, entfaltet sich eine packende Krimihandlung und ein scharfes Porträt der Gegenwart.

Aufbau-Verlag

Polina Daschkowa
Die leichten Schritte des Wahnsinns

Roman
Aus dem Russischen von Margret Fieseler
454 Seiten. Gebunden
ISBN 3-351-02914-4

Mit mehr als 12 Millionen verkauften Büchern ist sie in Rußland ein Star: Krimi-Autorin Polina Daschkowa. Keine beschreibt das moderne Rußland so packend und treffend wie sie. Jetzt gibt die »russische Minette Walters« ihr Deutschlanddebüt: »Die leichten Schritte des Wahnsinns«, ein Thriller um einen Serienmörder und eine couragierte Heldin, spielt zwischen altem und neuem Rußland, zwischen Moskau, Sibirien und der Taiga, unter Yuppies und Junkies, Show-Biz und Ex-KGB.

»Die Königin des russischen Kriminalromans.«
Femme

»Zwei Selbstmorde, die gar keine sind, ein fehlgeschlagenes Attentat, ein bourgeoiser Serienmörder, eine psychopathische Psychologin und, allen voran: eine Heldin mit grauen Augen, so hinreißend, wie es sich für einen solchen Roman gehört ... Spannung, falsche Fährten, Flash-Backs und Gruselschauer garantiert. Mary Higgins Clark und ihre britischen Kolleginnen sollten sich warm anziehen.«
Madame Figaro

Aufbau-Verlag

Russell Andrews
Anonymus

Thriller
Aus dem Amerikanischen von Uwe Anton und
Michael Kubiak
450 Seiten. Gebunden
ISBN 3-352-00571-0

Carl Granville, ein junger erfolgloser Autor, bekommt die Chance seines Lebens. Er soll als Ghostwriter für ein hohes Honorar einen Bestseller schreiben. Aus Tagebuchaufzeichnungen, Briefen, Dokumenten, in denen die richtigen Namen und Orte geschwärzt sind, soll Granville ein Buch machen. Granville befindet sich mitten im Schreibprozeß, als um ihn herum ein Mord nach dem anderen geschieht und er erkennt, daß auch er in großer Gefahr schwebt.

»Ein temporeicher politischer Thriller in der Art von Grishams *Die Akte.*«   *Michael Douglas*

»Was für eine aufregende Geschichte! Das ist ein Thriller, der richtig mitreißt.«   *Susan Isaacs*

Rütten & Loening

Frederik Berger
Die Geliebte des Papstes

Roman
568 Seiten
ISBN 3-7466-1690-5

Eine wahre Geschichte: Rom gegen Ende des 15. Jahrhunderts. Der römische Adlige Alessandro Farnese, dem eine kirchliche Laufbahn zugedacht ist, befreit in einem blutigen Kampf die junge Silvia Ruffini aus der Hand von Wegelagerern. Die zwischen den beiden aufkeimende Liebe wird jäh unterbrochen. Erst drei Jahre später treffen sie sich wieder. Silvia liebt Alessandro noch immer, muß aber zusehen, wie er sich auf Intrigen einlässt, um Kardinal zu werden. Voller Verzweiflung heiratet sie einen anderen, doch Alessandro gibt nicht auf. Um ihre Liebe zurückzugewinnen, schreckt er auch nicht vor Mord zurück.

Aufbau Taschenbuch Verlag

Eva Thies
Der Normanne und das Mädchen

Roman
544 Seiten
ISBN 3-7466-1702-2

Die Liebe in den Zeiten des Krieges: Als junger
Ritter reist der Normanne Boemund in das präch-
tige Byzanz. Hier begegnet er Anna, die im Kai-
serpalast erzogen wird. Erst nach vielen Jahren sehen sich die beiden wieder, doch die Zeiten haben
sich auf dramatische Weise geändert. Die kriegeri-
schen Normannen sind nun die ärgsten Feinde der
Byzantiner. Anna verliebt sich in Boemund und
ist bereit, alles für ihn aufzugeben und sich gegen
ihr eigenes Volk zu stellen.

Aufbau Taschenbuch Verlag

Guido Dieckmann
Die Poetin

Roman
297 Seiten
ISBN 3-7466-1661-1

Nanetta Schildesheim haßt nichts mehr als Langeweile und Enge. Wie froh ist sie daher, als ihre Eltern mit ihr nach Heidelberg reisen. Aber Heidelberg zeigt sich bald von einer unerwartet dunklen
und gefährlichen Seite. In der Stadt brodelt es, die
Studenten beginnen, sich gegen die Obrigkeit zu
wehren. Nanette wird in die Unruhen verwickelt
und stellt bald fest, daß nicht nur die Stimmung in
der Stadt bedrohlich ist, sondern auch ihr Leben in
Gefahr ist.
Ein aufregender Roman, der auf einer wahren
Begebenheit beruht: Guido Dieckmann (Jahrgang
1968) ist ein direkter Nachfahre von Nanetta
Schildesheim. Ein erst vor kurzem in einem russischen Archiv entdeckter Brief Heinrich Heines veranlaßte ihn, Familiendokumente zu erforschen.

Aufbau Taschenbuch Verlag

Eva Thies
Der Normanne und das Mädchen

Roman
544 Seiten
ISBN 3-7466-1702-2

Die Liebe in den Zeiten des Krieges: Als junger
Ritter reist der Normanne Boemund in das präch-
tige Byzanz. Hier begegnet er Anna, die im Kai-
serpalast erzogen wird. Erst nach vielen Jahren sehen sich die beiden wieder, doch die Zeiten haben
sich auf dramatische Weise geändert. Die kriegeri-
schen Normannen sind nun die ärgsten Feinde der
Byzantiner. Anna verliebt sich in Boemund und
ist bereit, alles für ihn aufzugeben und sich gegen
ihr eigenes Volk zu stellen.

Aufbau Taschenbuch Verlag

Guido Dieckmann
Die Poetin

Roman
297 Seiten
ISBN 3-7466-1661-1

Nanetta Schildesheim haßt nichts mehr als Langeweile und Enge. Wie froh ist sie daher, als ihre Eltern mit ihr nach Heidelberg reisen. Aber Heidelberg zeigt sich bald von einer unerwartet dunklen
und gefährlichen Seite. In der Stadt brodelt es, die
Studenten beginnen, sich gegen die Obrigkeit zu
wehren. Nanette wird in die Unruhen verwickelt
und stellt bald fest, daß nicht nur die Stimmung in
der Stadt bedrohlich ist, sondern auch ihr Leben in
Gefahr ist.
Ein aufregender Roman, der auf einer wahren
Begebenheit beruht: Guido Dieckmann (Jahrgang
1968) ist ein direkter Nachfahre von Nanetta
Schildesheim. Ein erst vor kurzem in einem russischen Archiv entdeckter Brief Heinrich Heines veranlaßte ihn, Familiendokumente zu erforschen.

Aufbau Taschenbuch Verlag

Donna W. Cross
Die Päpstin

Roman
Aus dem Amerikanischen von Wolfgang Neuhaus
566 Seiten
ISBN 3-7466-1400-7

Johanna von Ingelheim wird im Jahr 814 in einem fränkischen Dorf geboren und stirbt, kaum vier Jahrzehnte später, als Mann verkleidet, im Amt des höchsten Würdenträgers der heiligen Kirche.
Donna W. Cross erzählt die faszinierende Geschichte einer bis ins 17. Jahrhundert populären Frauengestalt, deren Name aus den Annalen des Vatikans getilgt wurde.

»Ein packender Unterhaltungsroman zu einem umstrittenen Thema.«

Hannoversche Allgemeine Zeitung

»Bei aller Abenteuerlichkeit der Handlung fesselt der Roman durch historisch belegte, atmosphärisch pralle Alltagsbilder.« *Badische Zeitung*

A*t*V
Aufbau Taschenbuch Verlag